MIRAŻE

Soheir Khashoggi

MIRAŻE

Tłumaczyła Katarzyna Kasterka

Zysk i S-ka
Wydawnictwo

Tytuł oryginału
MIRAGE

Redaktor serii
Tadeusz Zysk

Redaktor
Barbara Borszewska

Redakcja techniczna
Magdalena Piechowiak

Wydanie I
ISBN 83-7298-726-2

Zysk i S-ka Wydawnictwo
ul. Wielka 10, 61-774 Poznań
tel. (0-61) 853 27 51, 853 27 67, fax 852 63 26
Dział handlowy, tel./fax (0-61) 855 06 90
sklep@zysk.com.pl
www.zysk.com.pl

Druk i oprawa: Opolgraf SA

Powieść tę dedykuję moim ukochanym córkom. Bez was, Samiho, Naelo, Farido i Hano, nigdy bym jej nie ukończyła. Dziękuję za waszą miłość, a przede wszystkim za ogromną cierpliwość...

Chciałabym również dedykować niniejszą książkę pamięci mojej matki, Samiby, oraz mojej siostry, Samiry. To one zainspirowały mnie do opisania szczególnych więzi łączących kobiety w innych miejscach na ziemi i w innych czasach — a także do opowiedzenia o miłości, która może trwać wiecznie.

Podziękowania

Chciałabym wyrazić gorące podziękowanie Lillian Africano za ciężką pracę nad tą powieścią. Jej zainteresowanie i motywacja, a przede wszystkim rozległa wiedza o świecie arabskim, dodały mojej książce szczególnego waloru. Dziękuję, Lillian — praca z Tobą była prawdziwą przyjemnością.

Podziękowania należą się także mojej wspaniałej rodzinie. Braciom: Adnanowi, za to, że był zawsze cudownym starszym bratem, opiekunem i przyjacielem; Adilowi — za wsparcie i miłość; Essamowi — za entuzjazm i słowa zachęty; Amrowi — za studia nad tematem i fantastyczne poczucie humoru. Oraz mojej siostrze, Assi, za życzliwą troskę. To szczęście mieć Was u swojego boku.

Dziękuję wszystkim moim przyjaciołom.

Dziękuję Barry'emu, za przyjaźń i wsparcie.

Wyrażam podziękowania mojemu agentowi, Sterlingowi Lordowi, za to, że umożliwił mi realizację marzeń. A także mojej redaktorce, Natalii Aponte, za pomoc i cenne rady.

Natomiast mojej drogiej szwagierce, Layli Khashoggi, która na każdym etapie pracy robiła korektę i napisała piękne poetyckie motto, winna jestem głęboką wdzięczność i miłość.

Na horyzoncie życia majaczy uwodzicielskie lśnienie. Jest obietnicą miłości, radością spełnienia, ciszą ukojenia. Trzeba się do niego zbliżać powoli i ostrożnie, jest bowiem równie ulotne jak miraż.

LAYLA K.

Zwróćcie mi niegdysiejszy zapał,
Żarliwe tęsknoty młodości,
Ułudę wizji sennych,
I mamiące, słodkie miraże,
Zabierzcie natomiast gorzkiej prawdy ból.

William Wetmore Story,
Girolamo, detto il fiorentino

Prolog

Boston. Dzień obecny

Studio radiowe nadające program Barry'ego Manninga — program z przyczyn zasadniczych nielubiany przez Jennę, w którym jednak za godzinę miała wystąpić w charakterze specjalnego gościa — mieściło się przy Commercial Street w starym odrestaurowanym magazynie, z oknami wychodzącymi na port bostoński. Jenna nie widziała tej dzielnicy od lat i nie mogła się nadziwić, jak bardzo wypiękniała.

Gdy tylko wysiadła z taksówki, tak zachwyciła się dostojnym urokiem odnowionych starych budynków, że nie zwróciła większej uwagi na niebieski samochód sunący ulicą — ani na siedzącego za kierownicą rudowłosego mężczyznę, który obrzucił ją obojętnym wzrokiem, po czym z wolna odwrócił twarz.

Dopiero po przejściu paru kroków zdała sobie sprawę, że już widziała tego człowieka — zaledwie dziś rano, w pobliżu jej ulubionej księgarni przy Newbury Street — i że wówczas posłał jej równie beznamiętne spojrzenie.

W pierwszym odruchu rzuciła się do ucieczki; zawróciła w stronę taksówki, szarpnęła za drzwi, po czym zatrzymała się w pół gestu.

— Czegoś pani zapomniała? — Kierowca, młody Haitańczyk, właśnie wypełniał rejestr kursów.

— Nie. Nie, tylko tak mi się zdawało.

Od razu spostrzegła, jak głupio zabrzmiały jej słowa. Uzmysłowiła sobie, że nie tylko mówi, ale i zachowuje się bez sensu. Niebieski samochód powoli, ale zdecydowanie oddalał się ulicą.

Swego czasu strach przed inwigilacją był dla Jenny czymś równie powszednim jak jedzenie czy sen. Ale mijały lata, nic złego się nie działo i teraz już nie mogła sobie przypomnieć, kiedy ostatni raz zaniepokoił ją widok człowieka zdającego się wciąż wyczekiwać na tym samym przystanku czy kobiety wyprowadzającej swojego psa o tej samej porze i tą samą trasą bądź samochodu ukazującego się zbyt często w jej wstecznym lusterku.

Aż do tej pory.

W zasadzie nie miała wątpliwości, że to ten sam mężczyzna, którego widziała w pobliżu księgarni. Była tego niemal pewna. Ale jeśli nawet miała rację, to co z tego? Boston nie jest takim znowu wielkim miastem. Ktoś mógł więc znajdować się przy Newbury Street rano, a przy Commercial Street po południu. Mimo to...

Przy końcu ulicy niebieski samochód skręcił w prawo i zniknął z zasięgu wzroku. Jenna patrzyła za nim przez chwilę, po czym zaczerpnęła kilka głębokich oddechów.

Uspokój się, nakazywała sobie w duchu. To szczegół bez znaczenia. Przez piętnaście lat nie wydarzyło się nic złego, więc nie ma sensu zakładać, że coś stanie się właśnie teraz.

Weszła do budynku studia. Za mahoniowym biurkiem siedział pracownik ochrony i w pierwszej chwili przemknęło jej przez myśl, by ostrzec go przed rudowłosym mężczyzną.

Daj spokój. Opanuj się.

Podpisała się w książce wejść i wyjść.

— Mam wziąć udział w audycji Barry'ego Manninga. Czy niejaki pan Pierce już się zjawił?

Ochroniarz przebiegł wzrokiem wpisy.

— Pierce? Nie. Nie widzę takiego nazwiska.

A niech to szlag! Jenna miała nadzieję, że Brad przyjdzie i pomoże jej pokonać tremę — już czuła nieprzyjemne, lodowate ściskanie w dołku — ale najwyraźniej wciąż przepełniał go gniew. A może po prostu chciał jej przypomnieć, jak smakuje samotność.

— Ale on nie występuje w tym programie? — upewniał się ochroniarz.

— Nie. To po prostu... to mój przyjaciel. Jeżeli się zjawi, proszę go do mnie skierować, dobrze? A tak przy okazji, gdzie to się odbędzie?

— Na trzecim piętrze. Proszę za mną.

Poprowadził ją do windy i nacisnął przycisk.

Biura Manninga były zaskakująco małe i panowała w nich gorączkowa atmosfera ogólnego kryzysu. W końcu przed Jenną stanęła kobieta ze słuchawkami wiszącymi na podobieństwo lekarskiego stetoskopu i przedstawiła się jako Courteney Cornmeyer, producentka.

— Wszyscy jesteśmy zachwyceni, że przyjęła pani zaproszenie — oznajmiła pełnym szczerego przekonania głosem, po czym dorzuciła mniej pewnie: — Właśnie wczoraj wieczorem skończyłam czytać pani najnowszą książkę.

Poprowadziła Jennę do poczekalni dla gości, będącej jednocześnie pokojem przygotowań.

— Tutaj może pani nałożyć makijaż — powiedziała, wskazując na toaletkę z dwuskrzydłowym lustrem. — Chyba że zmieni pani zdanie i zdecyduje się na usługi Angeli. Jest naprawdę świetna.

— Nie! Nie. Dziękuję — rzuciła pospiesznie Jenna, po chwili zdając sobie sprawę z absurdalnej gwałtowności własnej reakcji. Miło byłoby mieć profesjonalny makijaż, jednak Jenna nie chciała, żeby ktoś obcy studiował jej twarz — odkrył szczegóły, które ukrywała od wielu lat.

— Jak pani sobie życzy — przyjaźnie rzuciła Courteney Cornmeyer. — Proszę się rozgościć. Za jakiś czas zjawię się tu wraz z Barrym.

Zamknąwszy drzwi, Jenna opadła na wyściełane krzesło, wyjęła kosmetyczkę ze swojej przepastnej torby i pochyliła się w stronę lustra. Najpierw wyszczotkowała kasztanowe włosy.

Boże, już widać odrosty?! Ogarnęło ją przygnębienie, że teraz powinna odwiedzać fryzjera najdalej co dwa tygodnie.

Udawanie, że jest się kimś innym, to ciężka praca, pomyślała po raz nie wiadomo który. Nie pozwalająca na chwilę wytchnienia. Ciągłe farbowanie włosów. Zielone szkła kontaktowe maskujące naturalny brąz jej oczu. I nieustanne kłamstwa.

Zgodnie z wcześniejszymi instrukcjami Jenna nałożyła bardzo grubą warstwę podkładu — do studia Manninga zapraszano publiczność, a oświetlenie było wyjątkowo ostre. Podświadomie zaczęła gładzić palcami cienką bliznę tuż pod lewą brwią i drugą — niemal na linii włosów. Zabieg chirurgiczny po urazach twarzy został wykonany bardzo profesjonalnie, ale pozostawił po sobie nieznaczne ślady przywołujące wspomnienia o mężczyźnie, który chciał pozbawić ją urody... i życia.

Gdy już nadała swojej oliwkowej cerze idealnie matowy wygląd, podkreśliła kości policzkowe cynamonowym różem i pociągnęła powieki grafitowym cieniem, nałożyła warstwę czarnobrązowego tuszu na rzęsy, po czym pomalowała usta pomadką w kolorze papryki.

Była piękną kobietą, wiedziała o tym, a na dodatek czas był dla niej łaskawy — tego roku miała skończyć czterdzieści lat, ale nikt nie dawał jej więcej niż trzydzieści parę. Teraz, po kilku minutach wprawnego nakładania makijażu, wyglądała na młodą trzydziestkę. A do tego jej uroda zapierała dech w piersiach.

Złożyła dłonie, potem je rozłożyła i zaczęła bębnić palcami o kolana. W ustach poczuła nagłą suchość, a w żołądku ostre kłucie. Czy to z powodu tremy? Czy raczej kłótni z Bradem? A może dziwnego uczucia, że jednak jest śledzona?

Wreszcie podniosła się z krzesła, wygładziła kremową kaszmirową garsonkę i ruszyła w stronę drzwi. W holu niemal zderzyła się z Courteney Cornmeyer, prowadzącą za sobą niskiego mężczyznę o okrągłej, dziwnie pomarańczowej twarzy. Patrząc na niego, Jenna zaczęła się zastanawiać, czy ta niezwykła barwa jest wynikiem jedzenia zbyt dużej ilości marchwi czy może wadliwej kwarcówki.

— Doktor Sorrel, jak sądzę? Jestem Barry Manning.

Wyciągnął dłoń i jednocześnie obrzucił ją krytycznym spojrzeniem bladoszarych oczu; w przypadku kogoś innego uznałaby podobną lustrację za otwarcie seksualną, jednak w wykonaniu Manninga owo przeciągłe spojrzenie zdawało się zupełnie neutralne, wynikające z czysto profesjonalnego zainteresowania.

— I co o tym sądzisz, C.C.? Nasz szacowny gość jest wybitnym ekspertem od przemocy w rodzinie — wie wszystko o maltretowaniu kobiet, natychmiast rozpoznaje zło czające się w zakątkach męskiej duszy i tym podobne, a tymczasem ta specjalistka staje przed nami umalowana niczym upadła kobieta.

Jenna zorientowała się natychmiast, że tylko dzięki tembrowi swojego głosu Barry nie uchodzi za żałośnie komiczną postać. Ze swoją twarzą niczym księżyc w pełni i pomarańczową cerą nieodparcie przywodził na myśl halloweenową latarenkę z dyni. Do tego miał najwyżej metr sześćdziesiąt pięć wzrostu — był o kilka centymetrów niższy od niej. Za to głos miał głęboki, rezonujący, nie znoszący sprzeciwu — prawdziwie władczy. Mógł niemal uchodzić za własną parodię. Jak możecie się obrażać, bez względu na to, co powiem — zdawał się zapytywać — jeżeli brzmię tak absurdalnie autorytatywnie?

— Czy mężczyźni biorący udział w pana programie nie noszą makijażu, panie Manning? — zapytała Jenna swobodnym, lekkim tonem, ale w kącikach jej ust czaił się przewrotny uśmieszek.

— Jasne, że tak. Sam jestem zawsze umalowany. Prawdę mówiąc, jeszcze żaden mężczyzna nie odmówił makijażu. Jak to było trzy tygodnie temu, C.C.? Mieliśmy tu prezesa Hell's Angels. Nie zgłaszał żadnych zastrzeżeń. Biorąc pod uwagę higieniczne nawyki tej grupy, zapewne wciąż ma na sobie nasze paskudztwo.

— Założę się jednak, że prezesowi Hell's Angels nie powiedział pan, że wygląda na kobietę upadłą.

Manning wybuchnął nieco teatralnym śmiechem.

— *Touché!* C.C., mamy dziś pełnokrwistego gościa.

— Za pięć minut wchodzimy na antenę — odparła C.C. — Będę w kabinie.

— I co teraz? — Jenna zwróciła się w stronę Manninga. Ściskanie w dołku wciąż przybierało na sile. — Czy jest coś, o czym powinnam wiedzieć? Nigdy do tej pory nie występowałam w radiu.

— A w TV?

— Też nie.

— Ach! Prawdziwa dziewica! Przepraszam. To jedynie zwrot retoryczny. A poważnie, nie ma się czym przejmować. C.C. odliczy od dziesięciu w dół, pojawi się czerwone światełko, pani opowie o swojej książce, publiczność zada kilka pytań, pani udzieli na nie odpowiedzi, ja poczynię parę błyskotliwych uwag i zanim się spostrzeżemy, już będzie po wszystkim. W studiu zasiądzie około czterdziestu osób. Bez wątpienia bywała pani na liczniejszych przyjęciach. Prawdę mówiąc, tak właśnie powinno się o tym myśleć — jak o koktajlu, gdzie spotyka się ludzi, którzy chcą się czegoś dowiedzieć o pani pracy. To ma być zwykła rozmowa. Żadnych mądrych wykładów.

Jenna wzięła głęboki oddech.

— OK. A więc chodźmy.

— Prr! Przed nami całe cztery minuty — to wieczność w tym biznesie, o czym wiedziałaby pani doskonale, gdyby kiedykolwiek musiała wypełnić czymś cztery minuty czasu antenowego. Tymczasem pozwoli pani, że o coś zapytam. Co taka miła dziewczyna robi w podobnym miejscu? To znaczy, czemu zdecydowała się pani właśnie na mój program? Dlaczego nie jest pani gościem Phila Donahue lub któregoś z tych równie wrażliwych typów? Czy, w najgorszym wypadku, Larry'ego Kinga?

Manning uśmiechnął się, niewątpliwie świadomy swojej reputacji gospodarza programu bezlitośnie szydzącego ze swoich gości, szczególnie tych, którzy według niego zasługiwali na podobne traktowanie. Tymczasem Jenna po raz pierwszy odniosła wrażenie, że Manning nie odgrywa jakiejś narzuconej sobie roli, ale jest autentycznie zainteresowany jej odpowiedzią.

— Wie pan, czym jest „głoszenie kazań dla neofitów"? Z jakichś przyczyn od dłuższego czasu mam wrażenie, że właśnie na tym polega moja praca. Nie dalej jak wczoraj przemawiałam na specjalistycznym sympozjum w Harvardzie — do psychologów, psychiatrów oraz pracowników opieki społecznej. Każdy z nich doskonale wiedział, co za chwilę powiem, i z góry zgadzał się z każdym moim słowem — może z wyjątkiem drobnych technicznych aspektów rozwiązywania problemu. Natomiast pański program jest transmitowany przez setkę stacji...

— Sto sześć na dzisiaj, ale z dnia na dzień liczba rośnie.

— ...z których większość jest zdecydowanie konserwatywna. Gros pańskich słuchaczy nie ma pojęcia o moich poglądach i zapewne w pierwszym odruchu zdecydowanie je zaneguje. Może uda mi się przekonać paru z nich, a może nie, ale przynajmniej nie będę przemawiać do neofitów. Dlatego właśnie przyjęłam to zaproszenie — choć nie ukrywam, że rozważałam tę decyzję przez wiele dni.

Manning spojrzał na nią z niespodziewanym szacunkiem, ale powiedział jedynie:

— Ma pani fantastyczny głos. Mogłaby pani zrobić karierę w moim zawodzie. Skąd bierze się ten cień obcego akcentu?

— Urodziłam się w Egipcie, ale mieszkałam głównie we Francji. Tam też wyszłam za mąż i wkrótce owdowiałam. — Każde słowo było kłamstwem, ale powtarzanym tak często, że nawet dla niej samej przybrało wszelkie pozory prawdy. — Przyjechałam tutaj piętnaście lat temu.

To akurat było zgodne z faktami.

— Za minutę wchodzimy na antenę. — Z głośnika wmontowanego w ścianę rozległ się ostrzegawczy głos Courteney.

Barry Manning znów się ożywił niczym bokser na dźwięk gongu.

— No to ruszamy, pani doktor — powiedział, chwytając

Jennę za rękę, szczerząc zęby na podobieństwo latarenki z dyni. — Czas zmienić świat.

Barry Manning miał rację w jednym względzie: zanim Jenna się spostrzegła, wszystko dobiegło końca. To było jak egzaminy na uczelni — nieoczekiwane pytania, zbyt mało czasu, by powiedzieć wszystko, co się chciało, czy wyjaśnić złożoność zjawisk.

Kiedy weszła do studia, w pierwszej chwili była zdezorientowana. Właściwie nie wiedziała, czego się spodziewać — może czegoś na kształt sceny? — a tymczasem znalazła się w szklanej kabinie, gdzie w końcu wraz z Manningiem zasiadła za biurkiem z trzema wbudowanymi terminalami komputerowymi. W podobnym pomieszczeniu, odseparowanym od nich szybą, Courteney i inżynier dźwięku manipulowali przy sprzęcie, który Jennie wydał się żywcem przeniesiony z promu kosmicznego.

Publiczność w studiu posadzono na metalowych składanych krzesłach pod pewnym kątem w stosunku do kabiny prowadzącego. Jenna zaczęła przebiegać wzrokiem twarze w poszukiwaniu Brada. Nie przyszedł. Ktoś przypiął maleńki mikrofon do klapy jej żakietu. Chwilę później rozległy się dźwięki funkowego bluesa będącego muzycznym tematem wiodącym audycji Manninga. Zgromadzeni w studiu zaczęli żywiołowo bić brawo i w tym momencie Barry wskoczył do kabiny. Po kilku rutynowych uwagach wstępnych wspomniał, że jego gościem jest: „Doktor Jenna Sorrel, wybitny psycholog i autorka wielu bestsellerów", po czym ogłosił przerwę reklamową.

W czasie przewidzianym na reklamy wyjaśnił Jennie, po co są terminale. Każdy z nich wskazywał nazwisko, miejsce pochodzenia i pytanie dzwoniącego do programu słuchacza, czekającego na połączenie z Barrym.

— Przy telefonach pracują dla nas najbardziej kompetentne osoby w tej branży — wyjaśnił z dumą Barry. — Bezbłędnie odsiewają ziarno od plew. Nam, oczywiście, zależy na tych plewach.

Jenna, zdumiona nutą cynizmu pobrzmiewającą w jego

głosie, posłała mu szybkie spojrzenie, jednak w oczach Barry'ego dojrzała jedynie profesjonalną koncentrację.

— OK. Gotowa?

— Gotowa.

Courteney dała znak, że wchodzą na antenę, i Barry uniósł *Uwięzione serca — kobiety w procesie wyparcia i zaprzeczenia*, po czym ponownie przedstawił Jennę jako autorkę hitów wydawniczych.

Jenna zaczęła protestować — jej książki sprzedawały się dobrze, jak na prace naukowe, jednak w żadnym razie nie uważała, by można je określić mianem bestsellerów. Ale Barry już jej nie słuchał.

— A więc o czym tak naprawdę jest ta książka, doktor Sorrel? O dominacji mężczyzn nad kobietami? Przemocy doświadczanej przez kobiety?

— W pewnym aspekcie tak, na tym bowiem głównie się koncentruję w swoich badaniach i na ten właśnie temat opublikowałam wiele prac. Jednak w tej książce zajmuję się głównie analizą pytań często kierowanych pod moim adresem, które w pewnym sensie przenoszą odpowiedzialność z oprawcy na ofiarę. „Czemu kobiety doświadczające przemocy nie uciekają od maltretujących je mężczyzn? Czemu nie oddają się pod opiekę przyjaciół, członków rodziny czy choćby pogotowia opiekuńczego?" To uzasadnione pytania, poruszające bardzo ważne kwestie, i ja w tej książce próbuję wytłumaczyć, że nie ma na nie prostych, jednoznacznych odpowiedzi. Maltretowane kobiety zazwyczaj stosują taktykę wypierania i zaprzeczania. Wiele z nich trwa w takim stanie przez lata. Albo ze wstydu, albo ze strachu, albo z połączenia tych i innych czynników. Oczywiście, strach odgrywa wiodącą rolę — szczególnie gdy uwzględni się akty przemocy, jakich doświadczyły kobiety, które zdecydowały się opuścić swoich oprawców.

— Hmm. Jedno pytanie, jeśli można, pani doktor. Jest pani niewątpliwie wyjątkowo atrakcyjną kobietą — mam nadzieję, że nie ma pani nic przeciwko temu stwierdzeniu?

— W żadnym wypadku.

Szykuje na mnie jakąś pułapkę, pomyślała od razu.

— Bardzo atrakcyjną, a tymczasem na skrzydełkach okładki nie ma pani zdjęcia. Zaintrygowany, poszedłem do księgarni i ze zdumieniem odkryłem, że w żadnej z pani książek nie ma fotografii. To dość niezwykłe w przypadku tak popularnego autora.

— Rzeczywiście, raczej rzadkie — zgodziła się.

Jenna, o ile to było możliwe, nie pozwalała się fotografować czy filmować. Ale jeśli Barry Manning nawet jakimś cudem się o tym dowiedział, to zapewne nie mógł poznać prawdziwych przyczyn, którymi się kierowała. Bo przecież nie mógł?

— Czy to swoisty feministyczny manifest? Że ludzi nie powinien obchodzić pani wygląd?

Oczywiście, że nie znał prawdy.

— Szczerze mówiąc, należę do osób, które nie lubią się fotografować. Może pan to nazwać drobną fobią. Cóż, nie jest to coś, do czego chętnie przyznaje się jakikolwiek psycholog.

Jenna uśmiechnęła się promiennie, jakby wyznanie tej drobnej słabości przyniosło jej dużą ulgę.

Manning wybuchnął śmiechem.

— Psychologu, ulecz się sam, hę?

— Najwyraźniej.

Zawsze te drobne kłamstwa i wykręty.

Kiedy przyszedł czas na pytania publiczności i dzwoniących słuchaczy, Jenna wiedziała, czego się spodziewać. Szykując się do dzisiejszego występu, przez cały tydzień słuchała audycji Manninga — a mimo to zdumiało ją tempo akcji, pozwalające jedynie na prześliźnięcie się po powierzchni tematu, nie dające możliwości poruszenia poważniejszych kwestii. Barry starał się wszystko skondensować do bitów dźwięku.

I, oczywiście, nikt nie zadawał pytań dotyczących zagadnień omawianych w książce. Każdy, kto tu przyszedł, miał własne sprawy do załatwienia: aborcja, geje, Madonna, czy też cytaty z Biblii mogące się odnosić do wyżej wymienionych kwestii.

Pytanie od rumianego siwowłosego mężczyzny, ubranego tak, jakby wpadł tu w drodze na pole golfowe, brzmiało:

— Ostatnio znów robi się dużo szumu na temat tak zwanego molestowania seksualnego w wojsku, a jednocześnie niektóre z kobiet służących w armii domagają się prawa do udziału w misjach zbrojnych. Tymczasem jeżeli wezmą w nich udział i dostaną się do niewoli, to mogę pani zagwarantować, że będą molestowane seksualnie. Czy więc same nie proszą o to, na co narzekają tu w kraju?

Jenna: — Nie znam się na wojskowych zagadnieniach, więc nie mogę się odnieść do problemu udziału kobiet w misjach zbrojnych. Ale przyjrzyjmy się przez moment pańskiemu rozumowaniu. Wszyscy żołnierze biorący udział w działaniach bojowych ryzykują życie. Czy to znaczy, że powinni się zgadzać, by ktoś strzelał do nich w bazie lub rodzinnym mieście? A jeżeli uznają to za niedopuszczalne, czy w takim razie powinni zostać wykluczeni z działań bojowych?

Barry: — Musi jednak pani przyznać, że w feministycznych żądaniach często brak wewnętrznej spójności.

Jenna: — Nie. Nie muszę.

Pytanie telefoniczne wygłoszone beznamiętnym głosem z południowym akcentem:

— Mój wuj miał dziewczynę, mieszkali razem, i on zapisał na nią swoją polisę na życie. Pewnej nocy, gdy spał, ta kobita zadźgała go nożem na śmierć. Aresztowali ją; ona powiedziała, że była przez niego bita. A miała tylko kilka marnych siniaków. I co? Ze wszystkiego się wywinęła, puścili ją wolno. Czy to jest w porządku?

Jenna: — Nie znam szczegółów tej sprawy, więc nie wiem, jakimi przesłankami kierowali się przysięgli czy sędzia. I choć oczywiście trudno mi usprawiedliwiać przemoc, nawet jeśli została wywołana inną przemocą, to jednocześnie chciałabym wskazać na fakt, że zbyt długo ignorowaliśmy lawinowo narastający problem maltretowania kobiet, więc niekiedy możemy popełniać błędy w zadośćuczynieniu krzywdom.

Gdy program zbliżał się ku końcowi, Jenna miała wrażenie, że bierze udział w bitwie: błyskawicznie rzucane pytania i odpowiedzi, cios za cios, wściekłość i wrzask. A jednocześnie, o dziwo, czuła, że wygrywa tę batalię — że przynajmniej publiczność w studiu przechodzi pod jej sztandary.

I kiedy zadzwonił niejaki Gary z Dubuque („Jesteś pewien, że nie chciałeś powiedzieć Dubuque z Gary?", wtrącił figlarnie Manning) z pytaniem: „Czy jest pani Amerykanką?", siedzący przed kabiną zaczęli z konsternacją kręcić się na krzesłach.

— Nie urodziłam się w tym kraju — przyznała Jenna. — Ale kilka lat temu zostałam naturalizowana.

Dzięki przekonującemu wygłoszeniu kilku kłamstw, dorzuciła w duchu.

— I to niby daje pani prawo, by mówić Amerykanom, co powinni myśleć i jak żyć? — dopytywał się oburzony głos.

Przez publiczność przebiegł pomruk dezaprobaty.

— Nie mam wrażenia, bym coś podobnego robiła.

— Bez względu na te osobiste wrażenia, czemu właściwie nie pojedzie pani do Rosji czy tego, co z niej zostało i...

Barry Manning natychmiast przerwał połączenie.

— Wracaj do Gary, Dubuque — rzucił kpiąco, a publiczność nagrodziła go gromkimi brawami.

Jenna potraktowała poważnie tych ludzi, dała z siebie wiele, i teraz oni całym sercem stanęli po jej stronie. Jakże różnili się od akademickich słuchaczy, z którymi na co dzień miała do czynienia, przed którymi odkrywała te same przerażające fakty, a które oni kwitowali jedynie uprzejmym klaskaniem w dłonie, po czym przechodzili do dyskusji nad czyjąś publikacją z 1959 roku, poruszającą podobne kwestie.

W studiu, gdy Jenna przeszła do szczególnie dotkliwych dla niej problemów, zapanowała pełna zadumy cisza.

— W wielu regionach Afryki małe dziewczynki są wciąż okaleczane w imię czystości seksualnej. W krajach fundamentalizmu islamskiego miliony kobiet nieustająco walczą, by się uwolnić od średniowiecznych ograniczeń. Tutaj zaś —

w Ameryce — przemoc wobec kobiet rośnie w zastraszającym tempie.

Mimo że słuchali jej uważnie, Jennę ogarnęła dobrze znajoma frustracja. Nie była zdolna pociągnąć za sobą słuchaczy tak daleko, jak chciała, nie mogła sprawić, by podzielili jej odczucia. To tak, jakby przekroczyła wzburzoną rzekę i kiwała na nich, nawoływała, by za nią podążyli, ale oni nie mogli dosłyszeć jej słów czy zrozumieć gestów.

Ostatnie pytanie w programie zadała spięta młoda kobieta, prawdopodobnie studentka college'u.

— Doktor Sorrel, czy kiedykolwiek padła pani ofiarą — pani osobiście — któregoś z omawianych przez panią aktów przemocy?

Jenna przewidywała, że może usłyszeć podobne pytanie, i starannie przygotowała odpowiedź. Ale ponieważ padło ono na sam koniec, gdy była zmęczona, zachwycona i sfrustrowana jednocześnie — wpadła w popłoch. Przez drobną chwilę dojrzała realną możliwość zrzucenia z siebie ciężaru wielu lat udawania.

Czemu nie, pomyślała. Jakże prosto byłoby wyznać prawdę przed tymi ludźmi — powiedzieć, kim była w rzeczywistości i dlaczego znalazła się w tym kraju, odległym o tysiące mil od jej rodzinnego domu.

Na kilka sekund fantazja objawienia prawdy zdominowała ogrom wieloletniego strachu, ale już moment później doświadczenie zła przywróciło jej rozsądek — a wszystko to trwało na tyle długo, by dać słuchaczom złudzenie, że Jenna zadumała się głęboko nad odpowiedzią, którą w gruncie rzeczy miała gotową już od dawna.

— Wolałabym nie zagłębiać się w moje życie prywatne. Jako praktykujący terapeuta mam pod opieką wiele osób. Jestem tradycjonalistką w kwestii relacji pacjent–psycholog. W mojej opinii proces terapeutyczny przebiega o wiele sprawniej, jeśli pacjent nie traci czasu i energii na identyfikację z moimi osobistymi przeżyciami, czy też na ich odrzucenie. — Spojrzała na dziewczynę, która zadała jej to pytanie, powiodła wzrokiem po publiczności i natychmiast zrozumiała, że musi jeszcze coś dorzucić. — Ale powiem pani jedno — dodała powoli cichym głosem. — W niektórych najbogatszych krajach naszego globu widziałam rzeczy, widziałam je na własne oczy, doświadczyłam takich przeżyć...

Urwała. Co właściwie miała im powiedzieć? Jak wyjaśnić, co się czuje, gdy trzeba się od stóp do głów owijać czarną czadrą, by ukryć swoją tożsamość, choć jest się jeszcze niemal dzieckiem? Gdy się traci matkę, która nie zdołała znieść życia w charakterze pośledniej żony? Gdy się patrzy z bezradną bezsilnością, jak pod gradem kamieni gaśnie życie przyjaciółki — młodej, tryskającej radością kobiety — której jedynym grzechem była miłość sprzeczna z prawami ustanowionymi przed wiekami przez mężczyzn? Jak to jest, gdy... — Nie, tego nie mogła im powiedzieć. Nic z tego nie umiałaby im wytłumaczyć.

Ze zdumieniem Jenna poczuła na policzkach gorące, szybko stygnące łzy.

— Cóż — powiedziała w końcu — wszyscy zapewne nie raz byliśmy świadkami tragicznych zdarzeń. Albo dotykały nas one osobiście, albo naszych sąsiadów; a już na pewno każdy z nas ogląda okropieństwa, gdy tylko otwieramy gazetę czy włączamy wieczorne wiadomości. Ale jedno chciałabym państwu na koniec uświadomić: czym innym jest oglądanie czegoś na własne oczy, a czym innym patrzenie na to samo poprzez pryzmat uczuć.

I jestem przekonana, że dopiero kiedy nauczymy się patrzeć sercem — mam nadzieję, że wybaczą państwo tak nienaukowe określenie w ustach psychologa — dopiero wtedy zrozumiemy, jak leczyć rany i jak rozwiązywać problemy, o których tu dziś wspomnieliśmy. Może wtedy przestaniemy wojować — niczym miliony prywatnych armii — z każdym słowem, poglądem czy opinią, która jest sprzeczna z naszą własną.

Po tych słowach zapadła długa cisza. W końcu Barry Manning wymamrotał:

— Dobrze powiedziane, pani doktor.

A publiczność nagrodziła ją gorącymi oklaskami.

Jenna pozwoliła, by poniosła ją ta fala entuzjazmu. Była wyczerpana. Tymczasem Manning dziękował wszystkim zgromadzonym w studiu, zapowiadał swój następny program, dał znak, by zakończyć audycję. Zabrzmiał muzyczny motyw przewodni. Napis NAGRANIE wygasł. Już było po wszystkim.

Nagle Jenna zorientowała się, że Barry wbija w nią wzrok.

— Kłamczucha. — Jego dyniowata twarz rozciągnęła się w szerokim uśmiechu. — Spokojnie, pani doktor. Niech pani się tak nie trwoży. Mówiąc to, mam na myśli, że kłamała pani, gdy powiedziała, że jest dziewicą. Jeżeli robiła to pani po raz pierwszy, to ja jestem Meryl Streep.

— Byłam pewna, że wszystko popsułam na końcu.

— Żartuje pani? Całą publikę doprowadziła pani do łez. Ma pani wrodzony talent.

Po wyjściu z kabiny Jenna miała wrażenie, że na nią i na Barry'ego napiera niemal cała widownia. Kilka osób kupiło na miejscu jej książkę — wydawca na wszelki wypadek podesłał do studia kilkanaście egzemplarzy. Pierwszy poprosił o autograf mężczyzna w stroju golfisty. Tuż po nim studentka college'u.

Podpisując książki i wdzięcznie przyjmując komplementy, Jenna przebiegła wzrokiem studio, wciąż jeszcze łudząc się nadzieją. Nadal ani śladu Brada. Za to w kącie, przy drzwiach, dostrzegła ciemnowłosego drobnego mężczyznę, nonszalancko opartego o ścianę. Coś w jego posturze było dziwnie znajomego, wzbudzającego niepokój.

Jakby w odpowiedzi na jej spojrzenie, mężczyzna wyprostował się, strzepnął niewidoczny pyłek z rękawa marynarki i wyszedł ze studia. Czy wyobraźnia płatała jej figla, czy rzeczywiście spojrzał na nią szczególnym, przenikliwym wzrokiem?

Tracisz panowanie nad sobą, napomniała się w myślach. To ta kłótnia z Bradem wyprowadziła cię z równowagi. Jak tak dalej pójdzie, sama będziesz potrzebowała terapii.

Kiedy w końcu tłum się przerzedził, podszedł do niej Barry.

— Czy mogę zaprosić panią na obiad? Tu niedaleko, na Commercial Street, jest świetne miejsce...

— Żałuję, ale dziś to niemożliwe. — Weszła mu w słowo, próbując nadać głosowi ton szczerego ubolewania, choć ostatnią rzeczą, na jaką miałaby teraz ochotę, było zmaganie się z kolejnymi pytaniami Barry'ego. — Jestem bardzo zmęczona... a do tego jutro muszę wstać skoro świt.

— A więc może innym razem — powiedział bez cienia rozczarowania w głosie.

Wymienili jeszcze kilka zdawkowych uwag — Barry zaprosił ją, by ponownie wystąpiła w programie, ona obiecała, że pozostanie z nim w kontakcie — po czym była już wolna. Tylko co miała zrobić z tą wolnością?

Aż do zeszłego roku pospieszyłaby do domu czy gabinetu i zapamiętale rzuciła się w wir pracy. Ale potem w jej życiu pojawił się Brad — i nagle miała kogoś, z kim mogła dzielić swoje triumfy i porażki, kogoś, za kim mogła tęsknić, kogo mogła pragnąć i dotykać.

Przestań, nakazała sobie w duchu. Myślisz o nim tak, jakby już na zawsze zniknął z twojego życia. A to nieprawda. Nie możesz teraz zostać sama, gdy zasmakowałaś w końcu ciepła i intymności... to byłoby nie do zniesienia.

Wyszła z budynku i rozejrzała się uważnie po ulicy, ale nie spostrzegła nic podejrzanego czy niezwykłego. Ciepły słoneczny dzień i ludzie zajęci własnymi sprawami. Tuż przed nią, przy krawężniku, zatrzymała się taksówka i Jenna wsiadła do niej z głębokim westchnieniem.

Nieliczni znajomi, którzy widzieli mieszkanie Jenny w wiekowej kamienicy z wapienia przy Marlborough Street, uważali je za luksusowe: był to przestronny dwupoziomowy apartament z dwoma kominkami, oknem dachowym, nowoczesnymi meblami, wśród których gdzieniegdzie stały orientalne antyki, oraz z zastawionym roślinami tarasem. Ale dla niej —

a raczej dla kobiety, którą kiedyś była, kobiety mieszkającej w prawdziwych pałacach — było to zabawne, przytulne, małe *pied-à-terre*.

Choć dzisiaj nie wydawało się tak przytulne jak zwykle. Pozostałości po wczorajszym intymnym wieczorze przypominały o jego niefortunnym zakończeniu. Na barze z chińskiej laki stała niemal pełna butelka beaujolais, przyniesiona przez Brada. Jak trzymał Jennę w ramionach, wino było pełne słonecznych aromatów. Ale kiedy ponownie poprosił ją o rękę — gdy udzieliła mu jedynej odpowiedzi, jakiej mogła udzielić — czar prysł i rozstali się jak dwoje nieznajomych.

Jenna nalała sobie kieliszek wina Brada, pociągnęła długi łyk, ale nie poczuła smaku słońca. Odstawiła wino. W mieszkaniu panowała zdumiewająca cisza. I nie była ona kojąca, ale złowroga.

Żałowała, że nie ma teraz w domu jej syna, Karima, nawet z tą jego aurą aroganckiej niezależności osiemnastolatka. Karim spędzał wakacje z przyjaciółmi z college'u, żeglował wokół greckich wysp. Już się wymykał z jej życia — wkrótce będzie dorosłym, samodzielnym mężczyzną.

I wówczas Jenna zostanie całkiem sama.

Rozczulanie się nad sobą — najżałośniejsza ze wszelkich możliwych emocji. Ładny z niej psycholog, nie ma co.

Czemu Brad nie potrafił się zdobyć na więcej cierpliwości? Czemu nie mógł zaufać jej miłości? Na tę myśl parsknęła głośnym śmiechem. Ostrym, gorzkim. Jak mogła oczekiwać od kogoś zaufania, jeżeli nie była w stanie odwzajemnić się tym samym?

Rozległo się pukanie do drzwi.

Ogarnięta radością ruszyła, by otworzyć.

— Och, kochany, ja...

Ale mężczyzna, który ukazał się w drzwiach, nie był Bradem. W pierwszej chwili nie rozpoznała go pomimo rudych włosów: z bliska okazał się potężniejszy, bardziej umięśniony, niż wydawał się na Newbury Street czy w niebieskim samochodzie na Commercial Street. Za jego plecami stał niski ciemnowłosy mężczyzna.

Rudzielec spojrzał na nią zimnymi niebieskimi oczami i wypowiedział dwa słowa, które zmroziły jej serce.

— Amira Badir?

— To... to jakaś pomyłka.

Kurczowo chwyciła za kant stołu stojącego w holu. Gdyby się nie podparła, pewnie by upadła.

— Chyba jednak nie. — Mężczyzna machnął jej przed nosem jakąś odznaką i legitymacją. — Urząd Imigracyjny. Musimy zadać pani kilka pytań, pani Badir. Ale zrobimy to w naszym biurze. Proszę wziąć płaszcz i torebkę.

Automatycznie, z wyschniętym ze strachu gardłem, wykonała polecenie. Gdy szła za mężczyznami do ich samochodu — niebieskiego samochodu — miała wrażenie, że bierze udział w jakimś przerażającym filmie.

Potężny rudzielec otworzył tylne drzwi, ale jego gest nie miał nic wspólnego z kurtuazją. Był nakazem.

Obaj mężczyźni usiedli z przodu — niższy z nich prowadził. Szybko pozostawili w tyle dobrze znajome Jennie ulice jej dzielnicy. Na pewno jest coś, co mogłabym zrobić, myślała gorączkowo, tylko co? Miała certyfikat obywatelstwa, miała ważny paszport, ale na obu dokumentach widniało nazwisko Jenna Sorrel.

Fałszywe dokumenty. To oczywiście przestępstwo, ale jak poważne? Czy pójdzie do więzienia? Zostanie deportowana? Do al-Remal? Nie, błagam, tylko nie to. To byłoby równoznaczne z wyrokiem śmierci. A co z Karimem? Co czeka Karima?

Myśl, Jenno, myśl. Myśl, Amiro. Prawnik. Potrzebujesz prawnika. W firmie Brada pracują prawnicy. Najlepsi. Wielu prawników. Zadzwoń do Brada. Przecież przysługuje ci prawo do jednego telefonu, czyż nie? Może wszystko jeszcze jakoś się ułoży. Może przynajmniej uda się tę sprawę utrzymać w tajemnicy przed prasą. Ponieważ nawet w al-Remal ludzie czytają „New York Timesa". Mój mąż regularnie czytuje „New York Timesa".

Zupełnie nieświadomi jej desperacji, mężczyźni prowadzili między sobą luźną rozmowę — dwóch ludzi wykonujących jedynie powierzoną im pracę. Jenna spostrzegła na przedniej szybie nalepkę firmy wynajmu samochodów. To dziwne. Czy agencje rządowe korzystają z wynajętych samochodów? Pewnie tak. Ale co mają znaczyć te zielone tablice nad jezdnią? Jesteśmy na drodze międzystanowej. Lotnisko Logana — ćwierć mili. Zjeżdżamy w kierunku terminalu. Nagle ogarnęły ją straszliwe podejrzenia.

— Jedziemy na lotnisko. Dlaczego?

Rudowłosy mężczyzna odwrócił się w jej stronę z wyrazem rozbawienia w oczach.

— Jesteśmy z Urzędu Imigracyjnego, moja pani. Pracujemy na lotnisku.

Och, oczywiście. To logiczne. Tyle że...

Samochód ominął główny wjazd do terminalu lotniczego, skręcił w drogę służbową, wjechał w bramę — drobny mężczyzna siedzący za kierownicą wymienił kilka słów ze strażnikiem — a potem wtoczyli się na pas startowy i zatrzymali przed grzejącym silniki Gulfstreamem, którego oznakowania wskazywały na prywatną własność.

— Wychodzimy — wykrzyknął potężny mężczyzna, by przekrzyczeć wycie silników. — Wszyscy na pokład tego ślicznego ptaka.

Pomógł Jennie wysiąść z samochodu, po czym już nie puszczał jej łokcia. Drobny ciemny mężczyzna stanął po drugiej stronie. Jennę ogarnęła panika.

— Chwileczkę. Mieliśmy jechać do waszego biura. Co to za samolot?

— Leci do Nowego Jorku — odparł rudowłosy osiłek. — Dyrektor okręgu go tu przysłał. Zdaje się, że jest pani poważnym przypadkiem, pani Badir.

Jenna nic nie rozumiała. Czy właśnie tak w Ameryce funkcjonuje prawo? Mieszkała tu od piętnastu lat, z racji swojego zawodu miała do czynienia z policyjnymi procedurami, aresztowaniami, składaniem oficjalnych skarg. Przecież to powinno ją do tej pory czegoś nauczyć.

Musi zatelefonować do Brada. Może nawet pozwolą jej skorzystać z telefonu na pokładzie samolotu. Ale gdy Jenna znalazła się wewnątrz luksusowego odrzutowca, zdała sobie sprawę, że nie będzie mogła nigdzie zadzwonić. Ani do Brada, ani do nikogo innego. Działo się coś bardzo złego. I nie chodziło tylko o to, że była jedyną pasażerką. Piloci — a widziała ich wyraźnie przez otwarte drzwi kokpitu — nie byli Amerykanami. Może Francuzami? Albo... O, nie, tylko nie to.

Przy jej fotelu stanął starszy mężczyzna w stroju stewarda.

— Czy życzyłaby sobie pani kawy, madame? A może coś orzeźwiającego?

To było zbyt surrealistyczne, by działo się naprawdę. Istny koszmar.

— Nie. Nic poza wyjaśnieniami — rzuciła ostrym tonem, zbierając w sobie całą odwagę.

— Oczywiście — odparł mężczyzna uprzejmym tonem. — Na pewno zaraz ktoś się panią zajmie. Ja jestem tylko stewardem. Czy na pewno nie chce pani, żebym przyniósł coś do picia?

— Dobrze. W porządku. Proszę o perrier.

— W tej chwili, madame.

Kiedy przyniósł jej butelkę wody, opróżniła ją do dna duszkiem, niemal chciwie. Stres. Pragnienie. Muszę zawsze trzymać w gabinecie butelkę wody dla swoich pacjentów. Że też nigdy wcześniej o tym nie pomyślałam!

Silniki zaczęły pracować na wyższych obrotach i Jenna poczuła, że samolot ruszył. Zapnij pas. Musisz zapiąć pas. Jej głowa zrobiła się ciężka, powieki jak z ołowiu. Steward patrzył na nią w zatroskaniu.

I nagle wszystko stało się całkiem jasne — tak jasne, że niemal wybuchnęła śmiechem. Jak mogła sobie wyobrażać, że zdoła uciec, ukryć się, zachować wolność, miłość, życie. Niczym we śnie ujrzała przed oczami męża, Alego, sięgającego po nią władczo, jakby nie minęły te wszystkie lata. Och, Ali ze swoimi długimi ramionami, z których każde warte było okrągły miliard dolarów, pochwycił ją w końcu i teraz wracała do ojczyzny, by umrzeć.

Tuż zanim zapadła w sen, ujrzała pod powiekami wyłaniające się z mroku dwie twarze. Karima. I Brada.

CZĘŚĆ PIERWSZA

Amira Badir

Al-Remal („Kraina Piasku"),
druga połowa lat sześćdziesiątych

Nawet w ostrym, prażącym słońcu południa więzienie al-Masagin zdawało się ciemne i ponure ze swoimi żelaznymi bramami wyciągającymi się ku niebu. Po uważnej lustracji, w bramie po prawej stronie można było dostrzec nieregularne wygięcie na wysokości kilku stóp nad ziemią, podobno znajdujące się tam od bardzo wielu lat.

Wieść gminna niosła, że zostało ono uczynione przez młodą kobietę, której męża skazano na dożywocie. Oszalała z rozpaczy — przynajmniej wedle opowieści miejscowych bajarek — młoda żona usiadła za kierownicą samochodu męża (dopuszczając się w ten sposób poważnego przestępstwa) i uderzyła w pełnym pędzie w bramy więzienia. Strażnicy natychmiast otworzyli ogień, w przyspieszonym tempie posyłając kobietę do wymarzonego raju, by tam, w spokoju ducha mogła czekać na ukochanego.

To była bardzo romantyczna historia, więc trzynastoletnia Amira Badir wierzyła w każde jej słowo. Ostatecznie powszechnie było wiadomo, że miłość popycha ludzi do szalonych i zakazanych czynów.

Tymczasem Um Salih, wiejska akuszerka, pociągnęła za sznur ciężkiego dzwonu z brązu wiszącego u więziennych bram. Jego melodyczny dźwięk rozległ się nieoczekiwanie przyjemnym echem w tym ponurym miejscu.

I zaraz też, jakby czekając na wezwanie, pojawił się strażnik w mundurze koloru khaki. Bramy rozsunęły się powoli, odsłaniając mroczne trzewia al-Masagin. Strażnik skinął palcem na akuszerkę oraz postępującą za nią krok w krok Amirę. Tandetna kwiecista sukienka z rayonu, wystająca spod czadry, niemiło ocierała się o jej delikatną skórę; surowy rzemień sandałów uwierał stopy.

Amira od urodzenia przywykła do najdelikatniejszych tkanin, buty zaś, które nosiła na co dzień, były dziełem najdroższego włoskiego szewca, zaopatrującego w obuwie najbardziej prominentne rodziny w kraju. Dziś jednak nie miała być córką Omara Badira, jednego z najbogatszych ludzi w królestwie, ale siostrzenicą ubogiej wieśniaczki — miejscowej akuszerki.

Amira już wcześniej zabawiała się w przebieranki — w chłopięcym stroju i dużych ciemnych okularach wyprawiała się na *souk* — miejscowe targowisko. W tym stroju nawet prowadziła samochód pod czujnym okiem starszego brata, Malika, któremu największą przyjemność sprawiało łamanie narzuconych praw i reguł; dla Amiry były to natomiast chwile niczym niezmąconej wolności, oczywiste dla każdego chłopca czy mężczyzny w al-Remal.

Tym razem jednak nie była to zabawa, ale sprawa życia i śmierci oraz — co jeszcze ważniejsze — honoru jej rodziny. Gdyby odkryto mistyfikację, nawet wielkie pieniądze ojca nie uchroniłyby Amiry przed groźnymi konsekwencjami, tak przerażającymi, że aż strach było o nich myśleć.

— Nie ociągaj się, leniwa dziewucho — warknęła Um Salih. — Tu nie ma się czego bać.

Cóż za impertynencja!, oburzyła się Amira w duchu, zaraz jednak przypomniała sobie, że przecież jest teraz biedną wieśniaczką, pomocnicą starej akuszerki. Szybko spuściła więc wzrok i wymamrotała kilka słów przeprosin.

Strażnik, potężny mężczyzna o astmatycznym oddechu, parsknął śmiechem.

— Jesteś pewna, że w al-Masagin nie należy się niczego obawiać, matko? Nie boisz się, że każę cię wychłostać za takie kłamstwa?

— Gdyby wszyscy kłamcy mieli być karani chłostą, któż machałby batem? — odparła Um Salih.

Strażnik ponownie roześmiał się chrapliwie.

Jak mogą śmiać się i żartować w podobnym miejscu?, zdumiała się Amira. Jeszcze gdy była małym dzieckiem, próbowała sobie wyobrazić, jak wygląda więzienie, ale nawet najgorszy senny koszmar nie zdołałby jej przygotować na ten chłód, tę wilgoć, a przede wszystkim okropny smród — mieszaninę zatęchłego potu i krwi, wymiocin, uryny i kału. Odór czystej rozpaczy. Nadchodzącej śmierci.

Od chwili aresztowania Laili — córki jednego z najlepszych przyjaciół ojca — Amira regularnie odwiedzała więzienie, przebrana za chłopca na posyłki, by dostarczyć nieszczęsnej przyjaciółce jedzenie i przekazać wieści od i do Malika. Ta wyprawa jednak będzie najtrudniejsza i najbardziej niebezpieczna. Od niej zależało życie nie narodzonego dziecka Malika, a może i jego samego.

W kobiecym skrzydle więzienia panowała cisza, zakłócona teraz stukotem ciężkich butów strażnika i szelestem dwóch kobiecych szat. Chwilę później od zimnych kamiennych murów odbił się echem przeszywający skowyt. Amira mimowolnie skuliła ramiona i przygryzła dolną wargę, by nie wydać z siebie krzyku. Miała ochotę odwrócić się i uciec, znaleźć się jak najdalej od tego ponurego miejsca i nigdy więcej tu nie wracać. Ale przecież złożyła obietnicę, więc musiała ją wypełnić za wszelką cenę.

— Widzicie, czym mnie obarczyła moja nic niewarta siostra? — rzuciła pogardliwie Um Salih w stronę strażnika. — Dziewucha chce zostać akuszerką, a tymczasem wzdraga się na krzyki rodzącej kobiety.

— Dla mnie to też nie jest miła muzyka, matko — wyznał mężczyzna niepewnym tonem. Zatrzymał się naprzeciw drzwi z drewnianych desek, przekręcił wielki klucz w zardzewiałym zamku i odsunął się na bok, by wpuścić akuszerkę do środka.

Laila na wpół siedziała, na wpół leżała na wiązce słomy, w powiewnej szacie mokrej od wód płodowych i krwi. W pierwszej chwili Amira nie rozpoznała kuzynki — niespełna dziewiętnastoletnia Laila wyglądała na kobietę dobrze po trzydziestce. Miała oczy szkliste od bólu i rwący, chrapliwy oddech.

Um Salih odstawiła swój koszyk i podwinęła rękawy sukni. Zakrzyknęła na strażnika i zażądała wrzącej wody.

— Tylko aby na pewno wrzącej, nie ledwie podgrzanej, słyszycie? I spieszcie się, dzieciak nie będzie czekać, aż dowleczecie się tu z powrotem.

Kiedy kroki strażnika ucichły w oddali, Amira odchyliła zasłonę z twarzy i przyłożyła palec do ust.

— Nie wymawiaj mojego imienia, Lailo — ostrzegła szeptem. — Jestem tu jako siostrzenica Um Salih.

— To naprawdę ty? — spytała Laila schrypniętym głosem. Po raz pierwszy w jej oczach zamigotała nadzieja. — Ocal moje dziecko — wyszeptała błagalnie. — Nie pozwól, żeby je zabrali. Proszę. Zaklinam. Musisz zapewnić mu dobre, godne życie. Musisz.

— Obiecuję. Obiecuję — odparła Amira szeptem, delikatnie gładząc przyjaciółkę po czole. — Malik już o wszystko zadbał. Wszystko obmyślił. Tylko błagam, Lailo, nie wymawiaj jego imienia!

Tymczasem akuszerka wyjęła z koszyka kawałek czystej lnianej tkaniny, na której rozłożyła swoje parafernalia: tubę maści antybiotykowej, tubę maści natłuszczającej, pakiecik ziół, igłę i nić chirurgiczną oraz nożyczki z nierdzewnej stali.

Zioła wrzuciła do małej szklanki, po czym zalała je pitną wodą z butelki, którą też ze sobą przyniosła.

— Proszę. — Wręczyła szklankę Amirze. — Dawaj jej po odrobinie. Tylko nie za dużo naraz, bo wszystko zwymiotuje.

Pomimo napomnienia Laila łapczywie wypiła zawartość szklanki w desperackiej próbie szybkiego uśmierzenia bólu.

Chwilę później wygięła plecy i zawyła tak przeraźliwie, że Amirze stanęły włosy na głowie. Był to krzyk cierpienia, bólu i niewysłowionego smutku. Amira chwyciła dłoń przyjaciółki.

— Kiedy przyjdzie skurcz, ściśnij mocno moją rękę. Trochę ci ulży.

Otarła twarz Laili mokrą szmatką i zwilżyła jej spierzchnięte usta.

Amira już raz widziała poród, kiedy jej sudańska służąca, Bahia, rodziła syna. Ale wówczas była to radosna okazja, pomimo krzyków bólu.

Tymczasem cierpienie tej młodej kobiety zdawało się o wiele głębsze: było brutalną agonią pozbawioną najlżejszego cienia szczęścia, jakby do tej nory nie miały wstępu żadne dobre uczucia.

— Um Salih, czy nie możesz jakoś jej ulżyć?

Akuszerka zerknęła w stronę drzwi. Strażnik, dostarczywszy wodę, znowu zniknął z zasięgu wzroku. Podobnie jak inni mężczyźni w tym kraju, wszystko związane z kobiecością — poród, menstruację — uważał za coś nieczystego.

— Mogłabym — odrzekła cicho. — Ale pod wpływem środków uśmierzających ból kobiety nie wiedzą, co mówią. Wykrzykują imiona swoich mężów. Niekiedy błagają ich o pomoc, ale najczęściej przeklinają za swoje cierpienie. Zawsze jednak są głośne — na tyle głośne, że wrzaski niosłyby się echem po całym więzieniu.

Laila znowu wygięła ostro plecy i ścisnęła dłoń Amiry, wbijając paznokcie w delikatną skórę.

— Zmiłuj się nade mną, o Najwyższy! — wykrzyknęła. — Zmiłuj się!

— Cii, cii. Wszystko będzie w porządku — uspokajała Amira tonem, jakim matka przemawiała do Malika, gdy był chory. Jednocześnie wbijała wzrok w Um Salih w bezgłośnej prośbie: „Zrób coś. Błagam, zrób coś".

— Te zioła nieco złagodzą ból. Jednak ta nieszczęsna musi znieść cierpienie, jakie Allach zesłał na kobiety.

Gdy skurcze się nasiliły, Lailę zaczęły opuszczać siły, a jej cera nabrała bladości kości słoniowej.

— Um Salih, czy ona umrze?

— Jeszcze nie tej nocy, dziecko. Jeszcze nie tej nocy.

Nie, pomyślała Amira. Nie tej nocy. Dopiero nazajutrz.

Umrze jutro, na małym zakurzonym placyku przed więzieniem, pod gradem kamieni. Do tej pory mogła żyć wyłącznie dzięki małemu ciałku rozwijającemu się w jej wnętrzu. Gdy ta istotka zostanie jej odebrana, Laila będzie musiała ponieść śmierć. I dlaczego? Bo kochała Malika? Bo nie kochała okrutnego starca kaleki, któremu została poślubiona wbrew własnej woli?

— Nie płacz, dziecko. Teraz nie wolno ci płakać. Przed nami ciężka praca i ciężka noc.

Laila cierpiała coraz bardziej — ten poród zdawał się straszliwą torturą. Celę oświetlała mdła, goła żarówka migająca gwałtownie, gdy zdezelowany generator zaczynał się dławić, by za chwilę znowu z głośnym szumem podjąć pracę. Amirze zdawało się, że tkwi w jakimś przeklętym sennym koszmarze i że gdy tylko zdoła się obudzić, wszystko znów będzie jak dawniej.

Amira od najwcześniejszego dzieciństwa była ślepo zapatrzona w Lailę, traktowała ją bardziej jak podziwianą starszą siostrę niż przyjaciółkę. Laila odpłacała jej tym samym — Amira była zawsze jej ulubienicą. Pomimo różnicy wieku spędzały ze sobą bardzo dużo czasu. Często też towarzyszył im Malik.

Czy Malik i Laila już wtedy się kochali? Oczywiście nie tak, jak dorośli ludzie, ale wiązało ich uczucie, które poeci opisują jako miłość wyrytą w duszy, zapisaną w gwiazdach? Niewątpliwie Laili nigdy nie przeszkadzało, że Malik był od niej prawie dwa lata młodszy. W istocie bowiem już jako chłopiec zachowywał się bardzo dorośle.

Oczywiście to wszystko nie miało znaczenia w czasach, gdy w dzieciństwie przesiadywali razem w ogrodzie, bawiąc się, żartując i snując sekretne marzenia. Kiedy jednak Laila skończyła piętnaście lat — i w opinii rodziców zostało jej już niewiele czasu do stracenia — jej ojciec zaaranżował małżeństwo z jednym ze swoich partnerów w interesach. Wybranek miał pięćdziesiąt dwa lata i słynął z niezachwianej miłości do Koranu, polowań i pieniędzy — chociaż niekoniecznie w tej właśnie kolejności.

Ale nawet po ślubie Laila potrafiła zorganizować życie tak, by nadal spotykać się z Amirą. Gdy po raz pierwszy od zamążpójścia zjawiła się w domu Amiry, wyjaśniła z przebiegłym uśmiechem:

— Mój mąż sądzi, że dzisiejszy dzień spędzam u matki.

— Ale czy nie rozgniewa się na ciebie, jeśli odkryje, że go okłamałaś? — spytała Amira, od najmłodszych lat świadoma ograniczeń rządzących życiem kobiet.

— Pewnie tak. — Laila ziewnęła przeciągle, jakby ewentualny gniew męża nie stanowił dla niej problemu.

Amirę zachwyciła nonszalancja przyjaciółki.

— Czemu po prostu nie przyznałaś się, że idziesz do nas? — Nie dawała za wygraną. — Przecież nasi rodzice się przyjaźnią, więc niewątpliwie twój mąż...

— Och, Amiro, Amiro. — Laila westchnęła zniecierpliwiona. — Czasem jesteś taka dziecinna. Każda żona szybko odkrywa, kiedy kłamstwo sprawia mężowi większą przyjemność od prawdy. Na przykład: czemu miałabym informować Mahmouda, że wybieram się z wizytą do was — czy też gdziekolwiek indziej — kiedy uszczęśliwia go myśl, że jak na przykładną córkę przystało, składam matce regularne wizyty?

Amira zamyśliła się głęboko, Laila zaś uśmiechnęła się posępnie.

— A jak już o tym mowa — podjęła po chwili — czy kiedy przychodzi nocą do mojego łoża, gdy dźga mnie, podszczypuje, stęka i jęczy, powinnam mu powiedzieć, że wydaje z siebie dźwięki — i odory — niczym zdychający osioł? Czy... — zawiesiła głos dla lepszego efektu — ...powinnam udawać, że zaszczyca mnie swoimi względami, chociaż tak naprawdę wydają mi się odrażające?

Amira nie wiedziała, co odpowiedzieć.

Pomimo szat szczelnie okrywających kobiety i murów oddzielających je od mężczyzn, seks nie był tematem tabu w al-Remal, nawet wśród dzieci. Jednak opowieść Laili o małżeńskim życiu czyniła z seksu coś wynaturzonego, niemal przerażającego — szczególnie że w tej sprawie, jak i w każdej innej, kobieta zawsze musiała okazywać posłuszeństwo mężowi.

Dwa lata po ślubie mąż Laili spadł z galopującego konia w trakcie polowania. Uszkodził przy tym rdzeń kręgowy i został sparaliżowany od pasa w dół. Oczywiście Laila, jak na dobrą żonę przystało, publicznie skowyczała i zanosiła się teatralnym szlochem, w głębi serca cieszyła się jednak, że z powodu ułomności męża nie będzie już musiała wypełniać małżeńskich obowiązków — czym ponownie zaszokowała Amirę. Tyle że o ile wcześniej Mahmoud był przynajmniej tryskającą energią personą, teraz stał się kłótliwym, nieznośnym inwalidą, wymagającym, by Laila nieustannie była mu pielęgniarką i osobistą służącą.

Kiedy następnej wiosny Malik przyjechał na wakacje z kairskiego college'u Victoria — ekskluzywnej brytyjskiej szkoły z internatem — Laila, za pośrednictwem Amiry, umówiła się z nim na potajemne spotkanie. Amira wiedziała, że brat i przyjaciółka dopuszczają się zakazanego czynu; pomimo wspólnie spędzonego dzieciństwa tych dwoje nie mogło się teraz spotykać bez wyraźnej zgody męża Laili. Ale cóż naprawdę złego mogło być w ich spotkaniu? Ta schadzka okazała się pierwszą z szeregu innych i choć końcowe egzaminy miały się odbyć zaledwie za dwa miesiące, Malik wynajdywał najprzeróżniejsze powody, by wracać do rodzinnego domu niemal na każdy weekend.

A niedługo potem, z przyczyn zupełnie niezrozumiałych dla Amiry, Laila stała się o wiele bardziej przygnębiona niż zazwyczaj. I gdy pewnego dnia dziewczynka poszła do swojej przyjaciółki z wizytą, by podnieść ją nieco na duchu, służąca, która otworzyła drzwi, odprawiła ją z lodowatym komentarzem, że imienia Laili nie wolno nigdy więcej wypowiadać w domu jej pana. Nie mogąc uzyskać żadnych bliższych informacji, Amira odważyła się poruszyć ten temat w trakcie rodzinnej kolacji.

— Czy ona umarła? — spytała nieśmiało.

Twarz jej ojca spurpurowiała.

— Gorzej! — huknął zapalczywie. — Choć niedługo i to ją spotka. Ta kobieta... — imię Laili najwyraźniej nie mogło mu przejść przez gardło — ...ta kobieta nosi w łonie dziecko. Dziecko, którego ojcem nie jest jej mąż! Okryła hańbą siebie i swoją rodzinę! Dlatego spotka ją zasłużony koniec!

Karą przewidzianą za przestępstwo popełnione przez Lailę była śmierć.

— Przyj! — nakazała akuszerka, wsuwając rękę w gumowej rękawiczce w kanał rodny Laili. — Wyczuwam główkę. Wkrótce będzie po wszystkim.

— Modlę się, żeby to był chłopiec — jęknęła Laila. — By nigdy nie musiał tak cierpieć, znosić tego, co muszą znosić kobiety.

Amira usilnie szukała słów pocieszenia. Cóż mogłaby powiedzieć, by choć na krótką chwilę oddalić od przyjaciółki widmo śmierci?

— Odwagi — wyszeptała w końcu. — Odwagi, Lailo, najdroższa.

Czy ona sama miałaby jednak dość hartu ducha, by znieść to wszystko — brudną ponurą celę, odrzucenie przez rodzinę i przyjaciół? Świadomość, że nowo narodzone dziecko nigdy nie pozna swojej matki?

Amira połykała łzy, wiedziała, że nie ma prawa płakać. To nie jej życie miało wkrótce tragicznie się zakończyć.

— Jeszcze raz — zakomenderowała akuszerka, naciskając brzuch Laili. Chwilę później ukazała się główka i małe ramionka, i zaraz było już po wszystkim. Na świat przyszła drobniutka dziewczynka, mokra i oślizła, o gęstych czarnych włoskach i migdałowych ciemnych oczach.

Wykapana mama, pomyślała Amira. Zachwyciła się cudem nowego życia tak bardzo, że na chwilę zapomniała o dramatycznej sytuacji. Zapragnęła, żeby jej matka, Jihan, mogła zobaczyć swoją wnuczkę. Ale to było nieziszczalne marzenie. Odkrycie przed kimkolwiek tajemnicy mogło nieść za sobą śmiertelne niebezpieczeństwo. Poza murami tej celi nikt oprócz Malika nie mógł się dowiedzieć, czyje naprawdę jest to dziecko.

Um Salih delikatnie nakryła dłonią usta dziecka, by powstrzymać je od płaczu, po czym przekazała maleństwo Amirze. Zgodnie z wcześniejszymi wskazówkami dziewczyna wsunęła noworodkowi do buzi kawałek zwilżonej waty, modląc się w duchu, by te środki bezpieczeństwa nie wyrządziły dziecku krzywdy. Potem zawinęła malucha w koc i podała przyjaciółce.

Laila zaczęła wodzić palcem po maleńkiej twarzyczce — po czole, nosku, bródce i uszkach — jakby chciała wyryć w sercu obraz dziecka, którego więcej już nie zobaczy.

Po krótkiej chwili, na znak dany przez Um Salih, Amira delikatnie zabrała maleństwo z ramion Laili. Z koszyka akuszerki wyjęła niewielkie zawiniątko, a na jego miejsce włożyła noworodka.

Tymczasem Um Salih szybko i sprawnie usunęła łożysko i opatrzyła młodą matkę.

— Uratuj ją, Amiro. Bez względu na wszystko, musisz ją ocalić. — Oczy Laili płonęły gorączkowo, jej głos był prawie niedosłyszalny.

— Na pewno. Obiecuję — wyszeptała Amira i czule objęła przyjaciółkę, wiedząc, że robi to po raz ostatni w życiu. — Żegnaj, Lailo. Żegnaj. Niech Bóg będzie z tobą.

— Żegnaj, Amiro. I pamiętaj o mnie.

— Nigdy cię nie zapomnę. Przysięgam.

Laila zamknęła oczy i wyczerpana osunęła się na wiązkę słomy.

Um Salih szybko rozwiązała tobołek wyjęty z koszyka, odkrywając niemowlę, zmarłe zaledwie tego ranka. Wśród biedoty bogatego al-Remal śmiertelność noworodków była bardzo wysoka, dla akuszerki nie było więc żadnym problemem zdobycie ciała martwego chłopczyka. Nawiasem mówiąc, był to synek jej własnej siostrzenicy, wystarczyło więc kilka monet i krótka perswazja, by dziewczyna oddała martwe dziecko.

Stara kobieta spryskała sine ciałko wodą i umazała krwią z łożyska, po czym ułożyła u boku Laili i nakryła białą szmatką.

— Straż! — zawołała głośno i wkrótce w głębi korytarza rozległy się ciężkie kroki. — Moja robota skończona — oznajmiła Um Salih umundurowanemu mężczyźnie. — Dziecko nie żyje. Allach zabrał je do siebie. — Mówiąc to, odsłoniła rąbek szmatki.

Strażnik ledwo rzucił okiem na martwego noworodka.

— Może to i lepiej — mruknął zmieszany.

Um Salih skinęła na Amirę.

— Zbieraj moje rzeczy, niedojdo — rzuciła ostro.

— Tak jest, ciotko.

Kiedy szły więziennym korytarzem, Amira — modląc się w duchu, żeby dziecko się nie udusiło, a jednocześnie nie zaczęło płakać — miała ochotę puścić się biegiem, byle uciec jak najdalej od tego miejsca. Ale Um Salih poruszała się powoli: była idealnym ucieleśnieniem wizerunku starej kobiety, która spełniła swój obowiązek i teraz nie miała się już do czego spieszyć. Nie ulegało wątpliwości, że o ile nie wykonają jakiegoś podejrzanego gestu, żaden strażnik nie będzie chciał zajrzeć do koszyka pełnego nieczystych, kobiecych rzeczy. Wielkim wysiłkiem woli Amira dostosowała swój krok do kroku akuszerki i chwilę później ciężka brama ze zgrzytem zatrzasnęła się za ich plecami.

Smutek

Godzinny marsz do wioski, w której mieszkała Um Salih, zdawał się tysiącmilową wędrówką. Zapadł już zmierzch i powietrze znacznie się ochłodziło. Amira jeszcze nigdy nie czuła się tak zmęczona. Na dodatek, jakby chcąc nadrobić wymuszone milczenie u zarania swojego życia, córeczka Laili zaczęła głośno płakać, gdy tylko akuszerka usunęła watę z jej ust.

Amira chciała się zatrzymać, chwilę odpocząć, wziąć dziecko na ręce, ale Um Salih stanowczo się sprzeciwiła. Miały iść dalej.

— Mała potrzebuje mleka. Ktoś już czeka, żeby ją nakarmić.

— Nie możemy pozwolić, aby tak płakała — upierała się Amira. — Musisz jej jakoś ulżyć.

Przypominając sobie w owej chwili, że Amira jest przecież córką Omara Badira, akuszerka przystała na nalegania dziewczyny. Zwilżyła szmatkę w wodzie, unurzała w cukrze i podała maleństwu do ssania. Słodki smak, czy może po prostu dotyk ludzkiej dłoni, natychmiast ukoił dziecko. Parę minut później mała znów leżała w koszyku, pogrążona w głębokim śnie.

Światło księżyca odbijało się ostro od srebrnego porche zaparkowanego na obrzeżach wioski. Gdy kobiety podeszły bliżej, z samochodu wysiadł Malik. Zazwyczaj nienaganny w ubiorze — Amira często dogadywała mu, że jest wręcz próżny — był tym razem nieogolony i niechlujny. Jego luźna, tradycyjna szata — *thobe* — w kolorze écru, utkana z najdelikatniejszej egipskiej bawełny, była wymięta, jakby przespał w niej całą noc.

Brat chwycił Amirę w ramiona i przycisnął do piersi.

— Tak bardzo się niepokoiłem — oznajmił bez wstępnych grzeczności. — Bałem się, że cię zdemaskują. Zatrzymają w więzieniu... właściwie sam nie wiem, co myślałem. Nigdy bym sobie nie wybaczył, gdyby przytrafiło ci się cokolwiek złego. Ale na szczęście jesteś cała i zdrowa. A jak się miewa Laila? I dziecko?! Co z dzieckiem?! Mów, na Allacha!

Ignorując pytanie o Lailę — bo jakżeż owa nieszczęsna kobieta mogła się czuć w tej sytuacji? — Um Salih uniosła kawałek lekkiej materii, osłaniający koszyk.

— Zdrowa dziewczynka, panie. Wyrośnie na prawdziwą piękność. Zapewniam.

Malik wyciągnął rękę i dotknął twarzy małej, dokładnie tak, jak zrobiła jej matka.

— Będzie nosić imię Laila — powiedział bardziej do siebie niż do towarzyszących mu kobiet. — Jestem gotów zrobić dla niej wszystko. Wszystko, ze względu na tę, która ją urodziła.

— Nie myśl teraz o nieszczęściu Laili, bracie — powiedziała Amira. — Na to nic nie możesz poradzić — stwierdziła.

I miała rację.

Kiedy zbrodnia Laili wyszła na jaw, Malik chciał się przyznać, że jest współwinny.

— To również mój grzech — oświadczył. — Czemu ja mam wyjść z tej opresji cało, gdy ona zostanie pozbawiona życia? Popełniliśmy ten czyn razem, więc razem powinniśmy umrzeć.

Jednak za pośrednictwem Amiry Laila zakazała mu podobnego szaleństwa: „Nie ocalisz mojego życia, poświęcając własne. Byłaby to bezsensowna ofiara. Co gorsza, uczyniłaby z naszego dziecka sierotę. A do tego nie wolno ci dopuścić”.

Przez te wszystkie tygodnie, gdy Laila cierpiała w kazamatach al-Masagin, Malik miotał się niczym dzikie zwierzę uwięzione w klatce.

— Muszę jakoś zapobiec temu barbarzyństwu, Amiro. Jakimż trzeba być człowiekiem, by spokojnie patrzeć, jak kobieta, którą się kocha, zostaje skazana na zagładę?

— W tym wypadku należy zachować roztropność — odparła Amira, próbując usilnie przekonać brata, że konieczność zachowania ciągłości pokolenia nie ma nic wspólnego z tchórzostwem. — Czy sądzisz, że samobójcze przyznanie się do cudzołóstwa w jakikolwiek sposób mogłoby pomóc Laili?

Mimo podobnych rozmów, powtarzanych setki razy, Malik wciąż nie chciał się pogodzić z rzeczywistością i wymyślał coraz to fantastyczniejsze pomysły ocalenia ukochanej, którymi hojnie dzielił się ze swoim najlepszym przyjacielem i kuzynem zarazem, Faridem.

— Może udałoby się przekupić sędziów?

— Nie za pieniądze, które zdołasz zgromadzić — odparł Farid. — Byłoby to więc zbyt wysokie ryzyko, kuzynie. Za niska łapówka zostałaby uznana za zniewagę.

W tym względzie Malik ostatecznie zdał się na osąd swojego kuzyna. W rodzinie Badirów nie od dziś było wiadomo, że Farid — mimo niespotykanego zamiłowania do żartów i psot — odziedziczył niezwykłą inteligencję po swoim ojcu, Tariku, słynnym profesorze matematyki. Tak więc to Farid ostatecznie dbał, by Malik nie utracił kontaktu z rzeczywitością po procesie i werdykcie sądowym, powstrzymując go od szaleńczych pomysłów, w rodzaju zbrojnego ataku na więzienie i ucieczki prywatnym odrzutowcem.

I choć wśród przyjaciół Malika nie brakowało lojalnych zapaleńców — czy raczej szaleńców — gotowych porwać się na podobne przedsięwzięcie, Farid trzeźwo uświadomił kuzynowi, że przecież żaden z nich nie potrafi pilotować samolotu. Oczywiście, za odpowiednie pieniądze można by wynająć fachowców, wątpliwe jednak, czy którykolwiek z nich — bez względu na ilość oferowanego złota — byłby gotów ryzykować życie w starciu z królewskimi myśliwcami w imię ratowania życia cudzołożnicy.

Ostatecznie więc wszystko sprowadziło się do tej nocy w pustynnej wiosce i srebrzyście połyskujących w świetle księżyca monet wędrujących z dłoni Malika do ręki Um Salih.

— Dzięki, panie. Niech Allach ześle na ciebie tysiąc błogosławieństw. — Stara kobieta przytknęła palce do czoła w geście najwyższego szacunku.

Amira natomiast z trudem zdusiła uśmiech na wspomnienie impertynencji i zniewag, których akuszerka nie szczędziła jej w murach więzienia. Teraz, gdy już nie trzeba było odgrywać maskarady przed strażnikami, Um Salih stała się na powrót pokorną wieśniaczką, chylącą czoło przed bogactwem i władzą.

Malik odpowiedział z równą kurtuazją, miał bowiem do załatwienia jeszcze kilka spraw związanych ze swoją córką.

— A ta mamka? Czy aby na pewno jest zdrowa? — zapytał po chwili.

— Och, tak, panie. Najzupełniej. Po prawdzie to moja siostrzenica, Salima.

— Autentyczna siostrzenica czy też udawana? — rzuciła figlarnie Amira.

— Milcz, siostro. Jak śmiesz! — Malik spiorunował ją wzrokiem, po czym zwrócił się w stronę starej kobiety. — Wybaczcie jej, Um Salih. Niekiedy ta dziewczyna zapomina o dobrych manierach.

Akuszerka skłoniła lekko głowę w geście godnym najwytworniejszej damy.

— Jak już wspominałam, panie, moja siostrzenica legła w połogu ledwie wczoraj, lecz — niestety! — jej syn urodził się martwy i to jego ciało zostało w więzieniu. Co za ściskająca serce historia... Salima i jej mąż od wielu lat pragną potomka. Zapewniam cię jednak, panie, że pod każdym innym względem to zdrowa i silna dziewczyna. Twoje dziecko będzie miało najlepsze mleko i najlepszą opiekę. Przysięgam.

— Wrócę po córkę najszybciej, jak zdołam. Może minie parę miesięcy, a może rok. Ale nie martwcie się, będziecie suto zaopatrzeni — wy i wasza rodzina — póki będę chodził żywy po tej ziemi.

— Wszystko wypełnimy wedle twoich życzeń, panie. Ze strony twej pokornej sługi nie masz się czego obawiać.

Amira wiedziała, że brat dotrzyma danego słowa, co do tego nie miała wątpliwości. Ale nawet gdyby coś się stało i złoto przestało napływać, Um Salih nigdy by nikomu nie opowiedziała, co wydarzyło się w więzieniu al-Masagin. To kosztowałoby ją życie.

Czas było wracać, ale Malik wciąż z rozczuleniem wpatrywał się w śpiącą córeczkę.

— Czy chciałbyś ją potrzymać w ramionach, panie?

Akuszerka sięgnęła do koszyka, delikatnie wyjęła dziecko i włożyła Malikowi w ramiona.

Malik trzymał ją bez słowa, z dziwnie błyszczącymi oczami.

Amira i akuszerka również milczały, jakby się umówiły, by pierwsze fizyczne zetknięcie ojca z córką odbyło się w milczeniu pod ochroną pustynnego nieba.

Jakiś czas później, gdy rodzeństwo wracało samochodem do miasta, Malik powiedział:

— Ona będzie całym moim światem. Moim słońcem, księżycem i gwiazdami. Przysięgam.

Amira uważnie wpatrywała się w twarz brata, teraz dużo starszą, o ostrzejszych rysach niż zaledwie kilka miesięcy temu. Ze zdumieniem spostrzegła, że po policzkach Malika płyną łzy. A przecież Malik nigdy nie płakał, nawet kiedy był jeszcze bardzo małym chłopcem.

Po długiej chwili milczenia Malik znowu podjął rozmowę.

— Oczywiście, nie będę mógł pozostać w al-Remal. Muszę wyemigrować, żyć na obczyźnie. I zapewne już nigdy tu nie wrócę. — Spojrzał przeciągle na siostrę. — Niewykluczone, że pewnego dnia i ty podejmiesz taką decyzję.

Podjechali do bramy domu i Malik zgasił silnik.

— Wejdź od tyłu. Drzwi będą otwarte. Uzgodniłem to z Bahią. Ona cię kocha, Amiro... nie chciała nawet przyjąć pienędzy, które jej oferowałem za pomoc. Od razu idź do jej pokoju na parterze. W ten sposób nikt cię nie usłyszy. Przebierz się tam natychmiast w koszulę nocną, a potem przemknij po cichu do swojego pokoju. Jeżeli ktoś się obudzi, powiedz, że nie mogłaś zasnąć. Bahia potwierdzi twoje słowa.

Przechytrzenie rodziny zdawało się nagle tak banalnie proste. I choć Amira nigdy przedtem poważnie nie okłamała żadnego z rodziców, teraz była na to gotowa.

— A ty? — spytała. — Nie wracasz razem ze mną?

Malik zdecydowanie potrząsnął głową.

— To mogłoby się wydać podejrzane. Przyjdę za parę godzin. Zawsze mogę powiedzieć, że się zasiedziałem z kolegami. — Uśmiechnął się kpiąco, ale jego oczy pozostały smutne. — Ze mną jest inaczej, przecież wiesz.

Owszem, wiedziała. Malik przyjechał na wakacje, by się rozerwać i dobrze zabawić. Nawet gdyby całą noc spędził poza domem, ojciec nie miałby nic przeciwko temu. Przechyliła się, żeby otworzyć drzwi samochodu i w tym momencie brat chwycił ją za rękę.

— Złożyłem pewną obietnicę, siostrzyczko. Sobie i Allachowi. A teraz złożę ją również tobie: Już nigdy nie dopuszczę, by być tak bezsilnym. Już nigdy nie będę tak słaby, by nie móc ocalić kogoś, kogo kocham. Zapamiętaj moje słowa.

Niedługo potem Amira znalazła się we własnym łóżku. Wciąż czuła na skórze brud więzienia — nie odważyła się wykąpać, ale miała na sobie świeżą koszulę i leżała na pachnących lawendą prześcieradłach.

Nigdy nie zdołam zasnąć, pomyślała. Gdy tylko zamknę oczy, ujrzę twarz Laili i tę przerażającą więzienną celę.

Zasnęła jednak szybko i spała głębokim, bezsennym snem aż do chwili, gdy Bahia, jej sudańska służąca, obudziła ją lekkim potrząsaniem za ramię.

— Przyniosłam śniadanie, panienko — oznajmiła z konspiratorskim uśmiechem połyskującym złotem.

Na tacy stał dzbanek gorącej herbaty, kilka tostów, miseczka oliwek i talerzyk z plastrem białego sera.

— Dziękuję, Bahio. I dziękuję ci też za...

— Szsz, dziecko. Im mniej powiesz, im mniej będę wiedzieć, tym lepiej dla nas wszystkich.

— A co z Malikiem? Czy jeszcze śpi?

— O, nie. Kiedy wstałam, twój brat już był w kuchni. Wyglądał, jakby przez całą noc nie zmrużył oka. Ale co ja tam wiem? — Znowu uśmiechnęła się przebiegle. — Teraz siedzi wraz z ojcem w wielkim gabinecie. Rozmawiają za zamkniętymi drzwiami.

Amira poderwała się gwałtownie z wrażenia. To musiała być poważna sprawa, zapewne mająca jakiś związek z dzieckiem, co do tego nie miała wątpliwości. O czym jednak Malik mógł rozmawiać z ojcem? Ignorując śniadanie, opłukała się pospiesznie, przeczesała gęste kruczoczarne włosy i naciągnąwszy szybko sukienkę, zbiegła na dół.

Drzwi do gabinetu rzeczywiście były zamknięte. Amira przyłożyła ucho do szlachetnego drewna, ale usłyszała jedynie zduszone męskie głosy. Czy starczy jej odwagi? Zdecydowała, że tak.

Wstrzymując oddech, zaczęła przekręcać gałkę powolutku i bardzo delikatnie, po czym lekko pchnęła drzwi. Rozległ się cichy skrzyp. Dziewczyna znieruchomiała ze strachu, ale rozmowa w gabinecie toczyła się dalej jak gdyby nigdy nic.

— Nie jestem już dzieckiem — doszedł ją głos Malika. — Jestem dorosłym mężczyzną, który wie, czego chce w życiu. Nie interesuje mnie studiowanie prawa międzynarodowego czy ekonomii. Czemu więc mam marnować twoje pieniądze, a mój czas na Sorbonie? Chcę uczyć się poprzez życiowe doświadczenia, tak jak ty.

Amira znowu wstrzymała oddech, spodziewając się erupcji ojcowskiego gniewu. Ale nic takiego się nie wydarzyło. Jakże to jednak możliwe, by Malik dobrowolnie odrzucał cudowną sposobność studiowania na europejskim uniwersytecie? Ona oddałaby wszystko za podobną możliwość.

— Bardzo szczytny cel, mój synu.

Czy jej się wydawało, czy w tonie ojca pobrzmiewał sarkazm?

— A właściwie, jaką to działalność taki mężczyzna jak ty ma na myśli?

— Przedsiębiorstwo żeglugowe — odparł Malik pewnym tonem, jakby wszystko już dobrze przemyślał. — Nie jestem jednak głupcem, ojcze. Doskonale zdaję sobie sprawę, że bez twojej pomocy nic nie zdziałam. Dlatego chciałbym cię prosić o wielką przysługę, za którą będę ci wdzięczny do końca życia. Czy nie zechciałbyś polecić mnie swojemu przyjacielowi, Onassisowi? Poprosić, żeby dał mi u siebie pracę na jakimkolwiek stanowisku? Dosłownie jakimkolwiek. Jestem gotów uczyć się poprzez ciężką pracę. Tak jak ty.

— Ach, tak. — Amira nie miała wątpliwości, że ojciec się uśmiecha. Ileż to razy słyszała opowieść, jak to w wieku siedemnastu lat, właściwie bez żadnego formalnego wykształcenia, zaczął handlować jedwabiem i doszedł do fortuny? Całe królestwo wiedziało o jego sukcesie.

— Ale to były inne czasy, synu — odparł Omar zadziwiająco łagodnym tonem. — Obecnie wyższe wykształcenie stało się niezwykle użyteczne, w niektórych sytuacjach wręcz niezbędne.

— Dobrze wiesz, że nie jestem błyskotliwym studentem, ojcze. Nie raz o tym wspominałeś. Mam dyplom z Victorii. Reszty nauczę się w trakcie pracy. Obiecuję.

Zaległa cisza i Amira oczyma wyobraźni zobaczyła Malika posyłającego ojcu zniewalający uśmiech — uśmiech, któremu niewiele osób umiało się oprzeć.

— Poza tym — Malik podjął po chwili — czyż sam wielekroć nie krytykowałeś synów swoich przyjaciół, którzy wyjechali na studia do Europy? Na własne uszy słyszałem, jak mówiłeś, że zdobywają wiedzę jedynie o kasynach i burdelach. Zapewne więc moje pragnienie, by wykazać się ciężką pracą, powinno bardziej przypaść ci do gustu.

Omar roześmiał się głośno, a zaraz potem dało się słyszeć

odgłos wykręcanego numeru telefonu, a po chwili przyciszoną rozmowę prowadzoną po angielsku. W końcu Omar odłożył słuchawkę i zwrócił się w stronę Malika.

— Onassis ma dla ciebie posadę, do której najpierw będziesz musiał się przyuczyć. Nie jest ona jednak w Paryżu... — Zawiesił głos. Czyżby chciał sprowokować Malika do protestów? — Nie jest nawet w Atenach, a w Marsylii.

— Gdziekolwiek by była, przyjmę ją. Dziękuję, ojcze.

— Pamiętaj, że Onassis daje ci tylko szansę i nic poza tym. Jak ją wykorzystasz, zależy tylko od ciebie. Sam musisz zapracować na swój sukces.

— Tak jest.

— A więc niech tak będzie.

Słysząc szuranie krzeseł po podłodze, Amira szybko umknęła spod drzwi. Jednak gdy tylko Omar wyszedł z gabinetu, zastąpiła drogę bratu. Bahia miała rację, Malik na pewno nie spał tej nocy. Ogolił się i ubrał w czystą szatę, ale miał podkrążone, zaczerwienione oczy.

— Słyszałam twoją rozmowę z ojcem. Dlaczego mu powiedziałeś, że nie chcesz studiować na Sorbonie? Przecież to nieprawda. Dobrze wiem, że nieprawda.

— Teraz już tak, siostrzyczko — odparł, delikatnie mierzwiąc jej włosy. — Mam nowe obowiązki, czyżbyś zapomniała? To wyjątkowo małe poświęcenie, biorąc pod uwagę... — Głos mu się załamał na wspomnienie tego, co miało się dzisiaj wydarzyć.

Cóż robić w takim dniu? O czym rozmawiać?

Amira chciała być u boku brata, ale on wybrał samotność i zamknął się w swoim pokoju. Próbowała więc robić to, co zwykle, lecz kiedy otworzyła książkę, słowa nie układały się w żaden logiczny ciąg. Natomiast gdy poszła do kuchni, żeby pomóc Bahii, nie mogła sobie znaleźć miejsca.

Czymś jednak trzeba było wypełnić ten ranek.

O pierwszej, zaraz po południowych modłach, Laila miała zostać stracona.

Tuż przed jedenastą do pokoju Amiry wpadł rozgorączkowany Malik.

— Nie wysiedzę tu, muszę tam iść. Muszę być przy niej.

— Nie, Malik. Nie rób tego. Ktoś może zacząć coś podejrzewać...

— Nikt nie będzie niczego podejrzewać. Wezmą mnie za kolejnego bogatego dzieciaka, który chce przeżyć chwilę niezdrowego dreszczyku — rzucił z goryczą.

— W takim razie idę z tobą.

— Nie ma mowy. Żadna dziewczyna... to znaczy żadne dziecko nie powinno być świadkiem takiego barbarzyństwa.

— Wczoraj, gdy szłam do więzienia al-Masagin, jakoś nie uważałeś mnie za dziecko. Czyżbyś już o tym zapomniał?

Malik mnie potrzebuje, stwierdziła w duchu. Jest w takim stanie, że nie wiadomo, co może powiedzieć bądź uczynić.

Zaczęli się sprzeczać. Brat kategorycznie nakazał, żeby została w domu. Ona buntowniczo mu się sprzeciwiła.

— Jeżeli mnie nie zabierzesz, pójdę sama.

Malik nic na to nie odpowiedział i Amira uznała jego milczenie za przyzwolenie.

Jeszcze zanim słońce stanęło w zenicie, wymknęła się z domu z torbą, w której ukryła chłopięce ubranie. Pobiegła do samochodu brata i tam włożyła na siebie białą *thobe* i zasłaniającą głowę *ghutrę*, na nos zaś wsunęła duże ciemne okulary.

Piaszczysty placyk z grubym palem wbitym pośrodku prażył się w bezlitosnym słońcu południa. Ktoś (ciekawe kto? — zastanawiała się Amira) ułożył stos dużych, gładkich, rzecznych kamieni w odległości zaledwie kilku kroków od pala.

Przez chwilę wydawało się Amirze, że musiało dojść do jakiejś pomyłki lub odroczenia egzekucji, z wyjątkiem jednego czy dwóch policjantów placyk był bowiem zupełnie wyludniony.

Dopiero po chwili ich ujrzała — dziesiątki, setki — tłoczących się w cieniu bram i więziennych murów. Rozpoznała kilku przyjaciół ojca i kolegów Malika, jednak większość zgromadzonych ludzi to była biedota. A wśród nich mnóstwo kobiet.

Kiedy słońce paliło kamienne mury więzienia al-Masagin, zza bramy wyprowadzono Lailę z przepaską na oczach i przywiązano ją do pala. Zaledwie kilkanaście metrów dalej stała rodzina nieszczęsnej — wszyscy sztywno wyprostowani i nieruchomi niczym marmurowe posągi. Prawo nakazywało, by się tu zjawili: mężczyźni, by dzielić z Lailą wstyd i hańbę; kobiety — aby im unaocznić, co je spotka, gdy zboczą ze ścieżki cnoty.

Amira miała wrażenie, że zaraz zemdleje. Gdy jednak spojrzała na Malika i zobaczyła wyraz męki na jego twarzy, wykrzesała z siebie potrzebną odwagę.

Mocno ścisnęła dłoń brata, który mamrotał coś pod nosem. Wytężyła słuch i zrozumiała, że Malik się modli. Urzędnik stanął przed tłumem, opisał popełnioną zbrodnię i odczytał wyrok. A zaraz potem, na jakiś tajemny sygnał, którego Amira w ogóle nie dostrzegła, najstarszy brat Laili postąpił naprzód z dużym kamieniem w dłoni. Gdy był zaledwie kilka kroków przed siostrą, cisnął nim z całej siły, mierząc w czoło.

Ten obraz na zawsze wrył się w pamięć Amiry. Czy rzucił tak silnie z nienawiści za to, że zhańbiła rodzinę, czy może z litości, by zabić ją natychmiast i oszczędzić jej dalszej męki?

Jakiekolwiek były jego intencje, nie odniosły zamierzonego skutku: w ostatniej sekundzie Laila odwróciła głowę, jakby mimo przepaski na oczach poszukiwała kogoś wzrokiem — Amira była gotowa przysiąc, że zwróciła się w stronę Malika — i kamień otarł się o skroń.

Trysnęła krew. Laila osunęła się lekko, szybko jednak z powrotem się wyprostowała, potrząsając głową, jakby próbując oprzytomnieć. A zaraz potem wokół rozległ się dźwięk przypominający warczenie rozwścieczonego psa spuszczonego z łańcucha.

Tłuszcza ruszyła naprzód, niemal walcząc między sobą o kamienie, które nagle zaczęły latać gęsto nad placykiem na podobieństwo stada spłoszonych białych ptaków. Ku przerażeniu Amiry najgorliwszymi katami okazały się kobiety — ciskały kamienie z przekleństwem na ustach, po czym biegły do stosu, by pochwycić następny.

Przez kilka sekund Laila rzucała się na boki, jakby chciała uchylić się przed pociskami miotanymi przez niewidzialnych napastników, ale wkrótce opadła martwo na sznury, a kamienie głuchym, przyprawiającym o mdłości echem odbijały się od jej ciała, odrzucały jej głowę raz na prawo, raz na lewo. Wszystko skończyło się równie nagle jak pustynna burza — ostatni kamień potoczył się z chrzęstem po żwirze placyku.

Z budynku więzienia wyszedł jakiś mężczyzna, przytknął stetoskop do poobijanej piersi, po czym skinął głową w stronę strażników. Odwiązali ciało Laili od pala i zanieśli z powrotem do więzienia, niczym go nie owijając. Amira poczuła ostre ukłucie w sercu, widząc ten ostateczny akt zniewagi. Czy Laili odebrali nawet prawo do przyzwoitego pochówku?

Tłum zaczął się rozchodzić, groźne pomruki szybko ucichły. Wciąż ściskając mocno dłoń Malika — nie było w tym nic niezwykłego, bo młodzi chłopcy często trzymali za rękę starszych mężczyzn — Amira wyprowadziła brata z placyku. Malik patrzył przed siebie niewidzącym wzrokiem i poruszał się jak w transie. Kiedy doszli do samochodu, dziewczyna rozluźniła uścisk. Dotknęła swojej lepkiej od zimnego potu skóry, zgięła się wpół i zwymiotowała w piach.

Malik jakby w ogóle tego nie zauważył. Patrząc tępo przed siebie, przekręcił kluczyk w stacyjce i ruszył z miejsca. Kiedy wjechali na bitą szosę, przycisnął pedał gazu. W czasie drogi, z twarzą zastygłą w maskę lodowatej furii, wypowiedział tylko jedno zdanie:

— Nigdy więcej. Przysięgam.

Malik

1970

Samolot zatoczył ostry łuk, podchodząc do lądowania. Jedno skrzydło wystrzeliło w stronę czystego, błękitnego nieba, drugie opadło ku pustyni w kolorze khaki. Niebo i pustynia. Al-Remal.

Pewnej nocy w Marsylii, w zadymionej kafejce pełnej marynarzy i turystów poszukujących „atmosfery", kolega z pracy Malika, Amerykanin w średnim wieku, wypił za dużo i popadł w nostalgiczno-sentencjonalny nastrój.

— Coś wam powiem, chłopcy — poinformował siedzących wokół stołu współpracowników. — Wszyscy jesteście młodzi, z dala od własnego kraju i wydaje wam się, że gdy tylko zarobicie kupę forsy, powrócicie do domu w wielkim stylu. Ale to niemożliwe. Nigdy nie uda wam się wrócić. Tak stwierdził jeden ze sławnych pisarzy. Nie pamiętam który, ale w życiu nie słyszałem prawdziwszych słów.

— Co to właściwie ma znaczyć? — zapytał Malik, bo absolutnie nie mógł pojąć, o co chodzi Amerykaninowi.

— Że nigdy nie uda ci się wrócić do domu, choćbyś nie wiem jak cholernie się starał.

Pijany kolega powtórzył raz jeszcze, że była to sentencja słynnego pisarza, najwyraźniej również Amerykanina, po czym zaczął wyjaśniać jej znaczenie na swój własny użytek. Wciąż jednak nie wiadomo było, w czym rzecz.

Jeden z siedzących przy stole, młody Libańczyk władający kilkoma językami, chciał przełożyć tę myśl na arabski. Malik też tego spróbował. I nagle obaj odkryli, że to niemożliwe. Może owo powiedzenie miało logiczny, pojęciowy sens w Stanach, ale nie w al-Remal. Nie w jakimkolwiek arabskim kraju. Każdy Arab zawsze mógł wrócić do domu i niemal zawsze to czynił, bez względu na to, dokąd i na jak długo wyjeżdżał z ojczyzny.

Jednak po tym wieczorze Malik często wracał do słów Amerykanina i w końcu zrozumiał, że — w pewnym sensie — owa myśl odnosi się i do niego. Nie dlatego, że kiedykolwiek zostałby uznany w swoim kraju za obcego — podobny koncept zdawał się absurdalny — lecz ponieważ w końcu al-Remal stanie się nużąco znajome, niczym uwierająca *thobe* czy zmięte prześcieradła.

To właśnie poczuł w tej chwili. A właściwie takie uczucia towarzyszyły mu przez cały czas od chwili, gdy stracono Lailę. Kiedy o niej myślał, natychmiast wracała do niego sentencja Amerykanina oraz przysięga, którą złożył samemu sobie i Allachowi. Nie mógł też myśleć o Laili, którą kiedyś kochał, nie myśląc równocześnie o Laili, którą kochał teraz. Kiedy trzymał ją w ramionach, była zaledwie noworodkiem. Czy teraz umiała już chodzić? Czy wymawiała pierwsze słowa? Ostatecznie minął rok z okładem.

Jeśli jednak wszystko pójdzie zgodnie z planem, już nic nigdy nie rozdzieli go z córką. Malik tak bardzo zagłębił się w marzeniach, że steward musiał mu przypomnieć o zapięciu pasów.

Na lotnisku czekał Farid. W młodzieńczych latach Malik nigdy nie widział lustra na tyle dużego, by odbijało całą sylwetkę — podobne lustra uważane były w al-Remal za oznakę idolatrii — za to we Francji spotykało się je na każdym kroku. Pewnego dnia, w cyrku, Malik widział nawet lustro zniekształcające sylwetkę: był w nim dużo niższy i grubszy niż w rzeczywistości. To wspomnienie wróciło do niego na widok kuzyna; Farid i Malik mieli bardzo podobne rysy twarzy i Faid ze swoją tuszą wyglądał właśnie tak, jak owo cyrkowe odbicie.

Kuzyni ucałowali się serdecznie na powitanie.

— Niech pokój Allacha będzie z tobą.

— I z tobą — odrzekł Malik. — Czy twój ojciec zdrów?

— Tak, dzięki woli Najwyższego. Twój zresztą również ma się świetnie.

Po wymianie tych uświęconych tradycją grzeczności Farid odsunął Malika na długość ramienia i zaczął lustrować spod przymrużonych powiek niczym belę tkaniny na bazarze.

— Widzę, żeś się przemienił w niewiernego, kuzynie. A przynajmniej w dyplomatę.

Malik uniósł ręce dłońmi ku górze, udając, że nie rozumie słów Farida.

— Twój *complet*, garnitur! — wykrzyknął Farid, używając najpierw francuskiego, potem angielskiego słowa, w języku arabskim nie istniało bowiem żadne określenie podobnego stroju. — Czy jakkolwiek nazywają się te łachy.

Na pokładzie samolotu Malik nałożył na głowę *guthrę*, ale zdecydował się nie zmieniać garnituru na *thobe*. Połączenie *guthry* i europejskiego ubrania stało się obecnie bardzo modne wśród arabskich dyplomatów przebywających na Zachodzie.

— Na te, jak je nazywasz, łachy musiałem wydać całą moją miesięczną pensję — skłamał Malik.

Farid pomacał materiał i pokiwał z politowaniem głową.

— Ci niewierni niemiłosiernie zdarli z ciebie skórę. Dałeś się ograbić — oznajmił.

Malik jednak widział wyraźnie, że w głębi serca kuzyn podziwia jego egzotyczny strój.

Chwilę później Farid skinął na palestyńskiego bagażowego, by zajął się walizkami Malika. Lotnisko było o wiele bardziej tłoczne i pulsujące życiem, niż Malik zapamiętał z przeszłości. Kuzyn przeprowadził go przez stanowisko celne, machając nonszalancko dłonią w stronę urzędników, i wówczas Malik poczuł autentyczne współczucie wobec zachodnich biznesmenów, którzy musieli wybebeszać swoje walizki. Niech Bóg ma ich w swej opiece, pomyślał, jeśli byli na tyle głupi bądź nieświadomi, żeby zabierać ze sobą surowo zakazaną kontrabandę, jak alkohol czy magazyny z rozebranymi kobietami — na przykład „Playboya".

Gdzieniegdzie gwardziści z karabinami maszynowymi na ramieniu, noszący chusty w zieloną kratę — kolor symbolizujący islam — kręcili się wśród napływających falami podróżnych. Nagle dotarło do Malika, że nigdy wcześniej nie zauważył wszechobecności gwardzistów. Zanim wyjechał do Europy, zdawali się tak oczywistą częścią krajobrazu, że po prostu wtapiali się w tło. Teraz dopiero zrozumiał, że są wokół po to, by ostro interweniować na najlżejszy sygnał ze strony któregokolwiek z urzędników.

Farid jeździł dwuletnim buickiem — samochodem będącym marzeniem większości Remalczyków, jednak marką raczej poniżej przeciętnej dla kogoś o statusie Farida.

— Jestem na liście oczekujących na lincolna continentala — wyjaśnił kuzyn Malikowi, gdy tylko usadowili się w aucie. — Mam nadzieję, że zdołam za niego zapłacić, gdy już przewiozą go do naszego królestwa — dodał po chwili melancholijnie, po czym skręcił w drogę prowadzącą do miasta, zupełnie nie zwracając uwagi na nadjeżdżające samochody, tak że potężna ciężarówka z wielkim trudem zdołała uniknąć zderzenia.

— Czy miałeś dobry lot? — zapytał Farid. — Podobno te nowe odrzutowce są niemal w stu procentach bezpieczne.

Malik zapewnił, że lot był wyjątkowo przyjemny, oraz potwierdził, że nowe samoloty odpowiadają wszelkim światowym standardom bezpieczeństwa.

— Opowiedz mi o Francji — poprosił potem Farid.

Malik opadł bezwładnie na poduszki oparcia. Nie jesteś w Europie, napomniał się w duchu. Tutaj bezpardonowe odniesienie się do tematu najbardziej interesującego obie strony byłoby niewyobrażalnym pogwałceniem dobrych manier.

Cierpliwie więc opowiadał Faridowi o francuskiej pogodzie, francuskim jedzeniu i francuskich kobietach. Ponieważ jednak ta ostatnia kwestia była natury bardzo osobistej, poprzestał na kilku ogólnikowych uwagach, pozostawiając Faridowi szerokie pole do domysłów. W końcu wreszcie zmienił temat.

— Skąd tutaj taki ruch? Niczym na Polach Elizejskich.

Na drodze prowadzącej do lotniska w zasięgu wzroku znajdowało się co najmniej kilkanaście samochodów; przed wyjazdem Malika do Francji spotkanie trzech pojazdów na tej trasie można było uznać za wielkie wydarzenie.

— To z powodu ropy, kuzynie. Interes nadzwyczaj pomyślnie się rozwija. Pieniądze płyną do szkatuły królewskiej równie żwawo jak woda w fontannach monarszego pałacu. Dzięki łasce Najwyższego może wkrótce wszyscy będziemy bogaci.

— Jeśli taka wola Allacha. Mam nadzieję, że i na mnie, choć jestem we Francji, spłynie odrobina tego bogactwa.

— A jak tam twoje sprawy w Europie? — zapytał Farid, z wolna dryfując w stronę najważniejszego tematu. — Jak ci się pracuje dla tego starego, greckiego pirata?

— Nieźle — odparł Malik, parskając śmiechem, choć Farid nie był pierwszym, który w taki sposób opisał jego pracodawcę. — Wręcz znakomicie. I mam nadzieję, że wkrótce wszystko potoczy się jeszcze lepiej — jednak nie pod szyldem Onassisa.

— Sądzisz, że zbijesz większą fortunę bez jego pomocy? — Farid uniósł w zdziwieniu brwi.

— Tego nie powiedziałem — odparł Malik, po czym nie wdając się w szczegóły, wyjaśnił, że w miejscach takich jak Marsylia trafiają się klienci wymagający szczególnych usług. — Specyficzne ładunki, rozumiesz, kuzynie?, których Onassis nie chce oficjalnie przewozić, bo mógłby narazić się na polityczne konsekwencje, gdyby owe ładunki zostały... przechwycone. Prowadzenie interesów na wielką skalę wymaga przychylności wielu rządów. Bo właśnie ich przychylność przekłada się na grube miliony.

Farid rozłożył ręce w geście mającym sugerować, że ta zależność znana jest nawet dzieciom.

— Oczywiście tym, czego potrzebuje szczególny klient, nie jest jeden z tankowców Onassisa, lecz nie rzucający się w oczy, stary tramp, zarejestrowany, powiedzmy, w Panamie...

— I Onassis wyraził na to zgodę?

To było celne pytanie, które natychmiast przypomniało Malikowi, że za maską żartobliwej prostoduszności Farida kryje się nieprzeciętny umysł.

Zaledwie trzy tygodnie wcześniej Malik zebrał się na odwagę i spytał Onassisa, czy może podjąć się pewnych działań na własną rękę. Potentat przez dłuższą chwilę świdrował go wzrokiem, po czym po przyjacielsku otoczył ramieniem. „Powinienem wiedzieć, że syn Omara Badira wcześniej czy później będzie chciał się uniezależnić. Jednak jeszcze nie zapomniałem, jakie niebezpieczeństwa czyhają na młodego człowieka. Pewnego dnia odejdziesz. Ale na razie zostań z Onassisem. Kto wie, może nawet czegoś zdołasz się nauczyć. Jeśli zaś chodzi o te szczególne plany, masz moje błogosławieństwo, jednak pod trzema warunkami. Po pierwsze, pracujesz na własny rachunek, w swoim wolnym czasie. Po drugie, moje nazwisko nigdy nie zostanie uwikłane w żadną z tych operacji, Po trzecie, nie tykaj ładunku, którego przewóz ciążyłby ci potem na sumieniu".

— Już rozmawiałem na ten temat z Onassisem — wyznał Malik Faridowi. — Byłem mu to winien. Nie zgłosił żadnych zastrzeżeń.

— Doskonale. A więc zapewne taka jest wola Najwyższego.

Farid pochylił się do przodu i spod przymrużonych powiek wpatrywał się w horyzont, jakby oczekiwał jakiejś niespodziewanej zmiany na pustyni.

— Zatem wiedzie ci się dobrze? — mruknął w końcu

— Jak już powiedziałem, nie najgorzej. — Wreszcie zbliżali się do kwestii zasadniczej.

— Zastanawiam się, czy w tym natłoku spraw miałeś dość czasu, by poważnie się zastanowić, co zrobić z dzieckiem.

Nie myślałem o niczym innym, odparł w myślach Malik. Ostatecznie właśnie w tej sprawie przyjechałem do al-Remal.

— Naturalnie — odparł i niespodziewanie zdjęła go panika. — Czyżbyś nie dostał mojego listu?!

— Oczywiście, że dostałem. I, jak prosiłeś, zniszczyłem po

przeczytaniu, a wszystkim wokół powiedziałem, że gdzieś mi się zawieruszył.

— To dobrze. — Malik poczuł wielką ulgę. — No i co sądzisz o moim planie? Ma szanse powodzenia?

Farid zjechał na pobocze, zatrzymał wóz i obrócił się, by spojrzeć Malikowi prosto w twarz.

Malik natychmiast się zreflektował. Żaden Remalczyk nie dyskutował o poważnych sprawach, jeśli nie mógł patrzeć rozmówcy w oczy.

— Widzę, kuzynie, że nieco odszedłeś od naszych uświęconych tradycji. Ponadto odnoszę wrażenie, że twoje serce bierze górę nad rozumem. W rzeczy samej, zaproponowałeś dwa rozwiązania. — Farid uniósł dwa palce w górę w profesorskim geście swojego ojca. — Pierwsze: dziecko zostaje rzekomo sprzedane francuskiemu małżeństwu, które chce je adoptować. Jestem przekonany, że nawet ty dostrzegasz poważne słabości tego pomysłu. To prawda, dzieci w naszym kraju są niekiedy sprzedawane, ale Mahir Najjar nie należy do ludzi, którzy by się do czegoś podobnego posunęli. A gdyby nawet do nich należał — nigdy nie oddałby dziecka w ręce niewiernych. Moglibyśmy oczywiście wyznać mu prawdę. Niewiele by to jednak pomogło. On zdaje sobie sprawę, co mówiliby o nim ludzie i wstyd zmusiłby go w końcu do obrócenia się przeciwko tobie, bez względu na sumę, jaką byś mu zaoferował.

Malik westchnął głęboko.

— Bez wątpienia masz rację. Prawdę powiedziawszy, im dłużej o tym myślałem, tym więcej ogarniało mnie wątpliwości bardzo zbliżonych do twoich obiekcji. Dlatego napisałem ci, że uważam drugi plan za zdecydowanie lepszy.

— Bo jest lepszy. Jednak przeanalizujmy go uważniej. O ile zrozumiałem, chcemy rozgłosić, że dziecko cierpi na jakąś rzadką, poważną chorobę. Oczywiście, w al-Remal nic nie można na nią poradzić — ostatecznie nie mamy tu ani jednego szpitala z prawdziwego zdarzenia. Szczęśliwie, anonimowy dobroczyńca decyduje się opłacić leczenie we Francji.

Możemy nawet dać ludziom do zrozumienia, że owym filantropem jest Onassis, któremu przedstawiłeś nieszczęsne położenie biednej wieśniaczej rodziny i którego w ich imieniu poprosiłeś o pomoc.

— Nie mieszajmy do tego Onassisa. Niech to będzie anonimowy dobroczyńca.

— W porządku. Czy jednak nie dostrzegasz, ile komplikacji niesie ze sobą ten plan? Po pierwsze, ostatecznie dziecko albo musi zostać wyleczone, albo musi umrzeć.

— Otóż to. Po kilku miesiącach, po roku, czy dwóch, rozpuścimy wieść, że leczenie zawiodło. Rodzice odbędą zwyczajową żałobę, po czym wszyscy zapomną o sprawie.

Farid skrzywił się nieznacznie.

— W ten sposób posuniemy się do oczywistego kłamstwa, a tego wolałbym uniknąć. Poza tym, czy chcesz, żeby to dziecko zaczynało nowe życie pod znakiem śmierci — i to już po raz drugi?

Farid szybko otworzył drzwi samochodu i splunął w piach dla odegnania złego uroku.

Niemal odruchowo Malik uczynił to samo.

— Nie — odparł cicho po chwili.

— Oczywiście, że nie — przytaknął kuzyn. — A do tego dochodzi kolejny problem. Ty oczywiście znasz się na tym lepiej, ale czy przypadkiem historia o anonimowym dobrodzieju i ciężko chorym dziecku nie należy do tych sentymentalnych opowiastek, nad którymi rozwodzą się zachodnie gazety, by wyciskać swoim czytelnikom z oczu łzy? Co będzie, gdy prasa coś zwietrzy?

— Doszukujesz się samych złych stron, Faridzie — rzucił Malik ostrzej, niż zamierzał. — To prawda, całe przedsięwzięcie jest niebezpieczne — dodał po chwili pojednawczym tonem. — Ale trzeba się go podjąć, i to jak najszybciej. Moja córka ma już ponad rok i wkrótce zacznie uważać Mahira za swojego ojca. Gdy minie jeszcze trochę czasu, ona już na zawsze pozostanie dzieckiem Najjarów, nigdy nie będzie w pełni moja.

— W tym punkcie masz bezsprzecznie rację. — Farid odwzajemnił się pojednawczym tonem. — Dlatego zapytałem, czy dogłębnie rozważyłeś wszelkie możliwości. Bo mnie się wydaje, że istnieje rozwiązanie, którego nie dosięgnie żaden miecz czy strzała.

— Wybacz, kuzynie, moją impertynencką bezpośredniość, ale za dwa dni muszę wracać do Marsylii. Powiedz więc szybko i bez ogródek, co masz na myśli.

Farid w zamyśleniu zaczął gładzić wąsy. Jeszcze rok temu Malik zupełnie nie dostrzegał tego gestu — dopiero we Francji, gdzie wielu mężczyzn goliło się na co dzień, uświadomił sobie, jak wielką dumą zarost napawa jego rodaków. W al-Remal, poza obcokrajowcami pracującymi dla kompanii naftowych, mężczyźni bez zarostu byli równie rzadkim zjawiskiem jak komety, a ci, którzy nie mogli pochwalić się bujnymi wąsami, w pewnym sensie tracili na statusie, bez względu na osobiste osiągnięcia.

— Do tej pory nasze plany koncentrowały się na jednym — powiedział Farid. — Na wywiezieniu dziewczynki. A może dużo prościej byłoby zabrać ich wszystkich?

— Wszystkich? Jakich wszystkich?

— Mahira Najjara, jego żonę i dziecko. To naturalne, że mężczyzna z twoją pozycją potrzebuje służby, a któż mógłby mu służyć lepiej niż dobra, muzułmańska para z rodzinnego kraju?

Oczywiście! Malik wprost nie mógł uwierzyć, że sam nie wpadł na ten pomysł. Chyba rzeczywiście Farid miał rację, gdy powiedział, że jego serce wzięło górę nad rozumem.

— O ile mi wiadomo, Mahir Najjar potrafi prowadzić, choć oczywiście nie ma samochodu — ciągnął Farid. — Czyż dobrze prosperujący biznesmen nie powinien mieć szofera?

Obecnie Malik miał małego peugeota, którego kupił z drugiej ręki i prowadził osobiście. Ale niewątpliwie, jeśli interesy potoczą się zgodnie z przewidywaniami, wkrótce będzie go stać na dużo bardziej okazały środek transportu, a wówczas szofer dodatkowo podniesie jego prestiż.

— Poza tym żona Mahira cieszy się reputacją zdolnej kucharki — dorzucił Farid. — Wiem, że Francuzi szczycą się swoją kuchnią, kiedy jednak ostatnio jadłeś dobre *kabsa*?

Malik uniósł dłoń.

— Wystarczy, kuzynie. Gwiazdy nie wymagają pozłoty. Twój pomysł jest doskonały. Zdjąłeś mi z serca potężny ciężar.

Tymczasem, ku zdumieniu Malika, Farid przybrał ponurą mnę.

— Przyznaję nieskromnie, że nie jest to zły plan, jednak daleko mu do doskonałości. Ma bowiem jeden słaby punkt: Mahir Najjar może się na niego nie zgodzić.

— Co takiego?! A to dlaczego? Czy rozmawiałeś z nim na ten temat?

— Jedynie niezobowiązująco, oczywiście.

— W czym leży problem? Przecież na pewno zdaje sobie sprawę, że potraktuję go bardziej niż hojnie.

— Kłopot w tym, że Mahir pochodzi z Omanu, a sam wiesz, jacy są ci Omańczycy: łagodni jak synogarlice, lecz uparci jak muły. A do tego dumni niczym jastrzębie — na gołębią modłę, oczywiście.

— No dobrze. Czegóż więc chce?

— Przede wszystkim chce rozmawiać bezpośrednio z tobą. Duma — jak już wspomniałem. Ale prawdziwym problemem nie jest on sam, a jego żona, Salima. — Farid zerknął na zegarek, po czym spojrzał na słońce, by potwierdzić dokładność czasomierza. — Lepiej ruszajmy, bo będziemy musieli zatrzymać się na środku drogi, żeby odprawić modły.

Malik doceniał gotowość kuzyna do przejścia na mniej oficjalny ton rozmowy. Jedną z pierwszych rzeczy, które uderzyły go we Francji, była łatwość — wręcz obcesowość — z jaką mężczyźni rozprawiali o kobietach. W al-Remal mężczyźni nigdy nie opowiadali o swoich żonach i nawet mówienie o żonie kogoś trzeciego — jak teraz Mahira — było krępujące.

— Od czasu do czasu spotyka się mężczyzn, którzy są niewolnikami własnych żon — podjął wątek Farid. — Nie twierdzę, że tak się sprawy mają w przypadku Najjara, niemniej to zastanawiające, jak chętnie ulega jej zachciankom. Dziwne też, że się z nią nie rozwiódł, mimo że nie urodziła mu dzieci. Nie poprosił cię także o pieniądze, które pozwoliłyby mu wziąć drugą żonę. Niewykluczone, że właśnie w tej sprawie chciałby z tobą porozmawiać, chociaż osobiście w to wątpię.

Malik poruszył się zażenowany.

— Opowiadasz bardzo ciekawe rzeczy, kuzynie, jak jednak mają się one do ewentualnego wyjazdu Najjarów?

— Cóż, odnoszę wrażenie, że Salima nie chce się stąd ruszać. Jest szczęśliwa wśród rodziny i znajomych. Zniechęca więc do naszego pomysłu Mahira.

— Ale przecież to nie ma być przeprowadzka na stałe. Zaledwie na rok, góra dwa.

— Mahir ma tego świadomość, ale najwyraźniej Salima jest niewzruszona, a on nie chce się sprzeciwiać jej życzeniom.

— Jeżeli to kwestia pieniędzy, jestem w stanie podnieść stawkę — oczywiście, w rozsądnych granicach.

— Być może to ostatecznie załatwi sprawę. Choć osobiście sądzę, że tylko w jeden sposób mógłbyś nakłonić ich do wyjazdu.

— A mianowicie?

— Dając im możliwość posiadania własnych dzieci, a najlepiej syna.

Malik rozłożył bezradnie ręce.

— Niestety, kuzynie, akurat w tym przypadku nie zdołam w żaden sposób pomóc.

— A ja myślę, że właśnie możesz. Mahir i jego żona są jeszcze młodzi. Niewykluczone, że ich problem jest natury medycznej. Czyż we Francji nie ma lekarzy specjalizujących się w takich sprawach?

— Zapewne. Oczywiście, nie jestem ekspertem w kwestiach medycznych, ale wiem, że niemal każdego dnia dochodzi do nowych odkryć w tej dziedzinie.

— A więc to może być sposób, by ruszyć z miejsca niewzruszoną Salimę.

— Niczego nie mogę im obiecać, Faridzie.

— Oczywiście, że możesz. Daj im nadzieję.

Po lewej stronie pokazały się pierwsze zabudowania miasta. W pierwszej chwili Malik nie miał pojęcia, gdzie się znajduje. Wzdłuż autostrady wyrosły nowe betonowe wieżowce przypominające stado wielkich szarych słoni. Pomiędzy nimi można jeszcze było dostrzec starą dzielnicę, z górnymi piętrami oplecionymi ażurowymi drewnianymi okiennicami — zwanymi *mashribaya* — zza których kobiety mogły wyglądać na ulicę, pozostając jednocześnie niewidzialnymi.

Nawet budynki w tym kraju są zawoalowane, zauważył w duchu Malik.

Jakby czytając w jego myślach, Farid powiedział:

— Największym problemem będzie, oczywiście, przełamanie tradycyjnego pojmowania rzeczywistości. Rozumiesz, co mam na myśli: *maktub* — tak było nam pisane, to wola Najwyższego. — Potrząsnął głową na znak, że zakończył już temat. — No cóż, paplając przez całą drogę niczym bezmyślne niewiasty, dojechaliśmy na miejsce.

— Kuzynie, powiedziałeś, że mogę dać Mahirowi nadzieję, tymczasem ten dar właśnie otrzymałem od ciebie. Nie wiem, jak mam ci dziękować. Zastanawiam się, czy wkrótce nie zechciałbyś — o ile Allach pozwoli — dołączyć do mnie w Marsylii. Myślę, że razem stworzylibyśmy doskonały duet.

— Być może tak zrobię — odparł z uśmiechem Farid. — Nie jestem dość uczony, by zająć się rodzinnymi interesami.

Ledwo wypowiedział te słowa, zatrzymali się przed bramą domu Omara Badira.

Dom, w którym Malik się wychował, choć był bardzo duży, wydał mu się teraz jakiś mniejszy niż we wspomnieniach. Nawet ojciec sprawiał wrażenie nieco niższego i drobniejszego. Wciąż jednak przypominał sokoła, więc gdy już dopełnili rytuału powitania, wbił swój sokoli wzrok w garnitur syna.

— Wuju, Malik właśnie mi wyznał, że jest najlepiej ubranym mężczyzną w Marsylii — rzucił przekornie Farid.

Z jakiegoś nikomu nieznanego powodu Farid był ulubionym siostrzeńcem Omara i często pozwalał sobie na zachowania, na które nawet Malik by się nigdy nie odważył.

— Czyżbyśmy nagle przenieśli się do Marsylii? — zapytał Omar z uśmiechem, w którym było jednak coś lodowatego.

— Wybacz, ojcze — rzucił szybko Malik. — Zasnąłem w samolocie... — nie było to w zasadzie kłamstwo, rzeczywiście drzemał — ...i nie miałem już czasu, żeby się przebrać. Ale jeśli pozwolisz, zrobię to niezwłocznie.

— Nie, nie — odparł Omar, ułagodzony wyśmienitym aktem pokory syna. — Zostań na razie w tym stroju, to znaczy do czasu modlitwy. Chciałbym bowiem, żebyś jak najszybciej kogoś poznał.

Zakrzyknął na Bahię i chwilę później służąca pojawiła się z ciemnookim niemowlęciem w ramionach. Powijaki dziecka były poprzetykane amuletami z koranicznymi wersetami, by odstraszyć dżinny — złe duchy przyoblekające się w rozmaite kształty, sprowadzające najróżniejsze nieszczęścia.

— Twój brat, Yusef — oznajmił z dumą Omar.

Kiedy Malik, będąc we Francji, dowiedział się o narodzinach przyrodniego brata, jego reakcja była dziwnie obojętna, jakby przeczytał interesującą informację w gazecie. Teraz, patrząc na gaworzące dziecko, poczuł przypływ dziwnych, niebezpiecznych emocji.

Kiedy był chłopcem, marzył o posiadaniu brata — niemal wszyscy jego koledzy mieli braci, i to zazwyczaj kilku. Jednak ta mała istota mogłaby być jego własnym dzieckiem. Ostatnim wysiłkiem woli zdusił w sobie pokusę, by wyznać Omarowi, że nie tylko został znowu ojcem, ale także i dziadkiem. Poczuł więc wielką ulgę, gdy starszy mężczyzna gestem nakazał Bahii zabrać dziecko. Zbliżał się czas modlitwy.

Po krótkiej rozmowie na temat Onassisa — Malik uznał uwagi ojca za bardzo trafne, choć lekko podbarwione zazdrością — Omar oświadczył, że na nowo podejmą dyskusję przy obiedzie.

— Teraz idź i zrelaksuj się po podróży. — Miało to oczywiście oznaczać jak najszybsze przebranie się w odpowiedni strój. — A gdy już złożysz uszanowanie swojej matce, znajdź sobie chwilę, by powitać Um Yusef. I koniecznie nie zapomnij o swojej siostrze. Przez cały ranek wysuwała głowę z „krainy kobiet" (tak zwyczajowo nazywano część domu dla nich przeznaczoną). Gdy tylko choćby najlżejszy powiew przebiegł przez pokoje, myślała, że już przyjechałeś.

Malik nie mógł się doczekać spotkania z matką i siostrą, natomiast „składanie wyrazów uszanowania" drugiej żonie ojca wydawało mu się nieco dziwaczne. Była zaledwie kilka miesięcy starsza od Malika i nigdy nie darzyła go sympatią. Okazało się jednak, że macocha jest wciąż tak uszczęśliwiona faktem powicia syna — wyczynu, który dał jej prawo do noszenia przydomka „Um", czyli matka — że potraktowała Malika wręcz wylewnie.

Rodząc syna, ta dziewczyna zyskała pozycję, jaką nigdy wcześniej nie mogłaby się cieszyć, pomyślał gorzko Malik. I to kosztem jego własnej matki.

— Zapewne chciałbyś się jeszcze przywitać z Amirą — rzuciła w końcu nowa żona ojca. — Myślę, że znajdziesz ją na górze, w jej pokoju. Czy wiesz, jak tam trafić? Och, jakże jestem głupia — oczywiście, że wiesz.

Malik wspiął się po dobrze znajomych schodach i na zachodnią modłę zapukał do drzwi. W pierwszej chwili nie poznał kobiety, która stanęła w progu.

Niewątpliwie Amira była pustynnym kwiatem, który czekał na pierwszy deszcz, by rozwinąć się w pełnej krasie. Kiedy widział ją po raz ostatni, była zbuntowaną dziewczynką o zbyt długich rękach i nogach. Teraz stała przed nim najprawdziwsza piękność.

— To ty, siostrzyczko? — wykrztusił w końcu.

— A któż by inny, ty głuptasie — odparła i rzuciła mu się w ramiona.

Jak się miewa, jak życie w Marsylii, jak mu się podoba teraz w al-Remal — jak zwykle zasypała go gradem pytań.

— Czy Farid z tobą rozmawiał? — zdołał wreszcie wtrącić Malik. — Przedstawił ci plan dotyczący małej Laili?

Taka impertynencka bezpośredniość była uzasadniona. Musieli się spieszyć: właśnie w radiu ogłoszono, że zaraz nadejdzie czas modlitwy.

— Tak. Spotkajmy się po obiedzie w ogrodzie. Tam będziemy mogli spokojnie porozmawiać.

— Świetnie. A tak przy okazji, właśnie poznałem naszego nowego brata.

— To słodkie dziecko. Ale czy zauważyłeś te wszystkie amulety?

— Owszem — rzucił sarkastycznie.

Zwyczaj obdarzania noworodka ochronnymi amuletami był dość powszechny w al-Remal, jednak wykształceni ludzie nie przywiązywali do nich większej wagi — traktowali je jako zadośćuczynienie swoistej tradycji. Odnoszenie się do nich z pełną powagą świadczyło o wieśniaczej zabobonności.

— Sam widzisz, z czym przyszło mi tu żyć — westchnęła Amira. — Choć muszę przyznać, że ta dziewczyna jest teraz sympatyczniejsza niż dawniej. Ale na ciebie już pora. Porozmawiamy później.

Malik niemal biegiem udał się do swojego pokoju, by garnitur i eleganckie półbuty zamienić na *thobe* i sandały. Ledwo przekroczył próg, z radia popłynęły słowa modlitwy:

Allach jest największy
Zaświadczam, że nie ma bóstwa prócz Boga

Zaświadczam, że Mahomet jest wysłańcem Boga
Ruszajcie do modlitwy
Ruszajcie do sukcesu.
Bóg jest największy
Nie ma bóstwa prócz Boga*.

Po obiedzie, w zapadającym zmierzchu, Malik wyszedł do ogrodu i zaczął się przechadzać wśród oleandrów i bugenwilli, z przyjemnością wdychając zielne aromaty, z uśmiechem wbijając wzrok w niewielką fontannę świadczącą o niezwykłym bogactwie ojca.

Przypomniał sobie zaraz słynną w al-Remal opowieść: gdy Brytyjczycy i Amerykanie zjawili się, by prowadzić próbne odwierty, król modlił się gorąco, żeby zamiast na ropę, trafili na wodę.

Malik zawsze uwielbiał tę przedwieczorną porę — krótki interwał tuż przed zapadnięciem nocy — gdy upał oddalał się ku niebu rozbłyskającemu pierwszymi gwiazdami. Francja oferowała wiele cudów, żaden z nich jednak nie mógł się równać z roziskrzonym niebem nad pustynią w al-Remal.

— To ty, braciszku?

— A któż by inny, głuptasie?

Śmiejąc się, Amira wyszła z cienia i chwyciła Malika za rękę.

— Tęskniłam za tobą — wyznała.

— Ja za tobą też.

— Wątpię, czy miałeś czas, by tęsknić za kimkolwiek. Na pewno całymi dniami jesteś strasznie zajęty. Nie wspominając już o nocach.

— Tak, jestem bardzo zajęty w ciągu dnia. Niestety, moje noce są naznaczone samotnością.

— Przepraszam. Zachowałam się bezmyślnie i niedelikatnie. Ale to dlatego, że tak bardzo ci zazdroszczę.

— Zazdrościsz?

---

* Danecki J., *Kultura islamu: słownik*, Warszawa, WSiP, 1997.

Amira zadarła głowę i wbiła wzrok w niebo, już jednak na tyle ciemne, że Malik nie mógł dostrzec wyrazu jej twarzy.

— Niebywale — odparła po chwili. — Czasami myślę, że dałabym wszystko, by znaleźć się na twoim miejscu.

— By niewolniczo pracować dla Onassisa?

— Żeby mieszkać we Francji. Robić wszystko, na co miałabym ochotę.

— A co takiego mianowicie?

— Sama nie wiem dokładnie. Iść do szkoły, jak sądzę. Do szkoły z prawdziwego zdarzenia.

Malik wiedział, że od dawna o tym marzyła, gdy jednak usłyszał to teraz od tej nowej Amiry — niemal dorosłej kobiety, której uroda zapierała dech w piersiach — poczuł się dziwnie niespokojnie. Jego siostra zawsze była niezwykła. Przypomniał sobie jej niebywały hart ducha tego strasznego dnia na placyku przed więzieniem, gdy jego samego odwaga niemal całkiem opuściła.

— Kiedyś powiedziałem, że być może pewnego dnia opuścisz al-Remal, pamiętasz?

Amira machnęła lekceważąco ręką.

— To tylko miraż, nieziszczalne marzenie. — Księżyc w pełni wynurzył się zza muru ogrodzenia i wówczas sylwety dwóch daktylowych palm odbiły się czarnym cieniem od rozgwieżdżonego nieba. — Wciąż na szczęście jest przy mnie niania Karin. Nadal mnie uczy. Zamawia książki z Londynu, za które — nawiasem mówiąc — sama płacę przynajmniej połowę ceny, czasami nawet więcej. Natomiast Farid udziela mi od czasu do czasu lekcji matematyki.

— A co na to ojciec?

— Sam wiesz, jaki jest. To prawdziwy dinozaur, choć niekiedy — o dziwo — stać go na oświecone poglądy, szczególnie gdy widzi w tym własny zysk. Przekonałam go, że czasy się zmieniają i że jeśli będę wykształcona, mogę okazać się cenniejszym materiałem na żonę.

Potrzeba było dłuższej chwili, by do Malika dotarły słowa siostry.

— Chyba nie chcesz mi powiedzieć, że w najbliższym czasie zamierza cię wydać za mąż? — wydusił z siebie w końcu.

— Oczywiście, że tak. Czemu miałoby być inaczej?

— Rozmawiał z tobą na ten temat?

— Nie wprost. Jest jednak niemal pewne, że już o tym myśli.

— A czy ma na oku kogoś konkretnego?

— Wydaje mi się, że w tej chwili waży zalety kandydatów. Od czasu do czasu rzuca drobne uwagi: wychwala jednego, krytykuje innego — sądzę, że próbuje wybadać moje reakcje. Jak do tej pory, nie wypowiedział się w żaden wiążący sposób.

Nagle Malik odniósł wrażenie, że czas niepostrzeżenie skoczył do przodu. To niemożliwe, by jego mała siostrzyczka, Amira, miała wkrótce wyjść za mąż. Przecież zaledwie wczoraj była zadziorną dziewczynką kopiącą piłkę w czasie gry w futbol, rozgrywanej przez Malika i jego kuzynów — dokładnie w tym ogrodzie, gdzie pnie starych daktylowych palm służyły za słupki bramki.

— Cóż, zapewne to dopiero wstępne przymiarki — mruknął, przypominając sobie, jak w podobnej sytuacji powinien zachować się starszy brat. — Przecież wciąż jeszcze jesteś bardzo młoda.

Jednak w chwili, gdy wypowiadał te słowa, zdał sobie sprawę, że przemawia jak Europejczyk. Tutaj, w al-Remal, ich ojciec mógł wybrać męża dla Amiry choćby nazajutrz.

— Bardzo nie chcę wychodzić za mąż — westchnęła Amira — ale przecież nie mam innego wyjścia. Nie mam ochoty opuszczać rodzinnego domu, lecz to nieuniknione. Najgoręcej marzę o studiach w Europie, jednak wiem, że to jedynie niezniszczalna mrzonka.

W jej głosie znów usłyszał ton zbuntowanej dziewczynki, która przebierała się w chłopięcy strój, żeby prowadzić samochód, gdy jednak spojrzał na jej twarz, w poświacie księżyca dojrzał w oczach łzy.

— Nie wyjdę za kogoś wbrew własnej woli — oświadczyła wojowniczo. — Nie skończę jak mama! Nie skończę jak Laila!

— Oczywiście, że nie — zapewnił Malik, choć na wzmiankę o Laili poczuł uścisk w sercu. — Z wolą Najwyższego, gdy nadejdzie twój czas, poślubisz kogoś wspaniałego i razem będziecie wieść szczęśliwe życie.

Czuł się jak idiota, gdy wypowiadał te słowa, cóż innego jednak mógł powiedzieć?

Amira milczała przez dłuższą chwilę, a potem — jak gdyby przez cały czas rozmawiali radośnie o starych czasach — powiedziała:

— Czy wspominałam ci już, że ostatnio często widuję Um Salih? Odbierała poród małego Yusefa — oczywiście, już ja się o to postarałam. No i teraz Um Yusef wprost ją uwielbia. Kazała ją wpisać na listę osób zwyczajowo obdarzanych złotem z okazji ramadanu.

— A więc w ten sposób ta wieśniaczka dostaje pieniądze i ode mnie, i od ojca — rzucił Malik ze śmiechem, zadowolony ze zmiany tematu. — Jak tak dalej pójdzie, zanim umrze, będzie mogła kupić połowę al-Remal.

— To niewykluczone. Ta kobieta jest uosobieniem wszystkich żywiołów natury.

Amira się uśmiechnęła, po chwili jednak znów przybrała poważną minę.

— Posłuchaj, bracie. Plan Farida jest bardzo dobry. Zamierzasz wprowadzić go w życie?

— Przede wszystkim muszę porozmawiać z Mahirem Najjarem. Farid obawia się, że Mahir może nie wyrazić zgody na wyjazd.

— A ja myślę, że się zgodzi. Um Salih mówiła, że Najjarowie niczego tak nie pragną jak własnego dziecka. Uważa też, że europejska medycyna zdoła rozwiązać ich problem. „Dzban jedynie pęknięty, nie stłuczony", jak to ujmuje. Oczywiście, jest tylko wiejską akuszerką bez żadnego wykształcenia, ale ma duże doświadczenie i pewną wiedzę w tych sprawach.

— Jak już powiedziałem, porozmawiam z Mahirem. Jeśli w końcu zechce wyjechać, załatwienie potrzebnych dokumentów zajmie mi zaledwie parę dni. Zatrudniamy bardzo wielu obcokrajowców, więc Onassis już się postarał, by francuscy urzędnicy nie czynili nam żadnych wstrętów. Opłaca ich na lewo i prawo.

— A więc mała Laila będzie mieszkać we Francji, *Inshallah* — powiedziała w zamyśleniu Amira.

— *Inshallah.*

— A czy... już od dawna chciałam cię o to zapytać... czy zamierzasz wychować ją w naszej wierze?

Malik często o tym rozmyślał, jednak nie mógł podjąć żadnej decyzji.

— Jeśli wszystko pójdzie jak należy, przez parę lat wychowaniem małej będzie się wciąż zajmowała Salima Najjar, sprawa więc będzie oczywista. Natomiast potem... nie umiem powiedzieć. Sam wierzę w Boga. Bo jakże inaczej wyjaśnić to wszystko...? — Zatoczył dłonią koło, wskazując na usiane gwiazdami niebo. — Nadal też wierzę, że Mahomet był jego prorokiem. Nie mogę jednak zaakceptować pewnych czynów dokonywanych w Jego imieniu, czy też w imieniu Mahometa.

Amira skinęła głową.

— Myślę dokładnie tak samo jak ty — wyznała szeptem.

Oboje mówili bardzo ściszonymi głosami, bo teraz już wypowiadali słowa zakazane.

— Oczywiście — podjął po chwili Malik — gdy tylko Laila stanie się kobietą, zmuszę ją do noszenia czadry, zasłony na twarz, przypilnuję, żeby nigdy nie zajrzała do żadnej książki i do tego...

— Chyba żartujesz!

— Oczywiście, że żartuję. Chciałem jedynie zobaczyć ten szczególny wyraz na twojej twarzy.

— Głupek!

— Prawdę mówiąc, sądzę — powiedział w zadumie — że kiedy Laila skończy tyle lat, co ty teraz, niczym nie będzie się różnić od innych młodych Francuzek.

— Podoba mi się ten pomysł. Choć boję się nawet myśleć, co by na to powiedział ojciec. — Podeszła do brata i znów go uścisnęła. — Tak bardzo się za tobą stęskniłam.

— Mnie też ciebie brakowało — odparł, a potem jeszcze przez wiele godzin rozmawiali w ciemnym ogrodzie, bo nie wiedzieli kiedy, i czy w ogóle, uda im się jeszcze spędzić kilka chwil tylko we dwoje.

Za pośrednictwem Farida Malik umówił się na spotkanie z Mahirem Najjarem. Mahir upierał się, że jego dom nie jest dobrym miejscem do prowadzenia poważnych rozmów, że ma na głowie zbyt wielu krewnych własnych i żony.

Podejrzewając, że on chce się po prostu znaleźć poza zasięgiem uszu Salimy, Malik zgodził się spotkać na neutralnym gruncie: w kawiarni, w ubogiej dzielnicy miasta, gdzie istniało nikłe prawdopodobieństwo, że któryś z nich natknie się na kogoś znajomego. Malik z góry zapowiedział, że bez względu na wynik ich rozmowy, będzie chciał koniecznie zobaczyć córkę.

Żeby nie rzucać się w oczy w dzielnicy biedoty, Malik pożyczył od Farida mocno znoszoną *thobe*. Udał się na miejsce spotkania dość wcześnie, tuż po zachodzie słońca. Popijając kawę i mocno słodzoną herbatę, przysłuchiwał się opowieści bajarza o przygodach znanego na całym Środkowym Wschodzie bohatera imieniem Antar.

Antar — syn szejka z pustyni i czarnoskórej niewolnicy — odzyskał wolność dzięki swojej waleczności. Był zawsze bezwzględny i okrutny wobec wrogów, za to szlachetny dla tych, których spotykała krzywda z rąk silniejszych i potężniejszych. W tym konkretnym epizodzie Antar znalazł się w śmiertelnym niebezpieczeństwie z powodu miłości do córki pewnego księcia.

Malik dobrze znał tę opowieść, ale bajarz był całkiem sprawny w swym fachu, z przyjemnością więc go słuchał, siedząc w zatłoczonym lokalu wśród swoich ziomków.

Mahir przybył akurat w tym momencie, gdy dziewczynę spotkał nieunikniony tragiczny koniec, Antar zaś krwawo rozprawiał się z jej okrutnym ojcem. Kiedy opowieść dobiegła końca, w kawiarni znacznie się przerzedziło i Malik z Mahirem znaleźli stolik pozwalający na jako taką dozę prywatności.

Mahir Najjar był drobnym mężczyzną o bardzo ciemnej skórze, kilka lat starszym od Malika. Miał nieskończenie smutne oczy oraz nerwowy tik sprawiający, że niekiedy drgały mu nozdrza i wąsy, co upodobniało go do ogarniętego melancholią królika.

W Europie Malik dobrze poznał wartość gry pozorów. Po niezbędnej wymianie kilku ceremonialnych uprzejmości zdecydował się przejść do rzeczy.

— Człowiek o mojej pozycji potrzebuje szofera — oznajmił beznamiętnym tonem. — W pierwszej kolejności pomyślałem o twojej szlachetnej osobie.

Nie wspominając imienia Salimy, dodał od razu, że potrzebuje ponadto kucharki, a zarazem osoby, która zajmie się dzieckiem, nie pozostawiając przy tym złudzeń, że tak czy owak, wkrótce zabierze Lailę do Francji. Oświadczył, że zamierza dobrze zapłacić za usługi, po czym wymienił konkretną sumę.

Oczy Mahira stały się jeszcze smutniejsze, a tik przybrał na sile.

— Jak zwykle, panie, okazujesz wielką hojność. Ale ja właśnie otrzymałem doskonałą posadę: prowadzę beczkowóz dla Amerykanów wydobywających ropę.

— Ach, a więc gratuluję ci przedsiębiorczości i inicjatywy. Na pewno, podobnie jak i ja, słyszałeś, że pracując dla Amerykanów, wielu ludzi bardzo poprawiło swój los. Ba, jeden z nich nawet został milionerem.

Mahir pokiwał niepewnie głową, jakby nie bardzo pojmując, po co Malik o tym mówi.

— Oczywiście, nie chciałbym, żebyś z mojego powodu odrzucał perspektywę takiego bogactwa. Co nie zmienia faktu, że wciąż potrzebuję szofera i kucharki.

Malik podał kolejną, wyższą kwotę.

Mahir podziękował mu gorąco

— Ale Francja jest daleko stąd — dorzucił po chwili. — A mężczyzna ma obowiązki względem własnych krewniaków.

— W rzeczy samej — zgodził się Malik i wymienił jeszcze hojniejszą sumę, podkreślając przy tym, że to jego ostateczna oferta. — No i przeprowadzka do Europy nie byłaby na stałe — dodał.

Spojrzenie Mahira stało się jeszcze smętniejsze.

— Gdybym tylko był o kilka lat młodszy, panie... — westchnął boleściwie. — No i gdyby nie moi krewniacy...

— No cóż — rzucił Malik z lekką irytacją — albo ten wyjazd jest ci pisany, albo to *maktub*, albo nie.

Mahir przyznał, że tak jest w istocie.

Malik przestraszył się w duchu, że znaleźli się w impasie, z drugiej jednak strony, Mahir nie kwapił się do zakończenia rozmowy. I rzeczywiście, po odpowiednio długiej chwili milczenia odezwał się pełnym respektu tonem:

— Powiedz mi, Maliku, synu Omara, czy zamierzasz wkrótce przyjechać do al-Remal, by wybrać sobie żonę?

Malik uśmiechnął się radośnie w duchu — widać Farid dobrze przygotował grunt.

— Nie sądzę — odparł nonszalancko. — Po cóż miałbym się spieszyć do ożenku?

— To prawda, to prawda. Bardzo roztropnie. Sam niekiedy żałuję, że nie poczekałem z tym dłużej. Czy jednak nie chciałbyś założyć rodziny, póki jeszcze jesteś młody?

— Cóż, każdy mężczyzna chce założyć rodzinę. Ale, jak już mówiłem, mam jeszcze na to czas.

— Oczywiście, oczywiście. Mnóstwo czasu.

Z oczu Mahira zniknął smutek, a nerwowy tik znacznie osłabł.

— Być może byłem za długo we Francji, Mahirze, i zaraziłem się już ich stylem życia.

Malik wyjaśnił, że tam ludzie późno zakładają rodziny — i to nie tylko mężczyźni, ale i kobiety. Francuzki wychodzą za mąż w wieku dwudziestu pięciu lat. A nawet trzydziestu.

— Nie patrz tak na mnie, Mahirze. To wszystko szczera prawda.

— Ale kto chciałby się żenić z taką kobietą, o ile sam nie jest bardzo stary lub ona nie jest niebotycznie bogata?

— Francuzki długo wyglądają młodo. Ze smutkiem muszę stwierdzić, że dużo dłużej niż nasze kobiety. Poza tym nawet w wieku trzydziestu lat mogą mieć tyle dzieci, ile tylko zapragną.

— Ale jakże to możliwe? — Oczy Mahira płonęły jak w gorączce, a po tiku nie zostało już ani śladu.

Malik wzruszył ramionami.

— Kwestia postępu nauk medycznych. Niestety, nie możemy się tym pochwalić w naszym kraju. — Urwał dla uzyskania lepszego efektu. — Zdarza się, że kobiety w zaawansowanym wieku miewają różne kłopoty, ale teraz lekarze potrafią im bez trudu zaradzić. To cuda — ciągnął. — Lekarze we Francji dokonują najprawdziwszych cudów. Dzięki łasce Najwyższego jakiś czas temu pomogli jednemu z moich bliskich znajomych. Niestety, jego nasienie było bardzo słabe, ale doktorzy odpowiednio je wzmocnili. Teraz on i jego żona mają syna.

Malik uśmiechnął się szeroko, by podkreślić szczęśliwe zakończenie swojej opowieści. Była to prawdziwa historia, choć na użytek Mahira Malik mocno uprościł procedurę sztucznego zapłodnienia.

— Czy to prawda Maliku ibn Omarze? Szczera prawda?

— Jest tak, jak powiedziałem.

Przez mniej więcej pięć sekund Mahir wyglądał niczym dużo drobniejszy brat Antara. Szybko jednak skurczył się w sobie i na powrót przybrał smętny wyraz twarzy.

— Ale zapewne tylko milionerzy mogą sobie pozwolić na takich doktorów — mruknął.

To był moment, na który niecierpliwie czekał Malik.

— Niekoniecznie — odparł, gestem wskazując, że chciałby jeszcze więcej kawy. — Bo we Francji jest taki zwyczaj, że to pracodawca płaci za rachunki medyczne swoich pracowników.

A przynajmniej taki będzie zwyczaj jednego pracodawcy, stwierdził w myślach.

Wkrótce potem Mahir zdecydował, że niech będzie przeklęty amerykański beczkowóz, niech krewniacy przez jakiś czas radzą sobie sami, bo on, Mahir, zawsze chciał zwiedzić kawałek świata. Po czym wymienił własną cenę.

Kiedy uświęcone tradycją targi zostały zakończone, Mahir zaprosił Malika do swojego domu, „by skosztował potraw, które wkrótce będzie jadał na co dzień" i, oczywiście, by zobaczył małą.

— To zbytek uprzejmości, Mahirze. Nie chciałbym zakłócać spokoju twoich krewniaków.

— Teraz jesteś moim pracodawcą, panie. Uczynisz mi wielki honor, jeśli zechcesz odwiedzić moje skromne progi.

Okazało się, że w małym i dusznym, ale idealnie czystym domu Mahira nie ma żadnych krewniaków, poza jego żoną, która natychmiast zjawiła się na wezwanie i pytająco spojrzała mężowi w oczy.

Malik jednak nie zwracał już na to uwagi, bo w ramionach Salimy spoczywała Laila, która wpatrywała się w niego wielkimi migdałowymi oczami, i Malik gotów był przysiąc, że natychmiast go rozpoznała.

CZĘŚĆ DRUGA

Dzieciństwo

1961

Grę w futbol, którą tak świetnie pamiętał Malik, dobrze pamiętała i Amira. Nie miała więcej niż pięć czy sześć lat, gdy piłka podskakując, potoczyła się w jej stronę i zatrzymała tuż przed stopami w białych sandałkach. Zdawała się wielka jak planeta, mimo to Amira czuła nieodpartą chęć, żeby ją kopnąć.

Pierwsza próba była nieudana z powodu ulubionej sukienki — białej, z kokardą wiązaną z tyłu, sięgającej kostek, z długimi szarawarami pod spodem. Amira zaplątała się w jej skraj i nie trafiła w piłkę. Na ten widok chłopcy zaczęli pohukiwać z dezaprobatą.

Dziewczynka jednak się nie poddała — uniosła lekko sukienkę i kopnęła z całych sił. Ciężka piłka boleśnie uderzyła w palce stóp, ale pofrunęła wysoko w niebo i... wylądowała w fontannie. Przez moment panował absolutny chaos i nawet Malik zaczął na nią krzyczeć, aż w końcu pojawiła się ciotka Najla i zaciągnęła ją do grupy kobiet i małych dzieci.

To było drobne wspomnienie wśród niezliczonych innych, do których po wielu latach Amira wracała pamięcią ze słodko-gorzką nostalgią, przywołując je przed oczy tak, jakby przerzucała zdjęcia w albumie. Często, gdy w Bostonie siąpił zimny deszcz lub gdy śnieg zalegał na ulicach, Amira kierowała swe myśli do rodzinnego domu i zalanego słońcem ogrodu.

Choć zamknięty z dwóch stron wysokim murem, a z dwóch następnych skrzydłami willi, nie był — wbrew wyobrażeniom wielu Amerykanów o arabskich domach — cienistą, sekretną twierdzą, lecz pełną światła przestrzenią rojącą się od dzieci. Oczywiście, byli to kuzyni, ale również dzieci sąsiadów, gości i służby; niekiedy zjawiały się w ich domu prawdziwe księżniczki i książęta — potomstwo panującego rodu, a czasami nawet — choć były to bardzo rzadkie wypadki — niezwykle egzotyczne latorośle amerykańskich czy europejskich biznesmenów.

Ogród był więc miejscem zabawy, w którym poza tym rosły piękne rośliny — jaśminy, oleandry i jacaranda — starannie pielęgnowane i karmione wodą wielokrotnie cenniejszą od ropy. Ilekroć Amira myślała o szczęściu, przed oczami stawał jej ten ogród. We wspomnieniach i w rzeczywistości stapiał się w jedno z samym domem — rozległą, nieregularną willą w śródziemnomorskim stylu o wysokich, zakończonych łukami oknach, które w upale południa zacieniano ciężkimi okiennicami. Kobiety i dzieci nieustannie kursowały pomiędzy ogrodem a pokojami „krainy kobiet".

W najgorętszej porze dnia wszyscy sadowili się w cieniu arkad, które ciągnęły się wzdłuż głównego skrzydła domu i stanowiły obszar pośredni pomiędzy wnętrzem a ogrodem. Kobiety zajmowały się lekkimi pracami domowymi, rozmawiały, a czasem nawet podśpiewywały; gdy jednak w domu znajdowali się mężczyźni, owe śpiewy i rozmowy zawsze odbywały się przyciszonym tonem: jeśli kobiece głosy docierałyby nieproszone do męskiego skrzydła, byłoby to poważne uchybienie.

W obecności dorosłych dzieci nie mogły się odzywać, o ile nie zostały o to poproszone. Miały siedzieć spokojnie i z szacunkiem przysłuchiwać się rozmowom starszych. Chłopcom dawano w tym względzie nieco więcej swobody niż dziewczynkom, nie do pomyślenia jednak było, żeby zachowywali się niesfornie czy hałaśliwie.

Amira świetnie pamiętała te południowe sesje pod arkadami. Z kuchni dobiegały aromaty kardamonu, goździków i rozmarynu, którymi przyprawiano potrawkę z jagnięcia, a wokół rozlegały się przyciszone głosy i śmiechy kobiet. Grzeczne siedzenie w milczeniu, gdy dorośli prowadzili rozmowy, nie było tak uciążliwe, jakby się to mogło wydawać amerykańskim czy europejskim dzieciom. Po pierwsze — tak się było wychowywanym od najmłodszych lat; po drugie — rozmowy były często fascynujące. Matka Amiry, ciotki i ich przyjaciółki rozprawiały na najważniejsze dla nich tematy: mówiły o pieniądzach, chorobach, porodach i stosunkach małżeńskich, przy czym prawie nic nie było cenzurowane na użytek dzieci. Ostatecznie, one powinny zyskać jak najwięcej wiedzy w tych sprawach, by radzić sobie w przyszłości.

I tak, na przykład, pewnego dnia rozmowa zeszła na intymne problemy pewnego młodego małżeństwa.

— Ani kropli krwi na prześcieradłach — oznajmiła ciotka Najla, która dowiedziała się o tym od jednej ze swoich przyjaciółek. — A przecież, gdyby mąż posiadł dziewicę, jakaś krew musiałaby się pojawić — dodała na użytek młodszych dzieci.

Jej słowa spotkały się ze smętnym kiwaniem głów; podobna historia była najgorszym koszmarem dla każdej szanującej się kobiety.

— Czy mąż natychmiast się z nią rozwiódł? — zainteresowała się kuzynka Amiry, Fatima. — Odesłał ją do rodziny?

Panna młoda, która nie była dziewicą, nie mogła oczekiwać lepszego losu.

— Czy bracia ją zabili? — spytała Halla, sąsiadka.

— Nie — odrzekła Najla. — Ani mąż się z nią nie rozwiódł, ani nikt jej nie zabił. To, oczywiście, wzbudziło wiele pytań. Nie mogły tutaj wchodzić w grę względy finansowe, bo pan młody jest bogaty i nie należy do skąpców.

Ciotka miała na myśli fakt, że nawet jeśli panna młoda nie była kryształowo czysta, mąż oddalając ją i tak musiał zwrócić jej ojcu połowę posagu dziewczyny. Suma ta zazwyczaj była bardzo znaczna, a mężczyzna pozostawał bez żony.

Kobiety znowu pokiwały głowami, tym razem z dużym zrozumieniem, a jedna z nich mruknęła:

— Ach, tak...

— Ano właśnie — powiedziała Najla. — Nie ulega wątpliwości, że to jego wina. Albo jego męski członek nie podołał zadaniu, albo też z jakichś innych względów pan młody nie mógł wypełnić mężowskich obowiązków.

W takim wypadku sytuacja ulegała diametralnej zmianie. Teraz to kobieta mogła rozwieść się z mężem. Tak stanowiło prawo islamu. Tyle że owo drastyczne posunięcie pociągało za sobą różne niemiłe konsekwencje, rzadko się więc do niego uciekano. Przede wszystkim rozwód, bez względu na przyczyny, znacznie zmniejszał szanse kobiety na ponowne zamążpójście.

— Ale właściwie, co w tym dziwnego? — dopytywała się Fatima.

Pozostałe kobiety jęknęły w obliczu takiej naiwności. Ostatecznie wszyscy wiedzieli, że mężczyźni nie byli zdolni opanować swoich żądz w przypadku najdrobniejszej prowokacji; to właśnie dlatego kobiety osłaniały twarze, włosy, a nawet ramiona.

— Czyżbyś nigdy nie słyszała, że niektórzy mężczyźni nie potrafią się odpowiednio wykazać? — zdumiała się Halla. — Na przykład są tacy, którzy od kobiet wolą chłopców, a nawet dorosłych mężczyzn.

— Tym razem nie ma o czymś podobnym mowy — stwierdziła autorytatywnie Najla. — Ale przecież wiadomo, że skądinąd normalni mężczyźni nie są czasami w stanie się wykazać z powodu choroby czy kontuzji...

— Nie dotyczy to mojego męża — wtrąciła z miejsca Halla. — Kiedy złamał nogę, przez cały czas rekonwalescencji był niczym niezaspokojony cap.

— ...lub też z jakichś innych przyczyn, znanych jedynie Najwyższemu. Podobno czasem sama ekscytacja związana ze ślubem sprawia, że męskie siły ulegają osłabieniu. Na szczęście, dzięki łasce Allacha, podobne kłopoty są zazwyczaj przejściowe.

To oświadczenie ciotki Najli natychmiast wywołało dyskusję na temat, jak dużo czasu musi upłynąć, by podobną przypadłość męża uznać za trwałą, a więc wymagającą podjęcia określonych działań prawnych. Ustalono, że miesiąc, może dwa, to odpowiedni okres, choć ktoś też zauważył, że w Emiratach ten czas wydłuża się nawet do roku. W końcu jedna ze starszych kobiet powiedziała, że cokolwiek się dzieje, dzieje się z woli Boga, dając tym samym sygnał do zakończenia dyskusji.

Amira przysłuchiwała się owej rozmowie w dużym skupieniu. Nie z powodu ekscytacji omawianymi sprawami — ostatecznie seks był jednym z najbardziej przyziemnych tematów (tym, co wyjątkowo ją zdumiało po przybyciu do Ameryki, była zagorzała dyskusja na temat tak zwanej „edukacji seksualnej"). Nie uznała też tej opowieści za pouczającą lekcję, Amira bowiem — jak każda dziewczynka — była przekonana, że jej mąż nigdy nie będzie cierpiał na zbytek pożądania.

Patrząc wstecz na owe wydarzenia, przepływając ponad oceanem samotności, Amira-uchodźca zrozumiała, że najbardziej intrygujące w owych posiedzeniach było poczucie przynależności do grupy krewnych i przyjaciółek rodziny, swobodnie rezydujących w „krainie kobiet". Już nigdy potem nie czuła się równie akceptowana i równie silnie związana z jakąkolwiek społecznością.

Pierwsze czarne chmury w życiu Amiry napłynęły z zupełnie innego świata, choć mieszczącego się w tym samym domu: ze świata mężczyzn, wyjątkowo rzadko widywanego, gdzie rozgrywały się sprawy wykraczające poza kobiece rozumienie świata — jak wyroki samego Allacha. Wydarzyło się to wtedy, gdy Malik, po konferencji z ojcem, co samo w sobie było już niebywałym wydarzeniem, wpadł do kuchni z zaskakującą nowiną.

— Siostrzyczko! Dzięki woli Najwyższego wyjeżdżam do Egiptu! Jadę do Kairu!

— Razem z mamą?

Jedynie takie pytanie przyszło jej wówczas na myśl, bo o Kairze wiedziała tylko tyle, że stamtąd pochodziła matka.

— Nie, głuptasie. Jadę do college'u Victoria.

— A co to takiego?

Malik rozłożył na stole kilka broszur.

— Sama zobacz.

Na zdjęciach widniały wielkie kamienne budynki i rozległe zielone trawniki, na których stali chłopcy w dziwnych ubraniach: kubrakach i krawatach podobnych do tych, które nosili niektórzy obcokrajowcy pracujący w przedsiębiorstwach naftowych.

— Kim są ci chłopcy? — spytała Amira.

— Uczniami. Takimi, jakim i ja wkrótce się stanę. Dziećmi, które chodzą do szkoły, by uczyć się różnych rzeczy. Popatrz, to brytyjska flaga. Bo to jest brytyjska szkoła.

— A to są brytyjscy chłopcy?

— Nie. Są Arabami jak i ja. Głównie Egipcjanami. Ale niektórzy z nich to również Persowie. Chodzą do brytyjskiej szkoły w Egipcie.

Amira przez chwilę przyswajała sobie te wiadomości.

— Kiedy będę w twoim wieku, czy też tam pojadę? — spytała w końcu.

— Nie bądź głupia.

— A czemu nie?

— Bo jesteś dziewczyną.

Rzeczywiście — na fotografiach nie było żadnych dziewczynek, a nawet kobiet.

— Ale ja chcę jechać — upierała się, wbrew temu, co podpowiadała jej intuicja. — Kiedy skończę osiem lat, też tam zacznę chodzić.

Malik zmierzwił jej włosy.

— To niemożliwe, siostrzyczko.

— A właśnie, że możliwe!

W tym samym momencie do kuchni weszła ich matka, Jihan.

— A cóż to za zamieszanie?

— Mamo, Malik opowiada, że nie będę mogła iść do college'u. Każ mu przestać tak mówić.

— Nie cieszysz się, że twój brat pójdzie do tak dobrej szkoły?

— Cieszę się. Ale czy ja też będę mogła tam iść, gdy już będę dość duża?

— Cóż, zobaczymy, księżniczko. Do tego czasu musi jeszcze upłynąć wiele wody, a poza tym wszystko zależy od woli Najwyższego.

Amira doskonale wiedziała, kiedy „zobaczymy" oznaczało „niewykluczone", a kiedy oznaczało „w żadnym razie". Owo „zobaczymy" zabrzmiało jak huk zatrzaskujących się ciężkich drzwi, ona jednak uparcie postanowiła interpretować to inaczej. I kiedy Malik wyjechał do Kairu, kurczowo trzymała się myśli, że pewnego dnia się do niego przyłączy. Błagała Jihan, by w kółko odczytywała jej listy Malika i każdego słowa uczyła się na pamięć.

Malik donosił chełpliwie, że wielu sławnych ludzi chodziło do Victorii, a wśród nich członkowie królewskich rodów — na przykład młody król Husajn z Jordanii. Wszyscy profesorowie ubierali się jak oksfordzcy „donowie", cokolwiek to oznaczało; na obrazkach mieli na sobie długie czarne *thobe*, więc Amira uznała, że są Beduinami. W innym liście Malik donosił z desperacją, że lekcje są bardzo trudne. Na kursie historii wkuwali wciąż imiona różnych europejskich władców i uczyli się o toczonych przez nich wojnach, co dla Remalczyka nie miało żadnego sensu.

Jeszcze gorsze były kursy językowe. Kiedy Malik przyjechał do domu z okazji ramadanu, pokazał Amirze swoje podręczniki pełne niezrozumiałych angielskich i francuskich liter, w niczym nie przypominających finezyjnych, płynnych linii pisma arabskiego. Z dumą, choć lekko się zacinając, Malik przeczytał jej fragment wiersza słynnego angielskiego poety, którego nazwisko znaczyło tyle samo, co „potrząsać włócznią". Obcojęzyczne słowa były dla Amiry nic nie znaczącym bełkotem, prosiła jednak, by Malik wskazywał wyraźnie na każdy wyraz, który właśnie czytał.

Pomimo dwuletniej różnicy wieku między nimi — różnicy zazwyczaj gwarantującej nie kończące się sprzeczki — Amira i Malik zawsze byli sobie bliscy i żyli w zgodzie. Nawet dorośli zwracali na to uwagę, choć nie wszyscy pochwalali ów stan rzeczy; jedna z ciotek zauważyła ze smutkiem, że wszystko byłoby inaczej, gdyby mieli więcej rodzeństwa. Tylko dwójka dzieci, w tym jedna dziewczynka — to w al-Remal z trudem zasługiwało na miano rodziny.

Teraz, ze swoim nowym kosmopolitycznym szlifem i sławą człowieka kształconego, Malik stał się prawdziwym bohaterem w oczach swojej młodszej siostry. Amira liczyła niecierpliwie dni do świąt, na które ściągał do domu; nie mogła się też doczekać długich letnich wakacji, gdy brytyjscy profesorowie uciekali od kairskich upałów. A kiedy Malik wreszcie przyjechał do domu na lato, w kółko kazała mu opowiadać o college'u i o wszystkim, czego się tam nauczył.

I również w te pierwsze wakacje wydarzyło się coś, co przeraziło Amirę, a jednocześnie — o ile to w ogóle możliwe — kazało jej jeszcze bardziej podziwiać brata.

To było wyjątkowo spokojne popołudnie w ogrodzie, bo większość kobiet i dzieci udała się na drzemkę. Malik natomiast przyjmował gościa, księcia Alego z panującego rodu al-Rashad. Chłopcy siedzieli przy stole i grali w szachy, Amira zaś przycupnęła na pobliskiej ławeczce z marmuru i przyglądała się rozgrywce. Dziewczynki nigdy nie grały w szachy, ale Malik kochał tę grę i Amira wiele się nauczyła, jedynie obserwując brata.

Malik przeskoczył koniem w pobliże króla przeciwnika.

— Uważaj na królową — rzucił przyjaźnie.

Amira nieznacznie pokręciła głową. Nawet ona widziała wyraźnie, że nie tu kryła się prawdziwa pułapka.

— Już niech ciebie o to głowa nie boli — burknął książę, przesuwając królową, oddalając ją od domniemanego zagrożenia.

Gdy tylko Ali oderwał palce od figury, Malik przesunął swoją królową, zbijając pionka stojącego przy czarnym królu.

— Szach i mat — oznajmił z szerokim uśmiechem.

— Tani trik! — wykrzyknął Ali z twarzą wykrzywioną gniewem, po czym zamaszyście strącił szachownicę ze stołu, wyrzucając przy tym wszystkie figury w powietrze.

Jedna z nich ugodziła Amirę w oko.

— Zraniłeś mnie! — jęknęła i zaczęła płakać.

Książę znieruchomiał na moment.

— Suka — rzucił chwilę potem przez zaciśnięte zęby, jakby chciał w ten sposób pokryć swój niewybaczalny wybuch złości.

Malik zareagował błyskawicznie — Ali już leżał na plecach, zanim dotarło do Amiry, że jej brat go uderzył.

Szok był tak porażający, że natychmiast przestała płakać i wstrzymała oddech. Podniesienie ręki przez mężczyznę na innego mężczyznę było straszną obrazą; uderzenie członka królewskiego rodu było nie do pomyślenia. Czy ktokolwiek to widział? Po przeciwnej stronie ogrodu stała Bahia, ale akurat w tym momencie całkowicie pochłaniała ją kontemplacja czubków daktylowych palm.

Książę chwiejnie stanął na nogi.

— Zapłacisz mi za to — wysyczał z wściekłością, jednak przezornie trzymał się z daleka od Malika.

Amira widziała, że Malik jest przestraszony, ale w jego głosie zabrzmiała jedynie pogarda.

— Doprawdy? A komu się poskarżysz? Swojemu ojcu? Swoim braciom? I przyznasz przy tym, jak nazwałeś moją siostrę?

Ali popatrzył na niego z nienawiścią, po czym dumnym krokiem wymaszerował z ogrodu.

Tego wieczoru Amira i Malik podnieconymi szeptami omawiali popołudniowy incydent. Dziewczynka była przekonana, że lada chwila zjawi się gwardia królewska, aby aresztować brata — ostatecznie to, co zrobił, było karygodnym pogwałceniem wszystkich reguł. Malik, choć niezbyt pewnym siebie tonem, przekonywał, że nic podobnego się nie stanie. Ali był zbyt dużym tchórzem, by komukolwiek opowiedzieć o wydarzeniu. Wmawiał to sobie tak gorąco, że w końcu stać go było na buńczuczne oświadczenie:

— Reguły, siostrzyczko, są po to, by je łamać. Ważne tylko, żeby wiedzieć jak i kiedy.

Amira nigdy wcześniej nie słyszała podobnego stwierdzenia, nawet z ust jakiegokolwiek dorosłego, jednak w pewnym sensie pasowało ono do jej brata. No i teraz Malik był w jej oczach nie tylko człowiekiem wykształconym i światowym — stał się również uosobieniem wojowniczego pustynnego szejka, przywódcy szlachetnych wojowników.

— Mamo, czy tej jesieni pójdę do college'u?

Drugie letnie wakacje Malika — niekiedy ciągnące się flegmatycznie, niekiedy zaś galopujące w zawrotnym tempie — właśnie dobiegały końca. Amira niedługo skończy osiem lat, więc jeśli miałaby w ogóle iść do szkoły, teraz nadszedł na to czas.

Jihan ciężko westchnęła.

— Nie, śliczności. Nie pójdziesz. — Smutek w jej głosie nie pozostawiał cienia wątpliwości.

— Ale ja chcę.

— Wiem. Mówiłam ci jednak, i to samo usłyszysz od każdej innej osoby, że dziewczynki nie uczęszczają do takich szkół jak Victoria.

— Ale czemu? Nauczyłam się już dużo od Malika. Oddaje mi swoje stare podręczniki. Potrafię zrobić wszystkie zadania niemal tak dobrze jak on.

Jihan spojrzała na córkę ze szczerym podziwem.

— Naprawdę, kochanie? Zauważyłam, że przeglądasz książki brata, nie miałam jednak pojęcia, że je studiujesz. — Ledwo wypowiedziała te słowa, mocno ściągnęła usta. — Jestem z ciebie bardzo dumna, Amiro. Zachwyca mnie twoja inteligencja. Jednak musisz wybić sobie z głowy naukę w college'u. To absolutnie niemożliwe.

— Ale ja chcę. Ja c h c ę!

Ta wymiana zdań zakończyła się czymś, co najbardziej w całym życiu Amiry przypominało atak histerii. Krzyki dziewczynki były tak głośne, że w końcu do „krainy kobiet" wpadł wzburzony Omar.

— A cóż to za wrzaski? — zwrócił się do Jihan. — Słychać je aż w moich pokojach! To nie do pomyślenia, żeby tak zakłócać spokój tego domu!

— Wybacz, mężu. To wszystko moja wina.

— Co tak trapi naszą małą?

— Dziewczęce fantazje, ot i wszystko. — Jihan wyjaśniła sytuację tak lekkim tonem, jakby marzenia Amiry były jedynie fraszką.

Omar natychmiast złagodniał.

— Posłuchaj, księżniczko, przecież tak naprawdę wcale nie chciałabyś jechać do brudnego, brzydkiego Kairu i porzucać wszystkich swoich kuzynów i przyjaciół. Pomyśl tylko, jak doskonale się tu bawisz. A do tego zbliżają się twoje urodziny. Zdaje mi się, że na tę okazję będziemy musieli przygotować coś naprawdę wyjątkowego.

— Ale Malik nie ma nic przeciwko mieszkaniu w Kairze, ojcze. A ja byłabym tam przecież razem z nim.

Omar gniewnie ściągnął brwi. Amira co prawda nie sprzeciwiła mu się otwarcie, była jednak już tego bliska.

— Posłuchaj mnie, córko. Posłuchaj bardzo uważnie. Twój brat wkrótce stanie się mężczyzną i wykształcenie jest mu potrzebne, by wypełniać obowiązki przypisane mężczyźnie. Ty natomiast jesteś dziewczynką i jedyne, czego musisz się nauczyć, to jak być skromną i posłuszną żoną dla kogoś, kogo — dzięki woli Allacha — pewnego dnia przyjdzie ci poślubić. Więcej nie chcę słyszeć ani słowa na temat żadnej szkoły.

Obrócił się na pięcie i wyszedł z pokoju. Amira była na tyle przytomna, by nie zadawać żadnych więcej pytań. Tej nocy, świadoma, że wszystkie jej marzenia legły w gruzach, tonęła we łzach i Jihan musiała ją długo tulić w swoich kojących ramionach, zanim zasnęła.

Ale już następnego wieczoru Amira podsłuchała ważną rozmowę rodziców.

— Jak zwykle, chylę czoła przed twoją mądrością i zdrowym osądem — powiedziała Jihan tonem będącym swoistą mieszanką przymilności, pochlebstwa i natarczywości, którego używała zawsze wtedy, gdy chciała uzyskać coś od Omara. — I choć zgadzam się, że Bahia jest doskonałą służącą, chciałabym zwrócić twoją uwagę na fakt, że jest właśnie jedynie służącą. Pozwoliłam sobie podnieść ten temat, ponieważ jestem pewna, że człowiek o twoim statusie życzyłby sobie, aby jego dzieci — oboje — były jak najlepiej przygotowane na to, co przyniesie przyszłość.

Niejednokrotnie wspominałeś, że świat ulega gwałtownej zmianie. Więc teraz i dziewczynki powinny zyskać pewne wykształcenie. Osobiście mówiłeś mi, że plany rządowe zakładają otwarcie szkoły dla dziewcząt w ciągu najbliższych dwóch lat. Zapewne gdybyś nie był tak zajęty, sam pomyślałbyś o odpowiedniej niańce. Nie uznasz więc chyba za impertynencję nakłonienie cię do rozmowy na ten temat.

Chwilę później Amira usłyszała dudniący głos ojca.

— Ostatnimi laty, dzięki woli Najwyższego, zdołałem znacznie pomnożyć zyski właśnie dlatego, że zrozumiałem, jak bardzo zmienia się świat, choć nie mogę powiedzieć, bym pochwalał te zmiany. Nie cieszą mnie twoje słowa, ale pojmuję ich wagę. Dlatego zamierzam spełnić twoje życzenie.

I tak oto w życie Amiry wkroczyła panna Vanderbeek, czyli niania Karin.

Niania Karin

— A więc jaka jest ta twoja jasnowłosa niania?

Od czasu, gdy panna Vanderbeek pojawiła się w domu Badirów, Amira słyszała to pytanie setki razy. Nianki były jednym z głównych tematów rozmów jej rówieśników — ostatecznie każde dziecko miało jakąś niańkę. Żadna z nich jednak nie przypominała panny Vanderbeek.

Amira zawsze starała się znaleźć powód do wyrzekania na swoją opiekunkę — twierdziła, że jest zbyt surowa, zbyt poważna, zbyt cudzoziemska — zgodnie z powszechnym przesądem, że nie można chwalić osób, które się kocha, bo to ściągnie na nie nieszczęście.

— Chyba nie jest taka zła. — Wzruszyła ramionami, pozwalając sobie na umiarkowaną aprobatę, ponieważ pytanie padło z ust Laili, przed którą trudno było ukryć prawdę. Od chwili wyjazdu Malika ta dziewczyna — a właściwie już młoda kobieta — stała się jej najbliższą przyjaciółką.

— Och, daj spokój. Więcej konkretów, proszę. Czy na przykład uważasz, że jest ładna?

W głębi ducha Amira sądziła, że panna Vanderbeek, ze swoją mleczną cerą i oczami koloru nieba w pogodne południe, była wprost zjawiskowa.

— Bo ja wiem — odparła jednak. — Ona sama tak nie myśli. I nie da się ukryć, że jest okropnie chuda.

To nie ulegało wątpliwości. Wedle remalskich standardów niania Karin mogła uchodzić za osobę wygłodzoną. Każdy więc twierdził, że nigdy nie znajdzie kandydata na męża. A tymczasem niania Karin już kiedyś spotkała kogoś takiego.

— Europejki są bardzo szczupłe — oznajmiła Laila. — Tylko popatrz na Brigitte Bardot.

— Na kogo?

— Na francuską gwiazdę filmową. — Laila zawsze dysponowała podobnie światowymi nowościami, choć skąd czerpała swoją wiedzę, pozostawało dla Amiry tajemnicą.

— Jest chuda niczym wąż — ciągnęła Laila. — A mężczyźni z Europy uważają, że to bardzo seksowne. Czy panna Vanderbeek jest seksowna?

— Ależ, Lailo! — Amira wysłuchiwała historii na temat relacji męsko-damskich od wczesnego dzieciństwa, niemniej sugestia, że któraś z kobiet, które znała — a w szczególności jej niania — mogłaby być seksowna, wprawiała ją w zakłopotanie.

— Spokojnie, wróbelku. Tylko żartowałam. Przecież wiem, że jej życie zostało naznaczone tragedią.

To była prawda. I zarówno Laila, jak i Amira zamilkły na moment, dumając nad rozkosznie melodramatyczną historią niani Karin.

— Przyjechałam do al-Remal, gdy miałam zaledwie dwadzieścia dwa lata — opowiadała panna Vanderbeek Amirze — by pracować jako tłumacz i sekretarka w holenderskiej firmie budującej odsalarnię — stację uzdatniającą do picia wodę morską.

Kobieta westchnęła ciężko, jakby wspomnienia nadal sprawiały jej ból.

— I wtedy się zakochałaś — podsunęła Amira.

Uwielbiała opowieść o miłosnych perypetiach swojej niani i mogła jej słuchać w nieskończoność.

— Tak. Zakochałam się.

— W Saudyjczyku. W pilocie.

— Owszem. W pilocie, który miał własny samolot i przewoził pasażerów pomiędzy małymi nadmorskimi miasteczkami Arabii Saudyjskiej. Kiedyś i ja leciałam na jego pokładzie i wtedy właśnie się poznaliśmy. Wymieniliśmy spojrzenia, nic poza tym — ale to wystarczyło.

Amira westchnęła z zachwytu. Poznać miłość swojego życia, unosząc się nad chmurami, od razu odgadnąć swoje przeznaczenie — *kismet* — czyż mogło być coś bardziej romantycznego?

— Lutfi nie przypominał mężczyzn, jakich wcześniej poznałam na Bliskim Wschodzie. Nie próbował mnie wykorzystać tylko dlatego, że byłam kobietą z Zachodu...

Amira pokiwała głową. Dobrze wiedziała, że jej niania nie mogłaby przekroczyć progu domu Omara Badira, gdyby wisiał nad nią choćby cień jakichkolwiek podejrzeń o niemoralność.

— Nie. Od początku zachowywał się honorowo. Chciał złożyć uszanowanie mojej rodzinie, ale moi rodzice już nie żyli, byłam na świecie sama jak palec. Więc zjawił się u człowieka, którego uznał za mojego opiekuna — u dyrektora, pana Haasa.

Amira bardzo lubiła nadchodzący fragment opowieści, świadczący o sile prawdziwej miłości.

— Tymczasem pan Haas był inżynierem, człowiekiem o ścisłym umyśle i mało sentymentalnej naturze. Nie mógł więc pojąć, czemu ów pilot — „skądinąd całkiem sympatyczny facet", jak utrzymywał — zaczął regularnie pojawiać się w jego biurze z prezentami i wdawał się w niezobowiązujące rozmowy, od czasu do czasu wspominając moje imię. Lutfi natomiast czekał na jakiś sygnał ze strony pana Haasa, który pozwoliłby mu przejść do dyskusji na temat jego zalet jako ewentualnego męża. Pan Haas jednak nie dawał takiego sygnału. Biedny Lutfi.

Panna Vanderbeek pogrążyła się na moment w nostalgicznej zadumie.

— Kiedy później mi opowiadał, jak desperacko próbował wskazać na właściwy powód swoich wizyt — oczywiście, nie oznajmiając przy tym otwarcie, że chodzi mu o mnie — nie wiedziałam, czy śmiać się, czy płakać. W końcu, w trakcie szóstej wizyty, kiedy zdecydował się wyłożyć całą sprawę jasno, bez względu na konsekwencje, pan Haas wspomniał, że planuję przejść na islam. Moja decyzja nie miała nic wspólnego z Lutfim. Al-Remal było miejscem na ziemi, jakiego szukałam od czasu śmierci moich rodziców, a islam był jego religią. Ale mojego drogiego Lutfiego poraziła ta wiadomość — uznał to za znak z nieba, za potwierdzenie, że jego największe pragnienie jest w zgodzie z wolą Najwyższego. Bez słowa złożył więc dary na biurku pana Haasa, wsiadł do samolotu i odleciał.

W końcu mój szef zrozumiał, że nie wykazał się największą bystrością. Tego samego popołudnia powiedział mi, że chyba mam adoratora, a gdy spojrzał na moją twarz, wykrzyknął: „Byłem ślepcem i głupcem!" A potem dodał, że z największą przyjemnością będzie pełnił rolę swata i zrobi wszystko, żeby pomóc nam się pobrać.

Panna Vanderbeek urwała i jakby zapadła się w sobie; smętnie spuściła powieki. Teraz zbliżała się część historii, której Amira nie lubiła, bo osobiście znacznie wolała opowieści kończące się słowami: „A potem żyli długo i szczęśliwie".

— Ale rodzina Lutfiego nie chciała się zgodzić na nasz ślub. Nie obchodziło ich, czy zamierzam zmienić wiarę czy nie. Dla nich byłam cudzoziemką, a do tego kobietą bez męskich krewnych mogących poręczyć za jej czystość. I na domiar złego pracowałam wśród mężczyzn. — Panna Vanderbeek wyrzucała z siebie te zdania, jakby były najgorszymi klątwami, i Amira aż skuliła się w sobie, słysząc ostry ton jej głosu.

— Stwierdzili, że nie mogą przeszkodzić nam w zawarciu ślubu, ale oznajmili Lutfiemu, że jeśli sprzeciwi się woli rodziny, nie będzie mógł się już pokazać w domu ojca. Dla rodziny będzie niczym zmarły.

Biedny Lutfi! Jakże on rozpaczał. Powiedział, że nie może beze mnie żyć, ale nie może też wyprzeć się rodziny.

— A ty nalegałaś, żeby uzbroił się w cierpliwość. Mówiłaś, że będziesz na niego czekać, póki rodzina nie wyrazi zgody na wasz ślub — wtrąciła Amira. — Nawet całe życie, jeśli będzie trzeba.

— Rzeczywiście — wyszeptała panna Vanderbeek. — Nawet całe życie. Ale przed nami nie było wspólnego życia. Dwa lata później samolot Lutfiego rozbił się nad Morzem Czerwonym, w pobliżu Dżeddy. Na pokładzie na szczęście nie było pasażerów. Ciała Lutfiego nigdy nie odnaleziono.

Amira chwyciła nianię za rękę.

— Ale ty pozostałaś w al-Remal.

— Tak, Amiro. Pozostałam. Aż do zakończenia budowy i rozruchu odsalarni pracowałam nadal w tej holenderskiej firmie. A potem przeniosłam się do amerykańskiej korporacji, gdzie uczyłam języków pracowników i ich dzieci. Ale...

— Ale nie czułaś się szczęśliwa wśród Amerykanów.

— To prawda. Miałam wrażenie, że nie żyję w al-Remal, tylko w Teksasie. Więc gdy usłyszałam, że rodzina Badirów poszukuje niani, która równocześnie mogłaby pełnić funkcję guwernantki...

— Przyszłaś do nas. I zostaniesz z nami już na zawsze. Będziemy wszyscy razem żyli długo i szczęśliwie.

Niania Karin nic na to nie powiedziała. Pogładziła jedynie Amirę po włosach i uśmiechnęła się swoim smutnym uśmiechem.

— Dlatego jestem taka ciekawa, jaka jest naprawdę — oświadczyła Laila.

— Jest zupełnie inna niż pozostałe nianie.

Mówiąc to, Amira nie miała na myśli jasnych włosów i błękitnych oczu niani Karin. Panna Vanderbeek różniła się od innych w bardziej zasadniczych i ważnych kwestiach. Większość nianiek w al-Remal to ubogie kobiety pochodzące z Jemenu lub Etiopii; Bahia, na przykład, wywodziła się z Sudanu. I większość, jak Bahia, była niewolnicami do czasu, aż — zaledwie rok wcześniej — król zniósł niewolnictwo, przynajmniej formalnie. I wszystkie one — znów podobnie jak Bahia, a właściwie zdecydowana większość kobiet w tym kraju — były analfabetkami.

— Czasami nie pojmuję, czemu zdecydowała się tu zostać — ciągnęła Amira. — Gdzieś w świecie mogłaby przecież wykładać na uniwersytecie. Rzeczy, których mnie uczy... — Amira urwała, by znaleźć określenia mogące oddać w pełni, w jak cudowny sposób niania Karin potrafiła opisywać słowami świat, oddawać jego kolory, zapachy i kształty. Dojrzawszy jednak zniecierpliwienie na twarzy Laili, rzuciła szybko: — Wiesz, że znam angielski niemal tak dobrze jak Malik?

— Naprawdę?

— Uhm. Tylko nie mów o tym nikomu. Ojciec nie byłby zadowolony, gdyby się o tym dowiedział.

— Aha! A Malik byłby zazdrosny!

— A na dodatek, niania uczy mnie arytmetyki — wyznała Amira przyciszonym tonem.

— To znaczy czego? Że dwa i dwa to cztery?

— Nie. Tego uczyłyśmy się na początku. Teraz przerabiamy procenty.

— Ale po co? — Na twarzy Laili odmalowało się najszczersze zdumienie.

— Niania mówi, że nigdy nie wiadomo, co może się przydać w życiu. Twierdzi, że ta nowo otwarta szkoła dla dziewcząt to dopiero pierwszy, drobny krok na drodze do zmian. Teraz uczą tam jedynie Koranu, ale pewnego dnia dziewczynki będą przerabiać te same przedmioty co chłopcy.

— Amiro! A czy to przypadkiem nie jest pogwałceniem praw islamu?

— Niania twierdzi, że nie. Mówi, że nigdzie w Koranie nie napisano, że dziewczynki nie mogą się kształcić. To tak samo jak z *gutwah* — zasłoną na twarz. Koran wcale nie nakazuje ich nosić. Wzięły się stąd, że dawno temu pewne bogate kobiety uznały je za modne. A teraz wszyscy je noszą. Ale to wcale nie jest zalecenie Koranu.

— I to panna Vanderbeek ci o tym powiedziała?

— Tak. Ale błagam cię, Lailo, nie wspominaj o tym nikomu.

— Nie martw się. Nie wydam waszych sekretów. Ale pamiętaj, że nie tylko twoja niania dużo wie o rozmaitych sprawach. Czy słyszałaś o tej wiejskiej dziewczynie, która utopiła się w studni.

— Oczywiście.

Jakżeby mogła o tym nie słyszeć? Od kilku dni nikt o niczym innym nie mówił.

— No więc to wcale nie był wypadek. Ani samobójstwo.

— Jak to?

Tym razem to Laila ściszyła głos.

— Ktoś widział ją w mieście wchodzącą do domu pewnego mężczyzny. Gdy dowiedzieli się o tym jej bracia, wrzucili ją do tej studni. Wszyscy w wiosce słyszeli jej krzyki.

— Laila! Skąd się o tym dowiedziałaś?

— Powiedziałam ci, że nie tylko panna Vanderbeek dużo wie o świecie. Chciałabyś usłyszeć jeszcze więcej, wróbelku?

Amira rozsiadła się wygodnie i cała zamieniła w słuch. Nauka z nianią Karin sprawiała dużo przyjemności, ale wymagała ciężkiej pracy. Z Lailą natomiast mogła porozmawiać o prawdziwych wydarzeniach w prawdziwym świecie. Amira zdecydowała nawet, że już niedługo powie przyjaciółce, jakie jest jej najskrytsze pragnienie: marzyła o tym, by Laila i Malik się pobrali i by już zawsze mieszkali wszyscy razem.

Przyjaźń

To pragnienie wcale nie było nieziszczalną mrzonką. Pod wieloma względami Laila Sibai była idealną kandydatką na żonę Malika. Jej ojciec, Abdullah, całe życie przyjaźnił się z Omarem Badirem, wspólnie też prowadzili interesy. Mariaż dzieci miałby więc głęboki ekonomiczny sens — mógłby połączyć fortuny obu przyjaciół.

To prawda, że Laila i Malik nie byli kuzynostwem, ale zwyczaj wchodzenia w związki z kuzynami nie był tak ściśle przestrzegany w al-Remal, jak w innych krajach arabskich. Poza tym Laila była właściwie p r a w i e kuzynką: w domu Badirów spędzała tyle samo czasu, co we własnym, doskonale znali ją więc wszyscy członkowie rodziny. A na dodatek jej matka, Rajiyah, była bliską przyjaciółką Jihan.

No i — choć w przypadku aranżowanych małżeństw nie brano tego pod uwagę — Laila i Malik naprawdę się lubili. Amira dobrze pamiętała, jak Rajiyah wielokrotnie upominała Lailę, że zbyt wiele czasu spędza z chłopcem, który nie jest *mahram* — zbyt bliskim krewnym, by go poślubić.

Nawet kiedy Laila osiągnęła wiek pokwitania i została obleczona w czadrę, Amira natknęła się na nią i Malika siedzących razem w odległym zakątku ogrodu Badirów. Amira musiała wyglądać na zaszokowaną, bo wówczas Laila uśmiechnęła się i powiedziała:

— O co chodzi, wróbelku? Czy ja i twój brat powinniśmy stać się sobie obcy tylko dlatego, że jestem owinięta tą czarną materią?

Laila najwyraźniej podzielała pogląd Malika, że reguły są do łamania — trzeba tylko wiedzieć, jak i kiedy to robić. Gdyby Amira nawet potępiała zachowanie przyjaciółki, nigdy by się do tego nie przyznała. Uwielbiała Lailę. Niewątpliwie jedną z przyczyn, dla których starsza dziewczyna poświęcała tak wiele uwagi Amirze, był Malik, ale co to miało za znaczenie? Amira również uwielbiała Malika. Z jej punktu widzenia najlepiej by było, gdyby Laila i jej brat się pobrali.

Istniała jednak ku temu poważna przeszkoda. I nie chodziło o to, że Malik był młodszy od Laili — ostatecznie różnica wynosiła niecałe dwa lata, a przecież sam Prorok ożenił się z kobietą, która mogła być jego matką. Problem w tym, że Malik wciąż jeszcze był uczniem, natomiast Laila młodą kobietą w wieku odpowiednim do małżeństwa. Trudno oczekiwać od jej ojca, by zwlekał z wydaniem córki za mąż do chwili, aż syn przyjaciela wydorośleje; wkrótce więc niewątpliwie zacznie szukać dla córki dojrzałego i zasobnego męża.

— Słuchaj! To oni.

Minęło lato i powoli zbliżało się następne. Laila i Amira siedziały skulone w bibliotece ojca Laili, na terytorium zakazanym dla kobiet, ale Abdullah Sibai przebywał w Indiach, gdzie kupował jedwab, w domu też nie było żadnych innych mężczyzn. W takiej sytuacji matka Laili zazwyczaj traciła czujność i dzięki temu dziewczyny mogły zakraść się do biblioteki, by posłuchać muzyki, korzystając przy tym ze skomplikowanego i niezwykle kosztownego radia Abdullaha. Ojciec Amiry miał podobny odbiornik — obdarowali się nawzajem identycznymi zestawami, by śledzić wiadomości polityczne i doniesienia finansowe z obszaru całego Środkowego Wschodu.

Laila i Amira również wykazywały zainteresowanie wieściami międzynarodowymi, choć zupełnie innej natury: słuchały muzyki nadawanej aż z Kairu i Istambułu. Audycje kairskie uwielbiały, bo pojawiały się w nich często piosenki takich sław, jak Abdul Wahab, Farid al-Atrash i niezrównana Um Kalthoum. Niekiedy też udawało im się złapać stację nadającą muzykę zachodnią i wówczas mogły słuchać zespołu, o którym Malik, wiedziony szkolno-brytyjskim snobizmem mówił, że są najmodniejsi w całej Europie. Nazywali się The Beatles.

— Zrób trochę głośniej — błagała Amira.

— Nie, bo mama usłyszy. Potańczmy.

Laila pokazała Amirze, jak tańczą zachodnie nastolatki (choć skąd czerpała tak ezoteryczną wiedzę, Amira nie miała pojęcia). Nie przypominało to w niczym znanego Amirze tańca *beledi*, według panny Vanderbeek nazywanego przez ludzi z Zachodu „tańcem brzucha". Muzyka też brzmiała całkiem inaczej. Była rozwichrzona, swobodna, niemal szalona — ale zachwycająca. Tańcząc, Amira próbowała wychwycić tekst, jednak śpiewane angielskie słowa brzmiały zupełnie inaczej niż te czytane z książki. W piosence wciąż powtarzał się wyraz „baby", choć co dziecko mogło mieć z tym wszystkim wspólnego, nie umiała zgadnąć, oraz wyrażenie „twist and shout". Amira postanowiła jak najszybciej sprawdzić słowo „twist" w słowniku panny Vanderbeek, mimo że Malik powiedział im wcześniej, iż ta piosenka jest już *passé* i że kairskie stacje są bardzo zacofane, gdy chodzi o rock & rolla — bo tak właśnie nazywała się ta muzyka.

Piosenka skończyła się serią głośnych dźwięków wygrywanych na instrumentach, których Amira nie była w stanie rozpoznać, a zaraz potem fala zaczęła zanikać.

— Może to i lepiej — uznała Laila. — I tak już kusimy los. Chodźmy do mojego pokoju.

Dom Abdullaha Sibai był wierną kopią domu Badirów — różnił się jedynie umeblowaniem. Okna znajdującego się na piętrze pokoju Laili wychodziły na ogród — podobnie jak okna pokoju Amiry. Na szczęście Laila jako dziewczyna, która osiągnęła już wiek odpowiedni do małżeństwa, miała pokój tylko dla siebie. Teraz, zmęczone tańcem, wraz z Amirą opadły na łóżko.

— Mam nadzieję, wróbelku, że się nacieszyłaś naszymi pląsami — powiedziała po chwili Laila. — Bo z przykrością muszę cię poinformować, że pewnie już więcej nie będziemy razem słuchać radia.

— Ale czemu?!

— Myślę, że ojciec wybrał dla mnie męża. I zapewne wyjawi swoją wolę, gdy tylko wróci z Indii.

Amira próbowała wykrzesać z siebie entuzjazm.

— Lailo! Jak wspaniale! Gratuluję! Kto to taki?

— Nie mam pojęcia. Mam jednak nadzieję, że nie jest stary i brzydki.

— Och, z pewnością. Z pewnością.

— Wszystko w rękach Najwyższego.

— Ależ fascynująca wiadomość!

— To prawda — przyznała Laila. — Jestem zachwycona. Czyż nie o tym marzą wszystkie dziewczęta? Niestety, mam też świadomość, że zmieni to stosunki między nami.

Amira zmartwiała.

— Czy chcesz powiedzieć, że już więcej nie będziemy mogły się spotykać? — wydukała po chwili.

— Ależ skąd! Z pomocą Najwyższego będziemy spotykać się bardzo często, nawet gdybym mieszkała daleko od ciebie. Tyle że wiele się zmieni.

— Oczywiście. Będziesz miała męża i zapewne dzieci — oby Bóg dał ci ich jak najwięcej...

— No właśnie. Wkroczę w zupełnie nowe życie. Stanę się dorosła i będę musiała się zachowywać, jak na dorosłą osobę przystało. I przede wszystkim wypełniać obowiązki wobec męża, kimkolwiek się okaże... — Laila urwała i pogrążyła się w milczeniu. — Jakżebym chciała... — podjęła po chwili. — Nie, to nieważne. — Dorzuciła, po czym szybko się rozjaśniła. — Czy słyszałaś, że prowadziłam samochód?

— Co takiego?! Gdzie? Kiedy!

W al-Remal prowadzenie samochodu przez kobiety było surowo zakazane. Widok kobiety za kierownicą ściągnąłby natychmiast uwagę policji religijnej oraz tłumu rozwścieczonych obywateli.

— Zeszłego lata. Z Malikiem. Przebrałam się za chłopca. Zwędziłam ubranie z pokoju mojego młodszego brata, Salima, i włożyłam pod czadrę, którą zdjęłam w samochodzie. A potem wyjechaliśmy poza miasto — tam, gdzie budują nowe lotnisko — i Malik pokazał mi, jak kierować.

— Ależ, Lailo! Cóż cię opętało?!

— Rzeczywiście, to było szaleństwo. Ostatecznie wszystko mogło się zdarzyć. Aż boję się myśleć, do czego by doszło, gdybyśmy mieli jakąś awarię. Ale to niezapomniana przygoda.

Laila ponownie zamilkła i zaczęła gładzić Amirę po włosach.

— Powinnaś sama spróbować, wróbelku. Poproś Malika, żeby udzielił ci lekcji. Przecież jest twoim bratem — jest dla ciebie *mahram*. Nie będziesz nawet musiała wymyślać nieprawdopodobnych historii, żeby wytłumaczyć, czemu jesteście razem. Mimo to przebierz się na wypadek, gdyby ktoś ujrzał cię za kierownicą. Poza tym udawanie chłopaka jest naprawdę zabawne.

— Och, nie. Nigdy bym się nie odważyła.

Laila przytuliła ją do siebie.

— Czemu nie? Zrób to, wróbelku. Zanim się obejrzysz, ty też zostaniesz mężatką i wówczas będzie już za późno.

Tego roku Malik przyjechał wcześniej niż zwykle. Od miesięcy trwała wymiana ognia pomiędzy Izraelem i Syrią i teraz panowało ogólne przekonanie, że wkrótce Żydzi zaatakują Egipt bądź Egipt uderzy na Izrael w ramach akcji prewencyjnej. W połowie maja prezydent Naser postawił armię w stan gotowości, a Malik wydostał się jednym z ostatnich lotów z Kairu i ledwo znalazł się w domu, rozpoczęła się wojna sześciodniowa.

Na ulice wylegli mężczyźni, wymachując szablami, oczywiste jednak było, że al-Remal nie włączy się do walki. Król wygłaszał ostre słowa i pogróżki pod adresem Izraela, jasno jednak dawał do zrozumienia, że wielcy sojusznicy Remalczyków, Amerykanie, są wciąż mile widzianymi gośćmi i tak właśnie mają być traktowani. Jednocześnie odwołał wszelkie oficjalne spotkania z Amerykanami i wszyscy inni poszli za jego przykładem.

To były trudne chwile dla kraju. Błyskawiczne pokonanie narodu, któremu większość Arabów przypisywało rolę lidera w regionie, bardzo pogorszyło społeczne nastroje. Nawet Malik był posępny i rozdrażniony — Amira jeszcze nigdy wcześniej nie widziała go w takim stanie. Początkowo sądziła, że udziela mu się powszechne przygnębienie — ostatecznie był w wieku, gdy chłopcy często stawali się markotni. W końcu jednak doszła do wniosku, że jego zły humor może mieć coś wspólnego ze zbliżającym się ślubem Laili.

— Mój przyjaciel, Abdullah Sibai, bardzo roztropnie wybrał męża dla swojej córki — oznajmił ojciec Amiry, gdy po wieczornym posiłku popijali kawę. — Generał Mahmoud Sadek słynie ze swojej pobożności. A poza tym jest niedoścignionym jeźdźcem i myśliwym.

— To rzeczywiście postawny mężczyzna — zgodziła się Jihan. — Słyszałam też, że uchodzi za bliskiego przyjaciela króla. Zastanawiam się jednak, czy nie jest trochę za stary dla Laili. To taka pełna życia dziewczyna, a on przecież przekroczył już pięćdziesiątkę.

Stary mężczyzna, pomyślała z przerażeniem Amira. Jej przyjaciółka miała poślubić starego człowieka! Jakże musi być nieszczęśliwa.

Tymczasem okazało się, że Laila wciąż myśli entuzjastycznie o zbliżającym się ślubie.

— Jest bajecznie bogaty — powiedziała Amirze. — I niebywale hojny. Żebyś widziała te wszystkie prezenty, które przysyła każdego dnia! Nabijany klejnotami pas. Torebka ze złotej siatki prosto od Tiffany'ego z Nowego Yorku. Wspaniały srebrny zestaw do herbaty z Londynu. Codziennie coś nowego!

— To cudownie, Lailo, ale...

— A na dodatek, miał takie tragiczne życie! — ciągnęła Laila. — Jego dwie żony zmarły przy porodzie, wyobrażasz to sobie? Mama zapewnia, że jeśli dam Mahmoudowi syna — a choćby i córkę — będzie mnie wielbił do końca życia. Czyż to nie romantyczne?

Amira skinęła głową, choć tak naprawdę miała wątpliwości, czy to małżeństwo można nazwać romantycznym.

— Dzisiaj dostałam list od Malika — powiedziała cicho. — Przyjeżdża w czwartek i zostanie na cały tydzień. Przyjdziesz nas odwiedzić?

Laila zamilkła na dłuższą chwilę.

— Nie sądzę — powiedziała w końcu smutnym głosem. — To chyba nie byłoby właściwe teraz... gdy jestem zaręczona z Mahmoudem.

— Ach, tak...

— Nie przejmuj się tym, wróbelku. Mam teraz tyle powodów do radości. Jutro zacznę wybierać stroje — Mahmoud otrzymał projekty z Paryża. A po ślubie jedziemy do Istambułu, przynajmniej na cztery tygodnie, czyż to nie fantastyczne? Natomiast zaraz po powrocie mam się zająć urządzeniem domu Mahmouda. Powiedział, że da mi *carte blanche* — zapłaci za wszystko bez względu na koszty. Będę miała tyle pracy, że zupełnie nie wiem, jak znajdę na to wszystko czas...

Lailę rozpierał entuzjazm, a tymczasem Malik popadał w coraz głębsze przygnębienie. Pewnego dnia usiadł w pokoju razem z Amirą i panną Vanderbeek i przez dłuższy czas przysłuchiwał się lekcjom. Pochwalił siostrę za dobre opanowanie angielskiego i francuskiego, Holenderce pogratulował wyników w nauczaniu, po czym poderwał się i wyszedł. Amira poprosiła nianię, żeby też ją zwolniła, i ruszyła na poszukiwanie brata. Stał w ogrodzie, zabawiając się wrzucaniem kamyków do fontanny.

— O co chodzi, braciszku? — zebrała się na odwagę. — Czy o Lailę?

— O Lailę? Jakim cudem coś podobnego przyszło ci do głowy? Chodzi o życie, Amiro. Czuję, że przecieka mi przez palce. Że nad nim nie panuję. Większość czasu spędzam w zupełnie innym świecie, a potem wracam do domu, gdzie nic się nie zmienia. W każdym razie na lepsze.

— Taka widać wola Boga.

Malik jedynie prychnął w odpowiedzi na tę konwencjonalną sentencję.

— Nauczysz mnie prowadzić samochód?

Rzucił jej rozwścieczone spojrzenie, ale niemal natychmiast zdusił gniew i uśmiechnął się tym swoim zniewalającym uśmiechem.

— A więc ci powiedziała? I jak tu powierzać sekrety kobietom? No, cóż... Czemu nie? Czy dziś po południu to dla ciebie nie za późno?

— Och, nie ma pośpiechu. Z woli Allacha...

— Nie chcę tego słuchać, siostrzyczko. Ten, kto się waha, przegrywa. Więc albo teraz, albo nigdy.

I tak oto Amira znalazła się za kierownicą dużego mercedesa na niezabudowanym obszarze za nowym lotniskiem, na niemal pustynnej drodze. Miała na sobie starą *thabe* Malika, a na głowię, jego chłopięcą białą *guthrę*, której nie nosił już od wielu lat.

W al-Remal nie istniało pojęcie prawa jazdy. Głównie dlatego, że było mało samochodów, a te nieliczne traktowano tak samo jak konie. Każdy chłopiec, który uzyskał pozwolenie dorosłego mężczyzny, mógł prowadzić, nawet jeśli ledwo sięgał głową poza deskę rozdzielczą.

— Dobrze. Teraz włącz pierwszy bieg. Zwolnij sprzęgło i naciśnij gaz... p o w o l i!

Samochód skoczył gwałtownie do przodu i zgasł.

— Spróbuj jeszcze raz. I nie przejmuj się, że zboczysz z szosy. Pobocze jest tu utwardzone.

Spróbowała ponownie i silnik znów się zadławił. Nie poddała się. Po kilku kolejnych próbach ruszyła w końcu z pierwszego biegu, ale nie udało jej się przejść na wyższy. W końcu jednak złapała rytm. Przełączyła pierwszy bieg na drugi tylko z niewielkim zgrzytem, a potem wrzuciła trójkę. Świat za oknem umykał dużo szybciej niż wtedy, gdy prowadził Malik, i Amira była bardzo zadowolona, że brat jedną ręką podtrzymuje kierownicę. W pewnym momencie zorientowała się, że wykonuje za dużo ruchów, naciska pedały zbyt mocno i gwałtownie. Wystarczył nieznaczny skręt kierownicy, lekkie dotknięcie stopy.

Kiedy zdała sobie sprawę, że ma władzę nad tak potężną maszyną, poczuła się jak w transie. To była prawdziwa magia. Zaczęła zataczać koła i kręcić ósemki. Nauczyła się hamować, włączać światła i migacze, a nawet wycieraczki. Była pod wielkim wrażeniem, gdy odkryła, że niemieccy inżynierowie pomyśleli o praktycznym rozwiązaniu na wypadek tak niezwykłego zjawiska jak deszcz.

— No, dobrze siostrzyczko. W takim tempie zaraz zabraknie nam benzyny. Zwolnij, a potem zatrzymaj.

Amira zahamowała tylko ciut za gwałtownie.

— Nie mogę poprowadzić do miasta?

— Nie. To wystarczy.

Malik wyjął kluczyki ze stacyjki, wysiadł i skierował się w stronę siedzenia kierowcy.

— Podobało ci się, co?

— Było cudownie!

— A więc teraz już umiesz prowadzić samochód. To umiejętność, której się nie zapomina do końca życia.

Czy dlatego Laila była taka zachwycona? Czy może z powodu poczucia własnej mocy i zrobienia czegoś, co normalnie było dostępne tylko dla mężczyzn?

Malik włączył silnik i ruszył w stronę domu.

— Dziękuję, braciszku. Czy będziemy mogli to powtórzyć?

— Kto wie? Ale na horyzoncie już lotnisko. Może lepiej przebierz się w normalny strój i ukryj *guthrę*, zanim podjedziemy bliżej.

— Niech będzie.

Schyliła się pod siedzenie, żeby wyciągnąć sukienkę.

— Nie! Nie teraz! — wykrzyknął nagle Malik. — Za nami wojskowy jeep. — Z zatroskaniem zerknął we wsteczne lusterko. — A niech to! Chyba zamierza nas zatrzymać. No dobrze. Nic się nie przejmuj. Pamiętaj, że jesteś chłopcem, i w żadnym razie nie odzywaj się nie pytana. Malik zjechał na bok. Jeep ich wyprzedził i zatrzymał się z przodu w chmurze kurzu. Ze środka wysiadł niski żylasty człowiek z pistoletem u boku i potężny mężczyzna z karabinem maszynowym. Pomimo upału panującego na pustyni Amira miała wrażenie, że lodowacieje.

Ten z pistoletem zajrzał przez okno i uśmiechnął się szeroko.

— Ach, to ty, Maliku synu Omara. A już myślałem, że złapałem izraelskiego szpiega. Niech pokój Allacha będzie z tobą.

— I z tobą, Salimie, synu Hamida. Już chciałem powiedzieć „poruczniku", ale widzę, że awansowałeś na kapitana.

— To z powodu wojny, choć oczywiście znajdowałem się tysiąc mil od padających kul. Moim obowiązkiem jest ochranianie lotniska, wciąż, dzięki łasce Najwyższego, znajdującego się w rękach Remalczyków.

Pomimo przyjaznego tonu świdrował ich oczami.

— A to kto? — spytał, wskazując na Amirę.

— Syn znajomego — odrzekł Malik nonszalanckim tonem. — W chwili słabości zgodziłem się udzielić mu lekcji prowadzenia samochodu.

Mężczyzna wpatrywał się w Amirę tak intensywnie, że instynktownie spuściła powieki i odwróciła głowę. Złapali nas, pomyślała zdjęta paniką.

— Skromny — stwierdził kapitan. — Niemal tak skromny jak dziewczyna. To dobrze. Jak się ma tak nieforemne rysy, trzeba wykazywać się innymi cnotami.

Amirę oblał rumieniec gniewu. Jak ten obcy człowiek śmie tak nachalnie lustrować ją wzrokiem i do tego otwarcie obrażać? Za moment jednak uświadomiła sobie, że zrobił to jedynie z uprzejmości — obraźliwe słowa miały zrównoważyć komplement, by nie ściągać na nią nieszczęścia.

— Miło cię było zobaczyć, Salimie. Mam nadzieję, że wkrótce znów się spotkamy. Jeśli jednak nie zamierzasz nas przesłuchać, chciałbym już ruszać, by zdążyć do domu na modlitwę.

Żylasty mężczyzna wybuchnął śmiechem.

— Może i miałbym ochotę na przesłuchanie, Maliku, synu Omara, obawiam się jednak, że nie spodobałoby się to ani tobie, ani twojemu młodemu przyjacielowi. Jedź więc w pokoju. A jak tam twój ojciec? Zdrów?

— Zdrów, zdrów i swarliwy jak zwykle, dzięki niech będą Najwyższemu. A jak miewa się twój?

— Nie najgorzej, dzięki łasce Allacha.

— A więc pokój z tobą.

— I z tobą.

Pół mili dalej Malik wreszcie odetchnął z ulgą.

— Teraz możesz się już przebrać, siostrzyczko. Poszło ci bardzo dobrze. Bałaś się?

— Trochę. Kiedy się tak we mnie wpatrywał.

— Rzeczywiście, pożerał cię wzrokiem — powiedział Malik ze śmiechem.

— Jak sądzisz, domyślił się, że jestem dziewczyną?

Malik roześmiał się jeszcze głośniej.

— Salim ibn Hamid to dobry człowiek, choć podobno nieco tępy. Nie znam go dobrze. Słyszałem jednak, że największej przyjemności dostarczają mu młodzi chłopcy — tacy, którzy jeszcze nie mogą się golić.

— Och!

— Ano właśnie. Zdaje się, że podbiłaś dzisiaj czyjeś serce, siostrzyczko. Jak by to ujął poeta? „Historia nieszczęsnej miłości Salima do Amiry". Może Egipcjanie nakręcą o tym film.

— Malik!

— Muszę ci podziękować, że namówiłaś mnie na tę eskapadę. Dzięki niej uświadomiłem sobie, że Bóg, przy swojej całej potędze, nie jest też pozbawiony poczucia humoru. Arabowie walczą z Żydami, swoimi dalekimi kuzynami. Laila jest zaręczona z mężczyzną starszym od swojego ojca. Dzisiejszej zaś nocy Salim ibn Hamid będzie tęsknie wpatrywać się w księżyc, marząc o pięknym chłopcu, który tak naprawdę jest moją siostrą.

Malik cały czas zaśmiewał się głośno i wkrótce Amira też wybuchnęła śmiechem — śmiechem ulgi, radości i rozkoszy, jakiej dostarcza smak zakazanego owocu.

Czarny sen

Pustynia iskrzyła się w słońcu zawieszonym na tle czystego błękitu. Jihan stała w płytkim wgłębieniu. Jego brzegi nie sięgały wyżej pasa, a jednak nie mogła się wydostać na powierzchnię. Przy każdym kroku piasek uciekał jej spod stóp, a dół stawał się coraz głębszy. Im gwałtowniej próbowała wyjść, tym szybciej się zapadała. Wkrótce brzeg sięgał powyżej głowy. Próbowała pomóc sobie rękami, ale ziarna piasku przesypywały się przez palce. Dół się pogłębiał, piasek ją dusił. Zaczęła wołać o pomoc i wówczas na tle oddalającego się nieba pokazały się głowy ludzi. Wykrzykując coś, czego nie mogła zrozumieć, nad krawędzią pochylił się Malik, a spod jego stóp sypał się kaskadami piach. Malik posłał jej zachęcający uśmiech i zniknął. Potem pojawiła się Amira zalana łzami, ale jej twarz wkrótce się rozpłynęła niczym miraż. Rodzice Jihan potrząsnęli smutnie głowami, po czym poszli przed siebie. Dół był czarny jak smoła. Osypujący się piach — duszący jak dym. A w końcu na krawędzi, na tle niknącego światła, przycupnęła drobna postać bez twarzy i zaczęła głośno wykrzykiwać jej imię.

Jihan obudziła się z walącym sercem, cała zlana lodowatym potem.

Jak większość Remalczyków, przywiązywała wielką wagę do snów, pamiętała więc, kiedy ten sen przyśnił się jej po raz pierwszy. Zapisała to nawet w swoim pamiętniku. Wpis był krótki. „Czarny sen". Nie dodała nic więcej, nie zadała też sobie trudu — jak czasami czyniła, gdy sen zdawał się wyjątkowo proroczy — by zamówić wróżkę. Nie potrzebowała fachowej pomocy, by wiedzieć, że śniła o własnej śmierci.

„Czarny sen". Te same słowa zanotowała parę miesięcy później, a po dwóch tygodniach: „znów ten sen". Wkrótce nocny koszmar nabrał realnego bytu — stał się niemal tak namacalny, jak otaczający ją ludzie — i Jihan z przerażeniem zaczynała wierzyć, że już nigdy się od niego nie uwolni.

Zajrzała do pamiętnika, by upewnić się, kiedy sen pojawił się po raz pierwszy. Tak, miała rację. Było to dokładnie trzy dni po tym, jak zapisała: „Omar powiedział mi, że bierze sobie drugą żonę".

Koniec dzieciństwa

Ślub Laili odbył się wczesną jesienią, wkrótce po tym, jak Malik wrócił do Kairu. Wesele było najelegantszym i najwystawniejszym przyjęciem, jakie Amira widziała w życiu, a Laila, owinięta w jedwabie i kapiąca od złota, zdawała się piękna jak hurysa z raju.

Pan młody w niczym nie przypominał starca z wyobrażeń Amiry. Mahmoud Sadek okazał się równie przystojny, jak twierdzili wszyscy wokół, i mimo że nie był szczególnie wysokim czy potężnym człowiekiem, to jednak sprawiał takie wrażenie. Nawet Omar Badir i Abdullah Sibai zdawali się przy nim jacyś mniejsi i młodsi.

Tuż po uroczystościach młoda para pojechała do Stambułu, by tam spędzić miesiąc miodowy. Przez kilka następnych dni Amira karmiła się wspomnieniami wystawnego ślubu, ale wkrótce opadło ją przygnębienie. Czuła się samotna.

Starała się zbliżyć do matki, ale od jakiegoś czasu Jihan zdawała się zamknięta we własnym świecie. Panna Vanderbeek wyjechała na swoje doroczne wakacje, które zawsze spędzała gdzieś na południu Francji. Na domiar złego ciało Amiry zaczęło się zmieniać: jeszcze nie miała krwawień, ale w jej wnętrzu działo się coś dziwnego, co często zdawało się istną torturą.

Poczuła się nieco lepiej, gdy zaczęły przychodzić listy od Laili. W swoich codziennych doniesieniach przyjaciółka z zachwytem rozwodziła się nad luksusowym hotelem, pięknem Bosforu i skarbami muzeum Topkapi.

Żebyś tylko widziała te klejnoty, Amiro! Niewiarygodnie wspaniałe brylanty, rubiny i szafiry, którymi sułtanowie obdarowywali swoje żony. Musieli je rzeczywiście bardzo kochać. Tęsknię za Tobą i żałuję, że nie możemy razem podziwiać tych cudów. Choć Mahmoudowi na pewno by się to nie spodobało. Nieważne, przecież już wkrótce wracam do domu i już do końca życia pozostanę Twoją przyjaciółką.

Amira w kółko odczytywała te słowa, najbardziej poruszona ostatnim zdaniem — tym o dozgonnej przyjaźni.

Po trzech tygodniach od wyjazdu Laili przyszła notka wypisana jej zamaszystym pismem: „Tajemnica wagi państwowej! Ukryć natychmiast! Czyż nie są słodcy?", a obok pocztówka z podobizną Beatlesów. Amira poczuła lekkie rozczarowanie. Muzycy wyglądali jak pracownicy zagranicznych kompanii naftowych, tyle że mieli jakieś dziwaczne peruki na głowach. Ale ze względu na wspomnienia, jakie uosabiali, wsunęła ich podobiznę pomiędzy kartki jednego z podręczników podarowanych jej przez Malika. Co wieczór wyciągała pocztówkę i zastanawiała się, jak wygląda Stambuł, a jak Kair i Londyn, a także te wszystkie miejsca na ziemi, których zapewne nigdy nie zobaczy.

Pewnego przedpołudnia, w czasie gdy Omar zawsze przebywał na mieście w interesach, samotność i dziwne rzeczy dziejące się w jej ciele skłoniły Amirę do szaleńczego kroku. Wślizgnęła się do gabinetu ojca i włączyła radio. Przez dłuższą chwilę szukała odpowiedniej fali, ale w końcu znalazła kairską stację i wówczas usłyszała zachodnią, rockandrollową piosenkę; nie byli to Beatlesi, ale muzyka brzmiała bardzo podobnie. Amira uniosła sukienkę i zaczęła tańczyć, przyglądając się swoim nogom, gdy wirowała w obrotach, próbując przywołać owo niemal zapomniane uczucie niezwykłej wolności.

Nie chciało wrócić. Piosenka była inna, a Laila — daleko. Zamiast kręcić się tu bezmyślnie, powinna była usiąść do lekcji, zadanych przez pannę Vanderbeek, lub poeksperymentować z makijażem. Czy też znaleźć sobie jeszcze inne zajęcie. Wciąż jednak tańczyła — mechanicznie, bez życia — gdy od drzwi zagrzmiał głos ojca.

— Co ty wyprawiasz! Że też przyszło mi oglądać tak bezwstydne widoki! I to ma być moja córka?!

Pobladły z gniewu Omar dopadł ją jednym susem i wyciągnął z pokoju za włosy. Gdy wciąż wlekąc ją za sobą, wpadł do „krainy kobiet", zewsząd rozległy się jęki przerażenia.

— Gdzie moja żona? Gdzie ona jest?

Jihan pojawiła się natychmiast u jego boku, a tymczasem inne kobiety zdematerializowały się w akompaniamencie szelestu szat i postukiwania sandałów.

— O co chodzi? Czy coś się stało, mężu?

— Mówiłem ci. Ostrzegałem. Już dawno przyszedł na nią czas. Zrobisz to od razu!

Jihan potrząsnęła głową.

— Ależ, mężu, jeszcze nie stała się kobietą. To nadal dziecko.

— Dziecko, które przed chwilą wyginało się bezwstydnie niczym kairska ladacznica. I to w moim gabinecie, przy moim radiu. Idź tam! Wciąż jeszcze jest włączone. Idź i sama się przekonaj, jaka to bezbożna muzyka.

— Ależ wierzę ci bez zastrzeżeń, Omarze. Ukarz ją wedle własnej woli. Rzecz w tym, że jeszcze nie przyszedł na nią czas i...

— Milcz! — Omar rozejrzał się na boki i dostrzegł Bahię wciśniętą w kąt pokoju. — Ty! — zwrócił się do służącej. — Ty wiesz, co należy zrobić. Natychmiast przynieś, co trzeba.

Jeszcze nigdy w życiu Amira nie była tak przerażona. Popełniła ciężki grzech. Już bezwstydne tańce były straszne, ale przede wszystkim wzbudziła rodzicielski gniew — *ghadab*.

Dzieci, które się tego dopuszczały, narażały własną duszę. Amira popłakiwała więc cicho, Jihan próbowała nieśmiało protestować, Omar pozostał jednak milczący i niewzruszony. Chwilę później pojawiła się Bahia z czadrą w dłoniach.

— To nie jest kara — oznajmił Omar. — O karze zadecyduję później. To wypełnienie nakazu Allacha. Dopilnuj wszystkiego.

Odwrócił się na pięcie i wyszedł.

Trzy kobiety przeszły do pokoju Jihan. Amira ciągle płakała. Obleczenie w *abbeyyę* było zwyczajowo radosną, doniosłą uroczystością. Ona wszystko zniweczyła.

— To za szybko — mamrotała przez łzy.

Nic innego nie była zdolna wymyślić na swoją obronę.

Tym razem jednak Jihan przybrała surową minę.

— Czas nadszedł — oznajmiła. — Czyżbyś miała czelność sprzeciwiać się woli ojca?

Długa czarna szata spłynęła do ziemi, a twarz osłonił welon, przyciemniając wszystkie barwy, gasząc kolory dzieciństwa, kryjąc jej rysy przed wszystkimi, którym mogłyby sprawiać radość, ale też — dzięki Bogu — kryjąc jej palące łzy.

CZĘŚĆ TRZECIA

Jihan

— Mamo, może się do nas przyłączysz? Ciotka Najla przechodzi dziś samą siebie. Co ty na to?

— Wolałabym zostać tutaj. Jestem zmęczona.

— Przecież równie dobrze możesz posiedzieć w ogrodzie. Napić się herbaty. Dziś mamy taki piękny dzień.

W końcu Jihan uległa prośbom Amiry i wyszła spod cienistej arkady, ale natychmiast twarze innych kobiet, ich oczy, nagłe milczenie, pokryte szybko nadmierną troskliwością, powiedziały jej, że czarny sen położył na niej szczególny, dostrzegalny przez wszystkich cień.

Już nie pisała o nim w pamiętniku, bo pojawiał się niemal każdej nocy, tak że bała się teraz zamknąć oczy. Co gorsza, obrazy koszmaru zaczęły ją też prześladować za dnia. Nagle cały znajomy świat — dom, ogród, twarze bliskich — stał się połyskliwym pajęczym całunem, który mógł opaść w każdej chwili, odsłaniając piaszczystą dziurę, czającą się niczym czarny szakal.

Zdawała sobie sprawę, że było z nią źle i że nie powinna się tak zachowywać. Popełniała grzech. Pierwsze i drugie żony nie zawsze żyły ze sobą w zgodzie — choć zazwyczaj tak właśnie było — ale powinny robić wszystko, by dysonanse między nimi nie zakłócały szczęścia męża. Jihan nie dopełniała tego obowiązku, od wielu miesięcy nawet odmawiała Omarowi swego ciała. To był poważny grzech i aż wzdrygała się na myśl, jak przyjdzie jej za to zapłacić po śmierci.

Ale czyż nie miała ku temu powodów?

„Zawsze będziesz tylko ty. Zostaniesz jedyną gwiazdą na moim firmamencie". To był inny wpis w pamiętniku, z zupełnie innej epoki. Kreśliła te słowa, gdy miała czternaście lat, w poranek po swojej nocy poślubnej. Usłyszała je od Omara, starszego od niej o osiemnaście lat. W owych dniach, miesiącach i przez wiele następnych lat często przemawiał do niej takimi poetyckimi słowami. Ale łączyło ich dużo więcej niż słowa. Wzajemne zrozumienie, szczęśliwe małżeństwo. Może zresztą właśnie dlatego się z nią nie rozwiódł teraz, gdy działo się z nią tak wiele złego.

„Tylko ty". Potrząsnęła głową i w myślach parsknęła gorzkim śmiechem. Zatrwożone spojrzenia zgromadzonych kobiet uświadomiły jej, że zrobiła to na głos.

— Musiało ci zaschnąć w gardle, Um Malik. — Um Yusef zgrabnie wybrnęła z niezręcznej sytuacji. — Pozwól, że podam ci filiżankę herbaty.

Z zatroskaną miną pochwyciła dzbanek, jak na dobrą drugą żonę przystało. Jihan obserwowała ją spod przymrużonych powiek. Um Yusef dobrze odgrywała farsę na użytek obcych, ale tak naprawdę ta ładna i młoda — jakże młoda! — kobieta na co dzień zajmowała miejsce pierwszej żony. Od czasu narodzin Yusefa Omar całą swoją uwagę koncentrował na tym dziecku i jego matce. Jakby zapomniał o szacunku i czci należnych matce pierworodnego.

Jihan wiedziała jednak, że sama doprowadziła do obecnej sytuacji. Tak naprawdę to wszystko była jej wina.

Czy to moja wina?, zastanawiała się Amira, przyglądając się matce, która dziwnie kiwała głową, jakby prowadziła rozmowę z samą sobą.

Czy zrobiłam coś złego? Czy stało się tak dlatego, że byłam bardzo niegrzeczną córką tej nocy, gdy moi rodzice stali się sobie obcy? Czy właśnie dlatego mama zmieniła się tak gwałtownie?

Ostatnio zupełnie nie poznawała Jihan: tych oczu, kiedyś

tak błyszczących, a teraz jakby ściętych mrozem; tych ust teraz mocno zaciętych, a kiedyś tak skorych do uśmiechu, pochwał i pocałunków; tego ciała, kiedyś pełnego życia, a teraz godzinami złożonego na łóżku w zaciemnionym pokoju.

Mama pochodziła z Egiptu, z Kairu, była wyrafinowaną młodą panną ze stolicy świata arabskiego, podniecającą, często rozkosznie skandalizującą w rozmowach z remalskimi kobietami.

— Filmy? Ależ oczywiście. Tutaj są zakazane, natomiast w Kairze oglądaliśmy je co najmniej raz w tygodniu. Tak, również kobiety. Oglądałyśmy nawet amerykańskie produkcje. Czy znacie historię Scarlett O'Hary — dziewczyny, która zakochała się w pewnym bogatym szejku, a potem w przystojnym przemytniku? Żartujecie? Naprawdę nigdy o niej nie słyszałyście? No więc, to było tak...

Teraz ta sama kobieta siedziała zgarbiona w kącie niczym zgrzybiała staruszka, gotowa w każdej chwili mamrotać ponuro o lepszych czasach za rządów starego króla.

— Król był przystojny i bardzo elegancki, prawda, mamo?

— Co? Król? Masz na myśli Farouka?

Znajdowały się w pokoju Jihan, w którym pomimo południa panował wieczorny półmrok, bo okna były zaciągnięte grubymi zasłonami. Jihan leżała na łóżku z zimnym kompresem na czole.

— Tak. Farouka.

Jihan westchnęła. Kairski Klub Jeździecki. Piękny wiosenny dzień. Ona wciąż jeszcze młodziutka. Król przechodzący obok ze swoją świtą, obrzucający ją spojrzeniem, witający się z ojcem.

— Kiedy był młody, nie znalazłoby się od niego przystojniejszego mężczyzny — zwróciła się w stronę Amiry. — Ludzie już o tym nie pamiętają, bo później stał się wyjątkowo groteskową postacią.

— Gdy o ciebie zapytał, twój ojciec powiedział, że już komuś innemu obiecał oddać cię za żonę, czy tak? — Amira ciągnęła wątek, bo wiedziała, że mama lubiła tę historię.

Jihan nieznacznie skinęła głową. Kto wie, jak było naprawdę? Może ojciec po prostu wszystko zmyślił, żeby sprawić jej przyjemność.

— A co by było, gdybyś wyszła za króla? — Amira nie dawała za wygraną.

Byle tylko zmusić Jihan do mówienia, byle tylko rozbić tę skorupę, która powoli się zamykała i miażdżyła matkę.

— Na to jedynie Allach mógłby ci odpowiedzieć. — Jihan uśmiechnęła się nieznacznie. — Ale wtedy nie byłoby ciebie ani Malika. Pozwól mi teraz odpocząć, skarbie. Jestem bardzo zmęczona.

Nagle, bez żadnego konkretnego powodu, Jihan zaczęła myśleć o Muntaza, królewskim kompleksie pałacowym w Aleksandrii. W jego ogrodach był basen pełen lilii wodnych. Mówiło się, że król Farouk lubił przyglądać się młodym dziewczętom, co najmniej dwunastu naraz, pływającym nago wśród kwiatów. Z tym wspomnieniem odpłynęła w sen i wówczas przed jej oczami staw z liliami zaczął się przemieniać w roziskrzony słońcem, gorący piasek pustyni...

Wiem, że masz dużo obowiązków i że to dla Ciebie trudne, ale może jednak zdołałbyś przyjechać do domu chociaż na kilka dni. Proszę Cię, postaraj się zjawić jak najszybciej.

Amira podpisała list i przekazała Bahii do wysłania. Miała nadzieję, że odpowiednio oddała powagę sytuacji, nie popadając przy tym w histeryczne tony. Z mamą było coraz gorzej — jakby codziennie coraz bardziej się oddalała, przechodziła do innej krainy. Przez ostatnie kilka dni umysł Jihan coraz wyraźniej odrywał się od rzeczywistości, błądził po rozległych obszarach czasu, niczym myśli starej kobiety leżącej na łożu śmierci. Zaledwie wczoraj matka wbiła wzrok w pustą przestrzeń i powiedziała:

— Malik! Gdzieś ty się podziewał? I czemu jesteś taki ubrudzony?

Amirę ogarnęło przerażenie.

— Malika tu nie ma, mamo. Przecież wiesz, że wyjechał do Francji.

Uśmiech zamarł na ustach Jihan.

— Oczywiście. Musiałam śnić na jawie. W pewnej chwili stanął mi przed oczami jak żywy.

Może Malik jakoś pomoże mamie. Bo wszystko inne już zawiodło.

A kiedy się to wszystko zaczęło? I jak? Czy tej nocy, gdy Amira zawstydziła rodziców? Czy to ona ponosi za wszystko winę?

Owo wydarzenie miało miejsce przed dwoma laty, wkrótce po tym, jak Omar oznajmił, że zamierza pojąć drugą żonę, na parę miesięcy przed koszmarem egzekucji Laili. Amira właśnie otrzymała osobny pokój i leżąc już w łóżku, kończyła rozdział z podręcznika do historii przysłanego przez Malika. Od strony pokoju matki dobiegły ją nagle zduszone odgłosy — rozpoznała dudniący głos ojca, ale nie mogła dosłyszeć słów. A zaraz potem usłyszała matkę przemawiającą głośno błagającym tonem, jakiego nigdy wcześniej u niej nie słyszała.

— Proszę, Omarze, wiesz, jak się czuję. Proszę, zostaw mnie w spokoju.

Amira nie miała pojęcia, co w nią wtedy wstąpiło. Wiedziała, że postępuje źle, ale wyskoczyła z łóżka i wymknęła się na korytarz. Drzwi do pokoju Jihan były uchylone.

— Wiesz, że to grzech — mówił Omar. Zdawał się zagniewany i zdezorientowany zarazem. — Mieszkasz pod moim dachem. Pod moją ochroną. Jesteś moją żoną i zawsze nią pozostaniesz.

— Nie! Proszę!

Amira pchnęła drzwi, ale miała wrażenie, że robi to ktoś inny, ona zaś tylko obserwuje wszystko z pewnego oddalenia.

Jihan leżała skulona na łóżku, a nad nią pochylał się Omar. Amira nigdy wcześniej nie natknęła się na podobną scenę. Od razu zrozumiała, że popełniła wielki błąd, mimo to nie mogła wyjść z pokoju.

Jihan dojrzała ją pierwsza, potem odwrócił się Omar. Oboje patrzyli na nią z przerażeniem pomieszanym z poczuciem winy, twarz ojca jednak szybko zastygła w maskę furii.

— Co ty tu robisz?

Amira miała ochotę zapaść się pod kamienne płyty posadzki, a jednocześnie wiedziała, że musi coś powiedzieć.

— Czemu po prostu... nie zostawisz jej w spokoju? — wydukała w końcu, zdjęta przerażeniem.

Przez moment sądziła, że Omar ją uderzy. Uniósł już nawet ramię... ale zaraz potem wskazał na drzwi.

— Marsz do swojego pokoju! — rozkazał drżącym głosem. — I żebyś więcej nie śmiała wchodzić tu bez pozwolenia!

Amira pomknęła przed siebie niczym zwierzę cudem uwolnione z potrzasku. Tuż po tym, jak wskoczyła pod prześcieradła, usłyszała kroki ojca oddalające się korytarzem.

Przez kilka następnych dni nie widziała Omara i ledwo śmiała spojrzeć na matkę. Jihan tymczasem zachowywała się tak, jakby nigdy nic się nie stało lub jakby miała ważniejsze sprawy na głowie. Amirę ogarnęło uczucie niewysłowionej ulgi, często doświadczane przez dzieci, które — przyłapane na złym zachowaniu — odkrywają nagle, że rodzice są zbyt zajęci swoimi troskami, by myśleć o wymierzeniu kary.

A w jakiś czas potem, nad ranem, obudził ją inny dźwięk dochodzący z pokoju matki — wręcz nieludzki, ścinający krew w żyłach skowyt. Wybiegła do holu, ale zmrożona wspomnieniami sprzed kilku dni, nie mogła się zdobyć na otwarcie drzwi. Nagle, nie wiadomo skąd, u jej boku zmaterializowała się Bahia i wpadła do pokoju. Jihan stała przy łóżku i wpatrywała się w prześcieradła. Były przesączone krwią. Podobnie jak jej koszula nocna od pasa w dół.

— Na Allacha! Co się stało? Czy mama się skaleczyła?

— Nie, panienko. Nic podobnego. Proszę biec na dół i posłać kogoś po akuszerkę.

Bahia objęła Jihan ramionami w uspokajającym uścisku, jakby jej pani była małym skrzywdzonym dzieckiem.

— Ale co się stało? — Amira jeszcze nigdy w życiu nie widziała takiego wyrazu rozpaczy na twarzy matki.

— Pani poroniła. Płód musiał być uszkodzony. Widocznie taka była wola Boga.

Gdy Jihan zorientowała się, że jest w ciąży, uznała to za cud i poczuła wzbierającą nadzieję. Poczęcie musiało nastąpić tej nocy, gdy po raz ostatni kochała się z Omarem. Po wielu wspólnych latach nie odwiedzał jej już tak często, a nawet kiedy przychodził, nie było już między nimi ognia. Sam akt sprawiał jej jeszcze pewną mechaniczną przyjemność — Omar był zawsze utalentowanym kochankiem, pozbawionym egoizmu — ale to wszystko.

Ta noc była inna. Nie przeszedł od razu do zaspokajania swych żądz, ale usiadł przy niej i przez jakiś czas w milczeniu gładził jej dłoń.

— Porozmawiajmy przez chwilę, moja piękności — powiedział w końcu. — Ostatnio zupełnie nie mamy czasu dla siebie.

— Czy stało się coś złego, Omarze?

Jego słowa zupełnie ją zaskoczyły.

— Złego? Ależ skąd. Po prostu ostatnio... dużo myślałem. I wspominałem.

— O czym myślałeś i co wspominałeś?

Na jego twarzy pojawił się nieśmiały uśmiech, którego nie widziała u niego od lat, a który sprawił, że Omar wyglądał teraz niemal chłopięco pomimo posiwiałej brody.

— Wspominałem czasy, gdy twój głos był dla mnie jak szum strumyka dla konającego z pragnienia. I myślałem o tym, że wciąż czuję to samo.

— Zupełnie nie wiem, co powiedzieć — odparła Jihan ze

śmiechem, rumieniąc się z radości, a jednocześnie wciąż zadając sobie pytanie, co skłoniło Omara do podobnych wyznań. — Udała ci się sztuka, która w oczach każdego żonatego mężczyzny w al-Remal uczyniłaby z ciebie bohatera: twoja żona zaniemówiła z wrażenia.

Omar również się roześmiał, po czym ponownie pogrążył się w milczeniu.

— Czy wspominałam ci, że wczoraj dostałam list od Malika? — odważyła się spytać, by przerwać krępującą ciszę.

— Owszem.

— Przesyła ci wyrazy najgłębszego szacunku i serdeczne pozdrowienia.

— Tak, mówiłaś. I czuje się dobrze?

— Dzięki niech będą Najwyższemu. Poza tym coraz lepiej radzi sobie z nauką.

— Hmm. To interesujące, dzisiaj bowiem przyszedł list od dyrektora szkoły. Okazuje się, że Malik wydał kosztowne przyjęcie w swoim dormitorium dla wszystkich mieszkających tam chłopców.

— Czy to wbrew regulaminowi?

— Podobno. Chociaż tylko Allach i Anglicy wiedzą dlaczego.

Omar zawsze bardzo surowo reagował na niestosowne zachowania Malika, Jihan zdumiała się więc, że tym razem brał stronę syna w konflikcie z władzami szkolnymi.

— Na dodatek bez usprawiedliwienia opuścił kilka zajęć. Ale o tym byłem już poinformowany. A czy wiesz, co robił w tym czasie? Odwiedzał rozmaitych kupców. Dzięki niemu zyskałem dwóch klientów w Kairze — i to bardzo dobrych klientów. Pomyśleć, że to zaledwie chłopiec! Oczywiście, zapłaciłem mu prowizję, tak jakbym zapłacił każdemu innemu pośrednikowi. Domyślam się więc, skąd wziął pieniądze na to przyjęcie. Ale gdy tylko przyjedzie do domu, nie oszczędzę mu reprymendy. Bóg pochwala hojność, lecz hojność a rozrzutność to dwie różne rzeczy.

Jihan uśmiechnęła się, obserwując tę nieudolną próbę pokrycia zrzędliwością dumy z przedsiębiorczości Malika.

— Nieodrodny syn ojca — stwierdziła.

— Ach, cóż... Przepraszam, że zawracam ci głowę nudnymi sprawami, kochana. Poza tym to twojego głosu chciałbym słuchać dzisiejszego wieczoru, nie swojego własnego.

Omar był w wyjątkowo dobrym humorze. Gdy już się upewniła, że mąż skończył przemowę, powiedziała:

— Allach okazał nam łaskę, dając dwójkę takich dzieci.

— Hmm...? Dwójkę? Ach, tak. Amira. Szybko dorasta. Wkrótce będę musiał poszukać dla niej męża.

— Czy wiesz, że mówi po francusku jak rodowita paryżanka — spytała Jihan, by uciec od tematu, którego nie miała ochoty omawiać.

— Po francusku? Ta cudzoziemka uczy ją francuskiego?

— Owszem. To doskonała nauczycielka. Bardzo oddana swojej pracy. Dzięki niech będą Najwyższemu, że do nas trafiła.

— Francuski... — Twarz Omara pociemniała, ale chwilę później machnął lekceważąco ręką. — A, niech tam. Kto wie, może nasza córka zostanie żoną dyplomaty. Tak, czasy rzeczywiście się zmieniają.

— Kiedy byłam młodą dziewczyną, też znałam trochę francuskich słów.

— Rzeczywiście — Omar zachichotał pod nosem — ale na szczęście szybko je zapomniałaś. Jakże się tym wówczas szczyciłaś, mała kaireczko. — Znowu na jego ustach pojawił się ten nieśmiały uśmiech. — Posłuchaj, moja piękna. Ostatnio dotarło do mnie, że nie dość często ci mówię, jak wiele dla mnie znaczyłaś i znaczysz — jako żona i matka moich dzieci. Może więc ten drobiazg zrekompensuje ubóstwo mojego języka.

Wyjął puzderko z delikatnej skóry o pozłacanych brzegach.

— To dla mnie? Ależ, mężu, niczym nie zasłużyłam na prezent...

— Otwórz.

Uchyliła wieczko i aż sapnęła z wrażenia. Na aksamicie leżał naszyjnik ze szmaragdów — pięknych, czystych kamieni osadzonych w złocie, otoczonych brylantami. Nawet jak na Omara, był to królewski dar.

— To zbytek hojności, Omarze!

— W żadnym razie. Jeśli już, ten prezent jest zbyt skromny. Kocham cię, Jihan. Zawsze będziesz moją żoną.

— Och... bardzo ci dziękuję. Czy mogę go włożyć?

— Koniecznie. Przecież wiem, jakie są kobiety. Przymierz go z jakimikolwiek chcesz strojami. Naciesz się. A potem wróć tu do mnie tylko w tym naszyjniku.

Owej nocy Omar był jak młody kochanek i aż trzy razy zaspokajał swoje żądze. Wiele kobiet już następnego dnia pochwaliłoby się tym wyczynem, ale Jihan nigdy nie tolerowała takiej chełpliwości. Pokazała tylko wszystkim swój nowy naszyjnik.

Trzy tygodnie później mąż jej oznajmił, że postanowił pojąć drugą żonę, córkę jednego ze swoich kuzynów.

Powinnam była odgadnąć, napominała się Jihan w duchu. Ten podejrzany uśmieszek, komplementy, absurdalnie kosztowny prezent.

Cały dzień przepłakała zamknięta w pokoju, a potem dopadła Omara w holu i wrzeszcząc na całe gardło, domagała się rozwodu. Na koniec rzuciła mu szmaragdy w twarz.

Większość mężczyzn przywołałaby męskiego świadka i natychmiast się z nią rozwiodła, ale Omar tylko oświadczył wyniośle:

— Powiedziałem ci przecież, że zawsze będziesz moją żoną.

Dopiero wówczas dotarła do Jihan przewrotna dwuznaczność jego słów: obiecał, że zawsze będzie jego żoną, ale niekoniecznie jedyną. Z głośnym krzykiem pobiegła do swojego pokoju.

Bahia podniosła naszyjnik.

— Oddam jej, gdy się uspokoi — wyjaśniła pozostałym kobietom, by rozwiać wszelkie ewentualne wątpliwości co do jej intencji. — Allach jeszcze sprawi, że będzie nosić go z dumą.

Służąca odłożyła naszyjnik do szkatułki z kosztownościami tuż po tym, jak jej pani wyznała w zaufaniu, że jest w ciąży.

Jihan święcie wierzyła, że ciąża wszystko zmieni. Jeżeli urodzi Omarowi następne dziecko, drugiego syna, on na pewno porzuci fantazje o kolejnym małżeństwie. Bo zapewne chciał poślubić inną kobietę tylko po to, by mieć więcej dzieci. Nie mogło być przecież innej przyczyny.

Nie wiedziała, czemu od urodzenia Amiry nie mogła zajść w ciążę. Taka była zapewne wola Najwyższego — żadne inne wytłumaczenie nie przychodziło jej do głowy. I nagle teraz, po trzynastu jałowych latach, znowu nosiła w sobie życie. To był cud. Nowa nadzieja na małżeńskie szczęście. Mimo to nie potrafiła przebaczyć Omarowi, że byłby w stanie zdradzić swoje dawne przyrzeczenia. Dlatego odmówiła mu swego ciała tej strasznej nocy, gdy do jej pokoju weszła Amira. Ale i tak czekała tylko na odpowiedni moment, by obwieścić mu wspaniałą nowinę.

A potem, pod koniec trzeciego miesiąca, przyszedł poranek skąpany we krwi. Akuszerka nie powiedziała nic, czego Jihan nie wiedziałaby sama: to było poronienie. Krwawienie jednak nie ustawało, ściągnięto więc lekarza. W całym al-Remal było ich zaledwie pięciu — w tym trzech zajmujących się rodziną królewską. Ten, który przyszedł — niski łysiejący Turek — należał do owej trójki. Gdy ją badał, Jihan — jak wszystkie kobiety w tym kraju — miała zasłonę na twarzy.

— Ostatni pani poród musiał być bardzo skomplikowany.

— Tak. Podobno ledwo uszłam z życiem.

— Byłem tego pewien. Widzę duże spustoszenia wewnętrzne. Zbliznowacenia. Zrosty. Czy miewa pani bóle?

— Niekiedy.

— Wprost nie mogę uwierzyć, że w ogóle zaszła pani w ciążę. Jest mi bardzo przykro, ale nie ulega wątpliwości, że nie będzie pani miała już więcej dzieci. Osobiście zalecałbym nawet konsultacje u lekarza w Europie, u dobrego chirurga. Powiem o tym mężowi i polecę kilka nazwisk znanych specjalistów, na których można całkowicie polegać.

— To miło z pana strony, ale nie sądzę, by do tego doszło.

— Zapewne — odparł lekarz z nutą irytacji w głosie. — W al-Remal żywimy przekonanie, że wszystko jest dziełem i wolą Najwyższego. Czemu jednak nie chcemy uwierzyć, że cuda nowoczesnej medycyny mogą być również zamysłem Boga?

— Nie mam pojęcia, doktorze. Jestem przecież tylko kobietą.

To był początek koszmaru. Do owej chwili sen pojawiał się z rzadka. Potem zaś coraz częściej i częściej, aż w końcu stał się codzienną torturą, równie bolesną jak obecność nowej żony.

A jeszcze potem, ni stąd, ni zowąd, spadł na nią najrealniejszy koszmar — tragedia Laili Sibai, dziewczyny, którą traktowała niemal jak własną córkę. Oczywiście, nie śmiała protestować. Nie śmiała wypowiedzieć jednego słowa sprzeciwu, gdy dowiedziała się, jaką ogłoszono sentencję wyroku. I nie tyle dlatego, że właśnie takiej postawy od niej oczekiwano, ile przede wszystkim z powodu strachu o Malika, matczyna intuicja podpowiadała jej bowiem, że syn był w taki czy inny sposób zamieszany w tę sprawę. Gorąco dziękowała więc Bogu, gdy bezpiecznie wyjechał do Europy. Teraz jednak był już dla niej na zawsze stracony. Wkrótce także Amira ją opuści, odejdzie do świata dorosłych; niedługo zostanie oddana komuś za żonę, zaprowadzona do domu oblubieńca, niczym wielbłąd wystawiony na sprzedaż.

Tymczasem Omar poślubił córkę swojego kuzyna, a ona szybko zaszła w ciążę i stała się Um Yusef.

W Koranie zapisano, że mąż może mieć więcej niż jedną żonę pod warunkiem, że wszystkie będzie traktował jednakowo. Z początku Omar próbował poświęcać jej tyle samo uwagi, co swojej nowej żonie. Ale to ona go odepchnęła. Jeżeli nie mogła być jedyną, nie chciała być żadną.

W owym czasie koncepcja depresji jako choroby klinicznej

nie dotarła jeszcze do al-Remal. W całym kraju nie było ani jednego psychiatry, nie mówiąc już o psychologach. Kiedy cierpienia Jihan stały się nie do zniesienia, odwołała się do medycyny ludowej i zaczęła zażywać haszysz. Choć nielegalny, ów narkotyk był powszechnie dostępny i często wykorzystywany w przypadku rozmaitych przypadłości. Niejednokrotnie podawano go kobietom w czasie porodu — jako środek przeciwbólowy i rozluźniający. Jej jednak nie pomógł. Przyjemna senność zniknęła jak ręką odjął, gdy Jihan zerknęła w lusterko stojące na toaletce. Ileż miała już zmarszczek! W wieku lat trzydziestu dwóch była stara i brzydka. Wybiegła z pokoju i niemal zderzyła się z Um Yusef — młodą i piękną niczym anioł. Od tamtej pory Jihan już więcej nie tknęła haszyszu.

W końcu, po długotrwałych naleganiach Najli, Amiry, a nawet Um Yusef, posłała po tego samego lekarza, który badał ją po poronieniu. Turek zapewnił ją już na wstępie, że w tym przypadku nie będzie musiała się rozbierać. Potrzebowała jedynie czegoś, co pomogłoby jej zasnąć. Doktor zostawił dużą butelkę pełną pastylek i pouczył, że Jihan ma łykać jedną z nich przed snem i że pod żadnym pozorem nie wolno jej zażywać więcej niż dwie pastylki dziennie.

Jihan przyjmowała lek przez trzy dni pod rząd i spała jak zabita. Ale właśnie w tym problem: gdy się budziła, czuła się jak martwa. I dobrze wiedziała czemu; chociaż po wynurzeniu się z tak głębokiego snu niczego nie pamiętała, była pewna, że przez całą noc dręczył ją czarny sen, tyle że pod wpływem środków nasennych nie mogła od niego uciec. A więc tak naprawdę umierała z wolna każdej nocy. Dlatego szybko odstawiła pigułki. I od tej pory było już tylko coraz gorzej. Nic na tym świecie nie mogło jej już pomóc.

— Wołałaś mnie, mamo?

Chociaż Amira cały czas przyglądała się dezintegracji osobowości Jihan, wygląd matki ciągle ją szokował: niezdrowa cera, żadnego makijażu, włosy w nieładzie, a do tego przepocone ubrania.

— Czy wołałam...? Tak. Chyba wołałam. Usiądź, córeczko.

Amira posłusznie wypełniła polecenie. Jihan tymczasem w milczeniu wpatrywała się w przestrzeń. W końcu poruszyła się i desperacko wyrzuciła z siebie:

— Jeśli spróbujesz walczyć z mężczyzną, jedynie ściągniesz na siebie ból i cierpienie. Dlatego musisz być posłuszna mężowi i zawsze naginać się do jego woli. Zapamiętaj moje słowa, a będziesz o wiele szczęśliwsza ode mnie.

— Tak, mamo. Oczywiście.

Znowu na dłuższą chwilę zapadła cisza, a po niej:

— Omar ma rację, czasy się zmieniają. Cały świat ulega zmianie. Ludzie mawiają, że chętnie cofnęliby czas. Ja natomiast chciałabym go popchnąć do przodu. Jakże żałuję, że nie jestem teraz w twoim wieku, kochanie. Jakże żałuję... och, nieważne.

Myślami jest w zupełnie innym świecie, stwierdziła w duchu Amira. Stan matki gwałtownie się pogarszał. Jak jednak temu zaradzić? Na to pytanie nikt nie umiał odpowiedzieć. Bahia była przekonana, że duszą Jihan zawładnął jakiś mroczny dżinn i ostatnio nawet Amira zaczęła się zastanawiać, czy w tych starych przesądach nie kryje się ziarno prawdy.

Jednak panna Vanderbeek, choć przejęta jak wszyscy pozostali domownicy, przedstawiła Amirze zupełnie inną ocenę sytuacji. Wyjaśniła, że w Europie jest wielu lekarzy zajmujących się chorobami umysłu — bo według niej właśnie na taką chorobę cierpiała Jihan. Zapewne któregoś z tych specjalistów można by ściągnąć do al-Remal. Amira słuchała niani Karin z wielkim zdumieniem, opowieści o psychologii zdawały się jej bowiem równie fantastyczne co prymitywne zabobony Bahii. W końcu jednak uznała, że najgorsza jest bezczynność, zdecydowała się więc na absolutnie bezprecedensowy krok — spróbowała nakłonić ojca do ściągnięcia odpowiedniego specjalisty.

W pierwszej chwili Omar zareagował niechętnie — nie

wiadomo, czy na samą koncepcję, czy na fakt, że córka próbowała udzielać mu jakichkolwiek rad.

— Słyszałem o tym — mruknął, prostując się na krześle. — Czy to jednak nie jest wbrew prawom Boga? Ostatecznie to Allach dzierży w rękach nić naszego przeznaczenia. — Ledwo to wypowiedział, jakby skurczył się w sobie. — Sam już nie wiem. Rozmyślam nad tym godzinami, ale każdy z moich wniosków nie jest wart choćby ziarnka piasku. Może więc powinienem posłuchać twojej sugestii. W najbliższym czasie dowiem się co i jak.

— Mogę ci wyszczotkować włosy, mamo? — spytała Amira, gdy zauważyła, jak matka szarpie splątane kosmyki.

— Słucham? Ach, tak. To bardzo miło z twojej strony, Najlo. To znaczy Amiro.

Amira chwyciła za szczotkę, rozczesała wszystkie skołtunienia, a potem starannie splotła włosy matki.

— Od razu dużo lepiej! — wykrzyknęła z udawanym entuzjazmem. — Czy podać ci lustro, mamusiu?

— Nie. Jestem pewna, że zrobiłaś to doskonale. A teraz popatrz. — Jihan otworzyła zaciśniętą dłoń. — Mój ojciec podarował go mojej matce. Zupełnie nie pojmuję, czemu ci go wcześniej nie pokazywałam.

— Mamo! Jest wspaniały!

Na dłoni Jihan spoczywał pierścionek — duży, pojedynczy szafir, wyjątkowej barwy: ciemnogranatowy, osadzony w złocie.

— Przypomina nocne niebo, prawda, moja księżniczko? Jest tak niezwykle głęboki w kolorycie. I popatrz, w jego środku iskrzy się samotna gwiazda. Widzisz ją?

— Tak. Przepiękna!

— Ten pierścionek jest od dzisiaj twój. I tak byś go w końcu dostała.

— Ależ mamo, co ty opowiadasz?! Klejnot należy do ciebie. Dopiero za wiele lat...

— Nie. Postanowiłam popchnąć wskazówki czasu. Przekazuję go w twoje ręce.

Po rozlicznych protestach Amira w końcu przyjęła pierścionek i wówczas Jihan popadła w niemal euforyczny nastrój. Wykąpała się, przebrała w świeże ubranie i pozwoliła się umalować.

— Spraw, żebym znowu była piękna — zarządziła ze śmiechem.

— Ty jesteś piękna, mamo.

Tej nocy, leżąc bezsennie w łóżku, Amira po raz pierwszy poczuła wzbierającą nadzieję. Może mama wreszcie wydostała się z mroku i od tej pory wszystko będzie lepiej. Mimo to żałowała, że Malik jeszcze się nie zjawił. Ciekawe, czy dotarł już do niego jej list. Nagle wyobraziła sobie brata chodzącego niespokojnie po pokojach paryskiego mieszkania. Czyżby jej list był zbyt alarmistyczny? Będzie musiała napisać do niego nazajutrz.

Obudziła się w środku nocy. Koło jej łóżka stała Jihan.

— Mamo? Czy coś się stało?

— Nie, mój skarbie. Poszłam po wodę, nie chciałam zrywać ze snu Bahii, i pomyślałam, że zajrzę do ciebie po drodze, by życzyć ci dobrej nocy. Ale ty już spałaś.

— Spałam? Pewnie tak. Za oknem pełna noc.

— Naprawdę? Chyba rzeczywiście masz rację. A więc śpij dobrze, księżniczko.

— Czy chciałabyś, żebym posiedziała przy tobie, mamo?

— Nie. W żadnym razie, kochanie. Dobranoc.

— Dobranoc, mamusiu.

Kiedy Amira obudziła się po raz drugi, wciąż panowała ciemność i ktoś znowu stał nad jej łóżkiem. Była przekonana, że to ponownie Jihan, okazało się jednak, że kobietą tkwiącą u wezgłowia jest ciotka Najla.

— Obudziłaś się? Och, Amiro, właśnie wydarzyło się coś strasznego! Twoja mama nie żyje!

Jeszcze przed brzaskiem w domu zaroiło się od kobiet — od ciotek, kuzynek, znajomych i sąsiadek. Żadna z nich nie powiedziała Amirze, co tak naprawdę się stało, w końcu jednak z męskiego skrzydła domu doszedł do niej stentorowy głos przeklinający tureckiego lekarza i jego szatańskie pigułki. Gdy zaś chwilę później Amira weszła do kuchni, ciotka Najla mówiła do kogoś:

— Jak można wyrządzić taką krzywdę własnemu dziecku!

— Nieee! Mama nikomu nie zrobiła nic złego!

Kobiety owinięte w tradycyjne czarne czadry zaczęły cmokać w zatroskaniu.

— Cóż za tragedia dla dziecka — wymamrotała jedna z nich pod nosem.

Do Amiry dotarło w tym momencie, jak niestosownie zachowała się wobec swoich ciotek.

— Bardzo przepraszam — wyszlochała cicho i zaraz też znalazła się w kojących objęciach.

Kobiety sprawnie przygotowały Jihan do pogrzebu, który zgodnie z tradycją musiał się odbyć jeszcze przed zachodem słońca. Umyły więc ciało i zaczęły starannie owijać w białe płótno. Przez ten cały czas Amira po raz ostatni wpatrywała się w twarz matki. Po śmierci smutek i zmęczenie zniknęły i Jihan znowu wyglądała młodo i pięknie — zapewne równie pięknie jak owego wiosennego dnia, gdy zwrócił na nią uwagę sam król Egiptu.

Kiedy przygotowania dobiegały końca, Amira straciła panowanie nad sobą.

— Mamo! — wykrzyknęła przez łzy. — Mamo! Nie zostawiaj mnie samej. Proszę, błagam, zostań jeszcze przy mnie!

— Przestań. Przestań natychmiast, bezwstydna dziewczyno! — Ciotka Najla zaczęła szarpać ją za ramię. — Twoja mama już przeszła do raju. Czy chcesz, by twoje łzy zakłócały jej boski spokój?

Amira wiedziała, że nie wolno opłakiwać zmarłych, ale zupełnie nie umiała się powstrzymać.

Chwilę później z holu dobiegły odgłosy zamieszania i w drzwiach pojawiła się Bahia.

— Panienko, twój brat...

Tuż za plecami służącej stał Malik z twarzą ściągniętą bólem i niedowierzaniem.

— Dostałem twój list — powiedział w końcu. — Przyleciałem pierwszym możliwym samolotem. Ja... — Urwał gwałtownie. Oboje wiedzieli, że żadne słowa nie oddadzą ich bólu.

Pożegnania

— Powinienem być przy niej — powtarzał w kółko Malik, a w oczach błyszczały mu łzy. — Na pewno mógłbym coś na to zaradzić. Mógłbym coś zrobić...

Amira położyła bratu dłoń na ramieniu.

— To moja wina, nie twoja — stwierdziła. — To ja byłam na miejscu. Ja widziałam, co się działo. Ja powinnam jej pilnować. I powinnam wcześniej porozmawiać z ojcem. Gdyby spotkała się z jednym z tych specjalistów, lekarzy od uzdrawiania umysłów...

— Jeśli... gdyby... być może... jakie to ma teraz znaczenie? Zawiodłem ją. Zawiodłem własną matkę. Obowiązkiem syna jest ochraniać kobietę, która wydała go na świat, a ja nie dopełniłem tego obowiązku.

Malik, pogrążony w smutku zbyt głębokim, by z kimkolwiek go dzielić, zapatrzył się w aksamitny mrok ogrodu.

Amira bardzo chciała pocieszyć brata, jakże jednak mogła to uczynić, gdy ją samą ogarniała rozpacz? Malik przynajmniej mógł się prawdziwie pożegnać z Jihan, bo to on szedł na czele orszaku pogrzebowego, w którym zwyczajowo uczestniczyli sami mężczyźni. To on odsłonił twarz matki tuż przed złożeniem do grobu. To on miał szansę po raz ostatni spojrzeć na kobietę, która im obojgu dała życie. Jihan Badir kochała gorąco swoje dzieci, ale do pamięci potomnych przeszła jedynie jako Um Malik.

Jakby czytając w jej myślach, brat mocno ścisnął Amirę za rękę.

— Zaznaczyłem to miejsce — powiedział cicho. — Na miejscu pochówku mamy położyłem kamień, żebyś mogła tam trafić.

Amira była wzruszona, a jednocześnie zaszokowana postępkiem brata. Grób dobrego muzułmanina był zawsze anonimowy.

— Doprawdy? A jaki kamień?

— Zwykły kamyk, który znalazłem na plaży w Saint-Tropez. — Malik nieznacznie wzruszył ramionami. — Jestem sentymentalnym kretynem, wiem o tym. Kiedy ujrzałem go w wodzie, przez moment sądziłem, że to rubin. Był soczyście czerwony. Podniosłem go z dna, i wówczas zdałem sobie sprawę, że to zwykły kamyk, ale i tak bardzo piękny. Oczywiście, gdy wysechł, nie wyglądał już ani w połowie tak interesująco, ja jednak z jakiejś bliżej nieokreślonej przyczyny uznałem, że to mój amulet szczęścia. Więc go zatrzymałem.

— A teraz położyłeś go na grobie mamy... by jej zapewnić szczęście?

Amirę zaniepokoiła ta pogańska ideologia.

— Bo ja wiem? Być może. Mama zasługiwała na lepsze, szczęśliwsze życie. W każdym razie ten kamyk pozwoli ci rozpoznać to szczególne miejsce, znaleźć mamę. Może dzięki niemu przebaczysz mi, że jestem mężczyzną — dorzucił z zagadkowym uśmiechem.

— Ależ tobie zupełnie nie mam co wybaczać — odparła Amira. I zaraz też oblała się gorącym rumieńcem wstydu, gdy przypomniała sobie, jak jeszcze całkiem niedawno zazdrościła Malikowi przywilejów dostępnych tylko chłopcom. — Tak czy owak, nigdy nie złościłam się na ciebie. Najwyżej na sposób, w jaki urządzony jest nasz świat.

Malik z powagą skinął głową, jakby podzielał jej myśli i uczucia.

— A więc teraz zostałeś bez swojego talizmanu.

Uśmiechnął się raz jeszcze.

— Doszedłem do wniosku, że do szczęścia nie potrzebuję

już żadnych amuletów. Moje sprawy rozwijają się nadzwyczaj pomyślnie. Jak ci pisałem, wciąż pnę się w górę. Niedawno znowu awansowałem. A do tego przeprowadziłem kilka niezwykle korzystnych transakcji na własną rękę. To dość skomplikowane, nie będę więc wdawał się w szczegóły. Próbuję nie doprowadzać do konfliktu interesów między własnymi przedsięwzięciami a pracą dla drogiego, starego Onassisa, ale teraz już wiem na pewno, że długo nie pozostanę w jego korporacji. Pamiętasz, co ci swego czasu powiedziałem, Amiro? Jeśli kiedykolwiek będziesz potrzebować pomocy, zawsze możesz na mnie liczyć.

Amira skinęła głową. Wierzyła w szczerość słów Malika, ale jakiej to mogłaby potrzebować pomocy, żyjąc w tym małym królestwie, tak odseparowanym od wielkiego świata?

— A ty, braciszku? Czy zamierzasz wkrótce pojąć za żonę jakąś kobietę, która dzieliłaby z tobą trudy wychowania Laili?

— To mało prawdopodobne — odparł Malik posępnie. — Kiedy nadejdzie czas, by odesłać Salimę do al-Remal, wynajmę dla mojej córki najlepszą nianię na świecie, bo w moim życiu nie ma teraz żadnej kobiety. A raczej, jest ich zbyt wiele, by którakolwiek stała się tą jedyną.

Amira szybko odwróciła wzrok. Czym innym była świadomość, że Malika i Lailę łączyło intymne uczucie, czym innym zaś świadomość, że jej brat sypia z setkami nieznanych, cudzoziemskich kobiet.

— Ale nie martw się o mnie, siostrzyczko. We Francji żyje się bardzo dobrze, zupełnie inaczej niż tutaj. Oczywiście, w gruncie rzeczy ludzie są wszędzie tacy sami. Ale tam jest dużo więcej swobody i wolności. Jest łatwiej. Nie trzeba się martwić na każdym kroku, czy przypadkiem w czyichś oczach nie popełniłeś śmiertelnego grzechu. — Malik gorzko wykrzywił usta. — O ironio. Ja tymczasem wciąż mam wrażenie, że właśnie tutaj popełniono jeden z największych grzechów świata. Widziałem to na własne oczy. I ty też to widziałaś... — Urwał i na dłuższą chwilę pogrążył się w milczeniu. — To całkiem przyjemnie być kobietą we Francji — odezwał się w końcu. — Dziewczęta mogą tam studiować na uniwersytecie. Wykonywać niemalże każdy zawód. Są prawnikami i lekarzami. Może... może pewnego dnia do mnie dołączysz. Bo jeżeli tu zostaniesz... tylko spójrz na życie mamy.

Amira niekiedy o tym myślała, snuła podobne marzenia. Ale gdyby rzeczywiście przyszło jej opuścić al-Remal... nie, na to jednak nie była gotowa.

Czekając na brzask, Amira raz po raz zapadała w niespokojny, rwany sen. Kiedy wreszcie pojawiły się pierwsze promienie słońca, ubrała się pospiesznie i wymknęła z domu. Gdyby ojciec odkrył, co zamierzała zrobić, wpadłby w szał. Jednak pogrążona w głębokim smutku Amira nawet nie zastanawiała się nad ryzykiem. Oprócz Malika, wszyscy, których kochała, odeszli — a i Malik miał wyjechać już za parę dni.

Szczelnie owinięta czadrą pokonała trzy mile, by dojść do meczetu. A potem wbijając wzrok w ziemię, zaczęła się rozglądać za sekretnym znakiem.

Gdzie leży kamień, który zostawił dla niej brat? Może ktoś go już wypatrzył i zabrał? A może w nocy pokrył go piach pustyni? Zdjęta paniką, zaczęła gorączkowo poszukiwać kamyka z opowieści Malika i nagle go dojrzała — samotny, rdzawy klejnot na piaszczystym tle.

Opadła na kolana i poruszając bezgłośnie wargami, oddała się modlitwie. Otaczała ją jedynie bezwietrzna cisza, a mimo to Amira była pewna, że nie jest tu sama. Czuła wyraźnie obecność matki i jej miłość sięgającą aż zza grobu.

Uniosła wzrok, bo chciała wierzyć, że tak mistyczne przeżycie musi zostać naznaczone jakimś znakiem z nieba — ognistym słupem czy wielobarwną tęczą. Ale ujrzała jedynie oślepiające promienie słońca. Wyszeptała więc słowa pożegnania, naciągnęła zasłonę na twarz i ruszyła w długą, powrotną drogę do domu.

Samotność

— Obudź się wreszcie, leniwa dziewczyno! Czyżby wydawało ci się, że jesteś księżniczką, która może wylegiwać się do południa?

Amira przeciągnęła się, przetarła oczy i zerknęła na zegar stojący na toaletce.

— Ależ, ciociu, jest dopiero wpół do dziewiątej, a ja do późnej nocy przygotowywałam się do egzaminów...

— Dopiero wpół do dziewiątej? D o p i e r o?! Na Allacha, dobra żona do tej pory zdołałaby już przygotować posiłek dla armii wojska, a do tego zadbać o własnego męża i dzieci. Egzaminy — też mi coś! Kiedy napomknęłam twojemu ojcu, iż dzięki wykształceniu możesz okazać się cenniejszym materiałem na żonę, ani przez myśl mi nie przeszło, że z tego powodu zaczniesz zaniedbywać najważniejsze kobiece obowiązki. Czyżbyś ubzdurała sobie, że dzięki dyplomowi staniesz się kimś lepszym niż bogobojne kobiety w al-Remal?

Amira z trudem powstrzymała się od ciętej riposty. Nie, nie uważała się za kogoś lepszego, ale za kogoś całkiem innego — była o tym przekonana od dawna, ale nigdy silniej niż od śmierci Jihan. Jej miłość do literatury i nauki, jej sekretne marzenia — to wszystko wyróżniało ją spośród innych kobiet. Zdawała sobie jednak sprawę, że nie ma sensu wyłuszczać swych racji ciotce. Każde słowo uznałaby za objaw braku szacunku i natychmiast poleciałaby na skargę do ojca, i to pod pozorem wychowania jej na dobrą i skromną żonę, oczywiście.

— No dobrze. — Pokorne milczenie Amiry wyraźnie ułagodziło ciotkę Najlę. — Ubieraj się teraz migiem. Twój ojciec wspominał, że miałby ochotę na dobry *saleeq*, dlatego jak najszybciej musimy wyruszyć na targ, by — z pomocą Allacha — kupić jeszcze coś przyzwoitego.

Słuchając tej przemowy tylko jednym uchem, Amira zwlekła się z łóżka, zarzuciła na siebie szlafrok i weszła do łazienki. Nie miała ochoty pokazywać się nago ani ciotce Najli, ani ciotce Shams. Może dlatego, że obie były takie bezkształtne i — choć obsesyjnie pochłonięte omawianiem intymnego życia bliźnich — same wyjątkowe wyprane z seksu.

Obie, w swoich czadrach, przywodziły Amirze na myśl czarownice z ilustracji do *Makbeta,* którego kończyła czytać poprzedniej nocy. Niekiedy na myśl o ciotkach ogarniała ją litość — ostatecznie były skazane na życie pod dachem swego brata. Czy jednak musiały tak bardzo uprzykrzać jej życie? Szpiegować ją, nieustannie wtrącać się w jej sprawy i latać z donosami do ojca w nadziei, że zaskarbią sobie odrobinę jego wdzięczności?

Amira nachyliła się nad marmurową umywalką. Najpierw starannie wyszorowała zęby, a potem energicznie wymyła twarz francuskim mydłem od Malika — pachnącym dowodem na istnienie cudownego świata, gdzieś poza granicami al-Remal.

— *Yallah, yallah* — spiesz się, Amiro! — poganiała ciotka Najla. — Jak będziesz się tak guzdrać, nie dostaniemy już ani kawałka porządnego mięsa; zostaną jedynie przerośnięte tłuszczem ochłapy!

Amira więc się pospieszyła. Jeżeli teraz pilnie wypełni polecenia ciotki, to może później będzie mogła w spokoju odbyć zajęcia z panną Vanderbeek, będącą teraz jej oficjalną nauczycielką. Czas, który spędzały razem, był dla Amiry niczym wyprawa na czarodziejskim dywanie, przenoszącym ją w inne miejsca i epoki. Na przykład do osiemnastowiecznej Rosji, gdzie wszechpotężna caryca Katarzyna rządziła twardo niczym mężczyzna. Lub do dziewiętnastowiecznej Francji, gdzie kobieta o nazwisku George Sand pisała wyzywające powieści i do tego jawnie mieszkała razem z kompozytorem Chopinem, który wcale nie był jej mężem. Lub do Anglii, gdzie niejaka Jane Austen, żyjąca niemal w takim samym odosobnieniu jak Amira, genialnie zanalizowała społeczeństwo swoich czasów.

— Nigdy nie miałam bardziej gorliwej uczennicy. — Z podziwem w głosie powtarzała jej często panna Vanderbeek.

Jednak teraz, gdy jakże pożądany dyplom ukończenia college'u był w zasięgu ręki, Amirę ogarniał smutek i zniechęcenie. Przecież tak naprawdę tutaj ten dokument nie będzie miał najmniejszego znaczenia. Ona sama mogła snuć marzenia o wyjeździe do Paryża, ale w istocie jedyne wyprawy, jakie ją czekały, to na *souk* — miejscowe targowisko. Lub do domów zaprzyjaźnionych z ciotkami kobiet, żyjących w pełnym zamknięciu.

Szybko wciągnęła na siebie ulubioną kremową sukienkę z lnu, a do niej przymierzyła złote kolczyki — prezent od Um Yusef na szesnaste urodziny. Ale przecież nikt, na kim jej zależało, nie miał szans zobaczyć jej w tych kolczykach, więc po cóż miałaby je wkładać? Wszyscy, których kochała, albo umarli, albo byli bardzo daleko stąd — a wraz z nimi z rodzinnego domu wyparowało całe ciepło i przytulność. Teraz ton nadawała zrzędliwa ciotka Najla i złośliwa ciotka Shams.

Kilka minut później, zawinięte w identyczne *abbayye*, Amira i jej ciotka wsiadły do czarnego bentleya Omara — jednego z wielu kosztownych zachodnich wozów, które przydawały mu prestiżu.

Pomimo nieznośnego gorąca ciotka Najla opadła na skórzaną tapicerkę z pomrukiem zadowolenia. Zakupy były dla niej najwspanialszą chwilą każdego dnia, bo jeszcze pamiętała czasy, gdy na targ mogli wyprawiać się jedynie mężczyźni bądź służba. Od kiedy Omar zdecydował się iść z duchem czasu, kobiety mieszkające pod jego dachem miały prawo wyprawiać się do sklepów — oczywiście pod opieką kierowcy-mężczyzny.

Potężny samochód poruszał się wolno wąską uliczką, której środkiem jechał człowiek na podstarzałym ośle. Kierowca nacisnął klakson. Ale kiedy jego niecierpliwość spotkała się z obojętnością, westchnął głęboko, zapalił papierosa i poddał się woli Najwyższego.

W końcu jednak dotarli na bazar — skupisko drewnianych kramów spowitych tumanem kurzu.

Aromat owoców mieszał się tu z metalicznym zapachem krwi świeżo ubitych jagniąt.

— Kupujcie moje melony! Melony słodsze od cukru!

— Tylko u mnie pistacje godne królewskiego stołu!

— Ani piastra więcej, choćby od tego zależało moje życie — wykrzykiwał jeden z kupujących w ostatnim, gorączkowym stadium zwyczajowych targów.

Najla przepchnęła się w stronę rzeźnika, Abu Taifa, chudego żylastego mężczyzny, noszącego na swojej *thobe* poplamiony krwią fartuch. Stojąc obok kilkunastu jagnięcych półtusz, skłonił się nisko i w uśmiechu obnażył dwa złote zęby — symbol własnej prosperity.

Odpowiadając na powitanie nieznacznym skinieniem głowy, ciotka Najla przeszła do sprawy — dźgała palcem, obmacywała i obwąchiwała każdy udziec jagnięcy będący w jej zasięgu.

— Pani, klnę się na wszystko, co święte, że każdy kawałek mojego mięsa jest świeży i wyjątkowo kruchy, bez najmniejszej skazy. Z zamkniętymi oczami możesz wskazać jakikolwiek udziec. Przysięgam na mój honor, że będziesz zadowolona.

Ciotka całkowicie zlekceważyła te wszystkie zaklęcia i nadal prowadziła własną inspekcję. W końcu wskazała na wybraną przez siebie tuszę.

— Trzy kilogramy. Na *saleeq*, więc oddzielcie mięso od kości.

— Oczywiście. Służę natychmiast.

Rzeźnik ponownie się skłonił, po czym sięgnął po tasak i dwa noże, ostre niczym szable. Z wielką celebrą otarł je o swój fartuch i zabrał się do oddzielania mięsa od kości. Gdy skończył, wrzucił mięso na wagę, potem odkroił tłuszcz i podzielił udziec na porcje wielkości męskiej pięści. Na koniec zawinął towar w szorstki brązowy papier, zanotował wartość transakcji w utytłanym rejestrze (Omar płacił wszystkie rachunki na koniec miesiąca) i wreszcie podał ciotce pakunek zamaszystym gestem.

Tuż obok rzeźnika, w stoisku z warzywami, Najla wybrała tuzin soczystych pomidorów, pęczek pietruszki, kilka ziemniaków i cebul oraz dwie główki sałaty.

Potem żwawym krokiem kobiety minęły kawiarnię pełną starych mężczyzn popijających ciemną, mocną kawę aromatyzowaną kardamonem, wsłuchujących się w tęskne nuty pieśni Um Kalthoum. Leniwie obserwowali przemykające się między kramami czarne cienie — takie jak Amira i jej ciotka. Wszystkie ruszały się energicznie, by nie posądzono ich o uwodzicielską nieskromność.

Następnym przystankiem na trasie zakupów był kram z przyprawami, mieszczący się w cienistej arkadzie. Podczas gdy Amira wdychała przyprawiające o zawrót głowy aromaty kminku, cynamonu, muszkatu i kolendry, ciotka zaordynowała nie znoszącym sprzeciwu głosem:

— Dwieście gramów mieszanki. A do tego pęczek mięty i *hab hilu*. I niech na pewno będą pachnące. Nie życzę sobie zrobaczywiałego, zwietrzałego towaru, który ostatnio mi się trafił.

— Pokornie błagam o wybaczenie, pani. — Sprzedawca, Abu Tarek, zgiął się w usłużnym ukłonie. — Zapewniam, że już nigdy nic podobnego się nie zdarzy.

Odwrócił się i uśmiechnął do Amiry, którą znał od najwcześniejszego dzieciństwa.

Ze sklepu z przyprawami przeszły do perfumerii Hafiza, mieszczącej się w tej samej arkadzie. Tam powietrze było aż ciężkie od esencji zapachowych sprowadzanych z Damaszku, Teheranu i Bagdadu. Stary Hafiz mieszał je własnoręcznie na tysiące możliwych sposobów. Jego żona, Fadila, znana ze swych zdolności astrologicznych (usług surowo zakazanych, jednak usilnie poszukiwanych), często służyła pomocą klientkom w doborze odpowiednich aromatów; dyskretnie doradzała nutę jaśminu, by zadowolić ukochanego, lub olejek różany, by pobudzić żądze znudzonego małżonka.

Ciotka Najla zamówiła jak zwykle mieszankę gardenii i heliotropu. Co prawda nie miała żadnego ukochanego, który cieszyłby nozdrza owym aromatem, ale za to owa intensywna woń zawsze ostrzegała Amirę o obecności ciotki.

Na koniec odwiedziły kram z artykułami bławatnymi, pełen damasceńskich jedwabi i belgijskich koronek w każdym możliwym kolorze i odcieniu. Tutaj ciotka Najla również pozostała wierna swym przyzwyczajeniom: interesowały ją tylko granatowe materie i białe koronki. Gdy wkroczyły do sklepu, właściciel strzelił palcami i natychmiast pojawili się mali chłopcy gotowi biegać na posyłki za parę marnych piastrów. Podano mocną kawę, a dla Amiry mocno słodzoną herbatę. Ciotka opadła na miękko wyściełany fotel, a wówczas właściciel zaczął rozwijać przed nią bele granatowych tkanin: gęsto tkanych jedwabi, szyfonów, krepdeszynów oraz tafty na szeleszczące halki.

W środku tej prezentacji Amira odniosła wrażenie, że ktoś wyssał całe powietrze ze sklepowego pomieszczenia. Próbowała oddychać głębiej, ale nieznośne uczucie jeszcze się pogarszało, więc w końcu musiała wyjść na zewnątrz. Zacisnęła powieki i oparła się o mur, próbując wyobrazić sobie chłód pustyni po zmierzchu. Stała tak przez dłuższą chwilę, aż w końcu ciotka wyszła ze sklepu i zaczęła szarpać ją za ramię.

— Co się dzieje, moja bratanico? Czyżby to comiesięczna przypadłość? Nawet to jednak nie usprawiedliwia równie dziwacznego zachowania. Kochająca rodzina wybaczy ci podobne fanaberie, ale mężczyzna — twój przyszły mąż — będzie w każdych okolicznościach wymagał nienagannego zarządzania domem. Rozumiesz?

Amira skinęła głową. Skądinąd doskonale pojmowała, czego wymagają mężowie. Ostatecznie obserwowała własnego ojca — szczególnie pilnie po śmierci Jihan. Nie minęło parę tygodni, a już wszystko toczyło się, jakby nigdy nic się nie stało. Omar zdawał się nie pamiętać, że miał kiedyś Jihan za żonę.

Codziennie rano — jak zwykle — dbał o odpowiednie podcięcie brody, z tym samym samozadowoleniem przeglądał się w lustrze i rozkoszował wieczornymi posiłkami, zagarniając jedzenie do ostatniego kęsa kawałkiem chlebka pita — jak czynił to przez całe życie.

— Czy teraz wreszcie możemy wracać do domu? — Amira miała nadzieję, że jeszcze uda jej się poświęcić część przedpołudnia na naukę.

— W żadnym razie — odparła ostrym tonem ciotka Najla. — Shaikha Nazli na nas czeka. Ostatnio nie czuje się najlepiej z powodu ciąży. Obiecałam, że przyniosę jej specjalną sól na opuchliznę stóp.

Amira przeciągle jęknęła w duchu. Nie miała nic przeciwko Shaikha Nazli, posągowej, rudowłosej Libance, będącej żoną ministra do spraw przemysłu naftowego. Ale wizyty w jej rozległym pałacu nigdy nie należały do krótkich.

— *Ahlan wa sahlan* — ucieszyła się Shaikha na widok obu kobiet wprowadzonych do wyłożonego marmurem saloniku przez pakistańskiego służącego. — Proszę, rozgośćcie się. Czujcie się, jak u siebie w domu.

To było absolutnie wykluczone, zdecydowała w duchu Amira. Cały pokój, podobnie jak i sama Shaikha, był przeładowany replikami francuskich antyków, bogato złoconymi, mającymi raczej przytłaczać bogactwem, niż dostarczać przyjemności. Mimo to Amira uśmiechnęła się uprzejmie i przysiadła na brzegu fotela w stylu któregośtam Ludwika.

Kilka minut później do saloniku weszli służący w liberiach — jedyni w al-Remal noszący podobne stroje. Wnieśli kawę, herbatę, schłodzone soki i ciasto, a także kadzielniczkę, w której żarzyło się sandałowe drewno. Amira wzięła w dłoń szklankę z sokiem owocowym, bo nieprzyjęcie poczęstunku byłoby grubym nietaktem. A kiedy do niej dotarła kadzielniczka, machnęła nią pod pachami, by się odświeżyć zgodnie ze zwyczajem ludów pustyni.

— Przyniosłam ci sole na twoje nogi, moja droga — oznajmiła ciotka Najla, stawiając na stoliku pękaty słoik. — Mam nadzieję, że już się lepiej czujesz.

— Tak, Allachowi niech będą dzięki. Głównie za sprawą mojego męża, tak ostatnio troskliwego. W zeszłym tygodniu był w Londynie — nawiasem mówiąc, na bardzo ważnej konferencji — i przywiózł mi tak cudowne prezenty, że aż się popłakałam ze szczęścia. A wiecie, co jeszcze powiedział? Oznajmił, że nawet za swoje wszystkie pieniądze nie zdołałby znaleźć prezentu prawdziwie godnego mojej osoby.

— Dzięki Najwyższemu za takie przywiązanie — wtrąciła ciotka Najla.

— Chciałybyście zobaczyć te królewskie dary? — spytała Shaikha z nadzieję w głosie.

— Oczywiście, moja droga. Z największą przyjemnością będziemy cieszyć się twoim szczęściem, prawda, Amiro?

— Tak. Tak, z największą! — Amira wyprostowała się gwałtownie na krześle. Dobrze wiedziała, że za jakiekolwiek uchybienie w manierach przyjdzie jej później słono zapłacić.

Gdy tylko gospodyni zniknęła za drzwiami w akompaniamencie szelestu jedwabi i pobrzękiwania złota, ciotka Najla zaczęła cmokać współczująco.

— Nieszczęsna kobieta. Wszyscy już wiedzą, że balansuje nad przepaścią.

— Ale czemu, ciociu? Wydaje się taka szczęśliwa!

— Szczęśliwa? Chyba sobie kpisz. Przybiera dobrą minę do złej gry — jak przystało na szanującą się kobietę, ale jeśli i tym razem Allach w swej nieskończonej mądrości ześle na nią córkę, a nie syna, wówczas jej mąż z całą pewnością weźmie sobie trzecią żonę. To dla nikogo nie jest już tajemnicą.

No, oczywiście. Chociaż Shaikha ze swoją jasną cerą i płomiennorudymi włosami uchodziła za wyjątkową piękność, jak do tej pory — w krótkich odstępach czasu — zdołała urodzić jedynie cztery córki, skądinąd ku niezmiernej uciesze pierwszej żony ministra, która wydała na świat trzech synów. Jeżeli w domu pojawi się trzecia żona, nieszczęsna Shaikha natychmiast straci swoją pozycję społeczną.

Chwilę później żona ministra pojawiła się w drzwiach i już od progu wyciągała przed siebie rękę, by pokazać złoty zegarek marki Patek-Philippe, wysadzany brylantami i szmaragdami.

— Czyż nie jest piękny?

— Przecudny — zgodziła się Najla. — Wyjątkowo do ciebie pasuje.

— Naprawdę zachwycający — wtrąciła Amira.

— A zobaczcie tylko, co mój mąż przywiózł dla upiększenia domu. — Wskazała na stos talerzy wnoszony właśnie przez służących. — To serwis z Limoges, na pięćdziesiąt osób, zdobiony wzorem, którym się tak zachwyciłam w czasie naszego miesiąca miodowego we Francji. Nie zapomniał... minęło siedem lat, ale on nie zapomniał — zaćwierkała tęsknym głosem.

Najla posłała Amirze znaczące spojrzenie, nie przestając przy tym rozpływać się nad doskonałym gustem ministra i jego przywiązaniem do żony.

— Niech tym razem Bóg pobłogosławi cię synem — mruknęła na zakończenie swojej tyrady.

Omar oznajmił, że zje lunch na mieście, z interesantami, więc kobiety zasiadły do lekkiego posiłku: był *hummus* z chlebem pita, rozmaite sery, oliwki, sałatka warzywna przyprawiana miętą oraz resztki *kibbe* z poprzedniego wieczoru.

Gdy tylko skończył się posiłek, zaczęły się przygotowania do następnego. Mając u boku ciotkę Najlę, by nadzorowała wszystkie działania, Amira starannie wymyła kawałki jagnięciny.

— Ułóż je na spodzie garnka — zarządziła ciotka. — Nie, najpierw tę największą porcję. Dobrze. A teraz dorzuć kilka gałązek rozmarynu i parę kawałków kory cynamonowej.

— Tak, tak. Wiem — odparła Amira, dodając do garnka jeszcze trochę słodkiej przyprawy zwanej *hab hilu*, pałeczkę mastyki i odrobinę porostu *shaiba*. Wszystko to zalała zimną wodą i postawiła na wielkim angielskim piecu, by się spokojnie poddusiło.

Dwie godziny później, po popołudniowej drzemce, wyjęła kawałki mięsa, przelała wywar przez sito i odmierzyła dokładnie osiem filiżanek. Do tego dodała dwie filiżanki ryżu i z powrotem postawiła garnek na piecu.

— Teraz zmniejsz płomień — napominała ciotka. — Musi się pogotować jakieś czterdzieści pięć minut, a ryż nie może przywrzeć do dna.

— Tak, ciociu — odrzekła Amira znużonym głosem.

Dobrze wiedziała, co ma robić — ostatecznie wielokrotnie widziała, jak mama gotowała tę potrawę — postanowiła jednak dogodzić ciotce i udawać, że całkowicie polega na jej poleceniach.

Gdy już cały płyn się wchłonął, Amira dolała dwie filiżanki mleka i gotowała dalej, aż ryż stał się lepki. Kiedy usłyszała, że ojciec wchodzi do domu, dodała soli i jeszcze trzymała potrawę na ogniu przez następne kilka minut. Potem wyłożyła ryż na wielki półmisek, na wierzchu położyła kilka kulek masła i ugotowane wcześniej kawałki jagnięciny.

— Doskonałe. Doprawdy przepyszne — zawyrokował Omar, wydając z siebie pełne zadowolenia westchnienie.

Słysząc te słowa, ciotka Najla odetchnęła z ulgą, jakby właśnie zapadł najważniejszy wyrok w jej życiu. To nieważne, że był on częścią codziennego rytuału; zachcianki pana domu musiały być zawsze zaspokajane, a obowiązkiem każdej kobiety była dbałość o jego potrzeby.

— Czy nie pomylę się, gdy powiem, że przyczyniłaś się do rozkosznego smaku dzisiejszego obiadu, córko? — Omar zwrócił się w stronę Amiry.

To dopiero była niespodzianka! Od śmierci Jihan stosunki Amiry z ojcem — delikatnie ujmując — mocno się rozluźniły.

— Tak, ojcze — odparła, spuszczając powieki, wbijając wzrok w talerz, niepewna, czy powinna się cieszyć tym objawem zainteresowania, czy może wręcz przeciwnie.

— To wspaniale. Wspaniale — mruknął Omar dobrotliwie. Kiedy jednak pogłaskał dłoń swej młodej żony, Amira natychmiast poczuła do niego niechęć.

— No cóż. — Omar odchrząknął znacząco, dając tym do zrozumienia, że zamierza powiedzieć coś bardzo ważnego. — Nadszedł czas, by oznajmić wam dobre wieści. Dzisiaj miałem zaszczyt rozmawiać z naszym miłościwie panującym królem.

Wokół stołu rozległy się pomruki aprobaty, choć tak naprawdę każdy mieszkaniec al-Remal miał dostęp do władcy w czasie cotygodniowego i całodniowego *majlis* — posłuchania, podczas którego można było przedstawić wszelkie zażalenia i prośby.

— Jego Wysokość postanowił w szczególny sposób uhonorować mój dom — ciągnął Omar. — Wspólnie zdecydowaliśmy, że jego syn, książę Ali al-Rashad, poślubi naszą Amirę.

Kobiety, na znak wielkiej radości, zaczęły wydawać z siebie przeciągłe okrzyki, Omar zaś uśmiechał się od ucha do ucha.

— W żadnym razie nie śmiałbym się chwalić, muszę jednak napomknąć, że Jego Królewska Wysokość był pod wielkim wrażeniem wykształcenia Amiry. Raczył nawet powiedzieć, że moja córka będzie cennym nabytkiem dla jego domu i państwa.

Amira siedziała w milczeniu. Od wczesnego dzieciństwa wiedziała, że kiedyś nadejdzie ten dzień. A gdy już nadszedł, sama nie mogła zdecydować, co czuła. Czyż od dłuższego czasu nie marzyła o opuszczeniu ojcowskiego domu? A do tego miała zostać księżniczką, członkinią panującego rodu — czyż nie o tym marzą wszystkie dziewczęta? Jakże Laila byłaby zachwycona podobną perspektywą, pomyślała z bólem w sercu.

— Cóż, córko — Omar znowu zwrócił się w jej stronę — skromność i powściągliwość to cenne zalety. Uważam jednak, że w takiej chwili radosny uśmiech byłby bardzo na miejscu.

I może modlitwa dziękczynna do Allacha, że zechciał ci zesłać tak świetlaną przyszłość?

— Oczywiście, ojcze. Złożę odpowiednie dzięki Bogu. Chcę też gorąco podziękować tobie — powiedziała to szczerze, bo przecież wiedziała, że Omar mógłby ją wydać za kogokolwiek, kto przyszedłby mu akurat do głowy. A jednak wybrał dla niej księcia, osobistość popularną i kochaną w kraju. Każdy znał księcia Alego. Był pilotem, bohaterem al-Remal. Latał na najnowszych myśliwcach, unosił się w przestworzach niczym sokół. Życie z nim na pewno będzie lepsze od życia w ojcowskim domu — czyż nie?

CZĘŚĆ CZWARTA

Ali

— Przyszli już ci cudzoziemscy krawcy — oznajmiła Bahia beznamiętnym tonem, jakby przyjazd jednej z najsłynniejszych francuskich projektantek mody, Mme Grès, był codziennym, nużącym rytuałem. — Ciotki proszą, żeby panienka natychmiast zeszła na dół.

Amira z głośnym trzaskiem zamknęła egzemplarz *Pani Bovary* i spojrzała przepraszająco na pannę Vanderbeek.

— Niestety, musimy przerwać lekcję. Zupełnie nie mam na to ochoty, ale... rozumie pani...

— Oczywiście — odparła Holenderka z ciepłym uśmiechem. — Teraz, gdy już zdobyłaś dyplom, francuska literatura nie ma szans w zderzeniu z francuską modą.

— To nie tak — gwałtownie zaprotestowała Amira. — Chciałabym przeczytać wszystkie książki świata, zrozumieć mentalność ludzi żyjących poza al-Remal. Chciałabym poznać ich sposób myślenia i ich uczucia. Niestety, w tym wirze przygotowań do ślubu, mam tak niewiele czasu na własne zainteresowania.

Po chwili Amira uśmiechnęła się szeroko, bo zrozumiała, że guwernantka tylko się z nią droczy.

— Ale przecież pani świetnie to rozumie.

— Tak, moje dziecko. I nadszedł czas, by spojrzeć prawdzie w oczy. Ty mnie już nie potrzebujesz, Amiro. Mówisz po francusku równie dobrze jak ja, twój angielski jest także bez zarzutu. Dzięki swojej wrodzonej inteligencji i opracowanej wspólnie liście lektur, możesz teraz sama się rozwijać. Ja już wiele więcej nie zdołam cię nauczyć. Gdybyś wybierała się na studia... — Panna Vanderbeek zawiesiła głos. Już od jakiegoś czasu usilnie namawiała swoją uczennicę, by kontynuowała naukę, choćby korespondencyjnie.

— O niczym innym nie marzę. Proszę mi wierzyć. Nie mogę jednak podjąć żadnych decyzji bez uprzedniej zgody męża.

— Wiem. — Panna Vanderbeek pokiwała głową. — Wiem, Amiro. — Holenderka pogrążyła się na moment w milczeniu. — Podejrzewam, że nadszedł czas, by się pożegnać — podjęła po chwili.

Do oczu Amiry napłynęły łzy. Przez tak wiele lat ta piękna, jasnowłosa kobieta była dla niej oknem na szeroki świat — roztaczała przed nią cuda innych krain. To ona nauczyła Amirę czytania między wierszami i samodzielnej interpretacji tekstów; to ona zachęcała do zadawania pytań i niezadowalania się prostymi odpowiedziami.

— Nie chcę się z panią żegnać — wyznała Amira zduszonym głosem.

— Wiem.

— Jakże bym chciała... och, jak bardzo bym pragnęła, żeby mogła pani zamieszkać razem ze mną w pałacu.

— Być może pewnego dnia zjawię się tam, by uczyć twoje dzieci.

Ta uwaga nie podniosła Amiry na duchu. Panna Vanderbeek była jednym z najjaśniejszych punktów jej dzieciństwa i Amira zrobiłaby wiele, by się z nią nigdy nie rozstawać — nie dzielić się nią nawet ze swoim przyszłym potomstwem.

Teraz już dłużej nie była w stanie powstrzymać łez.

Panna Vanderbeek objęła ją mocno ramionami, Amira tymczasem po raz kolejny nie mogła uwolnić się od myśli, że wszyscy, których kochała, powoli, lecz nieubłaganie, znikali z jej życia.

Ciotki Amiry miotały się w wielkim salonie niczym para oszalałych derwiszów, jednak ich frenetyczna nadgorliwość nie mogła zamaskować faktu, że nie miały pojęcia, jak podejmować europejskich gości. Po kilku gorączkowo wydanych poleceniach na stół wjechały najprzeróżniejsze przekąski i napoje. W miejsce coca-coli znajdującej się — wraz z innymi amerykańskimi produktami — na liście oficjalnie bojkotowanych artykułów, pojawił się rozcieńczony sok z granatów. Podano również prażony groch, migdały w cukrze, solone pistacje i lepką, turecką chałwę.

Gdy Amira pojawiła się w progu, natychmiast obstąpił ją cały francuski kontyngent z Mme Grès we własnej osobie na czele.

— Dziękuję, że zaszczyciła pani nasz dom swoją obecnością — powiedziała Amira. — Mam nadzieję, że mieliście państwo dobrą podróż?

— Komfortową, *ma'mselle* — odrzekła projektantka.

— A hotel? Czy jest dość wygodny?

— Oczywiście. Na szczęście „Intercontinental" ma sprawnie działającą klimatyzację i kryty basen. Od naszego przyjazdu moi pracownicy bez przerwy korzystają z obu tych udogodnień.

— Przykro mi, że tutaj nie mamy klimatyzacji, Mme Grès, ale mój ojciec twierdzi, że klimatyzacja jest niezdrowa.

— *Ça va, ma'mselle*. To doprawdy żaden problem. Jeśli jest już pani gotowa do pokazu, chciałabym zaprezentować kilka sukni ślubnych, które wybrałam specjalnie na tę okazję.

Wkrótce w wielkim wysokim salonie pozostało jedynie parę niewielkich marmurowych stolików i kilka krzeseł. Amira usiadła w wyściełanym fotelu, pomiędzy obiema ciotkami. Mme Grès, w towarzystwie osobistych asystentów i dwóch krawcowych, stanęła w drzwiach jadalni, pełniącej chwilowo funkcję garderoby dla trzech modelek, które przyleciały wraz z projektantką.

W końcu jeden z asystentów włączył magnetofon i z głośnika popłynęły dźwięki kwartetu smyczkowego Mozarta. W salonie pojawiły się modelki w baśniowych sukniach z jedwabiu i koronek.

Jakże to dziwne, pomyślała Amira, obserwując pokaz zorganizowany na jej wyłączny użytek. „Grès" było nazwiskiem dobrze jej znanym z magazynów poświęconych modzie — reprezentującym niemal baśniowy świat, wyjątkowo odległy od realiów al-Remal. A teraz ten świat zjawił się u niej w domu tylko dlatego, że miała zostać żoną Alego al-Rashada. I na dodatek, to był dopiero początek wielkiej przygody. Może więc małżeństwo okaże się czymś więcej niż desperacką ucieczką z domu ojca. Może okaże się prawdziwym cudem, o którym kiedyś tak marzyła nieszczęsna Laila.

Amira uważnie przyglądała się sukniom, kiwając posłusznie głową w odpowiedzi na rzucane przez ciotki uwagi. W końcu wskazała na najprostszą z kreacji — białą princeskę z jedwabiu o staniku wyszywanym perłami — i projektantka skinęła z aprobatą głową.

— Doskonały wybór, *ma'mselle*. To mój ulubiony projekt.

Następnie modelki zaczęły prezentować stroje mające stanowić wyprawę Amiry: modne kostiumy, eleganckie sukienki i szykowne, śmiało wydekoltowane wieczorowe toalety. Choć publicznie Amira zapewne zawsze będzie pokazywać się w czadrze, owe piękne rzeczy miała wkładać ku wyłącznej uciesze męża. Jej księcia.

— Ten biały kostium z lnu — mruknęła, gdy przeszła przed nią wysoka, wysmukła modelka.

— A na dodatek ta sukienka. — Amira wskazała na płomiennoczerwoną jedwabną kreację. — I może jeszcze ta szmaragdowa.

— Będzie pani wyjątkowo pięknie w sukniach w stylu empire — zdecydowała projektantka. — Zaproponowałabym jeszcze białą kreację bez ramiączek, którą zaraz zobaczymy.

— Jestem pewna, że to piękna suknia, ale nie wydaje mi się, bym potrzebowała więcej wieczorowych strojów — stwierdziła Amira.

Mme Grès wybuchnęła śmiechem.

— Pani narzeczony na pewno nie zgodziłby się z tą opinią. Uznał, że powinna pani wybrać co najmniej tuzin wieczorowych kreacji i mniej więcej tyle samo kostiumów oraz sukienek wizytowych.

Już i tak mam tego wszystkiego za dużo, pomyślała Amira. Jednak w żadnym razie nie zamierzała urazić księcia ani projektantki, postanowiła więc dalej nie oponować.

Kiedy pokaz wreszcie dobiegł końca, podziękowała projektantce za przywiezienie tak wielu wspaniałych projektów i poszła do sypialni, by krawcowe mogły zdjąć z niej miarę. Dostosowywanie strojów do indywidualnych wymiarów było zazwyczaj czasochłonnym i skomplikowanym procesem, jednak na potrzeby domu królewskiego postanowiono go znacznie usprawnić i przyspieszyć.

Podczas gdy krawcowe opasywały ją w różnych miejscach centymetrem, wbiła wzrok w nieustannie powiększającą się wyprawę, która nie mieściła się już w szafach i zajmowała teraz każdy możliwy skrawek przestrzeni: ręcznie szyte buty z Włoch we wszystkich kolorach tęczy; jedwabna bielizna z Hongkongu — głównie dziewiczo biała, choć parę nocnych koszul było w ciepłych odcieniach brzoskwini i moreli; bogato haftowane prześcieradła i poszewki z egipskiej bawełny zamówione przez ciotki, by Amira nie weszła do domu męża z pustymi rękami. Choć, oczywiście, nic podobnego jej nie groziło: w bibliotece wprost się roiło od napływających ciągłym strumieniem kosztownych podarków ślubnych, które miała zabrać ze sobą na nową drogę życia.

Jakże dziwny jest los kobiety, stwierdziła Amira w duchu. Po śmierci Jihan stała się niemalże niewidzialna w ojcowskim domu, a teraz z kolei wszystko kręciło się wokół jej osoby. To jednak nie wprawiało jej w euforię. Laila również przeżywała podobny moment — przeżywała go i Jihan. Zapewne większość kobiet w al-Remal czuła się tak tuż przed ślubem. A zaraz potem znowu stawały się niewidzialne.

Może mnie jednak to nie spotka, pocieszała się w myślach Amira. Ostatecznie książę chodził do szkół w Szwajcarii i Anglii. Zapewne różnił się zasadniczo od jej własnego ojca czy też niemłodego, konserwatywnego męża Laili. Niewykluczone, że Ali okaże się mężczyzną podobnym do bohaterów europejskich powieści — adorującym i szanującym swoją żonę w sposób zupełnie nieznany Remalczykom.

Ledwo ekipa Mme Grès opuściła ich progi, trzeba było przebrać się do podwieczorku. A nie był to byle jaki podwieczorek: dzisiejszego popołudnia ciotki Amiry spodziewały się wizyty matki i sióstr księcia Alego. Tego dnia Amira miała po raz pierwszy poznać najbliższe krewne swojego przyszłego męża.

Wykąpała się pospiesznie pod prysznicem, a twarz wymasowała małym frotowym ręcznikiem, by nadać cerze zdrowy koloryt. Następnie długo i starannie szczotkowała gęste czarne włosy, aż nabrały wyjątkowego połysku. Czy powinna zostawić je rozpuszczone — efektownie opadające na plecy? Czy może ściągnąć w skromny, elegancki węzeł?

Gdy tylko zaczęła rozważać tę kwestię, zadźwięczało jej w uszach jedno z ulubionych powiedzeń ciotki Najli: „Jedz, co ci się podoba, ale noś się zawsze tak, by podobać się innym". Szybko więc upięła włosy, po czym włożyła sukienkę, która z całą pewnością przypadnie do gustu ciotkom: ciemnogranatową, jedwabną, ozdobioną białym koronkowym kołnierzem.

Wyglądam jak uczennica, skonstatowała Amira w duchu. Była pewna, że ów strój usatysfakcjonuje jej rodzinę — miała więc nadzieję, że usatysfakcjonuje również rodzinę Alego.

Faiza al-Rashad, znana na dworze jako Um Ahmad, już od progu zaczęła panoszyć się w domu Badirów jak we własnym. Ciotki Amiry tymczasem rozpływały się nad dostojnym gościem, mamrocząc uprzejmości i gnąc się w czołobitnych ukłonach.

Pełnymi pokory gestami zaprosiły pierwszą żonę króla wraz z córkami — Munirą i Zeinab — do wielkiego salonu. Służąca odebrała z rąk Faizy czadrę, pod którą krył się elegancki jedwabny kostium od Lanvina. Żonie władcy natychmiast podstawiono najwygodniejszy fotel, pod stopy zaś, obute w pantofle od Ferragamo, podsunięto wyściełany podnóżek.

Chwilę później przed obliczem teściowej stawiła się Amira.

— Niech pokój Allacha będzie z tobą, czcigodna matko — powiedziała, spuszczając skromnie oczy i całując starszą kobietę w dłoń.

— I z tobą, moje dziecko. — Faiza uniosła palcem twarz Amiry i przez dłuższą chwilę studiowała jej rysy. W końcu skinęła z aprobatą głową, jakby usatysfakcjonowana tym, co zobaczyła.

Wykonała nieznaczny gest dłonią w kierunku Muniry i wówczas jej córka wyjęła aksamitne puzdro z dużej torebki od Hermèsa.

— Oby Najwyższy zawsze obdarzał cię łaskami — powiedziała Faiza, wręczając prezent Amirze. — Włóż to na swój ślub, z naszym błogosławieństwem.

Amira otworzyła kasetkę i oczom zgromadzonych kobiet ukazała się platynowa tiara wysadzana gęsto brylantami.

Przyszła panna młoda aż zaniemówiła z wrażenia. Jeszcze nigdy w życiu nie widziała tak cennych klejnotów i w tym momencie zdała sobie sprawę, że jako księżniczka będzie się pławić w niebywałym luksusie — zdecydowanie przekraczającym komfort domu ojca.

— Twoje błogosławieństwo, czcigodna matko, jest dla mnie po wielekroć cenniejsze od brylantów. Mam nadzieję, że okażę się godna twej szczodrobliwości.

Faiza ponownie skinęła głową z wyrazem aprobaty na twarzy. Podczas gdy ciotki rozpływały się nad królewskim darem, na stole zjawiły się dzbanki z herbatą aromatyzowaną miętą oraz patery pełne słodkości przygotowywanych w mozole przez wiele godzin.

Najpierw wniesiono *kanafi* — ciasto z grubo mielonej pszenicy nadziewane bitą słodką śmietanką i polewane miodem. Po nim — *ma'amul* — maślane ciasto z daktylami i orzechami, na koniec zaś baklawę — na bazie cienkiego ciasta *fyllo* z pistacjami — słodzoną zagęszczonym różanym syropem.

Amira chwyciła talerz ze szlachetnej porcelany, ułożyła na nim słodycze i podała Faizie.

— Proszę koniecznie spróbować *kanafi* — namawiała ciotka Najla. — To własnoręczne dzieło Amiry.

Faiza skosztowała zachwalanego specjału.

— Bardzo dobre — zawyrokowała po chwili. — Choć w syropie mogłoby się znaleźć nieco więcej esencji różanej.

Zachęcona tym częściowym komplementem Najla ciągnęła niestrudzenie:

— Francuscy projektanci stwierdzili, że nasza Amira ma idealną figurę. W swojej sukni ślubnej będzie wyglądać jak anioł.

Faiza obrzuciła szybkim spojrzeniem swoje obie córki, z których żadna nie zasłużyłaby na podobny komplement.

— Fizyczne piękno może być prawdziwym błogosławieństwem — odparła. — Może też okazać się przekleństwem, szczególnie gdy zwodzi na ścieżkę próżności.

Ciotka Najla zamilkła speszona.

— Mój Ali został właśnie ministrem kultury — oznajmiła Faiza z niekłamaną dumą, pomijając przy tym fakt, że książę dostał nominację od własnego ojca.

Ciotki wymamrotały wyrazy uznania.

— To stanowisko o wyjątkowym znaczeniu, wymagające wielkiej odpowiedzialności. Mój Ali będzie nadzorował wyposażenie naszego Muzeum Narodowego. Ale przede wszystkim będzie podróżował po świecie — jeździł do Anglii, Francji i Włoch, a nawet do Ameryki — by promować kulturalne osiągnięcia naszego królestwa.

Amirę ogarnęła prawdziwa euforia. Anglia, Francja, Włochy — kraje, o których czytała w książkach, pełne najprawdziwszych cudów. Może książę zechce czasami zabrać ją ze sobą? Może pewnego dnia uda się jej odwiedzić Malika i w jego towarzystwie zwiedzić Paryż?

— Żona Alego będzie więc musiała narzucić sobie najwyższe standardy moralne — ciągnęła Faiza. — Musi pozostać cnotliwa i powściągliwa, a nade wszystko posłuszna i skromna.

Amira szybko spuściła powieki. Czyżby ta kobieta potrafiła czytać w cudzych myślach? Czyżby odgadła, że marzenia Amiry nie mają nic wspólnego z posłuszeństwem i skromnością, a z pędem do przeżywania niezwykłych przygód? W al-Remal teściowe miały wielką władzę nad swoimi synami, Amira postanowiła więc w duchu, że postara się schodzić z drogi Faizie — podobnie jak to czyniła w stosunku do swoich ciotek.

Podczas gdy wspomniane ciotki zabawiały rozmową pierwszą żonę króla, Amira ukradkiem przyglądała się przyszłym szwagierkom. Zeinab — niska i wyjątkowo rozłożysta — zdawała się bardzo prostą kobietą, nawet jak na remalskie standardy. Miała wymyślną fryzurę i wyzywający makijaż, a do tego kwiecistą sukienkę wydatnie podkreślającą jej tłuste ramiona i potężne uda. Z westchnieniem niekłamanej rozkoszy rzuciła się na oferowane słodkości, a kiedy kazała Bahii po raz kolejny napełnić talerz, jej siostra — Munira — obrzuciła ją ironicznym spojrzeniem, po czym rzuciła sucho:

— Czyżbyś zapomniała o swoim dietetycznym reżimie, Zeinab? Nie dalej jak dziś rano zarzekałaś się, że nie tkniesz więcej jak jednego kawałka czegoś słodkiego dziennie.

— To prawda. I takie były moje najszczersze zamiary — zachichotała Zeinab. — Dobrze wiem, że powinnam wykazywać się silniejszą wolą, ale w żaden sposób nie mogę się oprzeć tak przepysznym deserom.

— Tylko deserom? O ile się nie mylę, droga siostro, ty nie możesz się oprzeć wszelkiemu jedzeniu — nawet gdy już pochłoniesz porcję, którą nasyciłyby się co najmniej trzy kobiety o... nieco mniej zdrowych apetytach.

Faiza rzuciła Munirze ostrzegawcze spojrzenie, jednak Zeinab tylko przewróciła oczami i ponownie wybuchnęła śmiechem.

— Niestety, masz rację, Muniro. Cóż jednak mogę na to poradzić? Najwyraźniej Allach uznał, że powinnam być pulchna. I mogę tylko być mu wdzięczna, że w swej nieskończonej mądrości pobłogosławił mnie mężem, który nad chude kobiety zdecydowanie przedkłada te o obfitych kształtach.

— Rzeczywiście, w tym względzie możesz się czuć wyróżniona — odparła kostycznie Munira, która — choć niebrzydka — była zarówno patykowata, jak i niezamężna.

Ale to właśnie ona, spośród kobiet zamieszkałych w pałacu, interesowała Amirę najbardziej, bo chociaż pobierała naukę jedynie u pałacowych guwernantek, podobno swobodnie cytowała poetyckie wersy Kahlila Gibrana, a także ustępy z traktatów historycznych Ibn Khalduna oraz ze wspomnień znanego czternastowiecznego podróżnika — Ibn Buttutaha. Studiowanie tych dzieł spotkało się ponoć z pełną aprobatą króla, ale ciotki Amiry utrzymywały, że Munira często posuwała się zbyt daleko i odważała się cytować pisma egipskich feministek, takich jak na przykład Huda al-Sharawi.

— Nasz władca zazwyczaj puszcza jej uwagi mimo uszu — oznajmiła ciotka Najla. — Więc jeśli usłyszysz z jej ust jakieś bluźnierstwa, uśmiechaj się i nie wypowiadaj żadnych komentarzy.

Amira z niecierpliwością czekała na te „bluźnierstwa", lecz po krótkim spięciu z siostrą Munira zamilkła i z nieznacznym uśmieszkiem przysłuchiwała się toczonym rozmowom, jednocześnie badawczo przyglądając się Amirze.

Kiedy kobiety z rodu al-Rashad wreszcie sobie poszły, Amira miała nadzieję, że będzie mogła się położyć i śnić o wspaniałej przyszłości. Niestety, jej ciotki, wciąż podniecone wizytą, postanowiły poddać wnikliwej analizie swoich niedawnych gości.

— Nasza królowa zdecydowanie za bardzo się wynosi — stwierdziła Shams. — Szczególnie gdy weźmie się pod uwagę fakt, że wywodzi się z ubogiego, pustynnego plemienia.

— Jej jedynym posagiem była wyjątkowa uroda — wtrąciła ciotka Najla.

— Jednak nie piękna twarz stanowi prawdziwe źródło jej władzy.

— Doprawdy? A co w takim razie? — zainteresowała się Najla.

Shams przytknęła palec do ust, dając do zrozumienia, że zamierza objawić ściśle strzeżoną tajemnicę.

— Cóż, sama wiesz, że nasz władca cieszy się niezwykłym seksualnym apetytem...

— To żadna tajemnica. Jestem przekonana, że on sam już nie pamięta, jak dużo miał nałożnic i ile dzieci z nimi spłodził.

— Jednak niewiele osób wie, że to sama królowa wybiera dla niego owe nałożnice — oznajmiła ciotka Shams z pełnym zadowolenia uśmiechem.

— No nie... Chyba nie chcesz powiedzieć...

— Moje wiadomości pochodzą z bardzo pewnego źródła. Nie ma co do tego najmniejszych wątpliwości: to Faiza decyduje o tym, która z kobiet znajdzie się w królewskim haremie i jaką zajmie w nim pozycję.

Ciotka Najla zamilkła oszołomiona tą wieścią, Shams natomiast niewzruszenie ciągnęła wątek królewskiej rodziny.

— Munira to wyjątkowo zgorzkniała dziewczyna. Już jakiś czas temu skończyła dwadzieścia lat, a nadal jest niezamężna.

— Jednak wszystkim wiadomo, że król przedkłada ją nad pozostałe córki. Podobno powiedział nawet, że jest dla niego czymś znacznie więcej niż tylko córką.

— Niewątpliwie jednak czymś znacznie mniej ważnym od syna — zauważyła Shams.

— Och, to przecież oczywiste — odparła ciotka Najla.

Do niedawna czas ciągnął się Amirze w nieskończoność. Teraz, niespodziewanie, nabrał szalonego przyspieszenia. Małżeński kontrakt — *katb kitab* — został najpierw podpisany przez Omara i króla, następnie przez Alego, na końcu zaś przez Amirę. Jednak, zwyczajowo, związek nie mógł zostać skonsumowany aż do odprawienia uroczystości weselnej — zwanej *doukhla* — która za parę tygodni miała się odbyć w królewskim pałacu.

Gdy nadszedł ów szczególny dzień, zdawało się, że na ulice stolicy wylegli wszyscy mieszkańcy al-Remal, aby na własne oczy ujrzeć młodą kobietę, przyszłą żonę drugiego syna ich władcy, i przekazać młodej parze dary wraz z życzeniami szczęścia i dobrobytu.

Jednak najcenniejszy z prezentów Amira otrzymała na dwa dni przed weselną uroczystością. Siedziała o zmierzchu w ogrodzie i rozkoszowała się chłodną bryzą, gdy usłyszała niespodziewanie:

— Czy doprawdy masz dość czasu, żeby śnić na jawie, siostrzyczko? Gdy tu jechałem, dałbym sobie głowę uciąć, że nasze ciotki prześcigają się w wynajdowaniu dla ciebie miliona zajęć, byle tylko nie pozwolić ci na podobny luksus.

— Malik! — Amira poderwała się na równe nogi i wpadła w objęcia brata, po czym niemal natychmiast zalała się łzami.

— Co się dzieje, Amiro? Czyżby perspektywa małżeństwa tak bardzo cię przygnębiała? Musisz mi powiedzieć! Jeżeli nie chcesz wychodzić za mąż, natychmiast porozmawiam o tym z ojcem. Nieważne, czy to książę, czy...

— Nie, nie. W żadnym razie. — Amira zaczęła zaśmiewać się poprzez łzy. — Nie jestem nieszczęśliwa, a mój płacz nie ma nic wspólnego z małżeństwem. To twój widok wzbudził we mnie całą masę uczuć.

— Tak, rozumiem. — Zaczął gładzić ją po włosach. — Mnie samego, gdy wchodzę do tego ogrodu, opadają wspomnienia, rozliczne pytania...

Amira otarła oczy i spojrzała uważnie na brata. Był niby

taki sam jak zwykle, a jednocześnie jakiś inny. Jego rysy stężały i uległy wyostrzeniu, ale jego oczy wciąż emanowały tym samym ciepłem i miłością.

— A więc jesteś szczęśliwa?

— Oczywiście. Oczywiście, braciszku. Pojutrze wychodzę za mąż. I to za księcia. Czyż nie o czymś takim marzy każda kobieta?

— Nie udzieliłaś mi odpowiedzi, a jedynie zadałaś pytanie. Pamiętaj, że ty nie jesteś „każdą" kobietą. Jesteś moją siostrą i dlatego własnymi rękami zaduszę każdego, kto nie będzie...

Amira uścisnęła dłoń brata.

— Wiem. Ale naprawdę jestem zadowolona. Wierz mi. Ja chcę wyjść za mąż.

— W takim razie życzę ci, żeby to małżeństwo było spełnieniem twoich marzeń. Muszę mieć poczucie, że jesteś szczęśliwa... szczęśliwa za nas oboje.

— Ależ, Maliku, przecież ty na pewno wiedziesz wspaniałe życie. I do tego masz córkę, która niewątpliwie jest dla ciebie niewyczerpanym źródłem radości.

— Uwielbiam ją. Z każdym dniem kocham ją goręcej.

— Z twoich listów wnoszę, że nieustannie podróżujesz po świecie, poznajesz nowe, cudowne miejsca.

— Rzeczywiście — przyznał ze śmiechem. — Jestem w ciągłych rozjazdach: cały czas coś kupuję, coś sprzedaję lub pośredniczę w transakcjach w rozmaitych zakątkach ziemi.

— A co z twoim życiem osobistym? Kiedy zamierzasz się ożenić?

— Gdy spotkam kobietę, którą pokocham równie gorąco jak niegdyś Lailę. Teraz jednak zająłem się bardziej przyziemnymi sprawami. Właśnie kupiłem wspaniały, wielki apartament w Paryżu i zaangażowałem doskonałą francuską nianię dla Laili.

Sięgnął do kieszeni i wyjął zdjęcie, na którym pulchna, roześmiana dziewczynka trzymała w objęciach olbrzymią, na oko bardzo kosztowną lalkę.

— Przepiękne maleństwo — westchnęła Amira. Jakże miała ochotę przytulić to dziecko, ukołysać, obsypać pocałunkami.

— Niedługo, siostrzyczko, wymyślę coś, co pozwoli mi połączyć się z córką i żyć z nią pod jednym dachem, jak na prawdziwą rodzinę przystało.

Amira obudziła się jeszcze przed świtem i szybko zmówiła modlitwę, po czym zanurzyła się w pachnącej migdałami kąpieli. Bahia energicznie wyszorowała jej skórę kawałkiem szorstkiej gąbki i perfumowanym francuskim mydłem.

— Teraz czas na te piękne włosy, panienko — oznajmiła służąca.

Wymyła je starannie specjalnym, importowanym z Ameryki szamponem, a na koniec spłukała tradycyjnym wywarem z rumianku — tak jak zawsze postępowała z włosami Jihan.

Amira owinęła się w gruby frotowy ręcznik, wyszła z marmurowej wanny i rozłożyła na pobliskim szezlongu. Bahia zniknęła na moment, by pojawić się z rondlem pełnym gęstego karmelu o konsystencji toffi. Chwyciła pokaźną kulkę tego domowej roboty środka depilacyjnego i zaczęła rozprowadzać go na nogach i ramionach Amiry, pod pachami i wokół łona.

— Za chwilę twoja skóra będzie miękka niczym skóra niemowlęcia, panienko — oznajmiła Bahia, ściągając pierwszy pas kleistej mazi, a wraz z nią kępki włosów wyrwane z cebulkami.

— Aaa! — wyjęczała Amira. — To boli! Okropnie boli!

— Oczywiście. Musi boleć, panienko. To pierwszy przedsmak małżeństwa. — Bahia uśmiechnęła się szeroko na znak, że jedynie żartuje. — Twojemu mężowi spodoba się tak gładkie ciało. Musisz pamiętać, że powinnaś go zadowalać za każdą cenę.

Kiedy na ciele Amiry nie pozostał już ani jeden włos, Bahia wtarła w jej skórę łagodzący krem z aloesu i wreszcie pozwoliła jej wypocząć.

Odbicie w lustrze nie miało nic wspólnego z dobrze jej znaną Amirą. W padającym od okien złocistym świetle popołudnia Amira wyglądała jak prawdziwa królowa. Na jej wymyślnie upiętych włosach połyskiwała brylantowa tiara, do której przymocowano długi welon z ręcznie tkanej koronki.

Chwilę później, osłonięta szarą jedwabną czadrą, panna młoda wsiadła do luksusowej limuzyny mercedesa, gdzie czekały już na nią ciotki i ojciec. Tego dnia Omar przywdział szatę z najprzedniejszej egipskiej bawełny, na którą włożył beżowy lniany kaftan, bogato haftowany złotem. Obie ciotki, spowite w jedwabie i koronki, tak kapały od klejnotów, że trudno było je rozpoznać.

Niczym prawdziwa królowa Amira machała dłonią zgromadzonym poddanym, modlącym się o szczęście i zdrowie młodej pary. Obchody zaślubin królewskiego potomka zaczęły się już o świcie, kiedy to — na rozkaz obu ojców — ubito setki jagniąt, a mięso rozdano biedocie.

Amira już kilkakrotnie w życiu bywała w królewskim pałacu, jednak nigdy wcześniej owo miejsce nie wyglądało równie ozdobnie jak teraz: udekorowane tysiącami rozmaitych kwiatów sprowadzonych wprost z Holandii, zdawało się istnym rajskim ogrodem. Jak okiem sięgnąć, pyszniły się bogate kompozycje z hiacyntów, tulipanów, lilii i gladioli; wokół okien i poręczy schodów wiły się girlandy splecione z róż i goździków.

Omar odprowadził córkę do podnóża schodów, gdzie pełniło straż dwóch pałacowych gwardzistów, nieruchomo spoglądających w przestrzeń.

— Niech łaska Najwyższego będzie z tobą — wymamrotał Omar. Ucałował córkę w czoło, po czym z powrotem udał się do limuzyny, która miała go zawieźć do najdalszego zakątka pałacowych ogrodów.

Tam, pod jaskrawymi, pasiastymi namiotami, odbywały się uroczystości dla mężczyzn. Amira słyszała ich głosy intonujące jedną ze znanych pieśni oraz towarzyszący im rytmiczny akompaniament bębnów. Stamtąd również dobiegał aromat pieczonej nad otwartym ogniem jagnięciny i baraniego tłuszczu spływającego do przyprawionego ziołami ryżu, usypanego w naczyniach ustawionych pod rożnami.

Amira weszła do pałacowych komnat, gdzie otoczyły ją kuzynki odziane w białe szaty, trzymające w dłoniach wysokie świece. Gdy tylko kobiety zrzuciły z siebie czadry, ciotka Najla osobiście zapaliła wszystkie świece, czym zainicjowała zwyczajową procesję — zwaną *zaffa*. Na jej czele kroczyły małe dziewczynki, tuż za nimi panna młoda, za nią zaś rodzina i pozostałe zaproszone na ceremonię kobiety. Długim wężem przeszły przez ponury hol, a potem — przekraczając marmurowy westybul — weszły do głównego salonu.

Po drodze wznoszono tradycyjne śpiewne okrzyki i Amira poczuła w sercu wielką radość. Kiedy przekroczyła próg ogromnej sali, rozświetlonej setką kryształowych kandelabrów, zgotowano jej gorące powitanie.

Libańska śpiewaczka, Sabah, której towarzyszył zespół muzyków ukrytych za wysokim parawanem, zaintonowała *Dalaa ya dalaa* — „Przytul mnie" — Amira zaś zaczęła krążyć po sali, przyjmując komplementy i najlepsze życzenia na przyszłość.

— Oby Najwyższy dał ci samych synów! — wykrzyknęła jedna z kobiet.

— Tysiąc nocy miłości — dodała następna.

— Szczęśliwej, spokojnej starości — rzuciła kolejna.

Kiedy w końcu Amira usiadła na przypominającym tron, pozłacanym fotelu, zaczęła się uczta weselna: kawior z Iranu; *foie gras* prosto z Francji; pieczona jagnięcina, a do niej ryż przyprawiany na kilkanaście sposobów; gołębie z rusztu i smażone kurczęta; rozmaite ryby z Morza Czerwonego; słodkie trufle i cebulki duszone w maśle; wielkie ilości owoców z różnych zakątków świata; ciasta i lody; gigantyczny tort weselny dostarczony rannym samolotem z Paryża.

Podczas posiłku Sabah śpiewała pieśni o miłości — straconej, znalezionej i ponownie utraconej. Jej intrygujący głos wznosił się i opadał długimi frazami — niekiedy zaś kobiety przerywały pieśń, by okazać, jak bardzo utożsamiają się z wyrażanymi uczuciami.

Po występie śpiewaczki muzycy grali kilkusetletnie ludowe melodie, doskonale znane w całym arabskim świecie. Następnie dały popis libańskie tancerki, na koniec zaś utalentowana iluzjonistka.

Cała sala huczała od rozmów i plotek.

— Amira wcale nie jest taka znowu piękna — stwierdziła autorytatywnie pewna hoża trzynastolatka. — Czemu więc nasz uroczy i przystojny książę wybrał właśnie ją?

— Cii! — przywoływała ją do porządku matka. — Książę Ali to dla Amiry *nasib* — jej przeznaczenie. Może za rok czy dwa twój ojciec i dla ciebie znajdzie przystojnego księcia, *inshallah*.

Swobodne i roześmiane kobiety wymieniały między sobą plotki i nawzajem podziwiały własne stroje. Niektóre z nich prezentowały najwspanialsze, oryginalne kreacje zachodnich krawców; inne tylko produkty lokalnych krawcowych specjalizujących się w kopiowaniu zachodniej mody z żurnali. Wokół wprost skrzyło się od klejnotów — bo była to doskonała okazja, żeby nie tylko pochwalić się bogactwem męża, ale i głębią jego uczuć.

Podano kawę aromatyzowaną kardamonem i herbatę z ożywczą miętą. Kilka kobiet ustawiło się na środku sali i zaczęło tradycyjny remalski taniec. Przy akompaniamencie *tabla* (małego bębenka) i *oud* (instrumentu nieco przypominającego lutnię) poruszały się w niewielkich podskokach, pomału kręcąc ramionami i głowami w takt wybrzmiewającej muzyki. W porównaniu z energicznymi, żywiołowymi ruchami libańskich tancerek, taniec ten zdawał się powściągliwy i spokojny, wkrótce jednak nabrał szczególnej, niemal erotycznej zmysłowości.

Gdy grupa tańczących zbliżyła się do stołu Amiry, zaczęły

się rozlegać coraz śmielsze komentarze. Kobiety rozważały głośno, co panna młoda ma pod suknią i jak szybko rozbierze ją z tego mąż; spekulowały na temat rozmiarów członka księcia, snuły domysły, jak energicznie będzie się nim posługiwał.

Pomimo zawstydzenia Amira doskonale się bawiła — czuła się wolna i radosna. Cieszyła się każdą chwilą przyjęcia, kiedy więc ciotki oznajmiły, że czas je opuścić, zrobiła to z prawdziwym żalem.

Przed salonem czekał ojciec. Z dostojnością i powagą wyciągnął ramię i poprowadził Amirę w górę marmurowych schodów. Przeszli przez długie korytarze i zatrzymali się w końcu przed bogato zdobionymi mahoniowymi drzwiami.

Omar poklepał córkę po policzku. Amira miała wrażenie, że ojciec zamierza wygłosić kilka doniosłych słów, ale w końcu ograniczył się tylko do nieporadnego uścisku.

— Oby Najwyższy zawsze miał cię w swej opiece, córko.

Do oczu Amiry napłynęły łzy. Jakie to dziwne, pomyślała. Jeszcze do niedawna nie mogła się doczekać, kiedy wreszcie wyrwie się spod rygoru ojca i ciotek, a tymczasem teraz, gdy już do tego doszło, żal jej było rozstawać się z rodzinnym domem.

Ucałowała ojca na do widzenia, a potem dłuższą chwilę stała przed drzwiami pokojów męża. W gazetach widywała niewyraźne zdjęcia księcia, czasami jego twarz mignęła w telewizji. Jaki jednak okaże się w rzeczywistości?

Lekko zapukała do drzwi. Otworzyły się natychmiast i Amira ujrzała najpiękniejsze pomieszczenie, jakie widziała w życiu, przepychem przyćmiewające wszystkie luksusy bogatego domu ojca. Stały tu jedynie europejskie antyki, a na ścianach wisiały obrazy, które widywała w albumach o sztuce — płótna Picassa, Renoira, Signaca i wielu innych znanych malarzy.

Książę Ali al-Rashad swoją wytwornością dorównywał elegancji wnętrza. Na jedwabną piżamę miał zarzucony jedwabny szlafrok z wyszytym na kieszonce monogramem. Urodą nie ustępował gwiazdorom filmowym; co prawda był raczej niewysoki i drobny, ale za to bardzo harmonijnie zbudowany.

Przez dłuższy czas przyglądał się Amirze w milczeniu, jakby miał przed sobą malowidło lub rzeźbę. W końcu się uśmiechnął.

— Oby raj okazał się równie piękny jak ty dzisiejszego wieczoru.

Amira odetchnęła z ulgą.

Ali wyciągnął ku niej dłoń. Amira posłusznie i z wdzięcznością — bo przecież książę mógł okazać się stary jak mąż Laili — podała mu rękę.

Zaprowadził ją do sypialni, w której większość miejsca zajmowało wielkie chińskie łoże, pokryte bogato zdobionymi rzeźbieniami.

— Szampana?

Amira nie wierzyła własnym uszom. Nie była fanatyczką religijną; wiedziała też, że pomimo surowego zakazu sporo ludzi w al-Remal pijało alkohol. Ona jednak nigdy nie miała go w ustach.

Ali z szerokim uśmiechem podał jej wysoki kieliszek pełen musującego złota.

— Bez obaw, moja droga. To ci nie zaszkodzi. Szampan to w zasadzie nie jest alkohol. To płynne szczęście.

Amira pociągnęła drobny łyk i poczuła przyjemne mrowienie warg.

Wciąż uśmiechnięty Ali zwrócił się do niej tym samym uprzejmym tonem:

— Rozbierz się, proszę.

Amira zamarła. Tego, oczywiście, należało się spodziewać — ale nie sądziła, że tak szybko. Pamiętała jednak słowa ciotek, a właściwie zasadę, którą wpajano jej od początku życia: bez względu na to, czego zażąda mąż, ona musi być mu posłuszna. I to nie tylko dzisiaj, ale zawsze, do końca życia.

W innym razie zostanie odesłana do domu ojca i okryje hańbą całą rodzinę. Znów dostanie się pod władzę ciotek, a po jakimś czasie stanie się taka jak one. Aż zadrżała na tę myśl, a tymczasem Ali, błędnie interpretując jej reakcję, wybuchnął głośnym śmiechem.

— Czy sam na sam ze mną jest dla ciebie aż tak straszne? Przecież jestem twoim mężem.

Rumieniąc się, Amira weszła do wyłożonej marmurem łazienki. Zdjęła ślubną suknię i jedwabne halki. Kiedy jednak doszła do półprzezroczystego body, na temat którego usłyszała tak wiele rubasznych uwag w czasie wesela, zatrzymała się w pół gestu.

W żadnym razie nie chciała rozłościć męża, ale po prostu nie była zdolna stanąć przed nim całkiem nago. Nieśmiało wśliznęła się z powrotem do sypialni. Jej bose stopy zapadały się w białym puszystym dywanie.

Ali wcale nie zdawał się zezłoszczony. Znowu zaczął obserwować ją chłodnym wzrokiem.

— Masz piękne ciało — stwierdził po chwili. — Smukłe i jędrne, silne... niczym pełnokrwista klacz.

Amira uśmiechnęła się radośnie, słysząc ten komplement. Od chwili, gdy stała się kobietą, martwiła się, że jest za wysoka, że jej biodra nie są dość zaokrąglone, że nie może się poszczycić bujnym ciałem, tak wysoko cenionym przez większość Remalczyków. Tymczasem nie ulegało wątpliwości, że Alemu podobała się jej szczupłość.

Podprowadził ją do łóżka i zaczął gładzić, jakby była małym kociakiem. Amira z przyjemnością poddawała się jego dotykowi.

Ali przesunął palcami po jej piersiach i wówczas poczuła w całym ciele przyjemne mrowienie — takie samo, jak po szampanie. A więc to miały na myśli kobiety, gdy szeptały po kątach i wybuchały śmiechem. Zakazanym owocem była ta szczególna lekkość, przyjemny uścisk w brzuchu.

Kiedy jednak Ali kolanem rozsunął jej nogi, cała zesztywniała.

Spojrzał na nią uważnie, ale w jego wzroku nie było irytacji, a raczej rozbawienie.

— Czy boisz się mnie, Amiro?

— Nie — odparła stanowczo, choć tak naprawdę bardzo się bała, że zawiedzie jego oczekiwania.

— Może więc po prostu nie masz ochoty zrobić tego, co — jak ci mówiono — musisz zrobić. Czy w tym rzecz?

Amira spuściła powieki. Jakże mogła mieć czy nie mieć ochoty na coś, czego w ogóle nie znała, o czym nie miała pojęcia?

— Jeśli nie chcesz, nie musimy posuwać się dalej.

— Ależ to niemożliwe — wykrztusiła. — Co będzie, gdy... — Urwała, zbyt zawstydzona, by skończyć zdanie.

— Ach, tak. — Ali uśmiechnął się ironicznie. — Uświęcony tradycjom pokaz krwi na prześcieradłach, mający potwierdzać twą czystość i cnotę. Cóż, moja droga, ja osobiście nie potrzebuję podobnego dowodu. Jeśli jednak uważasz, że powinno dojść do tego pokazu, chętnie utoczę ci własnej krwi. — Z szuflady nocnego stolika wyjął nabijany klejnotami sztylet, podwinął rękaw piżamy i przytknął ostrze do ramienia. — Wystarczy twoje jedno słowo.

— Nie! Nie, nie chcę, żebyś... to znaczy nie ma takiej potrzeby.

Ali odłożył nóż.

— Może więc napiłabyś się jeszcze trochę szampana.

— Tak. Poproszę.

Jej mąż napełniał kieliszki, ona zaś przyglądała mu się spod przymrużonych powiek. Miał gładkie i dobrze umięśnione ciało.

Ali odwrócił się gwałtownie i złapał ją na tym, że mu się przygląda.

— Czy odpowiadam twoim wymaganiom, droga żono?

Amira poczuła, że płoną jej policzki.

— Ja wcale... to znaczy ja nie...

— Oczywiście, że tak — droczył się żartobliwie. — Ale wcale nie musisz być aż tak cnotliwa. Możesz rzucać nieskromne spojrzenia, kiedy zechcesz, pod warunkiem że będziesz je rezerwować tylko dla mnie.

Wzięła z jego rąk kieliszek i wypiła niemal duszkiem.

— Powoli, Amiro. Powoli. Takim trunkiem należy się delektować.

Zachichotała. Jakże przyjemny był ten delikatny zawrót głowy. Ali chwycił ją w ramiona i pocałował powoli, namiętnie.

— O wiele lepiej — mruknął. — I pamiętaj, że to nie ma być egzekucja.

Już całkiem rozluźniona opadła na łóżko. Ali zaczął ją znowu gładzić, obwodzić dłońmi kontury jej ciała. Kiedy dotarł do jej ud, rozchyliła je ochoczo, już wyzbyta wszelkiego lęku. Poczuła, jak po jej ciele rozlewa się przyjemne ciepło.

— Cudownie — wyszeptał, wpatrując się w nią uważnie czarnymi błyszczącymi oczami. Zaczęła drżeć; on wówczas usiadł nad nią i chwilę później w nią wszedł jednym, gwałtownym pchnięciem. Gdy wykrzyknęła, zatrzymał się na moment, po czym zaczął się łagodnie poruszać. Ból ustąpił miejsca nowym doznaniom, przypominającym wznoszącą się i opadającą falę, i następny krzyk był już krzykiem rozkoszy.

Amira nie zauważyła — bo i jak mogłaby zauważyć — że jej mąż nie osiągnął orgazmu. Zasnęła spokojnie w jego ramionach, myśląc, że jeśli na tym polega małżeństwo, to nie ma nic na świecie, co mogłoby się z nim równać.

Podróż poślubna

— Czemu akurat Stambuł? — zapytał Ali, kiedy znaleźli się w luksusowym odrzutowcu króla, wypożyczonym nowożeńcom na miodowy miesiąc.

— Ponieważ... ponieważ pewna droga memu sercu przyjaciółka pojechała tam w podróż poślubną. Była zachwycona.

Ali uśmiechnął się pobłażliwie — jak wtedy, gdy Amira powiedziała mu po raz pierwszy, że chciałaby zobaczyć miejsca, które tak bardzo podobały się Laili.

— Cóż, na kimś, kto mało podróżował, Stambuł może rzeczywiście robić wrażenie. Ale ty, moja droga, zobaczysz dużo o wiele piękniejszych miejsc, to ci obiecuję.

Amira nie wyobrażała sobie, żeby mogło być jeszcze piękniej. Po raz pierwszy w życiu leciała samolotem, i to na dodatek luksusową maszyną wyposażoną we wspaniały salon, pełną przepychu sypialnię, łazienkę z marmurową wanną i jadalnię, zastawioną najdroższą porcelaną, kryształami i sztućcami ze złota. Chociaż do dyspozycji król oddał im również swojego najlepszego pilota, Ali postanowił sam poderwać do lotu potężnego boeinga 727.

Popijając pomarańczowy sok kilka kilometrów nad ziemią, Amira czuła się jak księżniczka z baśni — i wrażenie to nie opuszczało jej jeszcze długo po lądowaniu w stolicy Turcji. Z lotniska odebrała ich limuzyna i wkrótce znaleźli się w „Hiltonie" — najlepszym hotelu Stambułu — gdzie Ali zarezerwował najdroższy apartament.

Amira nigdy przedtem nie mieszkała w hotelu. Z pięknie

zadbaną roślinnością, kortami tenisowymi i krystalicznie czystymi basenami, Hilton wydał się jej okazalszą rezydencją od królewskiego pałacu w al-Remal. Ludzie kręcący się po foyer byli tak różni od Remalczyków: Amira nie mogła oderwać oczu od jasnowłosych Europejczyków i ich pięknych kobiet pokazujących całemu światu swoje twarze i eleganckie stroje.

Sam kierownik hotelu odprowadził ich do drzwi apartamentu i z dumą poinformował, że niedawno mieszkali w nim słynni amerykańscy gwiazdorzy filmowi: Kirk Douglas i Anthony Quinn.

Amira była zachwycona. Ni mniej, ni więcej, tylko prawdziwe światowe sławy! I to w tym samym apartamencie. Gdy tylko zostali sami z Alim, zaczęła biegać po pokojach, rozsuwać zasłony i wykrzykiwać z zachwytu na widok panoramy miasta.

— Przestań wreszcie się zachowywać jak zacofana prowincjuszka — pouczył ją Ali, jednak miły uśmiech złagodził ostrość jego słów. — Z powodu podobnego zachowania wszyscy Europejczycy sądzą, że Arabowie z krajów Zatoki wciąż jeszcze mieszkają w namiotach i nie wiedzą, co to kanalizacja.

Amira natychmiast się opanowała.

— Oczywiście, masz rację — odrzekła.

Uwaga Alego sprawiła, że poczuła się nagle kimś ważnym, mającym godnie reprezentować swój kraj i przynosić zaszczyt królewskiemu domowi. Zaczęła się więc powoli przechadzać po pokoju, naśladując elegancki krok Europejek, które widziała w westybulu.

— Brawo. — Ali klasnął w ręce. — Teraz wyglądasz jak prawdziwa królowa. Chcę cię jak najszybciej pokazać światu. Nie zabieraj więc ze sobą czadry.

— Naprawdę? Mam wyjść na ulice Stambułu z odkrytą twarzą?

— Oczywiście. Atatürk zniósł ten obyczaj wraz z wprowadzeniem republiki. Zasłonięte kobiety spotyka się jeszcze na głębokiej prowincji, ale nie w wielkich miastach. Chyba nie chcemy sprawiać wrażenia zacofanych wieśniaków, prawda?

A więc Amira udała się na wycieczkę po mieście w europejskim stroju. Z początku czuła się trochę nieswojo — miała wrażenie, że każdy wpatruje się w nią natarczywie. Po jakimś czasie jednak to uczucie zniknęło i wówczas cieszyła się podmuchami wiatru rozwiewającymi jej włosy i ciepłem promieni słonecznych na twarzy.

Na jej prośbę pierwszym przystankiem był pałac Topkapi. Ta dawna rezydencja sułtanów imperium osmańskiego została przekształcona w muzeum mieszczące bogatą kolekcję klejnotów, tkanin i porcelany.

— Dokładnie tak jak opisywała Laila — westchnęła cicho Amira, wpatrując się w niezwykłej urody klejnoty zdobiące swego czasu sułtanów i ich ukochane żony. Amira miała ochotę zostać tu jak najdłużej, może w nadziei, że poczuje coś z dawnej, krótkiej obecności Laili w tym miejscu, gdy przyjaciółka była jeszcze szczęśliwa i pełna nadziei na przyszłość.

Ali jednak nie pozwolił jej dłużej zatrzymać się przy klejnotach — chciał bowiem przestudiować sposób prezentacji jak największej liczby eksponatów; cały czas robił też notatki w małym, oprawnym w skórę notesie.

— Mam nadzieję, że nie masz mi za złe, moja droga, ale król oczekuje wskazówek i porad w związku z organizacją naszego muzeum.

Amira nie miała nic przeciwko temu. Była pod wrażeniem wykształcenia męża i jedynie żałowała, że mu nie dorównuje wiedzą. Na szczęście Alemu wyraźną przyjemność sprawiało odgrywanie roli nauczyciela i przewodnika, zwłaszcza gdy zwiedzali muzeum archeologiczne prezentujące zabytki państwa Hetytów i innych ludów Mezopotamii.

Potem oglądali wielkie meczety: monumentalny Hagia Sofia o bizantyjskim wystroju, z olbrzymią, wzbijającą się ku niebu kopułą; meczet Sułtana Ahmeta z wysublimowanymi freskami w kolorach błękitu; oraz wdzięczny Suleymaniye z grobowcem Sulejmana Wielkiego i jego żony.

Po lunchu w niewielkiej nadbrzeżnej restauracji — na który

złożyły się doskonałe przekąski i jeszcze lepsza ryba duszona w kamionkowym naczyniu — Ali zabrał Amirę na rozległy bazar Capali Carsi.

— Wybieraj wszystko, na co masz ochotę — zachęcał.

— To jak sezam Ali Baby — powiedziała zdumiona i zachwycona Amira. — W al-Remal nie widziałam niczego podobnego.

— Bo niczego podobnego u nas nie ma. Tutaj podobno jest ponad cztery tysiące sklepów, a teren bazaru rozciąga się na obszarze sześćdziesięciu paru ulic.

Od mnogości towarów można było dostać zawrotu głowy: dywany z wełny i jedwabiu, kobierce z czasów imperium osmańskiego, ciężka srebrna biżuteria zdobiona bursztynem i onyksem, perfumy z Europy, meble inkrustowane macicą perłową, naczynia i świeczniki z brązu, torebki i buty z kilimowych tkanin, garnki kute w miedzi i wiele, wiele innych różności.

Amira nie chciała okazać się zachłanna — czy dziecinna — więc wolnym krokiem przechadzała się po rozległym pasażu. Sklepikarze nawoływali elegancką parę, zachęcali, by weszli do środka, przyjrzeli się dokładnie towarom i pokrzepili filiżanką doskonałej herbaty. Ali każdego z nich częstował łaskawym, monarszym uśmiechem, a kiedy Amira zatrzymała się na dłużej przed jedwabnym dywanem i biurkiem inkrustowanym macicą perłową, wdał się w ożywione negocjacje cenowe ze sklepikarzami. Był krezusem i mógł sobie pozwolić na wszystko, świetnie jednak rozumiał, że targowanie się było tradycyjną — i z lubością wyczekiwaną — częścią każdej transakcji.

— To wszystko? Jesteś pewna, że nie chcesz kupić nic więcej? — dopytywał się Ali.

Skinęła nieśmiało głową, niepewna, czy przypadkiem go tym nie rozczarowała. Ali jednak roześmiał się pogodnie.

— Widać nie dość czasu spędziłaś wśród kobiet, które mogłyby cię nauczyć, jak kierować mężczyzną. W innym razie byłabyś dużo bardziej wymagająca.

Amira nie wiedziała, co powiedzieć. Czyżby Ali sobie z niej

drwił? W jednym niewątpliwie miał rację — rzeczywiście nie miała pojęcia, jak umiejętnie wpływać na mężczyznę. Wydawało jej się zawsze, że po prostu musi się ograniczać do posłusznego wykonywania wszystkich jego poleceń.

— Nie przybieraj takiej ponurej miny, Amiro. Przecież żartuję. Prawdę mówiąc, bardzo mi się podoba, że nie rzucasz się chciwie na materialne dobra. W ten sposób łatwiej mi będzie cię rozpieszczać.

Bojąc się, że jej słowa w jakiś sposób skompromitują ją w oczach Alego, Amira powstrzymała się od wyznania, że przedmioty nie mają dla niej wielkiego znaczenia. Ale gdy wybierali się na kolację, włożyła jedną z najwymyślniejszych paryskich kreacji w nadziei, że sprawi tym przyjemność mężowi. Do kompletu włożyła biżuterię z szafirami odziedziczoną po matce.

Jej wysiłki zostały wynagrodzone pomrukami szczerej aprobaty.

Na posiłek wybrali się do jednego z najstarszych i najwykwintniejszych z wielkich hoteli Stambułu — do „Pera Palace".

— Pomyślałem, że spodoba ci się to miejsce — powiedział Ali, gdy Amira z zachwytem przyglądała się starym boazeriom w imponującej rozmiarami sali jadalnej. — Zatrzymywała się tu Greta Garbo. A także Agatha Christie, Mata Hari i Josephine Baker. Tutaj również mieszkał Leon Trocki, że nie wspomnę już o rozlicznych koronowanych głowach. A teraz ty znalazłaś się tutaj — ty, Amira... księżniczka al-Remal.

— Bardzo się cieszę. Skąd jednak wiesz o tym wszystkim?

— Od pewnego mężczyzny, który pracuje w amerykańskim konsulacie sąsiadującym z hotelem. Zaprosił mnie kiedyś na drinka i opowiedział szczegółowo o tym miejscu. Hotel wzniesiono w XIX wieku na potrzeby podróżujących Orient Expressem, o ile się nie mylę.

Jaki on troskliwy, pomyślała Amira. I jaki był elegancki, gdy nienaganną francuszczyzną zamawiał posiłek godny królewskiego stołu. Nikt do tej pory tak nie dbał o mnie, doszła do wniosku, gdy własnoręcznie wykrawał dla niej co smaczniejsze kąski pieczonego bażanta, zanim sam wziął cokolwiek do ust.

Chciała mu się odwzajemnić taką samą troskliwością. Gdy więc zapytał, czy miałaby ochotę pójść do nocnego klubu — „Ostrzegam jednak, moja droga, że rozrywka ograniczy się tam do dość marnych tańców brzucha i raczej przeciętnych piosenek" — uznała, że może jest zmęczony i zasugerowała powrót do hotelu.

Ledwo to zrobiła, poczuła zawstydzenie — Ali mógł przecież odebrać jej propozycję jako erotyczne zaproszenie. A kiedy zgodził się z nią ochoczo, poczuła się jeszcze bardziej onieśmielona perspektywą kolejnego intymnego zbliżenia.

Tymczasem w hotelowej windzie Ali nacisnął guzik poziomu mieszczącego kasyno. Roiło się w nim od kobiet i mężczyzn w wieczorowych strojach, rozemocjonowanych atmosferą wielkich wygranych i przegranych. Niewątpliwie ojciec Alego nie pochwaliłby wizyty w tej jaskini hazardu, pomyślała Amira, ale przezornie zachowała tę uwagę dla siebie.

Z nonszalancją stałego bywalca Ali usiadł przy stoliku do blackjacka, przyjmującym najwyższe stawki, rzucił na sukno gruby plik banknotów, po czym ledwie rzucił okiem na sztony, które pojawiły się w miejsce pieniędzy. Chwilę później podeszła kelnerka ubrana w smoking.

— Whisky Glenlivet. Cała butelka — zarządził Ali.

Jego ruchy były senne — niemal człowieka znudzonego — gdy rozgrywał karty z elegancką niefrasobliwością, jedynie drobnym ruchem małego palca sygnalizując krupierowi, czy zamierza dobrać kolejną kartę, czy spasować. W ciągu godziny podwoił liczbę swoich sztonów. Amira nie miała pojęcia, na czym polegała gra, jednak z uwag czynionych przez obserwatorów zrozumiała, że Ali prowadzi rozgrywkę w wyjątkowo niekonwencjonalny sposób — dobierał karty w sytuacji, gdy inni zazwyczaj pasowali. Wkrótce przy stoliku zebrał się spory tłum, by popatrzeć na poczynania ciemnowłosego przystojnego księcia w idealnie skrojonym smokingu, lecz Ali nie zwracał na nich najmniejszej uwagi.

Amira posłusznie stała za krzesłem męża, pocieszając się, że wkrótce opuszczą kasyno. Tymczasem Ali wciąż dolewał sobie whisky i namiętnie oddawał się hazardowi, rzucając sztony na stół takim gestem, jakby miały wartość garści piasku. Niekiedy stos sztonów rósł gwałtownie, niekiedy zaś powoli topniał.

— Cóż za stalowe nerwy — mruknął jeden z graczy — żeby dobierać przy siedemnastu oczkach.

Książę uśmiechnął się nieznacznie. Właśnie otrzymał trójkę pik, co dało mu kolejną wygraną. Jednak zarówno zwycięstwa, jak i porażki zdawały się nie mieć dla niego żadnego znaczenia, Amira nie mogła więc pojąć, co zamierza osiągnąć, zanim odejdzie od gry. Bardzo chciała wytrwać przy mężu do końca, ale czuła się już okropnie zmęczona. W końcu, około trzeciej nad ranem, nachyliła się i powiedziała nieśmiało:

— Może powinniśmy iść, Ali. Jest już tak późno.

W jego spojrzeniu błysnął niepohamowany gniew — jakby metaliczna iskra, która jednak zgasła tak szybko, że Amira w końcu uznała, iż było to jedynie jej urojenie. Tym bardziej że kilka minut później ponownie odwrócił się w jej stronę i rzucił całkiem przyjaznym tonem:

— Jeżeli jesteś zmęczona, moja droga, możesz pójść się położyć. Ja wkrótce do ciebie dołączę.

Amira jeszcze przez chwilę tkwiła na swoim posterunku, zastanawiając się, czy powinna zostać, czy może Ali wolałby, żeby odeszła? W końcu zmęczenie wzięło górę.

W apartamencie łóżko było rozścielone, a na prześcieradłach leżała jej koszula artystycznie udrapowana tuż obok piżamy Alego. Ten widok wywołał w niej smutek. Czemu hazard był dla niego bardziej pociągający od jej ciała? Amira nie miała pojęcia. Pamiętała natomiast pewną opowieść Bahii. W czasach, gdy nawet w zamożnych domach nie było jeszcze łazienek w europejskim stylu, kobiety korzystały ze wspólnej łaźni — *hammam* — gdzie dokonywały rytualnych, przepisanych koranicznym prawem ablucji, po tym jak uprawiały seks. Bahia ze śmiechem opowiadała, że zawsze można było poznać młodą mężatkę, ponieważ przychodziła do *hammam* każdego dnia, aż do czasu urodzenia pierwszego dziecka. Z czasem — gdy malała mężowska żądza — te wizyty stawały się coraz rzadsze.

Jednak w czasie miodowego miesiąca — jak słyszała Amira — apetyt męża bywał wciąż niezaspokojony, więc cały czas domagał się więcej i więcej — aż często bolało całe ciało. Dumając nad swoją sytuacją i konfrontując ją z tymi wszystkimi opowieściami, Amira zapadła w sen.

Kiedy się obudziła, Ali leżał obok niej, wciąż ubrany w smoking, zmięta zaś jedwabna piżama walała się po podłodze. Amira nie wiedziała, co począć, ale w końcu głód wygonił ją z łóżka. Boso, na palcach, by nie narobić hałasu, przeszła do salonu i telefonicznie połączyła się z hotelowym serwisem — tak jak wcześniej robił Ali.

Zamówiła świeże owoce, kawę i herbatę, rozmaite kanapki, bułeczki i rogaliki. Ubrała się szybko i kiedy kelner przyszedł z zamówieniem, kazała rozstawić wszystko na tarasie, z którego rozciągał się piękny widok na hotelowe ogrody.

W jakiś czas później usłyszała nieznaczne odgłosy dochodzące z sypialni i na palcach weszła z powrotem do środka. Ali kręcił się niespokojnie, wymówiła więc cicho jego imię. Otworzył oczy, ale jego wzrok zdawał się niewidzący i mętny.

— Czy podać ci kawy?

— Whisky — zażądał.

Amirę zszokowało to życzenie, ale nie odezwała się słowem. Ali był przecież jej mężem, nie miała więc prawa kwestionować jego żądań.

— Na zachodzie nazywają to „klinem", Amiro. To jest jak lekarstwo. Nie masz powodu się przejmować.

Przyniosła mu butelkę i szklankę, które Ali zabrał ze sobą

do łazienki. Po chwili usłyszała szum wody lecącej z prysznica. Pół godziny później jej mąż wyszedł świeży i w najlepszej formie.

— Teraz dużo lepiej, prawda? — zapytał z uśmiechem.

Amira również się uśmiechnęła. Ali był znowu przystojnym, szarmanckim księciem. Miała nadzieję, że tego wieczoru nie będzie już tyle pił.

Przez następne dni nic się jednak nie zmieniło. Kilka godzin zwiedzania, zakupy w europejskich ekskluzywnych butikach przy Cumhuriyet Caddesi i Valikonagi Caddesi, doskonałe posiłki w restauracjach. Wieczorami jakaś atrakcja dla Amiry — na przykład pierwszy balet w jej życiu (*Giselle*) czy pierwsza opera (*Madame Butterfly*). Każdy wieczór kończył się natomiast w kasynie, gdzie Ali pił i grał w karty aż do świtu, a jego młoda żona szła do apartamentu i samotnie spędzała noce.

Piątego dnia podróży poślubnej, gdy Amira już pogodziła się z losem, Ali oznajmił, że zaplanował coś specjalnego.

Parę godzin później znaleźli się na pokładzie wysmukłego jachtu żeglującego po Bosforze, pomiędzy europejską i azjatycką częścią Turcji. Ali ochoczo omawiał wszelkie turystyczne atrakcje.

— Pałac Dolmabacha — powiedział, wskazując na biały baśniowy zamek w turecko-hindusko-barokowym stylu. — Wybudował go sułtan Abdulmecit na swoją letnią rezydencję, by mógł się cieszyć tą wspaniałą bryzą od morza, którą my możemy rozkoszować się właśnie teraz.

Amira przymknęła oczy. Była zachwycona. To tak, jakby jej mąż wyjechał gdzieś daleko i niespodziewanie powrócił. Tego dnia nie było żadnej whisky ani żadnego hazardu. Ten wieczór postanowił spędzić w jej towarzystwie.

Steward w białej kurtce podał szampana i *borek* — kluski w kształcie cygara z najprzeróżniejszymi nadzieniami. Potem na stole zjawiły się karczochy i liście winorośli duszone w oliwie oraz kebab jagnięcy w jogurcie. Na deser zjedli flambirowane owoce.

— Proste pożywienie, ale doskonałe, nie sądzisz?

— Tak — zgodziła się natychmiast Amira. — Jeśli zechcesz, przygotuję ci te potrawy po powrocie do domu.

— Już mamy tureckiego kucharza w pałacu — rzucił Ali. Gdy jednak zobaczył jej stropioną minę, dodał natychmiast: — Ale będę bardzo szczęśliwy, jeśli zechcesz nadzorować menu potraw przygotowywanych na nasze prywatne kolacje.

— Kiedy tylko zechcesz — rozpromieniła się Amira.

Zebrano talerze i wówczas młodzi małżonkowie rozłożyli się na poduszkach. Wino i kołysanie łodzi wprawiło ich w stan błogiej senności. Ali gładził włosy Amiry, ona tymczasem zaczęła się zastanawiać, czy kiedykolwiek zrozumie swojego przystojnego, skomplikowanego męża. I z tą myślą zasnęła.

Małżeństwo

Ospałe, leniwie przepływające dni i długie, spokojne noce — tak wyglądało życie Amiry w pałacu. Wciąż nie mogła się nadziwić, jak szybko przywykła do tego rytmu i niezwykłych wygód — jak gdyby zawsze miała masażystkę, dbającą o jędrność jej ciała, wróżkę zabawiającą ją przepowiedniami oraz fryzjerkę i kosmetyczkę, zajmujące się jej codziennymi zabiegami upiększającymi.

W domu ojca żyła we względnym luksusie — to, czego doświadczała w królewskim pałacu, przechodziło wszelkie wyobrażenie. Amira uznała, że jej życie było teraz dekadenckie. Wielokrotnie natykała się na to słowo w swoich lekturach, jednak dopiero teraz w pełni zrozumiała jego znaczenie. Do jej dyspozycji były wszelkie materialne dobra. Jeżeli nie mogła znaleźć ich w pałacu, wystarczyło, by poprosiła, a natychmiast sprowadzano je samolotem z dowolnego zakątka świata. Smakołyki, stroje, sprzęt elektroniczny, zabawki — mogła mieć wszystko, czego zapragnęła.

Kiedy Ali wyjeżdżał za granicę, zabierał ją ze sobą. Wówczas chodziła na koncerty, oglądała opery, balety; odwiedzała wszystkie legendarne miejsca, o których śniła jako młoda dziewczyna. I do tego wszędzie pokazywała się w europejskim stroju, z odsłoniętą twarzą. Te wyprawy były spełnieniem jej marzeń, jednak gdy powracała do pełnego przepychu kokonu al-Remal, często się zastanawiała, co tak naprawdę było realnym życiem, a co czystą ułudą.

Na dworze królewskim rzadko była sama, za to często —

samotna. Żony króla i jego rozliczne konkubiny, ich córki i synowe — wszystkie te kobiety tworzyły swoiste państwo w państwie. Nawet Zeinab, choć w pobliżu miała własną przestronną willę, większość czasu spędzała w pałacu.

W centrum owego kobiecego świata znajdowała się królowa Faiza. To na skutek jej zabiegów w pałacu istniała wspólna łaźnia dla kobiet, *hammam*. Było to przestronne, przewiewne pomieszczenie z romboidalnymi świetlikami, marmurowymi leżankami i ścianami pokrytymi mozaikami w rozmaitych odcieniach zieleni i błękitu. Wzdłuż jednej z nich stał szereg wanien oraz dysz regularnie wyrzucających obłoki gorącej pary. Przez cały dzień z dyskretnie umieszczonych głośników sączyła się ulubiona muzyka królowej — lekka, rozrywkowa, łatwo wpadająca w ucho.

Faiza z lubością powtarzała, że *hammam* to pradawny zwyczaj, ze wszech miar godny kultywowania. Zeinab twierdziła, że to wierutna bzdura — wspólna łaźnia miała ułatwiać Faizie szpiegowanie pozostałych kobiet i wtrącanie się do ich spraw.

W czasie sześciu miesięcy małżeństwa Amira bardzo wiele dowiedziała się od swojej pulchnej szwagierki, uwielbiającej niezobowiązujące pogaduszki i pikantne plotki. I to od niej usłyszała potwierdzenie słów ciotki Shams — nie ulegało wątpliwości, że królowa decydowała, z kim sypiał król.

— Przyjrzyj się wszystkiemu uważnie, a sama bez trudu zorientujesz się w sytuacji — zachichotała Zeinab, gdy leżały koło siebie na marmurowych szezlongach. — Jak tylko ojciec staje się drażliwy i bez żadnej wyraźnej przyczyny traci na sobą panowanie, matka wie, że nadszedł czas, by podesłać mu nową dziewczynę. Wyszukuje wtedy jakąś młodziutką służącą dziewicę, pod jakimkolwiek pretekstem wysyła ją do sypialni króla i *voilà* — nagle wszystko wraca do normy. Gdy tylko ojciec znowu zaczyna się miotać, przydziela dziewczynę do innych obowiązków i wynajduje nową na jej miejsce. Błyskotliwe, prawda?

Czy właśnie to miał na myśli Ali, kiedy wspominał o umiejętności „kierowania" mężczyznami? Chociaż i on niekiedy popadał w gniew bez żadnego powodu, Amirze nie przyszłoby do głowy, by podsunąć mu inną kobietę. Machinacje królowej wydawały się jej raczej żałosne. To prawda, że w al-Remal najwyżej ceniło się zachowanie twarzy i pozorów — czy jednak Faiza nie płaciła za własną dumę zbyt wygórowanej ceny?

Właśnie jedna ze służących masowała Amirze plecy gąbką, żeby jej skóra była idealnie gładka. Ku swojemu wielkiemu zdumieniu, Amira już dawno odkryła, że lubi rytuał wspólnej kąpieli. Leżąca koło niej Zeinab zwróciła się w stronę swoich dzieci baraszkujących radośnie w wielkiej marmurowej wannie.

— Hassan! Bahija! — wykrzyknęła. — Biegnijcie szybko do niani, żeby was porządnie wyszorowała.

Dzieci wybuchnęły śmiechem i nadal zawzięcie pryskały się wodą.

Jakie szczęśliwe są te maleństwa, pomyślała Amira. Beztrosko dokazują, kąpią się razem nago, jakby to była najnaturalniejsza rzecz na świecie.

Nagle otworzyły się drzwi i do łaźni wkroczyła królowa, owinięta w turecki mięsisty ręcznik, haftowany jedwabiem i srebrną nicią.

— Czy masz dla mnie dobre wieści, Amiro?

Amira poderwała się z leżanki, by okazać teściowej szacunek.

— Jeszcze nie, matko. Ale może już niedługo.

— No, cóż. Miejmy taką nadzieję.

Poczucie cudownego odprężenia nagle prysło. Amira była źródłem zawodu dla królowej, ponieważ jeszcze nie była brzemienna. Jak jednak miała wytłumaczyć Faizie, że to nie była jej wina? Że bardzo trudno zajść w ciążę, gdy współżycie z mężem jest — delikatnie rzecz ujmując — sporadyczne?

Po paru miesiącach małżeństwa Amira doszła do wniosku, że Ali jest człowiekiem o dwóch twarzach. Czasami bywał troskliwy i miły, zaciekawiony jej opiniami na różne tematy. Przytulał się do niej w łóżku i opowiadał o swojej pasji do lotnictwa, snuł wizję przekształceń w al-Remal. Cudowne były te spokojne, wspólne chwile — dawały poczucie, że Ali i Amira mogliby być także przyjaciółmi, a nie jedynie mężem i żoną.

Ale równie często bywał drażliwy i zamknięty w sobie. Wówczas najniewinniejsza uwaga czy najdrobniejszy gest ze strony Amiry wprawiały go w gniew. Wtedy też przychodził do łóżka pijany i brutalnie egzekwował swoje małżeńskie prawa, sprawiając jej wiele bólu. Ponieważ jednak właśnie przy takich okazjach Amira mogła zajść w ciążę, znosiła to wszystko ze stoickim spokojem, jak na dobrą, posłuszną żonę przystało.

Uroczystość otwarcia Muzeum Dziedzictwa Kulturowego miała spokojny charakter. Na cześć gości z Zachodu — dyrektorów przedsiębiorstw naftowych, dyplomatów i ich żon — Ali sprowadził brytyjską orkiestrę kameralną. Miała ona jednak grać tylko utwory muzyki klasycznej, bo oczywiście w grę nie wchodziły tańce — niedopuszczalne było publiczne dotykanie się mężczyzn i kobiet. Nie mogło też być mowy o jakichkolwiek napojach alkoholowych.

Natomiast dzięki sile perswazji Alego na ceremonii pojawiła się również królowa oraz kilka księżniczek — naturalnie wszystkie zakryte od stóp do głów czadrami i odseparowane od zagranicznych gości. Amira nie mogła rozmawiać z nikim spoza grupy pałacowych kobiet, więc spróbowała zamienić kilka słów ze swoją szwagierką Munirą.

— Właśnie otrzymałam przemiły list od Karin Vanderbeek, kobiety, która była moją guwernantką. Zamierzam zaprosić ją w przyszłym tygodniu na podwieczorek i pomyślałam, że może zechciałabyś ją poznać. To bardzo piękna i wyjątkowo inteligentna osoba.

— Żadna piękna kobieta nie jest w stanie zaangażować się w życie umysłowe — oznajmiła Munira autorytatywnie.

— Ależ jak możesz tak mówić? — zaprotestowała Amira.

— Wiele kobiet, które coś osiągnęły w życiu, odznaczało się przecież niezwykłą urodą.

— Same osiągnięcia nie świadczą o intelekcie.

— A co w takim razie o nim świadczy? — naciskała Amira, zirytowana tonem wyższości i protekcjonalnością Muniry.

Munira jedynie wzruszyła ramionami, jakby chciała powiedzieć: „Ty i tak tego nie zrozumiesz".

— Nie zwracaj na nią uwagi — wtrąciła poczciwa Zeinab. — Po prostu ci zazdrości, że jesteś piękna, zamężna i do tego mądra. Munira przecież nie może przyznać, że posiadasz te wszystkie przymioty, bo wówczas musiałaby się pogodzić z faktem, że życie jest bardzo niesprawiedliwe.

Munira spiorunowała siostrę wzrokiem, ale nie odezwała się słowem. Amira, acz niechętnie, zgodziła się w duchu z wyjaśnieniami Zeinab, bo chociaż bardzo starała się pozyskać szacunek i sympatię Muniry, wszystkie jej wysiłki spełzały na niczym. Mimo to miała nadzieję, że jeszcze kiedyś przełamie tę barierę niechęci, bo niewątpliwie Munira byłaby interesującą towarzyszką, która zrozumiałaby zamiłowanie Amiry do nauki i jej ciekawość świata.

Dobrze, że chociaż Alemu ta uroczystość sprawiała przyjemność. Otoczony reporterami z zachodnich tygodników, wydawanych dla przebywających tu obcokrajowców, stojąc na wprost kamer jedynej remalskiej stacji telewizyjnej, Ali wyjaśniał, jak doniosłą rolę będzie pełnić nowo otwarte muzeum.

— Dla nas wszystkich, żyjących w tak zwanych „rozwijających się krajach", ważne jest poczucie, że kiedyś na naszych terenach kwitły wielkie cywilizacje. Przedstawiając materialne pozostałości tych kultur i ucząc nasze dzieci historii tych ziem, możemy — *inshallah* — odzyskać poczucie naszej narodowej godności i dumy.

Przemowa Alego spotkała się z entuzjastycznym przyjęciem ze strony zagranicznych gości, podobnie zresztą jak samo muzeum — nowoczesna konstrukcja z piaskowca z elementami stylizowanymi na orientalne zdobnictwo. Po ceremonii Ali był więc w doskonałym nastroju.

— Czy dobrze się bawiłaś, moja droga? Mam wrażenie, że uroczystość nadzwyczajnie się udała.

— Też tak sądzę — odparła Amira. — Żałuję jedynie...

— Czego? Czego żałujesz?

— Bo ja wiem... Że nie mogę być bardziej... użyteczna.

— Może więc podejmiesz te korespondencyjne studia, o których kilkakrotnie wspominałaś. Chyba że...

— Chyba że co?

— Że boisz się urazić moją siostrę, Munirę — odparł z przewrotnym uśmiechem. — Ona, jak wiesz, już wyznaczyła sobie rolę pierwszej intelektualistki w tym pałacu. Obawiam się, że nie spodobałaby się jej idea konkurencji.

Amira parsknęła śmiechem.

— Jestem pewna, że masz rację. Ale nie o to chodzi. Po prostu zastanawiam się, do czego w al-Remal mógłby się przydać mój dyplom.

— Ależ, Amiro, jako w pełni wykształcona żona i matka miałabyś dla królestwa jeszcze większą wartość. Pewnego dnia odegrasz poważną rolę w procesach zmian w naszym kraju. Oczywiście, musisz uzbroić się w cierpliwość. Te zmiany nie będą szybkie, ale ich początki widzimy już teraz. Jeszcze parę lat temu ojciec nigdy by się nie zgodził, żeby w oficjalnej ceremonii, takiej jak dzisiejsza, wzięły udział remalskie kobiety.

Jakiś czas potem, jakby chcąc podkreślić swoją wolę wprowadzania postępowych zmian, Ali oznajmił, że w swoich prywatnych apartamentach będą podejmować zagranicznego gościa.

— Doktor Philippe Rochon przyjechał do al-Remal, żeby zbadać mojego ojca. Zaprosiłem go do nas na kolację.

Ta wiadomość wywarła wielkie wrażenie na Amirze, i to z dwóch powodów. Po pierwsze, doktor Rochon był światowej sławy internistą i diagnostą o wyjątkowo błyskotliwym umyśle i wielkiej wiedzy, rozchwytywanym nie tylko w rodzinnej Francji, ale i na całym Bliskim i Środkowym Wschodzie.

Po drugie, normalnie w takiej kolacji uczestniczyliby jedynie mężczyźni. To, że Ali zaprosił gościa do ich małżeńskich komnat, było rzeczywiście rewolucyjnym posunięciem.

— Włóż jedną z kreacji, które kupiłaś ostatnio we Francji. I oczywiście nie zasłaniaj twarzy.

Amira była zszokowana — i przyjemnie zaskoczona.

Zaszokowani byli również służący — szczególnie ci nieco starsi. Młodzi uważali to za ekscytujące. Amira dobrze rozumiała i jednych, i drugich. Choć za granicą zawsze ubierała się po europejsku, w al-Remal, od czasów dzieciństwa, nigdy publicznie nie pokazywała się bez czadry.

Ze względu na doniosłość wydarzenia bardzo starannie wybierała menu i więcej czasu niż zazwyczaj poświęciła na toaletę. Bez zasłony czuła się niemal jak naga — a wrażenie to jeszcze się spotęgowało, gdy Francuz wkroczył do jadalni.

— Pokój z tobą, *ya* Ali — powiedział niskim, ciepłym głosem.

— I z panem, doktorze. Możliwość goszczenia pana w naszych skromnych progach jest dla nas prawdziwym zaszczytem — odparł Ali. — Pozwoli pan, że przedstawię moją żonę.

Philippe Rochon miał około czterdziestu lat i czarne włosy, gdzieniegdzie przyprószone siwizną. Nie był wiele wyższy od Alego, ale otaczała go jakaś szczególna aura sprawiająca, że wydawał się potężniejszy, niż był w rzeczywistości.

Powitał Amirę po arabsku, z tradycyjnie kwiecistą kurtuazją — „Wasza Wysokość, czynisz swemu pokornemu słudze niebywały zaszczyt" — ale jego oczy koloru nieba Normandii wyrażały znacznie więcej niż słowa.

Jakiś czas potem Amira doszła do wniosku, że to pierwsze spojrzenie Philippe'a było jednym z najszczerszych komplementów, jakimi została obdarzona w życiu. (Ali wciąż od czasu do czasu nazywał ją „piękną", jednak w jego głosie czaiła się zawsze nuta dumnego posiadacza, a same słowa sprawiały wrażenie mechanicznej recytacji).

— To gość czyni zaszczyt domowi — odparła równie konwencjonalnie Amira.

— O, nie, nie. — Ali parsknął śmiechem. — Nie jesteśmy na kursach dla dyplomatów. Dzisiaj, doktorze, będziemy się zachowywać *à la mode de l'Ouest*. Proszę się zwracać do nas po imieniu.

Nieznaczne galijskie wzruszenie ramion, nieznaczny uśmiech akceptujący nieuchronne zrządzenie losu.

— W takim razie musicie państwo odpłacić mi tym samym.

Podano szampana, bo tak Ali zawsze witał zagranicznych gości.

— Powiedz mi, Philippie, jak się miewa mój ojciec?

Lekarz uśmiechnął się pod nosem.

— Obawiam się, że nic nie mogę poradzić na problemy króla. Mam nadzieję, że tego, co powiem, nie uznasz za brak szacunku z mojej strony. Ale prawda jest taka, że twój ojciec objada się niczym wygłodzony smakosz, wpuszczony do najlepszej restauracji, a król nie jest już młodym człowiekiem. Mówiono mi, że masz na niego pewien wpływ. Może zdołałbyś go więc namówić do większego umiaru. Bo moje zalecenia całkowicie lekceważy.

Ali rozłożył ręce w geście bezradności.

— Rzeczywiście, ojciec bierze pod uwagę moje opinie w niektórych sprawach, jednak nie w kwestii uciech stołu. Ale to człowiek o żelaznej konstytucji, Philippie. Jestem pewien, że zdoła przeżyć nas obu.

Obiad — przygotowany z myślą o gustach gościa — rozpoczął się przystawką z wątróbek gęsich, właśnie sprowadzonych ze Strasburga. Po nich podano przepiórki nadziewane dzikim ryżem oraz sałatkę z młodych warzyw w sosie z winnego octu i delikatnego oleju sezamowego.

— Proszę przyjąć wyrazy uznania — zwrócił się Philippe do Amiry. — Już od lat nie jadłem równie doskonałego posiłku.

— Bardzo miło mi to słyszeć, Philippie, ale ja nie zasłużyłam na twój komplement. To nasz kucharz, Fahim, przygotował dzisiejszy posiłek.

— Niemniej chciałbym podziękować właśnie tobie, bo niewątpliwie to twoje cenne wskazówki zainspirowały go do takiego wyczynu.

Amira zarumieniła się i szybko spuściła powieki.

— Ali wspomniał, że podjęłaś uniwersyteckie studia korespondencyjne. Czy wybrałaś już dla siebie specjalizację?

— Nie. Na razie postanowiłam przebrnąć przez program ogólny: trochę literatury, trochę historii, filozofii oraz podstawy nauk ścisłych. Jestem na etapie poszukiwań — mam wrażenie, że znalazłam się w niezwykłym sklepie, pełnym takich cudowności, że nie mogę się zdecydować, którą z nich wybrać.

Philippe uśmiechnął się ciepło i spojrzał jej prosto w oczy.

— Cóż za wspaniałe podejście, Amiro. Mam nadzieję, że twój stosunek do nauki nigdy się nie zmieni. A na wybór specjalizacji masz jeszcze wiele czasu.

Amira wprost promieniała ze szczęścia. Jeszcze nikt nigdy nie potraktował jej równie poważnie. Philippe z góry założył, że Amira będzie kontynuowała studia, a nawet zdobędzie jakąś specjalizację.

Gdy siedzieli nad deserem — arabskimi naleśnikami nadziewanymi bitą śmietaną i polewanymi różanym syropem — Ali nawiązał do słynnych diagnostycznych umiejętności doktora.

— Słyszałem, że jesteś prawdziwym Sherlockiem Holmesem wśród lekarzy.

— To wielki komplement, Ali — odparł Philippe ze śmiechem. — I przyznaję, że robię wszystko, co w mojej mocy, by być godnym tej reputacji. Na przykład niedawno trafił mi się w Paryżu fascynujący przypadek. Zgłosił się do mnie mężczyzna, który miał niemal sparaliżowaną rękę od łokcia w dół. Oczywiście, w pierwszej chwili obawiałem się, że to wylew, ale badania szybko wykluczyły moje podejrzenia. Potem sądziłem, że to może symptom „opadającego nadgarstka" — coś jak paraliż Bella w przypadku twarzy. Jest wynikiem schorzenia nerwu — zazwyczaj spowodowanego mechanicznym urazem, choć niekiedy wywoływany jest także przez wirusa.

Zdarza się, że na tę przypadłość cierpią ludzie chodzący o kulach, ponieważ ciągły nacisk na ramię może prowadzić do uszkodzenia nerwu promieniowego. Ten człowiek jednak nie chodził o kulach. Ponadto zarzekał się, że w ostatnim czasie nie robił nic, co mogłoby spowodować mechaniczne nadwyrężenie ręki. Przeprowadzałem test za testem, ale w końcu znalazłem się w ślepym zaułku. Zacząłem nawet podejrzewać, że jego przypadłość ma charakter psychosomatyczny.

Aż pewnego dnia, bez żadnego szczególnego powodu, poszedłem odwiedzić owego pacjenta w biurze. Był bardzo zaskoczony moim widokiem — i niewątpliwie zaniepokojony. W gabinecie stały tradycyjne meble — potężne ciężkie biurko i fotel z wysokim oparciem. Nie minęła minuta od chwili, gdy tam wszedłem, a już zadzwonił telefon. Mój pacjent podniósł słuchawkę prawą ręką, a lewą — tę chorą — zarzucił na wysokie oparcie fotela i prawie zawisł na niej całym ciałem. Na pierwszy rzut oka było widać, że to nawyk — odruch, z którego sam nie zdawał sobie sprawy. Kiedy skończył rozmowę, zapytałem, jak wiele czasu dziennie spędza na rozmowach telefonicznych. „Całe wieki" — usłyszałem w odpowiedzi. Wędrując za moim spojrzeniem, mężczyzna zerknął na swoje ramię przerzucone przez oparcie i wówczas obaj wybuchnęliśmy śmiechem. Dwa miesiące później po jego dolegliwości nie było już śladu.

— To cudowne — powiedziała Amira, patrząc z podziwem na doktora. — Jakżebym chciała robić to, co ty.

— Mogłabyś, jeślibyś tylko chciała. Wielu ludzi mogłoby to robić. Przecież tak naprawdę jestem tylko mechanikiem — stwierdził w zamyśleniu. — Ale prawdziwym cudem nie jest wcale naprawianie maszyny, a leczenie kierowcy. Dlatego gdybym miał możliwość zacząć wszystko od nowa — gdybym był tak młody jak ty, Amiro — sądzę, że specjalizowałbym się w psychologii.

Ten moment Amira zapamiętała na zawsze, bo to wówczas po raz pierwszy mignęła jej przed oczami wizja przyszłości.

Rozmowa z lekarzem sprawiała jej wielką przyjemność, marzyła więc, by ten wieczór nigdy nie dobiegł końca. Tymczasem po drugiej filiżance kawy Philippe oznajmił ze szczerym żalem w głosie, że już musi się zbierać.

— Odlatuję bardzo wcześnie rano, niestety. Proszę jednak, byście pozwolili mi odwdzięczyć się za waszą gościnność. Będę zaszczycony, jeśli zechcecie odwiedzić mnie w Paryżu.

Pochylił się i musnął ustami dłoń Amiry, po czym wyszedł.

Nie zwracając uwagi na badawcze spojrzenia Alego, Amira położyła się do łóżka, odtwarzając w myślach szczegóły minionego wieczoru: dotyk ust Philippe'a na jej dłoni, brzmienie jego głosu, wyrafinowane maniery i szczególny, niezwykły wyraz jego oczu.

Tuż przed świtem, gdy jeszcze spała głębokim snem, poczuła, że ktoś delikatnie muska palcami jej piersi. Było to tak przyjemne doznanie, że aż jęknęła z rozkoszy.

I wówczas dotyk przestał być delikatny. Stał się brutalny, przynoszący ból. Wykrzyknęła głośno i odepchnęła rękę, a zaraz potem obudziło ją silne uderzenie w twarz. Tuż obok ujrzała Alego, poczerwieniałego z furii.

— Posłuchaj mnie, kobieto. I posłuchaj uważnie — wysyczał przez zaciśnięte zęby. — To ja tutaj rządzę, zrozumiano? To ja decyduję o tym, co się dzieje w tym łóżku i poza nim, i tak już będzie do końca twoich dni.

Amira wpatrywała się w niego rozszerzonymi ze strachu oczami, bojąc się nawet głębiej oddychać. Co go opanowało? Czemu wpadł w taką wściekłość? Co ona zrobiła? Czyżby jakimś cudem odgadł, że śniła o innym mężczyźnie? Że jej ciało tęskniło do dotyku Philippe'a? Wbijała wzrok w twarz Alego w poszukiwaniu jakiejś odpowiedzi, ale jej nie znalazła. Ali bez jednego słowa poderwał się z łóżka i wyszedł z sypialni.

Później, tego samego dnia, zobaczyła na drzwiach do swojego pokoju przybity gwoździem kawałek pergaminu z wypisaną na nim koraniczną surą:

„Jeżeli obawiasz się, że żona cię odrzuci, napomnij ją, odeślij ze swojego łoża i wysmagaj porządnie batem. Jeżeli po tym będzie ci posłuszna, odegnaj od siebie niepokój. Bóg jest wielki i wszechmocny".

I po raz pierwszy w życiu Amira zaczęła się bać swojego męża.

Macierzyństwo

— Jesteś pewna, Amiro? Całkowicie pewna?

— Lekarz to dzisiaj potwierdził.

Ali opadł na kolana i zaczął całować jej ręce.

— To najpiękniejszy prezent, Amiro. Nie tylko dla mnie, ale i dla mojego ojca. Teraz jesteś dla mnie najprawdziwszą królową.

— Radość króla i twoja jest także moją radością — odparła zupełnie szczerze. Wreszcie skończyła się ta straszna presja; wreszcie jej mąż, jej teściowa — i wszyscy wokół — przekonają się, że niczego jako kobiecie jej nie brakuje.

Położyła dłoń na brzuchu, próbując wyczuć najdrobniejszy ślad nowego życia, i wówczas ogarnął ją niespodziewanie wielki smutek, równie głęboki jak wiele lat temu. Laila. Tragiczna Laila. Jakże była nieszczęśliwa. Tuż przed porodem modliła się o chłopca, bo w najbardziej bolesny i okrutny sposób przekonała się, jak straszne może być życie kobiety. Amira również miała nadzieję, że urodzi chłopca — bo wiedziała, że każdy mężczyzna marzy o synu — ale tak naprawdę oczekiwano od niej przede wszystkim, by wydała na świat dorodne, zdrowe dziecko. Postanowiła, że aż do tego dnia będzie o siebie bardzo dbała i robiła tylko to, na co ma ochotę.

Co oznaczało oddanie się nauce.

Zainspirowana rozmową z Philippe'em Rochonem i nadzieją, którą w niej obudził — że pewnego dnia sens jej życia przestanie się ograniczać do taśmowego rodzenia dzieci — do swoich korespondencyjnych studiów na Uniwersytecie Kairskim dodała jeszcze podstawowy kurs psychologii. Podręczniki do tego przedmiotu zdawały się jej wspaniałym skarbcem: oknem ukazującym ścieżki wiodące do ludzkiego umysłu, do świata, o istnieniu którego nie miała pojęcia — świata ludzkich odruchów i impulsów.

Kiedy zabierała się do studiowania Freuda i jego teorii snów, podejrzewała, że natknie się na wymyślne, niemal barokowe interpretacje — podobne do tych, wśród których dorastała. Tymczasem ku jej wielkiemu zdziwieniu okazało się, że ten wielki analityk umysłu był przekonany, iż wszystkie senne obrazy (i większość myśli na jawie) są w taki czy inny sposób powiązane z seksem. Czy rzeczywiście miał rację?, zastanawiała się Amira. Nie wydawało jej się, żeby sama była szczególnie zainteresowana tym tematem. Natomiast ilekroć otwierała podręczniki do psychologii, natychmiast przed oczami stawał jej Philippe, sposób, w jaki na nią patrzył, i pocałunek, jaki złożył na jej dłoni.

Chociaż większość myśli poświęcała innemu mężczyźnie, doskonale zdawała sobie sprawę, że seksualny apetyt jej męża — w najlepszych czasach bardzo skąpy — teraz już zanikł całkowicie. Ali powiedział jej, że nie chce zrobić krzywdy dziecku, chociaż lekarz zapewniał, że aż do ostatniego miesiąca nie istnieje takie ryzyko. Amira nie tęskniła do seksu, jaki uprawiał z nią Ali, jednak brakowało jej ciepłego dotyku, głaskania i przytulania. Próbowała ten niedostatek rekompensować codziennymi masażami lanolinowymi, które Zeinab gorąco zalecała jako środek idealnie zapobiegający rozstępom.

Faktem też było, że choć Ali oddalił się od niej fizycznie, pod każdym innym względem rozpieszczał ją jak nigdy. By zachęcić ją do pilnych studiów, urządził jej gabinet z biblioteczką, pięknym biurkiem i fotelem robionym na zamówienie — o oparciu dostosowanym specjalnie do jej pleców. Sprowadził do pałacu akuszerkę na stałe, a co dwa tygodnie ściągał specjalistę z Londynu.

— Musisz mieć wszystko, co najlepsze — utrzymywał. —

Wszystko, czego potrzebujesz, Amiro. Wszystko, na co masz ochotę. Wystarczy tylko jedno twoje słowo.

Niekiedy na siłę wymyślała jakieś zachcianki, tylko po to, by zadośćuczynić oczekiwaniom Alego. Wystarczyło, że napomknęła, jak miło byłoby się napić soku czy zjeść kawałek melona lub słodkie ciasteczko, a już ktoś biegł, by jej to przynieść. Pomimo postępów światowej medycyny, w al-Remal wciąż pokutowało przekonanie, że jeśli kobieta w ciąży nie dostanie czegoś, na co ma ochotę, dziecko urodzi się ze znamieniem na twarzy.

Widząc nadopiekuńczość Alego, królowa parę razy rzuciła kwaśno, że sam zaczyna zmieniać się w kobietę. On jednak całkowicie lekceważył matkę.

Chociaż Amira miała doskonałą opiekę i była otoczona troskliwością, wciąż czuła paniczny strach przed rozwiązaniem. Jakże jednak mogła się nie bać, kiedy koszmarny poród Laili wciąż żywo stawał jej przed oczami?

Wiedziała, że istnieją środki mogące znieść ból, ale porównując luksus, w jakim się pławiła, do okropnych warunków panujących w celi przyjaciółki, nawet nie śmiała rozmawiać na ten temat z lekarzem. A kiedy on sam zapytał, czy życzyłaby sobie „naturalnego porodu", odpowiedziała jedynie: „Niech się dzieje wola Najwyższego".

— Wstawaj Ali. Wstawaj — błagała Amira.

Parę minut wcześniej obudziły ją dziwne lekkie skurcze brzucha i gorąca fala przezroczystego płynu, który przemoczył jej koszulę i prześcieradła. A więc zaczął się poród.

Szybko przeszła do sypialni męża i zaczęła szarpać go za ramię.

— Czy to już? — spytał, otwierając gwałtownie oczy.

— Tak.

W pędzie, jakiego nigdy u niego nie widziała, wepchnął Amirę do królewskiej limuzyny i przywołał akuszerkę. Chwilę później mknęli w stronę nowego szpitala. Zgodnie z wcześniejszymi rozkazami Alego, na Amirę czekał tam komfortowy pokój. W drodze był już naczelny ginekolog kliniki oraz londyński specjalista, od dwóch tygodni mieszkający w hotelu „Intercontinental".

Ostatecznie poród okazał się o wiele mniej traumatycznym przeżyciem, niż się spodziewała. Parę godzin lekkiego bólu, kilkadziesiąt minut prawdziwego cierpienia, a potem jeszcze tylko jedno, ostatnie parcie. I w końcu krzyk nowo narodzonego dziecka. Tak oto na świat przyszedł jej syn.

Skóra koloru kawy z mlekiem, gęste czarne włoski i olbrzymie ciemnoniebieskie oczy.

— Jaki piękny — wyszeptała, gdy pielęgniarka położyła jej maleństwo w ramionach. — Kocham cię, synku. Kocham cię nad życie.

Jak ja w ogóle mogłam bez niego żyć?, pytała się w duchu Amira, gdy piersią karmiła dziecko. Mogła bez końca wpatrywać się w Karima, gładzić jego aksamitne ciałko, wdychać jego słodkawy zapach niemowlęcia. Chciała go jak najszybciej zabrać do domu, śpiewać mu i budzić się z widokiem jego twarzyczki tuż obok swojej twarzy. Ali jednak nalegał, by ona i dziecko jeszcze przez tydzień pozostali w szpitalu.

— Lekarz powiedział mi, że kilka pierwszych dni dziecka to najbardziej krytyczny okres w jego życiu — tłumaczył. — Właśnie w tym czasie mogą się pojawić komplikacje. Nie zniósłbym, gdyby cokolwiek stało się mojemu synowi. Czy też tobie — dorzucił pospiesznie.

Żeby osłodzić nudę szpitalnego życia, Ali ustawił w jej pokoju wielki telewizor i odtwarzacz wideo. Przyniósł mnóstwo kaset, a także studenckie podręczniki Amiry. Następnego dnia po narodzinach Karima zapełnił pokój kwiatami. A jeszcze dzień później przyniósł Amirze niewielkie aksamitne puzderko z wytłoczoną na wierzchu nazwą słynnej londyńskiej firmy jubilerskiej. W środku, na białym jedwabiu, spoczywał zabytkowy wisior — wielki krwistoczerwony rubin.

— Niegdyś należał do Marii Antoniny — oznajmił Ali. — Była królową Francji.

I jakże nieszczęśliwą kobietą, zauważyła w duchu Amira, szybko jednak przegoniła tę złowróżbną myśl. Wisior był doprawdy niezwykłym podarunkiem i Amira gorąco podziękowała mężowi.

— Ani w połowie nie jest ciebie wart. Dałaś mi mojego pierworodnego syna. Nic się nie może z tym równać.

Rubin był pierwszym z rozlicznych prezentów, które zaczęły napływać nie kończącym się strumieniem. Goście, obładowani pięknie opakowanymi pudłami, przez cały dzień przewijali się przez pokój Amiry, była więc najszczęśliwsza, gdy nadchodził wieczór i wreszcie mogła spokojnie wypocząć. Munira przyniosła jej zabytkowy, rytowany ze srebra puchar, angielskiej roboty, oraz kilka sznurów turkusów do zawieszania na kołysce dziecka i wplecenia w jego ubranka, by uchronić je od złego uroku.

Malik przyleciał z Paryża z wielką skrzynią ręcznie robionych zabawek. Był szczuplejszy, wykwintniejszy w gestach, lepiej ubrany i Amira wprost nie mogła się powstrzymać, by się z nim trochę nie podroczyć.

— Zdaje się, że wyjątkowo dobrze ci się powodzi, braciszku. Czyżbyś tak się dorobił, będąc jedynie ciężko pracującym, błyskotliwym biznesmenem, tak jak sądzi nasz ojciec?

— Rzeczywiście, wiedzie mi się doskonale, dzięki niech będą Najwyższemu. I naprawdę ciężko pracuję. Co się zaś tyczy błyskotliwości... cóż, mój stary przyjaciel, Onassis, utrzymuje, że zarabianie pieniędzy nie wymaga specjalnego talentu. Kiedy oznajmiłem mu, że definitywnie odchodzę, by poświęcić się własnym interesom, powiedział mi na do widzenia: „Mój młody przyjacielu, mam dla ciebie tylko jedną dobrą radę. Jeżeli chcesz osiągnąć sukces, zawsze powinieneś być opalony i bezwzględnie musisz płacić rachunki hotelowe w terminie". No więc postępuję zgodnie z jego wskazówką — choć, oczywiście, moja opalenizna jest permanentna.

— Ty głuptasie — roześmiała się Amira i wymierzyła mu lekkiego kuksańca, po czym szybko zniżyła głos. — A jak się miewa... Laila?

Całe wyrafinowanie natychmiast z niego opadło i znowu był chłopcem o rozbrajającym uśmiechu, jakiego znała z czasów dzieciństwa.

— Jest cudowna, Amiro. Każdego dnia uczy się czegoś nowego. Wystarczy, że raz usłyszy jakieś słowo, a już pamięta jego znaczenie. Jej francuski jest doskonały. Niania twierdzi, że Laila ma wyjątkowy talent do języków.

Amira bezwiednie powędrowała wzrokiem w stronę synka śpiącego słodko w bogato zdobionej kołysce, ustawionej niedaleko jej łóżka.

— Dzieci rosną szybciej, niż nam się zdaje, Amiro — powiedział Malik miękko. — Ledwo pojawiają się na świecie, a już nie wyobrażamy sobie bez nich życia.

Ostatni gość Amiry zjawił się w dniu, w którym miała powrócić do domu. Doktor Philippe Rochon.

— Przyjechałem, żeby przebadać króla — wyjaśnił. — Pomyślałem więc, że przy okazji sprawdzę, co słychać u ciebie i dziecka.

Czy Ali wiedział o tej wizycie?, zastanawiała się w duchu, ale nie odważyła się o to spytać. Ostatecznie wokół kręciły się pielęgniarki, a Philippe siedział co najmniej metr od jej łóżka. A mimo to... miała poczucie szczególnie intymnego kontaktu, jakiego jeszcze nigdy nie doświadczyła w życiu.

— Jak zapewne wiesz — ciągnął Philippe — dziecko jest całkowicie zdrowe. Ty zaś, Amiro, ty...

— Tak? — zapytała, wstrzymując oddech.

— Jesteś jeszcze piękniejsza niż zwykle. O ile to w ogóle możliwe.

Powoli wypuściła powietrze. A więc przekroczył nieprzekraczalną granicę. Posunął się do osobistego komplementu. Pod nieobecność jej męża.

— Opowiedz mi o swoich studiach — poprosił, przerywając krępującą ciszę. — Ali mówił mi, że w czasie ciąży byłaś niebywale pracowita.

— Nie nazwałabym tego pracowitością. Często popadałam we frustrację, bo nie było wokół mnie osoby, która mogłaby mi wyjaśnić różne wątpliwości. Uwielbiam jednak uczyć się nowych rzeczy.

— Och, Amiro, ktoś taki jak ty, ze swojej natury rozmiłowany w zdobywaniu wiedzy, nie należy do...

— Tak?

— Och, nieważne.

— Zgodnie z twoją sugestią zaczęłam studiować psychologię. To oczywiście podstawowy kurs, ale...

W oczach Philippe'a pojawił się błysk radości.

— No i co?

— To jak nauka nowego języka, nowego sposobu postrzegania rzeczywistości. Nie chcę udawać, że pojęłam już istotę tej nauki, ale kiedyś nadejdzie taki moment. Jestem o tym przekonana.

— Żałuję, że nie mogę towarzyszyć ci w tej drodze. Patrzeć na to twoimi oczami, Amiro.

Amira zamilkła. Już i tak padło między nimi zbyt wiele słów. Philippe podniósł się do wyjścia, wahając się nieco, może licząc na to, że Amira go zatrzyma. Nie zatrzymała. Ale po jego wyjściu pokój stał się nagle jakby opustoszały. I zimny.

Przez dłuższy czas po narodzinach synka Amira była tak nim zaabsorbowana, że nawet nie spostrzegła, iż Ali wciąż nie wracał do małżeńskiego łoża. Najpierw Karim został obrzezany. Uczynił to *mutaharati* — jeden z garstki starszych mężczyzn specjalizujących się w tym prostym zabiegu. Potem przez cały tydzień trwały uroczystości — niemal tak pełne przepychu jak ceremonia ślubna. Biedocie rozdano mnóstwo żywności; każdy, kto przychodził z wyrazami szacunku, był obdarowywany złotymi monetami.

Teraz codziennie Amira miała pełne ręce roboty — karmiła synka, kąpała go, kołysała do snu, pilnowała, by niczego mu nie brakowało. Choć w pałacu była cała armia pokojówek i piastunek, Amira chciała osobiście zajmować się Karimem.

Ali uwielbiał syna, nie miał jednak czasu dla Amiry. Swoją ciągłą nieobecność nieudolnie usprawiedliwiał interesami, sprawami wagi państwowej lub naradami u króla.

Chociaż mąż był dla niej znacznie mniej ważny od dziecka, jego obojętność wywoływała w niej wyrzuty sumienia. To na pewno jej wina, że się tak oddalił. Musiała go w czymś zawieść. Zapewne nie dość dobrze wywiązywała się z obowiązków żony. Starała się więc wyglądać jak najatrakcyjniej. Przemyślnie komponowała zestawy dań. Przygotowywała tematy do rozmowy, by go nimi raczyć wraz z najlepszymi kąskami grillowanej ryby czy pieczonych przepiórek. Wszystko, co otrzymywała w zamian, to monosylabiczne pomruki i uprzejme uśmiechy.

Kiedy zalecany okres seksualnej abstynencji — czterdzieści dni po porodzie — dawno minął, Amira czuła się już upokorzona brakiem zainteresowania ze strony Alego. Czy miała w sobie coś odpychającego? Może zniechęcił się do niej, bo przez tak długi czas była gruba i brzydka? Ale jak ma urodzić mu następne dziecko — drugiego syna — jeśli on już nigdy nie zechce jej dotknąć? Bardzo nękały ją te pytania, a tymczasem wokół nie było nikogo, z kim mogłaby porozmawiać o swoich problemach.

Na pewno nie mogłaby zwrócić się do teściowej, która sądziła, że jej Ali jest nie tylko księciem al-Remal, ale i całego wszechświata. Zeinab też nie wchodziła w rachubę — z lubością opowiadała każdemu, kto tylko zechciał słuchać, że mąż wprost nie może od niej rąk oderwać. Że domaga się seksu o wszelkich możliwych porach, a nawet często w środku nocy, gdy Zeinab już śpi.

Natomiast Munira, najinteligentniejsza ze wszystkich mieszkających w pałacu kobiet, zawsze się krzywiła na jakąkolwiek wzmiankę o mężczyznach. Uważała, że wszyscy oni zawiązali spisek, by uczynić ją nieszczęśliwą, i udawało jej się przekonać kochającego ojca, że każdy z ewentualnych kandydatów jest nieodpowiedni bądź niewart jej ręki.

Teraz, jak nigdy dotąd, Amirze brakowało matki. Chociaż dobrze pamiętała tę noc, gdy Omar próbował wziąć Jihan siłą, uważała małżeństwo rodziców za dość udane. Może matka umiałaby jej wytłumaczyć, dlaczego w przypadku jednych związków wzajemna fascynacja trwała przez lata, a w innych — niemal natychmiast zanikała.

Jednak w tej całej sytuacji nie chodziło jedynie o urażoną dumę własną. Uczucia do Philippe'a, poród i związana z nim dojrzałość cielesna pobudziły jej zmysłowość. Amira chciała być pieszczona i dotykana. Zaczęła się nawet zastanawiać, czy teraz przypadkiem nie spodobałyby jej się te różne rzeczy, które wyczyniał z nią Ali.

W końcu postanowiła wreszcie skonfrontować swoje wątpliwości i lęki z rzeczywistością. Przygotowała się bardzo starannie: podobnie jak przed ślubem usunęła z ciała każdy zbędny włosek i skropiła się wytwornymi perfumami. Włożyła najbardziej wyzywający komplet francuskiej bielizny i kiedy usłyszała Alego kręcącego się po gabinecie, stanęła w progu.

— No, no. Co my tutaj mamy? — Uśmiechnął się, jednocześnie nalewając sobie do szklanki ekskluzywnej whisky.

Czy się z nią droczył?

Prowokacyjnie kręcąc biodrami, Amira przeszła przez gabinet i stanęła za fotelem Alego.

Zignorował ją. Mimo że dla niego tak się poniżała — zachowała się jak najzwyklejsza kurtyzana. Tego już było za dużo — zawrzała w niej duma Badirów.

— Twoja reakcja, jak zwykle, jest bardzo pouczająca dla twej pokornej sługi, mój mężu — rzuciła sarkastycznie. — Widzę, że męczy cię pragnienie, nie będę ci więc dłużej przeszkadzać w piciu.

Kiedy odwróciła się, by wymaszerować z pokoju, rzucił się na nią jak szaleniec — przewrócił ją na podłogę, porwał na niej bieliznę i właściwie brutalnie gwałcił.

— Czy o to ci chodziło? Tego właśnie chciałaś, macioro? — powtarzał z furią w głosie.

Kiedy skończył, zawinął się szlafrokiem i zostawił ją, jakby była najzwyklejszą dziwką.

I wówczas ją oświeciło. Podobnie jak kiedyś w życiu Omara, tak teraz w życiu Alego musiała się pojawić inna kobieta. Kobieta, którą kochał. Dlatego mnie nienawidzi, pomyślała. Nienawidzi mnie, bo wolałby być z tą drugą.

— Czy to właśnie cię spotkało, mamo? — zapytała w głos. — Czy tak właśnie wtedy się czułaś?

Ogarnęło ja przerażenie. Czy podobnie jak Jihan, popadnie w szaleństwo? Czy to możliwe, by jej małżeństwo już się skończyło? Tak szybko?

Amira zebrała z podłogi resztki jedwabnej bielizny i poszła do swojej sypialni.

Światło poranka złagodziło pamięć o brutalnych wydarzeniach poprzedniego wieczoru — upodobniło je do snu. A na dodatek, jak każda dobra muzułmańska żona, Amira doszła do wniosku, że to ona sama ponosi za wszystko winę. Nie powinna tak się narzucać Alemu, gdy wyraźnie nie miał ochoty na seks. Nic dziwnego, że poczuł do niej odrazę, czyż nie?

Myśl, że jej mąż kocha inną kobietę, była teraz tylko lekką zadrą w jej umyśle, a nie miażdżącą pewnością z poprzedniego wieczoru. Niewykluczone, że spotykał się z kimś, gdy była w ciąży. Tak przecież robiło wielu mężczyzn; ostatecznie, mieli swoje potrzeby.

Poza tym, a może przede wszystkim, Amira urodziła mu syna, jego pierworodnego, i żadna kobieta już tego dla niego nie zrobi. Być może w sferze seksualnej nie układało się między nimi najlepiej, ale zapewne z czasem rozwiążą ten problem.

A gdyby nawet nie — świat się nie zawali. Jej życie nadal będzie o wiele lepsze niż większości zamężnych kobiet, z pewnością dużo lepsze niż życie Jihan. (Jak w ogóle mogło jej przyjść do głowy, że kiedykolwiek spotka ją los matki? Teraz owo niedorzeczne przypuszczenie było dla niej niczym film, na którym w jednej chwili pączek kwiatu rozwija się i więdnie).

Nie ma sensu skupiać się na sprawach sypialni; trzeba wziąć pod uwagę, jak Ali traktował ją we wszystkich innych kwestiach. Na przykład nigdy nie narzekał, gdy pochłaniała ją nauka. Nie tylko to tolerował (że też wcześniej o tym nie pomyślała!), ale wręcz zachęcał ją do większych wysiłków!

Pod wieloma względami świetnie się uzupełniali. Jako minister kultury Ali musiał dbać o swój *image*, szczególnie wobec cudzoziemców. Dlatego cenił sobie fakt, że może mieć wszystko, co najlepsze, z obu światów: posłuszną arabską żonę, ale jednocześnie wykształconą kobietę, umiejącą prowadzić swobodne rozmowy na tematy niekoniecznie związane tylko z modą czy prowadzeniem domu.

A mimo to... mimo to... nawet gdy próbowała skrzętnie wyliczać w duchu wszystkie możliwe zalety Alego, przed oczami stawał jej Philippe Rochon. Amira miała absolutną pewność, że on nigdy nie potraktowałby kobiety tak, jak ją traktował Ali — nawet w zaciszu prywatnego pokoju, gdzie nikt by go nie mógł zobaczyć.

Z pokoju dziecinnego dobiegł ją płacz synka i Amira poczuła, jak od mleka nabrzmiewają jej piersi. Biorąc dziecko w ramiona, pocieszała się myślą, że bez względu na wszystko, zawsze będzie miała Karima i że samo to już jej wystarczy.

Philippe

Paryż

Amira otuliła się w biały kaszmirowy płaszcz i wyszła z hotelu „George V". Na jej widok kierowca wyprężył się na baczność, ona jednak pokręciła przecząco głową, skręciła w lewo i ruszyła w stronę Pól Elizejskich.

To była jej trzecia wizyta w Paryżu i do tej pory Amira zdążyła już szczerze pokochać to miasto — zachwycało ją bardziej niż wszystkie inne miejsca, które odwiedzała z Alim w czasie jego podróży służbowych. Uwielbiała spacerować po szerokich bulwarach i wzdłuż malowniczych uliczek. Uwielbiała wszystkie typowe turystyczne atrakcje, wspaniałe sklepy na Avenue Montaigne, słynną restaurację na szczycie wieży Eiffla, *bateau mouche* pływające po Sekwanie. Ale przede wszystkim kochała to wszechogarniające poczucie całkowitej wolności; czystą radość z samego faktu istnienia.

Zachwycały ją szykowne stroje kobiet i styl, w jakim je prezentowały; smaki i aromaty potraw; gra świateł na wodach rzeki; ale przede wszystkim — błyskotliwe, skrzące intelektem dyskusje, których była świadkiem w rozlicznych kawiarenkach i bistrach na Lewym Brzegu, w okolicach Sorbony.

To tutaj młodzi mężczyźni i kobiety (!) — niewiele starsi od niej — zaśmiewali się w głos, przekrzykiwali nawzajem, szeptali konspiracyjnie, a przede wszystkim rozprawiali zawzięcie na wszelkie możliwe tematy: od komunizmu po Kamasutrę, od ateizmu po herezję albigensów, od czarnych dziur we wszechświecie po ideologię Czarnych Panter z Kalifornii.

To najprawdziwszy raj, myślała niekiedy Amira. Mogłabym zostać tu już na zawsze.

Z ciężkim sercem zawsze musiała się napominać, że to niemożliwe.

Od chwili przyjazdu, poprzedniego poranka, czas biegł jej niezwykle szybko. Nowa fryzura u Alexandre'a. Przyprawiająca o zawrót głowy wyprawa na zakupy do Diora. Lunch w „Tour d'Argent". Przyjęcie w remalskiej ambasadzie na cześć Alego.

Przyjazd do Paryża wiązał się również z wizytą u Malika, który właśnie w tym mieście ustanowił swoją centralę, choć biura miał w Marsylii, Pireusie, Rotterdamie — wystarczyło wymienić jakieś portowe miasto, a okazywało się, że Malik przeprowadza tam właśnie „pewne operacje".

Była to również okazja, by zobaczyć Lailę — dziewczynkę już niemal w szkolnym wieku. Łatwo było zaaranżować to spotkanie — na wieść o zaproszeniu do Malika, Ali stwierdził, że musi się koniecznie spotkać z kimś, kogo właśnie poznał w ambasadzie. Amira jednak dobrze wiedziała, że jej mąż nie ma ochoty widywać się z jej bratem.

Piętnastopokojowy apartament przy Avenue Foch, wciąż jeszcze pachnący świeżą farbą, wprost zapierał dech w piersiach. Wysokie sufity ze wspaniałymi stiukami, kominki z najrzadszych rodzajów marmuru, pięknie układane parkiety — to tylko niektóre z elementów, które przyciągnęły uwagę Malika, gdy zaczął szukać dla siebie mieszkania. Resztę wyposażenia — cenne francuskie antyki, angielskie srebra, kobierce z Aubusson — Malik dodał z własnej inicjatywy.

— Kto aranżował te wnętrza? — spytała Amira, gdy brat oprowadzał ją po apartamencie, z trudem maskując dumę posiadacza. — Czuję tu wyraźnie rękę kobiety. Te rozmaite drobiazgi... fotografie w pięknych ramkach na fortepianie, stare koronki w gościnnym pokoju. Przecież tobie nic podobnego nie przyszłoby do głowy.

— Ta „kobieta" to dekoratorka — orzekł Malik — która dostała słoną zapłatę za owe „drobiazgi".

— A więc twoje prywatne życie ogranicza się teraz do randek z dekoratorkami? — zażartowała Amira.

Zanim zdążył odpowiedzieć, do pokoju wpadła mała dziewczynka z okrzykiem: „Tatuś! Tatuś!" Tuż za nią podążała niania. Malik chwycił córeczkę w ramiona i przycisnął mocno do siebie z wyrazem bezgranicznej miłości na twarzy. Ze swoimi wielkimi oczami i delikatną, ale szelmowską buzią, wyglądała jak mały paryski urwis, którego ktoś porwał z ulicy i ubrał w wykwintne stroje.

Amira usiadła na kanapie i przyglądała się tej parze. Jej bratanica mówiła przepiękną francuszczyzną, choć niekiedy dorzucała jakieś przekleństwo w marsylskim dialekcie i wówczas Malik wybuchał niepohamowanym śmiechem. Opowiedziała ojcu o wszystkim, co robiła razem z nianią. Potem Malik przeszedł na arabski i wówczas okazało się, że jego córka zna tylko kilka słów w tym języku, a jej wymowa jest wręcz katastrofalna.

W końcu Laila skierowała swoją uwagę na Amirę i od razu zaczęła szczebiotać:

— Czy przyniosłaś dla mnie dzisiaj jakiś prezent? Wciąż jeszcze mam sukienkę, którą mi podarowałaś ostatnim razem. Przywiozłaś jakieś dziewczynki, z którymi mogłabym się pobawić? Czy jeszcze kiedyś przyjdziesz odwiedzić tatusia?

Amira udzielała starannie przemyślanych odpowiedzi, by nie zdradzić, jakie więzy łączą ją z Malikiem. Laila oczywiście wiedziała, że Malik jest jej ojcem — on nie miał serca i siły, by to przed nią zataić — ale mieszkała z nianią w innym apartamencie, mieszczącym się parę domów stąd. To nie było satysfakcjonujące rozwiązanie, lecz Malik dał siostrze do zrozumienia, że być może wkrótce definitywnie rozwiąże ów problem.

Dziewczynka szybko znudziła się towarzystwem dorosłych

i — odbijając piłkę — zaczęła biegać po pokoju. Niania wykonała taki gest, jakby zamierzała ją powstrzymać, ale Malik pokręcił przecząco głową. Z zachwytem patrzył na córeczkę bawiącą się pośród cennych dzieł sztuki i antyków, nie przejmując się materialną wartością przedmiotów, które mogły ulec zniszczeniu. Dla niego najważniejsze było szczęście i zadowolenie Laili.

Jest bardzo samotny, stwierdziła w duchu Amira. A przecież ma w sobie tak wiele miłości. Powinien wreszcie ofiarować ją jakiejś kobiecie.

— Kiedy ty wreszcie zamierzasz się ustatkować? — zapytała z siostrzaną bezceremonialnością. — Laila potrzebuje matki. Poza tym, gdy wreszcie się ożenisz, łatwiej znajdziesz sposób, byście otwarcie mogli żyć wszyscy razem jak rodzina.

Malik milczał przez chwilę, jakby zastanawiając się, czy powinien zdobyć się na szczerość. Potem uśmiechnął się nieśmiałym, zniewalającym uśmiechem

— Nie chciałbym teraz o tym mówić... jeszcze na to za wcześnie. Ale rzeczywiście poznałem kogoś specjalnego. Ona miała ciężkie życie, Amiro... i przypomina mi Lailę. Jeżeli wszystko ułoży się zgodnie z moimi zamysłami, to być może będę miał dla ciebie dobrą nowinę.

Amira zarzuciła bratu ręce na szyję.

— Strasznie się cieszę, Maliku. Będę o tym „myśleć pozytywnie". W podręczniku do psychologii wyczytałam, że dzięki pozytywnemu myśleniu można wiele zdziałać.

Malik parsknął śmiechem.

— Wkrótce będę musiał bardzo uważać na to, co mówię w twojej obecności. Jak tak dalej pójdzie, zaczniesz analizować moje najskrytsze myśli.

Chwilę później znowu przybrał poważny wyraz twarzy.

— A co u ciebie, Amiro? Czy jesteś szczęśliwa w małżeństwie? Czy Ali jest dobrym mężem?

— On... ja... tak. Wszystko w najlepszym porządku.

Wzrok Malika stwardniał gwałtownie.

— Czyżby cię źle traktował? Powiedz prawdę, Amiro. Jeśli tak, to przysięgam, natychmiast położę temu kres.

— Ależ, co ty! Wszystko układa się jak najlepiej. Ali bardzo dobrze mnie traktuje. Każdy ci to powie. I uwielbia naszego synka.

— No dobrze. — Malik znowu zamilkł na dłuższą chwilę.

Amira bardzo by chciała, żeby stosunki między bratem i Alim były serdeczne i harmonijne, ale oni po prostu się nie lubili. Z jednej strony, powodem była naturalna w przypadku starszego brata nadopiekuńczość wobec siostry. Z drugiej — i Amira miała tego pełną świadomość — zawiść ze strony Alego. Malik, młodszy od jej męża, pieniądze i sławę zawdzięczał głównie samemu sobie. Ali, choć zdecydowanie bogatszy, nic by nie znaczył bez wpływów i bajecznej fortuny ojca: tylko dlatego, że był z rodu al-Rashad, zdobywał nielegalnie poufne informacje i zaciągał kredyty pod zastaw dóbr króla.

Choć w pewnym sensie niezbyt dobre stosunki między Alim i Malikiem sprawiały Amirze przykrość, to z drugiej strony dzięki temu mogła się cieszyć w Paryżu pełną wolnością. Wystarczyło, że powiedziała, iż zamierza spędzić dzień z bratem, i już właściwie mogła robić wszystko, na co miała ochotę.

Parę godzin później siedziała w ulicznej kafejce. Niebo było błękitne, słońce przyjemnie grzało, wszystko wokół zdawało się magiczne.

— Ciekawe, jacy bylibyśmy bez tych wszystkich pieniędzy — rzuciła Amira.

— Przede wszystkim biedni — odparł Philippe z uśmiechem, kładąc dłonie na dłoniach Amiry. — Mów jednak za siebie, Amiro. Ja jestem jedynie zwykłym lekarzem, niekiedy wzywanym na wizyty domowe, i muszę płacić francuskie podatki.

Amira uśmiechnęła się w odpowiedzi. Dobrze wiedziała, że te „domowe wizyty" często zaczynały się od lotu do Rijadu czy

Ammanu. Gdy zadawała to pytanie, tak naprawdę miała na myśli: jak by wyglądało życie bez Alego i tego wszystkiego, co on reprezentuje; jak by potoczyły się jej losy, gdyby była zwyczajną kobietą na wakacjach w Paryżu, która spotkała się z ukochanym mężczyzną w małej kafejce na Lewym Brzegu.

Od czasu ich pierwszego spotkania Amira widziała się z Philippe'em kilkakrotnie w al-Remal i raz na przyjęciu w ambasadzie w Paryżu. Za to był nieustannie obecny w jej marzeniach i snach. Kiedy leżała samotnie w łóżku, natychmiast przypominała sobie wyraz jego błękitnych oczu oraz gęste, przysypane siwizną włosy.

Czy tak właśnie czują się kobiety, gdy pokochają mężczyznę? Czy właśnie dla takiego uczucia Laila zaryzykowała i straciła życie?

— Jak to jest chodzić z zasłoniętą twarzą? — zapytał nagle bardzo poważnym tonem.

— Nienawidzę tego. Zawsze nienawidziłam. Po jakimś czasie, oczywiście, zdołałam się przyzwyczaić. Ale teraz jest mi trudniej niż kiedykolwiek przedtem.

— Wiem, że nie masz wyboru. Chociaż właściwie, jakie jest tego uzasadnienie? Z punktu widzenia religii, oczywiście.

— Cóż, mułłowie twierdzą, że to zalecenie koraniczne, moja szwagierka natomiast utrzymuje, że Koran nakazuje jedynie, by zarówno kobiety, jak i mężczyźni, ubierali się skromnie — i nic poza tym. Podobno zasłanianie twarzy było kiedyś dobrowolną praktyką kobiet z wyższych klas, które w ten sposób chciały odróżnić się od biedoty. Munira twierdzi, że jest to metoda segregacji kobiet i zniewalania ich w społeczeństwach patriarchalnych. — Amira uśmiechnęła się nieznacznie; osobiście nie była pewna, czy należało wierzyć we wszystko, co mówiła Munira.

Przez cały czas Philippe przysłuchiwał się jej słowom w skupieniu, jakby była cenioną współpracownicą przedstawiającą najnowsze odkrycie medyczne. To dla niego bardzo typowe. Amira doskonale pamiętała, jak uważnie słuchał jej tego wieczoru, gdy spotkali się po raz pierwszy. Oczywiście, w niektórych sytuacjach nie wahał się przyjąć na siebie roli mentora: na przykład informował, które podręczniki do biologii czy psychologii są już przestarzałe, a które są jedynie książkami popularnonaukowymi i przysyłał jej lepsze. Pewnego razu, gdy narzekała, że nudzi ją chemia, przypomniał przepowiednię samego Freuda: „Przyszłość należy do substancji chemicznych". Ale gdy poruszali tematy, które były jej domeną, zawsze słuchał pilnie niczym uczeń nauczyciela.

Teraz, w ciemnozłocistym świetle późnego popołudnia, gdy gwałtownie topniały cenne godziny wolności, prowadzili przyciszonymi głosami chaotyczną rozmowę, próbując odwlec moment rozstania.

— Niedawno wybrałem się do sklepu — powiedział po chwili milczenia Philippe. — I zobaczyłem czarny szal z jedwabnego tiulu, wyjątkowo cienki. Przyłożyłem go do oczu i zacząłem chodzić po sklepie. Sprzedawczyni wpadła w prawdziwy popłoch. Zapewne pomyślała, że jestem szaleńcem. Gdybym nie kupił tego szala, prawdopodobnie zadzwoniłaby po pogotowie. — Potrząsnął głową i powiódł wzrokiem po bulwarze. — Chciałem wiedzieć, jak wygląda świat zza zasłony.

Amira pochyliła się w jego stronę i nagle zaczęli się całować — długo, namiętnie, z czułością — marząc, by ten moment nigdy się nie skończył.

Kiedy Philippe w końcu oderwał usta od jej ust, popatrzył na nią takim wzrokiem, że aż ścisnęło się jej serce

— Moje mieszkanie jest niedaleko stąd. Pójdziesz tam ze mną?

Jej ciało krzyczało „tak", Amira jednak spuściła powieki i potrząsnęła głową w niejednoznacznym geście. Przed oczami stanął jej natychmiast obraz Laili i jej ciała drgającego konwulsyjnie pod gradem kamieni.

Gdy milczenie zaczęło się przeciągać, Philippe delikatnie pogładził jej rękę.

— W porządku. Wszystko rozumiem.

Dotarli do punkt zwrotnego, jednak się cofnęli. Amira miała wrażenie, że otworzyli wrota prowadzące do przepięknego, ale pełnego niebezpieczeństw ogrodu, więc szybko zatrzasnęli bramę.

— Mam nadzieję, że nadal jesteśmy przyjaciółmi?

— Na zawsze — odparła Amira.

Byli czymś znacznie więcej niż przyjaciółmi. Byli pokrewnymi duszami, dwoma połowami jednej całości rozdzielonej przez jakąś kosmiczną katastrofę, być może wywołaną bliskością jednej z tych czarnych dziur, o których z chłodnym, naukowym obiektywizmem tak chętnie rozprawiali studenci Sorbony.

Nocny gość

Tuż po powrocie do al-Remal Amira nieustannie myślała o Philippie i o Paryżu. Teraz wszystko w jej życiu — wszystko, z wyjątkiem synka — zdawało się nieznośnie opresyjne. Jednak codzienność podstępnie tkała swą pajęczą nić, która po kilku tygodniach zdołała oplątać Amirę; mimo najszczerszych wysiłków nie mogła zatrzymać wrażenia namacalności chwil spędzonych z Philippe'em. Teraz były one jedynie cenną pamiątką, fotografią zamkniętą w zakamarkach pamięci, którą oglądała tylko w wyjątkowych momentach, z czułością i po kryjomu.

A jednak — pomimo ponownego wtopienia w monotonię dni — wiedziała, że jest już inną kobietą. Po raz pierwszy w życiu zakosztowała miłości; doświadczyła tego, czego musiał doświadczać konający z głodu człowiek, gdy niespodziewanie dobiegła go woń strawy. Teraz chciała już od życia więcej — dużo więcej.

Oczywiście, robiła wszystko, by zdusić owo pragnienie. Raz po raz powtarzała sobie, że choć Ali jest dla niej niemal obcym człowiekiem, to ona i tak wiedzie życie, którego mogłyby jej pozazdrościć rzesze mężatek. Kobiece skrzydło w pałacu co prawda przypominało klasztor — ale klasztor ociekający luksusem.

Na ścianach jej pokojów wisiały obrazy, które — jako dziewczynka — podziwiała w albumach należących do panny Vanderbeek. W istocie większość z nich to były abstrakcje — oficjalnie rodzina królewska przestrzegała islamskiego zakazu artystycznego przedstawiania scen figuratywnych — ale wszystkie były piękne i Amira mogła na nie patrzeć godzinami. Jeżeli naszedł ją kaprys, by odnowić garderobę, następnego dnia Pierre Cardin, Yves Saint-Laurent czy Hubert Givenchy przylatywał z kontyngentem modelek, by zorganizować prywatny pokaz mody.

Cokolwiek sądziła o Alim, musiała przyznać, że był niezwykle hojny. W pierwszą rocznicę ślubu wezwał Amirę do salonu mieszczącego się w męskim skrzydle domu. Siedziało tam już kilku jego krewnych oraz dwaj mężczyźni w europejskich strojach, których Ali przedstawił jako reprezentantów firmy Harry Winston. Mężczyźni otworzyli kilkanaście neseserów, w których na czarnych aksamitach skrzyły się brylanty.

— Wybieraj wszystko, na co masz ochotę — rzucił nonszalancko Ali.

W następstwie embarga naftowego nałożonego na niektóre kraje pieniądze napływały do al-Remal w nieprawdopodobnych ilościach, Amira jednak była przeciwna rozpasanej konsumpcji, jaką pociągnęła za sobą ta sytuacja. Wskazała więc na cieniutką skromną bransoletkę, która pięknie podkreśliłaby jej nadgarstki. W świecie, gdzie kobiety musiały zakrywać twarze, nogi, a nawet ramiona, ważne było eksponowanie kształtu dłoni. A ze swoich dłoni Amira była autentycznie dumna.

Ali wyraźnie wpadł w irytację.

— Czy to komplet? — zapytał, wskazując na wspaniały naszyjnik, bransoletę i kolczyki.

— Tak jest, Wasza Wysokość.

— W takim razie to wybiera moja żona i, oczywiście, tę małą bransoletkę.

Amira nawet nie musiała udawać zachwytu. Jak wszystkie remalskie kobiety, które w razie rozwodu zostawały jedynie z osobistą biżuterią, doskonale umiała ocenić wartość klejnotów — brylanty wybrane dla niej przez męża musiały kosztować prawie milion dolarów.

Na pierwsze urodziny Karima prezent Alego dla matki jego

pierworodnego był równie wspaniały: wielki, niezwykłej czystości szmaragd, ponoć należący kiedyś do pewnego maharadży. Tym razem jednak Amira otrzymała dar w zaciszu ich prywatnych pokoi. Niewykluczone, że któryś z braci zganił Alego za niestosowną ostentację pokazu jubilerskiego.

— Czemu obsypujesz mnie takimi wspaniałymi prezentami, mężu? Niczym na nie sobie nie zasłużyłam.

— Moja żona musi mieć wszystko, co najlepsze — odparł tonem wskazującym na oczywistość tego twierdzenia.

— Jednak... — Urwała gwałtownie. Nie miała prawa oczekiwać jakichkolwiek ciepłych słów czy miłosnych wyznań. Ali nie należał do tego typu mężczyzn. Mimo to bolało ją, że jest traktowana jak cenna służąca, hojnie i często wynagradzana, ale nie kochana. Gdy uświadomiła sobie ten fakt, natychmiast ujrzała śmiejące się oczy Philippe'a.

Mijały miesiące i Amira coraz bardziej gryzła się oziębłością Alego. Od najwcześniejszych lat słyszała przecież, że jeżeli mąż nie kocha żony, to wyłącznie z jej winy. A może Amira została pokarana za miłość do innego mężczyzny? Co prawda był to grzech, ale wiele kobiet kochało innych mężczyzn — czasem było to nawet coś więcej niż tylko platoniczne uczucie — a mimo to mężowie je uwielbiali. Nie. Przyczyna musiała być o wiele głębsza. Zapewne w niej samej, w Amirze, było coś zdecydowanie odpychającego.

Nagle obsesyjnie zapragnęła kolejnego dziecka. Kiedy była w ciąży z Karimem i tuż po porodzie, wszystko układało się o wiele lepiej. Ali też z pewnością pragnął więcej dzieci; przecież każdy mężczyzna chciał mieć liczne potomstwo. Jak jednak mogła zajść w ciążę? Teraz mąż bardzo rzadko przychodził do niej w nocy, a jeśli już to się zdarzało, z reguły nie był zdolny do seksu, za co od razu obwiniał Amirę. Jedynie okrucieństwo podtrzymywało jego żądze, ale jeśli nawet drobne tortury pomagały mu zakończyć akt, to z reguły odbywał się on w bolesny, przeciwny naturze sposób, który w żadnym razie nie mógł doprowadzić do poczęcia dziecka.

I za to Amira również obwiniała siebie — widocznie nie była dość ponętna, by go zaspokoić w naturalny sposób.

Czy Ali rzeczywiście spotykał się z innymi kobietami i z nimi tracił całą energię? A jeśli tak, kogo należało za to winić? Mężczyzna ma przecież swoje potrzeby. Gdy żona nie potrafi ich zaspokoić, może mieć pretensje jedynie do samej siebie.

Istniały tradycyjne, ludowe metody zaradzenia takiej sytuacji i w końcu Amira zaczęła rozważać, czyby się do nich nie odwołać. Specjalne eliksiry. Magiczne amulety. Można je było kupić u pewnych kobiet — zazwyczaj Egipcjanek. Po namyśle Amira doszła jednak do wniosku, że to rozwiązanie absolutnie nie wchodziło w rachubę. Gdyby ktokolwiek ujrzał żonę księcia pukającą do drzwi jednej z tych kobiet, w ciągu paru godzin wszyscy w pałacu nie mówiliby o niczym innym. Nie mogłaby też posłać służącej, bo cała służba była wierna al-Rashadom — Amira nie miała tu nikogo zaufanego. Może więc powinna parę dni spędzić w domu ojca. Poprosić o przysługę Bahię lub Um Salih.

Czy jednak musiała się uciekać aż do takich środków? Nie wszystkie sposoby wzbudzenia w mężczyźnie namiętności były skrywaną tajemnicą. Jihan — ostatecznie Egipcjanka — wyjawiła jej kilkanaście z nich. Na przykład mięso gołębie duszone z zieloną pszenicą przyprawiane gałką muszkatołową było daniem gwarantującym, że męski członek stanie się jak z żelaza. Każdy też dobrze wiedział, że kilka kropli miesięcznej krwi, domieszanych do jedzenia, uczyni z mężczyzny niewolnika swojej żony. Może by spróbować obu tych środków naraz? Tylko jak namówić Alego, żeby zjadł zieloną pszenicę i mięso gołębia?

Nagle Amira wybuchnęła niepohamowanym śmiechem. Czy naprawdę upadła aż tak nisko? Ona, Amira Rashad, ze swoim wykształceniem, pretensjami do paryskiego wyrafinowania i aspiracjami zdobycia dyplomu psychologa, knuła — niczym ciemna, zabobonna Beduinka — jak gusłami i czarami przywiązać do siebie męża! Zaśmiewała się tak gwałtownie, że aż napłynęły jej do oczu łzy. Jaka szkoda, że nie ma nikogo, z kim mogłaby się podzielić tym dowcipem!

Niewątpliwie rodzina jej męża nie widziałaby w tym nic śmiesznego. Żona, która urodziła tylko jedno dziecko, była prawdziwym powodem do zgryzoty. Po narodzinach Karima matka i siostry Alego, wcześniej tak chłodne i wyniosłe, prześcigały się w życzliwości i troskliwości. Pierwsze miesiące życia jej synka były najszczęśliwszymi spędzonymi w pałacu. Ale ten moment wytchnienia nie trwał długo. Wkrótce po tym każdego dnia Amira musiała wysłuchiwać pozornie przypadkowych uwag na temat kolejnego dziecka. Następnie pojawiły się obcesowe pytania i głośno wyrażane obawy o stan jej zdrowia. W końcu, tuż po pierwszych urodzinach Karima, Faiza oświadczyła, że wezwała lekarza, by zbadał Amirę.

Protesty na nic się zdały — Um Ahmad wystąpiła w całym swoim władczym majestacie. Tak więc Amira w zasłonie na twarzy — i niczym więcej — stanęła przed lekarzem, tym samym karłowatym Turkiem, który nie zdołał pomóc Jihan w chorobie. Po raz pierwszy Amira była rada, że nie widać jej twarzy.

— Jest pani całkowicie zdrowa, księżno, Allachowi niech będą dzięki — poinformował ją doktor, gdy już się ubrała. — Może pani jeszcze urodzić wiele dzieci.

— To doskonała nowina. Bóg jest doprawdy wielki.

— Doprawdy. — Lekarz bawił się stetoskopem, wyraźnie zmieszany.

— Czy chciałby mi pan powiedzieć coś jeszcze? Czy może jednak coś jest nie w porządku?

— Nie w porządku? Ależ skąd. — Odłożył stetoskop. — Proszę wybaczyć, Wasza Wysokość, ale żeby dopełnić swojego obowiązku, muszę zadać jeszcze kilka pytań natury osobistej. Oczywiście to, co usłyszę, zostanie tylko między nami.

— Proszę pytać.

— Wiem, że odwiedzała pani kilkakrotnie Europę, oczywiście w towarzystwie męża. Czy wówczas (proszę wybaczyć, ale muszę o to spytać), nie zaopatrzyła się pani w tak zwane środki „antykoncepcyjne"?

— Nie.

— Tak, w zasadzie byłem pewien, że nie. Raz jeszcze proszę o wybaczenie, ale to istotna wiadomość. A zdarzają się już u nas kobiety, szczególnie te, które podróżowały za granicę, które korzystają z podobnych specyfików. Choć nie mam pojęcia dlaczego.

— Rozumiem.

Lekarz skinął głową.

— Jeszcze tylko jedno pytanie, Wasza Wysokość. I proszę nie brać mi tego za złe. Czy... miedzy panią i mężem wszystko układa się jak należy?

Amira poczuła, jak palą ją policzki. Już od tak dawna pragnęła wyznać komuś, komukolwiek — nawet temu służalczemu pokurczowi — że nic nie jest tak, jak być powinno. Ale nie mogła się na to zdobyć. To było zbyt upokarzające.

— Oczywiście.

— Na pewno?

— Tak.

— A więc dobrze. — Lekarz się rozpromienił i chwycił za torbę. — Od urodzenia pierwszego dziecka nie minęło jeszcze tak wiele czasu, choć oczywiście rozumiem niecierpliwość, z jaką Wasza Wysokość wygląda kolejnego potomka. Jak powiedziałem, jest pani zupełnie zdrowa, księżno. Proszę uzbroić się w cierpliwość, a z wolą Najwyższego ta cierpliwość zostanie wynagrodzona.

Gdy wyszedł, Amira miała ochotę roztrzaskać coś o ścianę. Badanie było upokarzające, ale nie dlatego wpadła w taki gniew. Ogarnęła ją furia, ponieważ skłamała. A właściwie, ponieważ sytuacja zmusiła ją do kłamstwa. Kogo jednak mogła za to winić? Jedynie samą siebie. Tylko ona mogła zmienić obecny stan rzeczy.

Tej samej nocy wpadła na pewien pomysł.

— Ali, serce moje — odezwała się natarczywie-proszącym

tonem, który przyswoiła sobie od Jihan. — Czy wiesz, że wkrótce miną dwa lata od naszego ślubu?

— Oczywiście. Chyba nie sądzisz, że mógłbym o tym zapomnieć?

Ali właśnie zamierzał wyjść — ciekawe dokąd? — i był zniecierpliwiony.

— Wiesz, co chciałabym dostać w prezencie?

Wzruszył ramionami.

— Proś, o co chcesz.

— Tylko ciebie, mój mężu. Ostatnio już zapominam, jak wygląda twoja twarz. Musiałam cię czymś bardzo urazić.

— Nonsens. — Zerknął niespokojnie w kierunku drzwi.

— Chciałabym, żebyśmy wyjechali na tydzień czy dwa, kochany. Tylko ty, ja i Karim. Do jakiegoś miejsca, którego jeszcze nie widziałam, gdzie nie będzie przyjęć w ambasadzie i uroczystych wernisaży. Czy mógłbyś mi sprezentować taką podróż?

Przez chwilę piorunował ją wzrokiem, była więc pewna, że go rozgniewała, ale już za moment uśmiechnął się szeroko i znów był przystojnym, czarującym Alim.

— Oczywiście. I nawet znam odpowiednie miejsce.

Z lotu ptaka delta Nilu zdawała się plamą soczystej zieleni na tle żółtości piasku. Granica między bujną roślinnością a pustynią była tak ostra i wyrazista, jakby ktoś nożem uciął. Chwilę później na horyzoncie Amira zobaczyła jeszcze jedną barwę — głęboki błękit Morza Śródziemnego. Kiedy samolot zaczął zniżać się do lądowania, dostrzegła nawet drobne ludzkie postaci na plaży.

Lotnisko było zdumiewająco małe i zapuszczone. Wychodząc z samolotu, Amira szykowała się na uderzenie fali gorąca, takiego jak w al-Remal, a tymczasem poczuła przyjemny powiew chłodnej bryzy. Temperatura zapewne nie przekraczała 80° F.

Na pasie już czekał rolls-royce. Stojący obok celnik jedynie zasalutował, powitał ich w Aleksandrii i otworzył przed nimi drzwi limuzyny. Po półgodzinie Amira znalazła się w ogrodzie nadmorskiej willi, w podmiejskiej dzielnicy zwanej Roushdy. Czerwone dachówki pokrywały dach domu z białego marmuru — a właściwe pałacyku o eleganckich, klasycznych liniach. Wyglądał jak letnia rezydencja starożytnego rzymskiego arystokraty i mogłaby równie dobrze stać w Herkulanum czy Pompejach w czasach, gdy Wezuwiusz zdawał się jedynie niewinnym wzgórzem. Wokół kwitły bugenwille, a soczysty trawnik schodził łagodnie ku morzu. Przed domem znajdował się długi wąski basen, usytuowany w taki sposób, że jak się spojrzało pod odpowiednim kątem, błękit jego wody zlewał się z błękitem morskich fal. Po obu stronach szerokiego trawnika wznosiły się wysokie mury, obsadzone palmami daktylowymi, ciągnące się aż do plaży.

— Tu, zasłonięta przed ludzkim wzrokiem, będziesz mogła swobodnie nosić kostium kąpielowy — zauważył Ali. — Musisz tylko wcześniej uprzedzić o tym męską część służby.

— Och, Ali! Jak tu wspaniale! To musi być jedno z najpiękniejszych miejsc na ziemi. Mój Boże, wynajęcie takiej willi, nawet tylko na dwa tygodnie, musiało kosztować fortunę.

Ali uniósł brew.

— Prawdę mówiąc, kupiłem ten dom. Za bardzo korzystną cenę. Należał do jednego z przyjaciół mojego ojca, mieszkającego w Abu Zabi. — Zerknął na zegarek. — A gdy już o przyjaciołach mowa, muszę odnowić znajomość z kilkoma osobami mieszkającymi w tym mieście. Najlepiej, jeśli zrobię to od razu. Najprawdopodobniej wrócę bardzo późno, ale ty i tak musisz przecież wypocząć po podróży. Jutro wybierzemy się na zwiedzanie miasta.

Nie to Amira chciała usłyszeć, choć fakt, że mąż wyjawiał jej swoje plany, był oznaką wspaniałomyślności, a nawet pewnej troski. Poza tym Amira była zbyt zachwycona tym architektonicznym klejnotem, by czuć rozczarowanie.

Trzy dni później ogarnęło ją już głębokie rozgoryczenie. Do tej pory nie opuściła willi, natomiast Ali znikał każdego wieczoru; wracał bardzo późno przesiąknięty zapachem alkoholu, przez krótką chwilę pływał w basenie, a potem niepewnym krokiem szedł do łóżka i nigdy nie budził się przed południem. I tak wszystkie nadzieje Amiry, związane z tym wyjazdem, legły w gruzach.

Pewną pociechą było piękno otoczenia. Amira wstawała wcześnie, karmiła synka, a potem zasiadała do śniadania na tarasie, z którego rozciągał się zachwycający widok na morze. W ciągu dnia, gdy Karim spał, siadała z książką nad basenem. W al-Remal nikt nigdy się nie opalał. Zamiłowanie Europejczyków i Amerykanów do niemiłosiernego smażenia się na słońcu było dla wszystkich jawnym dowodem szaleństwa. Ale tutaj, siedząc nad chłodną wodą, rozkoszując się rześkim powiewem wiatru od morza i ciepłymi promieniami słońca na skórze, Amira uznała, że opalanie może być niemal erotyczną przyjemnością.

Mimo to trzy dni takiego życia aż nadto jej wystarczyły. Willa stawała się więzieniem. Amira do tej pory nie była nawet na plaży, bo także tu, w liberalnym Egipcie samotną kobietę mogły spotkać nieprzyjemności.

Tego popołudnia postanowiła się zbuntować.

— Ali, to miasto słynie z ryb i owoców morza, a tymczasem od przyjazdu jadam tylko kurczaki i jagnięcinę. Czuję się, jakbym siedziała w domu.

To była prawda. Zabrali ze sobą jednego z pałacowych kucharzy, który nie chciał przyrządzać nie znanych mu zdobyczy miejscowych rybaków.

— Może jutro. Na dziś wieczór jestem już umówiony.

Miał twarz wciąż jeszcze zapuchniętą po wczorajszym pijaństwie, zaczerwienione oczy i posępną minę.

Ale Amira nie zamierzała się poddawać.

— Pójdziemy coś zjeść wcześniej. Będziesz miał więc czas spotkać się ze swoimi znajomymi, jeśli taka twoja wola.

W końcu Ali przystał na jej prośbę — prawdopodobnie dlatego, że był zbyt zmaltretowany, aby wdawać się w sprzeczkę. Restauracja znajdowała się przy Sharia Safia Zaghloul. Do centrum jechali szerokim nadmorskim bulwarem, zwanym Corniche — z jednej jego strony ciągnął się port, z drugiej błyskały światła miasta.

Kierowca, aleksandryjczyk, wskazał dumnie na majaczący w oddali półwysep.

— Tam właśnie stała latarnia morska z Faros. Jeden z siedmiu cudów świata.

Teraz nie znajdowała się tam żadna majestatycznie błyskająca latarnia, ale jakaś przysadzista budowla, którą kierowca nazwał starym fortem. Z okien samochodu Amirze wydawało się, że całe miasto jest wybudowane właśnie w takim stylu.

Dobrze wiedziała, że Aleksandria była kiedyś jedną z największych stolic świata — podobnie jak Rzym czy Konstantynopol. W czasach obecnych stała się miejscem chętnie odwiedzanym przez turystów — miastem kosmopolitycznym, bardziej europejskim niż egipskim, słynącym z dekadencji i występku.

Restauracja potwierdzała te ogólne wrażenia. Przypominała pośledniejsze paryskie bistra, tyle że była dużo mniej tłoczna. Zaledwie przy kilku stolikach siedzieli goście. Ali i Amira zamówili zupę *bouillabaisse*, która nie zachwycała smakiem. Dla Amiry nie miało to jednak większego znaczenia. Najważniejsze, że kosztownie ubrana siedziała obok męża z odkrytą twarzą, w publicznym miejscu. Rozkoszowała się każdą minutą. Zdecydowała się nawet na kieliszek wina.

Przy sąsiednim stoliku siedziała para w średnim wieku, najwyraźniej Brytyjczycy. Mężczyzna sprawiał wrażenie emerytowanego wojskowego; kobieta była bardzo szczupła i elegancka. Amira dostrzegła, że kelner odnosi się do nich z pewną rezerwą, a miejscowi goście posyłają im chłodne spojrzenia.

— Biedni ludzie — mruknęła pod nosem. — Muszą się czuć bardzo nieswojo.

— Ach, tak — odparł Ali. — To pokutujące skutki brytyjskiego kolonializmu. My, ludzie Bliskiego Wschodu, mamy długą pamięć. Nigdy nie zapominamy. I rzadko wybaczamy. Ja jednak nie żywię żadnych uraz wobec Brytyjczyków, nie widzę więc powodu, dla którego nie mielibyśmy zachować się wobec nich kurtuazyjnie. I gościnnie.

Skinął na kelnera i kazał podać do sąsiedniego stolika butelkę czerwonego wina.

Kiedy kelner zrealizował zamówienie, Anglik podniósł się z miejsca.

— Dziękuję. Doprawdy bardzo dziękuję — powiedział do Alego. — To niezwykle miło z pana strony.

— Ależ to drobiazg. Może pan i pańska urocza małżonka zechcielibyście się do nas przysiąść? Razem z żoną z wielką chęcią wykorzystamy możliwość poćwiczenia naszej angielszczyzny.

— Z największą przyjemnością. — Mężczyzna wyciągnął rękę. — Nazywam się Charles Edwin. A oto moja żona, Margaret.

— Ali Rashad i moja żona, Amira. Co sprowadza państwa do Aleksandrii?

— Przyjechaliśmy na kilka dni, by wskrzesić duchy młodości — odparła Margaret z uśmiechem, który ocieplił spojrzenie jej chłodnych szarych oczu.

— Duchy? — zdziwiła się Amira.

— Charles był attaché Ambasady Brytyjskiej w Kairze — wyjaśniła Margaret. — Wiele lat temu.

Amira miała wielką ochotę spytać, czym dokładnie zajmował się ów Anglik w ambasadzie, szybko jednak doszła do wniosku, że mogłoby to zostać poczytane za impertynencję. Może był na przykład szpiegiem — prostoduszną, odzianą w tweedy wersją Jamesa Bonda?

— I czy wskrzesiliście państwo jakieś duchy? — zainteresował się Ali.

Sir Charles wybuchnął śmiechem.

— Obawiam się, że niewiele. To miasto już nie jest takie, jak kiedyś. Choć dziś na ulicy widziałem dwóch Greków i nawet jednego Francuza. Może i my kiedyś będziemy mogli tu swobodnie przyjeżdżać.

— A państwo? — odezwała się Margaret. — Niech zgadnę... spędzacie tu miesiąc miodowy.

— Nie — odrzekł Ali.

— To nasza druga rocznica ślubu — dorzuciła szybko Amira.

— Ach, tak.

— Kupiłem dom w Roushdy — powiedział Ali. — Uznałem, że to dobry moment, by z niego skorzystać.

— Roushdy — powtórzył sir Charles. — Czy mogę spytać, który dom?

Starszy mężczyzna był wyraźnie pod wrażeniem, gdy Ali mu to wyjaśnił. A chwilę później obaj pogrążyli się w rozmowie na temat cen nieruchomości w różnych zakątkach Bliskiego Wschodu. Margaret natomiast zwróciła się do Amiry w sposób od wieków praktykowany przez kobiety, gdy chciały się taktownie wyłączyć z męskich dyskusji.

— Czy podoba ci się Aleks, moja droga?

— Aleks? Och, Aleksandria. Właściwie prawie nie widziałam miasta. Ja... to znaczy my... spędzamy większość czasu w domu.

— Cóż, może mogłabym służyć państwu za przewodnika? Charles ma jutro jakieś sprawy w Alamein, będę więc miała cały dzień wolny. Chętnie oprowadzę was po starym mieście, jeśli nie macie nic przeciwko odrobinie nostalgii.

— Ali, moglibyśmy?

— Co takiego?

Amira przedstawiła propozycję Margaret.

— Obawiam się, że jutro mam zbyt wiele spraw do załatwienia. Ale ty się koniecznie wybierz.

— Naprawdę?

— Oczywiście.

Pod koniec wieczoru poczyniono odpowiednie ustalenia. Edwinowie zatrzymali się w hotelu „Cecil".

— Oczywiście, to miejsce nie ma tej klasy, co kiedyś — westchnął z żalem sir Charles.

— A co ma, mój drogi? — wtrąciła Margaret.

Rolls czekał pod restauracją. Ali podwiózł Edwinów do hotelu, a potem kazał kierowcy zawieźć Amirę do domu.

— Wezmę taksówkę — wyjaśnił. — Nie czekaj na mnie. Jutro musisz wcześnie wstać.

Kiedy następnego ranka wychodziła z domu, Ali jeszcze spał.

— W Aleks są wciąż jeszcze miejsca warte zobaczenia — powiedziała Margaret. — Ale wszystkiego dzisiaj nie zdołamy obejrzeć. Jest tu na przykład wspaniałe muzeum, jednak trzeba tam spędzić wiele godzin, by docenić wystawione eksponaty, i do tego należałoby mieć niejakie pojęcie o historii Macedonii i Rzymu oraz Egiptu, oczywiście.

Amira przyznała, że jej wiedza w tym zakresie jest dość ograniczona.

— Ach, pożyczę pani kilka książek. I może pewnego dnia się tam wybierzemy. Myślę, że podarujemy sobie także katakumby Kom es Chogafa. Jakoś nigdy się nimi nie potrafiłam zachwycać.

Jechały wzdłuż Corniche samochodem należącym do brytyjskiej ambasady. Za kierownicą siedział szofer w uniformie, Egipcjanin.

— Oczywiście, problem z Aleksandrią polega na tym — ciągnęła Margaret — że wielu fascynujących rzeczy nie można zobaczyć, bo po prostu zniknęły już z powierzchni ziemi.

— Jak słynna latarnia morska — wtrąciła Amira, by pokazać, że ma pewne pojęcie o lokalnych legendach.

— Ach, latarnia. Podobno w czasach antycznych była ogólnie znanym symbolem miasta — tak jak obecnie wieża Eiffla w Paryżu czy Empire State Building w Nowym Jorku. Jeśli chciałaby pani poznać szczegóły techniczne, musiałaby pani porozmawiać z Charlesem. O ile dobrze zrozumiałam, zainstalowano w niej jakąś specjalną soczewkę czy magiczne lustro. Gdy się w nie spojrzało, można było dostrzec statki oddalone o setki mil. Na dodatek istniała możliwość odpowiedniego skupienia promieni słonecznych i skierowania ich na okręty wroga. W ten sposób z dużej odległości udawało się je spalić na popiół. Tak przynajmniej głoszą starożytne podania.

— I co się z nią stało?

— Z latarnią? Jak zwykle: zmógł ją czas. Muzułmanie, którzy zdobyli miasto, nie byli zainteresowani osiągnięciami greckiej nauki. Ktoś powiedział miejscowemu władcy, że pod tą wspaniałą budowlą ukryto bajeczne skarby. Z powodu podkopów runęła górna część, mieszcząca właściwą latarnię. Kilka wieków później trzęsienie ziemi doprowadziło do zawalenia się wieży.

Po lewej stronie pojawił się rozległy, zaniedbany budynek, z oknami wychodzącymi na Corniche i na port.

— Oto nasz hotel — wyjaśniła Margaret. — Normalnie zatrzymalibyśmy się w konsulacie, ale... no cóż, to w „Cecil" wraz z Charlesem spędzaliśmy nasz miesiąc miodowy dwadzieścia pięć lat temu.

— Jakie to romantyczne!

— Ach, tak. Tyle że w środku naszej podróży sentymentalnej Charles musiał się zająć jakimiś interesami, podobnie jak pani mąż.

Badawcze spojrzenie szarych oczy jakby domagało się komentarza.

— Nigdy nie pytam Alego o jego sprawy — odparła Amira. — Prawie nigdy.

— Oczywiście. — Lekki uśmiech. — Tak czy owak, zacznijmy naszą wyprawę. Hamza, wjedź w Sharia Nebi Daniel.

Kierowca skręcił w dość wąską ubogą ulicę, przepełnioną pieszymi.

— Daniel, podobnie jak Abraham i Mojżesz, jest prorokiem w obu naszych religiach — wyjaśniała Margaret. — A meczet widniejący tuż przed nami nosi jego imię. Podobno w jego podziemiach pogrzebane są szczątki Aleksandra Wielkiego. Oczywiście, nikt tego nie zdołał ustalić z całą pewnością.

— El Iskanderieh — powiedziała Amira. Była to arabska nazwa Aleksandrii. „Iskander" to arabskie „Aleksander".

— Sądzi się, że gdzieś w pobliżu pochowano także Kleopatrę — ciągnęła Margaret. — Kolejny zaginiony cud tego miasta to Biblioteka Aleksandryjska. Tutaj właśnie się znajdowała — na terenie tych ulic. A nie była to tylko książnica; pełniła także funkcję uniwersytetu. Przez setki lat stanowiła intelektualne centrum świata.

— Spłonęła. — Amira przypomniała sobie, jak mówiła jej o tym panna Vanderbeek. — I cała ta wielka wiedza popadła w zapomnienie.

— Nie spłonęła przez przypadek — powiedziała Margaret. — Spalili ją chrześcijańscy mnisi w owym czasie sprawujący władzę w mieście. Uznali, że to pogańskie księgi. Także z ich podpuszczenia tłum zabił Hypatię.

— Hypatię? — Amira nigdy nie słyszała tego imienia.

— Hypatia wykładała filozofię i matematykę. Ale jej idee nie podobały się mnichom. I właśnie w tych okolicach, w roku 415 naszej ery, tłuszcza napadła na nią, gdy wracała do domu, i zatłukła kawałkami cegieł.

— To była kobieta?

— Niezwykłe, prawda, gdy pomyśleć, że obecnie tak wiele kobiet z tego rejonu świata nie może kształcić się na uniwersytetach. Tymczasem tysiąc sześćset lat temu kobieta była tu profesorem. A teraz poproszę do kompleksu pałacowego Ras el Tin, Hamza.

Ras el Tin wywarł wielkie wrażenie nawet na Amirze, mieszkającej przecież na co dzień w pałacu. Został wybudowany przez Turków, a ostatnim jego mieszkańcem był król Farouk. Przepych komnat przyprawiał o zawrót głowy: w sali tronowej, chyba większej od boiska piłkarskiego, znajdowała się niezwykła posadzka z kości słoniowej i rzadkich gatunków drewna, o wzorze układającym się w pawie ogony; w pełnej luster sali balowej okna miały dwa piętra wysokości i wychodziły na ogrody oraz na morze, a witrażowy sufit przyćmiewał pięknością wielobarwną marmurową posadzkę; była tu też sala kandelabrowa, zawdzięczająca swą nazwę ważącej pięć ton galaktyce z kryształu i złota.

Przed opuszczeniem pałacu kobiety postanowiły przejść się po ogrodach. Na horyzoncie widniał statek płynący na zachód, który z tej odległości zdawał się uroczą zabawką.

Margaret podążyła wzrokiem za spojrzeniem Amiry.

— O ile się nie mylę, to „Azonia". Cztery razy w tygodniu kursuje stąd do Marsylii. Miło byłoby znaleźć się na jej pokładzie, prawda?

Amira zdała sobie sprawę, że Angielka wypowiedziała na głos jej własne myśli.

Margaret uparła się, żeby zaprosić Amirę na lunch. Wybrała nadbrzeżną restaurację o nazwie „Aboukir". Była tam tylko jedna sala o szklanych ścianach. W rozlicznych akwariach pływały ryby, by klienci osobiście mogli sobie wybrać odpowiednią sztukę.

— Już świeższych ryb nie można sobie wymarzyć — stwierdziła Margaret. — Ja jednak zdecyduję się na *soubia*. To przepyszne danie.

— Dla mnie to samo, proszę — powiedziała Amira do wyczekującego kelnera.

Okazało się, że *soubia* to maleńkie ośmiorniczki duszone w oliwie. Rzeczywiście fantastyczne w smaku.

— Czy zwróciłaś uwagę, moja droga, na ten tak zwany skrót, którym tutaj dojechałyśmy? — spytała Margaret.

— Zauważyłam, że mijałyśmy dość obskurną okolicę.

— To było obrzeże Miny, starej dzielnicy portowej. Zdaje mi się, że Hamza miał nadzieję zerknąć na nierządne kobiety. Nie chciałam mówić o tym w samochodzie, by nie zorientował się, że o tym wiem, ale przejechałyśmy tuż obok Madame Heloise's, najsłynniejszego, wciąż dobrze prosperującego burdelu. Cała ta dzielnica była kiedyś miejscem handlu żywym towarem, zaspokajającym wszelkie możliwe preferencje mężczyzn. Wciąż jeszcze cieszy się niezłą reputacją — choć już nie taką, jak za dawnych czasów. Dzisiejszą klientelę stanowią głównie Arabowie z petrodolarami. Bez urazy — Europejczycy wiele lat wcześniej też sobie tutaj używali.

Amira wzruszyła ramionami. Czemu miałaby się czuć urażona? Przecież każdy wie, jak zachowują się mężczyźni z dala od domu.

Po południu zwiedzały kolejny pałac, Muntaza — bladoróżową budowlę przypominającą fantazyjny zamek z piasku, stojący na wzgórzu owiewanym chłodną bryzą, otoczony parkiem pełnym eukaliptusów i pieprzowców. Amira przypomniała sobie opowieści Jihan o tym pałacu, nigdzie jednak nie dostrzegła słynnego basenu z liliami, w którym miały się kąpać nagie piękności. Może został zasypany i popadł w zapomnienie.

Potem obie kobiety spacerowały boso po plaży — oczywiście w towarzystwie Hamzy, by nie spotkała je żadna przykrość.

Ostatnim przystankiem był Konsulat Brytyjski w Roushdy, zaledwie milę od domu Amiry, gdzie czekał doskonały podwieczorek. Amira była kiedyś w Londynie; jednak ten mały zakątek Egiptu był o wiele bardziej angielski od brytyjskiej stolicy. Gdy słońce zaczęło rzucać długie cienie na wypielęgnowane trawniki, Amira gorąco żałowała, że ten uroczy dzień już dobiega końca.

Amira szczerze kochała trzy kobiety: Lailę, pannę Vanderbeek i Jihan. I wszystkie one zniknęły z jej życia. A tymczasem teraz, w obcym kraju, odnalazła w osobie Margaret Edwin coś z każdej w nich po trosze — żądną przygód towarzyszkę, nauczycielkę i matkę.

W końcu nadszedł czas pożegnania i Margaret posłała po samochód. Stojąc w drzwiach, kobiety snuły dalsze plany. Tak, niewykluczone, że Amira będzie jutro wolna; zapyta Alego. To doskonale. Być może uda im się jednak zwiedzić muzeum.

A potem, nieoczekiwanie, Margaret powiedziała:

— Mieliśmy z Charlesem córeczkę. Zginęła na jachcie, gdy miała dwanaście lat. Teraz byłaby mniej więcej w pani wieku. Rozmawialiśmy o tym wczoraj wieczorem, po naszym spotkaniu. Charles stwierdził, że ma pani piękny uśmiech, ale smutne oczy. Wiem, że to może zabrzmieć obcesowo, ale gdyby miała pani ochotę z kimś porozmawiać, jeszcze przez kilka dni można mnie tu bez trudu znaleźć.

— Dziękuję. — Amira nie wiedziała, co jeszcze mogłaby dodać na pożegnanie. Ponownie miała nieodparte wrażenie, że starsza pani czyta w jej myślach.

Ali siedział nad basenem z dużym drinkiem w dłoni.

— Nieustraszony odkrywca powrócił do domu! — wykrzyknął radośnie. — Idź włożyć kostium kąpielowy. Popływamy razem.

To było przyjemne polecenie. Kiedy przebrana zeszła na dół, Ali pluskał się beztrosko, a na obrzeżu basenu stał nowy drink.

— Nie jedziesz dziś w nocy do miasta, mój kochany?

— Hmm? Jeszcze nie wiem. Może dam miastu od siebie odpocząć. Wcześniej się położę.

Cóż za miła niespodzianka. Po kąpieli usiedli nad basenem. Ali przygotował sobie kolejnego drinka, a Amirze podał szklankę wody sodowej.

— Opowiedz mi o swoim dniu — uśmiechnął się ciepło. — Czy odnalazłaś szczątki Kleopatry?

Amira opowiedziała mu o pałacach, o *soubia* i ultraangielskiej atmosferze panującej w konsulacie. Ali parskał śmiechem, zadawał pytania, dowcipkował. Pił co prawda za dużo, ale co to miało za znaczenie w tak uroczy wieczór. Przynajmniej był na miejscu — to dobry początek.

Burza rozpętała się nieoczekiwanie. Gdy Amira relacjonowała Alemu, co Margaret mówiła o starej dzielnicy portowej, twarz nagle mu pociemniała i poderwał się gwałtownie z miejsca.

— Nie życzę sobie, żebyś spotykała się z tą kobietą.

— Co takiego?

— Słyszałaś. Zabraniam ci z nią kontaktów. Żeby w publicznym miejscu opowiadać o domach nierządu!

— Ależ, Ali, najdroższy...

— Nie dyskutuj ze mną. Może twoja rodzina nie dba o reputację, ale moja bardzo.

— Przecież to jedynie...

— Czyżbyś próbowała sprzeciwiać się mojej woli? Powiedziałem, koniec tej znajomości.

Obrócił się na pięcie i zniknął za drzwiami tarasu. Amira siedziała nad basenem w zapadającym zmroku zbyt zaszokowana, żeby płakać. Kiedy dużo później weszła do domu, Alego już nie było.

Margaret zadzwoniła nazajutrz rano. Była zdruzgotana, gdy usłyszała, co się stało, i obwiniała za wszystko siebie. Rozmawiały przez długi czas — Amira próbowała tłumaczyć, że nie ma w tym niczyjej winy. Taka widać była wola Najwyższego. Nic nie można na to poradzić. Ona nie miała innego wyjścia, musiała być posłuszna nakazom męża.

— Rozumiem — powiedziała Margaret, ale po tonie jej głosu Amira poznała, że Angielka tak naprawdę nie rozumie niczego.

— A więc powodzenia, moja droga. Do widzenia.

To były ostatnie słowa, jakie Amira usłyszała od swojej nowej przyjaciółki.

— Niech Najwyższy cię prowadzi — odparła, ale połączenie już zostało przerwane.

I znowu pozostał jej tylko basen i książki. To było nie do zniesienia.

— Ali, chcę wracać do domu.

— Do domu? Ale dlaczego? Tutaj jest tak pięknie. Nie jesteś szczęśliwa?

— Nie. Przyjechałam do Aleksandrii, żeby spędzać czas z tobą, a tymczasem ciebie nigdy przy mnie nie ma.

— Przecież właśnie jestem.

— Dobrze wiesz, co mam na myśli.

— Nie. Nie wiem. Wiem natomiast, że moje interesy w tym mieście nie są twoją sprawą. Wiem, że ta podróż była twoim pomysłem. Wiem, że wydałem fortunę, by kupić dom, z którego ty wcale się nie cieszysz. Nie wiem natomiast, co masz na myśli.

Chwilę później Amira usłyszała odjeżdżający samochód.

Nie była w stanie przekonać do siebie Alego. Wymarzona podróż okazała się jedną wielką porażką. Tutaj było jeszcze gorzej niż w al-Remal. Tej nocy po raz pierwszy powiew morskiej bryzy i łagodny szmer fal nie mogły ukołysać jej do snu. Nerwowo chodziła po sypialni, zastanawiając się, co teraz pocznie ze swoim życiem.

Jeżeli nie będzie między nimi seksu, jeżeli nie urodzi więcej dzieci, czy Ali się z nią rozwiedzie? Niemal miała nadzieję, że tak zrobi. Wciąż jeszcze była młoda, mogła znaleźć odpowiedniego męża. Co jednak byłoby z Karimem? Ale szybko dotarło do niej, że Ali mimo wszystko się z nią nie rozwiedzie — nie z powodu miłości, ale czystej mściwości. Nieraz mówił jej o tym w gniewie. Zostanie relegowana do odległych komnat pałacu, podczas gdy on będzie płodził dzieci z innymi żonami.

Spojrzała na Karima śpiącego w kołysce. Za kilka lat jej syn zostanie przeniesiony do męskiego skrzydła domu, a potem szybko dorośnie. I wówczas, jeśli los okaże się dla niej łaskawy, może parę razy w tygodniu zjedzą razem lunch.

Powtarzała sobie, że taka jest wola Boga, ale nie mogła znaleźć w tych słowach pocieszenia. Co to miało za znaczenie? Jeżeli z nieba spadłby meteoryt i pogruchotał jej kości, to zapewne byłaby wola Najwyższego, czy jednak z tego powodu jej cierpienie byłoby mniejsze? Gdyby tylko mogła z kimś o tym porozmawiać... Z Philippe'em. Lub z Malikiem. Natychmiast przyszła jej na myśl „Azonia". Za parę dni powróci z Marsylii. A gdyby tak wzięła Karima i paszport, weszła na pokład, przekupiła ochmistrza? To byłoby szaleństwo. Nawet jeśli dostałaby się na statek, Ali już by na nią czekał na kei we Francji.

Zwinęła się w kłębek na łóżku.

— Mamo, gdzie jesteś? — wyjęczała. Dość tego. Jihan była w raju. A może nie? A co z Lailą? I właściwie, czemu nagle przyszła jej do głowy Laila?

Zerwała się z łóżka, pobiegła do salonu i otworzyła szafkę, w której Ali trzymał alkohol. Nie patrząc na naklejkę, otworzyła pierwszą butelkę z brzegu i pociągnęła potężny łyk. Miała wrażenie, że pije ogień. Zakrztusiła się, odczekała chwilę, wzięła następny łyk. Może teraz uda jej się zasnąć. Ali zawsze spał jak zabity. Czy był to jednak sen sprawiedliwych?

Powlokła się na górę po schodach. Stopnie zdawały się falować. Kiedy się położyła, zawirował cały pokój. Wstała, poszła do łazienki i zwymiotowała. Potem, wyczerpana, wśliznęła się do łóżka i w ciemności wyciągnęła rękę, by dotknąć śpiącego dziecka.

Jasna poświata księżyca zalewała pokój, raziła oczy. Co to za miejsce? Ach, tak. Aleksandria. Która godzina? Nie wiadomo. Bolała ją głowa. Coś ją obudziło. Karim? Nie. Śpi spokojnie i słodko. Głosy na zewnątrz. Ali. Z kimś rozmawiał. Z kim? Ze służącym? Zdawał się rozgniewany.

Cicho wstała z łóżka i wymknęła się na balkon. W świetle księżyca wyraźnie ujrzała Alego stojącego w kąpielówkach przy basenie, a naprzeciwko niego młodego mężczyznę, którego strój świadczył o ubóstwie.

— Ekscelencjo. — Mężczyzna przemawiał błagalnym tonem. — Przypominam ci jedynie o twojej obietnicy. Miałeś się mną zaopiekować, a tymczasem do tej pory nie dostałem żadnych pieniędzy.

Ali, ku wielkiemu zdumieniu Amiry, uderzył mężczyznę z całej siły wierzchem dłoni w twarz.

— Jak śmiesz przychodzić do mojego domu! Przykazywałem, żeby twoja noga nigdy tu nie postała. Dobrze wiesz, gdzie mnie można spotkać. Tam i tylko tam!

— Panie, wysłuchaj mnie, proszę. Moja matka jest chora. Potrzebujemy pieniędzy na doktora i lekarstwa. Jeżeli ja cię już nie zadowalam, podeślę mojego brata. Widziałeś go, ekscelencjo. Ma tylko trzynaście lat, jest bardzo piękny, jeszcze nietknięty. Ty będziesz pierwszy, jak byłeś ze mną.

W cieple aleksandryjskiej nocy Amira miała wrażenie, że zamienia się w sopel lodu. Nagle wszystko stało się jasne i oczywiste: obojętność Alego, jego zmienne nastroje i wybuchy złości. Wściekłość, gdy próbowała go uwodzić. Poczuła nagły zawrót głowy i mrowienie w palcach. Tylko nie mdlej, nakazywała sobie w duchu. Nie tutaj. Nie teraz.

— Błagam, panie, chociaż kilka funtów.

— Posłuchaj, psie, przychodząc tutaj, straciłeś wszystko. Wracaj do swojej nory!

Błagalna poza mężczyzny uległa nieznacznej zmianie — teraz pojawił się w niej cień groźby. Amira dopiero w tym momencie spostrzegła, że gość był potężniejszy, bardziej muskularny od Alego.

— Ekscelencjo, nigdy nie sądziłem, że będę do tego zmuszony, ale wiedz, że zrobiłem kilka zdjęć. Może ktoś zechce je kupić za parę groszy — żeby chociaż starczyło na doktora. Wolałbym się jednak do tego nie posuwać.

Ali wyciągnął ręce, jakby chciał chwycić mężczyznę za gardło, zaraz jednak je opuścił.

— Oczywiście, łżesz — oznajmił swoim najbardziej arystokratycznym tonem — nie mam jednak ochoty tracić więcej czasu na te bzdury. Nawet taki głupiec jak ty powinien wiedzieć, że nie noszę pieniędzy zatkniętych za kąpielówki. Czekaj tutaj.

Odwrócił się i wszedł do domu. Mężczyzna odprowadzał go spojrzeniem rzeczywiście przypominającym spojrzenie psa.

Nagle wyobraziła sobie, że nazajutrz będzie siedziała nad tym samym basenem z książką w ręku, a Ali zejdzie na dół z przekrwionymi oczami. Co wówczas mu powie?

Jej mąż tymczasem ponownie zjawił się nad basenem i Amira instynktownie cofnęła się w cień. Ali trzymał plik banknotów w lewej dłoni — co było oczywistą obelgą — ale przecież ten młody mężczyzna przychodząc tu, nie dbał o dumę. Mamrocząc podziękowania, sięgnął po pieniądze. Ali uderzył go ponownie — tym razem pięścią w pierś. Mężczyzna jęknął i opadł na kolana. Dopiero wtedy Amira dostrzegła błysk noża.

— Nie! — wykrzyknęła odruchowo.

Ali odwrócił się w jej stronę z furią w oczach.

— I ty tu jesteś? Jeszcze jedno słowo, Amiro. Jeszcze słowo, a... rozumiesz?

Nie musiała odpowiadać. To było pytanie czysto retoryczne.

Ali chwycił zwłoki za nogi i zaczął ciągnąć po trawniku w stronę morza. Amira drżała na całym ciele. Miała wrażenie, że to jakiś koszmar. Że rano wszystko okaże się jedynie złym snem.

Ali wrócił zasapany. Spłukał krew z obrzeża basenu, wskoczył do wody, zanurzył się, po czym wszedł do domu. I to wszystko.

Złapią go, pomyślała Amira. Jest mordercą i zostanie ujęty. Zaraz jednak zrozumiała naiwność. Ali nie musiał się niczego obawiać. Nawet gdyby policjanci zaskoczyli go z nożem w dłoni, to co z tego? On był księciem al-Remal, a ten młody człowiek intruzem. Na wszelkie niewygodne pytanie odpowiedzią byłyby pieniądze albo — gdyby zaszła taka potrzeba — oddelegowanie zbyt dociekliwego nieszczęśnika na jakiś posterunek w głębi Sahary.

Niemniej nazajutrz wyjechali do al-Remal. W czasie długiego lotu do domu nie zamienili za sobą ani słowa.

CZĘŚĆ PIĄTA

Strach

— Jesteś dziwką, prawda? Najzwyklejszą plugawą dziwką.

— Ali, błagam...

— Przyznaj to!

Chwytając za włosy, odciągnął do tyłu jej głowę. Ból był silny, ale strach jeszcze silniejszy.

— Dobrze. Tak. Jestem dziwką. Proszę...

— Chcesz tego, prawda? Chcesz, żebym ci go wsadził!

Palce jego lewej ręki zaczęły się w nią boleśnie zagłębiać.

— Och, Ali, nie. Błagam cię...

— Mów!

— Tak, tak! Chcę, żebyś go wsadził. Proszę, zrób to.

Poruszył się i Amira przygotowała się na następną falę bólu. Ale nic się nie wydarzyło. Ali zajęczał z frustracji i wcisnął mocno jej twarz w poduszkę. Amira nie mogła oddychać. Czy zaraz umrę?, przemknęło jej przez myśl. Pod powiekami ujrzała ufne spojrzenie ciemnych oczu Karima.

Nagle nacisk na głowę ustąpił. Usłyszała, że Ali wypada z pokoju, na korytarzu echem niosły się jego kroki. Zaczęła gwałtownie łapać ustami powietrze. Ali poszedł dalej pić. To dobrze. Jeżeli chciwie przyssie się do butelki, szybko straci przytomność. Może jednak wziąć również te tabletki — ohydne czarne tabletki, dzięki którym mógł nie spać przez całą noc. Wówczas niewykluczone, że wróci tu jeszcze bardziej rozjuszony.

Znała to z bolesnego doświadczenia. Ostatnie dwa miesiące od przyjazdu z Aleksandrii były istnym piekłem. Ali nigdy nie okazał najdrobniejszej skruchy za morderstwo. Za to nieustannie kipiał wściekłością. Alkohol jeszcze bardziej wzmagał ten stan — alkohol i tabletki. Światu nadal prezentował uśmiechniętą, łagodną twarz, ale gdy zostawał sam na sam z Amirą, wszystko się zmieniało.

Jak na ironię, teraz co noc przychodził do jej sypialni. To było prawdziwym koszmarem. Wcześniej musiała od czasu do czasu znosić odrobinę bólu; teraz sadystycznie się nad nią znęcał. Znała pojęcie „sadyzm" z podręczników do psychologii, ale do niedawna wydawało się jej czymś nierealnym. Jak ktoś może czerpać seksualną przyjemność z zadawania cierpienia innemu człowiekowi? Cóż, tak właśnie było w przypadku Alego. Chociaż powoli i te praktyki zaczynały go zawodzić. Coraz częściej, jak dzisiejszego wieczoru, nie mógł się podniecić bez względu na to, jak dużo bólu jej zadawał i jak bardzo ją poniżał.

Może w końcu da jej spokój i wróci do swoich chłopców, powtarzała sobie w duchu. Tak naprawdę wiedziała jednak, że to tylko pobożne życzenie. Przemoc będzie się nasilać — Ali będzie coraz okrutniejszy, aż pewnego dnia po prostu ją zabije. Nie miała co do tego najmniejszych wątpliwości. Bo w głębi serca pragnął jej śmierci. Choćby dlatego, że była jedynym świadkiem popełnionej przez niego zbrodni.

Co ja mam teraz zrobić? Nigdy nie czuła się tak samotna. Gdyby wyznała prawdę, w najdrobniejszych szczegółach opisała potworności, których dopuszczał się Ali, i tak nikt by jej nie uwierzył. Nikt w al-Remal, nawet własny ojciec. Jedynie Malik nie wątpiłby w jej słowa. Ale akurat jemu nie mogła nic powiedzieć. Dobrze wiedziała, jak by zareagował, i doskonale zdawała sobie sprawę z potęgi Alego — z potęgi królewskiej rodziny. Jeśli opowiedziałaby o wszystkim Malikowi, wydałaby na niego — i na siebie samą — natychmiastowy wyrok śmierci.

Philippe też by jej uwierzył. Ale cóż mógłby zrobić? Nic. Gdyby czemukolwiek próbował się przeciwstawić, naraziłby swoje życie.

Weszła do przyległego pokoiku, w którym sypiał Karim

podczas wizyt Alego. Nie do wiary — dziecko rzeczywiście spokojnie spało. Czy budził się niekiedy, gdy Ali ją dręczył? Co słyszał? Co z tego zapamięta? Czy zarejestruje w podświadomości jakieś słowa, odgłosy, które go będą prześladować w późniejszym życiu?

Pogładziła Karima po czole i synek wymamrotał kilka słów przez sen. Jest piękny, zdecydowała w duchu. I nie kierowała się matczynym zaślepieniem — to było rzeczywiście śliczne dziecko. Karim wyrośnie na przystojnego, atrakcyjnego młodzieńca. I nagle, po raz pierwszy, uderzyła ją porażająca myśl. Inklinacje jej męża, sposób, w jaki ją traktował, gdy jej zabraknie, co może zrobić Karimowi?

Na Boga, muszę nas stąd wydostać. Ale jak? Przecież to absolutnie niemożliwe. A jednak trzeba znaleźć jakiś sposób. Tyle że dziś i tak nic sensownego nie przyjdzie jej do głowy. Jest zbyt zmęczona, nadto oszołomiona. Potrzebuje snu. Zastanowi się jutro. Jutro obmyśli jakiś plan. Tę obietnicę składała sobie co noc od czasu przyjazdu z Aleksandrii. Nienawidziła zapachu swojego łóżka, padła jednak na nie wycieńczona. Wokół panowała cisza. Może tym razem alkohol okazał się mocniejszy od czarnych tabletek. Amira zgasiła światło i zamknęła oczy.

Znowu ujrzała placyk przed al-Masagin, zgromadzoną wokół tłuszczę, postać przywiązaną do pala. Tym razem jednak nie była to Laila, ale młody mężczyzna, który przyszedł nocą do willi w Aleksandrii. Patrzył wprost w oczy Amiry. A zaraz potem zobaczyła Alego ciągnącego ku plaży ciało Laili, znaczące swój ślad smugą krwi. Amira biegła za mężem, błagając, by się zatrzymał. I wówczas opaska spadła z oczu przyjaciółki. Okazało się, że to nie Laila, ale ona sama — Amira. Amira, która przyglądała się tej scenie, próbowała dotknąć nieżywej Amiry — ale nie mogła. Miała wrażenie, że na jej ramionach zawisły straszne ciężary. Spojrzała w dół i wówczas zobaczyła, że dwa szczerzące zęby czarne psy, wbiły kły w jej nadgarstki.

W ciemności ktoś szarpał jej ciało. Ogarnęła ją panika — to był Ali. Wyraźnie czuła odór alkoholu.

— Ali, co ty wyprawiasz?

— Postanowiłem ci dać porządną nauczkę.

— Ali, proszę! — Próbowała go odepchnąć, ale nie mogła ruszyć rękami. Czyżby wciąż śniła. Och, nie! Tylko nie to! Ali przywiązał ją do łóżka.

Zapalił światło. Jego źrenice były dwoma ledwo widocznymi punkcikami — a więc tabletki zwyciężyły.

— Szykuj się, suko. Szykuj się.

Pokazał jej bat przypominający harap używany przez poganiaczy wielbłądów.

— Nie, Ali!

— Odwróć się, jeśli nie chcesz dostać po twarzy.

— Ale co ja takiego zrobiłam?

Bicz opadł na jej piersi. Amira zawyła z bólu i przetoczyła się na brzuch.

— Jesteś maciorą. Patrzysz na mnie z góry. Widzę to w tych twoich diabelskich oczach. Jak śmiesz mną pogardzać! Swoim mężem. Królewskim synem. Już ja nauczę cię szacunku. Nauczę respektu.

Po każdym słowie na jej plecy, uda i pośladki spadały razy. Nie mogła się przed nimi bronić. Zaczęła krzyczeć wniebogłosy. Na pewno ktoś zareaguje — jakaś służąca, ktoś z rodziny — i wpadnie do jej pokoju. Jednak nikt się nie zjawił.

W końcu usłyszała zawodzenie Karima. Jakimś cudem wyswobodziła z więzów dłoń, potem drugą — ocierając przy tym nadgarstki do krwi. Chciała pobiec do syna, ale Ali zablokował jej drogę i wepchnął w kąt pokoju.

— Błagam, Ali. Nic nie mogę poradzić na to, że nie jestem mężczyzną. Na Boga, przestań!

Przestał — jednak tylko na moment. Na tyle, by Amira zdała sobie sprawę, że powinna była spokojnie znieść chłostę. Teraz twarz jej męża przeobraziła się w lodowatą maskę morderczej furii. Nie ulegało wątpliwości, że zamierzał ją zabić.

Próbowała osłonić twarz rękami, ale jego pięść bez trudu przedarła się między dłońmi. Przegroda nosowa uległa zmiażdżeniu. Cios w policzek niemal ją zamroczył — najpierw ujrzała oślepiający błysk, a potem wszystko wokół stało się odległe. Chwilę później poczuła cios w brzuch. Nie mogła złapać oddechu, upadła na ziemię. Coś ciepłego pociekło jej po udach. Zmoczyłam się, pomyślała ze wstydem.

Ostatnią rzeczą, która zapamiętała, była stopa Alego napływająca w jej stronę sennie i powoli, niczym dziecięcy balonik niesiony lekkim powiewem.

Pastelowe kolory. Kobieta w bieli. Na ustach niespodziewany dotyk czegoś miękkiego i zimnego. Lniany woreczek z lodem. Poczuła ból, ale jednocześnie wilgoć była rozkoszna. Amira umierała z pragnienia.

— Dzięki Najwyższemu — powiedziała kobieta. — Dzięki niech będą Allachowi, że pozwolił Waszej Wysokości przeżyć ten straszliwy wypadek.

Wypadek? Amira próbowała coś powiedzieć, ale wydała z siebie jedynie bełkotliwy, nieartykułowany dźwięk. W całej twarzy czuła rozsadzający ból — jakby zamiast głowy miała gnijący melon. Jeszcze gorsze jednak było palenie we wnętrznościach. Choć jednocześnie wszystkie te doznania dochodziły jakby z innego świata, nie były z nią bezpośrednio związane. Powoli zaczynała pojmować sytuację. Szpital. Pielęgniarka. Środki odurzające. Przypomniała sobie, czemu się tu znalazła. I zapadła w sen.

Kiedy się obudziła, ból był już bardzo realny. Pielęgniarka, Pakistanka w średnim wieku, szybko podała jej pigułkę. Amira przełknęła ją niemal chciwie.

— Mój syn... — wyszeptała.

— Słucham? Ach, syn. Jestem pewna, że niedługo zostanie tu przyniesiony, Wasza Wysokość. Nie chciałybyśmy jednak, żeby zobaczył cię w tym stanie, pani, prawda?

— Prawda.

— Za to książę jest tu niemal przez cały czas. Większość

pacjentów sądzi już nawet, że jest jednym z lekarzy. — Pielęgniarka delikatnie wsunęła w usta Amiry termometr. — Cóż to za uroczy mężczyzna. I nie musisz się, pani, niczym przejmować. Ani trochę się nie gniewa, że Wasza Wysokość usiadła za kierownicą samochodu. Proszę tylko spojrzeć na wszystkie te kwiaty, które codziennie przynosi.

W pokoju stało kilka olbrzymich bukietów. Spojrzawszy na nie, Amira zdała sobie sprawę, że widzi tylko na prawe oko. Lewe nie chciało się otworzyć. A więc niby prowadziła samochód.

— Nie, nie, pani. Proszę nie dotykać opatrunków. — Pielęgniarka zabrała termometr, dorysowała kreskę na karcie pacjenta, po czym znów zaczęła perorować słodko-boleściwym tonem, typowym dla jej profesji. — Wasza Wysokość była bardzo niegrzeczną dziewczynką. Przecież mogłaś, pani, zginąć. Na szczęście Najwyższy nad tobą czuwał. I to Jego łasce zawdzięczamy, że w godzinie największej potrzeby zesłał nam doktora Rochon.

— Doktora Rochon? Doktora Phillipe'a Rochon?

— Właśnie. Przybył tego samego dnia, gdy przyjęliśmy Waszą Wysokość na oddział, więc doktor Konyali poprosił go, by przeprowadził operację. Oczywiście, doktor Konyali również podołałby temu zadaniu.

Środek przeciwbólowy zaczynał już działać, więc Amira nie była pewna, czy dobrze zrozumiała słowa kobiety.

— To znaczy, że jest tutaj doktor Rochon? I że on mnie operował? Co to była za operacja?

Pielęgniarka wyraźnie się zmieszała.

— Myślę, Wasza Wysokość, że naturę zabiegu najlepiej wyjaśnią lekarze.

— Nie. Chcę to usłyszeć od ciebie. Nie jestem przesądna. Nie będę cię winić za złe wieści. Wręcz przeciwnie — gorąco ci podziękuję. A więc, co to była za operacja?

Pielęgniarka posłała jej spojrzenie pełne litości.

— Miałaś poważne obrażenia, pani. Obfite krwawienia

wewnętrzne. Operacja była koniecznym, ratującym życie zabiegiem. Lekarze musieli usunąć jedną z nerek. A także macicę.

Jakże to smutne, pomyślała Amira. Doskonale pojmowała znaczenie wypowiadanych przez pielęgniarkę słów, jednak miała wrażenie, że nie dotyczą jej osobiście, ale zupełnie innej, obcej osoby. Dzięki więc Najwyższemu za środek przeciwbólowy, morfinę czy cokolwiek to było. Jej macica. Cóż za strata.

— Na szczęście Wasza Wysokość ma syna. I dzięki Najwyższemu pozostałaś, pani, przy życiu.

— A czy ty masz dzieci?

— Nigdy nie wyszłam za mąż, pani. Dziękuję jednak za zainteresowanie. — Pielęgniarka poprawiła igłę od kroplówki. — Proszę teraz wypoczywać, Wasza Wysokość. Gdybyś czegoś potrzebowała, pani, będę w pobliżu. Niedługo też przyjdą na obchód lekarze. A tak przy okazji, mam na imię Rabia.

Amira miała wrażenie, że się unosi na wodach ciszy i spokoju. A nad tymi wodami — niczym piękny obłok — płynęła myśl, że wkrótce pojawi się u jej boku Philippe.

— Czy możesz mi przynieść lusterko? — Amira usłyszała swój własny głos.

— Lusterko? Przykro mi, ale nie mam... nie mam pod ręką żadnego lusterka. Może za jakiś czas uda mi się je znaleźć dla Waszej Wysokości. Teraz jednak proszę wypoczywać.

— Oczywiście... Czy to ty, Philippie?

Stał tuż za doktorem Konyali z niezwykle zatroskaną twarzą.

Doktor Konyali odchrząknął głośno.

— Zapomniałem, że zna pani doktora Rochon, księżno. — Ten pokurczowaty dworak nigdy by tego nie zapomniał. Po prostu z satysfakcją napominał Amirę, że zachowała się bardzo niestosownie, odzywając się tak obcesowo do mężczyzny.

Nic ją to jednak nie obchodziło. Swoim jedynym w tej chwili użytecznym okiem wpatrywała się intensywnie w Philippe'a. Nigdy dotąd nie widziała go w szpitalnym stroju. Wydawał się w nim bardziej chłopięcy, a jednocześnie starszy i bardziej kruchy.

— Jak się miewasz, Philippie? I co cię tu sprowadza?

Uśmiech pogłębił mimiczne zmarszczki wokół jego oczu.

— Jak j a się miewam? A któż jest tutaj pacjentem? Mnie przede wszystkim interesuje, jak ty się czujesz.

Próbowała odpowiedzieć uśmiechem na uśmiech, ale poczuła ostry ból w twarzy.

— Doskonale. Jeszcze nigdy nie czułam się lepiej.

— Doktorze Konyali, czemu mnie pan nie uprzedził, że pańska pacjentka cierpi również na nadmiar dobrego humoru? — powiedział Philippe, spoglądając ponad ramieniem Turka na kartę chorobową Amiry. — Odpowiadając na drugie pytanie Waszej Wysokości: sprowadził mnie tu ostry atak chronicznej przypadłości króla. Kiedy przyjechałem, Jego Wysokość właśnie się dowiedział o twoim w y p a d k u, pani, i poprosił, żebym asystował doktorowi Konyali.

Turek niemal się rozpłynął, słysząc takie pochlebstwo, tymczasem Amira natychmiast pochwyciła szczególne spojrzenie Philippe'a i specjalny nacisk, jaki położył na słowo „wypadek". I poprzez odurzenie bólem i rozmaitymi lekami przebiła się jedna myśl: on wie!

— Nie będziemy dłużej zakłócać wypoczynku Waszej Wysokości — wtrącił Konyali. — Tego ci teraz, pani, najbardziej potrzeba. — Naczelny lekarz remalskiego szpitala zaczął z konsternacją przestępować z nogi na nogę. — O ile zrozumiałem, Rabia już poinformowała Waszą Wysokość, że trzeba było przeprowadzić rozmaite medyczne... zabiegi.

— Tak.

— To było bezwzględnie konieczne. Bardzo mi przykro.

— Nie mam do panów żalu. Niezbadane są wyroki Boga.

Konyali skłonił głowę, by wyrazić, że bez zastrzeżeń zgadza się z ową dogłębną diagnozą.

— Mąż chciałby się teraz zobaczyć z Waszą Wysokością — oznajmił po chwili. — Poinformowałem go jednak, że nie powinien przebywać tu dłużej niż kilka minut.

Czyżby jej strach był dla wszystkich oczywisty? Philippe

patrzył na nią wyjątkowo badawczym wzrokiem. Tak. To nie ulegało wątpliwości — on wiedział.

— Mam nadzieję, że nie będzie pan miał nic przeciwko temu, bym od czasu do czasu zajrzał do pańskiej pacjentki, doktorze Konyali — powiedział po chwili.

— W żadnym razie, doktorze. Księżna jest tak samo pana pacjentką jak moją.

Philippe mrugnął szelmowsko okiem.

— Będę w pobliżu, Wasza Wysokość. W razie czego Rabia znajdzie mnie w każdej chwili.

Zanim zdążyła się pożegnać, już wyszedł z pokoju. Konyali wydał kilka instrukcji Rabii i podążył za Francuzem. Ledwo zniknął za drzwiami, pojawił się Ali. Pielęgniarka podniosła się z krzesła i skierowała w stronę drzwi.

— Nie, Rabia. Zostań, proszę.

Pakistanka posłała Amirze dziwne spojrzenie.

— Będę tuż za drzwiami, pani. Książę, proszę pamiętać, że ma pan jedynie kilka minut. To zalecenie lekarza.

— Oczywiście.

Gdy tylko drzwi zamknęły się za Rabią, Ali ruszył w stronę żony. Amira z trudem stłumiła krzyk. Tymczasem Ali zrobił coś zdumiewającego: opadł na kolana tuż przy łóżku i zaczął całować jej dłonie.

— Niech będzie pochwalone imię Allacha. Dzięki Najwyższemu, że cię ocalił! To wszystko moja wina i nigdy sobie tego nie wybaczę. Jeśli byłbym dobrym, odpowiedzialnym mężem, nie poważyłabyś się na takie szaleństwo.

— O czym ty mówisz?

— O twoim wypadku, oczywiście. Szkoda, że nie możesz zobaczyć samochodu.

Czy coś mu się pomieszało w głowie? Czy może ona sama traciła zmysły?

— Nie było żadnego samochodu.

— Słucham?

— Nie jechałam żadnym samochodem.

Poklepał ją protekcjonalnie po dłoni.

— Nie powinienem jeszcze zawracać ci głowy. Odpoczywaj, moja droga. Przyjdę jutro. I pamiętaj, od tej pory będzie inaczej. Wszystko ulegnie całkowitej zmianie.

Czyżby to było jakieś zaćmienie wywołane silnym poczuciem winy? Czy Ali wyparł z pamięci to, co się wydarzyło? Czy może po prostu nie miał odwagi przyznać się, co naprawdę zrobił?

Już w progu odwrócił się do niej z szerokim uśmiechem na twarzy. I wówczas w jego oczach znów dojrzała ten szczególny metaliczny błysk. Amira zdążyła pochwycić owo spojrzenie nocnego drapieżnika, ale i ów drapieżnik zdołał ją dostrzec.

Była jednak za bardzo wyczerpana, by odczuwać strach. I zanim wróciła Rabia, Amira zdążyła pogrążyć się w głębokim śnie.

Przez dwa kolejne dni Amira nie mogła się ruszyć — była zbyt obolała i osłabiona. Jednak trzeciego dnia rano zdołała przy pomocy Rabii usiąść na łóżku, a po południu przeszła nawet kilka kroków. Gdy niezdarnie stawiała nogę za nogą, miała wrażenie, że jest bardzo zgrzybiałą staruszką albo bardzo małym dzieckiem. Tego też dnia doktor Konyali usunął większość opatrunków z jej twarzy, a Rabia — choć z wielkim ociąganiem — przyniosła w końcu lusterko.

Amira spojrzała na swoje odbicie i oniemiała. Twarz, wciąż spuchnięta, była właściwie jednym wielkim sińcem, przechodzącym właśnie z ciemnego fioletu w ohydną, zgniłą żółć. Na nosie nadal miała plaster. Od linii włosów w dół czoła ciągnęła się czarna drabinka szwów. Mogła już patrzeć lewym okiem, ale było ono groteskowo przekrwione.

— Pozostanie blizna, ale nie taka straszna — oznajmił Konyali, wskazując na szwy. — Nos co prawda już też nie odzyska dawnego kształtu, ale nie będzie znacznych przemieszczeń.

Philippe z poważną miną patrzył, jak opatrunki znikały z twarzy Amiry. W końcu uśmiechnął się szeroko.

— Jeżeli nie spodoba ci się nowy nos, księżno, podam ci

nazwisko doskonałego chirurga plastycznego. Dostaniesz taki nos, jaki tylko sobie wymarzysz.

— Czy mógłby mi zrobić nos... — Amira szukała w pamięci nazwiska jakieś sławnej francuskiej gwiazdy — ...nos, jaki ma Catherine Deneuve?

— Czemu nie? Ostatecznie Catherine zawdzięcza swój nos właśnie jemu.

— Czy Wasza Wysokość życzyłaby sobie swoją zasłonę na twarz? — spytała Rabia.

— Tylko dlatego, że mam zdjęte bandaże? Nie, to bez sensu. Ci panowie znają moją twarz o wiele lepiej ode mnie.

— Wkrótce usuniemy szwy, a potem będziemy bardzo uważnie monitorować proces rekonwalescencji — powiedział Turek. — W takiej sytuacji nikt nie mógłby oskarżyć cię, pani, o nieskromność.

— Dziękuję, doktorze Konyali. A jak się miewa Jego Wysokość, mój teść, Phili... doktorze Rochon?

— Z przyjemnością mogę stwierdzić, że dużo lepiej.

— Dzięki niech będą Najwyższemu — powiedzieli zgodnym chórem Amira, Konyali i Rabia.

— Chwilowo nie potrzebuje już moich usług, więc gdy tylko stanie pani na nogi, księżno, będę ruszał do Paryża — rzucił lekkim tonem Philippe, ale jego wzrok wyrażał dużo więcej.

— Cóż, mam nadzieję, że uda nam się jeszcze porozmawiać przed pańskim wyjazdem. Zawdzięczam panu, i doktorowi Konyali, życie.

— Jestem pewien, że będziemy mieli jeszcze okazję do rozmowy, Wasza Wysokość.

Okazało się to jednak trudne. Chociaż stan Amiry z dnia na dzień znacznie się poprawiał, wciąż u jej boku tkwiła Rabia lub inna pielęgniarka — na wyraźne życzenie Alego. Często on sam siedział przy Amirze, tak wobec niej troskliwy — i ujmujący wobec Philippe'a, ilekroć się pojawił — że Amira przez chwilę zastanawiała się, czy rzeczywiście się nie odmienił na podobieństwo ludzi, którzy pod wpływem dramatycznych doświadczeń z dnia na dzień całkowicie siwieli. Szybko jednak doszła do wniosku, że to niemożliwe. W jego spojrzeniu — przenikliwym, badawczym — wciąż czaiło się to nieokreślone coś oraz kpina. Nie — już do końca życia Amira będzie się bać tego człowieka.

Aż w końcu, pewnego ranka, doktor Konyali oznajmił, że nazajutrz Amira zostanie wypisana ze szpitala. I tego samego popołudnia, gdy tylko Ali od niej wyszedł, zjawił się Philippe, by się pożegnać. O dziwo, na początku swojej wizyty zaczął wykazywać większe zainteresowanie Rabią niż Amirą.

— Doktor Konyali mówił mi, że dużo podróżowałaś.

— Ja, panie doktorze? — Rabia uśmiechnęła się nieśmiało. — Oczywiście, byłam w różnych miastach w Pakistanie, potem w Delhi, następnie w Anglii — w Birmingham i Londynie — no i wreszcie przyjechałam tutaj.

— Więc zapewne znasz wiele języków?

— Swój ojczysty, angielski i arabski w takim stopniu, jak pan słyszy.

— Nie mówisz po francusku?

— Nie, panie doktorze. Bardzo żałuję, ale nie znam ani słowa w tym języku. — Sprawiała wrażenie szczerze zasmuconej, że sprawia zawód tak słynnemu lekarzowi.

— Ja mówię trochę po francusku — podchwyciła natychmiast Amira — chociaż już od dawna nie miałam okazji poćwiczyć mojej francuszczyzny. Jak mnie pan będzie badać, doktorze, proszę zadawać pytania po francusku, dobrze? I proszę śmiało poprawiać moje błędy.

— Oczywiście.

— Nie masz nic przeciwko temu, Rabia?

— Ależ, skąd, Wasza Wysokość.

— *Bon.*

Philippe przyłożył słuchawkę stetoskopu do pleców Amiry.

— Nie mamy dużo czasu — powiedział po francusku. — Odpowiadaj na pytania. Oddychaj głęboko. On to zrobił, prawda?

— Tak.

— Oddychaj. Czy bił cię już wcześniej?

— Nie tak, jak tym razem.

— I jeszcze głęboki wdech. Jesteś w wielkim niebezpieczeństwie.

— Widziałam, jak zabił człowieka.

— Musisz od niego uciekać. Postaram się ci pomóc.

— To niemożliwe.

— Połóż się. Rozluźnij mięśnie. Muszę dotknąć tu i ówdzie.

Jego dotyk był delikatny, ale stanowczy i profesjonalny. Te dłonie dawały poczucie bezpieczeństwa.

— Czy to boli?

— Nie. Jeśli wyjadę, zabierze mi syna.

— A jeżeli zabierzesz ze sobą chłopca?

— Wówczas odnajdzie mnie i zabije.

— A tutaj, czujesz ból? Nawet we Francji?

— Trochę. Jakbym miała siniaka. Tak. Nawet tam. — Czyżby chciał, żeby opuściła Alego dla niego? Na Boga, gdybyż to tylko było możliwe!

— A teraz zakasłaj, proszę. Dobrze. A gdybyście oboje zniknęli?

— Nie rozumiem.

— Wyjechali i stali się kimś innym. Mam pieniądze.

— Mówię ci, że tropiłby nas i ścigał. Nawet nie masz pojęcia, do czego jest zdolny.

Philippe przysunął się bliżej, by dokładnie przyjrzeć się bliznom po szwach na czole.

— Ładnie się goi. Pozostanie niewielki ślad.

— Myślę, że szybko się nie odważy podnieść na mnie ręki — nie po tym wszystkim.

— Miejmy taką nadzieję. Ale tak czy owak, musisz stąd uciekać. Postaram się obmyślić jakiś plan. Ty też się nad tym zastanów.

— Nie zdołasz mi pomóc. Błagam, nawet nie próbuj.

— Jestem lekarzem Waszej Wysokości — odrzekł z uśmiechem — Najważniejsze jest dla mnie twoje zdrowie, pani.

— Nie zdajesz sobie sprawy, jak bardzo to niebezpieczne.

— Zdaję sobie w całej pełni. — Odsunął się od łóżka. — Nasza pacjentka ma się doskonale, Rabio — zwrócił się do pielęgniarki po arabsku. — Podobnie jak jej francuski.

— Allach jest wielki i miłosierny.

— Tak. No cóż, Wasza Wysokość, zostawiam panią w doskonałych rękach doktora Konyali. Proszę stosować się do jego zaleceń. Sprawdzę pani postępy, gdy tylko przyjadę znów do al-Remal.

— A kiedy planuje pan odwiedzić nas ponownie?

— Oczywiście zjawię się na uroczystości obchodów pięćdziesięciolecia panowania Jego Królewskiej Mości. Jego Wysokość był łaskaw osobiście mnie zaprosić. Czyżbym o tym nie wspominał?

Amirę ogarnęła wielka radość. Pięćdziesiąta rocznica wstąpienia króla na tron wypadała za niecałe dwa miesiące. Wówczas miały się odbyć huczne, ogólnonarodowe obchody jubileuszu.

— Miło będzie pana znów zobaczyć, doktorze.

Spojrzeli sobie głęboko w oczy.

— Proszę uważać na siebie, księżno. *Au revoir.*

— *Au revoir.*

Wychodząc, pochwalił Rabię za wysokie kompetencje zawodowe i pielęgniarka aż zarumieniła się z zachwytu.

— Będzie gościem w naszym domu — oznajmił Ali. — Przynajmniej tyle mogę dla niego zrobić. Uratował ci życie, a potem wyjechał tak niespodziewanie, że nie miałem okazji odpowiednio go wynagrodzić.

— Myślę, że czułby się lepiej w którymś z zachodnich hoteli — stwierdziła Amira, sama właściwie nie wiedząc, czemu to mówi.

Ali ze zniecierpliwieniem machnął ręką.

— Wszystkie pokoje w hotelach są od dawna zarezerwowane. Mógłbym, oczywiście, pociągnąć za odpowiednie sznurki, tylko po co?

Ali miał rację. Bardzo wielu dygnitarzy z Bliskiego Wschodu oraz Europy i Ameryki miało zjechać na obchody pięćdziesięciolecia intronizacji. W al-Remal było zaledwie kilka hoteli z prawdziwego zdarzenia. Setki przyjezdnych będą musiały zdać się na gościnność znajomych. Czemu więc niepokoiła ją perspektywa goszczenia w domu Philippe'a? Jak leżała w szpitalu, oddałaby dziesięć lat życia za możliwość zatrzymania go przy sobie o tydzień dłużej. Czy jej obawy wzbudził ton Alego, czający się za jego słowami bliżej nieokreślony podtekst?

— Tak czy owak, sprawa jest już przesądzona — powiedział Ali. — Dzwoniłem do niego godzinę temu. Przyjął moje zaproszenie.

Amira próbowała przybrać obojętny wyraz twarzy. Ali postąpił w jej stronę. Amira odruchowo chciała odskoczyć — powstrzymała się w ostatniej chwili. Ali dotknął dłonią jej czoła, jakby zamierzał sprawdzić, czy nie ma gorączki. Pod jego dotykiem skóra zaczęła ją niemile mrowić.

— Jesteś pewna, że masz dość sił, by zająć się urządzeniem domu? Oczywiście, postaram się ci pomóc, ale wiesz, że teraz mam istne urwanie głowy.

— Dam sobie radę.

Mówili o przestronnej, pięknej willi stojącej na południowym skraju miasta, w pobliżu niewielkiej oazy. Jak większość młodszych członków królewskiej rodziny, Ali i Amira czasowo musieli opuścić pałac, by zwolnić pokoje dla najbardziej szacownych gości zaproszonych na uroczystości. Na przykład w sypialni Amiry miała zamieszkać żona wiceprezydenta Stanów Zjednoczonych.

— Wydałem polecenie, by część służby zajęła się przeprowadzką jeszcze dziś po południu — oświadczył Ali, po czym zerknął na zegarek. — Przez cały dzień będę zabiegany. Jeżeli czegoś będziesz potrzebować, skontaktuj się ze mną. W pałacu powiedzą ci, gdzie mnie złapać.

— Dobrze.

— I nie przemęczaj się.

— Nie będę.

Uśmiechnął się na pożegnanie. Co jednak tak naprawdę kryło się za tym uśmiechem?

Na pozór Ali był teraz najtroskliwszym mężem w al-Remal. Dla Amiry to nie miało znaczenia. Nic, co robił, nie miało już dla niej znaczenia. Gdyby nawet tysiąc aniołów zaświadczyło, że stał się innym człowiekiem, ona już i tak nigdy mu nie zaufa.

Pierwsze tygodnie po powrocie ze szpitala były czasem rekonwalescencji. Oczekiwano od niej jedynie, by odpoczywała i jak najszybciej dochodziła do zdrowia. W tym okresie nieustannie tkwiły przy niej kobiety — kuzynki, przyjaciółki, służące, teściowa, szwagierki — zapewniając poczucie bezpieczeństwa.

Każda z nich jakoś skomentowała straszliwy „wypadek", po czym nigdy więcej o nim nie wspominały. Jeśli nawet nurtowały je jakieś wątpliwości, szybko o nich zapomniały. Ale Amira nie zapomniała niczego — ani nocnego gościa w Aleksandrii, ani pobicia, ani przerażającej wizji tego, co w przyszłości Ali mógł zrobić Karimowi. Im czuła się fizycznie silniejsza, tym bardziej pragnęła uciec z tego miejsca.

Kiedy stan jej zdrowia wyraźnie się poprawił, ochronna kobieca tarcza zaczęła się wykruszać. Amira nie miała nic przeciwko temu. Była już stęskniona za odrobiną samotności i zmęczona panującą wokół niej atmosferą — unoszącą się ciężko niczym dym po zgaszeniu świecy. Nikt nie powiedział ani słowa, ale Amira dobrze wiedziała, że dla pozostałych kobiet jest obiektem litości.

Ostatecznie była teraz jałowa — stała się kobietą bez celu i sensu w życiu, bez żadnej przyszłości, i to zaledwie w wieku dwudziestu dwóch lat. W odczuciu innych kobiet rzeczywiście jakaś jej cząstka umarła tamtej nocy, zachowywały się więc tak, jak ludzie zazwyczaj zachowują się w obliczu śmierci, a jednocześnie w duchu dziękowały losowi, że podobne nieszczęście dotknęło kogoś innego.

Ali nie uprawiał z nią seksu. Amira nie miała pojęcia, co by zrobiła, gdyby tego spróbował. Może udawałaby, że wciąż jest obolała i chora, a może wprost by mu odmówiła, by przekonać się, jak trwała jest ta otoczka życzliwości i troskliwości, za którą tak chętnie się skrywał. Uważała za wysoce prawdopodobne, że Ali na bardzo długi czas zostawi ją w spokoju — może nawet na zawsze. Zapewne wyczuwał, że jego dotyk wzbudza w niej obrzydzenie. Niewykluczone, że dla niego była również odrażająca poprzez swoją jałowość.

Kilka dni temu Amira przypadkiem usłyszała Faizę tłumaczącą komuś, że Ali wkrótce poślubi kolejną żonę. Amira nie miała co do tego najmniejszych wątpliwości. Nikt zresztą nie mógł mieć do niego o to pretensji — prawdę mówiąc, wiele osób miałoby mu za złe, gdyby tego nie zrobił.

To także nie miało dla niej żadnego znaczenia. Czekała już teraz tylko na wybawienie, bez względu na to, w jakiej miałoby przyjść postaci.

Posłała po samochód, by zawiózł ją do nowego domu. Parę minut później służąca oznajmiła, że kierowca już czeka. To była jedna z dobrych stron tej pozornej transformacji Alego — Amira mogła wyjeżdżać z domu, kiedykolwiek tylko miała na to ochotę.

Choć od pałacowych drzwi do przytulnego wnętrza rolls-royce'a dzieliło ją zaledwie kilka kroków, wyraźnie poczuła chłód remalskiej zimy. Temperatura opadła do pięćdziesięciu paru stopni Fahrenheita; tej nocy mogły nawet pojawić się przymrozki. Amira miała nadzieję, że do przyjazdu Philippe'a pogoda się poprawi.

Na jej widok kierowca — potężny, groźnie wyglądający mężczyzna poznaczony śladami po ospie — natychmiast otworzył drzwi auta. Amira wiedziała, że jak większość kierowców pracujących w pałacu, jest on ekspertem walki wręcz i doskonale posługuje się bronią, której rozmaite odmiany znajdowały się zawsze pod ręką, pod przednim siedzeniem.

— Pokój Allacha, Wasza Wysokość.

— Pokój Allacha, Jabr.

— Czy mam zwiększyć ogrzewanie?

— Nie. Tak jest doskonale.

W akompaniamencie dyskretnego pomruku silnika luksusowy samochód wyjechał z pałacu na niecodziennie zatłoczone ulice i wówczas potężny kierowca zapytał niemal z chłopięcym entuzjazmem:

— Czy Wasza Wysokość widziała już namioty?

— Jakie namioty?

— Te rozstawione w pobliżu lotniska. Pustynny lud zjechał na uroczystości.

— Nie. Pokaż mi je — zarządziła, wiedziona nagłym kaprysem.

Amira kilka razy w życiu widziała małe obozy Beduinów, ale nigdy czegoś takiego, co przedstawiała obecna scena. Setki dużych czarnych namiotów zajmowały wielki obszar ciągnący się aż do podnóża majaczących na horyzoncie wzgórz. W powietrzu unosiły się dymy rozlicznych ognisk. Wielka liczba koni i wielbłądów wypełniła przestrzenie pomiędzy namiotami.

— Mój lud — powiedział Jabr z dumą. — Opuściłem ich, gdy miałem dwanaście lat, by — dzięki woli Najwyższego — służyć Jego Królewskiej Mości.

— Ależ ich dużo! — wykrzyknęła Amira. Ten widok bardzo ją poruszył. Do tej pory myślała o obchodach rocznicowych jako o czysto pałacowej uroczystości; teraz wreszcie zrozumiała, że to święto całego narodu. Wielu z tych mężczyzn o stwardniałej, wysuszonej skórze i wiele z odzianych na czarno kobiet pokonało setki mil pustyni, by złożyć hołd swojemu władcy.

— Niech Allach pomnaża ich szeregi — odezwał się Jabr. — Tak długo jak istnieją Beduini, tak długo będzie istnieć i kwitnąć al-Remal.

Amira zgodziła się w duchu z tą opinią. Lud pustyni, choć stanowił teraz jedynie niewielki procent całej populacji, był prawdziwą solą tej ziemi.

— To fascynujące, Jabr. Na pewno jeszcze będę chciała tu przyjechać.

I przyjedzie. Zabierze też ze sobą Faizę. Chciała zobaczyć reakcję swojej teściowej — na co dzień obnoszącej się z monarszą wyniosłością — na widok świata, z którego się wywodziła. Czy jeszcze jej palce pamiętały, jak przerabiać barwioną na czarno sierść kóz na grubą wełnę, z której tkano beduińskie namioty?

Jabr ostatni raz spojrzał tęsknie na obozowisko nomadów, po czym skręcił na południe.

W nowym domu Amira nie miała prawie nic do roboty. Doskonale wyszkolona służba wciąż prosiła, żeby wypoczywała. W końcu więc tylko jedną czynność dozorowała osobiście — zawieszenie obrazu nad łóżkiem w pokoju, który miał zajmować Philippe. Wybrała płótno Celnika — Henri Rousseau — jedno z jego fantazyjnych przedstawień dżungli. Amira nigdy w życiu nie widziała takiej roślinności. Zastanawiała się, czy kiedykolwiek na własne oczy widział ją artysta. Może Philippe'owi na tyle spodoba się obraz, że pochwali ją za dobry gust. A wówczas Ali będzie się czuł zobligowany, by mu podarować dzieło.

Zapewne jednak Philippe nie skomentuje jej wyboru. Ostatecznie znał bardzo dobrze obyczaje panujące w al-Remal — aż za dobrze, jak na Europejczyka.

— Wasza Wysokość, książę Ali życzy sobie, żebyś przyszła przywitać się z jego gościem.

Nadszedł już najwyższy czas. Ali przyjmował Philippe'a od godziny. Pospieszyła więc za służącym do skrzydła dla mężczyzn.

W salonie siedział Philippe.

Był bledszy niż wtedy, gdy widziała go w szpitalu. Europejska zima, przypomniała sobie natychmiast Amira. Europejska karnacja.

— Witam, doktorze, w skromnych progach naszej tymczasowej siedziby. Chciał się pan przekonać na własne oczy, czy pacjentka przeżyła kurację?

— Dzień dobry, Wasza Wysokość. Oby Bóg sprawił, żeby wszyscy moi pacjenci tak szybko dochodzili do zdrowia. Wówczas zostałbym okrzyczany drugim Awicenną.

— Jakbym słuchał prawdziwego Remalczyka, doktorze — wtrącił Ali z szerokim uśmiechem.

Amira musiała przyznać mężowi rację. Nie tylko forma, ale i treść odpowiedzi była bardzo wschodnia w stylu; większość ludzi z Zachodu nie wspomniałaby o słynnym arabskim lekarzu, ale o Hipokratesie.

— I na pewno wszystko w porządku, Wasza Wysokość? — dopytywał się Philippe poważnym tonem. — Żadnych problemów? — Patrzył na nią przenikliwym wzrokiem.

— Nic, o czym warto by wspominać, doktorze.

— Błagam, dosyć tych oficjalnych grzeczności — odezwał się Ali. — Czyż nie jesteśmy bliskimi przyjaciółmi? Zwracajmy się do siebie po imieniu.

Philippe swoim zwyczajem wzruszył nieznacznie ramionami, Amira zaś nie zareagowała w żaden widoczny sposób, bo przecież dla wszystkich było oczywiste, że życzenie męża jest dla niej rozkazem.

— Philippe właśnie opowiadał mi o wielkiej celebrze szacha — ciągnął Ali. — Sądzi, że nasze obchody będą jednak bardziej interesujące.

— Uczestniczyłeś w uroczystościach w Iranie? — zdumiała się Amira.

Obchody dwuipółtysięcznej rocznicy istnienia imperium perskiego, zorganizowane przez szacha Iranu z niezmiernym przepychem w Persepolis w 1971 roku, zachwyciły i zdumiały połowę świata.

— Nie jako specjalnie zaproszony gość — odparł skromnie Philippe. — Byłem zalewie jedną z osób towarzyszących Pompidou.

— I jakie są twoje wrażenia? — zainteresował się Ali.

— Oprawa *de trop*, to nie ulega wątpliwości. Prawdę mówiąc, przypomniał mi o irańskiej imprezie widok obozu Beduinów. Zachwycił mnie swoją autentycznością. Szach także rozstawił namioty; zostały one jednak zaprojektowane przez Jansena. W każdym znajdowały się dwie sypialnie, najlepsza francuska pościel i marmurowe wanny. I, oczywiście, były przeznaczone dla elity. Większość z nas, zwykłych śmiertelników, została przetransportowana czterdzieści mil dalej, do hoteli w Shirazie.

— Mój ojciec mieszkał w jednym z tych namiotów — wyznał Ali. — I podziela twoją opinię, to było *de trop*. Ale gros zaproszonych gości do dziś porównuje uroczystości w Iranie do rajskich rozkoszy.

Philippe ponownie wzruszył ramionami.

— Trudno dyskutować z gustami. Niewątpliwie szach zorganizował wspaniałe widowisko. Całą irańską armię przebrano w stroje wzorowane na rynsztunku starożytnych perskich oddziałów — łącznie z wymyślnymi perukami. Wciąż coś się działo, nikt nie mógł narzekać na nudę. No i podawano doskonałe jedzenie: szach ściągnął całą obsługę z „Maxime'a".

— A czy wiesz, mój przyjacielu, ile szacha kosztował cały ten cyrk?

— Często padała suma trzystu milionów dolarów.

— To by się mniej więcej zgadzało. A czy przez ten cały czas, który tam spędziłeś, wysłuchałeś choćby jednej sury z Koranu?

— Ponieważ nie należę do wiernych, Wasza Wysokość...

— Ali.

— ...Ali, nie jestem w stanie stwierdzić tego z całą pewnością. Ale nie sądzę.

— Mój ojciec też nie słyszał ani jednego wersetu. I do dzisiejszego dnia powtarza, że brak poszanowania dla religii doprowadzi szacha do zguby.

— To niewykluczone. — Philippe skinął głową. — Ja osobiście nie mogłem się cieszyć tymi obchodami z zupełnie innej przyczyny. Właśnie spędziłem kilka tygodni w krajach Sahelu — jedna z agend ONZ poprosiła kilku lekarzy, byśmy ocenili sytuację w tamtym regionie. Niewiele mogliśmy zrobić. Był to okres straszliwej suszy i ludzie — a w szczególności dzieci — marli jak muchy. Po tym doświadczeniu trudno było doceniać uroki kuchni „Maxime'a".

— Oczywiście, oczywiście — rzucił Ali.

Ale Amira wyraźnie widziała, że jej mąż nie dostrzega najmniejszego związku pomiędzy chronicznymi problemami Afryki Subsaharyjskiej a wystawną celebrą zorganizowaną przez władcę zasiadającego na pawim tronie.

Chwilę później Ali odruchowo zerknął na zegarek.

— Po tysiąckroć proszę o wybaczenie, przyjacielu, ale wzywają mnie obowiązki. Już od jakiegoś czasu powinienem być w pałacu. Mój brat, Ahmad, również się spóźnia; miał razem ze mną zgotować ci godne powitanie. Jestem jednak pewien, że wkrótce się zjawi. Tymczasem czuj się w moim domu jak u siebie.

Amira spojrzała na męża skonsternowana. To nie wypadało, by sama jedna zabawiała mężczyznę.

Ali dostrzegł jej zmieszanie.

— Wszystko w porządku — oznajmił. — Jak już wspomniałem, niedługo zjawi się tu Ahmad — a poza tym to nie do pomyślenia, żebyśmy pozostawili gościa bez towarzystwa. Pokaż mu jego pokój, wskaż miejsce, gdzie mógłby się odświeżyć. Ja już go, biedaka, zagadałem na śmierć.

Uśmiechnął się raz jeszcze i zniknął. Amira i Philippe popatrzyli sobie w oczy. Ona miała wielką ochotę rzucić mu się w ramiona, ale nie śmiała — aż bała się myśleć, co by się stało, gdyby ktoś to zobaczył.

— Cieszę się, że tu jesteś — powiedziała w końcu.

Popatrzył na nią badawczym wzrokiem.

— Nadal chcesz stąd wyjechać, Amiro?

Potwierdziła ledwie słyszalnym szeptem.

— Jesteś pewna?

— Tak.

— Prawdopodobnie wiem, jak to zrobić. Ale teraz nie mamy czasu na dyskusję.

Chwilę później do salonu wkroczył Ahmad. Jeżeli zdziwił się, widząc Amirę sam na sam z Philippe'em, nie dał tego po sobie poznać. Był równie poważny i milczący, jak Ali był wylewny. Tuż za nim weszło dwóch kuzynów Alego. W tak licznym męskim towarzystwie Amira poczuła się nieswojo, przeprosiła więc wszystkich i poszła do siebie.

W kobiecym skrzydle wydała machinalnie kilka poleceń służbie. Cały czas myślała tylko o jednym — Philippe miał jakiś plan. Czy okaże się możliwy do zrealizowania?

I czy ona sama zdecyduje się na ryzyko?

Tak, bez wątpienia, zapewniała się w duchu. Nie będzie się dłużej wahać.

Matawa

Determinacja to jedno, ale możliwości to co innego. Przez kolejne trzy dni Amira ani przez moment nie była sam na sam z Philippe'em. Obchody intronizacji były bardzo huczne, impreza goniła imprezę — jedynie z przerwą na modlitwę i sen. Pałacowe ogrody otwarto dla poddanych; w wypielęgnowanych trawnikach wykopano doły na paleniska i rozpięto nad nimi namioty, w których uwijali się kucharze, serwując przez całą dobę każdemu chętnemu pieczoną jagnięcinę i ryż przyprawiany ziołami.

Ambasady prześcigały się w wydawaniu uroczystych śniadań, lunchów i oficjalnych kolacji dla remalskiej elity. W ciągu dnia odbywały się wyścigi konne i wyścigi wielbłądów, a w nocy sztuczne ognie rozświetlały niebo. Wszędzie panowała atmosfera gościnności i życzliwości.

W połowie tygodnia odbyła się wielka audiencja — *majlis* — w czasie której każdy Remalczyk mógł przedstawić królowi swój problem. Przy tej szczególnej okazji większość poddanych zjawiła się, by złożyć władcy gratulacje i najlepsze życzenia, bo każdy wiejski szejk miał ambicję osobistego wyrażenia swojego uwielbienia i zapewnienia króla o nieustającej wierności.

Czasami jednak proszono monarchę o wymierzenie sprawiedliwości. Pewien starzec, drżąc przed majestatem, skarżył się, że dwie jego kozy zostały potrącone przez ciężarówkę, a kierowca nie tylko nie chciał uiścić zapłaty za zwierzęta, ale jeszcze zażądał pieniędzy na naprawę pojazdu. Słowa staruszka potwierdziło dwóch świadków z jego wioski.

Król nakazał, by kierowca zapłacił za kozy, a na dodatek pokrył trzem mężczyznom koszty przybycia na *majlis*. Po ogłoszeniu wyroku cała ta trójka — pewna, że do końca swoich dni będzie chodzić po rodzinnej wiosce w glorii chwały — głośno dziękowała królowi za łaskę i wychwalała Najwyższego.

Oprócz wielkich oficjalnych uroczystości, odbywało się mnóstwo mniejszych, prywatnych przyjęć. Znajomi i krewni odwiedzali się nawzajem, obdarowywali prezentami — podobnie jak w pierwszy tydzień ramadanu. Wszystko tylko obywało się bardziej gorączkowo — niekiedy można się było nawet pogubić, w jakim przyjęciu właśnie się uczestniczy.

Wszędzie — poza ambasadami i kilkoma wyjątkowo liberalnymi domami — obowiązywała tradycyjna segregacja płci. Nawet we własnym domu, przy dużej liczbie przewijających się gości i krzątających się wokół służących, Amira mogła wymienić z Philippe'em zaledwie kilka zdawkowych słów w szerokim gronie.

Prywatność zniknęła z życia Amiry zupełnie, gdy na progu jej domu zjawiła się Zeinab — z dziećmi, bagażami i nieco otępiałym mężem — wyrzekając, że dom, który im przydzielono jest niewiele lepszy od pasterskiego szałasu i zupełnie nie nadaje się do zamieszkania.

W końcu jednak sam Ali dał Amirze szansę na rozmowę z Philippe'em.

— Nasz przyjaciel nie czuje się najlepiej — powiedział czwartego dnia uroczystości. — Twierdzi, że jest zmęczony, ale osobiście obawiam się, że to zdrowotny problem. W każdym razie zamierza spędzić dzisiejszy dzień w domu.

— Dobrze. Poinformuję służbę.

— Nie możemy przecież zostawić go samego! Chcę, żebyś dotrzymała mu towarzystwa. Chyba że bardzo ci zależy na wysłuchaniu kilku nudnych przemówień z okazji kolejnego przyjęcia w kolejnej ambasadzie.

— Szczerze mówiąc, ja także powoli opadam z sił. — To była prawda. Amira nie doszła jeszcze w pełni do zdrowia po szpitalu. — Ale czy to nie wzbudzi komentarzy, jeśli oprócz służby nikt nam nie będzie towarzyszył?

— Słuchaj, ja nie mam czasu. Nie mogę też decydować za Zeinab. Nie znam jej planów — już i tak z trudnością ogarniam własne zobowiązania. Ale nie widzę problemu. Ostatecznie znaleźliśmy się w niezwykłej sytuacji, a poza tym masz moją zgodę na przebywanie sam na sam z Philippe'em. No i — jak sama zauważyłaś — będzie w domu służba.

— Bo ja wiem... — powiedziała z ociąganiem, by przypadkiem nie okazać entuzjazmu.

— Muszę już lecieć. Niczym się nie przejmuj.

— W takim razie stanie się według twojego życzenia — odparła Amira na wzór dobrej muzułmańskiej żony, jaką kiedyś usilnie próbowała zostać.

Tak więc, po południowych modłach, zasiadła z Philippe'em do wspólnego lunchu, na który składały się pieczone przepiórki, smażone kulki ryżowe, oliwki, daktyle i świeże owoce. Amira zarządziła, by do stołu podano butelkę białego wina z zapasów Alego, które trzymał na użytek zachodnich gości, kilku liberalnych przyjaciół i oczywiście własny. Philippe docenił jej gest, chociaż zaczął protestować, gdy sama odmówiła trunku.

— To niezwykłe — powiedział w końcu. — Dla was picie wina to ciężki grzech, a w każdym razie występek. Dla Francuzów wino to niezbędny składnik pożywienia. Większość z nas nie wyobraża sobie bez niego posiłku.

Siedzieli sami w jadalni. Zeinab przemknęła wcześniej przez pokoje, by zabrać dzieci — łącznie z Karimem — na jakieś przyjęcie.

— Wiele dzieli nasze narody — stwierdziła Amira.

— Tak naprawdę jedynie trzy rzeczy. Język, religia i Morze Śródziemne. — Philippe popadł w refleksyjny nastrój. — Kiedy byłem młody — podjął po chwili — uważałem, że religie są głównym źródłem wszelkiego zła na świecie. Teraz wciąż tak sądzę, zaczynam jednak również dostrzegać dobro, które ze sobą niosą.

— Pozwól, że doleję ci wina.

Amira poczuła się nieswojo — to nie był bezpieczny temat do dyskusji. Mieszkała już tak długo w pałacu, że szóstym zmysłem wyczuwała, gdy służba podsłuchiwała pod drzwiami: teraz od strony kuchni biła niezwykła, wiele mówiąca cisza. Większość służących odznaczała się konserwatywnymi poglądami. Jeszcze przez wiele dni będą ze zgorszeniem opowiadać, jak to Amira siedziała sam na sam z mężczyzną pijącym alkohol. Wolnomyślicielskie uwagi na temat religii mogły tylko pogorszyć sprawę.

— Cóż, Amiro. Musimy porozmawiać — rzucił Philippe stanowczym tonem.

Amira natychmiast przytknęła palec do ust.

Po drobnej chwili wahania, potaknął skinieniem głowy.

— Chciałbym się przede wszystkim dowiedzieć — ciągnął gładko — dokąd w najbliższym czasie wybieracie się wraz z Alim. Od dawna pragnę odwdzięczyć się wam za gościnność. Czy wkrótce można się was spodziewać we Francji?

— We Francji? Zapewne wcześniej czy później tam pojedziemy, ale nie w ciągu najbliższych kilku miesięcy. Za parę tygodni wyjeżdżamy do Emiratów. A potem, wczesną wiosną, wyruszamy do Iranu: będziemy głównie w Teheranie, choć mamy również odwiedzić Tebriz. Może potem czeka nas Nowy Jork. Jeszcze nigdy nie byłam w Ameryce.

— A dlaczego jedziecie do Tebrizu?

— Jest tam wielki, stary meczet, który popadł w ruinę, a rok czy dwa lata temu, po trzęsieniu ziemi, częściowo się nawet zawalił. O ile zrozumiałam, szach poprosił naszego króla o finansowe i moralne wsparcie w jego odbudowie.

Philippe uśmiechnął się pod nosem.

— Szach najwyraźniej próbuje ułagodzić fundamentalistów, którzy zaczynają kąsać go po kostkach.

Roześmiał się, po czym bezgłośnie zadał jej pytanie:

— *Parle français?*

Amira stanowczo pokręciła głową. To wydałoby się bardzo

podejrzane. Niewykluczone też, że niektórzy służący znali nieco francuski.

Tymczasem Philippe wyjął z kieszeni tweedowej marynarki mały notes i pióro.

— Wciąż martwię się o twoje zdrowie — powiedział, jednocześnie pisząc coś w notesie. — Czy jesteś pewna, że po wypadku odzyskałaś dość sił, by rzucić się w wir tych wszystkich podróży?

— Czuję się już dużo lepiej. Dzięki tobie i doktorowi Konyali.

— To doskonale.

Pokazał jej kartkę, na której napisał: „Czy wybierasz się jutro na Egipską Noc?"

Skinęła głową.

— Mimo to niepokoję się o swoją pacjentkę — odparł Philippe, znowu coś zapisując. — Przemęczenie może okazać się bardzo niebezpieczne.

„Jak wrócisz, spotkaj się ze mną w ogrodzie" — przeczytała Amira.

— Będę na siebie bardzo uważać, doktorze. Obiecuję.

Dla młodych kobiet z remalskiej elity Egipska Noc była jedną z najbardziej oczekiwanych imprez. Tam, we własnym gronie, mogły mówić, o czym tylko chciały, i obnosić swoje najbardziej wyzywające kreacje. Na dodatek Egipska Noc miała posmak nowości — jeszcze kilka lat temu nie mogłaby się odbyć w al-Remal.

Zorganizowano tę imprezę w sali balowej hotelu „Hilton", bo uznano, że pałac nie może tolerować przyjęcia w zachodnim stylu. Amira wystąpiła w sukni od Givenchy'ego o obcisłym, wyszywanym cekinami staniku i szerokiej spódnicy z tafty. Kiedy weszła do hotelu, miała wrażenie, że znalazła się na europejskim raucie — tyle że bez mężczyzn i bez alkoholu.

Po sali krążyło około czterystu kobiet; popijały słodkie napoje i pojadały przekąski w kakofonii komplementów, żartów, plotek i śmiechów. Tylko kilka nie odważyło się zdjąć tradycyjnych szat, ale i one miały odsłonięte twarze.

Wkrótce zapanowała atmosfera kordialności. Kobiety miały wrażenie, że poważyły się na coś niezwykle śmiałego, co wyzwoliło w nich niespotykaną otwartość. Amira słyszała krytyczne komentarze na temat prawa, mężczyzn i remalskiego społeczeństwa w ogólności — komentarze, których te kobiety nigdy nie ośmieliłyby się wygłaszać w innych okolicznościach. Doszło nawet do tego, że w pewnej chwili jedna z księżniczek, której Amira prawie nie znała, zapytała obcesowo:

— Powiedz prawdę, Amiro, czy rzeczywiście rozbiłaś samochód, czy też wydarzyło się coś zupełnie innego?

Na szczęście w tej samej chwili buchnęła muzyka i zapowiedziano główną atrakcję wieczoru: występ jednej z najwspanialszych tancerek *beledi*, Sonii Murad. To między innymi z tej przyczyny Egipska Noc uchodziła za zbyt *risqué* dla starszych kobiet. Ich pokolenie wychowano w przekonaniu, że tancerki są niewiele lepsze od prostytutek. W przypadku Amiry praktyczna znajomość *beledi* ograniczała się do kilku ruchów, których nauczyła się od Jihan i Laili.

Sonia Murad okazała się prawdziwą artystką. Kiedy zaczęła popis, jej osobowość zdominowała całą salę. Amira zawsze uważała, że *beledi* to niezwykle zmysłowy taniec, i zapewne miała rację. Ale w tańcu Sonii było dużo więcej niż sama zmysłowość. Były: radość, cierpienie, smutek, a nawet strach. Ten taniec przedstawiał, czym jest kobiecość — lub głębiej — czym jest człowieczeństwo.

Niekiedy ciało Sonii wiło się tak szybko i gwałtownie, że aż trudno było uwierzyć, iż to ludzka istota. Niekiedy zastygała w tak idealnym bezruchu, że natychmiast myślało się o absolucie.

Tancerka całkowicie zawładnęła zgromadzonymi kobietami, które teraz klaskały i pokrzykiwały w takt muzyki. Od czasu do czasu kiwała na jedną z nich, a wówczas wybrana, niczym wiedziona na czarodziejskiej nici, wstępowała na scenę i zaczynała własny taniec. Wkrótce na rozkaz Sonii tańczyło już parędziesiąt kobiet. Amira nie mogła się nadziwić, jak wyraźnie taniec obnaża ludzki charakter. I w tej samej chwili Sonia wskazała właśnie na nią, a wszyscy wokół zaczęli nalegać, by zatańczyła.

Przez moment czuła się zażenowana, ale wkrótce cieszyła się wolnością ruchu zapomnianą od dnia, gdy ojciec przyłapał ją tańczącą w takt muzyki płynącej z radia. Po chwili jednak chwycił ją tak gwałtowny ból w dole brzucha, że aż musiała zgiąć się wpół: pocięte mięśnie nie zagoiły się jeszcze na tyle, by wytrzymać podobne obciążenie. Zaraz otoczył ją tłum kobiet, a z niego wyłoniła się jedna twarz — drobnej księżniczki, która zapytała ją o wypadek samochodowy.

— Nie przejmuj się, Amiro. My wiemy, co się stało.

Co ta dziewczyna chciała przez to powiedzieć?

Podłoga dudniła i drżała od rytmicznego tańca. Amirze przyszły na myśl pogańskie obrzędy starożytnego Egiptu i antycznej Grecji. W sali panowała niezwykła duchota — było gorąco jak w piecu, pomimo działającej klimatyzacji. Kobiety oblewał pot, makijaż spływał im po twarzach. Ktoś rozsunął szklane drzwi, by wpuścić do środka nieco zimnego nocnego powietrza.

Nagle z końca sali dobiegły kobiece krzyki i gniewne męskie głosy. Sonia Murad zerknęła w tamtą stronę, próbowała podjąć taniec, ale w końcu zatrzymała się w pół gestu.

— To policja religijna — *matawa* — stwierdziła jedna z kobiet, stojących obok Amiry.

Policja religijna? Czego oni tu chcieli?

— Muzyka! Wpadli w furię, bo na zewnątrz słychać muzykę.

— Kobiety, zasłońcie się! — wrzasnął jakiś mężczyzna.

W sali wybuchła panika. Wszystkie uczestniczki przyjęcia rzuciły się do wyjścia. Amirę, wciąż jeszcze skręcającą się z bólu, tłum pociągnął w stronę szklanych drzwi i w ten sposób znalazła się w chłodzie zimowej nocy.

Wszędzie wokół kobiety w eleganckich zachodnich kreacjach rozbiegały się w mrok. Niektóre wybuchały płaczem, inne śmiechem; pewna młoda dziewczyna rzucała na policję religijną przekleństwa, jakich by się nie powstydził poganiacz wielbłądów — a w al-Remal lżenie *matawa* było poważnym przestępstwem. Cudzoziemcy zmierzający do „Hiltona" stanęli jak wryci i ze zdumieniem przyglądali się masowej ucieczce obsypanych klejnotami dam.

Amira nie miała sił biec dalej, przysiadła więc na szarym, kamiennym murku. Chwilę później poczuła, że ktoś silnie chwyta ją za ramię. Czyżby została aresztowana?

— Proszę ze mną, Wasza Wysokość. Tam czeka samochód — usłyszała głos Jabra.

Kierowca właściwie przeniósł ją na drugą stronę ulicy. Podbiegł do nich funkcjonariusz *matawa* w zielonym turbanie, ale gdy Jabr spiorunował go wzrokiem, szybko się wycofał. Chwilę później Amira już spoczywała na poduszkach rolls-royce'a.

— Wśród kierowców krążyły różne dziwne pogłoski. Przyjechałem więc wcześniej, tak na wszelki wypadek — poinformował Jabr.

— Dziękuję bardzo.

Potężny mężczyzna potrząsnął gniewnie głową.

— Mam w sercu głęboką miłość do Boga — oznajmił. — Ale ta religijna policja... cóż oni mają wspólnego z Najwyższym? Proszę wybaczyć, Wasza Wysokość.

— Nie ma czego wybaczać, Jabr. Jestem ci natomiast bardzo wdzięczna.

W domu panowała cisza. Na powitanie Amiry wyszła tylko jedna służąca. Wyjaśniła, że księżna Zeinab już poszła spać, natomiast wszyscy inni jeszcze świętowali poza domem.

— A doktor Rochon? — spytała Amira i w tym momencie przypomniała sobie, że miała się spotkać z Philippe'em w ogrodzie.

— Nie wiem, Wasza Wysokość. Nie widziałam pana doktora.

— W porządku. Idź przygotować mi kąpiel, tylko przypilnuj, żeby była gorąca. A potem zaparz herbaty.

— Tak jest, Wasza Wysokość.

Gdy dziewczyna zniknęła jej z oczu, Amira wymknęła się do ogrodu. Zdawał się opustoszały — jedynie na niebie chłodnym światłem błyskał księżyc, a góry i doliny na jego powierzchni zdawały się reliefem rytowanym w krysztale. Nagle z ciemności dobiegł ją niski szept:

— Czyżby Kopciuszek już powrócił z balu?

— Philippe! Ale mnie wystraszyłeś!

— Cii... Stój tam, gdzie stoisz, i zachowuj się, jakby nikogo tu nie było.

— Dobrze.

— Amiro, jestem przekonany, że zagraża ci wielkie niebezpieczeństwo i że musisz uciekać od Alego. Mimo to nie jestem pewien, czy mój plan jest najlepszym możliwym rozwiązaniem. Wiąże się bowiem z bardzo drastycznym posunięciem. Być może wymyślimy coś sensowniejszego. Po pierwsze, powiedz mi, co by się stało, gdybym porozmawiał z królem, wyjaśnił całą sytuację. Czy wówczas dałby wam rozwód?

— To niewykluczone. Ale nigdy nie oddałby swojego wnuka. Karim pozostałby przy Alim. A ja nie mogę do tego dopuścić.

— I jesteś pewna — absolutnie pewna — że gdybyś zabrała Karima i wyjechała, na przykład do Francji, Ali nie zostawiłby cię w spokoju.

— Tak. Zabrałby Karima. Natomiast gdybym próbowała mu przeszkodzić, po prostu by mnie zabił. A ja broniłabym syna przed Alim za wszelką cenę.

— Jesteś pewna?

— Tak.

— A więc pozostają nam tylko dwa możliwe rozwiązania. Pierwsze — to zabić Alego. Obawiam się jednak, że żadne z nas nie zdoła tego uczynić.

— Nie.

— W takim razie trzeba zabić ciebie i Karima.

— Co takiego?!

— Och, nie dosłownie, oczywiście. Przypuśćmy jednak, że stworzylibyśmy taką sytuację, iż cały świat — łącznie z Alim — uwierzyłby, że straciłaś życie. Wówczas ty i Karim moglibyście zacząć zupełnie nowe życie z dala od tego miejsca, powiedzmy w Ameryce. Co ty na to?

— Ja... sama nie wiem. To bardzo trudne pytanie.

— Nie musisz odpowiadać na nie w tej chwili. Ale wkrótce będziesz zmuszona do podjęcia decyzji.

Jakże miała się rozstać z jedynym światem, który znała: z przyjaciółmi, ojcem, rodzinnym krajem?

— Czy Malik poznałby prawdę? — zapytała w końcu.

— Nie powinien. Przynajmniej przez jakiś czas — być może bardzo długi. Twój brat jest porywczym człowiekiem. Nigdy świadomie nie wydałby twojego sekretu, ale zapewne zdradziłoby go jego własne zachowanie.

— Więc on też musiałby uwierzyć, że nie żyję?

— Wiem, że to okrutne, ale konieczne. Choć na obecnym etapie nie ma sensu rozważać tej kwestii. Przede wszystkim musisz zdecydować, czy poważyłabyś się na tak drastyczny krok.

— A co z tobą, Philippie? Czy jeszcze kiedykolwiek byśmy się spotkali?

Zapadła nagła cisza.

— „Kiedykolwiek" to bardzo enigmatyczne wyrażenie — powiedział w końcu. — Kto wie, co może się w życiu zdarzyć? W pierwszej kolejności musimy się skoncentrować na twoim bezpieczeństwie.

Noc była bardzo zimna i Amira zaczęła drżeć w swojej balowej sukni.

— Nie mogę w tej chwili podjąć decyzji. Muszę przemyśleć twoją propozycję.

— Oczywiście. Jednak im szybciej coś postanowisz, tym lepiej. Poza tym musimy omówić jeszcze kilka drobiazgów. Czy dysponujesz jakimiś pieniędzmi?

— Pewna kwota została zdeponowana w banku na moje nazwisko, ale nie mogę jej pobrać bez zgody Alego.

— Ach, tak. A co z biżuterią?

— Biżuteria jest w pełni moją własnością i mogę nią dysponować, jak zechcę. To właściwie wszystko, co naprawdę posiadam.

— I zapewne nigdy nie zdołasz jej sprzedać za więcej niż jedną trzecią faktycznej wartości — stwierdził Philippe. — Ale to już coś... nawet bardzo dużo, jak na początek. Jeżeli się zdecydujesz na mój plan, będziesz musiała zabrać wszystkie swoje klejnoty do Iranu. A także europejskie ubranie dla siebie i Karima.

— Opowiedz mi o szczegółach.

— Jeszcze nie dopracowałem ich do końca. Wiem jednak, że naszego planu nie możemy przeprowadzić tu na miejscu ani nawet w Emiratach. W grę absolutnie nie wchodzi także Nowy Jork, Paryż czy Teheran. Potrzebujemy jakiegoś miejsca leżącego na uboczu. Tebriz byłby więc najlepszy.

— Mam wrażenie, że to bardzo niebezpieczne przedsięwzięcie.

— Rzeczywiście, nieco ryzykowne. Ale nie dla Karima. Jedynie dla ciebie i dla mnie.

— Dla ciebie? Czemu dla ciebie?

— Bo będę w tym bezpośrednio uczestniczył. Ale na dziś dość tych rozmów. Idź już, moja droga. I wszystko dobrze przemyśl. Jeżeli zdecydujesz się na ten plan, daj mi znać, mówiąc coś — cokolwiek — na temat Tebrizu. Jeżeli nie zdołasz podjąć decyzji przed moim wyjazdem, nasz umowny znak nadal będzie ważny — wystarczy, że napiszesz nazwę miejscowości na pocztówce.

— Wciąż nie mogę uwierzyć, że tak właśnie potoczyło się moje życie!

— Przykro mi. Zasługujesz na coś dużo lepszego. Teraz wracaj już do domu. Przed nami jeszcze kilka dni. Może uda nam się porozmawiać. Chociaż tak naprawdę decyzja należy tylko do ciebie.

— Nie mam pojęcia, co robić. Ta sytuacja mnie przerasta. Wiem natomiast, że jestem ci winna dozgonną wdzięczność, Philippie.

— Nie ma o czym mówić. Przecież jesteśmy przyjaciółmi, prawda? Dobranoc, moja droga.

Amira raz jeszcze spojrzała na kryształowy księżyc. W tej samej chwili pochwyciła kątem oka jakiś ruch w oknie na piętrze. Gwałtownie opadająca zasłona? A może jedynie jej zbyt pobudzona wyobraźnia?

— Dobranoc — wyszeptała, spoglądając w mrok ogrodu. — Dobranoc... mój ukochany.

Goście o poranku

Uroczystości dobiegły końca, Beduini wracali na pustynię, na lotnisku tłumy cudzoziemskich gości czekały na odlot, a tymczasem Ali uparł się, żeby Philippe został z nimi parę dni dłużej.

— Jeszcze przez pewien czas pozostaniemy w tym domu, nie będziesz więc musiał się przenosić do pałacu czy hotelu. Jak widzisz, wszystko dobrze obmyśliłem.

Nadzwyczajna wylewność męża wydawała się Amirze podejrzana — ostatecznie Ali wykazał się już wyjątkową gościnnością i odpowiednio wyraził swoją wdzięczność — ale jeśli kierowały nim jakieś ukryte motywy, Amira nie była w stanie ich przeniknąć.

Philippe opierał się naleganiom Alego, przypominając, że ma przecież pacjentów we Francji, ale ostatecznie telefon z pałacu przesądził sprawę. Nieustające ucztowanie wywołało u króla nagły, ostry atak podagry, postanowiono więc skorzystać z umiejętności medycznych Philippe'a.

— Niezbadane i mądre są wyroki Allacha — oznajmił Ali z czarującym uśmiechem. — Okazuje się, że nawet z choroby mojego ojca może wyniknąć coś dobrego.

— No, cóż. Jutro sobota, więc i tak siedziałbym bezczynnie w domu albo w jakimś pobliskim bistro — stwierdził pogodnie Philippe. — Tu natomiast mogę liczyć na doskonałe towarzystwo. Ale bez względu na wszystko, muszę wyjechać najdalej w niedzielę wczesnym popołudniem. *Inshallah.*

— Jeżeli musisz, to trudno, mój przyjacielu. Chociaż twój wyjazd pogrąży nas w smutku.

Amira w duchu dziękowała Bogu, że Philippe zostanie nieco dłużej. Może dzięki temu uda im się jeszcze zamienić kilka słów. Bo bardzo potrzebowała jego porady. Nagle zdała sobie sprawę, że tak naprawdę chciałaby, żeby to Philippe podjął za nią decyzję.

Sprawy jednak nie ułożyły się po myśli Amiry. Niemal całą sobotę pomagała Zeinab w wyprowadzce. Szwagierka podniosła okropny raban, że zginęły jej kosztowne kolczyki, które — jak zapewniała — schowała w szufladzie toaletki. Po długich i wyczerpujących poszukiwaniach znalazły się jednak w jej szkatułce z biżuterią.

Philippe natomiast całą sobotę spędził w pałacu. Wrócił po zmroku bardzo zmęczony i od razu poszedł wypocząć do swojego pokoju. Ali miał do załatwienia jakieś interesy i wieczorem telefoniczne powiadomił Amirę, by nie czekała na niego z kolacją. Znowu więc Amira i Philippe sami usiedli przy stole — po raz kolejny szokując służbę. Ale Philippe nie miał apetytu. Nic nie jadł — wypił jedynie kieliszek wina. Rozmowa też się nie kleiła. Teraz ważne było tylko jedno słowo — Tebriz — a Amira wciąż nie mogła się zdobyć, by je wypowiedzieć.

W jakiś czas potem niania przyprowadziła do jadalni Karima. Chłopczyk posiedział przez chwilę w objęciach Amiry, po czym podreptał do Philippe'a, żeby wujek pohuśtał go na kolanie. Niemal w tej samej chwili pojawił się Ali — rozbawiony i hałaśliwy. Czyżby pił?

— Cóż za przepiękna scenka rodzajowa! — wykrzyknął ze śmiechem. — Jakbym przez pomyłkę wszedł do domu bogatego Europejczyka, jego pięknej żony i syna.

— To urocza wizja — odezwał się Philippe. — Gdzie jednak widzisz tego europejskiego bogacza?

Ali znowu roześmiał się na całe gardło.

— Mam coś dla ciebie, mój przyjacielu — oznajmił. Wyszedł z jadalni, by za chwilę powrócić z ozdobnie opakowanym pudłem w dłoniach.

W środku znajdowała się pięknie tkana *thobe* i *guthra* oraz czarna obręcz na głowę — *agal* — zdobiona szczerym złotem.

— Pierwszy był Lawrence z Arabii — powiedział Ali. — Teraz nadszedł czas na Philippe'a z al-Remal.

Philippe również podarował im prezenty. Ali dostał wierną, bardzo kosztowną replikę skórzanej kurtki noszonej przez amerykańskich lotników w czasie drugiej wojny światowej. Dla „domu" — nie do pomyślenia bowiem było, żeby obcy mężczyzna ofiarował coś bezpośrednio Amirze — Philippe przekazał misternie rzeźbioną figurkę z kości słoniowej, przedstawiającą parę synogarlic.

Na pierwszy rzut oka była to bardzo przyjemna chwila, ale Amira miała ochotę wyć. Czemuż nie mogła powiedzieć Alemu wprost: „Odchodzę i zabieram ze sobą Karima". I czemu Philippe nie mógł dorzucić: „I nie próbuj nas zatrzymywać, przyjacielu".

Oczywiście, z powodu strasznych konsekwencji, jakie by na nich spadły. Co nie zmieniało faktu, że to życie w zakłamaniu zaczynało przyprawiać ją o szaleństwo.

Jak na remalskie zwyczaje, ceremonia przekazania darów była krótka i dość zdawkowa. Philippe najwyraźniej był wyczerpany, natomiast Ali oznajmił, że następnego dnia musi poderwać się skoro świt, ma bowiem ważne sprawy do załatwienia.

— Ale, oczywiście, przyjdę, żeby się z tobą pożegnać i odwieźć cię na lotnisko, mój przyjacielu.

Philippe rzucił kilka słów podziękowania i poszedł spać. Ali pobawił się jeszcze chwilę z Karimem, któremu też już kleiły się oczy, po czym udał się do swojej sypialni.

Tylko Amira nie mogła zasnąć i leżąc w łóżku, jeszcze długo wpatrywała się w nocny mrok. Czuła się jak podróżny na pustyni w bezgwiezdną noc. Musiała ruszyć z miejsca, ale nie wiedziała, w którą skierować się stronę. Zaczęła powtarzać w duchu, że wszystko w rękach Najwyższego, i w końcu, tuż przed świtem, pogrążyła się we śnie.

Obudziła się z niejasnym przeczuciem, że dzieje się coś złego. W domu panowała cisza, ale to było przecież uzasadnione: Ali zapewne wyszedł już na umówione spotkanie, Philippe najprawdopodobniej jeszcze spał, a Zeinab ze swoim klanem wreszcie się wyprowadziła. Mimo to zdawało się Amirze, że jest zbyt cicho. Zbyt martwo. Ubrała się pospiesznie i zbiegła na dół. Gdzie podziała się cała służba? Zaczęła nawoływać, ale nikt się nie zjawiał.

Już miała pójść do skrzydła domu przeznaczonego dla służących i zażądać wyjaśnień, gdy ujrzała drobną pokojówkę, Hanan, w odświętnym ubraniu zmierzającą przez trawnik w stronę bocznej furtki.

— Hanan! Chodź tu zaraz. Gdzie pozostałe pokojówki?

— Nie wiem, Wasza Wysokość. Pan odesłał część z nas do pałacu, by przygotować pokoje na państwa przybycie, a pozostałym dał dzień wolny — za to, że tak ciężko pracowaliśmy w czasie uroczystości. Ja właśnie należę do tej grupy i postanowiłam wybrać się do mamy z wizytą.

— Ale w domu nie ma żywego ducha! — Hanan zacisnęła usta. Nie jej sprawą były nieporozumienia między panem a jego żoną. — Kiedy wydał te polecenia?

— Rano, Wasza Wysokość, tuż przed wyjściem. — Hanan miała taką minę, jakby gnębiło ją poczucie winy. — Mogę zostać, pani, jeżeli jestem potrzebna.

— Nie. Nie, idź i naciesz się wolnym dniem.

— Pokornie dziękuję, Wasza Wysokość. — Dziewczyna szybko skierowała się ku bramie, żeby Amira nie zdążyła się rozmyślić, jednak przed wyjściem odwróciła się i wykrzyknęła: — Jestem pewna, że ci, którzy poszli do pałacu, wkrótce wrócą.

— Tak, oczywiście. Dziękuję, Hanan.

Amira weszła do kuchni i zaczęła szukać kawy. Philippe bez wątpienia wkrótce się obudzi. Znalazła chleb, owoce i jajka. Może usmażyć omlet? Z przyjemnością zrobi Philippe'owi śniadanie, z jeszcze większą przyjemnością posiedzi z nim sam na sam przy posiłku. Niemniej nie opuszczała jej irytacja na Alego. Czemu odesłał całą służbę, gdy w domu mieli gościa? To przecież bez sensu.

Aż nagle wszystko stało się jasne! Amira skamieniała. Nie. To niemożliwe. Nawet Ali nie posunąłby się do czegoś podobnego. Co za idiotyczne przypuszczenie. Już miała się roześmiać, ale śmiech zmarł jej na ustach. Ależ oczywiście, Ali z pewnością poważyłby się na taki krok, a jego konsekwencje wcale nie byłyby zabawne.

Zgodnie z prawem szariatu, gdy kobieta oskarżała mężczyznę o gwałt, musiała przedstawić czterech świadków tego czynu. Ale jeśli mężczyzna oskarżał kobietę o cudzołóstwo, wystarczyło, że wykazał ciąg okoliczności, które mogły do tego doprowadzić. Przebywanie sam na sam z Philippe'em w jednym domu już było mocno obciążającym faktem. Na dodatek, Amira jadała z nim posiłki, a wczoraj ktoś najprawdopodobniej widział ich razem w ogrodzie.

Nie było czasu do stracenia — trzeba było działać natychmiast. W pierwszym odruchu chciała biec i ostrzec Philippe'a, ale tuż przed schodami zatrzymała się w pół kroku. Teraz w żadnym razie nie wolno jej się znaleźć w pobliżu sypialni gościa. Nawet wchodzenie na piętro byłoby czystym szaleństwem.

Powinna wyjść — opuścić dom. Ale jak by to wyglądało? I czym by to usprawiedliwiła?

Telefon. Mogłaby zadzwonić do pałacu i zażądać, żeby część służby natychmiast wróciła do domu. Ale czy wrócą? I jak szybko? A co, jeżeli niektórzy z nich uczestniczyli w spisku? Choć właściwie nawet nie musieliby w nim uczestniczyć. Fakty były aż nadto obciążające. Amira już widziała oczami wyobraźni małą Hanan zeznającą przed islamskim sędzią, *qadi*: „Proponowałam, że zostanę, ekscelencjo, ale pani kazała mi iść".

Myśl, Amiro!

Podeszła do telefonu i wykręciła numer domu ojca, modląc się w duchu, by przypadkiem nie odebrał Omar.

— Pokój Allacha — usłyszała głos wiekowego służącego, Habiba.

— Pokój Allacha, Habib. Tu Amira. Proszę, nie zawracaj głowy mojemu ojcu. Muszę tylko zamienić kilka słów z Bahią.

— Tak jest, panienko... to znaczy Wasza Wysokość.

Amirze zdawało się, że minęły długie godziny, zanim Bahia podeszła do telefonu.

— Bahia, nie zadawaj żadnych pytań. Bierz natychmiast swoją córkę i każdą wolną pokojówkę czy służącą i przychodź tutaj jak najszybciej. Nie trać ani minuty. Jeśli ktoś cię o cokolwiek spyta, powiedz, że ja i Karim nagle zachorowaliśmy, a moja służba ma wolne.

— Już biegnę — odparła Bahia i się rozłączyła.

Amira nerwowo chodziła po kuchni. Jeżeli Philippe zejdzie na dół, natychmiast poprosi go, żeby wyszedł z domu. Ktoś — na przykład któryś z kuzynów Alego — mógł się tu zjawić lada chwila. Może nawet kilku z nich było właśnie w drodze, by przyłapać ją sam na sam z obcym mężczyzną.

Znowu pobiegła do telefonu. Tym razem wykręciła numer Farida. Nie zastała go w domu. Zadzwoniła jeszcze w kilka innych miejsc, ale nigdzie go nie złapała. Teraz nie mogła już nic zrobić — pozostało jej jedynie cierpliwie czekać. Czemu Philippe nie schodził na dół? A może lepiej, że siedział u siebie?

Od bocznej furtki doszły ją jakieś odgłosy i wkrótce w progu kuchni stanęła Bahia z córką.

— Nikt inny nie mógł tak natychmiast przyjść — tłumaczyła Bahia przepraszającym tonem.

— Nie szkodzi. Jesteście aniołami zesłanymi mi prosto z niebios. Wchodźcie. Wchodźcie. Musicie się szybko zakrzątnąć. Zabierzcie się do parzenia kawy, szykowania śniadania — same wiecie najlepiej, co robić. Musi to wyglądać tak, jakbyście były tu przez cały ranek.

Kiedy kobiety wzięły się do pracy, Amira opowiedziała im o sławnym gościu, doktorze Rochon, tajemniczym zniknięciu służby i swoich, naturalnych w tych okolicznościach, obawach. Nie wspomniała tylko, że podejrzewa Alego o zorganizowanie tej pułapki.

Bahia posłała Amirze przeciągłe spojrzenie.

— Z wolą Najwyższego, nie wyniknie z tego nic złego. Dobrze jednak, że pani po nas posłała. Gdzie Karim?

— Śpi na górze.

— Maryam, idź po niego.

— Trzecie drzwi po prawej — krzyknęła za dziewczyną Amira.

Chwilę później Maryam wróciła z zaspanym chłopczykiem w ramionach, a Bahia już zdążyła zaparzyć kawę

— Proszę wyjść na taras, Wasza Wysokość — powiedziała niańka, po raz pierwszy oficjalnie tytułując Amirę. — Tam podamy śniadanie.

Ledwo wypowiedziała te słowa, od frontowych drzwi dobiegły męskie głosy. Ktoś wykrzyknął:

— Kobieto, zasłoń się!

Bahia i Amira szybko wymieniły znaczące spojrzenia. Obie zwróciły uwagę, że nie padło słowo „kobiety" tylko „kobieto".

Pierwszy wpadł do kuchni Abdul, kuzyn Alego, a za nim trzech innych mężczyzn. Dwóch z nich Amira nigdy nie widziała na oczy; trzeci wydawał się jej znajomy, chociaż nie mogła skojarzyć, gdzie i kiedy go spotkała.

— Co się tu dzieje, Amiro? — Abdul był wyraźnie zaskoczony widokiem Bahii i Maryam.

— O co ci chodzi, Abdulu?

— Przyszliśmy zobaczyć się z twoim mężem i zauważyliśmy otwarte frontowe drzwi.

— Naturalnie przestraszyliśmy się, że stało się coś złego — dorzucił człowiek o znajomej twarzy.

— Tak, tak. Właśnie. Przestraszyliśmy się — powtórzył tępo Abdul.

— Drzwi były otwarte? To znaczy uchylone?

— Tak.

— Widocznie Ali nie domknął ich za sobą, gdy wychodził.

— A więc nie ma tu twojego męża, pani? — Mężczyzna, którego już gdzieś widziała, miał świdrujące, inkwizytorskie spojrzenie.

— Wcześnie rano był umówiony na jakieś spotkanie. Jestem jednak pewna, że wkrótce wróci. Proszę, rozgośćcie się. Bahia za chwilę poda kawę. Czy jedliście już śniadanie?

— A co z waszym gościem? — zapytał Abdul.

Amira nigdy nie lubiła kuzyna Alego, a teraz widziała, że nawet ten znajomo wyglądający mężczyzna jest zdegustowany jego brakiem subtelności.

— Chodzi ci o doktora Rochon? Masz do niego jakąś sprawę?

— Gdzie jest teraz?

— Przypuszczam, że śpi. Jeszcze go dzisiaj nie widziałam.

— Doprawdy?

— Doprawdy. Słuchaj, Abdul, do czego mają prowadzić te wszystkie pytania? Czy coś się stało?

— Kim są te kobiety? Przecież nie należą do twojej służby.

— Mój mąż uznał za stosowne dać dzisiaj całej służbie wolne. Bahia i Maryam są pokojówkami w domu mojego ojca, Bahia była jeszcze moją nianią. Poprosiłam, żeby przyszły mi pomóc.

— Lojalne służące, gotowe zrobić wszystko dla swojej pani, to dar zesłany przez Boga — wygłosił sentencjonalnie znajomo wyglądający mężczyzna.

— Kiedy się tu zjawiły? — Nie dawał za wygraną Abdul.

— Są tu niemal przez cały ranek.

— N i e m a l przez cały ranek — rzucił mężczyzna o inkwizytorskim spojrzeniu.

Amira miała już tego dosyć.

— Panowie, co prawda jestem tylko kobietą, ale także żoną księcia, a wy jesteście w jego domu. Ty, Abdulu, przede wszystkim powinieneś uszanować te progi. Powiedzieliście, że przyszliście zobaczyć się z moim mężem. Proponuję więc, żebyście te wszystkie pytania skierowali pod jego adresem.

— Jakie pytania? Co się tu dzieje? — W drzwiach stanął Ali z roziskrzonymi oczami, wyraźnie czymś podniecony.

— Właśnie próbujemy to ustalić, kuzynie — odrzekł Abdul. — Przyszliśmy się z tobą spotkać i zobaczyliśmy uchylone drzwi. Kiedy weszliśmy, zastaliśmy twoją żonę samą, a w zasadzie w towarzystwie tych dwóch kobiet, które nie należą do jej służby.

Ali zerknął na Bahię i Maryam. W jego oczach błysnął gniew.

— Ja je znam — mruknął pod nosem.

— Zapytaliśmy o twojego dostojnego gościa. — Nieudolnie brnął dalej Abdul. — Amira utrzymuje, że nie widziała go tego ranka.

— Doktor Rochon jest, jak zauważyłeś, moim gościem. Nie podobają mi się insynuacje pod jego adresem.

To była poważna gafa Alego, nikt bowiem do tej pory nie wysunął pod adresem Philippe'a żadnych insynuacji. Cała ta sprawa przypominała farsę, w której precyzyjnie zawiązaną intrygę zburzyło pojawienie się Bahii i Maryam i zmusiło aktorów do gorączkowej improwizacji.

— Twoja żona twierdzi, że doktor nadal śpi — podsunął usłużnie inkwizytor. Dwaj pozostali mężczyźni cały czas milczeli i Amira zrozumiała, że mieli być jedynie świadkami.

— Jest późno na sen, nawet jak na obcokrajowca — zawyrokował Ali. — Osobiście pójdę sprawdzić, czy wszystko w porządku.

Zniknął na dłużej, niż powinien. W kuchni panowało milczenie i tylko znajomo wyglądający mężczyzna wbijał w Amirę gniewny wzrok. Raptem Amira uświadomiła sobie, gdzie już widziała tę twarz. Wcześniej go nie rozpoznała, bo nie miał dziś na sobie zielonego turbanu. To był funkcjonariusz *matawa* — ten sam, który podbiegł do niej, gdy Jabr prowadził ją do samochodu po zakończonej fiaskiem Egipskiej Nocy.

W końcu Ali ponownie zjawił się w kuchni.

— Nie ma go — oznajmił. — Gdzie jest nasz gość, Amiro?

— Nie wiem, mężu. Dzisiaj go jeszcze nie widziałam.

— Może zostawił jakąś notatkę czy... coś w tym rodzaju — odezwał się Abdul.

— Już szukałem — rzucił z irytacją w głosie Ali. — Nic nie znalazłem.

— Nic? Doprawdy? Pomogę ci szukać — zaoferował się ochoczo Abdul.

Nawet funkcjonariusz policji religijnej był zakłopotany tą wymianą zdań.

— *Bonjour*, przyjaciele Cóż za piękny poranek. Mam nadzieję, że nie przeszkadzam? — W drzwiach kuchni stanął uśmiechnięty Philippe. Miał na sobie typowy europejski strój turysty i świeżą opaleniznę na twarzy.

— Właśnie... właśnie cię szukaliśmy — bąknął zmieszany Ali.

— Ach, tak. Ja tymczasem byłem na przechadzce. Marnie spałem tej nocy, obudziłem się o świcie i gdy zobaczyłem, że zanosi się na piękny dzień, postanowiłem się przejść po świeżym powietrzu. W rzeczy samej, wyszedłem tuż po Waszej Wysokości. Miałem nawet zakrzyknąć, ale odniosłem wrażenie, że książę się gdzieś bardzo spieszy.

— I nie było pana przez cały ranek? — tępo drążył Abdul.

— Przecież właśnie to powiedziałem. — Philippe wzruszył ramionami. — Spacerowałem po mieście, a potem siedziałem przed jedną z kawiarenek i przyglądałem się życiu ulicy.

— A która to była kawiarnia? — zapytał od niechcenia funkcjonariusz *matawa*. — Mamy ich tutaj wiele.

— Nie zwróciłem uwagi na nazwę.

— Jaka szkoda.

— Ale jeśli to pana tak bardzo interesuje, proszę spytać brata mojego gospodarza, Ahmada. Akurat przechodził obok ze swoimi znajomymi i był łaskaw spędzić ze mną godzinę.

Czy Philippe rozumiał, co się tu działo? Amira nie miała pojęcia. Kiedy jednak powołał się na brata Alego, na samego następcę tronu, należało już zakończyć to drobne przesłuchanie. Ali radośnie wykrzyknął, że oto wyjaśniła się tajemnicza zagadka, i zagarnął gości do skrzydła dla mężczyzn.

— Niech Bahia poda nam kawę — rzucił w stronę Amiry. — Mam nadzieję, że zbytnio nie zakłóciliśmy waszego spotkania po latach.

Uśmiechnął się tak czarująco, że Amira zaczęła się zastanawiać, czy przypadkiem nie uroiła sobie zagrożenia. Szybko jednak pojęła, że był to raczej uśmiech szermierza, który, choć przegrał pierwsze starcie, nie miał wątpliwości, że wygra pojedynek.

Po południu oboje odwieźli Philippe'a na lotnisko. W zatłoczonej hali mężczyźni objęli się serdecznie jak bracia. Przysłuchując się kordialnej wymianie podziękowań, komplementów i kolejnych zaproszeń, Amira znowu zastanawiała się, czy jej poranne podejrzenia nie były paranoidalne.

Pożegnanie przerwał komunikat wzywający księcia Alego al-Rashada do telefonu.

— Zawsze coś na głowie — rzucił Ali. — Za chwilę jestem z powrotem.

Philippe odprowadził go wzrokiem.

— Mamy tylko chwilę — powiedział. — To ja go wezwałem. Zadzwoniłem jeszcze z domu, przed wyjazdem na lotnisko. Amiro, czy wiesz, o co chodziło w tym porannym przedstawieniu?

— Sądzę, że tak. Nie byłam jednak pewna, czy ty się orientujesz w sytuacji.

— To był swoisty spisek, zastawiono na nas pułapkę. Tak jak mówiłem, obudziłem się bardzo wcześnie i postanowiłem się przejść. Kiedy się ubierałem, kilka monet wypadło mi z kieszeni i potoczyło się pod łóżko. Schyliłem się i zobaczyłem do połowy opróżnioną butelkę whisky. Nie należała do mnie, więc ktoś musiał ją tam podłożyć. Zaniepokojony, zacząłem starannie przeszukiwać pokój i jak myślisz, co znalazłem w rogu łóżka, pod prześcieradłem? Bardzo atrakcyjną bieliznę. Prowokacyjną. Nie mogę być tego pewien, sądzę jednak, że pasowałaby na ciebie idealnie.

— Na Boga!

Amira czuła lęk tego ranka, ale dopiero w tym momencie zrozumiała, w jak wielkim znajdowała się niebezpieczeństwie. W al-Remal podobny dowód rzeczowy mógł oznaczać tylko wyrok śmierci.

— Schowałem butelkę i bieliznę do kieszeni, po czym wyrzuciłem z dala od domu.

— Dziękuję ci, Philippie. Ale...

— Amiro, nie możesz zbyt długo zwlekać z podjęciem decyzji. Jeżeli zgodziłabyś się na mój plan, potrzebuję czasu, by wszystko przygotować, puścić machinę w ruch. Jeżeli nie... cóż, lękam się o twoje życie, moja droga. Musisz jakoś stąd uciec, póki nie będzie za późno. Pamiętaj, że zawsze ci pomogę, jak tylko będę mógł.

Zanim zdążyła odpowiedzieć, pojawił się Ali.

— Zbyt wielu książąt o tym samym imieniu — rzucił pogodnie.

Chwilę później wywołano lot Philippe'a.

Amira wiedziała, że to już ostatnie chwile w jego towarzystwie. Słowa wymknęły jej się z ust, zanim na dobre zdała sobie sprawę z tego, co mówi.

— Niemal zapomniałabym cię o coś spytać, Philippie. Czy przypadkiem nie byłeś kiedyś w Tebrizie?

— W Tebrizie? Pytasz mnie o Tebriz?

— Tak. O Tebriz. Mamy tam jechać wraz z Alim, to będzie nasza pierwsza wizyta w tym mieście. Pomyślałam, że ktoś tak dużo podróżujący jak ty być może kiedyś zawędrował i w tamte rejony.

— Owszem. Odwiedziłem Tebriz — odparł, a w jego oczach Amira dojrzała potwierdzenie obietnicy. — Niektórzy utrzymują, że to najmniej przyjazne miasto na Bliskim Wschodzie, ja jednak spotkałem tam wielu dobrych, uczynnych ludzi. Jestem przekonany, że będziecie zadowoleni ze swojego pobytu w Tebrizie.

I chwilę później już go nie było.

Powrót syna marnotrawnego

Nadchodziła wiosna. Noce wciąż jeszcze były zimne, ale dnie już przyjemnie ciepłe. Pewnego popołudnia przez godzinę padał deszcz i wszyscy wylegli na ulice, żeby się nim rozkoszować. Młodsze dzieci, które nigdy wcześniej nie widziały wody lecącej z nieba, uznały to za cud.

Karim pluskał się w błotnistej kałuży z buzią uniesioną w stronę nieba. Chichotał i mrużył powieki, gdy krople spadały mu na oczy. A kiedy deszcz przestał padać, zaczął ciągnąć Amirę za *abbeyę*.

— Mamusiu, zrób tak, żeby jeszcze leciała woda. Ja chcę więcej. Więcej.

W zastraszającym tempie Karim z niemowlaka przeistaczał się w małego chłopca.

Alego ominęła wiosenna burza nad pustynią: wyjechał na dwa tygodnie do Stanów, by ćwiczyć loty na nowych myśliwcach. Wrócił do domu rozdrażniony i ponury — co było teraz regułą, gdy przyjeżdżał z krajów, w których panowała większa swoboda obyczajów niż w al-Remal. Amirę już jednak nie interesowały przyczyny złego nastroju męża.

Za niecały miesiąc mieli wyjechać do Tebrizu, ale nie wyczekiwała nerwowo tej podróży, nie czuła też strachu. Prawdę powiedziawszy, to, co miało się tam zdarzyć, wydawało się jej zupełnie nierealne. Może dlatego, że nie miała żadnych wiadomości od Philippe'a. Nie wiedziała, co robił i jakie snuł plany.

Napisał tylko raz i, oczywiście, zaadresował list do Alego. W liście ponownie dziękował za gościnę, podał kilka banalnych informacji o sobie, przytoczył parę międzynarodowych plotek i dopiero na końcu, jakby od niechcenia, podał nazwiska swoich znajomych mieszkających w Tebrizie, napomykając, że to mili ludzie i zapewne z przyjemnością będą gościć Alego i Amirę.

Zamknięta w swojej sypialni, Amira nauczyła się nazwisk na pamięć, a potem pilnie studiowała każde zdanie, szukając ukrytego sensu. Nie znalazła. Ogarnęła ją złość na Philippe'a. Nie oczekiwała żadnych szczegółów, ale przecież mógł przemycić tylko dla niej zrozumiałe słowo, które podniosłoby ją na duchu. Czyżby nie rozumiał, że tutaj w grę wchodziło jej życie? A może po prostu plan okazał się nie do zrealizowania? Lub tak naprawdę wcale nie było żadnego planu?

Następnego ranka, gdy Amira popijała kawę, służąca przyniosła jej telefon.

— Połączenie międzynarodowe, Wasza Wysokość. Z Francją.

Amira zmusiła się, by sięgnąć po słuchawkę powolnym, leniwym ruchem, jakby ją nużyły telefony z Francji.

— *Bonjour* — powiedziała.

— Czy to Paryż? — zapytał męski głos po francusku z silnym arabskim akcentem.

— Nie. To al-Remal.

— Pokój Allacha — powiedział mężczyzna już po arabsku. — Proszę czekać. Będzie połączenie z Francją

Zapadła cisza, a potem rozległ się ciągły sygnał.

Amira miała ochotę trzasnąć telefonem o ścianę. To państwo zarabiało grube miliardy na ropie, a jego system łączności telefonicznej zakrawał na kpinę. Budowały go dwie spółki, jedna belgijska, druga francuska. Wieść niosła, że Malik pomagał Francuzom sfinalizować kontrakt i że na tym pośrednictwie zarobił masę pieniędzy. Jeżeli to była prawda, Amira najchętniej udusiłaby teraz brata.

Telefon zadzwonił ponownie.

— Halo! Przed chwilą przerwano mi połączenie...

— Czy to ty, siostrzyczko?

— Malik! Właśnie cię przeklinałam w duchu, niech Najwyższy mi wybaczy.

— Co takiego? Możesz mówić głośniej?

— Powiedziałam, że... och, nieważne. Jak się miewasz? Czy stało się coś złego?

— Złego? W żadnym razie. Mam dla ciebie radosne nowiny. I chciałbym cię też prosić o przysługę.

— Cała zamieniam się w słuch.

— Ożeniłem się, siostrzyczko!

— Co takiego?! Na Allacha! Kiedy? I z kim?

— Ze wspaniałą kobietą. Francuzką. Zaledwie cztery dni temu. Już nie mogę się doczekać, żeby was sobie przedstawić. Będzie cudowną matką dla... dla naszych przyszłych dzieci.

Zrozumiałe, że Malik nie chciał wspominać imienia córki. Każdy — operator centralki, jakiś służący, nawet Ali czy Faiza — mógł podsłuchiwać ich rozmowę.

— Nie wiem, co powiedzieć, braciszku. Na Allacha! Cóż za wspaniała wiadomość. Niesamowita niespodzianka. Oczywiście, wcześniej powiadomiłeś o swoich zamiarach ojca.

Na krótką chwilę zapadła cisza.

— Cóż, siostrzyczko, właśnie w związku z ojcem chciałbym cię prosić o przysługę. Nie. Nie rozmawiałem z nim o ślubie. Wiem, wiem — to niewybaczalne. Ale prawdę mówiąc, bałem się, że nie wyrazi zgody na to małżeństwo. Moja żona jest chrześcijanką.

— Ach, tak.

To rzeczywiście mógł być problem — ani w połowie jednak nie tak poważny, jak stawianie Omara przed faktem dokonanym, gdy w grę wchodził ślub pierworodnego syna.

— Nie przejmuj się. Zadzwonię do niego. Zrobię to jeszcze dzisiaj. Oczywiście, ojciec wpadnie w furię. To nieszkodzi. Chciałbym cię jednak prosić, żebyś pomogła Faridowi ugłaskać go nieco przed naszym przyjazdem.

— A kiedy to nastąpi?

— Z pomocą Najwyższego, jeszcze w ten weekend.

— W t e n weekend?

— Wiem, że nie zostawiam ci wiele czasu, ale im szybciej będziemy mieć to za sobą, tym lepiej, nie sądzisz? Gdy tylko skończę z tobą rozmowę, dzwonię do Farida. Wiesz, jak on potrafi okręcić ojca dookoła palca. Już Farid się wszystkim zajmie, nie martw się. Chciałbym jedynie, żebyś go nieco wsparła — rozumiesz, w odpowiednim momencie rzuciła jakąś życzliwą uwagę. Wiesz, że ojciec jest typowym Remalczykiem — opinia członka królewskiej rodziny ma dla niego wielkie znaczenie, nawet jeśli jest to jego własna córka.

Amira westchnęła głęboko.

— Zrobię, co w mojej mocy, braciszku.

— Dziękuję. Ja... wiesz, że trudno było mi znaleźć kogoś... odpowiedniego.

— Wiem. Opowiedz o swojej żonie.

— Ma na imię Genevieve.

— Piękne imię.

— Ani w połowie tak piękne jak ona sama. — Wyczuwając w głosie Malika głęboką czułość, Amira natychmiast zrozumiała, że jej brat jest naprawdę zakochany.

— To oczywiste. Zawsze wiedziałam, że ożenisz się z piękną kobietą.

— Nie w tym rzecz, Amiro. Tu nie chodzi tylko o jej wygląd. Ona jest dla mnie bardzo dobra. Dzięki niej uwierzyłem, że życie może być wspaniałe. I ciągle się przy niej śmieję. Wiesz przecież, od jak wielu lat...

— Wiem.

— Powiedziała, że może przejdzie na islam. Oczywiście, jak lepiej pozna naszą religię.

— A czym zajmuje się ta idealna kobieta?

Malik wyraźnie się zawahał.

— Jest piosenkarką w nocnym klubie.

— Ach, tak...

— I na dodatek... Cóż, myślę, że lepiej będzie, jak poznasz

całą prawdę. Na dodatek jest starsza ode mnie. Niewiele. Zaledwie parę lat.

Szybko wspólnie uzgodnili, że pewne fakty będzie można przekazać Omarowi prawie w nieocenzurowanej formie. Niektóre — jak na przykład wiek Genevieve — nie muszą zostać podane z matematyczną dokładnością. Jeszcze inne — choćby jej poglądy religijne — można przedstawić w pozytywnym świetle. Były też takie — przede wszystkim zawód żony Malika — o których bezwzględnie nie wolno było wspominać.

Kiedy Amira odłożyła słuchawkę, była całkowicie roztrzęsiona. Nie mogła się skoncentrować na żadnej myśli. Malik przyjeżdżał jeszcze w tym tygodniu. Malik wraz z Genevieve. Za miesiąc czekała ją podróż do Tebrizu. Philippe. Malik. Omar. Ali.

Zaczęła chodzić nerwowo po pokoju. Pałac zdawał się więzieniem. Dzisiaj nie mogła nawet przejść się po ogrodach, bo z powodu jakiejś oficjalnej ceremonii zostały zamknięte dla kobiet. Malik. Philippe. Tebriz.

Nacisnęła guzik interkomu.

— Sprowadź mi samochód — poleciła pokojówce.

— Tak jest, Wasza Wysokość.

Dziesięć minut później Jabr otwierał przed nią drzwi rolls-royce'a.

— Pokój Allacha.

— Pokój Allacha.

— Poranek dobroci, Wasza Wysokość.

— Poranek światła, Jabr.

Z przyjemnością wymieniła tradycyjne uprzejmości. Świat wokół mógł się rozsypywać w pył, ale te od setek lat wypowiadane formuły były niczym silne korzenie, których żaden wiatr nie zdołał wyrwać z ziemi.

— Dokąd jedziemy, Wasza Wysokość?

— Do kuzyna — rzuciła Amira na użytek nastawiającego uszy odźwiernego.

Kiedy Jabr usadowił się już za kierownicą, spojrzał we wsteczne lusterko.

— Do którego kuzyna, księżno?

— Do żadnego. Jedź gdziekolwiek. Może na pustynię. Muszę coś przemyśleć.

Ich oczy spotkały się w lusterku. Jabr popatrzył na nią ze szczerym zatroskaniem.

— Wzgórza będą lepsze do rozmyślań, Wasza Wysokość. Na pustyni panują już upały.

— Jedźmy więc na wzgórza.

Zatrzymali się w ocienionym żlebie. Pięćset metrów niżej pustynia błyskała w słońcu na podobieństwo bezkresnego, znieruchomiałego morza, ale tu, na górze, powietrze było przyjemnie chłodne. W miejscach osłoniętych od słońca kwitły maleńkie kwiatki. Jak długo czekały uśpione w ziemi, nim krople deszczu pozwoliły im wzrosnąć? Jak długo będą czekać na następną taką okazję?

Wokół panowała idealna cisza, przerywana jedynie cichym szumem systemu chłodzenia silnika. Jabr pozostał w samochodzie. Tam był zwykłym kierowcą. Gdyby stał na zewnątrz, nawet oddalony od Amiry, mogłoby paść podejrzenie, że jest jej kochankiem.

Jakby wyglądało jej życie, gdyby pokochał ją mężczyzna pokroju Jabra — pokochał czystą, głęboką miłością, tylko za to, jaką jest kobietą? Amira próbowała sobie to wyobrazić. Ale nie umiała. Nie była przeznaczona dla zwykłego człowieka. Mogłaby być żoną takiego mężczyzny jak Philippe, Philippe będzie zawsze w jej myślach, ale to coś zupełnie innego.

Może pewnego dnia jeszcze spotka kogoś szczególnego. Może po Tebrizie...

W ten sposób doszła do zasadniczego pytania: Jak będzie wyglądać jej życie po podróży do Tebrizu? Nie wiedziała — po głowie chodziły jej tylko niejasne impresje, a właściwie marzenia. Czy Philippe ukryje ją w jakimś *château* na francuskiej prowincji? A może przetransportuje ja na Tahiti, gdzie Karim będzie dorastać jako mały Polinezyjczyk i całe dnie biegać nago po plaży? A może potajemnie kupił jakąś *finca* — gdzie to one się znajdowały? Ach tak. W Argentynie.

Tak czy owak, Philippe był przekonany, że Amira musi zniknąć z powierzchni ziemi, umrzeć dla świata. Gdy ona będzie się ukrywać, wszyscy, których znała — wszyscy z wyjątkiem Philippe'a i Karima — będą przekonani, że spotkało ją coś strasznego. Przed oczami stanął jej Malik, ojciec, ciotki i Bahia — wszyscy pogrążeni w żałobie. Jak wiele czasu upłynie, zanim będzie mogła przyznać się do mistyfikacji? Philippe sądził, że to potrwa długo. Ale jak długo? Rok? Dwa lata?

Nagle cały ten plan wydał się jej szaleństwem. Ale przecież musiała to zrobić. Jeżeli zostanie z Alim, straci życie, i to nie tylko w świadomości innych ludzi — umrze naprawdę. Była o tym przekonana. Tak, musi się porwać na owo szaleństwo. Chyba żeby... chyba żeby Malik zdołał coś wymyślić.

Jeśli ktoś mógł znaleźć sposób na wydostanie jej z tej matni — sposób nie polegający na wiecznym ukrywaniu się i ucieczce — to tylko jej brat. Problem w tym, że nie mogła mu wyjawić prawdy. Philippe miał rację — Malik był zbyt porywczy. Ale gdyby zafałszowała nieco swą opowieść? Gdyby wymyśliła historyjkę o jakiejś innej żonie członka królewskiej rodziny, prześladowanej przez sadystycznego męża? Musiałaby wykazać się wielkim sprytem i zręcznością — jeżeli Malik doszedłby do wniosku, że Amira mówi o Alim, skutki byłyby katastrofalne.

Może sprawiła to cisza pustyni, a może nowa nadzieją, jaką natchnęła ją myśl o Maliku — w każdym razie Amira się uspokoiła i poczuła dużo lepiej. I tak aż do przyjazdu Malika nic nie zdziała. Wcześniej jednak musi wyświadczyć mu przysługę, o którą prosił. Zeszła ze wzniesienia i wsiadła do czekającego samochodu.

— A teraz do mojego kuzyna, Farida — poleciła Jabrowi.

Ślub najstarszego syna Omara Badira był doniosłym wydarzeniem. Amira nigdy nie widziała takich tłumów w domu ojca — nawet w dniu śmierci Jihan. Oba skrzydła — zarówno męskie, jak i kobiece — były przepełnione gośćmi, a w powietrzu unosiły się aromaty kawy przyprawianej kardamonem, pieczonej jagnięciny, kadzidła i perfum. Omar, gdy już pogodził się z sytuacją, przeszedł wprost samego siebie: zaprosił wszystkich przyjaciół, współpracowników, a nawet przygodnych znajomych, by razem z nim świętowali wesele syna.

Gdy już opadła z niego furia, Amira podsłuchała, jak mówił do Farida:

— W interesach, gdy uwikłasz się w fatalną transakcję, musisz udawać, że nie tylko się z niej cieszysz, ale że sam ją zaplanowałeś. Tę sytuację potraktujemy w ten sam sposób. Allach jest wielki i wszechwiedzący; może wszystko jeszcze obróci się na dobre.

Doprowadzenie Omara do takiego stanu wymagało niezwykłej sztuki perswazji. Farid wręcz po mistrzowsku wywiązał się z zadania. Od początku ustalili z Amirą, że problem nie polegał na tym, iż Malik ożenił się z niewierną — choć to samo w sobie było niefortunne — ale że uczynił to, nie prosząc Omara o zgodę i błogosławieństwo. Tego właśnie ojciec nie będzie chciał mu wybaczyć.

— Jest tylko jeden sposób, by niewybaczalne stało się wybaczalne — oznajmił Farid Amirze. — Trzeba od razu przyznać, że popełniło się niewybaczalny czyn. Taka już jest ludzka natura.

— Malik dopuścił się strasznej rzeczy — tłumaczył Farid Omarowi. — Całkowicie, bezwzględnie niewybaczalnej. Ty o tym wiesz, ja o tym wiem i on o tym wie. Sam mi to powiedział, gdy do mnie zadzwonił. Nie, nie, stryju, nie musisz mi tego mówić — powinien przede wszystkim zadzwonić do ciebie, nie do mnie. Ale na tym właśnie polega problem — Malik jest zbyt zawstydzony, by z tobą rozmawiać.

Farid w końcu przekonał Omara, że postępek Malika, choć

absolutnie karygodny, miał przecież swoje źródło w niebywałym szacunku dla ojca i synowskim respekcie.

— Tak bardzo bał się obrazić cię, stryju, że dopuścił się jeszcze większej zniewagi. Pamiętasz tego kierowcę ciężarówki, który, usiłując wyminąć osła, wjechał w ferrari księcia Mubaraka?

— Do czego mnie właściwie przyrównujesz, bratanku? Do osła czy do samochodu? — mruknął Omar, ale już uśmiechał się pod nosem.

— Wybacz mi, stryju. Nie jestem krasomówcą. Pozwól więc, że zapytam cię wprost: Czy mogę powiedzieć Malikowi, że wyraziłeś zgodę, by zadzwonił i prosił cię o przebaczenie?

Omar westchnął głęboko.

— Tak. Oczywiście, mój bratanku. Ale najpierw powiedz mi, co wiesz o tej kobiecie.

Farid odmalował portret Genevieve, jak na wielkiego artystę przystało — wyjątkowo starannie dobierał kolory, po mistrzowsku rozkładał światłocienie. Nawet Amira, podsłuchująca pod drzwiami, niemalże uwierzyła, że wyznająca katolicyzm, dobiegająca trzydziestki paryska piosenkarka kabaretowa jest nieśmiałą, dziewiczą panienką, która zapewne zostałaby zakonnicą, gdyby nie zakochała się w Maliku i nie zapałała miłością do islamu.

Teraz więc niecierpliwie wyczekiwali młodej pary, wmawiając sobie i światu, iż owo niekonwencjonalne zachowanie Malika wynikało z faktu, że od lat mieszka on w Europie, a przecież wiadomo, że jeśli wejdziesz między wrony...

Wysiłki i starania Farida i Amiry legły w gruzach szybko i niespodziewanie.

Jakiś czas potem — gdy już nikt nie mówił o niczym innym — Amira dowiedziała się, że wszystko się zaczęło od pewnej uwagi poczynionej przez Abdula, kuzyna Alego.

— A więc teraz w rodzinie Badirów pojawi się słynna gwiazda.

— Co chcesz przez to powiedzieć? — Ktoś natychmiast się

zainteresował. Większość osób utrzymywała, że pytającym był Fuad Muhassan, stary przyjaciel Omara.

— Przecież ta kobieta jest aktorką — wyjaśnił usłużnie Abdul. — Myślałem, że wszyscy o tym wiedzą.

— Nie chciałbym nazywać nikogo kłamcą, gdy nie znam dokładnie wszystkich faktów — powiedział surowym tonem starszy mężczyzna. — Znam jednak Omara Badira od dziecka i wiem, że nigdy nie wyraziłby zgody na ślub syna z taką kobietą.

— Jak sam zauważyłeś, nie znasz dokładnie faktów — rzucił Abdul lekceważąco.

— Młody człowieku, czas, byś nauczył się szacunku...

— Panowie, panowie — włączył się do rozmowy Ali, urodzony dyplomata. — To drobne nieporozumienie, nic więcej. — Teraz już spora grupa mężczyzn przysłuchiwała się rozmowie. — Mój kuzyn się myli — ciągnął Ali. — Ta kobieta nigdy nie wystąpiła w żadnym filmie.

Zaskoczony Abdul wydął usta.

— W każdym razie miała szansę zagrać w filmie. Sam mi o ty mówiłeś.

— Przede wszystkim powiedziałem ci to w zaufaniu — napomniał Abdula Ali. — To prawda, że kiedyś oferowano jej rolę, bo jest słynną piosenkarką, ale ona odrzuciła propozycję.

Teraz słuchali go już niemal wszyscy — łącznie z Omarem.

— Piosenkarką? Co ty opowiadasz, Ali?

— To nic takiego, teściu. Doprawdy drobiazg — tłumaczył Ali przepraszającym tonem.

— Powiedziałeś, że jest piosenkarką. Jaką piosenkarką?

Amira, słysząc z kuchni, że ucichł gwar rozmów, wśliznęła się do salonu.

— Naprawdę nie ma o czym mówić — upierał się Ali. — W Europie wiele kobiet podejmuje się tego zajęcia, zanim znajdzie męża.

— Piosenkarka!

— Proszę, teściu, zapomnij, że o tym wspomniałem. To doprawdy nieważne.

— Skąd o tym wiesz?

— Od przyjaciół z Paryża. Ale naprawdę nie powinniśmy o tym mówić. Ona śpiewa tylko w najlepszych lokalach, nie w żadnych podejrzanych spelunkach. Moi przyjaciele twierdzą też, że jest bardzo utalentowana. Ma podobno piękny głos niczym słowik. — Uśmiechnął się tym swoim czarującym uśmiechem. — Jestem pewien, że Malik ci o tym wspominał. Osobiście chciałbym ci serdecznie pogratulować liberalnych poglądów. Znam dobrze swojego ojca, wiem więc z doświadczenia, że wielu mężczyzn z twojego pokolenia...

— Farid! Gdzie jest Farid? Chcę natychmiast usłyszeć całą prawdę!

— Pojechał na lotnisko — rzucił ktoś z tłumu. — Po Malika i... Będą tu za parę minut.

Omar wprost kipiał z wściekłości. Wszyscy rozumieli, w jakim znalazł się nagle położeniu: w obecności przyjaciół i znajomych musiał albo wyrzec się żony pierworodnego syna, albo pozwolić, by kobieta złego prowadzenia — i do tego niewierna — weszła do jego domu i rodziny.

Amira dobrze znała swojego ojca — nie miała więc wątpliwości, który wariant wybierze. Musiała jakoś temu zapobiec.

— Ojcze — odezwała się, stając u jego boku — chyba rozumiesz, że musiało zajść jakieś nieporozumienie. Jestem pewna, że chodzi o kogoś innego.

— Śmiesz zaprzeczać słowom własnego męża?!

— Nie. Ja tylko...

— To nie twoja sprawa, kobieto. Wracaj tam, gdzie twoje miejsce.

Amira cofnęła się w stronę kuchni, podobnie jak inne kobiety, które wśliznęły się do salonu, gdy zorientowały się, że dzieje się coś złego. Nigdy jednak do kuchni nie dotarły, w tym samym bowiem momencie Farid otworzył frontowe drzwi i zaczął głośno się dopominać błogosławieństwa dla młodej pary.

Genevieve się postarała. Naprawdę bardzo się postarała. Miała na sobie czadrę, zasłoniła twarz i szła za Malikiem, jak na dobrą żonę przystało. Tyle że jej *abbeya* nie była tradycyjnie workowata — miała w sobie coś z paryskiego szyku i zamiast zasłaniać, podkreślała kobiece kształty, spod welonu zaś wymykał się drobny kosmyk blond włosów, co było równie prowokacyjne, jak odsłonięte ramiona. Na domiar złego, nie wyzbyła się fatalnego zwyczaju europejskich kobiet i patrzyła otwarcie w oczy zebranym mężczyznom, zamiast skromnie spuścić powieki. Biorąc pod uwagę to, co właśnie o niej powiedziano, Genevieve nie mogła zrobić nic gorszego.

Omar błyskawicznie podjął decyzję.

— Cóż to za kobietę sprowadzasz do mojego domu? — grzmiącym głosem zwrócił się do syna.

— Ojcze, to moja żona — odpowiedział Malik. Niewątpliwie już się zorientował, że sytuacja jest beznadziejna, nie wiedział tylko, co do tego doprowadziło. Farid gwałtownie poszarzał na twarzy. Genevieve najwyraźniej nie rozumiała po arabsku, bo wyglądała jedynie na zaskoczoną.

— Chcę usłyszeć prawdę — powiedział Omar drżącym głosem. — Czy twoja żona występuje przed mężczyznami w lokalach, gdzie podaje się alkohol?

Malik zerknął na Amirę, ale ona jedynie potrząsnęła głową. Teraz już nic nie mogła zrobić.

— Owszem — odparł Malik. — We Francji.

— W takim razie niech będzie ci żoną we Francji, ale nie w al-Remal, nie w tym domu.

Malik powiódł wzrokiem po zgromadzonych gościach. Czy Amirze się zdawało, czy posłał szczególne spojrzenie w stronę Alego?

— Ktoś zatruł twoje myśli, ojcze. — Jego głos też już teraz drżał.

— Tak. Ty! Ty sam! Najpierw zlekceważyłeś synowskie obowiązki, potem mnie okłamałeś i wreszcie zhańbiłeś całą naszą rodzinę. Jesteś jednak moim synem, więc dam ci jeszcze wybór: oddal tę kobietę i pozostań moim synem lub wyjedź z nią i nigdy więcej nie waż się wracać.

Obaj mężczyźni — ojciec i syn — patrzyli na siebie z pobielałymi twarzami. W końcu Malik oznajmił z morderczym spokojem w głosie:

— Bóg jest jeden i moja żona jest moją żoną w każdym miejscu na ziemi. Jeżeli nie jesteśmy tu mile widziani, nie musisz nakazywać nam wyjazdu ani obawiać się, że kiedykolwiek powrócimy. Żegnaj, ojcze.

Odwrócił się i wyprowadził Genevieve z domu. Farid przez chwilę toczył zdumionym wzrokiem po zebranych, po czym ruszył za Malikiem. Amira nie mogła uwierzyć, że to wszystko dzieje się naprawdę.

Rzuciła się w ślad za bratem, nie zważając na to, że ktoś na nią krzyczał.

— Malik! Zupełnie nie wiem, jak do tego doszło!

— Ani ja siostrzyczko. Ale pamiętasz, co ci zawsze powtarzałem? Teraz mogłaś się o tym przekonać na własne oczy.

Amira nie miała pojęcia, o czym on mówił.

— Nie odlatujcie jeszcze do Francji — błagał tymczasem Farid. — Zatrzymajcie się u mnie na kilka dni. Ja z nim porozmawiam, wszystko wyjaśnię.

— Nie ma mowy — żachnął się Malik. — Ruszaj na lotnisko.

Amira wsunęła głowę przez okno — nie chciała, by już odjechali.

Genevieve tymczasem zdjęła z twarzy zasłonę i ku zdumieniu Amiry uśmiechnęła się ciepło.

— Ty zapewne jesteś Amirą — powiedziała po francusku. — Bardzo chciałam cię poznać. Zdaje się jednak... — wskazała ręką na dom — ...że przyjechaliśmy w nieodpowiednim czasie.

— Och, Genevieve, to straszne, co się stało. Jest mi niezmiernie przykro. Przepraszam.

— Nie ma w tym twojej winy. Taki już mój los. Na wszystkich nowo poznanych ludziach zazwyczaj wywieram piorunujące wrażenie.

Uśmiechnęła się raz jeszcze, ale tym razem melancholijnie. Swoim uśmiechem przypominała Philippe'a. Amira poczuła nagle wielką sympatię do tej kobiety. Czy kiedykolwiek jeszcze się spotkają?

— Wracaj tam, siostrzyczko — powiedział Malik. — Nie wikłaj się w moje kłopoty. Jedź, kuzynie.

— *Au'voir, petite soeur* — rzuciła na pożegnanie Genevieve.

Amira spoglądała na samochód, póki całkiem nie zniknął jej z oczu. Tymczasem goście pospiesznie wymykali się z domu, jakby nagle w środku wybuchł pożar. Amira nie zwracała na nich najmniejszej uwagi. Ledwo też docierały do niej wygłaszane przez kobiety słowa pociechy

Tebriz, pomyślała.

Tebriz i Karim.

Już teraz tylko to jej pozostało.

Ucieczka

Coś złego działo się w Iranie. Amira wyczuła to natychmiast, gdy wraz z Alim znaleźli się na teherańskim lotnisku. Powitał ich irański minister kultury — wysoki, wytworny mężczyzna — oraz kilku innych dygnitarzy, ale cała ta ceremonia zdawała się wymuszona, a witający prawdopodobnie myślami znajdowali się gdzie indziej.

Może brało się to z faktu, że ścisłym kołem otaczała ich kohorta groźnie wyglądających mężczyzn w trenczach i ciemnych okularach. Amira wiedziała, że byli funkcjonariuszami tajnej policji szacha — zwanej Savak. Jeden z nich poprowadził Alego, Amirę i Karima do rzędu czarnych amerykańskich limuzyn. Do miasta miał ich wieźć kierowca, przy którym Jabr wyglądałby zaledwie na wyrostka.

Funkcjonariusz Savaku wśliznął się na siedzenie obok kierowcy, rzucił do radiotelefonu kilka słów w języku farsi, po czym wydał szoferowi krótki rozkaz. Chwilę później limuzyna toczyła się wraz z innymi w długiej kawalkadzie.

Teheran okazał się nieprzyjemnym, wielkim miastem — ciągnącą się bez końca aglomeracją betonowych budowli, łagodzoną nieco majaczącymi w tle, pokrytymi śniegiem szczytami gór. W powietrzu unosiła się jakaś żółtawa mgła, tłumiąca lodowe błyski śnieżnych górskich czap.

Amirze niespodziewanie zaczęły łzawić oczy.

— Czy gdzieś się pali? — spytała po chwili.

— To smog, Wasza Wysokość — odparł kierowca po

arabsku z silnym obcym akcentem. — Teraz to nic, musiałabyś, pani, przyjechać latem.

Przetłumaczył swoje słowa tajniakowi, który zaczął głośno rechotać.

Większość obszaru miasta była płaska jak stół, dopiero na północnych przedmieściach teren zaczął się nieznacznie wznosić. Kawalkada limuzyn wjechała za misternie kutą bramę i wówczas Amira ujrzała liczne pałace. Niektóre były bardzo duże, inne nieco mniejsze. Kierowca wskazał na siedzibę bratanka szacha i na siedzibę jego matki. Nie było sensu tłumaczyć, który z pałaców należał do władcy: wielki pomnik szacha Rezy Pahlaviego mówił sam za siebie.

Wygłosiwszy kolejną kwiecistą mowę, minister kultury przekazał ich w ręce lokaja, który poprowadził ich do pokoi na piętrze. Choć pałac był urządzony z niesłychanym przepychem, Amirę najbardziej zachwyciły słynne perskie, ręcznie tkane dywany o tradycyjnych wzorach, odznaczających się ponadczasowym pięknem.

Pokojówka przypomniała o godzinie oficjalnego przyjęcia. Amira świetnie o nim pamiętała. To przecież ta wystawna gala była pretekstem do zabrania w podróż całej biżuterii. Po wyjściu pokojówki Amira wyciągnęła kasetkę z klejnotami i wysypała je na łóżko. Karim natychmiast zaczął się bawić kosztownymi kolczykami, bransoletkami i naszyjnikami. Usypywał z nich małe kopczyki, a od czasu do czasu podnosił coś w górę i wykrzykiwał „ładne".

A więc przyjechała do Teheranu. Za czterdzieści osiem godzin znajdzie się w Tebrizie. Niewykluczone, że wkrótce potem zostanie jej jedynie ta biżuteria oraz Karim.

Choć może zupełnie nic się nie zdarzy. Nie miała żadnych wieści od Philippe'a. Niewykluczone, że z jego strony były to tylko puste słowa, złudne obietnice.

Och, cóż... wszystko w rękach Najwyższego.

Czyż nie?

— Ładne — oznajmił Karim, unosząc w górę wielki rubin, który przed wiekami należał do Marii Antoniny.

— Kawioru, Wasza Wysokość? — spytał przystojny mężczyzna o siwiejących skroniach. Był ministrem czegoś-tam, a w każdym razie zajmował się ropą.

— Nie, dziękuję bardzo.

Wielka sala recepcyjna na parterze pałacu niemal ginęła pod kopcami kawioru. Amira już chyba zjadła go z ćwierć kilo, choć tak naprawdę nigdy nie lubiła tego paskudztwa.

— To już ostatnie miejsce w Iranie, gdzie można spotkać dobry kawior — ciągnął mężczyzna — mimo że przecież słyniemy z jego produkcji. Niemal wszystko idzie na eksport. Nie dalej jak w zeszłym tygodniu kupiłem kilka puszek w Toronto — i kosztowało mnie to drobną fortunę.

Już co najmniej po raz piąty tego wieczoru Amira usłyszała o braku kawioru w kraju jego pochodzenia i co najmniej po raz dziesiąty ktoś napomykał o niedawnej podróży do Toronto, Nowego Jorku, Londynu czy Zurychu. Bogaci Irańczycy wyjątkowo pieczołowicie pielęgnowali obecnie swoje zagraniczne kontakty.

Jak zawsze przed oficjalną wizytą, Amira została poinformowana o zwyczajach i aktualnej sytuacji kraju, do którego jechali. Wiedziała więc, że w Iranie panują niepokoje, głównie podsycane przez fundamentalistycznych mułłów. Nie był to jednak temat do oficjalnych dyskusji czy choćby towarzyskich rozmów. Ostatecznie Ali i Amira przyjechali tu w misji kulturalnej, by ratować otoczony czcią wiernych meczet w Tebrizie.

Amira powiodła wzrokiem po zgromadzonych tłumach. Czyżby ci bogaci, potężni, roześmiani ludzie — chronieni przez armię, Savak, a nawet Amerykanów — w głębi ducha czuli paniczny strach przed garstką wiekowych duchownych wymachujących Koranem? Czy dlatego otwierali konta w bankach szwajcarskich i opłacali luksusowe apartamenty w Nowym Jorku, bo obawiali się, że pewnej nocy będą musieli zrywać się z łóżek i łapać ostatni samolot wylatujący z Iranu? Cóż, to całkiem możliwe. Amira dobrze wiedziała, że władcy w jej kraju — członkowie królewskiej rodziny, do której sama należała — obchodzili się z fundamentalistami jak z jajem i chodzili wokół nich na paluszkach.

Przy drzwiach powstało drobne zamieszanie, a zaraz potem zaległa cisza. Do środka wkroczył szach ze swoją żoną, Farah Dibą. Przybyli dużo później, niż się ich spodziewano, nikt jednak nie wyjaśnił przyczyn spóźnienia.

Amira z ledwością rozpoznała szacha. Ten mężczyzna — na zdjęciach w sile wieku, przystojny i władczy — sprawiał teraz wrażenie starca o niezdrowej cerze. Za to Farah Diba olśniewała urodą: w rzeczywistości była dużo piękniejsza niż na fotografiach. Przekroczyła już trzydziestkę, urodziła czworo dzieci, a wciąż mogłaby uchodzić za gwiazdę filmową.

Ali i Amira byli ważnymi, oficjalnymi gośćmi, ale nie najważniejszymi, dlatego upłynęło trochę czasu, zanim stanęli przed obliczem szacha i jego żony. Poprzez tłumacza Ali i władca Iranu wymienili konwencjonalne dyplomatyczne powitania, a następnie szach wygłosił krótką przemowę. Po tym nie było już nic do dodania, więc Amira uznała posłuchanie za zakończone.

Wówczas niespodziewanie Farah wykrzyknęła:

— Ach, to przecież państwo jesteście rodzicami Karima! Powinnam była od razu się domyślić. Widziałam go na górze z nianią. Cóż za przepiękne dziecko! No, ale Remalczycy zawsze słynęli z urody.

Akurat z tego jednego Remalczycy nigdy nie słynęli, niemniej Amira była zachwycona komplementem. Alego także rozsadzała duma, to było wyraźnie widać. I nawet szachowi udzieliło się nieco entuzjazmu żony.

Kilka kolejnych grzecznościowych słów, krótka dyskusja na temat meczetu w Tebrizie i audiencja już na dobre dobiegła końca. Wkrótce potem u boku Alego pojawił się ambasador amerykański i zaraz obaj mężczyźni pogrążyli się w dyskusji na temat najnowszych myśliwców. Amira poczuła się nagle zupełnie zbędna w tym towarzystwie, a w dodatku była zmęczona podróżą, marzyła więc tylko, by jak najszybciej wymknąć się do sypialni.

— Wasza Wysokość. — Zza pleców dobiegł ją znajomy głos. — Jakże się cieszę, że cię tu widzę.

— Philippe! Jakim cudem...

— Książę, panie ambasadorze — zwrócił się Philippe do Alego i Amerykanina. Obaj mężczyźni powitali go niezwykle serdecznie, zwracając się do niego po imieniu.

— Cóż za niespodzianka! — wykrzyknął Ali. — Co cię tu sprowadza, przyjacielu?

— Właśnie miałem wyjaśnić to księżnej. Obawiam się, że nadużywam dziś gościnności gospodarzy. Kolega zaprosił mnie do Teheranu, bym skonsultował pewien... wyjątkowo skomplikowany przypadek. Kiedy dowiedziałem się, że na dzisiejszym przyjęciu będą moi przyjaciele, po prostu się wprosiłem.

Amira robiła wszystko, by nie wpatrywać się natarczywie w Philippe'a, by udawać, że jest jedynie mile zaskoczona spotkaniem dalekiego znajomego.

— Jakiż ten świat jest mały — rzucił grzecznościowo ambasador. — A jak tam twój pacjent? Mam nadzieję, że czuje się już lepiej?

— Och, Elliocie, mój przyjacielu, chyba nie należysz do tych nieznośnych ludzi, którzy zmuszają lekarzy do snucia opowieści o odciskach i kamieniach żółciowych w rzadkich chwilach ich odpoczynku?

— Wybacz. Zwykła ciekawość.

Nie umknęło jednak niczyjej uwagi, że ambasador spojrzał znacząco w stronę szacha.

Niewykluczone, że miał rację. Szach należał do pacjentów, dla których Philippe gotów byłby przelecieć tysiące mil — szach albo jakaś dotknięta epidemią cholery wioska, gdzieś na końcu świata. Amira miała jednak nadzieję, że tym razem Philippe znalazł się w Teheranie z zupełnie innych powodów.

— Czy długo zamierzacie tu pozostać? — spytał lekarz Alego.

— Tylko jeszcze przez jutrzejszy dzień.

— Potem jedziemy do Tebrizu — wtrąciła Amira.

— Ach, tak. Zdaje się, że coś wspominaliście na ten temat w czasie naszego ostatniego spotkania. Ja też jutro wyjeżdżam.

Co to miało znaczyć? Amira uważnie spojrzała mu w oczy. Ale nie zobaczyła w nich nic prócz nienaturalnie zwężonych źrenic.

— A teraz muszę was przeprosić — powiedział Philippe. — Wybaczcie, ale od rana nic nie miałem w ustach.

I wolnym krokiem ruszył w kierunku stołów.

— Doktor Rochon nie wygląda dzisiaj najlepiej — stwierdził Ali.

— Ach, ci Francuzi — rzucił ambasador, wymownie przewracając oczami. I po tej uwadze obaj mężczyźni powrócili do omawiania zalet F-14.

Amira miała wrażenie, że zaraz eksploduje.

— Mężu, wybacz, że przeszkadzam — odważyła się po chwili wtrącić do rozmowy. — Czy mogłabym ci przynieść jakąś przekąskę? Bo ja nagle zgłodniałam.

— Cieszę się, że wraca ci apetyt — odparł z dziwnym półuśmieszkiem. — Ja jednak nie jestem głodny.

Kiedy doszła do Philippe'a, właśnie studiował olbrzymi dywan rozłożony na środku recepcyjnej sali. Miał w dłoni talerz pełen kanapek, ale nic nie jadł.

— Księżno. Ktoś właśnie mi powiedział, że ten dywan ma ponad dwieście metrów kwadratowych. Widywałem w życiu dużo mniejsze kasyna.

— Philippie...

— Czy wiesz, pani — wszedł jej w słowo — że perscy tkacze zawsze w jakimś miejscu przekłamują wzór? Ma to ucieleśniać dogmat, że nieomylny jest jedynie Bóg.

Szybko, nieznacznie zerknął w bok, gdzie kilka kroków dalej stał samotny mężczyzna w kosztownym smokingu. Czy nie zbyt intensywnie wpatrywał się w swoją szklankę?

— Muszę przyznać, że do perfekcji opanowały tę zasadę francuskie koncerny samochodowe — ciągnął Philippe. — Ja w każdym razie nie podjąłbym się odszukania błędu w tym dywanowym monstrum.

Mówiąc to, jednocześnie prowadził ją poprzez tłum. Mężczyzna w smokingu nie ruszył się z miejsca. Czyżby Philippe popadał w paranoję?

— Nie spodziewałam się ciebie tu zobaczyć — powiedziała gorączkowo. — Zupełnie nie wiedziałam, czego oczekiwać.

— Przyjechałbym tak czy owak. Wezwanie na konsultację było jedynie szczęśliwym zbiegiem okoliczności. Choć może nie tak bardzo szczęśliwym, bo z tego powodu znalazłem się pod pewnym nadzorem. Pacjent, jak zapewne zdążyłaś się zorientować, jest ważną osobistością. Czy nasze plany związane z Tebrizem są nadal aktualne?

Dorzucił to ostatnie pytanie tak nonszalanckim tonem, że niewiele brakowało, a Amira nie zwróciłaby na nie uwagi. A więc nadeszła ta chwila — nadeszła chwila, by powiedzieć „nie", zapomnieć o tym szalonym przedsięwzięciu, skoncentrować się na powrocie do domu i walce z Alim na znajomym gruncie.

— Tak — wykrztusiła.

— Słuchaj więc uważnie — powiedział Philippe, uśmiechając się promiennie, jakby snuli jakieś radosne wspomnienia. — Ktoś skontaktuje się z tobą w Tebrizie. Musisz robić dokładnie to, co ci każe. Dokładnie i bezzwłocznie. Zrozumiałaś?

— Oczywiście.

— Przygotuj jedną małą torbę — nie więcej. Spakuj dwie zmiany ubrania dla siebie i Karima — jedną tradycyjną, arabską, drugą europejską. Tylko najpotrzebniejsze rzeczy osobiste. I biżuterię. Masz ze sobą klejnoty?

— Tak.

— Dobrze. To wszystko.

— Będziesz tam?

— Będę. Ale już skończmy tę rozmowę. Narażamy się na niebezpieczeństwo. Szach każe wszystkich szpiegować z zasady lub z przyzwyczajenia. Powiedz, że miło ci się ze mną rozmawiało i że masz nadzieję spotkać się ze mną w al-Remal.

— Jakże się cieszę, że znów się spotkaliśmy, doktorze. Musi pan obiecać, że nas odwiedzi, gdy przyjedzie do naszego kraju.

— Z największą przyjemnością, Wasza Wysokość. Proszę przekazać moje ukłony mężowi, gdybym się już z nim dziś nie spotkał. Obawiam się, że najwyższy czas dać odpocząć moim nieszczęsnym członkom.

Jeszcze kilka słów pożegnania i Philippe zniknął w tłumie. Nawet nie tknął jedzenia, pomyślała Amira, sama nie wiedząc, czemu akurat to przyszło jej do głowy.

Pewnego razu, we Francji, wybrała się do cyrku. Oglądała tam niezwykły występ na trapezie: kobieta huśtająca się wysoko, pod kopułą, rzucała się nagle w dół. Przez jedną przerażającą chwilę zdawało się, że nic jej nie uchroni przed śmiertelnym upadkiem — a wówczas łapały ją silne ręce mężczyzny pomykającego na drugim trapezie w jej kierunku.

Teraz, w olbrzymiej sali recepcyjnej teherańskiego pałacu szacha, Amira miała wrażenie, że też leci w głęboką przepaść i czeka ją śmiertelne zderzenie z ziemią. Tylko Philippe mógł ją pochwycić. Tylko on mógł ją ocalić. Philippe'owi zawierzyła własne życie.

Amira oczekiwała, że ujrzy egzotyczne perskie miasto, z wąskimi uliczkami obramowanymi starożytnymi murami — że jej oczom ukaże się sceneria wymarzona dla tajemniczych intryg. A tymczasem Tebriz okazał się wielką aglomeracją, liczącą kilkaset tysięcy mieszkańców, równie nowoczesną i rozległą jak Teheran.

Powitał ich mer Tebrizu, a także gubernator prowincji Azerbejdżan Zachodni. Nie ulegało wątpliwości, że tutaj remalski minister kultury jest uważany za wyjątkowo ważnego gościa. Amira i Ali zamieszkali w sąsiadujących apartamentach, zajmujących całe ostatnie piętro hotelu „Tebriz". Kilkoro osób personelu przydzielono im w charakterze osobistej służby. Piętro patrolował także nieustannie jeden z funkcjonariuszy Savaku.

Pierwszy na liście oficjalnych spotkań był uroczysty lunch. Kobiety usadzono z dala od mężczyzn. Pomimo fatalnej reputacji miasta, Amira nie odniosła wrażenia, by jego mieszkańcy byli mniej przyjaźni niż ludzie w innych miejscach na ziemi; oni jedynie rzadziej się uśmiechali. Mieli także dość rozsądku, by uraczyć gości miejscowymi specjałami, a nie silić się na kosmopolityczne potrawy.

Główne danie nazywało się *abgusht*. Była to potrawka z ziemniaków, soczewicy i kawałków tłustej baraniny, a smakowała dużo lepiej, niżby się mogło wydawać. Spożywanie jej jednak nie było proste. Dostawało się moździerz, w którym trzeba było utrzeć mięso i ziemniaki na papkę o odpowiedniej konsystencji, i dopiero wówczas zalewało się wszystko rosołem. Żona gubernatora pokazała Amirze, jak to należy robić, ale z przesadnie entuzjastycznych pochwał innych kobiet Amira szybko wywnioskowała, że nie do końca opanowała tę sztukę.

Po lunchu udali się na oględziny Błękitnego Meczetu — budowli, którą ojciec Alego zgodził się odrestaurować w geście dobrej woli względem remalskiej szyickiej mniejszości. Oczywiście, Amira nie weszła do środka meczetu; czekała w samochodzie wraz z żoną burmistrza i żoną gubernatora. Ale nawet patrząc z zewnątrz, można było stwierdzić, że tylko drobną część tej majestatycznej budowli udostępniano wiernym — większość świątyni była bardzo zaniedbana i wyglądała na ruinę.

— Z łaski Boga ten meczet został wzniesiony ponad pięćset lat temu — poinformowała gubernatorowa.

— I co się stało? — spytała Amira. Wiele wysiłku kosztowało ją okazanie choćby najmniejszego zainteresowania. W tej chwili bowiem myślała jedynie o osobie, która miała się z nią skontaktować. Kto to będzie? Kiedy to nastąpi? I gdzie? Czy przypadkiem któraś z siedzących obok niej kobiet nie jest tym tajemniczym łącznikiem?

— Największe spustoszenia powstały na skutek trzęsień ziemi. To częste zjawisko w naszym regionie — nie dalej jak dwa lata temu przeżyliśmy straszny kataklizm. Choć do zniszczenia meczetu przyczyniły się także najazdy wrogów i pożary — jak to zazwyczaj bywa.

Tego popołudnia Ali udał się na spotkanie z rozmaitymi lokalnymi dygnitarzami. Natomiast Amira i towarzyszące jej kobiety, pod dyskretną ochroną agenta Savaku, wybrały się na zwiedzanie Tebrizu. W pierwszej kolejności pojechały na tętniący życiem bazar, znajdujący się w starej części miasta — pełnej średniowiecznych budowli i krętych uliczek. Następnym przystankiem była twierdza Arg-Tabriz — a właściwie ruiny tej ogromnej fortecy, która już obróciła się w kupę gruzów w czasie, gdy kładziono podwaliny pod Błękitny Meczet. Amira wiedziała, że nigdy w życiu nie zapomni tego miejsca, a to przede wszystkim za sprawą związanej z nim legendy, którą usłyszała z ust żony gubernatora.

— W dawnych czasach karę śmierci egzekwowano przez zrzucenie z murów Arg. Jedną ze skazanych na kaźń była kobieta oskarżona o cudzołóstwo. Kiedy jednak zepchnięto ją z murów w otchłań, pęd powietrza wydął jej czadrę na podobieństwo tych czasz używanych przez wojskowych.

— Spadochronów — wtrąciła żona burmistrza.

— No właśnie. To spowolniło opadanie i uratowało kobiecie życie.

— Czy potem zostawiono już ją w spokoju? — zainteresowała się Amira.

— Oczywiście. Taka przecież była wola Najwyższego.

Po powrocie do hotelu Amira rzuciła się na łóżko i bezmyślnie wpatrywała w sufit. Była wykończona. Za kilka minut każe przyprowadzić do siebie Karima... ale jeszcze nie w tej chwili. Najpierw musi trochę odpocząć.

Chwilę później rozległo się dyskretne pukanie do drzwi i do środka weszła jedna z hotelowych pokojówek.

— Proszę wybaczyć, że przeszkadzam, Wasza Wysokość, kazano mi jednak powiedzieć, że dzisiejszej nocy będę pełnić służbę w tym apartamencie. Mam na imię Daria. Czy mogłabym coś pani podać?

Dziewczyna miała mniej więcej tyle lat co Amira. Była jej wzrostu, podobnej budowy i kolorytu — prawie mogłyby uchodzić za siostry.

— Nie, dziękuję.

— Może zechciałaby pani posłuchać muzyki, księżno? — Daria wskazała na nowiusieńką wieżę stojącą w rogu pokoju.

— Nie — odparła cierpliwie Amira. — Nie w tej chwili.

Pokojówka podeszła bliżej i bezdźwięcznie, samym ruchem warg, wypowiedziała „tak". Amira wprost nie mogła uwierzyć w zuchwałość dziewczyny. Po chwili jednak zelektryzowała ją myśl: to ona! Ta dziewczyna jest jej kontaktem!

— Choć właściwie... — Amira z trudem siliła się na spokój — ...odrobina muzyki dobrze mi zrobi.

— Dziękuję, Wasza Wysokość. — Daria włączyła radio, rozkręciła niemal na cały regulator i podeszła do Amiry. — Gotowa? — spytała cicho.

— To już teraz? W tej chwili?

— Nie. Dopiero późnym wieczorem. Ale czy jest pani gotowa?

— Tak.

— To dobrze. Czy wybiera się pani na tę imprezę?

— Słucham? Ach, tak. — Dzisiaj wydawano uroczystą kolację na ich cześć; widocznie wszyscy z góry uznali, że Remalczycy zapłacą za odbudowę meczetu.

— Proszę więc tam iść i zachowywać się naturalnie. Byłoby jednak idealnie, gdyby udało się pani przekonać męża do szybszego niż zazwyczaj powrotu do hotelu. Proszę symulować chorobę, wycieńczenie, cokolwiek.

— To nie będzie trudne.

— Natychmiast po powrocie proszę posłać po syna. Jak pani sądzi, czy mąż... złoży pani wizytę przed snem?

— To mało prawdopodobne.

Dziewczyna pokiwała głową, jakby odpowiedź Amiry zgadzała się z jakimiś jej wcześniejszymi informacjami.

— W jego pokoju jest mnóstwo alkoholu, kierownictwo hotelu zapewnia tę usługę wybranym gościom. Czy będzie pił, zanim się położy?

— Najprawdopodobniej tak.

— Doskonale. Do każdej butelki dodamy więc coś ekstra. Nazajutrz obudzi się bardzo późno i będzie miał wrażenie, że nadal jest pijany.

Amira nie wiedziała, co powiedzieć. Wypadki toczyły się w zawrotnym tempie.

— Musi być pani gotowa do natychmiastowego działania — nakazała Daria. — Gdy nadejdzie odpowiednia chwila, zapukam do drzwi. Zapukam tylko raz. Pani chwyci swoje rzeczy i pójdzie za mną bez słowa. Proszę zrobić coś, by synek był cicho.

Amira próbowała uporządkować sobie to wszystko w głowie.

— Ale czy nikt się nie zorientuje? To znaczy, kiedy odkryją, że coś dodaliście do butelek z alkoholem, czy nie będą wiedzieli, kto to zrobił?

— I co z tego? My już będziemy daleko.

— Dokąd pani ucieknie?

Daria spojrzała na nią z najwyższym politowaniem.

— Przepraszam — mruknęła Amira. — To było głupie pytanie.

— Nie powiem pani, gdzie się udam, ale spróbuję coś wytłumaczyć. Nie robię tego ani dla pani, ani dla pani przyjaciela, a już na pewno nie dla pieniędzy.

— W takim razie... dlaczego?

— Czy nigdy nie przyszło pani do głowy, księżno, że zniknięcie oficjalnego gościa postawi szacha w bardzo kłopotliwym położeniu — być może nawet poważnie nadweręży jego stosunki z pani teściem. Moim — i nie tylko moim — nadrzędnym celem jest mnożenie problemów władcy pawiego tronu. Temu postanowiłam poświęcić życie.

— Jest pani fundamentalistką? — zdumiała się Amira.

— W żadnym razie. Czy wyglądam na fundamentalistkę? Niekiedy jednak współpracujemy z fundamentalistami, o ile służy to naszym celom. — Daria umilkła na moment. — Już zdecydowanie za dużo powiedziałam. Proszę teraz wypoczywać. Czeka nas długa, ciężka noc. Gdyby pani czegoś ode mnie potrzebowała, wystarczy zadzwonić do recepcji.

Po wyjściu Darii Amira szybko ściszyła radio. Często słyszała rewolucyjne hasła wygłaszane przez studentów w kafejkach Paryża, nigdy jednak nie spotkała prawdziwej rewolucjonistki. Teraz zdała sobie nagle sprawę, że mimowolnie stała się pionkiem w śmiertelnej rozgrywce nieznanych jej sił przeciwko szachowi.

Widocznie taka musiała być wola Najwyższego, bo gdyby od niej coś zależało, nigdy nie ustawiłaby się w podobnej roli.

Karim spał głębokim snem, a Amira czekała niecierpliwie, ubrana w ten sam strój, w którym podróżowała z Teheranu do Tebrizu. Od czasu do czasu dobiegały ją ciche kroki agenta Savaku patrolującego korytarz. Jak jej wybawiciele sobie z nim poradzą?

Z apartamentu Alego nie dochodziły żadne dźwięki. Wcześniej, zza drzwi łączących ich pokoje, dobiegał dobrze znajomy brzęk szkła, a po nim głuche odgłosy potykania się o meble. Teraz już jednak panowała absolutna cisza.

Po raz kolejny sprawdziła, czy spakowała kasetkę z biżuterią. Oczywiście, spakowała. Przestań, zachowujesz się obsesyjnie, zganiła się w duchu. Teraz trzeba uzbroić się w cierpliwość. Wszystko w rękach Philippe'a. Oraz Darii. I Bóg wie, kogo jeszcze. A czy aby na pewno wzięła ze sobą paszport? Tak, był na swoim miejscu. Chociaż niewykluczone, że wcale nie będzie go potrzebować.

Mimowolnie cały czas nasłuchiwała. Nagle coś się zmieniło. W holu panowała cisza, ale Amira była przekonana, że ktoś stoi za drzwiami. Wyraźnie wyczuwała czyjąś obecność.

Pojedyncze pukanie do drzwi wydało jej się równie głośne jak wystrzał z pistoletu. To niemożliwe, żeby Ali go nie usłyszał. Nerwowo chwyciła za torbę, torba wymknęła jej się z dłoni, złapała ją raz jeszcze, po czym wzięła na ręce Karima.

Daria zajrzała do pokoju.

— Szybko! — poleciła szeptem.

Amira pobiegła za nią do drzwi na końcu korytarza, które Daria otworzyła jakimś kluczem. Klatka schodowa. Stukot obcasów Amiry niósł się po niej głośnym echem. Zeszły kilka pięter w dół. Tam były kolejne drzwi. I znowu Daria otworzyła je bez trudu. W końcu wyszły na zewnątrz i znalazły się w cienistej wąskiej alejce.

— Do diabła! — zaklęła dziewczyna. — Już powinien tu czekać.

— Kto?

— Pani przyjaciel. Spóźnia się.

— Kobiety — niespodziewanie rozległ się donośny głos — co robicie same o tak późnej porze?

Obie — Amira i Daria — zastygły w bezruchu. Z mroku wyłonił się Savakowiec.

— Zabieram was ze sobą. Musicie złożyć obszerne wyjaśnienia — oznajmił.

To już koniec, pomyślała Amira.

Tymczasem Daria rzuciła się na potężnego mężczyznę ze zwierzęcą zręcznością i wbiła mu paznokcie w twarz. Przeklinając szpetnie, odepchnął ją na bok, ale w tym samym momencie za jego plecami zadudniły szybkie kroki. Amira usłyszała jakieś głuche odgłosy i nagle pod tajniakiem ugięły się nogi, a nad leżącym pochyliło się dwóch młodych ludzi.

— Nic ci się nie stało, Dario? — spytał jeden z nich.
— Nie. A niech to szlag trafi! Skąd się wziął ten sukinsyn?
— Nie mam pojęcia. Co z nim teraz zrobić?
— Muszę się chwilę zastanowić.
— Co się dzieje, mamusiu? — odezwał się nagle Karim zaspanym głosem.
— Nic. Wszystko w porządku. Śpij, kochanie.
— Możemy go zabrać tylko w jedno miejsce — zdecydowała w końcu Daria. — O ile uda nam się go tam dotransportować. Do diabła, księżno, gdzie jest pani przyjaciel?
— Nie mam pojęcia.
— Proszę posłuchać. Może w takim razie powinna pani natychmiast wracać na górę. Wśliznąć się do pokoju tak, by nikt pani nie zobaczył.
— Nie mogę. Zostawiłam klucze. Nie sądziłam, że jeszcze kiedyś będą mi potrzebne.
— Na Boga! Proszę wziąć moje. Jeden z nich jest do pani apartamentu. Cii! Chwileczkę! Ktoś nadjeżdża.
W alejce pojawił się beżowy samochód.
— To on. Nareszcie! Proszę się spieszyć!
— Chciałabym podziękować...
— Biegiem!
Amira rzuciła się w stronę pojazdu — poobtłukiwanego land-rovera. Philippe szybko otworzył drzwi i właściwie wciągnął ją do środka.
— Przepraszam za spóźnienie. Mieliście jakieś kłopoty?
— Tak.
— Później mi o nich opowiesz. Teraz przede wszystkim musimy stąd znikać.

Zapewne dochodziła już północ. Na ulicach było niewiele samochodów, ale na chodnikach tłoczyli się mężczyźni, którzy postanowili spędzić wieczór na mieście. Amirę nękało nieprzyjemne wrażenie, że każdy z nich wbija w nią uważny wzrok i dokładnie zapamiętuje rysy jej twarzy.

Ojciec Piotr

Philippe pędził brukowanym bulwarem przez centrum miasta, licząc pod nosem mijane przecznice. Był bardzo skoncentrowany i Amira postanowiła mu nie przeszkadzać. Teraz chciała się tylko znaleźć jak najdalej od tego miasta. Karim obudził się na moment — na tyle, by powiedzieć: „Cześć, wujku Philippie" — po czym znowu odpłynął w sen. Mijające ich samochody nie zważały na żadne przepisy i tylko cudem nie wpadały wprost na konne pojazdy.

Philippe skręcił w prawo i przejechał na drugą stronę rzeki. Kilka przecznic dalej zaklął głośno po francusku, skręcił w lewo, po czym wjechał na rondo. W jakiś czas potem znów znaleźli się na moście, pod którym pienił się rwący strumień.

— Poziom wód znacznie się podniósł — zauważył Philippe. — To skutek wiosennych roztopów w górach. Mam nadzieję, że nie przysporzy to nam problemów.

Po prawej stronie szosy pojawiły się znaki wskazujące na zjazdy do lotniska, szybko jednak pozostawili je za sobą. Amira spojrzała pytająco na Philippe'a.

— Nie będziemy podróżować samolotem, a samochodem.

— Bo obserwują lotnisko?

— Nie. Jeszcze przez wiele godzin niczego nie będą obserwować.

— Dokąd jedziemy?

— Na początek do Turcji. O świcie powinniśmy przekroczyć granicę.

— *Inshallah.*

— Właśnie. Jeśli taka będzie wola Najwyższego i jeśli to auto jest warte choćby połowę ceny, jaką za nie zapłaciłem. Kupiłem je w Rezaiye, po drugiej stronie wielkiego jeziora. Prom miał awarię silnika. Dlatego się spóźniłem. — Zerknął na Amirę. — Co się stało pod hotelem?

Amira opowiedziała mu o funkcjonariuszu Savaku.

— Ot, pech. Miałem nadzieję, że Daria zrobi coś dla nas z samego rana. Choć nie jest to bezwzględnie konieczne. Niewykluczone też, że mimo to uda jej się zadziałać zgodnie z planem.

— To znaczy jak?

— Powiem ci, jak wydostaniemy się z Iranu.

— A co się stanie z tym człowiekiem?

— Z Savakowcem? W najlepszym wypadku spędzi parę dni w bardzo podłych warunkach, w najgorszym — jego ciało wyłowią z rzeki, przez którą właśnie przejeżdżaliśmy.

— I to z naszego powodu?

— Z żalem muszę przyznać, że poniekąd tak. Z drugiej strony — nie prosiłaś go przecież, żeby cię śledził. I tylko pomyśl, co by zrobił z tobą i Darią.

Amirze stanęła przed oczami młoda Iranka walcząca z agentem tajnych służb niczym lwica. Jeszcze nigdy dotąd Amira nie widziała, by kobieta fizycznie zaatakowała mężczyznę — w każdym razie nie z taką zapalczywością. Jednak jeszcze bardziej zdumiewający był fakt, że Daria wyraźnie dowodziła małym rewolucyjnym oddziałem, że dwaj mężczyźni bez szemrania uznawali jej zwierzchnictwo.

Wreszcie znaleźli się poza granicami miasta, w górzystej, opustoszałej okolicy. Szosa przypominała polną drogę i nieustannie pięła się w górę. Ku północy, tam gdzie i oni się kierowali, zmierzała zadziwiająco duża liczba ciężarówek, wyznaczających czerwony szlak swoimi światłami odblaskowymi.

Po jakimś czasie Philippe sięgnął po staromodną lekarską torbę, z którą prawie nigdy się nie rozstawał.

— Podaj mi tę butelkę, możesz, kochanie?

Wysupłał z fiolki dwie tabletki i popił wodą.

— Metaamfetamina — wyjaśnił. — Niestety, bez niej nie mógłbym funkcjonować. Od chwili przyjazdu do tego kraju nie zmrużyłem oka. Nie przejmuj się. Mówię ci to tylko dlatego, żebyś się nie zdziwiła, jeśli nagle na drodze zobaczę ziejące ogniem smoki.

— Jakim cudem udało ci się to wszystko zorganizować? — spytała po chwili.

— Pieniądze. Długi wdzięczności. Starzy przyjaciele. W błyskawicznym tempie jednak wyczerpuję te kredyty.

— Dlaczego? Czemu robisz to wszystko?

— Przecież wiesz.

— Tak. I bardzo ci dziękuję.

— Nie dziękuj. Wzięłaś ze sobą paszport?

— Owszem.

— Będziemy musieli się go pozbyć przed granicą. Otwórz ten schowek.

W środku znajdowały się dwa paszporty — jeden dla niej, drugi dla Karima.

— A więc jestem panią Rochon, a to mały Karim Philippe Rochon.

— Przynajmniej dopóki nie znajdziemy się w Turcji, w mieście o nazwie Agri. Tam przedzierzgniesz się w kogoś innego.

— Te dokumenty wyglądają na autentyczne.

— Zrobił je najlepszy fałszerz we Francji, a to już o czymś świadczy. Ponieważ jest najlepszy, wie o nim tylko bardzo ograniczona i wyselekcjonowana klientela.

— A jak ty go poznałeś?

— Niespłacony dług wdzięczności. No, może dwa.

— Czy to rozsądnie podróżować pod twoim nazwiskiem? Przecież zaraz zaczną nas szukać.

— Jak już wspominałem, jeszcze wiele czasu upłynie, zanim zaczną poszukiwania. Choć zaangażowanie Savaku w sprawę w pewnym sensie komplikuje sytuację. Dlatego jak najszybciej powinniśmy przekroczyć granicę.

Amira miała ochotę zadać jeszcze wiele pytań, jednak się

powstrzymała. Powinna czuć się skrajnie wyczerpana, a tymczasem rozpierała ją jakaś niezwykła radość i energia. Miała przy sobie dziecko i mężczyznę, którego kochała całym sercem, i razem uciekali przez pustynne okolice przed śmiertelnym zagrożeniem.

Jestem wolna.

Te słowa podszeptywał jej jakiś ukryty, wewnętrzny głos. Jeszcze nigdy przedtem tak o sobie nie myślała.

Wolna.

Najpiękniej smakujący wyraz na świecie.

Tuman kurzu przygaszał tylne światła jadącego przed nimi samochodu, ale za to gwiazdy świeciły na niebie jaskrawym blaskiem.

— Bez względu na to, jak wszystko się skończy, warto było zaryzykować — powiedziała Amira.

Świt zastał ich w Maku, miasteczku wciśniętym w dolinę niewiele szerszą od szosy, osłoniętym od świata potężnym skalnym nawisem. Ich ucieczkę spowolniła przeprawa przez strumień, który nagle tak wezbrał, że zniszczył most.

Philippe zaparkował land-rovera za jedną z ciężarówek.

— Za chwilę wracam. Co ci kupić do jedzenia?

— Cokolwiek.

— A dla Karima?

— Nakarmię go pod twoją nieobecność.

Najpierw spojrzał na nią zdezorientowany, po chwili jednak skinął głową.

— Wciąż zapominam, że w al-Remal dzieci odstawia się od piersi w wyjątkowo późnym wieku.

— Jeśli możesz, przynieś dla niego coś słodkiego. Wbrew pozorom on jada już normalne pożywienie.

Philippe wrócił po dwudziestu minutach z chlebem, serem, kebabami i pełnym termosem kawy. Dla Karima miał opakowanie jogurtu z miodem.

— Czy wiesz, co znaczy Maku? — zapytał po chwili.

— Jakim cudem mogłabym wiedzieć?

— Legenda głosi, że jeden z generałów musiał przegrupować swoją armię nocą. Maszerowali w świetle księżyca, aż doszli do tego miejsca — i skalny nawis zasłonił im niebo. Żołnierze zaczęli się potykać, wpadać na siebie nawzajem w egipskich ciemnościach, więc generał zaczął wykrzykiwać: „*Ma ku? Ma ku?*", co oznacza: „Gdzie jest księżyc?"

— Skąd to wiesz?

— Ta opowieść jest znana wszystkim cywilizowanym narodom, choć jak widzę, nie dotarła jeszcze do al-Remal. — Uśmiechnął się szelmowsko. — A tak naprawdę już kiedyś byłem w tym miasteczku. Tutaj i po tureckiej stronie granicy. Bardzo dawno temu, tuż po ukończeniu studiów medycznych, gdy jeszcze wierzyłem w ideały. Natknąłem się na typowy dla tego regionu horror: trzęsienie ziemi i wywołaną przez nie epidemię. Mnie oczywiście interesowała ta epidemia. — Wpatrzył się w zamyśleniu w przestrzeń. — Śmierć nie jest wrogiem — oznajmił niespodziewanie. — Śmierć jest naszym towarzyszem. Wciąż jest i będzie obok nas. Najbardziej niszcząca i przygnębiająca jest ignorancja równie kolosalna, jak otaczające nas góry. Panuje epidemia cholery. „Jakie środki przedsięwzięliście?" „Och, jemy dużo czosnku". Dziecko umiera z powodu biegunki. „Położyłam mu na pępku zwęgloną pestkę brzoskwini, wasza wielmożność, ale nic się nie poprawia. Taka wola Najwyższego". Jestem pewien, że po tych wszystkich latach tutaj w dalszym ciągu nic się w tym względzie nie zmieniło.

— Ty też się nie zmieniłeś, mój przyjacielu. Wciąż jesteś idealistą. I wciąż jesteś młody — dorzuciła szybko, bo w świetle brzasku jego twarz wcale nie wyglądała młodo.

— Uch. Tak młody, że bez tego środka nie zdołam dojechać do granicy. — Wyjął kolejną tabletkę i popił kawą. — Za pół godziny znajdziemy się na przejściu. Nie przejmuj się, wszystko będzie w porządku. Zapewne strażnicy zadadzą mi kilka rutynowych pytań. Ciebie najprawdopodobniej o nic nie zapytają, bardzo rzadko bowiem zwracają się do kobiet. Nie przejmuj się też Karimem. Nawet jeśli nazwie mnie „wujkiem Philippe'em", każdy na granicy i tak będzie sądził, że to po francusku „tato". — Zapalił silnik land-rovera i mrugnął figlarnie. — *Allons-y*.

Gdy wyjechali z doliny, ich oczom ukazała się wysoka góra o ośnieżonym szczycie, ostro iskrzącym w promieniach wschodzącego słońca.

— Ararat — rzucił Philippe. — Arka Noego.

Amira skinęła głową. Dobrze znała tę biblijną opowieść.

Przed granicą musieli stanąć w ciągnącej się na milę kolejce. Ponad godzinę zajęło im dotarcie do przejścia. Tutaj zniecierpliwiony irański żołnierz ledwie rzucił okiem na ich paszporty i machnął rękę, by ruszali. Wjechali na pas ziemi niczyjej i Philippe odetchnął z ulgą.

— To była ważna chwila. Najwyraźniej o niczym nie mają pojęcia. Turcy więc też nic nie będą wiedzieć.

Tymczasem na tureckim przejściu, po długotrwałym studiowaniu dokumentów, strażnik kazał Philippe'owi zjechać na bok. Chwilę później pojawił się oficer i kazał mu wysiąść z samochodu. Mężczyźni wymienili kilka słów, których Amira nie zrozumiała, a potem Philippe wszedł za oficerem do budynku strażnicy.

Pięć minut. Dziesięć. Piętnaście. Roztrzęsiona Amira wymyśliła tymczasem dla Karima nową zabawę — miał łapać malutkie kulki chleba ustami. Dwadzieścia minut. Dwadzieścia pięć. Czyżby stało się coś złego? Teraz już całkowicie się rozwidniło. Co się działo obecnie w Tebrizie? Zapewne ktoś do tej pory spostrzegł, że nie ma jej w swoim pokoju. Czy Ali już się obudził? A jeżeli agent Savaku uciekł Darii i jej ludziom?

W końcu Philippe wyszedł z budynku razem z oficerem. Uśmiechali się i rozmawiali przyjaźnie, najwyraźniej prawiąc sobie nawzajem komplementy. Kiedy Philippe wsiadł do land-rovera i uruchomił silnik, oficer odsunął się od samochodu, zasalutował, po czym ostentacyjnie zatrzymał nadjeżdżającą ciężarówkę, by land-rover mógł bez najmniejszych przeszkód włączyć się do ruchu.

— Co się stało? — spytała Amira, gdy przejście pozostało już daleko w tyle.

— Nie mam pojęcia. Odniosłem wrażenie, że strażnik coś podejrzewał. Może to z powodu tabletek — straż graniczna ma niemal szósty zmysł, gdy chodzi o narkotyki. Niewykluczone też, że to była zwykła próba wyciągnięcia bakszyszu. Zagrałem jednak swoją atutową kartą i skończyło się na tym, że oficer zaprosił mnie na filiżankę herbaty.

— Jaką kartą?

— Kiedy byłem poprzednio w tych okolicach, współpracowałem z pewnym młodym tureckim porucznikiem. Wkrótce się zaprzyjaźniliśmy. Do dziś pisujemy do siebie raz czy dwa razy do roku. Ów młody porucznik jest teraz niemłodym generałem. Zapytałem kapitana na granicy, czy przypadkiem nie zna mojego starego przyjaciela. Okazało się, że zna — i trzęsie się przed nim ze strachu.

Amira wybuchnęła śmiechem. Poczuła nagle tak wielką ulgę, że nie mogła przestać się zaśmiewać.

— Na Boga, Philippie, czy jest takie miejsce na ziemi, w którym nie masz żadnych znajomych?

— Okazywana ludziom życzliwość zawsze do ciebie wraca — powiedział Philippe. — Nigdy o tym nie zapominaj, moja droga.

— Widzę, że te tabletki przemieniają cię w filozofa.

Teraz już i Philippe parsknął śmiechem.

Jechali wśród łagodnych wzgórz, zadziwiająco zielonych na tle błękitnego, bezchmurnego nieba. Tu i ówdzie owce pasły się na wiosennej, soczystej trawie. Ile razy pojawiało się jakieś stado, Karim wyciągał rączkę w stronę zwierząt i krzyczał: „Owca!" Philippe'owi tutejszy krajobraz przywodził na myśl amerykańską Montanę. Po prawej stronie drogi, nad horyzontem, cały czas dominował majestatyczny Ararat.

Czterdzieści pięć minut po minięciu granicy w zasięgu wzroku pojawiło się pierwsze miasteczko — kilkaset brzydkich kamiennych domów rozrzuconych po dolinie. Amira wpadła w zachwyt, gdy zauważyła, że mężczyźni noszą tu europejskie stroje: koszule, swetry, spodnie, wełniane kurtki i czapki. Kobiety nie miały zasłoniętych twarzy — twórca współczesnego państwa tureckiego, Mustafa Kemal Atatürk, zakazał tego kilka dekad temu — ubrane jednak były dość konserwatywnie i wszystkie miały chusty na głowach.

— Na prowincji jeszcze tak bywa — wyjaśniał Philippe. — W miastach, szczególnie w Ankarze, człowiek czuje się jak w Nowym Jorku. Tutaj natomiast wciąż żywa jest dawna tradycja.

Skręcili na zachód i krajobraz zaczął się stopniowo zmieniać. Było mniej łąk, za to więcej pól uprawnych. Ararat pozostał w tyle i coraz częściej ginął im z oczu.

— A teraz opowiedz wreszcie, jak wszystko potoczy się dalej — poprosiła Amira.

Philippe skinął głową, jakby chciał potwierdzić, że rzeczywiście nadszedł już czas na wyjaśnienia.

— To zapewne nie jest najlepszy plan na świecie, ale na szczęście mamy do czynienia z dość przewidywalnymi ludźmi. Już niedługo twój mąż się obudzi z najgorszym kacem w swoim życiu, i wkrótce dowie się, że jego żona zniknęła. Obsługa hotelowa już zapewne odkryła, że nie ma ciebie w apartamencie, ale nikt nie kiwnie palcem bez porozumienia z Alim. Ostatecznie możesz się właśnie znajdować w jego sypialni. Kiedy wreszcie dla wszystkich stanie się jasne, że nie ma cię nigdzie w pobliżu hotelu, różni ludzie zaczną gorączkowo wydzwaniać do Teheranu i al-Remal. Wszystkie strony wyrażą jedno życzenie: by utrzymać całą sprawę w tajemnicy najdłużej, jak się da.

Wcześniej czy później twoje zniknięcie wyjdzie na jaw — ale przy odrobinie szczęścia przez dzień czy dwa nic się nie przedostanie do opinii publicznej.

— A potem?

Philippe zignorował jej pytanie.

— Jednocześnie będą cię bardzo intensywnie poszukiwać, tyle że w tajemnicy. Nie zaangażują policji kryminalnej — wszystkim zajmie się Savak. Ale jeśli Daria zdoła wykonać swoje zadanie, szybko trafią na fałszywy trop.

— To znaczy?

— Daria ma wsiąść do pierwszego rannego samolotu odlatującego do Teheranu. Jeśli wszystko poszło po naszej myśli, wylądowała już godzinę temu. Zapewne zauważyłaś, że jest do ciebie nieco podobna. Miała zaznaczyć na lotnisku, że leci z małym dzieckiem, gdyby zaś ktoś zagadnął ją o dziecko w samolocie, powiedziałaby, że w ostatniej chwili postanowiła zostawić je u krewnych. Ale tak czy owak, dziecko będzie figurować na liście pasażerów. Daria już się postara, żeby zapamiętało ją kilka osób — w ten sposób Savak szybko się o tym dowie.

— Czy to nie jest dla niej niebezpieczne?

— Bezpieczniejsze niż pozostanie w Tebrizie, szczególnie po uprowadzeniu agenta tajnej policji. W Teheranie powtórzy tę samą zabawę z dwoma innymi liniami lotniczymi. W jednej kupi bilet do al-Remal, w drugiej — do Londynu. I tutaj ślad się gwałtownie urwie, nie wsiądzie bowiem do żadnego samolotu. Wyjdzie z lotniska i rozpłynie się na ulicach Teheranu.

— Czy nie zorientują się, że nie wsiadła do żadnego samolotu?

— W końcu się zorientują, ale zajmie im to co najmniej dobę. A i potem uznają, że najbardziej prawdopodobnym miejscem twojego ukrycia jest Teheran.

— A co my zrobimy w tym czasie?

— W tej chwili jedziemy do miasta Van. Tam spotkamy się z pewnym człowiekiem, który bezpiecznie wywiezie cię z Turcji. Ja natomiast wrócę w okolice Araratu i spreparuję kolejny fałszywy trop.

Amira miała wrażenie, że rozstępuje się przed nią ziemia.

— Zamierzasz mnie opuścić?

Potrząsnął głową, jakby chciał odpędzić od siebie tę myśl.

— Muszę, najdroższa. Pamiętaj, jakie są główne założenia naszego planu: ty i Karim nie tylko uciekacie z Iranu, wy musicie zniknąć na zawsze. Zamierzam roztrzaskać samochód w górskiej rzece. Wszyscy uznają, że nurt porwał ciała.

— Czemu nie możemy jechać z tobą?

— Bo w trójkę nigdy się nie wymkniemy stamtąd niezauważeni. A ja... mnie się uda.

— I co potem? Czy ty też znikniesz?

— Tak. Ale nie przejmuj się tym w tej chwili, moja droga. Wszystkiego dowiesz się w odpowiednim czasie.

— Kiedy znowu się zobaczymy?

— Nie wiem, kochana. Ale nieprędko.

— Nie podoba mi się to, Philippie.

— Mnie też. Możesz mi wierzyć. Ale teraz nie mamy już innego wyjścia. Wkrótce jakiś geniusz z Savaku zdecyduje się sprawdzić przejścia lądowe. Kiedy natkną się na moje nazwisko, zapali się w ich głowach czerwona lampka. Zintensyfikują inwigilację w Paryżu, bo uznają, że tam właśnie polecieliśmy z Turcji. Ale gdy odnajdą wrak samochodu, czerwona lampka zgaśnie i zaczną szukać ciał. To da ci szansę przedostania się do Paryża.

— A więc jadę do Paryża?

— Na jakiś czas. Docelowym miejscem twojej ucieczki jest Ameryka.

— Ameryka!

— Tak. Ale jak powiedziałem, wszystkiego dowiesz się w szczegółach we właściwym czasie. Najpierw musisz bezpiecznie dotrzeć do Paryża.

— Kim jest ten mężczyzna, z którym mamy się spotkać?

— To chyba najwspanialszy człowiek, jakiego znam. Ojciec Piotr.

W powietrzu panował chłód. Owce i kozy pasły się wśród śnieżnych łach, niewysokie góry wciąż były powleczone bielą. Tu i ówdzie rozpierały się kamienne domy z wielkimi stertami siana usypanymi na płaskich dachach. Wieśniacy jechali dokądś wozami lub prowadzili objuczone osiołki błotnistą, porytą żlebami drogą.

Amira smętnie spoglądała przez okno. Plan Philippe'a zdawał się skomplikowany. Ale może wcale taki nie był. To nieważne. Ona myślała tylko o tym, że nie będzie go u jej boku. Czemu ją opuszczał — ją i Karima? Czemu nie chciał jechać z nimi do Paryża, Ameryki, choćby na koniec świata. Dokąd się uda? Czy tam, gdzie się zamierzał ukryć, ktoś na niego czekał?

Nie miała prawa zadać mu tych pytań, nie mogła jednak przestać o tym myśleć. Słodycz nowo odkrytej wolności nagle gdzieś zniknęła, pozostał tylko posmak goryczy. Poczucie osamotnienia. I strach.

Samochód wspiął się na wzgórze i zobaczyli przed sobą miasto.

— To Agri — poinformował Philippe.

Agri było dużo większe od Dogubeyazit, ale ludzie wyglądali bardzo podobnie — mężczyźni mieli na sobie europejskie ubrania, kobiety dość tradycyjne stroje. Nad miastem dominował duży meczet stojący na głównym placu. Philippe zaparkował na pobliskiej, tętniącej życiem ulicy.

— Kupię coś do jedzenia. Ty zaś możesz się przejść, jeśli chcesz. To całkowicie bezpieczne.

Amira zaczęła spacerować z Karimem po niewielkim placyku i wkrótce otoczyła ją grupka uśmiechniętych, zainteresowanych nią kobiet. Nie rozumiała ani słowa z tego, co mówiły, aż w końcu jedna z nich spytała nieśmiało po arabsku:

— Dokąd jedziecie? I skąd jesteście?

Jaka odpowiedź byłaby najbezpieczniejsza?

— Pochodzę z Egiptu, ale mieszkam we Francji ze swoim

mężem. Jedziemy z Teheranu do... do Stambułu. Mój mąż zawsze marzył o przemierzeniu tej trasy samochodem.

Kiedy jej odpowiedź została przetłumaczona, wszystkie kobiety pokiwały współczująco głowami. Mąż, któremu strzelają dziwne pomysły do głowy, to doprawdy dopust boży.

Chwilę później wrócił Philippe w towarzystwie kilku mężczyzn, z których każdy robił, co mógł, by jakoś mu pomóc. Jeden niósł termos, inny koszyk z jedzeniem. Kolejny przykląkł i zaczął badać opony rovera, po czym skinął głową z uznaniem, zadowolony z ich stanu. Kiedy w końcu Philippe zdołał zapakować Amirę i Karima do samochodu, ktoś podał mu przez okno pękatą butelkę. Rozległy się okrzyki:

— *Sagol!*

— *Sagol!* — odpowiedział Philippe. Ruszyli z miejsca, a za nimi pobiegła chmara dzieciaków. — Już zapomniałem, jak gościnni potrafią być Turcy — mruknął Philippe pod nosem.

— Co znaczy „*Sagol*"?

Parsknął śmiechem.

— „Długiego życia".

Amira zdjęła ściereczkę osłaniającą koszyk: pół bochenka ciemnego świeżego chleba służącego za talerz dla duszonych, zimnych warzyw i kawałków pieczonej jagnięciny.

Philippe podał jej termos.

— To tylko herbata. Zdaje się, że w całej Turcji nie ma ziarnka kawy. To tak jak z kawiorem w Iranie: wszystko idzie na eksport.

— Co będę robić w Ameryce? — spytała niespodziewanie. Chciała, żeby jej głos zabrzmiał gniewnie, a tymczasem przypominało to bardziej ton rozkapryszonej nastolatki.

Dotknął jej po raz pierwszy od wyjazdu z Tebrizu — przyłożył lekko palce do jej policzka.

— Przestań się bać, najdroższa. Co będziesz robić w Ameryce? Wszystko, na co tylko będziesz miała ochotę. To kraj, w którym osoba o twojej inteligencji i pracowitości może zostać, kimkolwiek zechce. Pozwoliłem sobie jednak zaaranżować coś na początek. Czy chciałabyś znaleźć się na Harvardzie?

— Na Harvardzie? Masz na myśli ten słynny uniwersytet?

— Oczywiście.

— Jako studentka?

— A jakże inaczej?

— Ale ja nie mam dostatecznego wykształcenia — zaprotestowała Amira. — No i jest jeszcze Karim. Co będzie z Karimem?

— Twoje wykształcenie w zupełności wystarczy, by zacząć studia. A Karim zaadaptuje się bez najmniejszych problemów. — Oderwał dłoń od jej policzka. — Teraz nie czas na omawianie szczegółów. Wszystko dokładnie ci wytłumaczy mój przyjaciel w Paryżu. Nazywa się Maurice Cheverny i jest prawnikiem. Natychmiast po przyjeździe musisz się z nim skontaktować. Zadzwonisz do niego jeszcze z lotniska. On będzie czekał na ten telefon.

Na skrzyżowaniu skręcił w lewo. Kilka minut później opuścili Agri i skierowali się na południe.

Studentka uniwersytetu! To o wiele piękniejsze niż skrywanie się w jakimś *château* czy na argentyńskiej pampie. O czymś takim marzyła od najwcześniejszego dzieciństwa.

Ale Ameryka była taka daleka i taka obca.

— Jedź ze mną, Philippie. — No proszę, odważyła się to powiedzieć.

Uśmiechnął się smutno.

— Bardzo bym chciał, kochana, ale to niemożliwe. Pewnego dnia zrozumiesz dlaczego. Zaufaj mi. — Odkorkował butelkę, którą podarowali mu w Agri, i powąchał zawartość. — *Raki.* Jeden łyk i stracę przytomność. Choć może zaryzykuję. — Pociągnął trochę napoju z butelki i zaczął się krztusić. — Boże, równie parszywe, jak pamiętałem.

Kilka minut później zaczął nucić cicho pod nosem.

Wczesnym popołudniem dojechali do niewielkiego miasteczka, za którym rozciągał się bezkresny pas błękitu.

— Czy to ocean? — spytała Amira, zupełnie zapominając o geografii.

— Van Golu — jezioro Van. Jest słone, dlatego brzegi nie są porośnięte żadną roślinnością.

Jeszcze przez dłuższą chwilę Philippe rozwodził się na temat zasolenia jeziora. Działanie amfetaminy zaczynało słabnąć.

Van, liczące mniej więcej sto tysięcy mieszkańców, leżało o godzinę drogi stąd. Gdy tam dotarli, Philippe miał problemy ze znalezieniem hotelu, w którym zamierzał się zatrzymać. W końcu natknęli się na niego przypadkiem. Zameldowali się jako „monsieur i madame Rochon wraz z dzieckiem" i zostawili w recepcji swoje paszporty. Hotel okazał się przyjemnym, niewielkim miejscem o nazwie „Akdamar", teraz niemal całkiem pustym.

— Zimno — powiedział Philippe.

— Jest ci zimno?

— Za zimno na turystów. Zjeżdżają się nad jezioro. Ale dopiero latem.

W pokoju dał napiwek boyowi, zamknął drzwi, oparł się o nie i zemdlał. Amira z trudem powstrzymała krzyk. Instynktownie wiedziała, że nie wolno jej sprowadzać pomocy. Z wielkim wysiłkiem dźwignęła Philippe'a na łóżko. Karim patrzył na nią oniemiały: to, bez wątpienia, była jakaś sprawa tylko dla dorosłych. Amira położyła Philippe'owi na czole wilgotny ręcznik i wówczas Philippe otworzył oczy.

— Amiro, moja kochana, tak mi przykro. Chciałem, żebyśmy te ostatnie godziny spędzili na rozmowie. Ale muszę się przespać. Bo inaczej nie dojadę do Araratu. Obudź mnie, gdy tylko się ściemni.

— Śpij spokojnie.

— O zmroku. Obiecaj.

Usnął, a Karim wdrapał się na łóżko.

— Popilnuję wujka Philippe'a — oświadczył.

Wkrótce on też już spał, więc i Amira położyła się obok nich. Tylko żeby odrobinę odpocząć, powtarzała sobie w duchu.

Obudziła się gwałtownie. Na dworze było już ciemno. Philippe nadal spał jak zabity. Obudzenie go okazało się równie trudne jak obudzenie Alego, gdy wypił za dużo whisky. Po długotrwałych wysiłkach udało jej się dźwignąć Philippe'a do pozycji siedzącej.

— Która godzina? — wymamrotał.

— Nie wiem.

Spojrzał na zegarek takim wzrokiem, jakby miał rozszyfrować najgłębszą tajemnicę ludzkości.

— Dziesiąta — powiedział w końcu. — Jeszcze nie jest za późno.

Zwlókł się z łóżka, podszedł do umywalki i ochlapał twarz wodą.

— Na co nie jest za późno?

— Muszę się pokręcić po mieście, pokazać, że tu jestem. A potem będziemy mieli gościa. — Otworzył swoją lekarską torbę i zażył kolejną tabletkę. — Zostały jeszcze dwie — mruknął pod nosem. — Powinno wystarczyć.

— Philippie, jesteś wyczerpany. Czy to, co masz załatwić, nie może poczekać do rana?

— Nie. Nie możemy sobie pozwolić na zwłokę. Niewykluczone, że już nas szukają w tym kraju. Musimy działać jak najszybciej.

Włożył kurtkę i wyszedł. Nie było go przez godzinę. Po powrocie zdawał się bardziej rześki i ożywiony.

— Wkrótce przyjdzie ojciec Piotr. Wyjedziecie jeszcze tej nocy. Rano będziecie w Erzurum. Tam jest lotnisko; raz dziennie odlatują samoloty do Ankary. — Oddarł podszewkę kurtki i wyciągnął jakieś papiery. — Wasze bilety lotnicze. Z Erzurum do Ankary, z Ankary do Stambułu, ze Stambułu do Paryża. Wszystkie powrotne. A oto twój nowy paszport i dokumenty Karima.

Amira otworzyła paszport: Jihan Sonnier, żona doktora Claude'a Sonniera.

— Niecałe dwa lata temu potężne trzęsienie ziemi zabiło w regionie Van ponad pięćdziesiąt tysięcy osób — ciągnął Philippe. — W efekcie jest tu mnóstwo sierot. Karim jest jedną z nich. Przyjechałaś tu, żeby go adoptować, i teraz zabierasz go do domu, do Francji. Sama... sama nie możesz mieć dzieci.

Amira skinęła głową. To akurat się zgadzało.

— Ojciec Piotr czynnie pomagał ofiarom kataklizmu, szczególnie dzieciom. W razie czego wyczerpująco odpowie na wszelkie pytania zainteresowanych władz. I nigdy cię nie zdradzi.

Amira raz jeszcze zerknęła na paszport.

— J i h a n Sonnier?

— Kiedy wydawałem dyspozycje fałszerzowi, do głowy przyszło mi imię twojej matki. Nie masz nic przeciwko?

— W żadnym razie.

W tym samym momencie ktoś bardzo cicho zapukał do drzwi.

Do środka wszedł niski żylasty mężczyzna o przerzedzonych brązowych włosach, spalonej słońcem cerze i wyblakłych niebieskich oczach. Był ubrany tak samo jak Turcy, których do tej pory widziała Amira. Objęli się serdecznie z Philippe'em — jak bracia.

— Dziękuję ci, przyjacielu — powiedział Philippe po angielsku. — Wiesz, że nie zwracałbym się do ciebie, gdyby nie chodziło o sprawę życia lub śmierci.

— Nie przyjmuję żadnych przeprosin, chłopie. Jestem przecież dorosłym człowiekiem, wiem, co robię.

Philippe przedstawił ojca Piotra Amirze.

— Wybacz mu tę obrzydliwą angielszczyznę. Jest Australijczykiem.

— Ano, jestem Australijczykiem — powiedział ojciec Piotr z uśmiechem, szybko jednak przybrał poważny wyraz twarzy. — Nie chciałbym nikogo ponaglać, ale powinniśmy się zbierać.

— Ach, tak. Oczywiście. Jesteśmy na twoim terenie, więc ty decydujesz. Co mamy robić?

— Nie chcę, żeby ktoś z okolic Van widział mnie w towarzystwie Amiry... Jihan i chłopca. Zna mnie tu wiele osób. Istnieje zbyt duże niebezpieczeństwo, że ktoś coś zapamięta i w odpowiednim czasie pokojarzy fakty. Gdy znajdziemy się z dala od Agri, to już będzie bez znaczenia.

— A więc sugerujesz, że Amira i Karim powinni pozostać w ukryciu.

— Pojadę ciężarówką należącą do misji. Pod pudłami i kocami wygrzebałem bezpieczną jamkę. Nie jest to wygodne miejsce, ale przez kilka godzin można się przemęczyć. Czy w razie potrzeby może pani powstrzymać chłopca od płaczu?

— Podam mu łagodny środek uspokajający — powiedział Philippe. — Będzie spał co najmniej przez osiem godzin. Czy to wystarczy?

— Aż nadto.

— Doskonale. Co jeszcze?

— Jakim jesteś samochodem?

— Beżowym land-roverem.

— Skieruj się na północ, w stronę Agri. Nie jedź za szybko, żebym zdążył cię dogonić. Wyruszę dwadzieścia minut po tobie. Gdyby ktoś was zatrzymał — jesteście turystami, którzy postanowili wybrać się na uroczą przejażdżkę wzdłuż jeziora w świetle księżyca.

— W porządku.

— Spotkamy się gdzieś na południe od Agri. Trzy razy zamrugam światłami. Zatrzymasz się i Jihan się przesiądzie. Czy macie jakieś pytania?

— Dlaczego nazywają pana „ojcem"? — zainteresowała się Amira

Piotr uśmiechnął się niemal wstydliwie.

— Philippe pani nie powiedział? Jestem misjonarzem. Zakonnikiem.

— Chrześcijaninem?

— Tak. Wiem, że to niezwykłe w tych okolicach, ale jesteśmy tu od czasów Atatürka, i jakoś nadal nas tolerują. Staramy się nie rzucać w oczy. Nie próbujemy nikogo ewangelizować. Tylko niesiemy pomoc. No dobrze — wszyscy gotowi?

— Gotowi — oznajmił Philippe.

Światła samochodu przecinały ciemność nocy. Van był już snem, Tebriz — odległym wspomnieniem, al-Remal nie istniało. Teraz czymś najbliższym, czymś zbliżonym do domu stała się droga. Życie Amiry zaczęło się dopiero w tym land-roverze.

Wcześniej Karim zażył łyżkę słodkiego czerwonego syropu z lekarskiej torby i teraz spał głębokim snem. Philippe natomiast cały czas powtarzał przykazania i pouczenia.

— Pamiętaj, natychmiast po przylocie zadzwoń do Maurice'a Cheverny'ego. Upewnij się, że nikt nie jedzie za tobą z Orly. Na samym lotnisku nie odważą się na żadną akcję. Jeśli spróbują osaczyć cię w mieście, natychmiast wołaj policję. Jeżeli prawda wyjdzie na jaw — zażądaj azylu politycznego. To najlepsze zabezpieczenie przed deportacją. Na Boga, byłbym zapomniał — oto pieniądze. Wystarczy ci z nawiązką na pierwsze chwile w Paryżu.

O drugiej w nocy ojciec Piotr zamrugał światłami. Philippe zatrzymał samochód i otworzył drzwi. W świetle kabiny samochodowej jego twarz miała chorobliwy, szary odcień.

— Wszystko w porządku?

— Słucham? Tak. Jestem trochę zmęczony. Nie martw się.

Ojciec Piotr zatrzymał się obok i także wysiadł.

— No cóż, żabojadzie. Na nas już czas. Nie wiem, co zaplanowałeś, ale uważaj na siebie.

— Ty też. I dzięki raz jeszcze — za wszystko.

— Dziękuj jedynie Bogu, przyjacielu, a nie Jego pokornemu słudze.

Philippe odwrócił się w stronę Amiry, której po policzkach ciurkiem leciały łzy. Przytulił ją tak mocno, że aż zabolało.

— Żegnaj, najukochańsza. Bardzo, bardzo bym pragnął... żeby wszystko potoczyło się inaczej.

— Wszystko jeszcze potoczy się inaczej. Wszystko się zmieni. Tylko nie mów „żegnaj", mój najdroższy. Powiedz „do zobaczenia". Przecież nie jesteśmy dla siebie straceni, prawda? Obiecaj.

— Nie jesteśmy dla siebie straceni. Do zobaczenia. *Au'voir*, Amiro.

Ojciec Piotr zaniósł Karima do ciężarówki.

— Tutaj, proszę pani.

Po raz ostatni jej oczy spotkały się z oczami Philippe'a, gdy wciskała się w niewielką przestrzeń obok śpiącego syna. Potem ojciec Piotr poprzestawiał pudła i poprzekładał koce, odcinając ją od zewnętrznego świata.

— Jedź pierwszy i spiesz się — nakazał Philippe'owi. — Chcę, żebyś na długo przede mną dojechał do Agri.

Nie usłyszała odpowiedzi Philippe'a, dobiegł ją jedynie odgłos odjeżdżającego land-rovera. W jakiś czas potem odezwał się silnik ciężarówki.

— Wygodnie? — wykrzyknął ojciec Piotr.

— Wszystko w porządku.

— To dobrze. Następny przystanek, Erzurum.

W niewielkiej przestrzeni było ciemno choć oko wykol. Amira zatraciła poczucie czasu. Czy minęło dziesięć minut? Czy może godzina?

— Ojcze Piotrze?

— Tak?

— Czemu to robisz?

Cisza.

— Ponieważ wierzę, że tego właśnie chce ode mnie Bóg.

— Philippe musi być twoim bliskim przyjacielem.

Znowu cisza.

— Zawdzięczam mu życie. I dużo, dużo więcej.

Na tym rozmowa się urwała. Wiele minut później ojciec Piotr wykrzyknął:

— Jesteśmy w Agri.

Ciężarówka zaczęła toczyć się jakoś inaczej, a potem została już tylko ciemna wieczność.

Obudziła się, bo samochód stanął w miejscu. Otworzyły się

drzwi, koce pofrunęły w górę i do wnętrza wdarło się oślepiające światło. Był już ranek.

— Proszę szybko przesiąść się do przodu — zarządził ojciec Piotr. — Zbliżamy się do Erzurum. Teraz co kilka mil będą posterunki wojskowe.

Karim zmoczył się we śnie, ale w tym momencie Amira nic nie mogła na to poradzić. Korzystając z bocznego lusterka, sama próbowała doprowadzić się do ładu.

— Czy ma pani szal?

— Tak.

— Proszę nałożyć go jak welon — starannie przykryć włosy i część twarzy. I niech się pani nie denerwuje, mnóstwo europejskich kobiet tak się tutaj nosi. Dostosowują się do zwyczajów gospodarzy.

Przy posterunku stali uzbrojeni żołnierze. Ojciec Piotr odpowiedział po turecku na kilka ich pytań. Oficer wydał jakiś rozkaz. Zakonnik przesunął się na siedzeniu, jeden z żołnierzy otworzył drzwi i usiadł za kierownicą.

— Proszę się nie bać, Mme Sonnier — powiedział szybko ojciec Piotr, gdy ujrzał wyraz twarzy Amiry. — Erzurum należy do zmilitaryzowanej strefy. Obcokrajowcy mogą się tu poruszać tylko w eskorcie żołnierzy. Dlatego będziemy mieli kierowcę.

Na lotnisku Amira przebrała wreszcie rozdrażnionego, zaspanego Karima w jego jedyne czyste ubranie. I zaraz potem przez skrzeczący głośnik wywołano lot do Ankary.

— Punktualnie! — ucieszył się ojciec Piotr. — Zawsze chciałem doświadczyć drobnego cudu i teraz zostało mi to dane. To dobra wróżba, Mme Sonnier.

Wraz z żołnierzem odprowadził ją do samolotu.

— *Sagol!* — powiedział żołnierz.

— *Sagol!* I wiele pomyślności, ojcze Piotrze.

Zanim wybiło południe, była w Ankarze, a wieczorem znalazła się w Stambule. Tej nocy spała dziesięć kilometrów nad ziemią w odrzutowcu niosącym ją do Paryża.

Monsieur Cheverny

Odprawa paszportowo-celna na Orly była miłym kontrapunktem; ziewający urzędnik ledwie rzucił okiem na dokumenty, po czym szybko je podstemplował.

A więc była we Francji.

Na lotnisku kłębiło się od pasażerów. Amira jedną ręką ciągnęła za sobą Karima, w drugiej ściskała torbę zawierającą wszystko, co obecnie posiadała. Jeżeli ją ścigali, na pewno już tu byli. Kto mógł być tym myśliwym? Mężczyzna o tureckich rysach pilnie skanujący wzrokiem tłum — czy kogoś stracił z oczu, czy był to jedynie kamuflaż? Para wyglądająca na Irańczyków, prowadząca rozmowę przy kasie biletowej — czyżby Amirze się wydawało, czy kobieta rzeczywiście obrzuciła ją badawczym spojrzeniem? Młody mężczyzna w dżinsach rozparty na ławce, czytający jakiś podręcznik — czy przypadkiem nie był za stary na studenta?

Znalazła telefon, rozmieniła banknot dziesięciofrankowy i usilnie zastanawiała się, jaką monetę ma wrzucić do automatu. Nagle ktoś stanął u jej boku.

Mężczyzna w niebieskich dżinsach.

— Mme Sonnier?

Czy powinna zaprzeczyć? Uciekać? Co ma teraz robić?!

Mężczyzna tymczasem uśmiechnął się ciepło.

— Mam na imię Paul. Pracuję dla Maurice'a Cheverny'ego. Zamierzała pani do niego zadzwonić?

— Tak.

Bogu dzięki.

— To proszę dzwonić.

Wrzucił do automatu odpowiednią monetę.

Maurice Cheverny miał głęboki głos i rozmawiał z nią bardzo serdecznym tonem.

— Witam w Paryżu, Mme Sonnier. Czy miała pani bezpieczną podróż?

— Tak.

— To doskonale. Przed nami dużo pracy, ale teraz, gdy jest już pani na miejscu, nie musimy się spieszyć. Czy możemy więc spotkać się jutro? Przypuszczam, że chciałaby pani wypocząć. Czy jest z panią Paul?

— Tak.

— Proszę pozwolić, że zamienię z nim kilka słów.

Przekazała słuchawkę młodemu mężczyźnie. Paul słuchał uważnie przez chwilę, powiedział „*Ça va*", potem „*Non*", na końcu „*Oui, m'sieur*" i odwiesił słuchawkę.

Na parkingu stał jego samochód. Kiedy jechali z lotniska, Amira nie mogła się powstrzymać od zerkania przez ramię.

— Nikt za nami nie jedzie — zapewnił ją Paul. — Nikt też nie śledził pani na lotnisku.

— Skąd pan wie?

Wzruszył ramionami.

— Na tym, miedzy innymi, polega moja praca.

Był wysoki i szczupły, niemal kruchy, a mimo to w jakimś sensie przypominał Amirze Jabra.

— Co pan o mnie wie?

— Tylko tyle, że ktoś pani szuka — ktoś, za kim stoi obcy rząd — i że pan Cheverny nie życzy sobie, żeby została pani odnaleziona.

— Dokąd jedziemy?

— Do hotelu, z którego usług pan Cheverny niekiedy korzysta, gdy ma do czynienia z klientami wymagającymi... prywatności. Małe, dyskretne, bardzo miłe miejsce.

„Miłe" to był zdecydowany eufemizm. Hotel okazał się niezwykle eleganckim klejnocikiem, położonym kilka przecznic na północ od Sekwany.

— Ciężko odmówić sobie rozkoszy paryskiej wiosny, jednak proszę pod żadnym pozorem nie opuszczać hotelu — powiedział Paul, gdy sprawdził dokładnie jej apartament. — Jeżeli czegokolwiek będzie pani potrzebować, proszę zadzwonić do konsjerżki. A tak na marginesie — mają tu najlepszą obsługę w całym Paryżu.

Kiedy wyszedł, Amira zdjęła buty z nóg i rzuciła się na łóżko

Zadzwonił telefon. To była konsjerżka.

— Cóż za straszny pech, madame. Że też linie lotnicze zagubiły cały pani bagaż! I całą garderobę! Jeżeli tylko poda mi pani swoje rozmiary, ktoś przyniesie pani stroje i buty do wyboru.

— Bardzo to miło z pani strony. Ale mam przy sobie zaledwie kilka tysięcy franków.

— Proszę sobie nie zawracać tym głowy, madame. Wszystko zostało już załatwione.

Kawa. Natychmiast napije się kawy. I zje jakiś normalny posiłek. A potem będzie wypoczywać. Pozwoli sobie na długie lenistwo. Przede wszystkim jednak weźmie gorącą kąpiel.

— No chodź, młody człowieku — zwróciła się do Karima.

O dziwo, tym razem natychmiast jej posłuchał.

Lunch jak z pięciogwiazdkowej restauracji. Nowe ubrania dla niej i Karima. Wizyta Paula, który pobawił się z Karimem i uraczył ją wieloma zabawnymi opowiastkami o Paryżu. Przepyszna kolacja. Potem telewizja — nie cytaty z Koranu, jak w al-Remal, ale krótkie filmy, łącznie z niepojętym, amerykańskim snem pod tytułem *Dallas*.

Gdzie teraz przebywał Philippe? Czy był bezpieczny? Czy wydostał się z pustkowia otaczającego górę Ararat? Tej nocy śniło się jej, że pije z nim herbatę w wiejskiej górskiej chacie, a dookoła leży mnóstwo śniegu. Góral — ich gospodarz — miał taki sam uśmiech jak J.R. — główny bohater *Dallas*.

Maurice Cheverny zadzwonił o dziewiątej rano. Czy mogliby się spotkać o jedenastej? Doskonale. Przyśle po nią Paula.

Pokojówka przyniosła kawę, croissanty i dziennik „Le Monde". Amira właśnie nakładała dżem na talerzyk Karima, gdy jej wzrok padł na jeden z głównych tytułów: „Francuski lekarz i filantrop stracił życie we wschodniej Turcji".

Upuściła łyżkę, głucha na protesty syna.

„Doktor Philippe Rochon... zginął we wtorek w wypadku na południe od Kars w Turcji... ciało znaleziono w górskiej rzece... nurt zniósł je kilka metrów od wraku samochodu... poszukiwania kobiety i dziecka, którzy najprawdopodobniej towarzyszyli mu w podróży... niezwykle niedostępny, trudny teren... Doktor Rochon był jednym z najbardziej cenionych specjalistów w swojej dziedzinie, ponadto ufundował ponad 100 uniwersyteckich stypendiów dla studentów we Francji i za granicą".

To nieprawda. To niemożliwe. Musiała zajść jakaś pomyłka. Co się stało? Jak mogło do tego dojść?

Zadzwoniła do Cheverny'ego.

— Sam właśnie o tym przeczytałem, madame. Paul już do pani jedzie. Odwołałem wszystkie inne spotkania.

Biuro Maurice'a Cheverny'ego mieściło się w jednym z nowych drapaczy chmur, a z jego okien rozciągał się widok na panoramę Paryża. Adwokat był łysiejącym potężnym mężczyzną tuż po sześćdziesiątce. Resztki jego włosów były nadal czarne i gładko zaczesane do tyłu. Na nosie miał dwuogniskowe okulary

— Przyznam szczerze, madame, że czuję się bardzo niezręcznie w tej sytuacji. Nie wiem, czy Jihan Sonnier to pani prawdziwe nazwisko — proszę mi tego nie mówić — ale domyślam się prawdy. Zgodnie z wymogami prawa powinienem natychmiast poinformować władze o pani obecności. Jednak przede wszystkim muszę się kierować dobrem mojego klienta, a on zostawił mi bardzo szczegółowe wytyczne.

Otworzył kluczem szufladę biurka i wyjął dwie koperty — jedną dużą, drugą małą. Podał jej tę dużą.

— Doktor Rochon chciał, żeby to pani przekazać. Powiedział mi otwarcie, że to pokaźna suma pieniędzy w gotówce — w amerykańskich dolarach. Prosił, żebym doradził pani dużą rozwagę w dysponowaniu tą kwotą. Ponadto polecił, żebym skontaktował panią z pewnym chirurgiem plastycznym. Jeżeli pani sobie tego zażyczy, porozumiem się z nim telefonicznie, a Paul zawiezie panią pod wskazany adres. To natomiast jest list do pani. — Wręczył jej małą kopertę.

List wszystko wyjaśniał.

„Rak trzustki... najwyżej sześć miesięcy — i to bardzo niedobrych miesięcy... w ten sposób wszyscy uwierzą". — Resztę listu Amira przeczytała już poprzez łzy. — „Nie wierzę w życie po śmierci, ale kto wie? Nigdy nie uważałem się za człowieka nieomylnego. Może więc jednak jeszcze się spotkamy? Tymczasem zachowaj mnie w swoim sercu. Ciesz się życiem, swoim synem, bądź szczęśliwa. Żegnaj, moja kochana".

— Czy chciałby pan przeczytać? — spytała prawnika.

— Nie. Proszę mi przekazać ogólny sens.

— Był umierający. Oddał życie, żeby pomóc mnie i mojemu synowi uciec przed... przed wielkim niebezpieczeństwem.

— Czy była pani przy nim, gdy to się stało?

— Nie.

— Rozumiem. — Zdjął okulary i zaczął pilnie czyścić je bibułką. — Philippe Rochon był dla mnie jak syn. — Z głosu prawnika znikł zupełnie oficjalny ton. Zamilkł na dłuższą chwilę, po czym parę razy odchrząknął, jakby coś stanęło mu w gardle. — Jeszcze jedna ważna sprawa, madame. Philippe... doktor Rochon, prosił, żebym dopilnował, by została pani przyjęta na Harvard. W tym celu wymieniłem korespondencję z moim starym przyjacielem, który jest tam prodziekanem na jednym z wydziałów. Oczywiście, nic mi nie wiadomo na temat pani dotychczasowego wykształcenia... Choć właściwie nie ma to teraz większego znaczenia. W tej, jak i w każdej innej sprawie zrobię dla pani wszystko, co w mojej mocy. Czy chciałaby się pani skontaktować z tym chirurgiem?

— Tak. Najszybciej, jak to możliwe.

Adwokat od razu podniósł słuchawkę.

Wrogowie

Niecały kilometr od biura Cheverny'ego, w budynku, który za czasów *ancient régime'u* służył za ratusz, a w którym teraz mieściło się centrum operacyjne korporacji Badira, Malik po raz nie wiadomo który czytał artykuł w „Le Monde". Prawie nauczył się go na pamięć, a i tak nie potrafił doszukać się w tym wszystkim logiki. Przedtem mógł snuć sensowne przypuszczenia, dojrzeć pewną intelektualną konstrukcję kryjącą się za zniknięciem siostry. Teraz czuł się jak ślepiec, który nagle jedną nogą zawisł nad przepaścią.

Dlatego znowu przebiegał wzrokiem tekst od początku. Jego szpiedzy z otoczenia Alego poinformowali go o ucieczce Amiry wkrótce po tym, jak opuściła hotel. Z niemałą satysfakcją powtarzał sobie w duchu, że dowiedział się o tym wydarzeniu na długo przed Alim. Znał wyniki poszukiwań, wiedział, że ślad urywał się w Teheranie. Wczoraj po południu poinformowano go, że w sprawę najprawdopodobniej był zamieszany Philippe i że trop wiedzie do Turcji. Spodziewał się, że uciekinierzy będą kierować się do Ankary lub Stambułu, gdzie wsiądą w prywatny samolot. I co dalej? Dokąd polecą? Do Rio?

Nonsens. Philippe może był romantykiem, ale z pewnością nie głupcem. Nie ulegało wątpliwości, że sprowadzi Amirę do Francji, by walczyć — jeśli zajdzie taka potrzeba — na własnym gruncie, gdzie miał wielkie wpływy i potężnych przyjaciół. Poza tym za tą sprawą nie kryła się jedynie miłość, co do tego Malik nie miał najmniejszych wątpliwości. Amira nie uciekała do kogoś, ale przed kimś. Malik od dawna miał pewne podejrzenia, jego szpiedzy donosili o upodobaniach Alego. To, co się stało, tylko utwierdziło go w jego podejrzeniach i podsyciło nienawiść do szwagra.

W każdym razie wierzył niezachwianie, że lada moment Amira i Philippe zjawią się we Francji i że wcześniej czy później siostra się z nim skontaktuje. Był jej najbliższym krewnym; sam był potężnym człowiekiem; miał środki i możliwości, by ją chronić.

A tymczasem nagle coś takiego! Śmierć w jakiejś zapomnianej przez Boga i ludzi rzecznej dolinie w Turcji. To nie miało sensu.

— Amiro, siostrzyczko — powiedział głośno, i w tym samym momencie poczuł przypływ tej samej pewności, która ogarnęła go tuż po przeczytaniu artykułu po raz pierwszy, gdy godzinę temu przyniesiono mu gazetę. Nie potrafił wyjaśnić swojego przekonania: może to coś mistycznego, religijnego, a może genetycznego, związanego ze wspólnotą krwi. W każdym razie Malik nie miał żadnych wątpliwości, że jego siostra nie zginęła. Została przy życiu. On to wiedział. Tak samo jak wiedziałby, gdyby straciła życie.

W końcu wezwał osobistego asystenta i wydał odpowiednie polecenia.

Dwanaście godzin później stał na jałowym zboczu w Anatolii. Razem z nim znajdowało się tam dwóch ochroniarzy, tłumacz, pułkownik tureckiej armii i przywódca wioski leżącej na odludziu, w pobliżu miejsca, gdzie znaleziono wrak samochodu i ciało Philippe'a. Dwieście merów niżej, na brzegu wąskiej rwącej rzeki, dwóch żołnierzy pełniło bezsensowną wartę przy roztrzaskanych szczątkach land-rovera.

Wioskowy przywódca o zasuszonej twarzy wyglądał na skrzyżowanie pasterza kóz z bandytą. Prawdopodobnie był właśnie kimś takim, pomyślał Malik. Teraz tenże osobnik uparcie obstawał przy jednym: dalsze poszukiwania nie mają sensu. Jeżeli Amira i jej syn byli w samochodzie, to na pewno zginęli, a ich ciała popłynęły w dół rzeki; ostatecznie nikt nie mógł przeżyć takiego wypadku. Ale gdyby nawet jakimś cudem ocaleli, nie zawędrowaliby daleko w tych górach. Albo jego ludzie, albo wojsko już do tej pory by ich odnaleźli — żywych lub umarłych. Oczywiście pod warunkiem, że nie uprzedziłyby ich w tym wilki czy niedźwiedzie. Tak czy owak, Malik szukał czegoś, czego tu być nie mogło.

— Gdzie w takim razie powinienem szukać?

Góral dyplomatycznie odwrócił wzrok.

— Naturalnie nie mogę nic powiedzieć o pańskiej kobiecie, ale kiedy nasze schodzą z dobrej drogi, szukamy ich w miastach.

Malik już miał agentów w Van, gdzie pan i pani Rochon na krótko zatrzymali się w hotelu, natomiast słowa mężczyzny potwierdziły obawy, które żywił od samego początku: Ali również poszukiwał Amiry, a jego wysłannicy przedstawiali ją jako zbiegłą żonę. Nawet gdyby Malik zdołał wysokością łapówek dorównać królewskim, żaden dobry muzułmanin nie pomoże mu w działaniach przeciwko prawowitemu mężowi i jego słusznym racjom. A jeśli Ali znajdzie ją pierwszy...

Na razie jednak nikt nie mógł znaleźć Amiry. Wysłannicy Malika i Alego krążyli po całej wschodniej Anatolii: penetrowali Kars, Van, Agri i każde większe miasteczko — rozdając łapówki, perswadując, zastraszając personel lotnisk, kierowców autobusów, taksówkarzy, prywatnych ludzi posiadających samochody — każdego, kto mógłby pomóc kobiecie z dzieckiem w ucieczce z tego regionu. Pojawiały się niezliczone fałszywe tropy, ale nawet mimo wydatnej pomocy wojska i policji — szczodrze opłacanych przez obie strony — poza meldunkiem w hotelu w Van i wrakiem samochodu nie udało się odkryć nic konkretnego.

Jakby Amira nagle zapadła się pod ziemię.

W końcu nawet Malik musiał się poddać. W samolocie lecącym do Paryża wciąż stawał mu przed oczami lodowaty nurt rzeki zasilanej przez górskie śniegi. Czy tam właśnie spała snem wiecznym Amira z Karimem? Gdyby nie irracjonalna pewność, że Amira żyje, wpadłby w rozpacz. Wierzył jednak, że to przeczucie go nie zawodzi i że pewnego dnia znowu ją zobaczy.

Ali natomiast nie doświadczał żadnych parapsychologicznych przeżyć. Jego uczucia były jasne i proste: rozpierały go wściekłość i strach. Wściekłość, że ta suka go zdradziła — jeśli odnajdzie ją żywą, na pewno ją zabije, i to własnymi rękami. Strach, że jeśli zginęła, wraz z nią zginął jego syn.

Nazajutrz po jej ucieczce obudził się w południe, wciąż jeszcze na wpół przytomny. I od razu dowiedział się, że zniknęła. W pierwszym odruchu, podobnie jak Malik, pomyślał o miejscowym lotnisku. Wiele czasu stracono na poszukiwania kobiety arabskiego pochodzenia, która wraz z dzieckiem odleciała najwcześniejszym samolotem do Teheranu. Kiedy w końcu, w Basrze, odnaleziono i przesłuchano stewarda obsługującego ów lot, ten przysięgał i zaklinał się na wszystkie świętości, że z kobietą nie podróżowało żadne dziecko. Następnie sporo czasu strawiono na inwigilację Europejczyka z żoną Arabką i małym dzieckiem. Okazało się, że to belgijski biznesmen na rodzinnych wakacjach.

Pod wieczór drugiego dnia, na wysypisku śmieci na południowych peryferiach miasta, znaleziono ciało Savakowca, który pilnował Amiry. Wówczas zwiększono wysiłki i nadano śledztwu szczególny priorytet. Następnego ranka ktoś odkrył, że niejaki pan Rochon z małżonką przekroczył turecką granicę w Bazagran. Philippe Rochon! Ali z goryczą pomyślał, że w perwersyjny sposób dał się złapać w pułapkę, którą sam próbował zastawić w al-Remal.

Zaangażowanie Rochona jednoznacznie wskazywało na Paryż jako miejsce dalszych poszukiwań. Agenci Savaku zgadzali się z tą konkluzją, ale po śmierci kolegi odnosili się do Alego z wyraźnym chłodem. Ali postanowił więc wysłać własnych ludzi do Paryża. Remalska służba wywiadowcza była właściwie prywatną tajną policją rodziny królewskiej — jej szefem był jeden ze stryjów Alego — tak więc najlepsi agenci w Europie popędzili do stolicy Francji. Ali nie mógł tego wiedzieć — ale dwóch z nich, przydzielonych do pilnowania Orly, przybyło na miejsce w tym samym momencie, gdy Amira i Paul odjeżdżali spod lotniska.

Im dłużej Ali rozmyślał o całej tej sprawie, tym bardziej utwierdzał się w przekonaniu, że za ucieczką Amiry stał jej brat. On osobiście nigdy nie lubił Malika. To był przecież zwykły parweniusz — podobnie jak ta suka, jego siostra — i nie mogły tego zmienić nawet jego wielkie pieniądze. Malik uważał się za Europejczyka, wyrafinowanego, oświeconego, lepszego od innych. Zresztą na te same urojenia cierpiała Amira. Niewątpliwie ów lekarz żigolak — teraz całkowicie skończony, już Ali się o to postara — był jedynie niczego nieświadomym pionkiem w ich wspólnej grze.

A potem nadeszły wieści ze wschodniej Anatolii. W pierwszej chwili Ali uwierzył, że Amira i Karim rzeczywiście zginęli z Rochonem w tej katastrofie i jego nienawiść do żony mieszała się z rozpaczą po starcie syna. Ali jednak z natury nie ufał nikomu i szybko doszedł do wniosku, że w doniesieniach z Turcji nie wszystko układa się w logiczną całość. Wysłał więc tam swoich agentów, a oni wkrótce go poinformowali, że na miejscu wypadku pojawił się Malik.

Wówczas Ali uznał, że istnieją tylko dwa wytłumaczenia tej zagadki. Albo jakieś nieprzewidziane wypadki pokrzyżowały plany Malika, więc pojechał na miejsce, by osobiście dozorować śledztwo. Albo wręcz przeciwnie: przeprowadził swój plan z idealną precyzją, jakąś zdradą doprowadził do śmierci francuskiego doktora, by służyła za zasłonę dymną, podobnie zresztą jak przyjazd Malika do Anatolii.

W pierwszym przypadku Amira i Karim zapewne zginęli. W drugim — z pewnością pozostali przy życiu. Tak czy owak, winę za wszystko ponosił Malik i za to Ali na pewno mu odpłaci — w odpowiedni sposób i w odpowiednim czasie.

To właśnie poprzysiągł sobie i Allachowi.

Nowa kobieta

W Amira pilnie śledziła wszystkie doniesienia prasowe i telewizyjne. Wystarczyło zaledwie parę dni, by media powiązały jej osobę z kobietą, która podróżowała z Philippe'em. Wówczas przez cały dzień roztrząsano zagadkę jej zniknięcia. Cytowano wypowiedzi Malika i Alego, jej ojca, a nawet Farida. Ten incydent wzbudził taką samą sensację, jak przed kilkoma laty zniknięcie jednego z Rockefellerów na Nowej Gwinei.

Po raz pierwszy Amira była zadowolona, że pochodziła z kręgu kulturowego, w którym nie tolerowano fotografowania. We wszystkich serwisach pokazywano w kółko ten sam portret ślubny, na którym widniała półprofilem i nie była zbytnio do siebie podobna. Gdy zaś chodzi o Karima — istniało tylko jedno jego zdjęcie, zrobione jeszcze w czasach niemowlęcych. Choć prawdę mówiąc, nie miało to w tej chwili większego znaczenia, Amira znajdowała się bowiem w miejscu, do którego nie byłby w stanie przedostać się żaden reporter; a nawet gdyby jakimś cudem komuś udała się ta sztuka, i tak w tej chwili nikt by jej nie rozpoznał.

Tym miejscem był zamek w Senlis. Mieściła się tu klinika rekonwalescencyjna dla kobiet po operacjach plastycznych, zapewniająca pełną dyskrecję wszystkim swoim kuracjuszkom. Ponadto w pierwszym tygodniu jej pobytu w tym miejscu — akurat wtedy, gdy o jej zniknięciu trąbiły wszystkie stacje telewizyjne — Amira wyglądała gorzej niż po pobiciu przez Alego.

W czasie konsultacji przed zabiegiem chirurg wyjaśnił, że nie ma sensu myśleć o całkowitej zmianie wyglądu — nawet gdyby to było możliwe. Po pierwsze dlatego, że i tak w oczach świata uchodziła za zmarłą. Po drugie — i może ważniejsze — że ludzkie oko rozpoznawało twarz na podstawie zaledwie paru podstawowych cech.

Nos Amiry i tak wymagał rekonstrukcji po zmiażdżeniu przez Alego. Chirurg ponadto postanowił nieco zmienić rozstaw jej oczu i usunąć bliznę z czoła. Amira miała też nosić barwne szkła kontaktowe zmieniające kolor jej tęczówek z brązowego na intensywnie zielony.

Miały więc to być jedynie drobne, subtelne zmiany; a i tak po operacji wyglądała jak ofiara katastrofy lotniczej. Jednak po tygodniu opuchlizna znacznie zmalała, sińce wyblakły i powoli na światło dzienne zaczęła wyłaniać się nowa twarz — niby znana, a jednak zupełnie inna.

Dwa tygodnie później sam chirurg zrobił jej zdjęcia. Nie minęło kilka dni, a już miała w ręku nowy paszport z nową podobizną. Był wystawiony na nazwisko Jenna Sorrel. Karim zachował swoje pierwsze imię — w tym jednym względzie Amira nie uległa perswazjom lekarza. I tylko na temat zmiany imienia odbyła się między nimi zasadnicza dyskusja. O Philippie nigdy nie rozmawiali wprost — wspominali go jedynie jako cudownego człowieka i niezastąpionego przyjaciela.

Miesiąc po przyjeździe do Francji, Amira-Jenna — wyruszyła z Hawru jako jedyna pasażerka frachtowca zmierzającego do Nowego Orleanu. Wybór tego środka transportu był ostatnim przejawem ostrożności Philippe'a: najwyraźniej uznał, że droga morska będzie najmniej monitorowana.

Przeprawa przez ocean dostarczyła Amirze wielu stresów. Była jedyną kobietą na statku, wciąż więc ścigały ją natarczywe męskie spojrzenia. Czuła się pod nimi jak naga. W końcu kapitan, Grek o ojcowskiej naturze, zrozumiał jej położenie i wydał odpowiednie rozkazy. Natychmiast zniknęły obleśne spojrzenia, chociaż niektóre reakcje załogi miały nadal dwuznaczną wymowę. Ale teraz były jedynie drobną niedogodnością. O wiele gorsze stawało się nieustannie narastające poczucie winy z powodu poświęcenia Philippe'a. Do tego dochodził Malik. Pewnie już pogodził się z jej śmiercią, ale niewątpliwie był pogrążony w żałobie. Może więc powinna dać mu znać, że żyje? Wysłać krótka notkę?

Nie. Dla niego samego lepiej, żeby nic nie wiedział.

W Nowym Orleanie wypełniła formularz uprawniający do przyznania studenckiej wizy. Potem znalazła hotel oferujący opiekę nad dziećmi i udała się na poszukiwania jubilera. To miasto amerykańskiego Południa nie miało nic wspólnego z jej wyobrażeniami o Ameryce — w każdym razie o Ameryce przedstawianej w serialu *Dallas*. Przypominało raczej miasta regionu śródziemnomorskiego, takie jak Marsylia.

Trzykrotnie przeszła obok sklepu na Royal Street, zanim w końcu odważyła się wejść do środka. Wypisane na szybie nazwisko właściciela było niewątpliwie żydowskie, co natychmiast wzbudziło w Amirze uprzedzenia, którymi karmiono ją od najwcześniejszego dzieciństwa, jednak podobała jej się atmosfera tego miejsca. Jubiler, z lupą podciągniętą na czoło, podniósł się na jej widok i przywitał ją bardzo uprzejmie.

— Chciałabym sprzedać trochę biżuterii — powiedziała bez żadnych wstępów i wysypała zawartość kasetki na ladę.

Starszy mężczyzna wpatrywał się przez chwilę w klejnoty.

— To kamienie najwyższego gatunku — oznajmił w końcu. — Prawdziwe cuda. Czy mogę poznać pani nazwisko?

— Sorrel.

— Sorrel. Ja natomiast nazywam się Harvey Rothstein. Bardzo miło mi panią poznać. O ile się nie mylę, nosi pani francuskie nazwisko?

— Tak. Poślubiłam Francuza.

— Rozumiem. No cóż, czas zabrać się do pracy, Mme Sorrel. — Nałożył lupę na oko i zaczął bacznie przyglądać się klejnotom. Od czasu do czasu wydawał z siebie westchnienie zachwytu, w końcu zaś oznajmił:

— Kupię tę biżuterię, choć w tym celu będę się musiał zapożyczyć.

Wymienił cenę. Amirze wydała się przerażająco niska. Zaczęła więc się targować. Jubiler podniósł kwotę, jednak nieznacznie.

— Nigdzie pani więcej nie dostanie — oświadczył stanowczo.

Jakaś aura otaczająca tego mężczyznę, a może jedynie szczery podziw, który okazał, patrząc na jej klejnoty, sprawiły, że Amira postanowiła mu zaufać.

— A więc dobrze. Przyjmuję pana ofertę.

— W takim razie proszę przyjść jutro rano. Wręczę pani poświadczony czek bankowy. — Urwał i ponownie wbił wzrok w klejnoty. — Mme... Sorrel, muszę pani wyznać, że proponuję pani jedynie ułamek prawdziwej wartości tych kamieni. To jednak uczciwa transakcja. Po pierwsze dlatego, że ja też muszę coś na tym zarobić. Po drugie... z handlem tymi kamieniami wiąże się poważne ryzyko. Dlatego absolutnie tego nie przyjmę. — Pchnął w jej stronę krwistoczerwony rubin. — Medalionu nie wliczyłem w proponowaną cenę. Doskonale rozpoznaję ten klejnot i zapewniam panią, że bez trudu rozpozna go każdy wykwalifikowany jubiler w dowolnym zakątku świata. Proszę go zachować i wybaczyć moją impertynencję, pewien jednak jestem, że jeszcze kiedyś będzie pani nosić go z dumą.

Następnego popołudnia Amira wsiadła na pokład samolotu lecącego do Nowego Jorku, po czym złapała połączenie do Bostonu. Tam, dzięki rekomendacjom Maurice'a Cheverny'ego, po zdaniu testu i odbyciu rozmowy kwalifikacyjnej, została studentką Uniwersytetu Harwardzkiego. Na swoją specjalizację wybrała psychologię.

CZĘŚĆ SZÓSTA

Na wskroś amerykański chłopiec

— Chcę wiedzieć, co się naprawdę stało — zażądała Jenna stanowczym tonem.

— Nic — odpowiedział Karim bez przekonania. Pod lewym okiem miał ciemnego siniaka, a pod nosem — strużkę zakrzepłej krwi.

— Nie kręć, młody człowieku.

— No, dobra. A więc się biłem. Zadowolona?

Jenna wyczuwała w głosie syna wstyd pomieszany z dumą. Przecież on ma dopiero dziewięć lat, napomniała się w duchu.

— Nie, ani trochę. O co poszło?

— Josh mnie wyzywał.

— Josh Chandler? — Połowa chłopców w klasie Karima miała na imię Josh, ale małego Chandlera zapamiętała dobrze, bo on i jej syn wyraźnie się nie lubili.

— Tak.

— A jak cię wyzywał?

— Różnie... to nieważne.

Jenna natychmiast przypomniała sobie inwektywy rzucane pod adresem studentów z Bliskiego Wschodu, gdy była na drugim roku na Harvardzie. Wtedy właśnie miał miejsce kryzys zakładników w Iranie. Teraz również, od czasu do czasu, ciemna karnacja Karima i jego arabskie imię wzbudzały agresję kolegów.

— To jeszcze nie jest powód do bójki. Przecież to wiesz, prawda?

Karim, już bliski łez, skinął posłusznie głową.

— Twój ojciec zawsze mawiał, że źródłem bójek jest strach jednej ze stron przed niepodjęciem walki. Utrzymywał, że trzeba prawdziwego hartu ducha, by nie podjąć wyzwania. A sam był niezwykle odważnym człowiekiem.

Karim po raz kolejny kiwnął głową. Ojciec, którego nie zdążył poznać, był w jego oczach najprawdziwszym bohaterem. Niestety, całkowicie fikcyjnym — to Jenna stworzyła go na użytek syna, jednak coraz częściej martwiły ją psychologiczne implikacje tego posunięcia. Czy przypadkiem nie stworzyła zbyt idealnego wzorca — wzorca, któremu jej syn nigdy nie zdoła dorównać? Pod względem fizycznym mężczyzna, którego wymyśliła, przypominał Alego — był drobniejszy od przeciętnej, bo na takiego również zapowiadał się Karim. Pod każdym innym względem mityczny ojciec miał cechy Philippe'a. Nie odważyła się jednak zrobić z niego lekarza: bała się, że pewnego dnia ktoś może powiązać „francuskiego doktora" z „zaginioną księżną". Tak więc Jacques Sorrel był kapitanem żeglugi, który zginął, dostarczając medyczną pomoc do pewnego dotkniętego epidemią portu w Afryce.

— No dobrze — rzuciła energicznie. — Chodźmy rozwiązać ten problem.

Chandlerów znała z widzenia: spotykali się na różnych imprezach szkolnych. Mieszkali w eleganckiej dzielnicy Beacon Hill, kilka przecznic od jej domu przy Marlborough Street.

Drzwi otworzyła pokojówka i wprowadziła Jennę oraz Karima do salonu. Niemal natychmiast pojawiła się Carolyn Chandler — wysoka blondynka o doskonałej figurze, którą zawdzięczała regularnej grze w tenisa. Uśmiechała się uroczo, choć nieco nerwowo. Zza jej pleców wyrastała potężna sylwetka Camerona Chandlera, przypominającego kordialnego, choć nieco zatroskanego niedźwiedzia. Oboje wyglądali na trzydziestokilkulatków.

— O ile rozumiem, doszło do pewnego nieporozumienia — powiedział Cameron z pobłażliwym uśmiechem, sugerującym, że nieporozumienie zapewne było błahe.

— Rzeczywiście. I przyszłam do państwa, by się upewnić, że więcej się to nie powtórzy. — Jenna się nie uśmiechała.

— Ależ — wtrąciła Carolyn — to podobno pani syn uderzył naszego syna pierwszy.

— Jeżeli tak było, to znaczy, że popełnił błąd, za który będzie musiał przeprosić. Ja jednak słyszałam, że to Josh obrażał Karima — atakował go za etniczne pochodzenie. I to musi się skończyć. Mam nadzieję, że państwo podzielacie moje zdanie.

Cameron Chandler skinął głową.

— Oczywiście, że tak. Niestety, chłopcy będą zawsze tylko chłopcami. Josh, chodź no tutaj.

Josh zdecydowanie przewyższał Karima wzrostem i wagą, i miał paskudnie rozciętą wargę.

Cameron przejął inicjatywę. Po kilku obcesowych pytaniach zdołał wreszcie dotrzeć do mniej więcej prawdziwej wersji wydarzeń, po czym kazał chłopcom uścisnąć sobie dłonie i zapomnieć o całej sprawie. Jenna nie bardzo zgadzała się z jego metodą, ale okazało się, że przyniosła ona pożądany skutek.

— Chcesz porzucać trochę do kosza? — spytał Josh Karima.

— Jasne. Mamo, czy mogę?

— Ale tylko przez chwilę.

Chłopcy wybiegli z pokoju, z widoczną ulgą uwalniając się spod kurateli dorosłych. Jenna czuła się trochę nieswojo, z wdzięcznością więc przyjęła zaproszenie Carolyn na filiżankę kawy. Cameron dołączył do nich z drinkiem w dłoni.

Chandlerowie nie byli natrętnie ciekawscy, wkrótce jednak Jenna już recytowała fikcyjną wersję swojej przeszłości, tak wielokrotnie powtarzaną, że dla niej samej przybrała już pozory prawdy. Jeśli chodzi o gospodarzy, wszystko było jasne — pochodzili ze starych bostońskich rodzin. Cameron był szefem działu inwestycji w znanym banku; Carolyn dzieliła swój czas między tenisa i działalność charytatywną. On był agresywnie przyjacielski, ona — chłodna i zdystansowana.

Jenna intuicyjnie wyczuwała, że coś ich dzieli — jednoznacznie wskazywał na to język ich ciała. Ale może po prostu posprzeczali się o zachowanie Josha.

— A więc jesteś psychologiem — odezwał się Cameron.

— Tak.

— Ależ, oczywiście! — wykrzyknęła Carolyn, nagle bardzo ożywiona. — To przecież t y! Że też wcześniej się nie zorientowałam.

— Słucham? — Jenna poczuła znajomy strach.

— Wydałaś ostatnio książkę, prawda? — ciągnęła entuzjastycznie Carolyn. — Właśnie zamierzałam ją kupić. Przeczytałam gdzieś bardzo pochlebną recenzję. *Odwieczne*...

— *Odwieczne więzy* — odparła Jenna z wielką ulgą. — Podaruję ci egzemplarz, jeśli chcesz.

Ta książka dostarczyła jej wiele satysfakcji. Była rozszerzoną wersją jej dysertacji doktorskiej, a wydało ją niewielkie wydawnictwo uniwersyteckie w nakładzie tysiąca egzemplarzy. Pewnie pozycja ta podzieliłaby los większości naukowych monografii i przepadła w ludzkiej niepamięci, gdyby nie krótka, ale wyjątkowo entuzjastyczna notatka w dziale recenzji „New York Timesa". W rezultacie do chwili obecnej sprzedano już trzydzieści tysięcy egzemplarzy i wydawca przebąkiwał coś o popularnym wydaniu w miękkiej oprawie.

— Więzy... — mruknął Cameron. — Brzmi dość perwersyjnie.

— Część moich kolegów wyraża podobne zdanie; uważają, że tytuł jest zbyt Jungowski. Ale to był wybór wydawcy.

— A o czym jest ta książka?

— O relacji, w kategoriach psychologicznych, pomiędzy męską dominacją a kobiecymi strategiami przetrwania w wybranych kulturach.

— Rany! — jęknął teatralnie Cameron. — Czy załączono wyjaśnienia po angielsku?

Nawet Jenna parsknęła śmiechem.

— Przepraszam. Trudno streścić ten temat w jednym zdaniu. Powiedzmy, że w książce opisałam sposoby adaptacji kobiet do pewnych form dyskryminacji i przemocy.

— Temat na czasie. Wyjątkowo gorący — stwierdził Cameron. — Prawdę mówiąc na tyle gorący, że muszę znowu pofatygować się do barku. Podać ci coś? — spytał Jennę, nie zaproponował jednak drinka Carolyn.

— Nie, dziękuję bardzo. Muszę się zbierać. Już i tak zajęłam wam zbyt dużo czasu.

Chandlerowie zaczęli protestować grzecznościowo. Carolyn odprowadziła ją do drzwi. Przed domem chłopcy grali w koszykówkę, jeden na jednego, niczym para najlepszych przyjaciół. Jenna przez chwilę przyglądała się ich zmaganiom. Nie miała pojęcia o tej grze, ale nie ulegało wątpliwości, że wzrost Josha jest dużym atutem. Karim jednak równoważył różnicę wzrostu niezwykłą zręcznością i przebiegłością. Gdzie się nauczył tych wszystkich uników, wprowadzania w błąd zwodniczym językiem ciała? Wzdrygnęła się. Nagle przypomniała sobie błysk noża rozcinający mrok aleksandryjskiej nocy.

Gdy wracali do domu, od czasu do czasu spoglądała na syna z ukosa. Ogarniała ją wielką czułość pomieszana ze smutkiem — Karim tak błyskawicznie dorastał! Wydaje się, że zaledwie wczoraj był jeszcze małym dzieckiem. Przez te pierwsze lata w Ameryce, gdy wspólnie uczyli się reguł nowego świata, byli sobie wyjątkowo bliscy. A teraz — jakże szybko! — wyczuwała, że syn powoli zaczyna się od niej oddalać; już w jego twarzy widziała namiastkę mężczyzny, którym wkrótce stanie się jej syn.

Wyciągnęła rękę i zmierzwiła mu włosy. Karim odskoczył, ale z szerokim uśmiechem na ustach. To była bardzo amerykańska scenka, zdecydowała w duchu Amira — niczym kadr z telewizyjnej reklamy. W al-Remal matki nigdy nie traktowały równie poufale chłopców w wieku Karima. Ale, oczywiście, jej syn nie miał o tym pojęcia. Był małym Amerykaninem. Ba, nawet ona powoli przeobraziła się w Amerykankę. Na Boga, stała się przecież zagorzałą fanką drużyny baseballowej

Red Sox. Po angielsku mówiła niemal bez obcych naleciałości — niekiedy tylko ktoś z bardzo wprawnym uchem mógł dosłyszeć cień holenderskiej wymowy, który przejęła od panny Vanderbeek. Karim za to mówił z bardzo wyraźnym akcentem — najczystszym bostońskim.

Na wskroś amerykański chłopiec. Czy jednak nie popełniła poważnego błędu?, zapytywała się tysiące razy. Poszła do Chandlerów, by bronić etnicznego dziedzictwa syna, ale czy tak naprawdę ona sama nie odarła go z tego dziedzictwa bardziej, niż mogłyby tego dokonać najgorsze wyzwiska szkolnych kolegów? Karim tak naprawdę nie miał pojęcia o swoim pochodzeniu.

W Bostonie było kilka meczetów, Jenna jednak nigdy nie zaprowadziła Karima do żadnego z nich. Opowiedziała mu co nieco o islamie, ale także i o innych religiach. Do tego wszystkiego dochodził problem praw przynależnych mu z urodzenia: był przecież księciem, pochodził z panującego rodu, a tymczasem nic o tym nie wiedział. Ba, nie znał nawet swojego prawdziwego ojca.

Zapisała Karima do prestiżowej Commonwealth School, gdzie — jak na ironię — przyjęto go z entuzjazmem, bo zależało im na większej liczbie uczniów wywodzących się z „mniejszości etnicznych". Wiedziała, że wybór szkoły był w jej wypadku koncesją na rzecz wspomnień o arystokratycznym życiu. Jej syn nie miał takich iluzji.

Pewnego dnia wyzna mu prawdę, obiecywała sobie w duchu. Na razie jednak nie ma sensu zadręczać się konsekwencjami dokonanych wyborów. Postąpiła tak, jak musiała postąpić. Od tego zależało ich życie.

— Jak myślisz, synku? Może powinniśmy wpaść do księgarni i zobaczyć, czy nie dostali jakiś nowych puzzli?

Karim podzielał jej pasję do dużych, niezmiernie skomplikowanych układanek. Może więc posiadał podobny do niej typ intelektu, zamiłowanie do rozwiązywania problemów — myślała niekiedy z nadzieją w sercu.

— Czy możemy też zamówić pizzę? — spytał z błyskiem w oku Karim.

— Świetny pomysł.

I w tym momencie, niby za dotknięciem czarodziejskiej różdżki, pierwsze oznaki oddalenia zniknęły; jej syn na powrót stał się małym chłopcem, i znów byli Karimem i Jenną, gotowymi wspólnie stawić czoło całemu światu.

Genevieve

Środy zawsze przynosiły nowe wyzwania, bo tego dnia Jenna przyjmowała trójkę popołudniowych pacjentów. I nie chodziło o to, że ich problemy były jakoś szczególnie skomplikowane — choć przypadek Colleen Dowd należał do dość złożonych. Rzecz w tym, że Jenna szczerze polubiła wszystkie trzy pacjentki i z trudem zachowywała profesjonalny obiektywizm.

Colleen Dowd miała czterdzieści pięć lat, była bezdzietna i od kilku lat rozwiedziona. Cierpiała na agorafobię. Dawniej termin ten oznaczał irracjonalny strach przed otwartymi przestrzeniami. Obecnie stosowano go w odniesieniu do całej gamy lękowych reakcji na rozmaite sytuacje, związane z przebywaniem poza strefą uznaną przez pacjenta za stuprocentowo bezpieczną. Colleen miewała ataki paniki, gdy znalazła się choćby w niewielkim oddaleniu od budynku, w którym znajdowało się jej mieszkanie.

Przez lata znacznie ograniczyła obszar fizycznej aktywności, by nie narażać się na owe przykre ataki. Nawet swoje biuro przeniosła na parter jednego z budynków przy Hanover Street — ulicy, przy której mieszkała. W czasie pierwszej wizyty była bardzo dumna, że udało jej się pokonać taksówką niewielką odległość dzielącą jej dom od gabinetu Jenny. Jak na ironię, Colleen prowadziła biuro podróży.

Zupełnie inaczej przedstawiały się problemy Barbary Aston. Była alkoholiczką uzależnioną na dodatek od barbituranów, głównie valium — co razem dawało niebezpieczną kombinację. Jej kolejnym nałogiem — bo nie sposób nazwać tego inaczej — były operacje plastyczne.

Miała czterdzieści trzy lata, a już — w desperackim wysiłku zachowania młodości i szczupłej sylwetki, by nie stracić męża, którego ponoć uwielbiała — zdążyła przejść kilkanaście zabiegów: poczynając od powiększania piersi, poprzez pełen lifting twarzy i odsysanie tłuszczu z brzucha, a na dwukrotnym poprawianiu kształtu nosa kończąc.

Jenna uznała, że zanim zaczną analizować źródła nękającego Barbarę poczucia niepewności i braku wiary w siebie, w pierwszej kolejności muszą poradzić sobie z chemicznymi uzależnieniami, które nie tylko kolidowały z procesem terapeutycznym, ale przede wszystkim stanowiły potencjalne zagrożenie życia.

Ostatnia pacjentka środowego popołudnia, Toni Ferrante, była trzydziestopięciolatką, mężatką z piętnastoletnim stażem i matką dwóch synów niewiele starszych od Karima. Była też lesbijką, co ostatecznie uświadomiła sobie zaledwie rok wcześniej. Problem w tym, że nie mogła ujawnić się ze swoimi preferencjami ani przed mężem, ani przed chłopcami, ani — przede wszystkim — przed rodzicami. Z punktu widzenia Jenny Toni była najtrudniejszą pacjentką, bo po prostu nic jej nie dolegało.

W odróżnieniu od Colleen czy Barbary nie cierpiała na żadne zaburzenia. Traktowała psychologa jak życzliwego spowiednika, który cierpliwie wysłucha jej bez potępienia, podczas gdy ona będzie zmagać się z dylematem: czy żyć w prawdzie czy w zakłamaniu.

Jenna aż nadto dobrze rozumiała problemy związane z jej wyborem i często oskarżała się w duchu o hipokryzję, a nawet szarlatanerię. Jak mogła podejmować się leczenia pacjentów, gdy sama wciąż uciekała przed własnymi problemami?

Tego popołudnia, pod koniec sesji, Toni zdecydowała się przekroczyć niepisaną granicę między pacjentem a terapeutą.

— Słuchaj, Jenno, widziałam właśnie w księgarni twoją książkę. Dlaczego na okładce nie ma twojego zdjęcia?

— W oryginale to była monografia naukowa, a w takim wypadku zazwyczaj nie drukują zdjęć.

To poniekąd była prawda, Toni jednak miała tak sceptyczną minę, że Jenna postanowiła dorzucić kolejne wyjaśnienie.

— Ponadto... — tym razem to ona przekraczała granicę — ...mój ojciec był ortodoksyjnym muzułmaninem i nie pochwalał fotografowania się. A mnie jakoś nigdy nie udało się wyzwolić z tego nakazu.

Toni uśmiechnęła się szeroko.

— Wciąż walczysz o bezwarunkową miłość tatusia, co? To akurat świetnie pojmuję.

Prawdę powiedziawszy, pomimo usilnych nalegań wydawcy, Jenna nie zgodziła się na zamieszczenie swojego zdjęcia. Uznała, że to zbyt ryzykowne.

Tak oto wygląda życie w kłamstwie.

Kiedy Toni wyszła, właśnie minęła czwarta. Jeszcze przez godzinę Karim będzie na treningu piłki nożnej. W tej dyscyplinie — ku zdziwieniu Jenny — odnosił wielkie sukcesy. Jenna spojrzała na papiery zalegające na biurku. Wkrótce będzie musiała zatrudnić sekretarkę. Sterty formularzy, rachunki i listy. Nie. Dzisiaj już się nimi nie zajmie. W zamian wstąpi na filiżankę herbaty do „Village Greenery".

W drodze do kawiarni zatrzymała się przy kiosku i poprosiła o „Star" oraz „National Enquirer". Mężczyzna, kupujący właśnie bostoński „Globe", skwitował jej wybór uśmieszkiem pogardliwego rozbawienia. Jenna przywykła do podobnej reakcji, ale to właśnie w szmatławcach — choć były parodią rzetelnego dziennikarstwa — najczęściej mogła się natknąć na informacje o bracie.

Gdy doszła do „Village Greenery", ktoś wyciągnął rękę i otworzył przed nią kurtuazyjnie drzwi. Mężczyzna, który kupił „Globe". Jeszcze kilka lat temu wpadłaby w panikę. Teraz jedynie skinęła głową w geście podziękowania. Mężczyzna usiadł przy najbliższym stoliku i zagłębił się w lekturze. Nie był szpiegiem czy myśliwym, a jedynie znużonym profesjonalistą

— może nawet także terapeutą — który skończył pracę nieco wcześniej niż zazwyczaj.

Zamówiła Earl Grey i croissanta z dżemem, po czym zaczęła przeglądać gazety. Niestety, tym razem nie było nic na temat Malika. Zazwyczaj udawało jej się znaleźć chociaż drobną notkę sugerującą, że jej brata łączy jakiś gorący romans z topową modelką czy gwiazdą filmową. Sam Malik natomiast nieustannie zapewniał, że jest szczęśliwym mężem i nie szuka przygód.

Przez lata pisano o nim: „jeden z najbogatszych ludzi na świecie". Od jakiegoś czasu zaczęto już pomijać „jeden z", zostawiając tylko „najbogatszy". Malik posiadał obecnie flotę większą od floty swojego mentora, Onassisa, i miał udziały w najróżniejszych korporacjach. Kolorowe pisma niekiedy też donosiły, że zarabia niebotyczne pieniądze na pośrednictwie w zawieraniu miliardowych kontraktów na dostawy broni do państw Bliskiego Wschodu i nie tylko.

Niekiedy napomykano również o tragicznej śmierci siostry Malika, remalskiej księżnej.

Dwa razy Jenna natknęła się na fotografie Genevieve — uśmiechniętej i nieco tęższej niż w czasie ich jedynego, fatalnego spotkania.

Raz też zamieszczono zdjęcie Laili. Była wysoka, jak na swój wiek, bardzo szczupła i patrzyła w obiektyw z wyraźną złością.

Jenna nigdy nie dała znać Malikowi, że ona i Karim wciąż żyją. To była dla niej najboleśniejsza decyzja — rana, która nie chciała się zabliźnić. Ale Jenna bała się nawiązać kontakt z bratem. Minęło siedem lat, a ona wciąż odczuwała lęk.

Na początku było jej dużo łatwiej. Wówczas nie ulegało wątpliwości, że nikt nie może się o niczym dowiedzieć. Żyła jak ukrywający się uchodźca. Koniec, kropka. Jeśli ktoś stał trochę dłużej po drugiej stronie ulicy, szedł za nią przez dwie przecznice, czy choćby posłał jej przeciągłe spojrzenie na dziedzińcu uniwersyteckim, od razu wpadała w panikę, że Ali ją odnalazł.

Ale ten strach — strach, z którym budziła się i zasypiała i który niekiedy prześladował ją w snach — stał się już przeszłością. Wciąż jeszcze zachowywała pewną ostrożność — jak na przykład w sprawie zdjęcia na okładkę — ale już nie uznawała każdego drobnego kliknięcia w telefonie za dowód na istnienie podsłuchu.

Mimo to nie mogła się zdobyć na nawiązanie kontaktu z Malikiem. Jej brat prowadził zbyt bujne i wystawne życie, był wciąż otoczony głodnymi sensacji reporterami i agresywnymi paparazzi. W tej sytuacji jej sekret wkrótce przestałby być sekretem. I co wtedy by się stało? Malik dysponował wielkimi pieniędzmi, ale jego miliony — a nawet miliardy, jeśli wierzyć gazetom — i tak nie mogły się równać z niewyobrażalną fortuną remalskiej rodziny królewskiej. Czy brat zdołałby ochronić ją i Karima przed Alim? Na jak długo? Czy zdołałby sobie samemu zapewnić ochronę?

Dlatego lepiej, żeby wszystko pozostało bez zmian. Do tej pory Malik już z pewnością pogodził się z jej śmiercią. Tak jak ojciec, ciotki i Bahia — wszyscy, których znała w poprzednim życiu.

Wszyscy, z wyjątkiem Alego.

W tych samych brukowcach, z których czerpała wiedzę o bracie, wyczytała, że jej mąż pojął kolejną żonę i ma z nią przynajmniej jednego syna. To jednak niczego nie zmieniało. Gdyby odkrył, że Jenna i Karim nadal żyją, rzuciłby się na nich niespodziewanie i bezlitośnie jak sokół.

Lepiej więc zachować prawdę tylko dla siebie.

Mimo że to bolało.

— Jenna? Mogę się przysiąść?

Podniosła wzrok i zobaczyła Carolyn Chandler.

— Oczywiście. Co za miła niespodzianka.

— Zdaje się, że przeszkodziłam ci... w lekturze. — Wskazała głową na „Star" i „National Enquirer".

Jenna parsknęła śmiechem.

— Przyłapałaś mnie. Przyznaję się do występku. Ale to jedyny, jakiego się dopuszczam. A w każdym razie najpoważniejszy.

Carolyn usiadła przy stoliku. Miała na sobie czarną spódnicę i szarą jedwabną bluzkę, co nadawało jej oficjalny wygląd.

— Sama od czasu do czasu je przeglądam — wyznała po chwili. — Widziałaś ten artykuł w zeszłym tygodniu: „Krowy wykorzystywane seksualnie przez kosmitów"?

— Nie. Ach, ci nieszczęśni kosmici. Cierpią na tak poważne zaburzenia, że wcale się nie zdziwię, jak kilku z nich wkrótce zgłosi się do mnie na leczenie.

— Albo oni, albo jakaś ciężko doświadczona krowa — dorzuciła Carolyn i rozejrzała się po kawiarni. — Świat jest naprawdę mały. Nigdy wcześniej tu nie byłam; weszłam pod wpływem chwilowego impulsu. Czy mieszkasz gdzieś w pobliżu?

— Stosunkowo niedaleko. A tylko o przecznicę stąd znajduje się mój gabinet.

— A więc jesteś nie tylko autorką książek, ale i praktykującym psychiatrą.

— Psychologiem.

Pojawiła się kelnerka i Carolyn zamówiła cappuccino.

— Czy zauważyłaś — zapytała, gdy dziewczyna odeszła od stolika — że nasi synowie stali się nierozłączni?

— Rzeczywiście, ostatnio często słyszałam coś w rodzaju: „ja i Josh".

Siedziały przy oknie i późnopopołudniowe światło pięknie podkreślało opaleniznę Carolyn i orzechową barwę jej oczu. Wydawała się o wiele serdeczniejsza niż przy pierwszym spotkaniu. No, ale wtedy czuła się zepchnięta do defensywy z powodu zachowania Josha.

— Czyż to nie zdumiewające, że mali chłopcy w jednej chwili są gotowi walczyć do upadłego, a w następnej stają się najserdeczniejszymi przyjaciółmi? — powiedziała Carolyn, jakby czytając w myślach Jenny. — Podobnie zresztą dorośli mężczyźni. Osobiście mogłabym przysiąc, że należą do innego gatunku — może to oni są permanentnie przebywającymi na ziemi kosmitami. Kiedy byłam jeszcze w szkole średniej, dziewczyna o nazwisku Sarah Stubblefield uderzyła mnie w twarz. I od razu zapałałam do niej gorącą nienawiścią. A jeśli mężczyzna uderzy kobietę, to przecież tym bardziej niewybaczalne, prawda?

— Prawda — zgodziła się Jenna, chociaż uważała, że to bardziej skomplikowana kwestia. — Jednak i w przypadku mężczyzn nie wszystko jest takie proste. Tam, gdzie dorastałam, jeżeli mężczyzna uderzył drugiego mężczyznę, stawali się natychmiast śmiertelnymi wrogami. I któryś z nich rzeczywiście mógł to przypłacić życiem.

Gdy tylko to powiedziała, przypomniała sobie, jak Malik rozłożył na łopatki Alego w ogrodzie jej ojca i pod stołem skrzyżowała palce od złego uroku.

Carolyn potrząsnęła głową.

— Ja i tak uważam, że są odrębną rasą. Czemu jednak zaczęłyśmy prowadzić tę przygnębiającą dyskusję?

Wyciągnęła paczkę papierosów Virginia Slims, zanim jednak zdążyła zapalić, kelnerka przyniosła jej kawę. Jenna tymczasem zerknęła na zegarek.

— Carolyn, bardzo mi przykro, ale muszę już lecieć. W piecu trzymam potrawkę, która być może stwardniała już na kamień, a tymczasem lada chwila Karim wróci do domu. Zawsze po treningu zachowuje się jak wygłodniała szarańcza.

— Tak samo Josh — przyznała Carolyn. — Poczekaj, aż wejdą w wiek dojrzewania. Zamiast sztućców będziemy musiały podawać im widły i łopaty.

— Miło było się z tobą spotkać. Cieszę się, że nie zignorowałaś swojego impulsu.

— Ja również. Słuchaj, zaprosiliśmy kilkoro znajomych na brunch w niedzielę. To będzie bardzo niezobowiązujące spotkanie. Bylibyśmy zachwyceni, gdybyś zechciała przyjść. I koniecznie zabierz Karima — Josh będzie ci dozgonnie wdzięczny.

Jenna nie wiedziała, co powiedzieć. Bardzo rzadko przyjmowała jakiekolwiek zaproszenia. Wynikało to ze strachu, oczywiście: w tłumie wielu twarzy ktoś w końcu mógł ją rozpoznać. Przez lata, nie zdając sobie z tego sprawy, wzniosła wokół siebie twierdzę, którą rzadko miała odwagę opuszczać.

— Przepraszam, że tak na ostatnią chwilę... — powiedziała Carolyn.

Jenna szybko podjęła decyzję.

— Nie ma o czym mówić. To bardzo miło z twojej strony. A więc przyjdę.

— Cudownie, już się cieszę. Jeśli chcesz, przyprowadź kogoś ze sobą. Im więcej nas, tym weselej.

— Myślę, że ograniczę się do Karima. Dziękuję. O której mamy się zjawić?

— Koło jedenastej. Jak mówiłam, to luźne spotkanie. Większość z nas będzie poubierana w dresy i stare uniwersyteckie bluzy.

Już w drodze do domu Jenna zaczęła żałować, że przyjęła zaproszenie. Co też ją podkusiło? Carolyn wydawała się dość miła, ale przecież tak naprawdę nic je nie łączyło — nic poza tym, że Josh i Karim chodzili do tej samej klasy.

Może po prostu miała już dość pustelniczego życia?

„Przyprowadź jeszcze kogoś". Gdybyż tylko Carolyn wiedziała, na jaką zakrawało to kpinę. W ciągu siedmiu lat pobytu w Bostonie właściwie nawet nie była na randce. I to nie z braku możliwości. Na studiach kilkunastu jej młodych kolegów — i paru już nie takich młodych profesorów — aż nazbyt wyraźnie okazywało jej swoje względy. Wszystkich jednak odrzucała. W owym czasie była przekonana, że po Alim i Philippie nie spotka już nikogo, z kim chciałaby się związać. Jeden zraził ją do mężczyzn swoim okrucieństwem; drugi był tak idealny, że nikt nie miał szans mu dorównać.

Czas jednak upływał nieubłaganie. Jenna miała trzydzieści lat i czegoś zaczynało brakować jej w życiu. Coraz częściej zastanawiała się, czy to możliwe, że zwiąże się jeszcze z kimś szczególnym, nie zważając na fakt, że była mężatką, odrzucając wszystkie inne zahamowania.

Niewykluczone, że właśnie dlatego przyjęła zaproszenie Carolyn. Może miała nadzieję, że nagle wydarzy się coś dobrego — coś, co odmieni jej życie.

Weszła do domu i od razu ogarnęło ją znajome poczucie dumy i bezpieczeństwa. Wprowadziła się tu rok temu, gdy gabinet zaczął przynosić niezłe dochody. Dwie sypialnie, trzecia przerobiona na gabinet. Mieszkanie było dość kosztowne, ale nie tak niebotycznie drogie, jak to pierwsze, w którym zamieszkała po przyjeździe do Bostonu.

Biedna bogata dziewczynka — nie miała wówczas za grosz wyczucia! Przyzwyczajona do luksusu uważała, że studenckie mieszkania jej kolegów to straszne nory, właściwie nie nadające się do życia. Po intensywnych poszukiwaniach znalazła więc luksusowy apartament z pięcioma sypialniami przy Commenwealth Avenue — ulicy przypominającej w charakterze francuskie bulwary. W jednej sypialni natychmiast zainstalowała nianię dla Karima, w drugiej — kucharkę pełniącą jednocześnie funkcję pokojówki. Uznała, że ograniczy się do tego niezbędnego minimum służby, bo postanowiła nie zwracać na siebie uwagi zbytkownym stylem życia.

Kiedy teraz o tym myślała, ogarniał ją pusty śmiech. Jej ignorancja była wtedy przerażająca. Ówczesna Jenna nie miała pojęcia, ile kosztuje żywność i czym zajmuje się hydraulik. Nie przyszło jej nawet do głowy, że w Stanach służba oczekuje co najmniej jednego dnia wolnego od pracy, a właściciel mieszkania — nawet najbardziej ekskluzywnego — wymaga, by czynsz wpływał regularnie, pierwszego dnia każdego miesiąca. Po półtora roku musiała w końcu spojrzeć prawdzie w oczy: jej rezerwy finansowe topniały w zastraszającym tempie, a nie miała przecież bogatego męża czy ojca, który mógłby je uzupełnić. Wówczas zdecydowała się na niewielkie mieszkanie położone milę od campusu, zwolniła niańkę i kucharkę oraz szybko zapoznała się ze żłobkami i supermarketami.

Razem z Karimem byli szczęśliwi w tym małym mieszkaniu przez kolejne pięć lat.

Potrawka perkotała apetycznie. Jej aromat mile unosił się

w całym mieszkaniu, dodając swojskiej, domowej atmosfery. „Przyprowadź jeszcze kogoś". Czy naprawdę chciała opuszczać swoją przytulną ciepłą twierdzę na rzecz bezdusznego, okrutnego świata?

Usłyszała klakson mikrobusu wożącego uczniów na treningi, a po chwili na schodach rozległ się tupot stóp.

— Cześć, mamo! Zgadnij, ile goli?

— Dwa?

— Trzy!

— Kto stał na bramce?

— Josh.

— Ach, tak. I nie boczył się na ciebie?

— Hm? Nie, co ty. Przecież jesteśmy kumplami. Poza tym to nie jego wina, że inne chłopaki nie mogą mnie zatrzymać.

— Ho, ho! Oto przemówiła wielka gwiazda!

Karim zignorował ten delikatny przytyk do jego samochwalstwa.

— Czy możemy dzisiaj zjeść szybciej, mamo? Zanim odrobię lekcje? Coś super pachnie, a ja w p r o s t k o n a m z głodu.

— Dobrze. Ja jednak tylko popatrzę, jak jesz. Przekąsiłam coś szybkiego po pracy.

Usiedli przy kuchennym stole i rozmawiali o szkole oraz o piłce nożnej, a Karim w tym czasie pochłonął dwie miseczki potrawki. Jakże dobrze było tak siedzieć razem z synem. Stanowili najmniejszą możliwą rodzinę, ale za to byli sobie bardzo bliscy. W takich chwilach Jenna mogła szczerze powiedzieć, że czuje się szczęśliwa.

— Pooglądamy teraz telewizję, mamo?

— Sprytny chwyt. Ale najpierw lekcje.

— Ooo raaany... — jęknął, ale posłusznie złapał za torbę z zeszytami i powlókł się do swojego pokoju.

Na Jennę też czekało kilka książek z biblioteki oraz setka nowych, czystych fiszek. Nie mogła jednak wykrzesać z siebie energii, by zająć się pracą. Kiedy Karim zniknął w swojej jaskini, przez chwilę kręciła się bez celu po mieszkaniu. „Przyprowadź jeszcze kogoś". Oczywiście tego nie zrobi. Gdyby jednak musiała, którego ze swoich kolegów po fachu lub znajomych zaprosiłaby do Carolyn? Żadnego. A gdyby mogła wybierać spośród wszystkich mężczyzn na świecie, kogo by wybrała? Nikogo. A gdyby miała sobie wymyślić jakąś fikcyjną postać, jaka by ona była? Bez wątpienia taka jak Philippe. Nagle tęsknota za nim stała się tak dojmująca, że zaczęła sprawiać jej fizyczny ból. „Nie jesteśmy dla siebie straceni". Czy to możliwe, że jakaś jego cząstka wciąż tkwiła u jej boku? Że Philippe wiedział o jej miłości, widział jej samotność?

Przestań, napomniała się w duchu. Ze wszystkich emocjonalnych reakcji, z którymi miała do czynienia w swojej pracy, najbardziej powszechne i najmniej produktywne było użalanie się nad własnym losem.

Żeby oderwać się od smutnych myśli, Jenna włączyła wiadomości telewizyjne. Dan Rather i kilku innych dziennikarzy omawiało właśnie kompromis zawarty przez prezydenta Reagana z demokratami zasiadającymi w Kongresie. Jenna słuchała tylko jednym uchem, przekonana, że nigdy nie pojmie niuansów, którymi rządziła się amerykańska polityka. Dwie partie prowadziły ze sobą ostre polemiki, ale tak naprawdę niczym się nie różniły. Zaczęła szukać gazety z programem, gdy jej wzrok przykuło zdjęcie kobiety pokazywane właśnie na ekranie. Ta twarz była przecież znajoma...

— Dziś we Francji doszło do tragedii — oznajmił Rather. — Genevieve Badir, żona magnata międzynarodowej finansjery, Malika Badira, zginęła w wypadku drogowym. Według ustaleń policji jej mercedes zderzył się czołowo z ciężarówką w pobliżu miasta Saint-Tropez, gdzie Badirowie mają jedną ze swoich letnich rezydencji.

Jenna zaczęła nerwowo naciskać guzik zwiększający głośność, tymczasem prezenter wiadomości kontynuował relację:

— Madame Badir, niegdyś popularna piosenkarka, w pamięci przyjaciół skromna kobieta o wielkim sercu, jechała sama do ulubionej restauracji. Źródła zbliżone do rodziny podają, że

Malik Badir miał towarzyszyć żonie, ale w ostatniej chwili odwołały go pilne obowiązki.

Nazwisko Badira łączy się z transakcjami prowadzonymi przez wysokie koła wojskowe i rządowe Francji oraz wielu innych państw świata, jednak władze z całą stanowczością utrzymują, iż śmierć pani Badir nastąpiła na skutek nieszczęśliwego wypadku, a nie zamachu czy innego planowego działania. Kierowca ciężarówki, który również zginął na miejscu, był, cytuję: „w stanie głębokiego upojenia alkoholowego". Genevieve Badir zginęła dzisiaj we Francji w wieku trzydziestu sześciu lat.

Twarze Rathera i Genevieve ustąpiły miejsca reklamie. Jenna tępo wpatrywała się w ekran.

— Nie! — Usłyszała po chwili swój własny głos. — Nie, nie, nie, nie!

Była zbyt zaszokowana, żeby płakać. Biedna Genevieve. Poza tym krótkim spotkaniem w al-Remal, gdy Jenna poczuła przypływ wielkiej sympatii do szwagierki, nigdy się więcej nie zobaczyły, i już nigdy nie będą miały okazji się poznać.

Zaczęła skakać po kanałach w nadziei, że usłyszy coś więcej na temat wypadku. Jednak nie natknęła się na żadne informacje, zaczęła więc odtwarzać reporterską relację z pamięci. I w tym momencie uderzyła ją jedna myśl: niewiele brakowało, a Malik również byłby w tym samochodzie. Mógł zginąć ze świadomością, że jego siostra umarła dawno temu. I nagle ogarnęło ją głębokie poczucie winy.

Wyłączyła telewizor, rzuciła się do szuflady biurka i wyciągnęła kartkę białego papieru, na której napisała:

„Najdroższy Bracie,

współczuję Ci z całego serca. Mogę sobie jedynie wyobrazić, jak bardzo cierpisz po tej stracie. Chciałabym Cię przytulić i ukoić w bólu. Ale nie mogę. Błagam, przebacz, że i ja przysporzyłam Ci zmartwień. Nie podjęłam tej decyzji z lekkim sercem, mam nadzieję, że zrozumiesz, iż nie miałam innego wyjścia.

Czasami jest mi ciężko i czuję się samotna, ale zdrowie mi dopisuje. Karim też, dzięki niech będą Najwyższemu, rośnie zdrowo i szczęśliwie. Udało mi się osiągnąć sukces zawodowy w dziedzinie, która zawsze bardzo mnie interesowała. Właśnie praca i syn dają mi energię do życia. Mam nadzieję, że Ty również znajdziesz pocieszenie w miłości, jaką darzy cię córka, i w świadomości, że nieustannie o Tobie myślę. Najgoręcej pragnę, żebyśmy jeszcze kiedyś się spotkali".

Wyśle ten list jutro z samego rana — żeby nie zdążyła się rozmyślić. Ale gdy już nadszedł ranek, opadły ją wątpliwości i strach. Jeżeli wrzuci list do najbliższej skrzynki, stempel pocztowy zdradzi miejsce jej pobytu. Powinna więc pojechać do jakiegoś małego prowincjonalengo miasteczka albo wręcz do innego stanu — Rhode Island czy Connecticut. Może nawet do Nowego Jorku. Wsunęła kopertę do torebki. Na pewno wyśle tę wiadomość Malikowi, obiecywała sobie w duchu. Na pewno. Ale jeszcze nie teraz.

Carolyn

Jenna była tak pochłonięta myślami o śmierci Genevieve i wpływie, jaki to straszne zdarzenie musiało wywrzeć na Maliku i Laili, że zapomniałaby o niedzielnym brunchu, gdyby Carolyn nie zadzwoniła i jej o nim nie przypomniała. Nie miała najmniejszej ochoty iść do Chandlerów, jednak kiedy rozmawiała z Carolyn, nie przyszła jej do głowy żadna sensowna wymówka. Dlatego obiecała, że się zjawi.

Impreza okazała się całkiem przyjemna — daleka jednak od przygody, o jakiej marzyła i jakiej na swój sposób lękała się Jenna. Wszyscy poza nią chodzili do tego samego college'u, znali tych samych ludzi i te same opowieści. W powietrzu unosiła się atmosfera typowa dla Beacon Hill. Jedyny singiel, prawnik w wielkiej firmie — w dość oczywisty sposób zaproszony jako towarzysz dla Jenny — wypił kilka drinków i zaczął nostalgicznie wspominać swoją byłą żonę. Okazało się, że akurat tego dnia przypadała pierwsza rocznica ich rozwodu.

Pod wieczór Carolyn zadzwoniła z przeprosinami. Niemiłosiernie kpiła sobie z nieszczęsnego prawnika, a Jenna nie mogła powstrzymać się od śmiechu. I tak oto zaczęła się jej przyjaźń z matką Josha.

Była to dość dziwna relacja. Carolyn, kilka lat starsza, próbowała zostać jej mentorką, więc niestrudzenie wtajemniczała Jennę w niuanse amerykańskich — a przynajmniej bostońskich — poglądów na modę, makijaż i dekorację wnętrz. Zaczęła namawiać swoją nową przyjaciółkę, żeby zaczęła grać w tenisa, i Jenna, chcąc sprawić jej przyjemność, zapisała się nawet na kilka lekcji. Rezultaty były opłakane; pewnego ranka trener wprost jej poradził, żeby zajęła się czymkolwiek, tylko nie tenisem. „Jenno, ty po prostu nie jesteś w stanie trafić rakietą w piłkę".

Carolyn przyjęła dominującą rolę w kwestiach towarzyskich, natomiast szukała u Jenny wsparcia emocjonalnego. Nie ulegało wątpliwości, że bardzo potrzebuje powierniczki, i to spoza kręgu wieloletnich znajomych. Mimo to rzadko pozwalała sobie na zwierzenia, a jeśli już — to jedynie bardzo fragmentaryczne. Wszystkie zresztą, co było do przewidzenia, dotyczyły jej męża.

Jenna nie potrafiła rozgryźć Camerona Chandlera. Jego stosunek do niej był z początku wylewnie serdeczny, potem ledwo uprzejmy, w końcu zaś niemal wrogi. Rozumiała, że z jakiegoś powodu jej przyjaźń z Carolyn wzbudzała w nim poczucie zagrożenia; ale ostatecznie wielu mężczyzn miało taki stosunek do przyjaciółek swoich żon. Po jakimś czasie zdecydowała się jednak poruszyć ten temat z Carolyn.

— Proszę, Jenno, nie zwracaj na niego uwagi. Cameron w ten sam sposób reaguje na moją rodzinę. Zatraca przy nich poczucie pewności siebie, dlatego wmawia sobie, że ich nie lubi. Wymyśla ku temu najdziwaczniejsze powody, zupełnie nonsensowne. Choć to, oczywiście, poważny problem.

— Czemu zatraca przy nich poczucie bezpieczeństwa?

— Naprawdę chcesz wiedzieć? Nie jestem pewna, czy to pojmiesz. Wszystko sprowadza się do tego, że choć jego rodzina od kilku pokoleń jest zamożniejsza od mojej, to my przybyliśmy do Bostonu dwieście lat przed nimi.

Dla Jenny nie był żadną nowością fakt, że różnice w społecznym prestiżu rodziny mogły stać się źródłem poważnych kłopotów małżeńskich. Choć na początku swojego pobytu w Stanach nie mogła się nadziwić, że Amerykanie przykładali do tych spraw niemal równie wielką wagę jak Remalczycy.

Obywatele USA, których poznała na Bliskim Wschodzie, nigdy nie wspominali przodków dalszych niż dziadkowie, a gdy o nich opowiadali, często podkreślali, że byli ubogimi, ciężko pracującymi ludźmi. W każdym razie wytłumaczenie Carolyn — że zderzenie wiekowości jej rodu z bogactwem rodziny Camerona to główny powód napięć w ich małżeństwie — wydało się Jennie nieprawdziwe. Mogło jedynie stanowić symptom innego, głębszego problemu. Nie wyjaśniało także zdecydowanej niechęci Camerona do Jenny.

Kilka miesięcy później, gdy przyjaźń z Carolyn się pogłębiła, Jenna nie miała już najmniejszych wątpliwości, że w związku Chandlerów działo się coś bardzo złego. Drobne uwagi, które pozornie wydawały się przejęzyczeniami, niuanse w intonacji, wskazywały na głęboki wzajemny brak szacunku, a jednocześnie na rozpaczliwe, emocjonalne uzależnienie zakrawające na zaborczość. Zadawanie jakichkolwiek pytań nie miało żadnego sensu. Carolyn, jak tylko chciała, potrafiła wykazać się przysłowiową dyskrecją wyższych sfer Nowej Anglii. Natomiast każda sugestia, że profesjonalna terapia mogłaby pomóc im obojgu, spotykała się z żartobliwym, ale natychmiastowym odrzuceniem.

— Daj spokój, Jenno, w naszych kręgach to nie do pomyślenia. Jeśli komuś odbija, wysyłamy go do Nowego Jorku lub Princetown, gdzie i tak nikt tego nie zauważy.

Z drugiej strony, ilekroć Carolyn zdyskredytowała w jakiś sposób Camerona, wykazywała się wyjątkową elokwencją w wyszukiwaniu rozmaitych usprawiedliwień dla jego zachowań. Ulubionym motywem były stresy zawodowe.

— Wiesz, kiedy Cameron zaczynał pracę w banku, przecież całkiem niedawno temu, było to wciąż zajęcie dla dżentelmenów (przynajmniej w Bostonie — nie mogę, oczywiście, wypowiadać się na temat innych miejsc). A teraz nagle pojawiło się mnóstwo wygłodniałych japiszonów w krzykliwych krawatach i z dyplomami MBA, pracujących po dwadzieścia godzin dziennie i zgłaszających projekty, za które jeszcze dziesięć lat temu wylądowaliby w więzieniu. Cameron nie może się w tym odnaleźć. Bogu dzięki, że jego ojciec zasiada w zarządzie. Choć przecież nie będzie zasiadał tam wiecznie.

Pewnego pogodnego wiosennego dnia Jenna odkryła niespodziewanie, jak wiele łączy ją z Carolyn. Siedziały na szkolnym meczu piłki nożnej. Josh, ze swoim potężnym zasięgiem ramion, stał na bramce. Karim — ku wielkiemu zdumieniu Jenny — zapowiadał się na wspaniałego napastnika; był szybki i zwinny niczym mangusta. Przemykał wśród roślejszych obrońców, którzy przy jego sprawności zdawali się wrośnięci w ziemię. Według słów trenera, Karim miał tylko jedną wadę — zbyt niechętnie podawał piłkę kolegom z drużyny.

Gra była bardzo zacięta, lecz pomimo kilku efektownych parad Josha, Carolyn prawie nie ruszała się ze swojego staromodnego krzesełka — brytyjskiej spacerowej laski, która rozkładała się w skórzane siedzisko o pojedynczej metalowej nodze. Zapewne dziadek Carolyn korzystał z tego udogodnienia, gdy polował na grubego zwierza w towarzystwie Teddy'ego Roosevelta. Nie było to jednak zbyt stabilne miejsce do siedzenia i gdy w pewnym momencie Carolyn wychyliła się zbytnio do przodu, musiała podeprzeć się rękami. W tym samym momencie jęknęła z bólu i opadła na kolana.

Jenna natychmiast znalazła się u jej boku.

— Mój Boże! Coś ci się stało?

— Tylko pomóż mi wsiąść do samochodu — wyszeptała Carolyn przez zaciśnięte zęby.

Kiedy znalazła się już na siedzeniu kierowcy, zaczęła płakać.

— Sukinsyn! Chyba połamał mi żebra!

— Cameron?! Cameron cię uderzył?

— Owszem. Uderzył. Tylko tak, żeby nie było widać. To jego specjalna sztuczka.

Jenna nie wierzyła własnym uszom.

— Chcesz powiedzieć, że robił to wcześniej?

— Tak — odparła Carolyn, ale już przybrała minę, która zawsze oznaczała zakończenie tematu.

— Carolyn, posłuchaj mnie uważnie. Potrzebujesz pomocy. Oboje potrzebujecie pomocy — Cameron także. — Carolyn zacisnęła usta. — Ja dobrze w i e m, o czym mówię. Wiele moich pacjentek przechodziło przez podobny koszmar. Musisz natychmiast od niego odejść; zostając, ryzykujesz życie. Potem oboje powinniście podjąć trapię.

Carolyn posłała jej niemal nienawistne spojrzenie.

— Ja nie jestem pacjentką z kliniki pomocy społecznej. I nie potrzebuję terapii. Muszę sprawić jedynie, żeby Cameron znów był tym mężczyzną, za którego wyszłam za mąż.

Poczucie *déjà vu* przyprawiło Jennę o mdłości. Jak wiele razy Jenna — Amira — myślała to samo o Alim?

Carolyn zacięła się w sobie. Jak na swoje standardy, i tak powiedziała za dużo. Przez następny tydzień, ilekroć Jenna do niej dzwoniła, pokojówka twierdziła, że pani Chandler nie ma w domu.

Aż pewnego wieczoru Carolyn sama do niej zatelefonowała. Żartowała, opowiadała o jakiś banałach. Zachowywała się, jakby nigdy nic się nie stało. Kiedy Jenna próbowała poruszyć temat Camerona, Carolyn odparła stanowczo: „Wszystko w porządku". Przesłanie było oczywiste — nigdy więcej nie należy wspominać o przykrym incydencie.

Po tym wszystkim Jenna i Carolyn nadal się spotykały — chodziły razem do teatru, na szkolne mecze futbolowe, na herbatę i cappuccino do „Village Greenery". Ale już nic nie było tak jak przedtem. Jenna miała nadzieję, że Carolyn jeszcze się otworzy — że będzie mogła podzielić się z przyjaciółką swoimi doświadczeniami i wiedzą — ale nic podobnego się nie zdarzyło. Na szczęście, przynajmniej na pierwszy rzut oka, Cameron więcej nie zaatakował fizycznie żony.

Jenna miała swoją pracę. Carolyn — tenisa i akcje charytatywne.

Stopniowo zaczęły się od siebie oddalać. Po pewnym czasie właściwie przestały się przyjaźnić.

Incydent w Toronto

Odwieczne więzy uczyniły z Jenny znaną postać w kręgach akademickich, szczególnie wśród naukowców zgłębiających idee feminizmu. Jednym z rezultatów jej popularności były nieustannie płynące zaproszenia na wszelkiego rodzaju konferencje i sympozja, które Jenna konsekwentnie odrzucała.

Media zasadniczo ignorowały niewielki, hermetyczny świat nauki, mimo to każde wystąpienie publiczne nadal wydawało się jej ryzykowne. Gdy jednak pewnego dnia zwrócono się do niej z prośbą, by wzięła udział w dyskusji panelowej na temat: „Kobiety, historia i terapia" na konferencji w Toronto, Jenna wyraziła zgodę na wystąpienie. Temat był ważny i interesujący, a sama impreza miała się odbyć poza krajem jej zamieszkania.

Po latach spędzonych w Bostonie Toronto wydało się jej niezwykle czyste i spokojne, jego mieszkańcy uprzejmi i wyciszeni, a wszystko naraz dość nużące i nudne. Nie było tu brudu ani zagrożeń typowych dla amerykańskich miast, ale jednocześnie brakowało charakterystycznej dla Ameryki aury budzącej nadzieję, że w każdej chwili może wydarzyć się coś nowego i wspaniałego.

Restauracje, w których jadali posiłki, były elegancko urządzone i oferowały dobre dania, ale niemal zaraz po wyjściu ich wnętrza i smaki ulatywały z pamięci. Sam uniwersytet nie przypominał Harvardu, a raczej przysyłane przez Malika zdjęcia wypielęgnowanych trawników college'u Victoria. I czemu jeden z kanadyjskich profesorów, który okazał jej wyjątkowe zainteresowanie, niemal uciekł, gdy potraktowała go z typową dla siebie rezerwą?

Wszystko to ostatecznie sprawiło, że poczuła radosną ulgę, gdy nadszedł czas powrotu do Bostonu.

I wówczas, na lotnisku, doszło do drobnego, przypadkowego zdarzenia, z gatunku tych, które częściej i dogłębniej zmieniają ludzkie życie niż wojny, epidemie czy wielkie klęski żywiołowe. Lot Jenny był opóźniony, poszła więc do kawiarni. Popijała herbatę i zastanawiała się, co w tej chwili porabia Karim, ale chcąc nie chcąc, słyszała także rozmowę prowadzoną przez mężczyzn siedzących w sąsiedniej loży. Najwyraźniej ich drogi krzyżowały się już wielokrotnie podczas poprzednich podróży służbowych. Po krótkiej pogawędce na temat żon i dzieci jeden z mężczyzn — mówiący z brytyjskim akcentem — oznajmił z przejęciem:

— Dwa dni temu, w Rzymie, spotkała mnie przygoda mrożąca krew w żyłach. Zaprosiłem klienta do restauracji „Checchino dal 1887". I wyobraź sobie, że ledwo złożyliśmy zamówienie, rozpętało się istne piekło. Wszędzie zaczęły padać kule z broni maszynowej i wszyscy goście — łącznie ze mną — rzucili się pod stoły.

— Co to było, na Boga? Mafijne porachunki?

— Podobno próba porwania. Celem miała być córka jakiegoś cholernego miliardera, który akurat przyszedł tam na kolację. Nazywał się chyba Badir.

Jenna nagle zobaczyła mroczki przed oczami.

— Ale po co w takim razie ta cała strzelanina?

— Ponoć ochroniarz, siedzący na zewnątrz, zorientował się w sytuacji i otworzył ogień. To rozpoczęło strzelaninę. Wierz mi, przeżyłem najstraszniejsze chwile mojego życia. Nigdy nie walczyłem na wojnie, ale...

— Czy były ofiary w ludziach?

— Obaj porywacze nieźle oberwali. Poza tym chyba dwóch policjantów i kilku gości, łącznie z tym miliarderem.

Jenna poderwała się z miejsca.

— Malik został ranny?

— Słucham panią?

— Malik Badir — czy został ranny?

— Tak, ale zdaje się niegroźnie.

— A Laila, czy z nią wszystko w porządku?

— Laila?

— Dziewczyna, którą chciano porwać. Córka Malika.

— Nic jej się nie stało — tylko bardzo się zdenerwowała. Mówi pani tak, jakby znała tych ludzi.

— Ja... jestem znajomą rodziny. Jest pan pewien, że Malik Badir nie odniósł poważnych obrażeń?

— Cóż, siłą rzeczy nie mogę znać wszystkich szczegółów. Tam, w restauracji, wydarzenia potoczyły się w piorunującym tempie, więc większość informacji wyczytałem w „Le Monde" — tego samego wieczoru wyleciałem z Rzymu do Paryża.

— A więc opisano wszystko w „Le Monde"?

Musi zdobyć ten egzemplarz. Z pewnością na tym lotnisku znajdzie stoisko z międzynarodową prasą.

Tymczasem Brytyjczyk zaczął przerzucać papiery w swojej dyplomatce.

— ...niewykluczone, że mam jeszcze tę gazetę... Och, oto i ona. — Podał pismo Jennie. — Proszę ją zatrzymać. Najwyraźniej ta sprawa dotyczy pani osobiście. Jeśli mogę spytać...

— Dziękuję — rzuciła pospiesznie Jenna, zanim mężczyzna zdołał jej zadać jakiekolwiek pytanie. — Najgoręcej panu dziękuję.

W hali odlotów przeczytała pilnie cały artykuł. Wszystko odbyło się tak, jak opisał koledze Brytyjczyk. Laila nie ucierpiała. Malik został „boleśnie, ale niegroźnie" zraniony w ramię.

Chwilę później wywołano jej lot. Gdy szukała w torebce biletu, natknęła się na list zaadresowany do brata. Do tej pory jeszcze go nie wysłała. W pobliskim kiosku na szczęście mieli znaczki, a kasjerka pokazała jej, gdzie stoi skrzynka pocztowa. Jenna pospiesznie wrzuciła do niej list, by nie zdążyły ogarnąć ją wątpliwości.

A więc w końcu to zrobiłam, powtarzała sobie w duchu, biegnąc do samolotu. Jakie jednak będą skutki tego czynu?

Laila

W ciągu kolejnych kilku tygodni Jenna zastanawiała się, jakie wrażenie wywarł na Maliku jej list. Czy jedynie ogarnęła go ulga, że siostra nadal żyje? Czy raczej wpadł w szał, że go tak oszukała? A może odczuwał jedno i drugie naraz? Czy gdyby się spotkali, wciąż łączyłaby ich dawna, szczególna więź? Czy może byliby dwojgiem całkiem obcych sobie ludzi? I na jaką dziewczynę wyrosła Laila, po latach życia w świetle jupiterów skierowanych na jej ojca, miliardera?

Niespodziewanie brukowe gazety przestały publikować artykuły na temat Malika. Może zaszył się w jakimś ustroniu po wypadkach w Rzymie?, snuła przypuszczenia Jenna. Aż w końcu, po dwóch miesiącach od strzelaniny, wyczytała, że jej brat nabył kolejną luksusową rezydencję — tym razem apartament w hotelu „Pierre" w Nowym Jorku. Krótka wzmianka w „Boston Globe" podawała, że Malik wciąż jeszcze przechodził rekonwalescencję po ataku we Włoszech. Natomiast „źródła zbliżone do rodziny, które jednak pragnęły pozostać anonimowe, utrzymywały, że Badir uznał, iż Nowy Jork będzie bezpieczniejszym miejscem dla jego córki niż Europa".

To pewnie racja, pomyślała Jenna. Wciąż jednak nurtowało ją pytanie, czy jej list nie miał też jakiegoś wpływu na decyzję Malika. Może on również marzył, by się z nią skontaktować, by przynajmniej znaleźć się w jej pobliżu?

Pomimo całego swojego wykształcenia, Jenna nie potrafiła wyzbyć się głęboko zakorzenionej wiary w omeny i zrządzenia losu, więc kiedy miesiąc później przeczytała w „New York

Post", że Laila została uczennicą Brearly School, nabrała pewności, iż to znak z nieba. Pytanie, czy powinna zareagować? I czy będzie miała dość odwagi, by się na to zdobyć?

Wciśnięta w niewygodne siedzenie szybkiej kolei łączącej Boston z Nowym Jorkiem, Jenna wmawiała sobie po raz nie wiadomo który, że naprawdę musi skontaktować się z kolegami po fachu, takimi jak na przykład jej dawny wykładowca teorii Adlerowskiej, który dorobił się dobrze prosperującej praktyki w Nowym Jorku i z którym była umówiona na lunch. Niekiedy jednak resztki obiektywizmu i zdolności analitycznej oceny rzeczywistości dochodziły do głosu i wówczas uderzała ją porażająca myśl: Jenno, zupełnie postradałaś zmysły. Po prostu oszalałaś.

Niestety, tym razem serce wzięło górę nad rozumem.

Gabinet Donalda Weltmana, tuż za Park Avenue, mógł z powodzeniem należeć do jednego z najbardziej wziętych chirurgów plastycznych, który zresztą przyjmował pacjentów po sąsiedzku. Dawny profesor Jenny, zamiast tradycyjnych uniwersyteckich marynarek z tweedu ze skórzanymi łatami na łokciach, nosił teraz kosztowne garnitury od Armaniego, a stalowoszare włosy — zawsze w nieładzie na wykładach — miał teraz ułożone w elegancką fryzurę. Nie ulegało wątpliwości, że weteran Harvardu zdołał się wyjątkowo dobrze ustawić w życiu.

Na lunch zamówił stolik w „L'Argenteuil", po czym nalegał, żeby zapłacić rachunek. Przez większość posiłku wciąż pełnił rolę mentora, ona zaś uczennicy, chociaż tematem wykładu nie była tym razem myśl Adlera, ale korzyści płynące z prywatnej praktyki na Manhattanie.

— A jak ty sobie radzisz, Jenno? — zapytał, gdy podano deser. — Podobno twój gabinet też nieźle prosperuje.

— Rzeczywiście, nie mogę narzekać. Mam dość klientów, by zarobić na życie i jeszcze wykroić nieco czasu na badania naukowe.

— Szykujesz nową książkę?

— Jeszcze nie w tej chwili. Na razie sprawdzam, co nowego słychać w naszej branży. Udzielam się też społecznie w schronisku dla maltretowanych kobiet.

Owo zobowiązanie Jenna przyjęła na siebie całkiem niedawno, pod wpływem przeżyć własnych i doświadczeń Carolyn.

Donald jednak nie przyjął tej wiadomości z entuzjazmem.

— To oczywiście szlachetna idea, nie powinnaś jednak się w nią zbyt głęboko angażować. Przez te wszystkie lata bowiem nauczyłem się jednego: bogaci ludzie cierpią na te same problemy, co biedacy — oznajmił z uśmiechem.

— Niewątpliwie masz rację.

Donald tymczasem zerknął na masywnego roleksa, po czym powiedział:

— Niestety, muszę wracać do kieratu. A jak przedstawiają się twoje plany? Może moglibyśmy się spotkać wieczorem i spokojnie pogadać o starych czasach?

— Niestety, nie mogę, choć byłoby mi bardzo miło. Z największą przyjemnością zobaczyłabym się z Robin.

Robin była żoną Donalda.

— Cóż, Robin musiała nagle wyjechać z miasta. Wezwała ją jakaś niecierpiąca zwłoki sprawa rodzinna.

Jenna wzięła taksówkę i kazała się zawieźć pod bramę Brearly School, po czym cierpliwie czekała w samochodzie. Czy rozpozna tę małą kruszynę, która rodziła się w kazamatach na cienkiej wiązce słomy?

Rozpoznała ją bez problemu. Ciemne włosy, migdałowe oczy, trójkątna twarz starszej Laili, a także pewne cechy Jihan Badir. Oczywiście, jakieś podobieństwo do Malika, ale ledwo uchwytne, nie mające wiele wspólnego z rysami, a raczej postawą — szczególnym ułożeniem ramion, świadczącym o odwadze, ale i wrażliwości.

Laila stała z dala od swoich szkolnych koleżanek. Czy czuła

się osamotniona? Jeszcze nie czas, żeby się przejmować, uspokajała się w duchu Jenna psycholog; przecież Laila dopiero co trafiła do tej szkoły.

Przy chodniku zatrzymała się wielka limuzyna i Jenna poczuła, jak serce podskakuje jej do gardła. Była pewna, że za chwilę zobaczy swojego brata, ujrzy tę twarz, do której od tak dawna tęskniła. Ale nie. Mężczyzna, który wysiadł z samochodu, nie był Malikiem, a jedynie szoferem, który miał tak szerokie bary i bystre spojrzenie, że nie ulegało wątpliwości, iż pełnił przede wszystkim funkcję ochroniarza. Chwilę później limuzyna zniknęła z zasięgu wzroku. Jenna wysiadła z taksówki i stanęła w miejscu, gdzie jeszcze przed momentem znajdowała się bratanica, jakby chciała wskrzesić obraz funkcjonujący jedynie w jej pamięci.

A więc ją zobaczyłaś, tłumaczyła sobie, gdy wreszcie wsiadła z powrotem do samochodu. I to powinno ci w zupełności wystarczyć.

Jednak nie wystarczyło. Tak więc kilka tygodni później Jenna wynalazła kolejny powód wyjazdu do Nowego Jorku — tym razem pretekstem było pilne przeglądanie piśmiennictwa w miejscowej bibliotece. Również teraz kazała się zawieźć pod bramę szkoły. Obiecała sobie jednak, że obecnie ograniczy się jedynie do obserwacji — przecież w ten sposób nie zdoła wyrządzić krzywdy ani sobie, ani nikomu innemu.

Po dłuższej chwili oczekiwania zobaczyła w końcu Lailę w towarzystwie innych dziewcząt. To fantastycznie, uznała w duchu, jej bratanica wreszcie zyskała kilka nowych przyjaciółek. Tym razem też nie nadjechała wielka limuzyna — to kolejny powód do radości.

Uczennice pomaszerowały raźno przed siebie, po czym skręciły w najbliższą przecznicę, Jenna zaś, wbrew zdrowemu rozsądkowi, postanowiła ruszyć ich śladem.

Zaśmiewając się i przepychając, zwyczajem wszystkich nastolatek, grupa dziewcząt wkroczyła w Piątą Aleję, po czym weszła do domu towarowego Bergdorfa-Goodmana. Jenna niepostrzeżenie wśliznęła się za nimi. W ciągu następnych dwudziestu minut obserwowane przez nią panny wydały w sumie więcej, niż przeciętny klient tego ekskluzywnego domu towarowego był w stanie zarobić przez tydzień. To podświadomie wzbudziło w niej dezaprobatę.

W jakiś czas potem dziewczęta przeniosły się do Saksa. Jenna wciąż nie spuszczała ich z oczu. Tym razem sprawiało to wrażenie czystego rekonesansu, wkrótce bowiem wszystkie ruszyły w stronę wyjścia. Tyle że w pewnej chwili, niespodziewanie, doszło do zamieszania. Jakiś mężczyzna przyskoczył do Laili, chwycił ją zdecydowanie za ramię i wyciągnął z jej torby kosztowny jedwabny szal. Na Boga! Dziewczyna dopuściła się drobnej kradzieży i została przyłapana na gorącym uczynku!

Z początku Laila próbowała protestować, potem zalała się łzami. Pozostałe dziewczęta nagle się rozpłynęły, wtopiły w anonimowy tłum klientów. Jenna odruchowo rzuciła się w wir akcji — nie zastanawiając się nad konsekwencjami, wiedząc jedynie, że musi jakoś pomóc Laili.

— Co pan wyprawia?! — krzyknęła gniewnie.

— Przepraszam, ale z kim mam do czynienia?

— Jestem matką tej młodej damy. A kim pan jest, u diabła?

— Detektywem sklepowym.

W tym samym momencie na horyzoncie pojawił się kierownik działu, Jenna zaś próbowała przybrać minę oburzonej niewinności.

— Ustaliłam z córką, że się tu spotkamy, bo chciałam kupić szal, który ten człowiek trzyma w ręku. Kupiłam już jeden, bardzo podobny. Zapewne córka rozglądała się za mną, gdy on... gdy ten mężczyzna dosłownie się na nią rzucił! Czy w ten sposób traktują państwo klientów? Bo jeśli tak, to...

Kierownik obrzucił Jennę krytycznym spojrzeniem. Piękna kobieta, z pozoru majętna — wzorcowy model idealnej klientki. Kierownik wiedział jednak aż za dobrze, że złodzieje potrafią przedzierzgnąć się niemal w każdą postać. Z drugiej strony, dziewczyna nie opuściła jeszcze domu towarowego. Ten ochroniarz, świeżo przyjęty do pracy, nie wbił sobie jeszcze do głowy, że powinien poczekać, póki podejrzana osoba nie wyjdzie ze sklepu — bo dopiero wtedy można ją spokojnie oskarżyć o kradzież. Natomiast w tej sytuacji należało natychmiast przeprosić klientkę. Tym bardziej że Jenna wyjęła złotą kartę i bez słowa zapłaciła za szal.

Laila sprawiała wrażenie oszołomionej, ale na szczęście nie odezwała się ani słowem. Jenna wyraźnie widziała, że dziewczynę paraliżuje strach. I nawet gdy już stało się jasne, że nic jej nie grozi, Laila wciąż nie była zdolna wykrztusić z siebie słowa.

Kiedy wyszły ze sklepu, dziewczyna wreszcie szepnęła:

— Dziękuję. — A zaraz potem dodała: — Kim pani jest? I czemu pani to zrobiła?

— Ja mogłabym ci zadać dokładnie to samo pytanie — odparła Jenna.

Szybko przejęła inicjatywę — jak w przypadku pacjentów, którzy byli zbyt oszołomieni, by podejmować racjonalne decyzje — i zaprowadziła bratanicę do pobliskiej kawiarni, po czym bez konsultacji ze swoim gościem zamówiła herbatę.

— Mam na imię Jenna, mieszkam w Bostonie i jestem psychologiem. — Jenna właściwie nie wiedziała, czemu dodała tę ostatnią informację — prawdopodobnie tylko dlatego, że nie mogła powstrzymać się od mówienia.

— Psychologiem — zawtórowała Laila.

Jenna uśmiechnęła się ciepło.

— Nie ma o czym mówić. Właśnie wzięłam sobie dzień wolny od pracy.

Nie mogła oderwać wzroku od dziewczyny — chłonęła rysy jej twarzy, oczyma wyobraźni już widziała młodą kobietę, którą wkrótce się stanie. Amirze tak bardzo brakowało rodziny, i to od tak dawna. A tymczasem teraz siedziała przed nią córka Malika, jej bratanica — dziecko, któremu pomogła przyjść na świat.

— Przyjechała pani na konferencję czy coś w tym rodzaju? — spytała w końcu Laila.

— Nie. Postanowiłam odwiedzić znajomych.

— Ja też jestem tu nowa.

— Doprawdy?

— Uhm. Pochodzę z Francji.

— Niesamowite. Twoja angielszczyzna jest doskonała.

To była prawda. W wymowie Laili nie słychać było ani cienia francuskiego akcentu.

— Dużo podróżowałam — tłumaczyła Laila. — Mam też wielu amerykańskich przyjaciół.

— Wspaniale. To znaczy mam na myśli fakt, że przyjaciele to nasz największy skarb.

Opanuj się, Jenno, napominała się w duchu. Nie masz prawa, żadnego prawa, by wtrącać się w życie tej młodej kobiety.

— Ale tutaj nie mam żadnych przyjaciółek. To znaczy w szkole — ciągnęła dziewczyna.

— Naprawdę?

— Naprawdę. — Laila smętnie pokiwała głową. — Chociaż nie wiem czemu. Czasami myślę, że to dlatego, iż różnię się od nich wszystkich. Wychowałam się we Francji, ale mój ojciec pochodzi z al-Remal, a ja jestem do niego bardzo podobna.

— W twojej szkole niewątpliwie jest wiele osób pochodzących z różnych grup etnicznych. Więc zapewne problem polega raczej na tym, że jesteś tu od niedawna. Musiałaś się spotkać z podobnymi reakcjami już wcześniej. Zaprzyjaźnianie się wymaga czasu.

— Może to wszystko dlatego, że mój tato... on jest... Nie podam pani jego nazwiska, bo zapewne pani je zna. On w każdym razie ma masę pieniędzy. Rodzice niektórych moich koleżanek też są bogaci, ale nie tak bardzo jak tata. Staram się być miła. Kupuję wszystkim prezenty. Koleżankom się podobają, dziękują mi, ale potem...

Jenna słuchała w milczeniu. To nie był odpowiedni moment, by tłumaczyć, że najgorszym sposobem zdobycia przyjaciół jest próba ich kupienia. Wcześniej czy później Laila sama to odkryje.

— No i teraz ta dzisiejsza wpadka. To miała być dla mnie szansa, żeby się wykazać. Powiedziały, że muszę udowodnić swoją wartość. I ukraść coś z Saksa. — Spojrzała na twarz Jenny i szybko dorzuciła: — Wszystkie inne dziewczyny już to robiły. To coś jak wstąpienie do klubu. No i nikogo przedtem nie złapali.

— Rozumiem — powiedziała Jenna neutralnym tonem.

Jakaż ona jest samotna, pomyślała. Ta dziewczyna potrzebuje wsparcia — najlepiej wsparcia własnego ojca.

— Wszystko spieprzyłam — mruknęła Laila, a w kącikach jej oczu zabłysły łzy.

— Może w gruncie rzeczy wcale nie miałaś ochoty niczego kraść — podsunęła Jenna.

Laila smętnie wzruszyła ramionami.

Jenna pociągnęła łyk herbaty.

— Czy zauważyłaś — podjęła po chwili — że na przykład w sporcie lub w tańcu, gdy człowiek za bardzo się stara, to często właśnie... pieprzy? Podobnie jest z nawiązywaniem przyjaźni. Najgorzej to starać się za bardzo.

— Ale co mam w takim razie robić?

— Nic. Być sobą. Interesować się innymi ludźmi. Dać im szansę, by poznali ciebie.

Jenna wiedziała, że słowa tu nie pomogą. Naprzeciw niej siedziało bardzo samotne dziecko, które straciło matkę i najwyraźniej nie spędzało zbyt wiele czasu w towarzystwie ojca. Zanim Jenna zastanowiła się nad tym, co robi, wyrzuciła gwałtownie:

— Może moglibyśmy się jeszcze kiedyś spotkać. Co ty na to?

— A ile pani bierze?

— Słucham?

— Jest pani psycholożką. Ile pani bierze za sesję? Bo jeśli dużo, musiałabym prosić tatę o pieniądze, a tego wolałabym nie robić.

Jenna miała wrażenie, że jej serce pęknie. Czy Laila wyrosła w przekonaniu, że za wszystko w życiu trzeba płacić?

— Nie miałam na myśli spotkania w roli terapeutki, ale raczej... przyjaciółki.

Laila odsunęła się z krzesłem i spojrzała podejrzliwie spod przymrużonych powiek.

— Dlaczego?

Oczywiście po tym, co przeszła, musiała być nieufna w stosunku do obcych.

— Jest takie stare orientalne wierzenie, że jeżeli ocalisz komuś życie, to potem już jesteś odpowiedzialna za tę osobę. Ja co prawda nie ocaliłam ci życia w dosłownym tego słowa znaczeniu, ale myślę, że ta zasada ma zastosowanie również do dzisiejszego zdarzenia. Chcę mieć pewność, że wszystko ułoży ci się jak najlepiej. Poza tym sprawiła mi przyjemność nasza pogawędka.

Laila przekrzywiła głowę, a potem potrząsnęła włosami.

— OK. Ale jeśli zobaczy panią Ronnie, zacznie zadawać mnóstwo pytań i o wszystkim opowie tacie.

— Ronnie?

— Mój szofer i tak jakby ochroniarz.

— W żadnym razie nie chciałabym cię narażać na kłopoty.

— Proszę się nie przejmować. Ronnie teraz już nie jest przy mnie przez cały czas, tylko wtedy, kiedy tata się czymś przejmuje. — Laila przybrała poważną minę. — Powiedziałam tacie, że potrzebuję więcej przestrzeni. Że chcę pobyć sobą, tak jak pani przed chwilą radziła. — Powędrowała spojrzeniem w stronę zegara wiszącego na ścianie. — O rany. Muszę lecieć. Z przyjemnością się jeszcze z panią spotkam. Najlepiej znaleźć mnie w szkole. Kończymy zawsze o trzeciej. Chodzę do Brearly. Wie pani, gdzie to jest?

— Tak.

— Proszę więc kiedyś wpaść.

— Dobrze... dziękuję.

— To ja dziękuję. No wie pani... za to, co pani dla mnie zrobiła. A tak przy okazji, mam na imię Laila.

— A ja Jenna, jak już ci mówiłam. Proszę, zwracaj się do mnie po imieniu.

— A więc do zobaczenia, Jenno — rzuciła dziewczyna i już jej nie było.

Dwa tygodnie później Jenna znowu wybrała się do Nowego Jorku. Czuła wyrzuty sumienia, że na swój sposób oszukiwała Lailę, ale przecież w obecnej sytuacji nie mogła zrobić nic innego. A tymczasem jak najszczerzej zależało jej na dobrym samopoczuciu bratanicy. Jakże mogło być inaczej?

— Naprawdę zaskoczył mnie twój widok — wyznała Laila, gdy szły wzdłuż Madison Avenue, spoglądając na wystawy butików. — Myślałam, że całkiem zniknęłaś z mojego życia. Zastanawiałam się nawet, czy sobie ciebie nie wymyśliłam.

Przy herbacie w miłej, bezpretensjonalnej restauracji swobodnie opowiadała o ojcu, choć nadal nie wyjawiała jego nazwiska. Kiedy nie był zajęty interesami — z którymi wiązały się częste podróże po świecie — chodzili razem do teatrów i do sklepów, a czasem spędzali wspaniałe chwile na pokładzie jego jachtu.

— Problem w tym, że on ma tak mało czasu... — powiedziała smutnie.

Jenna miała ochotę zadzwonić do Malika. Albo wysłać mu anonimowy list:

„Twoja córka bardzo cię potrzebuje. Teraz — nie kiedy będziesz miał wolną chwilę, ale natychmiast. Za dwa, trzy lata będzie już kobietą. Nie zdołasz nadrobić straconego czasu".

— Mam nadzieję, że nie przyjechałaś tu tylko po to, by się ze mną zobaczyć — powiedziała Laila.

— Słucham? Och... nie. Mam coś do załatwienia w związku z pracą naukową.

— To dobrze, bo muszę już iść. Koleżanka zaprosiła mnie do siebie, żebyśmy się razem pouczyły.

— Koleżanka? Ze szkoły?

Laila uśmiechnęła się szeroko.

— Tak. Wszystko zaczęło się trochę lepiej układać. Chyba rzeczywiście miałaś rację, jak opowiadałaś o przyjaźni.

— Mam nadzieję. Fajnie jest mieć rację przynajmniej od czasu do czasu.

Laila wsunęła na nos okulary przeciwsłoneczne.

— Niekiedy ludzie mnie rozpoznają — wyjaśniła. — To znaczy fotoreporterzy. Ze względu na tatę.

— Ach, tak.

— Przykro mi, że już muszę lecieć. Miło mi się rozmawiało. Czy mogłabyś wpaść do mnie za parę tygodni? Postaram się o więcej wolnego czasu.

— Oczywiście — odparła uszczęśliwiona Jenna.

Po powrocie do Bostonu, w przerwie między sesjami pacjentów lub w czasie drobnych domowych prac, Jenna fantazjowała na temat bratanicy. Widziała oczami wyobraźni, jak we dwie odwiedzają muzea i galerie, spacerują po Greenwich Village i Soho. Marzyła, że dziewczyna się przed nią otwiera, dzieli swoimi problemami, a ona udziela jej różnorakich porad — na przykład, jak postępować, gdy zerwie z nią chłopak lub odwrotnie. Wyobrażała sobie, że chwali Lailę za osiągnięcia w szkole i wspiera ją we wszystkich dążeniach.

Tak naprawdę stawiała się w roli rodzica. Ale co z tego? Laila potrzebowała kogoś bliskiego. Oczywiście, wiązało się z tym pewne ryzyko. Ale z pewnością można by je zminimalizować. A gdyby tak Laila przysięgła, że dochowa tajemnicy? Gdyby ze swoich spotkań zrobiły niezwykłą przygodę i — jak dwójka prawdziwych szpiegów — nigdy nie spotykały się dwa razy w tym samym miejscu?

Zanim jednak te fantazje miały szansę przybrać choćby pozory prawdopodobieństwa, przeszłość znowu dała o sobie znać. Zbliżała się dziesiąta rocznica jej zniknięcia. Reporter Reutera, prowadzący rutynowe postępowanie dziennikarskie, odkrył, że ktoś jeszcze prowadzi śledztwo w tej niemal zapomnianej sprawie. Ali, oczywiście. Choć sekretarz prasowy remalskiej rodziny królewskiej skwitował te rewelacje standardowym komunikatem:

„Pozostaje dla wszystkich tajemnicą, co księżna Amira robiła w Anatolii — niewykluczone, że była to część zawiłego planu porwania Jej Wysokości; księżna najprawdopodobniej poniosła śmierć, chociaż książę nadal żywi nadzieje na odnalezienie jej przy życiu".

Tę informację podano w magazynie telewizyjnym, łącznie z różnymi spekulacjami na temat jej losów i pogłoskami o tym, że jednak nie zginęła. Reporter był dość bystry, by zauważyć, że książę Ali Rashad nie jest aż tak zrezygnowany i zobojętniały na losy pierwszej żony, jakby to mogło wynikać z oficjalnego stanowiska dworu.

A kiedy w jednym z czytywanych przez nią brukowców natknęła się na bardziej sensacyjną wersję wydarzeń, zatytułowaną: „Czy widzieliście tę księżniczkę?", opatrzoną jej dawną podobizną, powrócił strach. Po tylu latach przemyślnych wybiegów, po zmianie wyglądu — ona wciąż się bała.

Po pierwsze, musiała natychmiast skończyć ze swoimi fantazjami. Nie wolno jej było nadal widywać się z Lailą: w ten sposób mogła narazić na niebezpieczeństwo i ją, i siebie.

Łatwo byłoby zniknąć z życia bratanicy. Dziewczyna nie znała nawet jej nazwiska. Ale Jenna nie potrafiła się na to zdobyć, po prostu nie potrafiła.

Przepełniona smutkiem — uskarżając się w duchu na niesprawiedliwy los, który znowu zabierał bliską jej osobę — spotkała się z Lailą tak, jak się wcześniej umówiły. Poszły do kosztownej wersji typowej amerykańskiej kafeterii na Upper East Side, gdzie zamówiły do spółki ogromnego hamburgera i półmisek frytek. Dla postronnego widza wyglądały zapewne jak matka i córka, mieszkające w tej eleganckiej dzielnicy. Tym trudniej było Jennie powiedzieć to, co musiała jej oznajmić.

— Obawiam się, że nie będziemy już mogły się tak często spotykać — stwierdziła w końcu. — Ostatnio zaniedbałam pacjentów. Podpisałam też kontrakt na nową książkę, teraz więc każdy wolny moment będę musiała poświęcić na badania.

Laila spojrzała na nią w z wyrzutem, po czym szybko odwróciła wzrok.

— Nie ma sprawy — odparła, siląc się na nonszalancki ton. — Zawsze się dziwiłam, że udaje ci się wykroić dla mnie tak dużo czasu. No i prawdę powiedziawszy, żeby dziś się z tobą spotkać, musiałam się urwać Ronniemu. Od kilku dni, zupełnie nie wiem dlaczego, tata jest bardzo niespokojny. Więc mi też byłoby się trudno z tobą widywać. Nic dziwnego, że nikt nie chce umówić się ze mną na randkę — dorzuciła ponuro. — Wcześniej taki delikwent musiałby poddać się procedurze, która drobiazgowością dorównuje działaniom izraelskiej służby bezpieczeństwa.

Jenna uśmiechnęła się pod nosem. Pomyśleć, że Malik, tak ochoczo łamiący reguły w życiu, teraz stanął po drugiej stronie barykady. Chociaż, oczywiście, z punktu widzenia szczęścia jej bratanicy, to wcale nie było śmieszne.

Bardzo chciała na pożegnanie powiedzieć Laili coś, co nie zabrzmiałoby jak porada profesjonalisty, ale co by dało dziewczynie do zrozumienia, że dla Jenny jest kimś naprawdę ważnym.

— Może za jakiś czas, kiedy obie będziemy nieco swobodniejsze... — W końcu na tyle tylko zdołała się zdobyć.

— Czy mogłabyś mi dać numer swojego telefonu? — poprosiła niespodziewanie Laila. — Od czasu do czasu chętnie bym zamieniła z tobą kilka słów, jeśli nie masz nic przeciwko...

Jenna nie potrafiła się oprzeć prośbie.

— Jasne, że nie mam nic przeciwko. Możesz dzwonić o każdej porze. Ale obiecasz, że zostanie to tylko między nami?

— Mamy utrzymywać naszą przyjaźń w sekrecie?

— Właśnie.

Laila parsknęła śmiechem.

— Nie ma sprawy. Poza tym chyba nie sądzisz, że ochoczo pobiegnę do taty i opowiem historię o pewnej pani, która przyszła mi na ratunek w Saksie.

Jenna także się roześmiała.

— Nigdy nie myślałam o tym w podobnych kategoriach. A tak przy okazji, już dawno chciałam cię zapytać... czy wybrałaś już dla siebie uczelnię?

Zapytać ją o cokolwiek, rozmawiać na jakikolwiek temat, byle tylko przesunąć moment rozstania z bratanicą.

— Tak. Chcę studiować na Columbii. Tata wspominał o Sorbonie, ale ja wolałabym zostać w Nowym Jorku. Uwielbiam to miasto.

Na deser zamówiły coś, co się nazywało „Czekoladowym kryzysem". Kiedy zniknął już ostatni kęs, jasne się stało, że nadszedł czas na pożegnanie. Klamka zapadła. Jenna jednak wciąż chciała odłożyć ten moment.

— Przejdziemy się kawałek? — zaproponowała.

— Jasne — zgodziła się Laila.

Poszły Piątą Aleją w stronę Central Parku. Niebo było idealnie niebieskie, słońce świeciło ostrym światłem. Jenna próbowała sobie wmówić, że to nie jest ostatnie spotkanie z Lailą, że jeszcze kiedyś się zobaczą...

Gdy doszły do hotelu „Plaza", zatrzymały dwie taksówki.

— No cóż... a więc ciao! — rzuciła Laila, usiłując się uśmiechnąć.

Zapominając o wszelkich środkach ostrożności, Jenna z całej siły przytuliła bratanicę.

— Do widzenia — powiedziała.

Do widzenia, najdroższa Lailo, dorzuciła w myślach.

Cameron

Telefon zadzwonił pewnej chłodnej wrześniowej nocy.

— Pani Sorrel, czy mogłaby pani do nas przyjść? Ale od razu?

— Co się stało, Josh? — Głos chłopaka był tak zmieniony, że w pierwszej chwili go nie poznała.

— Tata coś złego zrobił mamie. Teraz wyszedł i mama poprosiła, żebym do pani zadzwonił. Ja... czy mogłaby się pani pospieszyć?

Jenna się pospieszyła. Gdy tylko spojrzała na twarz Carolyn, natychmiast sięgnęła po słuchawkę telefonu. Najwyraźniej Cameron zapomniał o swojej drobnej sztuczce — że należy bić tam, gdzie nie widać.

— Co robisz?

— Wzywam pomoc.

— Nie. — Carolyn wyrwała słuchawkę z ręki Jenny i odłożyła na widełki.

— Carolyn, proszę cię. Może masz jakieś poważne obrażenia. Twoje zdrowie, a nawet życie znalazło się w niebezpieczeństwie. Czy on dziś wróci?

Carolyn wzruszyła ramionami.

— Pewnie tak.

Przynajmniej nie była w szoku.

Jenna tymczasem próbowała zebrać myśli.

— Czy pił?

Carolyn milczała, Jenna zwróciła się więc w stronę Josha.

— Tak, proszę pani. Pił.

— No, dobrze. Tak naprawdę powinnam teraz stąd wyjść i z najbliższej budki telefonicznej wezwać pogotowie i policję. Ale ponieważ tego nie chcesz, uszanuję twoje życzenia. Musisz coś jednak w zamian dla mnie zrobić. Oboje — ty i Josh — spędzicie dzisiejszą noc w moim domu. Zabierzcie najpotrzebniejsze rzeczy i wynośmy się stąd. Rano, wypoczęci i spokojniejsi, zastanowimy się, co dalej.

Ku zdziwieniu Jenny Carolyn skinęła głową.

— OK. To niezły pomysł.

W swoim mieszkaniu Jenna, najlepiej jak umiała, opatrzyła twarz przyjaciółki. Były to głównie zasinienia i otarcia naskórka. Kości wydawały się całe, żadna rana nie wymagała szycia.

Carolyn opowiadała o incydencie w niepokojąco zasadniczy sposób.

— Ma potrzebę dominacji, udowodnienia sobie, że jeszcze coś lub kogoś w życiu kontroluje. Niestety, tym kimś jestem ja.

W kuchni Josh i Karim od czasu do czasu wymieniali pojedyncze zdania niczym dorośli mężczyźni. Wspólne chwile milczenia tylko podkreślały łączącą ich więź.

Dochodziła druga rano i wszyscy powoli szykowali się do snu. Carolyn miała położyć się razem z Jenną; Karim oddał swoje łóżko Joshowi, a sam zamierzał spędzić noc na sofie.

Pół godziny później do drzwi zadzwonił Cameron.

— Jenno, wiem, że jest tutaj moja żona. Chciałbym z nią pomówić.

— Wracaj do domu, Cameronie. — Nie zdjęła łańcucha z drzwi.

— Jenno, proszę cię. Błagam. Wiem, że nawaliłem na całej linii. To wszystko moja wina, przyznaję. Pozwól mi tylko zamienić z nią kilka słów.

— Słuchaj, jest już bardzo późno. Wracaj do siebie. Jutro porozmawiacie.

— Jenno, będę cię błagał na kolanach. — Ku przerażeniu Jenny klęknął przed drzwiami. — Tylko pozwól mi z nią porozmawiać.

— Cameron, jeśli zaraz nie odejdziesz, zadzwonię na policję.

Zerwał się na równe nogi, a coś w wyrazie jego twarzy kazało Jennie zatrzasnąć drzwi i zamknąć je na klucz.

— Proszę bardzo! — zaczął wykrzykiwać. — Dzwoń sobie na policję. Ja tymczasem zadzwonię do swoich prawników. Zanim się obejrzysz, założą ci sprawę o umyślne rozbijanie związku małżeńskiego.

— O czym ty opowiadasz?

— O tobie i mojej żonie, złotko.

— Cameron, dobrze wiesz, że opowiadasz nonsensy.

— To nie Francja, Egipt, czy też jakkolwiek nazywa się to miejsce, z którego się wywodzisz. To moje rodzinne miasto. Jeżeli zaczniesz wtrącać się do mojego życia, gorzko tego pożałujesz.

Dzwoń na policję, nakazywała sobie w duchu, ale strach stawał się coraz silniejszy. To rzeczywiście było jego miasto, a ona nie pochodziła ani z Francji, ani z Egiptu. Do czego może dojść, jeśli Cameron spełni swoje groźby?

W tym momencie przemknęła obok niej Carolyn, ciągnąc za sobą Josha.

— Dziękuję ci, Jenno, ale chyba jednak nie powinnaś się do tego mieszać.

— Co ty robisz?

— Wracam do swojego domu z moim mężem i synem.

— Carolyn...

— Jenno, doceniam twoje dobre intencje i życzliwość. Ale to sprawa między mną a Cameronem. Nie wtrącaj się.

Otworzyła drzwi kluczem, chwilę szarpała się z łańcuchem, po czym wyszła na korytarz.

— Och, kochanie. Moja najdroższa. Tak bardzo cię przepraszam — zaczął Cameron przymilnym głosem. — Czy wszystko z tobą w porządku? Nic się nie stało? Wybacz mi, wybacz mi, kochana.

Josh odwrócił się, bezradnie spojrzał na Karima i Jennę, po czym poczłapał za rodzicami.

To był koniec pierwszej przyjaźni Jenny w jej nowym życiu. Stała w drzwiach i w milczeniu patrzyła za odchodzącą Carolyn. Jej niedawna przyjaciółka wzniosła między nimi mur — czy może szklaną ścianę, jaka dzieli w więzieniu odwiedzającego od osadzonego, której w żaden sposób nie da się sforsować.

Nocne wydarzenie było punktem zwrotnym w życiu Jenny, chociaż uświadomiła to sobie wiele miesięcy później. Nadało jej pracy nowy impuls. Wiedziała, że zawiodła swoją przyjaciółkę. Ale jeśli zajmie się pilnie studiami, nauczy się dość wiele, może przynajmniej zdoła pomóc innym kobietom, które żyją w podobnym piekle.

Pewnego ranka obudziła się z gotowym tematem i tytułem swojej następnej książki: *Uwięzione serca — kobiety w procesie wyparcia i zaprzeczenia*.

Nawet wymyśliła odpowiednią dedykację, choć nie miałaby dość odwagi, żeby ją zamieścić: „Dla Alego A. i Camerona C., którzy byli dla mnie nieocenioną inspiracją".

Tymczasem w zakątku świata, o którym Jenna wolałaby na zawsze zapomnieć, mężczyzna, któremu w tej chwili była szczerze wdzięczna, znowu zamierzał pojawić się w jej życiu — po raz ostatni, ale wyjątkowo brzemienny w skutki.

Mustafa

Ojciec Piotr umierał.

Jakiś czas wcześniej wybrał się do Zairu, by sprawdzić możliwości założenia tam misji, ale niespodziewanie wybuchła jakaś epidemia i nie mógł się dostać do miasta, w którym zakonnicy zamierzali zorganizować swoją bazę. Po powrocie do Van zaczął cierpieć na uporczywe bóle głowy, do których wkrótce dołączyły się nudności, wysoka gorączka i palące pragnienie.

Miejscowy lekarz nie był nawet w stanie zdiagnozować choroby. Nafaszerował Piotra antybiotykami i polecił owijać go w mokre prześcieradła w czasie rzutów wysokiej gorączki, było jednak oczywiste, że nie ma nadziei na uratowanie swojego pacjenta. Ojciec Piotr nie wiedział nawet, co się z nim dzieje — od chwili pojawienia się lekarza żył już tylko w świecie własnych majaków.

Misja była opustoszała. Na północy wystąpiło kolejne trzęsienie ziemi i większość zakonników udała się tam, by nieść pomoc potrzebującym. Opieka nad ojcem Piotrem spadła na Mustafę, rdzennego mieszkańca Van, który wykonywał w misji rozmaite posługi. Gdy przebywał przy chorym, miał na sobie maskę chirurgiczną i specjalny fartuch, które dostał od doktora wraz z kilkoma zaleceniami dotyczącymi higieny. Nikt w zasadzie nie mógł przewidzieć, co wyniknie z tej nieznanej, afrykańskiej epidemii.

Dochodziła dziesiąta wieczorem. Przez wiele godzin Mustafa siedział przy ojcu Piotrze, który od czasu do czasu wyrzucał z siebie gorączkowe monologi. Właśnie znowu umierający zaczął coś mówić. Coś o ucieczce Świętej Rodziny do Egiptu. Ciężko było go zrozumieć, choć oczywiście imię Jezusa, jednego z pierwszych proroków Najwyższego, było znane Mustafie.

— Herod. Herod wysłał za nimi swoich siepaczy. Pamiętasz? Pamiętasz? Ale przecież Herod był Żydem, czyż nie? A ci byli Arabami. Pamiętasz ich, przyjacielu? Bogatymi, bardzo bogatymi Arabami.

Mustafa pilniej nadstawił ucha. Pamiętał bogatych Arabów, którzy zjawili się w Van i zadawali mnóstwo pytań.

— Uciekali przed nimi. Maria i Dzieciątko Jezus. Ale już bez Józefa. Józef zginął na górze Ararat, poszukując Arki. — Ojciec Piotr zaczął gwałtownie kręcić głowę. — Nie. Nie Józef. To było francuskie imię. Philippe! Tak. Wspaniały człowiek. Mój wybawca. Gdzieżeż on teraz?

Mustafa siedział w bezruchu. Pamiętał, że Arabowie oferowali wielkie pieniądze za informacje o kobiecie i dziecku, którzy podróżowali z mężczyzną o imieniu Philippe.

— A potem Józef zmarł — ciągnął zakonnik. — Więc Piotr musiał się nimi zaopiekować. Piotr. Na tej opoce wzniosę mój kościół. Zabrałem ich w ciężarówce. W vanie z Van.

— I dokąd ich zabrałeś, ojcze? — odważył się spytać Mustafa.

— Do Egiptu! Żołnierze Heroda deptali nam po piętach. Ale czy to był Egipt? W każdym razie jakieś wyjątkowo ohydne miasto.

Przez chwilę Mustafa zadawał różne pytania, próbując usystematyzować halucynacje Piotra. Przypominało to rozmowę z lunatykiem, ale w końcu wydarzenia ułożyły się w spójną całość. Wiele lat temu ojciec Piotr przemycił żonę bogacza i jego syna z Van do Erzurum — albo może Ankary — w starej ciężarówce misji. Nikt z tych okolic nie zwrócił na samochód uwagi, bo był on tak stałym elementem krajobrazu, jak kurz drogi. Zawiózł ich na lotnisko w Erzurum lub w Ankarze. Wspominał też coś o nowych dokumentach.

Niczego więcej nie udało się dowiedzieć od ojca Piotra. Gdy dochodziła północ, zaczął wzywać Jezusa, po czym zupełnie zamilkł. Wkrótce potem zmarł.

Mustafa zrobił wszystko tak, jak mu przykazano. Nie dotykał ciała, zamknął za sobą starannie pokój, zdjął maskę i fartuch, umył się dokładnie płynem o zapachu alkoholu i zadzwonił do szpitala. Kazano mu czekać. Dwie godziny później — ku jego zdumieniu i przerażeniu — zjawiło się dwóch europejskich lekarzy pracujących dla czegoś, co nazywało się ONZ. Pochwalili go, że tak dokładnie wypełnił wszystkie zalecenia; powiedzieli, że być może ocalił wielu ludzi. A potem zamknęli go w jednym z pokoi misji.

Siedział tam przez miesiąc, zastanawiając się niekiedy, czy już przyjdzie mu umrzeć w tym gnieździe niewiernych. Kiedy wreszcie wrócił do domu, zlekceważył okrzyki żony, wyrażającej głośno wdzięczność Najwyższemu, i natychmiast zabrał się do poszukiwań wizytówki, którą dostał od bogatych Arabów — „na wypadek gdybyście coś sobie jednak przypomnieli". Znalazł. Dzięki niech będą Allachowi. Nigdy nie wyrzucaj niczego, co podaruje ci bogacz. Po jednej stronie był numer lokalnego hotelu; po drugiej — jakiś telefon w al-Remal. Mustafa przez długi czas wpatrywał się w rząd cyfr. To połączenie będzie go kosztować miesięczną pensję. Miał więc tylko nadzieję, że słowa ojca Piotra były nadal dużo warte.

Ali

Abdallah Rashad, szef agencji, którą większość Remalczyków nazywała po prostu Falcon, a która pełniła te same funkcje, co w stanach CIA, FBI i NSA razem wzięte, zamknął leżącą na biurku teczkę i spokojnie czekał na reakcję swojego bratanka.

— Wierzysz temu tureckiemu wieśniakowi? — spytał w końcu Ali.

— Może kłamać w nadziei na nagrodę, ale pewne rzeczy niewątpliwie się zgadzają.

— A więc ta suka nadal żyje.

— To wysoce prawdopodobne — odparł spokojnie Abdallah.

— I mój syn.

— Jeśli taka wola Najwyższego.

— W takim razie, gdzie się teraz znajdują?

Abdallah postanowił nie komentować tonu natarczywego żądania.

— To właśnie musimy odkryć, bratanku. Przejrzałem wszystkie nasze dokumenty w świetle najnowszych wiadomości. Zarządziłem również intensywne poszukiwania. Najprawdopodobniej ta kobieta wraz z dzieckiem znalazła się w Paryżu. Niewykluczone, że odwiedziła prawnika o nazwisku Cheverny — on jednak zmarł dwa lata temu. Jak do tej pory, w tym miejscu ślad się urywa. Mogą się znajdować w dowolnym zakątku świata, pod dowolnym nazwiskiem.

— Masz ją odnaleźć.

Abdallah z zażenowaniem odwrócił wzrok; obcesowość Alego niekiedy zakrawała na brak szacunku.

— Jeżeli popełni jakiś błąd, to ją znajdziemy — powiedział ciszej i powolniej niż zazwyczaj. — Lecz jeśli nie... Czas jest jak piach pustyni, bratanku. W końcu wszystko zasypie.

— Nie potrzebuję żadnych... — Ali opanował się z największym trudem. — Dziękuję, stryju. Z pomocą Najwyższego popełni błąd i odnajdziesz mojego syna. Jeżeli ktoś może tego dokonać, to tylko ty.

— Wszystko w rękach Boga.

Ali poderwał się z krzesła.

— Dziękuję ci raz jeszcze, stryju. Bardzo się cieszę, że mogliśmy się spotkać. Niestety, muszę się już zbierać. Kolejne zobowiązania...

— Oczywiście, oczywiście. Wiem, jaki jesteś zapracowany. Ale skoro już mam przyjemność przebywać w twoim towarzystwie, chciałbym zamienić z tobą jeszcze słowo.

— Słucham, stryju? O co chodzi?

— O drobiazg, bratanku. Moim największym pragnieniem jest, byś połączył się ze swoim synem. Chciałem jednak zauważyć, że — jeśli znajdziemy chłopca i jego matkę — al-Remal, a rodzina królewska w szczególności, zostałyby postawione w bardzo złym świetle, gdyby wydarzyło się... coś nieprzewidzianego.

— Co masz na myśli, stryju?

— Pozory, mój bratanku. Niekiedy odnoszę wrażenie, że cały świat opiera się jedynie na pozorach. Wyobraź sobie, jaka podniosłaby się wrzawa, gdyby cokolwiek przytrafiło się tej kobiecie, po tym jak byśmy ją znaleźli. Nawet coś tak niewinnego jak, powiedzmy, wypadek samochodowy...

— Oczywiście. Nie rozumiem jedynie, co to ma wspólnego ze mną? — Ali przedstawiał sobą ucieleśnienie niewinności. Jak wielu winowajców, stwierdził w duchu jego stryj.

— Nic zgoła — odparł Abdallah. — Po prostu, skoro o tym rozmawialiśmy, podobna myśl przemknęła mi przez głowę i zapragnąłem się nią z tobą podzielić. Przepraszam, że zatrzymałem cię tak długo. Pokój z tobą, mój Ali. Mam nadzieję, że w przyszłości będziemy częściej się widywać.

— Z wolą Najwyższego. Pokój z tobą, stryju. A tak przy okazji, czy rozmawiałeś z kimś jeszcze na ten temat?

— Nie.

— Nawet z królem?

— Z nikim.

— To dobrze. Myślę, że w jego obecnym stanie nie powinniśmy go niepokoić.

— Oczywiście.

Po dziesiątkach lat folgowania własnym słabościom król był umierający — zawodziły go jednocześnie nerki, serce i wątroba, jakby podstępnie zawiązały spisek.

Abdallah odprowadził bratanka do drzwi. Nie lubił wybuchów gniewu Alego, jego dwulicowości i w szczególności tego, co o nim wiedział — a wiedział bardzo wiele. Z drugiej strony, nie chciał mieć w nim wroga.

Nad wieloma sprawami należało się zastanowić i podjąć kilka ważnych decyzji. Abdallah wrócił do biura i otworzył sejf, który zawierał większość jego najbardziej tajnych dokumentów.

Tymczasem Ali przemierzał hol, klnąc siarczyście pod nosem. To dziwaczne, zawoalowane ostrzeżenie na koniec rozmowy — czyżby stary cap rzeczywiście miał na myśli to, o czym myślał Ali? A jeżeli tak, skąd czerpał wiadomości?

Och, właściwie cóż to miało za znaczenie? Co z tego, że ten stary człowiek znał jego drobną tajemnicę? Najważniejsze, żeby znalazł Karima — i tę sukę. Potem jego opinia nie będzie miała żadnego znaczenia. On już należy do wymierającej generacji.

Najważniejsze, żeby odnaleźć Karima. Ali upajał się tą myślą. Druga żona, na którą już też patrzył ze wstrętem, dała mu jeszcze dwóch synów i córkę. Ale i tak nie mógł się pogodzić z utratą pierworodnego. A teraz pojawiła się szansa, że syn do niego wróci. Jaki będzie ten chłopiec — a w zasadzie już prawie mężczyzna? Ali był przekonany, że okaże się młodszą kopią jego samego.

Gdy zaś chodzi o Amirę... to niechaj tylko Abdallah ją odszuka. A potem niech się zadławi swoimi ostrzeżeniami. Ali miał święte prawo ukarać tę sukę. I z największą przyjemnością zaczął obmyślać szczegóły zemsty.

Abdallah nacisnął guzik odtwarzania. Od wielu miesięcy nie wyciągał tej kasety, ale rozmowa z Alim sprawiła, że postanowił ponownie ją przesłuchać:

— *Niech pokój Najwyższego będzie z tobą, Wasza Wysokość.*

— *I z tobą, Tamerze. Jakże miło znowu cię zobaczyć.*

Głosy na taśmie należały do Alego i Tamera Sibai, który zdawał się zdenerwowany nawet w trakcie tych tradycyjnych powitań. Interesujący facet, pomyślał Abdallah. Każdy znał go, oczywiście, jako brata Laili Sibai — straconej za cudzołóstwo. To była głośna sprawa. A Tamer, jako najstarszy brat, pierwszy rzucił w nią kamieniem.

Abdallah czuł współczucie i szacunek wobec mężczyzny, na którego spadł taki obowiązek.

— *Proszę, gdy jesteśmy tylko we własnym gronie, podarujmy sobie te formalności. Mów mi Ali.*

— *Jak sobie życzysz, Wasza... Ali.*

Abdallah wiedział, że Tamer miał powody do zdenerwowania. Jego obecne poczynania były dość szemranej natury. Oficjalnie posiadał kilka firm — na wizytówce miał wypisane „przedsiębiorca" — ale największe dochody czerpał z przedsięwzięć, o których Abdallah dowiedział się co nieco, gdy z rozmaitymi zapytaniami zwróciły się do niego europejskie i amerykańskie organizacje ścigające zorganizowaną przestępczość, a w szczególności handel narkotykami.

— *Wyświadczysz mi ten honor i napijesz się ze mną kawy?*

— *Poczytam to sobie za największy zaszczyt.*

— W takim razie już dzwonię po służbę. Wiesz, całkiem niedawno o tobie myślałem, przypomniałem sobie, że często się razem bawiliśmy, gdy jeszcze byliśmy dziećmi.

— Nie sądziłem, że mnie pamiętasz. Ja, oczywiście, pamiętam cię doskonale.

— I pomyślałem sobie: „Czemu ostatnio nie spotykam się z moim starym przyjacielem, Tamerem". Och, jest i kawa. Doskonale.

Abdallah przewinął taśmę. Nie interesowała go wymiana nic nie znaczących uprzejmości, których wymagały remalskie zwyczaje przed przejściem do sedna sprawy.

— ...i choć wielką przyjemność sprawia mi spotkanie z tobą po latach, Tamerze, obawiam się, że mam też przykre nowiny.

— Przykre?

— Mam nadzieję, że nie obwinisz nieszczęsnego posłańca.

— Nie. W żadnym wypadku.

— Cóż, przyjacielu. Muszę ci powiedzieć, że — zupełnie przypadkiem — dowiedziałem się, kto zhańbił twoją siostrę.

— Wymień tylko jego nazwisko, a wkrótce umrze.

Abdallah skinął głową z aprobatą. Cokolwiek powiedzieć o Tamerze Sibai, trzeba przyznać, że jest człowiekiem honoru. W tym momencie zdenerwowanie i pewna służalczość zniknęły natychmiast z jego tonu.

— Przyjacielu, mówisz, jak na prawdziwego mężczyznę przystało. Każdy zresztą zna twoją nienaganną reputację. Wybacz mi, ale muszę ci w tym momencie przypomnieć, że nawet słuszny gniew trzeba temperować. W innym razie może się zwrócić przeciwko tobie. Nie wolno zapominać o ostrożności, nawet w sprawach takiej natury. Człowiek o twoim statusie nie może narażać siebie — i swojego kraju — na pełne uprzedzeń oskarżenia ze strony świata, który nie zdoła pojąć naszego poczucia honoru.

— Dziękuję za twoją troskę. Kto to jest?

— Malik Badir.

Zapadła dłuższa chwila milczenia.

— Zawsze podejrzewałem, że to on.

— Naprawdę?

Nawet na taśmie było słychać, że Ali jest szczerze zdumiony. Abdallah niemal wybuchnął śmiechem, gdy zdał sobie sprawę z tego, co się stało. Ali wymyślił tę bajeczkę o Badirze, prawdopodobnie spodziewał się, że będzie musiał długo i usilnie przekonywać Tamera, a on tymczasem natychmiast połknął haczyk. Abdallah często widywał podobne reakcje w czasie przesłuchań.

— *Tak. A teraz zyskałem pewność. I gorąco ci za to dziękuję.*

— *Nie ma potrzeby dziękować za czyn, którego wymagają przyjaźń i szacunek. Mam jednak nadzieję, że dobrze zrozumiałeś moje słowa. Badir jest obecnie obywatelem świata. Muszę więc prosić, byś załatwił tę sprawę... nie kompromitując przy tym naszego kraju.*

— *Wiem tylko, co muszę zrobić. A jaki sugerujesz sposób?*

— *Ach, widzę, że postanowiłeś nie owijać w bawełnę. Pomyślałem, że dobrze byłoby zatrudnić osobę z zewnątrz, niezależnego wykonawcę. Wybacz, że o tym wspominam, ale o ile mi wiadomo, masz pewne kontakty... na Korsyce.*

— *Interesy prowadzą mnie w różne zakątki świata.*

— *Oczywiście. Raz jeszcze proszę o wybaczenie. Wiem, że proszę, byś scedował na kogoś obowiązek bardzo osobistej natury. Ale proszę o to w imieniu al-Remal. I dlatego też z największą przyjemnością pokryję wszelkie koszty związane z zatrudnieniem... osoby niezależnej.*

— *Dziękuję z całego serca. To jednak będzie niepotrzebne.*

— *Oczywiście, jak sobie życzysz. Gdyby jednak pojawiły się dodatkowe koszty, proszę, byś pozwolił mi je opłacić. Tymczasem pozwoliłem sobie na drobne śledztwo, które być może oszczędzi ci nieco czasu i zachodu. Dowiedziałem się, na przykład, że o tej porze roku Badir i jego żona przebywają w swojej willi na południu Francji, a dwa razy w tygodniu jeżdżą do pewnego bistro znajdującego się w pobliskim miasteczku. Jego samochód jest bardzo charakterystyczny — podam ci wszystkie szczegóły — a droga należy do mało uczęszczanych. Gdyby więc doszło do wypadku... rozumiem, że zmycie plamy na honorze wymaga zazwyczaj większego rozgłosu... Ale musimy myśleć o naszym kraju.*

— *Rozumiem. I po raz kolejny ci dziękuję, Ali Rashadzie. Nigdy ci tego nie zapomnę.*

Abdallah zatrzymał kasetę. Z łatwością mógł sobie wyobrazić, jak doszło do wypadku: zabójca zyskał sobie sympatię jakiegoś nieszczęsnego kierowcy ciężarówki, upił go, wjechał ciężkim samochodem w mercedesa, ze znawstwem skręcił kierowcy kark, a sam po prostu zniknął.

Przez całe życie Abdallah zajmował się tajemnicami — albo je odkrywał, albo ich pilnował. Tym razem miał do czynienia z tajemnicą, którą oprócz niego znało najwyżej trzech ludzi: Genevieve Badir nie zginęła w wypadku, ale padła ofiara zamachu. Została zamordowana. Abdallah pilnował owego sekretu, ponieważ tego wymagała racja stanu. Ale to może się jeszcze zmienić. Król umierał, a schedę po nim obejmie Ahmad — starszy brat Alego.

Ahmad był równie pragmatyczny jak sam Abdallah i na tyle praktyczny, na ile Ali był porywczy. Nie żywił wobec Malika żadnych szczególnych uczuć — ani sympatii, ani też niechęci — uważał go jednak za potencjalnie wartościową postać dla al-Remal. Być może należało poinformować Ahmada, że jego brat już o mały włos poważnie nie nadwyrężył stosunków Malika z ojczyzną i że może spróbować tego znowu. Ahmad będzie wdzięczny za tę informację.

Gdy zaś chodzi o Alego, nie należy robić sobie z niego wroga tak długo, jak będzie panował nad swoimi emocjami. Teraz Abdallah musiał rozwikłać tylko jeszcze jedną tajemnicę — odkryć, gdzie przebywają Amira i Karim Rashad.

Karim

— Amerykanie nie są zdolni pojąć arabskiego świata. Ich polityka bliskowschodnia całkowicie się skompromitowała. Przekonanie, że wiedzą, co dla nas najlepsze, jest aroganckie, destrukcyjne i świadczy o skrajnej hipokryzji. A te tak zwane „inicjatywy pokojowe" w najlepszym wypadku odniosą krótkotrwały efekt.

Dobry Boże, pomyślała Jenna. Jeszcze nigdy nie słyszałam tak demagogicznej przemowy — w każdym razie nie we własnym salonie i nie z ust nastoletniej pannicy.

Ową oratorką była Jacqueline Hamid, córka profesora Nassera Hamida, znanego egipskiego pisarza, wykładowcy na Uniwersytecie Bostońskim. Jacqueline chodziła z Karimem do klasy i zupełnie go oczarowała. Karim siedział obok dziewczyny i zachłannie chłonął każde jej słowo, potakiwał energicznymi skinieniami głowy, a oczy płonęły mu z podziwu.

— Właśnie. Nawet ty nie możesz temu zaprzeczyć, mamo.

To było wyzwanie.

Jak miała na nie odpowiedzieć? Jenna nie tylko nie zgadzała się z wygłoszoną opinią, ale na dodatek uważała Jacqueline za dziewczynę pompatyczną i zawziętą, jednym słowem — nieznośną. Gdyby jednak powiedziała, co myśli, zraziłaby do siebie własnego syna, wyraźnie zauroczonego tą drobną ciemnowłosą pięknością o czerwonych, pełnych wargach i wielkich, czarnych oczach.

— Wysłuchałam wykładu twojego ojca na temat feminizmu egipskiego — rzuciła Jenna, unikając odpowiedzi na pytanie syna. — Był bardzo interesujący. Zastanawiam się jednak, czemu nie przeraża go powrót do zasłaniania twarzy — nawet w takich wielkich miastach, jak Kair, i wśród studentek uniwersytetu.

— Być może nie rozumie pani istoty ostatnich socjoreligijnych przemian w Egipcie — oświadczyła Jacqueline mentorskim tonem. — Od tak wielu lat mieszka pani w Stanach; Karim mówił mi też, że wychowywała się pani głównie w Europie. Uległa pani zachodnim wzorcom. Straciła kontakt ze swoimi egipskimi korzeniami.

Jenna była w szoku. Chociaż Karim spędzał dużo czasu w domu Hamidów i nieustannie cytował ojca lub córkę, aż do tej pory nie przypuszczała, że jej syn dyskutuje o niej z Jacqueline — i do tego poddaje jej poglądy analizie.

Uznając milczenie Jenny za przyznanie się do błędu, dziewczyna rozpoczęła przemowę w obronie arabskich zwyczajów w ogóle, a zasłaniania twarzy w szczególności.

— W krajach konserwatywnych, takich jak al-Remal, kobiety cieszą się ochroną i szacunkiem ze strony mężczyzn, o jakich ich siostry z Zachodu nawet nie mogą marzyć. Bo i do czego doprowadził ten tak zwany „ruch feministyczny" na Zachodzie? Zmienił kobiety w mężczyzn drugiej kategorii. Osobiście, wcale mi to nie odpowiada.

Jennie aż zmroziło krew w żyłach. Jakże bezmyślni potrafią być młodzi ludzie — i jakże niebezpieczni, szczególnie gdy są przekonani, że mają patent na jedyną prawdę. Ta młoda dziewczyna żyjąca w dobrobycie nie rozumiała, jak wiele ma szczęścia w życiu. Jak jest uprzywilejowana, że może otworzyć usta i głosić, co jej się podoba. Kompletnie nie zdawała sobie sprawy, że za to samo zostałaby ukarana, może nawet zabita, w tych konserwatywnych arabskich krajach, które tak bardzo gloryfikowała.

— Sądzę, że życie w państwach, o których mówisz, nie jest ani w połowie tak romantyczne, jak ci się wydaje — odparła beznamiętnym głosem Jenna. — Kobietom nie wolno tam prowadzić samochodów, mogą podróżować jedynie w towarzystwie brata lub męża. Nie mają żadnych praw obywatelskich i właściwie nic nie mogą zrobić bez zgody mężczyzny.

Na Jacqueline jej słowa nie wywarły większego wrażenia.

— Wydaje mi się, że niektóre z tych praw nie mają racji bytu w miejscach takich jak al-Remal — stwierdziła lekceważącym tonem.

— A co z prawem do życia? — spytała Jenna, bezwiednie podnosząc głos. — Co z prawami kobiety, którą zastrzelił brat, ponieważ uznał ją za nie dość skromną? Co z żoną, którą mąż zadźgał nożem, tylko dlatego, że chciała rozwodu? Czy według ciebie jej prawo do istnienia jest pozbawione racji?

Karim i Jacqueline wpatrywali się w nią oniemiali. Karim zdawał się szczególnie oburzony jej pełnym pasji wystąpieniem, które niewątpliwie uznał za barbarzyńskie i naszpikowane uprzedzeniami.

— Zdaje się, że nasłuchała się pani jakichś sensacyjnych opowieści o al-Remal — skwitowała beznamiętnie Jacqueline. — Czy kiedykolwiek była tam pani osobiście?

— Dużo... dużo czytałam o świecie arabskim po przyjeździe do Stanów — odparła niepewnie Jenna, unikając w ten sposób kolejnego bezpośredniego pytania.

— Czytać a doświadczyć to dwie różne rzeczy — żachnęła się dziewczyna z nie znoszącą sprzeciwu pewnością w głosie. — Większość artykułów i książek na temat Bliskiego Wschodu jest pisana przez ludzi Zachodu. A oni nie pojmują naszych wartości, nie rozumieją naszej orientalnej duszy.

— Zgadzam się, że po obu stronach można dostrzec pewne niezrozumienie kulturowe. Czy napiłabyś się herbaty, Jacqueline? A może kawy?

Najlepiej było zakończyć tę dyskusję. Jenna obawiała się, że już i tak powiedziała zbyt dużo, a poza tym Jacqueline nie zamierzała wysłuchiwać argumentów kobiety, której „orientalna dusza" uległa atrofii. Gdy zaś chodziło o Karima — był tak zadurzony w tej dziewczynie, że bez zastanowienia przyłączyłby się do każdego dżihadu, który przyszłoby jej do głowy ogłosić.

— Czyż ona nie jest super, mamo? — spytał Karim, gdy już odprowadził Jacqueline do domu.

— To... to bardzo interesująca młoda kobieta.

— A żebyś wiedziała, jaki inteligentny jest jej ojciec! I ile wie o Egipcie. Wciąż mnie o ciebie wypytuje. Powiedziałem, że wkrótce będziemy musieli się wszyscy razem spotkać. Założę się, że zna ludzi, wśród których dorastałaś. Czy nie byłoby miło się dowiedzieć, co u nich teraz słychać?

Jenna mimowolnie wykrzywiła usta. Ostatnią rzeczą, na jaką miała ochotę, były drobne pogaduszki z profesorem Hamidem. Jak wiele nowych kłamstw musiałaby znów wymyślić? Czy zdołałaby wykreować nieistniejących znajomych? Opowiadać o Egipcie dość przekonująco, by usatysfakcjonować kogoś, kto zna ten kraj od podszewki? I niczym się nie zdradzić? A gdyby została przyłapana na kłamstwie, to co wtedy?

W cichości ducha przeklinała dzień, w którym Karim poznał Jacqueline. Z drugiej strony, przyznawała uczciwie, że tym, co przyciągało go do tej dziewczyny nie były jedynie rozbuchane, młodzieńcze hormony. Łączyło ich poczucie wspólnoty etnicznej — przynależności do arabskiego świata — a także tragedia osobista. Karim wierzył, że jego ojciec zginął. Jacqueline od lat nie widziała matki — absolwentki amerykańskiego uniwersytetu, która poznała, poślubiła, a potem porzuciła profesora Hamida: po prostu pewnego dnia odeszła z jego życia. Z ostatnich wiadomości wynikało, że obecnie mieszkała w Australii z pewnym producentem telewizyjnym.

Niewątpliwie ten fakt tłumaczył głęboką niechęć Jacqueline do „zachodniego" modelu życia i wyzwolenia kobiet. Gdyby przyszła na terapię, już w czasie pierwszej sesji stałoby się to oczywiste jak słońce. Ale Jacqueline nie była pacjentką Jenny.

Była przyjaciółką Karima, który spędzał z nią większość wolnego czasu. I do tego była kompletnie niestrawna.

Fascynacja dziewczyną nie była jedyną oznaką dojrzewania Karima. Przestał być dzieckiem, stawał się mężczyzną. Gdy przeszedł mutację i pogłębił mu się głos, gdy kości i muskuły nabrały masy, zaczął wkraczać w okres buntu i zmiennych nastrojów. To było typowe zachowanie nastolatka, jednak podobnie jak Jacqueline — kompletnie niestrawne.

Pewnego wieczoru zadzwoniono do Jenny z Sanktuarium — schroniska dla maltretowanych kobiet, w którym pracowała społecznie dwa razy w tygodniu.

— Chodzi o Tabethę Coleman — poinformowała Liz Ohlenberg, również wolontariuszka. — Została aresztowana, a w każdym razie zatrzymana do wyjaśnienia. Nie bardzo zrozumiałam szczegóły.

Jenna skojarzyła nazwisko z młodą dziewczyną, jej dawną pacjentką, która już od kilku miesięcy nie pojawiała się w schronisku.

— Co się stało?

— Postrzeliła swojego męża.

— Zabiła go?

— Nie. Dostał w nogę. Zdaje się, że nic mu nie będzie.

— Ale czemu go postrzeliła? To znaczy, w jakich okolicznościach? Z tego, co wiem, wyprowadziła się z domu.

— Podobno zjawił się pijany pod drzwiami jej nowego mieszkania i domagał się, żeby go wpuściła. Zadzwoniła po policję, ale zanim przyjechali, on zaczął forsować zamek. Miała skądś pistolet — nie powiedziała skąd — i strzeliła do niego przez zamknięte drzwi. Twierdzi, że jedynie chciała go przestraszyć.

— To mi wygląda na samoobronę.

— Nie wiem. Jak ci wspominałam, nie mówiła zbyt jasno. Odniosłam jednak wrażenie, że to broń stanowi problem. Tabetha zdobyła ją nielegalnie, oczywiście.

— Czy ma adwokata?

— Zostawiłam wiadomość na sekretarce Lou Leahy'ego. Jeśli wkrótce do mnie nie oddzwoni, spróbuję się skontaktować z Angelą Trosclair. Ale Tabetha bardzo chciałaby się spotkać właśnie z tobą. Wiem, że nie masz dziś dyżuru, czy jednak nie mogłabyś do niej pojechać?

— Tak. Oczywiście, że pojadę. Na którym posterunku ją trzymają?

Jenna odłożyła słuchawkę i wówczas zauważyła, że obok stoi Karim. Najwyraźniej przysłuchiwał się rozmowie.

— O co chodzi?

Jenna pokrótce streściła wypadki.

— Mamo, czy ty wierzysz w istnienie dobra i zła?

— Naturalnie. Dlaczego pytasz?

— Czemu w takim razie pomagasz osobom, które złamały prawo?

Po raz pierwszy Jenna zadała sobie to pytanie na samym początku swojej prywatnej praktyki. I zrozumiała, że robi to w imię pamięci Philippe'a, który nauczył ją, że człowiek niosący uzdrowienie powinien być wyrozumiały i tolerancyjny, powinien powstrzymywać się od osądów, a przede wszystkim koncentrować się na pomocy innym.

— Mamo?

— Przepraszam. Zastanawiałam się nad twoim pytaniem. Uważam, że mojej pracy nie można rozpatrywać w kategoriach dobra i zła; ona polega na łagodzeniu ludzkiego cierpienia.

Skrzywił się tak, jakby była uczennicą, która udzieliła złej odpowiedzi na banalne pytanie.

— A co z mamą Josha? To podobno twoja przyjaciółka. Twierdziłaś, że chcesz jej pomóc. A teraz się prawie nie widujecie.

Ta uwaga zabolała — pewnie dlatego, że Jenna czyniła sobie podobne wyrzuty.

— To nie takie proste, Karimie — powiedziała w końcu, gorąco pragnąc, by syn ją wreszcie zrozumiał. — Ojciec Josha ma bardzo poważne problemy. Póki nie zdecyduje się na terapię, sytuacja będzie się tylko pogarszać. Wiesz, że pobił Carolyn i że to może się znowu zdarzyć. Z całego serca chciałabym im pomóc, ale Carolyn... ona w żadnym razie nie chce przyznać, że potrzebuje pomocy.

— Myślisz, że powinna tak po prostu odejść od męża? — Karim spoglądał na nią z dziwną mieszaniną ciekawości i odrazy.

— To o wiele bardziej skomplikowane — odrzekła Jenna, zastanawiając się przy tym, czemu jej syn ostatnio wciąż przeinacza wszystkie jej wypowiedzi i czemu ona sama nieustannie daje się spychać do defensywy. — Carolyn musi zapewnić sobie bezpieczeństwo. Odzyskać poczucie własnej godności. Na niewiele przyda się swojemu synowi, jeśli pozwoli się zabić, prawda?

Jej głos zabrzmiał ostro i skrzekliwie. Tymczasem wyraz pogardy na twarzy Karima był wierną kopią jednej z min Alego.

— Niedługo wrócę — oznajmiła, chwytając płaszcz i torebkę. — Tutaj masz pieniądze na pizzę.

Spojrzał na banknoty, odwrócił się i wyszedł z holu.

Pobiegła za róg, by znaleźć taksówkę, zżerana aż nazbyt dobrze znaną frustracją. Po raz kolejny postawiła fałszywy krok, nie wiedząc jak i dlaczego. Jej ukochany chłopiec zostawał wchłonięty przez kłótliwego, pogardliwego nieznajomego. Nie bluźnij, napomniała się w duchu. Karim był doskonałym uczniem i gwiazdą szkolnej drużyny futbolowej. W porównaniu z wieloma rodzicami powinna uznawać się za szczęściarę. A mimo to wciąż tęskniła do dawnych czasów, gdy wszystko, co robiła, w oczach jej synka uchodziło za najlepsze.

— A więc to pani jest Jenną Sorrel! Jakże mi miło, że się wreszcie spotykamy!

— Mnie również miło pana poznać, profesorze Hamid.

— Och, proszę mówić mi Nasser.

Jacqueline ma wiele ze swojego ojca, skonstatowała Jenna w duchu.

Fizycznie był nieatrakcyjnym mężczyzną — miał jednak wielkie ciemne oczy, które niektóre kobiety zapewne nazwałyby „pełnymi wyrazu". Jednocześnie było w nim coś przymilnego — jakaś służalczość, bardziej pasująca do handlarza z *souku* niż uznanego naukowca.

— Musisz mi wszystko o sobie powiedzieć — nalegał.

— Obawiam się, że nie mam nic ciekawego do powiedzenia.

— Absolutnie w to nie wierzę. Mój bliski przyjaciel, Naguib Mahfouz, utrzymuje, że za każdą prawdziwie piękną, kobiecą twarzą kryje się niezwykle ciekawa historia. Twoja musi być porywająca.

— Jesteś doprawdy bardzo miły.

Przyjaźń z kairczykiem, Naguibem Mahfouzem, laureatem literackiej Nagrody Nobla, była niewątpliwie powodem do dumy, jednak gdyby Hamid tak natrętnie nie powoływał się na słynnego znajomego, jego komplement miałby w sobie więcej uroku.

— Jak ci się podoba nasz mały *mahrajan*?

— Cudowny — odpowiedziała szczerze Jenna.

Mahrajan — festyn ludowy — odbywał się w Domu Weterana Wojennego. Pomimo nieco dziwacznego miejsca, jak na taką imprezę, Jennę ogarnęła niezwykła nostalgia, gdy tylko wraz z Karimem przekroczyła próg sali. Na dźwięk języka arabskiego zrobiło się jej ciepło na sercu, podobnie jak na zapach jagnięciny przyprawianej korzeniami i cynamonem. Na Boga, ile czasu minęło od chwili, gdy po raz ostatni doświadczała podobnych doznań?

Nawet nadskakiwanie profesora Hamida było do zniesienia — w odpowiednich granicach, oczywiście.

— Słyszałem, że sama świetnie gotujesz — powiedział, gdy znaleźli się w środku. — Doskonałe *adas biz-ruz* i *ruz bel shaghia*: najwspanialsze smaki rodzinnego kraju.

— Widzę, że mój syn ma długi język — powiedziała Jenna, rzucając Karimowi oskarżycielskie spojrzenie.

To prawda, parę razy gotowała popularne egipskie potrawy, będące teoretycznie smakami jej dzieciństwa. Chciała w ten sposób sprawić przyjemność synowi, którego nagle zaczęło zachwycać wszystko, co arabskie. Z tego samego powodu w małym sklepiku na Manhattanie kupiła kilka kaset ze starymi piosenkami Abdula Wahaba.

Jej gesty sprawiły Karimowi niekłamaną przyjemność. Dlatego też, gdy profesor Hamid zaprosił ich oboje na *mahrajan* (był jednym z organizatorów tej imprezy), Jenna nie miała serca się wymówić.

— To dobrze, że chłopiec poznaje swoje dziedzictwo — stwierdził autorytatywnie Hamid. — A gdy już o dziedzictwie mowa, musisz mi koniecznie o sobie opowiedzieć. Niewykluczone, że mamy wspólnych znajomych.

— Uhm — mruknęła Jenna i zajęła się stojącym przed nią daniem, zagarniając *hummus* i *tabbouleh* kawałkiem chlebka pita, tak jak nauczyła się w dzieciństwie.

Chwilę później spostrzegła, że Karim wbija w nią zdumione spojrzenie.

— O co chodzi? — spytała. — Coś nie tak?

— Nie, nic. Po prostu nigdy do tej pory nie widziałem, żebyś coś jadła bez noża i widelca.

— Chcesz powiedzieć, że nigdy nie widziałeś, jak jem hamburgera lub pizzę?

— Nie, miałem na myśli...

— Wiem, co miałeś na myśli. Ale wiesz, jak to jest. Jeśli wejdziesz między wrony...

— Pani sposób jedzenia jest absolutnie czarujący — wtrącił natychmiast Hamid. — Wręcz nie mogę się napatrzeć.

Jenna podniosła wzrok znad talerza i pochwyciła sekretne uśmiechy wymienione przez Jacqueline i Karima. Zachowywali się jak para swatów. Och, nie, pomyślała i niemal wybuchnęła śmiechem. Profesor Hamid był groźny, ale w zupełnie inny sposób, niż pierwotnie przypuszczała.

Na szczęście rozmowa nagle się urwała, bo na zaimprowizowanej scenie pojawił się popularny syryjski artysta. Czystym, wysokim głosem odśpiewał klasyczną, liczącą sobie tysiąc lat pieśń *qasidah* — wymagającą sporych umiejętności wokalnych i zdolności do instrumentalnej improwizacji. Widownia przytupywała do rytmu i nagradzała go gromkim aplauzem. Jenna uśmiechała się, słuchając tej eklektycznej mieszanki wschodniej muzyki — brzmiało to mniej więcej tak, jakby Rolling Stonesi zaczęli nagle wyśpiewywać średniowieczne chorały.

Następnym wykonawcą był Hanan — dawna gwiazda pierwszych libańskich filmów. Zniszczonym chropawym głosem, świadczącym o latach smutku i ciężkiego życia, odśpiewał wiązankę dawnych przebojów; po nim zaś zaprezentował się Abdul Wahab Kawkabani, akompaniujący sobie na przepięknie inkrustowanym *oud*.

Kiedy nastąpiła przerwa w występach, Hamid znowu podjął próbę oczarowania Jenny. Starała się być miła, lecz nie przesadnie. Uprzejma, ale nie zachęcająca. Na szczęście, nie miał już ochoty wysłuchiwać historii jej życia. W zamian rozwodził się nad dobrze mu znanymi ludźmi i miejscami w Egipcie. Próbowała nie krzywić się z niesmakiem, gdy unosił się nad „dekadenckim urokiem" Aleksandrii i „mistycznym majestatem" Sakkary. Zaczęła się w końcu zastanawiać, czemu, do diabła, od lat siedział w tym kraju, gdy takim zachwytem napawały go zupełnie inne rejony.

Kiedy przerwał perorę, by po raz kolejny udać się do bufetu, Karim szepnął jej do ucha:

— Czyż to nie wspaniały człowiek, mamo? Wyraźnie widać, że mu się spodobałaś.

— Uhm — mruknęła niezobowiązująco.

Musisz być bardzo ostrożna, napominała się jednocześnie w duchu. Musisz być bardzo ostrożna, bo Karim uwielbia tych ludzi.

Chwilę później muzycy zaczęli wykonywać rytmiczne folkowe melodie, przeznaczone do tańca. Karim chwycił Jacqueline za rękę i poprowadził ją na środek parkietu. Jenna ze zdumieniem patrzyła, gdy przewodzili kręgowi *dabka* — tradycyjnemu, grupowemu tańcowi arabskiemu.

— Czy to naprawdę ty, Nabilo? — Od sąsiedniego stolika dobiegł Jennę rozentuzjazmowany kobiecy głos.

— Słucham? — Jennę zdjął paniczny strach, choć nie miała pojęcia, kim mogła być owa Nabila.

— Nabila Ajami — ciągnęła kobieta, będąca mniej więcej w wieku Jenny. — Z Homs. Ja jestem Fadwa Kabbash. Dorastałyśmy w tej samej dzielnicy. Nie pamiętasz?

— Przepraszam, ale to jakaś pomyłka — odrzekła Jenna. — Pochodzę z Egiptu i nigdy nie byłam w Syrii. Bardzo mi przykro.

Kobieta zdawała się zdegustowana — jakby fakt, że Jenna jej nie poznawała, był dla niej swoistym afrontem. Podeszła do grupy roześmianych ludzi i zaczęła coś opowiadać z wielkim ożywieniem, wskazując w kierunku Jenny.

Jenna nie wiedziała, kim była Nabila, niemniej stary, znajomy strach wypełznął znowu na powierzchnię niczym nocny drapieżca. Nagle sala zrobiła się zbyt mała i zbyt tłoczna. Wybiegła więc na zewnątrz, a do oczu napłynęły jej łzy. Wieczna uciekinierka — taki los będzie jej już pisany do końca życia. Wpadająca w popłoch przy okazji najbardziej niewinnych pytań. Bo choć nie była Nabilą, nie była także Jenną Sorrel. Nie po raz pierwszy zaczęła się zastanawiać, czy powinna była opuszczać al-Remal — czy nie należało się poddać przeznaczeniu wyznaczonemu już w dniu jej urodzenia. A Karim? Czy nie czułby się szczęśliwszy, gdyby korzystał teraz z przywilejów należnych mu z urodzenia?

— Daj spokój — mruknęła gniewnie. — W żadnym przypadku nie zniosłabyś takiego jęczenia i użalania się nad własnym losem wśród swoich pacjentów. Czemu więc sama sobie na to pozwalasz? Po prostu staraj się, jak możesz najlepiej, Jenno, z nadzieją w sercu, że to wystarczy.

Travis

Kobiety szukające schronienia w Sanktuarium stanowiły reprezentatywny przekrój społeczeństwa amerykańskiego. Były bogate i biedne, czarnoskóre i białe, młode i stare. Łączyło je tylko jedno — wszystkie miały mężów lub partnerów stosujących wobec nich przemoc.

Jenna, prowadząc wtorkową wieczorną sesję, zachęciła Pamelę Shields, by podzieliła się z grupą swoją historią. Pamela przypominała Jennie Carolyn. Pochodziła z bogatej rodziny i jeszcze do niedawna mieszkała w ekskluzywnej rezydencji. Kiedy jednak postanowiła, że nie będzie dłużej znosić fizycznego znęcania się męża, on odciął ją od pieniędzy i pozostawił właściwie bez środków do życia.

— Nigdy wcześniej nie wiedziałam, że formalnie nic do mnie nie należy — powiedziała Pamela. — Jak długo zachowywałam się ulegle wobec Burke'a, pieniądze nie były żadnym problemem. Kiedy chciałam kupić sobie coś nowego z biżuterii czy ubrania, wystarczyło, że napomknęłam o tym mężowi, a on chętnie wszystko finansował. Ale gdy... gdy zdecydowałam się odejść, stwierdziłam, że wszystko, co posiadamy, jest zapisane na jego nazwisko. — Otarła oczy zmiętą chusteczką, po czym mówiła dalej: — Burke twierdzi, że gdy się z nim rozwiodę, zostanę bez grosza przy duszy. Oznajmił, że zabierze mi dzieci i już się postara, by zrozumiały, jaką jestem wyrodną matką.

— Nonsens! — wykrzyknęła Polly Shannon, drobna blondynka tuż po pięćdziesiątce. — Nie wierz w ani jedno jego słowo! Twój mąż ma pieniądze? To doskonale! Prawo nakazuje, żeby się nimi z tobą podzielił. Poza tym nie ma mowy, by zabrał ci dzieci — szczególnie jeśli są dowody na to, że stosował wobec ciebie przemoc.

— Sama nie wiem...

— Tylko spójrz na mnie — zażądała Polly. — W sądzie bardzo nieźle złoiłam Kevinowi tyłek. Pozbawił mnie tak wielu rzeczy, aż w końcu powiedziałam „dość". Teraz on jest w więzieniu, a ja wreszcie mogę zacząć nowe życie.

— Nie każdy jest tak silny jak ty — mruknęła Pamela.

— To nie ma nic wspólnego z siłą — wtrąciła łagodnie Jenna. — Nie mówimy przecież o zawodach w podnoszeniu ciężarów. Chodzi o to, co możemy zrobić i jak sobie nawzajem w tym pomóc.

Czemu te kobiety nie były zdolne dostrzec tej najprostszej prawdy? Czemu musiała w kółko im to powtarzać? Kochała swoją pracę, ale czasami czuła się sfrustrowana i bardzo znużona — niekiedy miała wrażenie, że walczy z wiatrakami. Tak jak tym razem. Teraz już tylko pragnęła, żeby sesja dobiegła końca. Miała też ku temu i inny powód: dzisiejszego wieczoru, podobnie jak miliony innych Amerykanów, mogła zobaczyć brata i posłuchać jego głosu. Malik miał się pojawić w telewizji w bardzo popularnym magazynie Sandry Waters.

Tymczasem Connie Jenks, młodziutka operatorka dźwięku, zawsze obnosząca się w kosztownych stylizacjach w stylu *grunge*, podniosła rękę niczym grzeczna uczennica.

— Słucham, Connie? — spytała uprzejmie Jenna, choć z góry wiedziała, co dziewczyna zamierza powiedzieć.

— Chciałabym coś zauważyć — zaczęła Connie. — To, co słyszę... to, co mówicie... odnoszę wrażenie, że wszystkie mnie ignorujecie tylko dlatego, że próbuję uratować swoje małżeństwo. Zachowujecie się tak, jakby więzienie lub rozwód były jedynym rozwiązaniem w przypadku mężczyzny, który... ma problemy. A tymczasem Steve próbuje zwalczyć swój problem i wierzę, że znowu będziemy razem, gdy tylko zrozumie, jakie popełniał błędy. A na pewno zrozumie. Czy wiecie, co ostatnio robi? Regularnie przysyła mi kwiaty. Dwa razy w tygodniu. I co wy na to? Czemu nigdy nie rozmawiamy na takie tematy... czemu nigdy nie mówimy o pozytywnych zmianach naszych partnerów?

W czasie tej przemowy Jenna zdołała niepostrzeżenie zerknąć na zegarek.

— Nikt nie twierdzi, że nie można rozwiązać niektórych problemów — zwróciła się do Connie. — Wierz mi jednak, że wysyłanie kwiatów i błaganie o przebaczenie nie są oznakami ozdrowienia. Przede wszystkim mężczyzna sam musi przyznać, że cierpi na poważne zaburzenia i że to one prowokują go do takich, a nie innych działań. Właśnie jego zaburzenia — a nie ty czy jakieś twoje zachowania. Potem musi się poddać terapii. Steve podjął pierwsze, niezbędne kroki i mam nadzieję, że ostatecznie osiągnie pożądany cel. Póki jednak się nie przekonasz, że postępuje zupełnie inaczej niż przez ostatnie trzy lata, powinnaś podchodzić do niego z dużą rezerwą.

— Zawsze mówisz tak, jakbyś doskonale znała problemy przemocy w rodzinie, Jenno — stwierdziła Polly. — Jakbyś znała je z autopsji. Czy ty też kiedyś żyłaś u boku takiego mężczyzny?

— Ja nie. Ale ktoś bardzo mi bliski. Ona też miała podobne odczucia jak Pamela. Również była przekonana, że jej mąż ma nad nią nieograniczoną władzę, a ona sama jest bezsilna.

— I jak sobie z tym poradziła?

— Odeszła od niego. Choć to było bardzo trudne. Zabrała syna i wyjechała do innego... do innego stanu. Zmieniła nazwisko, żeby mąż nie mógł jej odnaleźć.

— A potem? — nie dawała za wygraną Polly. — Czy ułożyła sobie życie?

— Tak. Znalazła pracę. Dobrze jej się powodzi.

— A spotkała innego mężczyznę?

— Nie — odparła Jenna, czując w sercu ukłucie smutku. — Pora przejść do następnego tematu.

Czuła się zażenowana, opowiadając o samej sobie, nawet jeśli przed światem udawała, że mówi o kimś zupełnie innym.

Jenna zatrzymała się przy kiosku i kupiła swoją codzienną porcję brukowców, chociaż ostatnio łatwiej było śledzić poczynania Malika, studiując działy gospodarcze poważanych gazet i czasopism. Stamtąd właśnie dowiedziała się, że jej brat wykupił angielską wytwórnię ekskluzywnych samochodów, a także nabył największą sieć multipleksów w Niemczech.

Tym razem w jednej z gazet jej uwagę przyciągnęła zupełnie inna historia. Bezrobotny Syryjczyk zabił swoją eksżonę, zabrał dzieci i uciekł ze Stanów — najprawdopodobniej do jednego z krajów Bliskiego Wschodu. Było to przerażające przypomnienie, jak śmiertelnym zagrożeniem może być zdeterminowany mężczyzna. Nawet najprzeciętniejszy, nie posiadający władzy i potencjału, jakim dysponował Ali. Jenna szybko oddaliła od siebie tę myśl. Nie będzie sobie psuć dzisiejszego wieczoru. Pospieszyła do domu, wsunęła czystą kasetę do wideo i rozsiadła się w swoim ulubionym fotelu.

Zadzwonił telefon. Zawahała się przez moment, w końcu jednak z westchnieniem podniosła słuchawkę. To była Toni Ferrante, która po paru latach terapii i po emocjonalnej walce z samą sobą, ostatecznie zdecydowała się rozwieść z mężem.

— Przepraszam, że dzwonię do ciebie do domu. Wiem, że mogę to robić tylko w bardzo nagłych przypadkach, ale nie mam pojęcia, Jenno, jak długo jeszcze zdołam tak dalej żyć. Pomyślałam, że może w ten weekend powiem chłopcom o moich preferencjach. Że może postarają się mnie zrozumieć, bo mnie kochają. A tymczasem dziś wrócili ze szkoły z opowiastkami o pedałach i lesbach — lżyli ich w najokrutniejszy, najohydniejszy sposób. I nagle zrozumiałam, że cały czas się oszukiwałam. Jeśli powiem im, że i ja jestem taką lesbą, po prostu mnie znienawidzą.

Jenna słuchała w milczeniu.

— Powiedz mi, że się mylę. Błagam, Jenno. Powiedz, że nie mam racji.

— Nie mogę, Toni. Jesteś inteligentną kobietą. Dobrze wiesz, że na początku chłopcy zareagują agresją. Może przez jakiś czas będzie im się nawet wydawać, że cię nienawidzą. Ale...

— Ale co? Wyrosną z tego? W końcu przejdą nad tą sprawa do porządku dziennego? Znów będą mnie kochać tak jak teraz?

— Przecież sama możesz sobie odpowiedzieć na te pytania. Nic nigdy nie pozostaje takie samo. Ale jaką masz alternatywę? Teraz też jesteś głęboko nieszczęśliwa.

— Wiem, że zawiodłam twoje oczekiwania, Jenno.

— Moje samopoczucie nie ma tu nic do rzeczy. To twoje życie, Toni. Chciałabym ci tylko pomóc przeżyć je w najlepszy możliwy sposób.

— A to oznacza pełną szczerość.

— Ty to powiedziałaś, nie ja.

Toni zamilkła na dłuższą chwilę.

— Rozumiem — podjęła po chwili. — Nie jestem tylko pewna, czy starczy mi odwagi.

— Z przyjemnością zorganizuję dla was sesję rodzinną, jeśli uznasz, że jest taka potrzeba — zaoferowała Jenna.

Kiedy się pożegnały, poczuła się jak najgorsza hipokrytka. Jak mogła namawiać Toni do szczerości, gdy sama od wielu lat okłamywała własnego syna?

Nawet Sandra Waters zdawała się oszołomiona, gdy — pilnie śledzona okiem kamery — przechadzała się po pokładach „Jihan".

— Od dziobu do steru jacht ma trzysta stóp — oznajmiła telewidzom Sandra. — Jego koszt? Czterdzieści milionów dolarów. Dodatkowe trzydzieści milionów pochłonęło urządzenie wnętrz. A wszystko to razem złożyło się na najbardziej luksusową łódź na świecie — pływający pałac rozkoszy z salą kinową, salonem odnowy biologicznej i lądowiskiem dla helikopterów.

Na przebitce ukazał się jacht żeglujący po morzu.

— Na „Jihan" jest pięćdziesiąt luksusowych kabin oraz sześćdziesięciu członków załogi, i bez tankowania może ona przebyć osiemdziesiąt pięć tysięcy mil — a więc przepłynąć przez Pacyfik i dwukrotnie pokonać Atlantyk. Zainstalowane odsalacze produkują z wody morskiej niemal dziesięć tysięcy galonów wody pitnej dziennie, a sześć gigantycznych lodówek mieści zapasy żywności na trzy miesiące.

Na ekranie ponownie pojawiła się Sandra Waters wkraczająca właśnie do jednej z kabin.

— Jednak najbardziej porywającymi pomieszczeniami na statku... — ciągnęła z entuzjazmem agenta nieruchomości — ...są łazienki. Ta tutaj, w kształcie rozłożystej muszli, została wykuta z jednego bloku onyksu, a wszystkie dodatki wykonano z dwudziestoczterokaratowego złota. Natomiast w następnej — na obrazie ukazało się kolejne pomieszczenie — znajdują się dwa bliźniacze wodospady; jest tu też olbrzymia wanna z białego onyksu oraz dodatki z chińskiego jadeitu.

Po chwili Waters weszła do imponującego apartamentu.

— Ażurowy sufit z wiązowego drewna i elektronicznie otwierane sekretne drzwi. Okrągłe łoże o średnicy ośmiu stóp. Salon będący repliką reprezentacyjnego salonu w hotelu „Plaza Athenée". Oraz wiele jeszcze innych cudów. A właścicielem tej skromnej łodzi jest ten oto człowiek — Malik Badir.

— Dobry wieczór, Sandro. — Malik powiedział to z lekkim zażenowaniem, podnosząc się na powitanie gościa. — Witam na pokładzie „Jihan".

Może to była kwestia oświetlenia, ale Malik nie wyglądał najlepiej — pod oczami miał głębokie cienie i sprawiał wrażenie przemęczonego. Niemniej wciąż uśmiechał się tym swoim rozbrajającym uśmiechem.

— Zwodował pan ten jacht mniej więcej rok temu. Podobno uroczystości z tej okazji trwały przez okrągły tydzień. Czy tak było?

— Rzeczywiście. I prawdę powiedziawszy, wcale nie jestem pewien, czy niektórzy z zaproszonych wtedy gości nadal nie przebywają na pokładzie.

— Panu na tym przyjęciu towarzyszyła...

— Owszem.

Nie było potrzeby wymieniania nazwiska niedawno rozwiedzionej, jednej z najsłynniejszych gwiazd filmowych, z którą Malik w owym czasie bardzo często pokazywał się publicznie; każdy widz doskonale znał tę historię.

— A czy państwo nadal...

— Nadal często się spotykamy. Jesteśmy dobrymi przyjaciółmi.

— Ale ma pan również inne... przyjaciółki.

Malik uśmiechnął się uwodzicielsko.

— Dzięki Bogu przebywanie w towarzystwie pięknych kobiet nie jest zabronione przez prawo. W przeciwnym razie mógłbym zostać aresztowany z powodu pani wizyty, Sandro.

Sandra zaczęła się wdzięczyć jak podlotek i minęła dobra chwila, zanim się zorientowała, co wyprawia.

— Jednak teraz nie ma kogoś wyjątkowego w pana życiu.

— Jest wielu wyjątkowych ludzi. Ale pani, jak sądzę, chce się dowiedzieć, czy przypadkiem w najbliższym czasie nie zamierzam się ożenić. Z przykrością muszę powiedzieć, że nie. — Wyglądał na szczerze zasmuconego. — Nie mam żadnych matrymonialnych planów. Nikt nie zdoła zastąpić mi mojej najdroższej żony.

Reporterka z powagą streściła okoliczności śmierci Genevieve.

— Jakiś czas potem znowu otarł się pan o tragedię. Został pan postrzelony w czasie próby porwania pańskiej córki i w rezultacie stracił pan rękę.

Jenna aż jęknęła. Do tej pory tego nie zauważyła. Marynarka Malika sprawiała wrażenie nonszalancko zarzuconej na ramiona. Teraz dopiero zdała sobie sprawę, że jeden rękaw jest pusty.

— ...powiedziano mi, że rana jest niegroźna — tłumaczył Malik — mimo że kość została strzaskana. Ale potem pojawiły się komplikacje, wdała się infekcja. Trzeba było amputować na wysokości ramienia.

Na Boga, jak mogło do tego dojść, zastanawiała się gorączkowo Jenna. Czemu nic o tym nigdy nie czytałam?

— Czy nie jest tak, że za swój wielki sukces, za nadzwyczajne bogactwo zapłacił pan bardzo wygórowaną cenę? — spytała Sandra, dotykając zdrowego ramienia Malika.

Jenna tymczasem oddałaby własną rękę, żeby tylko znaleźć się na jej miejscu.

Malik jedynie wzruszył ramionami.

— A teraz pojawiły się kolejne problemy. Zapewne pan wie, co mam na myśli. Coraz częściej słyszy się pogłoski, że zostanie pan postawiony w stan oskarżenia za pogwałcenie francuskiej ustawy antyszpiegowskiej. Podobno pośredniczył pan w kupnie myśliwców typu miraż przez pewne państwo Trzeciego Świata, które natychmiast odsprzedało maszyny królestwu al-Remal.

O tym Jenna także nigdzie nie czytała.

— Zwykłe nieporozumienie — stwierdził Malik.

— Jedynie nieporozumienie?

— Oczywiście.

— Czy zechciałby pan udzielić obszerniejszych wyjaśnień w tej kwestii?

— Nie. Proszę mi jednak wierzyć, że w najbliższym czasie wszystko się wyjaśni.

Jenna tak intensywnie wpatrywała się w telewizor, że nie zauważyła, jak Karim wszedł do pokoju.

— Znasz Malika Badira? — zapytał syn podejrzanie obojętnym tonem.

— Czemu pytasz?

— Bez specjalnego powodu. Po prostu miałaś jakąś taką minę... pomyślałem, że to ktoś, kogo już spotkałaś.

— Czy ja wyglądam na osobę, która może znać podobnego człowieka?

— Nie wiem. Dlatego spytałem.

Przez parę kolejnych dni Jenna zamartwiała się prawnymi problemami brata. W końcu doszła do wniosku, że musi dowiedzieć się czegoś więcej, usłyszeć to, czego nie chciał powiedzieć publicznie w telewizji. Postanowiła więc zadzwonić do Laili. Tylko ten jeden raz. Od ich ostatniego spotkania bratanica skontaktowała się z nią dwukrotnie, a potem zamilkła. Jenna nie mogła mieć do niej o to pretensji w sytuacji, gdy sama zerwała ich świeżo zawiązaną przyjaźń, i to odwołując się do marnych wymówek. Poza tym dziewczyna miała na pewno tysiące ciekawszych rzeczy do roboty niż wdawanie się w pogawędki z kobietą, której prawie nie znała.

Laila wciąż mieszkała w hotelu „Pierre". Ku zdumieniu Jenny wcale nie była zdziwiona jej telefonem.

— Jak się masz? — spytała.

— Doskonale. Doskonale. A ty? Jak ci się podoba Columbia?

— Świetna uczelnia. Super.

— Jesteś już pewnie na drugim roku?

— Na ostatnim.

— Ach, tak. A co u twojego ojca? — zagadnęła Jenna najbardziej obojętnym tonem, na jaki udało jej się zdobyć. — Nie chciałabym się wtrącać w nie swoje sprawy, jednak ostatnio krążą pewne historie...

— Masz na myśli tę szopkę Sandry Waters?

— Prawdę mówiąc, tak.

— Nie ma żadnego powodu do niepokoju. Tata poradzi sobie bez trudu. Jak się zapewne domyślasz, ma wielu wrogów, którzy próbują mu zaszkodzić. Ale ojciec wkrótce rozwiąże ten problem. Osobiście mnie o tym zapewnił.

Jenna oczami wyobraźni już widziała Malika — aroganckiego, pewnego siebie. Jakże różnił się teraz od młodego człowieka, który uciekał z al-Remal, by ratować siebie i córkę. A mimo to Sandra Waters w pewnym sensie miała rację. Bo jednak jest wiele rzeczy, których nie można kupić za pieniądze. Genevieve zginęła. A Laila? Czy nie byłaby szczęśliwsza, bezpieczniejsza, gdyby wiodła normalne życie u boku przeciętnego ojca?

Zakończyły rozmowę wzajemnymi zapewnieniami, że pozostaną w kontakcie, Jenna jednak wyraźnie wyczuwała, że Laila jest już myślami gdzie indziej. Może przy chłopaku? Próbowała sobie wyobrazić, jak na dorastanie córki patrzy Malik. Czy ten niegdyś tak buntowniczy syn toleruje te same zachowania u córki? Na tę myśl bezwiednie się uśmiechnęła.

To był zbieg okoliczności. Czyste zrządzenie losu.

Niewiele brakowało, a Jenna odwołałaby swój udział w konferencji, mimo że była jedną z prelegentek. Po prostu doszła do wniosku, że ma zbyt dużo pracy, by spędzić cały weekend w Portoryko.

W końcu jednak to Karim przekonał ją do wyjazdu.

— Rodzice wszystkich moich znajomych regularnie gdzieś jeżdżą na wakacje. Ty nigdy się stąd nie ruszasz. A przecież potrzebujesz relaksu i wypoczynku, mamo, nawet jeśli miałoby to być jedynie siedzenie na plaży w towarzystwie innych szarlatanów.

Jej syn nie wygłosił tej opinii w egoistycznym celu pozbycia się matki z domu. Karim w tym czasie wybierał się z Hamidami do ich letniego domku w Cape.

— Może masz rację — zgodziła się niechętnie. Ostatnimi czasy, pomimo dużej ilości pracy i ciągłego zamartwiania się problemami Malika — a może właśnie z obu tych powodów — miała wrażenie, że w jej życiu zapanowała całkowita stagnacja.

Parę dni na tropikalnej plaży mogło stanowić przyjemną odskocznię.

Kiedy następnego ranka rozsiadła się w wygodnym fotelu klasy biznes, w samolocie American Airlines lecącym do San Juan, od razu pomyślała, że powinna raz jeszcze przejrzeć swoje wystąpienie. Daj sobie spokój, Jenno, napomniała się w duchu. Przecież znasz to wszystko na pamięć. Po prostu odpręż się i ciesz życiem. Obowiązki związane z konferencją zajmą ci najwyżej pół dnia. Resztę czasu będziesz miała tylko dla siebie.

Moment przyjemnego oczekiwania na start zakłócił niski chropawy baryton, któremu po chwili zawtórował afektowany, kobiecy śmiech. Jenna uniosła powieki. Jedna ze stewardes z zachwytem w oczach podprowadziła do fotela sąsiadującego z fotelem Jenny wysokiego szczupłego mężczyznę, bardzo opalonego, o jasnych, gdzieniegdzie przyprószonych siwizną włosach i błękitnych zmęczonych oczach.

— Czy mogę przynieść panu coś do czytania? — spytała dziewczyna wyraźnie zauroczona mężczyzną. — A może podać jakiegoś drinka?

— Ach, skarbie, obiecałem mamie, że nie będę tykał alkoholu przed wybiciem południa. Co prawda obiecałem jej także mnóstwo innych rzeczy. Może więc, gdy już znajdziemy się w górze, skuszę się na jedną Bloody Mary.

Stewardesa znowu roześmiała się perliście, jakby właśnie usłyszała najlepszy dowcip na świecie.

O rany, jęknęła w duchu Jenna. Do czego zdolne są niektóre kobiety!

— Travis Haynes, do usług. — Mężczyzna zwrócił się w stronę Jenny, wyraźnie oczekując, że ona również się przedstawi.

— Jenna Sorrel — odparła swoim najbardziej zniechęcającym tonem.

Pan Haynes zdawał się jednak tego nie zauważać.

— Ładne imię — stwierdził.

Gdy tylko przestał migać napis „PROSZĘ ZAPIĄĆ PASY", pojawiła się przy nim stewardesa z drinkiem.

— Czy mogłabym dostać pana autograf? Bardzo proszę! — Zaczęła trzepotać rzęsami, na podobieństwo heroin z najbardziej romantycznych telenowel.

Travis Haynes złożył swój podpis na papierowej serwetce.

— Może pani siedząca obok mnie też by sobie czegoś życzyła — zasugerował znaczącym tonem.

— Nie — odparła chłodno Jenna.

— Pięknie panu dziękuję, panie Haynes. — Dziewczyna ponownie rozpłynęła się w uśmiechach, po czym wreszcie zniknęła.

— Przebrzmiała sprawa — skomentował Travis. — To mniej więcej tak jak z motocyklami Harley-Davidson. Niekoniecznie trzeba chcieć na nich jeździć, ale miło człowiekowi na duszy, że jeszcze je produkują.

Jenna ze zdziwieniem odkryła, że się uśmiecha. W ustach większości mężczyzn podobna uwaga zabrzmiałaby obraźliwie. W przypadku Travisa zdawała się niewinna i autentycznie zabawna. Kim był ten mężczyzna o niewątpliwym uroku i tak silnym południowym akcencie, że w pierwszej chwili miała kłopoty, by go zrozumieć?

— Ta dziewczyna była panem szczerze oczarowana — stwierdziła.

— Ryzyko zawodowe — odparł Travis.

— A jaki to zawód?

Czy rzeczywiście chciała wiedzieć?

— Och, staję na scenie, trochę pojęczę, trochę postękam, a niektórzy nazywają to piosenkami country. Widzę jednak, że nie wszyscy o mnie słyszeli. Nie ma sprawy — zapewnił ją, chociaż wcale nie zamierzała przepraszać za swoją ignorancję. — Mam zwyczaj znikać z publicznego życia, ilekroć staje przede mną szansa zyskania prawdziwej sławy.

— Naprawdę? A jak pan sądzi, czemu tak się dzieje? — spytała Jenna z profesjonalnym zainteresowaniem. Ta autoironia Travisa zdawała się jej czarująca — stanowiła miłą odmianę po zachowaniach typowych bostończyków. Travis najwyraźniej był przedstawicielem typu określanego przez Amerykanów jako „chłopak z sąsiedztwa".

— Nie mam pojęcia. Ale za to moja agentka ma na ten temat kilka teorii. A każda następna gorzej świadczy o moim charakterze.

— Na przykład?

— Kiedyś mawiała, że jestem strasznym idiotą, i na tym poprzestawała. Ostatnio jednak zaczęła chodzić na jakąś t e r a p i ę... — W jego ustach to słowo zabrzmiało jak tanie kuglarstwo — ...i teraz twierdzi, że cierpię na lęk przed osiągnięciem sukcesu.

— A pan w to wierzy? — zainteresowała się Jenna, zastanawiając się jednocześnie, czy agentka była jedynie agentką, czy może kimś bardziej znaczącym w jego życiu.

— W żadnym razie. Inaczej bym się nie decydował na mój dziewiąty czy może już dziesiąty *comeback*.

— Naprawdę? — Ponownie odezwała się w niej profesjonalistka.

Travisa coś tknęło.

— Zadaje pani mnóstwo pytań. Czym się pani zajmuje?

— Jestem psychologiem — przyznała, zdziwiona, że powiedziała to takim przepraszającym tonem.

Uśmiechnął się szeroko, a w jego oczach zamigotały wesołe ogniki.

— A niech mnie! Ja to wiem, do kogo otworzyć usta, nie ma co. I jak wypadłem w czasie psychoanalizy, doktorze?

Jenna skwitowała jego uwagę milczeniem i lekkim uśmiechem.

— Nie chce pani odpowiedzieć na moje pytanie. Zadam w takim razie następne. Może zechciałaby pani przyjść dziś na mój występ do „Hiltona"? Gwarantuję najlepsze miejsce, szampana i wszelkie możliwe szykany.

— Będę bardzo zajęta — odparła uprzejmym tonem. — Obawiam się, że nie znajdę czasu na tego typu rozrywki.

Nie doceniła jednak siły perswazji Travisa. Zanim podano

posiłek, już nakłonił ją, by obejrzała jego „dziewiąty, a może dziesiąty *comeback*". A nim wylądowali w San Juan, opowiedział o najważniejszych wydarzeniach ze swojego życia. Miał czterdzieści jeden lat, a więc był młodszy, niżby wskazywał na to jego wygląd, śpiewał od dwunastego roku życia — „to znaczy za pieniądze; dla przyjemności zacząłem śpiewać o wiele wcześniej". Chociaż nigdy nie został gwiazdą pierwszej wielkości, zarabiał dużo, dużo wydawał, zarabiał więcej i ponownie tracił.

— Wydaje mi się, że robię to dlatego, by mieć bodziec do dalszej pracy — wyznał z rozbrajającym uśmiechem.

A Jenna uznała, że to wysoce prawdopodobne.

Czy to rzeczywiście ja?, zapytywała się w duchu, gdy w barze karaoke hotelu „Hilton" razem z Travisem wyśpiewywała *You Are My Sunshine*. Na pewno nie była to Amira Badir. Gdy zaś chodzi o Jennę Sorrel — jeszcze nigdy do tej pory nie czuła się tak beztrosko i frywolnie. I rozkoszowała się każdą chwilą.

Część artystyczna wieczoru była zabawna. Jenna jeszcze nigdy wcześniej nie oglądała na żywo tancerek poubieranych w skąpe, naszywane cekinami stroje; tak zwanego „magika" i staromodnego brzuchomówcy. Sprawiały jej przyjemność znaczące uśmiechy, które posyłał jej Travis w czasie swojego występu, odbywającego się przy akompaniamencie entuzjastycznych pisków jego fanek. I bardzo jej pochlebiło, gdy na koniec przedstawił ją wszystkim jako swoją piękną przyjaciółkę z „Baustonu".

Jego radosny entuzjazm był tak zaraźliwy, że dała się porwać na *ad hoc* zorganizowane przyjęcie w hotelowym salonie, gdzie Travis wykonywał swoje ulubione piosenki dla grupy zagorzałych fanów. Kiedy już mu się znudziło śpiewanie, chwycił Jennę za rękę i oprowadził po kasynie, zachęcając, żeby zgrała w ruletkę, blackjacka i kości.

Jakże obecna przygoda różniła się od wypraw z Alim do kasyn Monte Carlo i Londynu! Travis traktował hazard jak zabawę dla nadpobudliwych dzieci. Kiedy przegrywał — teatralnie jęczał i załamywał ręce. Gdy wygrywał — krzyczał z radości i zamawiał drinki dla wszystkich siedzących z nim przy stoliku.

Czy to rzeczywiście ja?, zastanawiała się ponownie, gdy znalazła się w jego ramionach. Bardziej niedobranej pary już chyba nie można sobie wyobrazić. Ale dzielące ich różnice nie miały najmniejszego znaczenia, gdy spacerowali po plaży o świcie, gdy pływali w morzu o wschodzie słońca i całowali się tuż przed zaśnięciem w wielkim łóżku w pokoju Travisa.

Przez resztę tego, jakże krótkiego, pobytu w Portoryko Travis zabiegał o względy Jenny i adorował ją z namiętnością, jakiej jeszcze nigdy nie zaznała. Obdarzał ją kwiatami, komplementami, śmiechem. W ciągu dnia oferował mnóstwo rozrywek (takich, jakie byłyby zapewne jej udziałem, gdyby dorastała w Ameryce), w nocy — wiele czułości. I chociaż Jenna prawie nie spała w czasie tego weekendu, czuła się świeża i zrelaksowana.

Kiedy nadszedł czas rozstania, poczuła się nieswojo. Czy był to początek nowego związku? Czy jedynie drobne, nic nie znaczące interludium? Czego ona sama właściwie oczekiwała?

Pożegnali się na lotnisku. Travis jeszcze przez tydzień miał występować w San Juan, a następnie w Los Angeles.

— Chciałbym się ponownie z tobą spotkać — powiedział pełnym powagi tonem.

Jenna skinęła głową i dała mu swoją wizytówkę.

Pocałowali się na do widzenia.

Już w samolocie ów weekend wydał się jej mirażem, nie mającym nic wspólnego z rzeczywistością, do której powracała. Jak, na Boga, mogłaby wytłumaczyć swój związek z Travisem Karimowi? Jak ma to sama zrozumieć, gdy już o tym mowa? Wiedziała jedynie, że Travis był dla niej przysłowiowym powiewem świeżego powietrza, wnoszącym nową jakość do jej klasztornego życia.

Zastanawiała się, jak na tę sytuację przygotować syna.

— Doskonale się bawiłam — oznajmiła na wstępie. — Portoryko jest przepiękne.

— Uhm — odparł Karim.

— Poznałam też dużo nowych ludzi. Bardzo sympatycznych.

— To dobrze.

Okazało się, że niepotrzebnie się przejmowała. Zanim Travis ponownie się z nią skontaktował, minęło ponad sześć tygodni.

— Daję dwa występy w Toronto — powiedział bez żadnego wstępu czy przeprosin, jakby ostatnio rozmawiali najdalej dwa dni temu — a potem dwa w Bostonie. Chciałbym cię odwiedzić, jeśli nic nie stoi na przeszkodzie.

— Nic, zupełnie — odparła, choć wcale nie była tego pewna.

Ponownie próbowała przygotować Karima na spotkanie z Travisem, mówiąc mu, że w ten weekend przyjaciel przyjdzie zabrać ją na kolację.

— Nazywa się Travis Haynes.

— Mężczyzna? Wybierasz się na kolację z mężczyzną? Kiedy do tego wszystkiego doszło?

— Do niczego nie doszło — odparła, próbując zachować spokój. Może syn jedynie się z nią droczył, jednak tą zaborczą reakcją natychmiast przypomniał jej Alego.

Travis zjawił się w piątkowy wieczór w swoim estradowym kostiumie: kowbojskim stroju z białej satyny, wyszywanym cyrkoniami. Karim i Jacqueline siedzieli w kuchni i robili popcorn. Gdy Jenna przedstawiła Travisa, Karim spiorunował go wzrokiem, a Jacqueline uśmiechnęła się pogardliwie.

— Mam dla ciebie prezent, kochanie — oznajmił Travis, wręczając Jennie dużą paczkę owiniętą w kolorowy papier.

— Och, nie trzeba było... — mruknęła. Powtórzyła te same słowa, gdy okazało się, że przyniósł jej kostium identyczny z jego własnym. Jenna nie była w stanie spojrzeć w oczy Karimowi.

Tak szybko, jak tylko pozwalała na to uprzejmość, wyprowadziła Travisa z domu. Kiedy znaleźli się już z dala od krytycznych spojrzeń młodzieży, odprężyła się i z dużą przyjemnością pochłonęła porcję muli i talerz spaghetti w małej restauracji na North End. A potem deser i kawę w „Copley Plaza" — w hotelu, w którym zatrzymał się Travis. Nie potrafiła jednak zrelaksować się na tyle, żeby zdobyć się na coś więcej.

— Nie mogę — stwierdziła nie bez żalu, uznała jednak, że to, co wydawało się całkiem naturalne w Portoryko, było zupełnie nieodpowiednie w Bostonie. — Karim by nie zrozumiał.

— Cóż, w takim razie ja będę musiał zrozumieć — powiedział Travis, a Jenna ucałowała go z wdzięczności.

— To nie jest mężczyzna odpowiedni dla ciebie — oświadczył stanowczo Karim następnego ranka. Przybrał tak absurdalnie paternalistyczny ton, że gdyby Jenna nie wpadła w oburzenie, zapewne wybuchnęłaby gromkim śmiechem.

Jego reakcja była w gruncie rzeczy naturalna. Karim nigdy wcześniej nie stanął przed perspektywą dzielenia się matką z kimkolwiek. Odczuwał zazdrość. Żeby to zrozumieć, nie trzeba było kończyć psychologii.

Kiedy jednak Travis dzwonił wiele razy w ciągu następnych miesięcy, okazało się, że zastrzeżenia Karima są nieco innej natury.

— Jeżeli już się musisz z kimś spotykać, czemu nie zaczniesz się umawiać z jakimś mężczyzną arabskiego pochodzenia? Czybyś się wstydziła własnych korzeni?

— Nie szukałam nikogo szczególnego do spotkań — wyjaśniała cierpliwie. — Po prostu poznałam bardzo miłego człowieka w samolocie. Czy nie sądzisz, że mam prawo do własnego życia?

Posłał jej niemal nienawistne spojrzenie. I przez ten krótki, straszny moment znów miała wrażenie, że widzi twarz Alego.

Trasy koncertowe Travisa i jego naturalna potrzeba przenoszenia się z miejsca na miejsce sprawiały, że tylko okresowo pojawiał się w życiu Jenny, co prawdę powiedziawszy, całkiem jej odpowiadało. Chociaż nie był to tak emocjonalny związek jak z Philippe'em, Travis jednak zdołał wyciągnąć ją z narzuconej sobie siłą izolacji. Dzięki niemu stała się mniej spięta, mniej poważna, zaczęła się śmiać z siebie i życia, nauczyła się bawić. Odkryła, że nadal jest młoda. A kiedy żartobliwie napomknęła, że są kochankami na pół etatu, Travis napisał piosenkę pod takim tytułem i oficjalnie zadedykował ją Jennie.

Grzywna dla Badira kończy aferę myśliwców Mirage — tak głosił największy tytuł na pierwszej stronie „Wall Street Journal". Po miesiącach ponurych rewelacji na temat podejrzanych międzynarodowych przepływów bankowych oraz prywatnych i biznesowych obyczajów kilku wysokich rangą europejskich dygnitarzy śledztwo przeciwko Malikowi zakończyło się spektakularną klapą. Jedynie kilku drugorzędnych urzędników zmuszono do dymisji. Natomiast Malik — poza tym, że zapłacił kolosalną grzywnę — wyszedł z całej afery bez najmniejszego szwanku.

Zachwycona, że bratu nic już nie grozi, Jenna była w radosnym nastroju. Niestety, nikomu nie mogła powiedzieć dlaczego. Ale być może właśnie to rozsadzające ją a skrywane poczucie szczęścia sprawiło, że gdy Travis zadzwonił i poprosił, by mu dotrzymała towarzystwa w czasie letniego *tournée* koncertowego, powiedziała sobie: „Czemu nie?" Z powodzeniem uda jej się wykroić dwa wolne tygodnie w sierpniu, szczególnie że Karim zamierzał niemal cały ten miesiąc spędzić w domu Chandlerów w Newport.

Ale gdy tylko się zgodziła, naszły ją wątpliwości. Nigdy nie przebywała w towarzystwie Travisa dłużej niż przez weekend. Co będą porabiać całymi dniami? I jak uda jej się zaadaptować do jego cygańskiego stylu życia?

Nie bądź śmieszna, napomniała się w duchu. Będziecie się razem świetnie bawić. Oderwanie się od codzienności doskonale ci zrobi.

Ostatecznie okazało się jednak, że jej obawy były uzasadnione. Trasa nie była miłym interludium, jakiego oczekiwała, ale nie kończącym się szaleństwem. Co gorsza, nawyki Travisa — nadmierne picie, hazard i ciągłe imprezowanie — tak urocze w małych dawkach, na co dzień stawały się nie do zniesienia. Z kolei intelektualne zainteresowania Jenny na dłuższą metę nie fascynowały Travisa.

Pod koniec sierpnia dla obojga stało się jasne, że ich romans dobiegł końca.

Rozstanie nie było ani gorzkie, ani gniewne.

— Pozostaniemy przyjaciółmi? — spytał Travis ze swoim charakterystycznym uśmiechem.

— Na zawsze — obiecała Jenna, czując smutek, ale zarazem wielką ulgę. Wychowano ją w przekonaniu, że związek mężczyzny i kobiety to bardzo poważna sprawa. Nigdy więc nie pociągała ją myśl, że seks — lub mężczyzna — może służyć wyłącznie zabawie.

Travis uświadomił jej przy okazji, że do tej pory nie zdawała sobie sprawy, jak bardzo była samotna. Teraz już to wiedziała.

Jak na ironię, ich zerwanie dało początek wielkiej karierze Travisa. Napisał słodko-gorzką piosenkę o ich rozstaniu, zatytułowaną *Ty i ja — to już koniec*, która znalazła się na pierwszym miejscu list przebojów muzyki country. W ten sposób „po dziewiątym, czy może dziesiątym *comebacku*", Travis stał się prawdziwą gwiazdą.

Tenże sierpień przyniósł również iracką inwazję na Kuwejt, po której w zimie doszło do operacji „Pustynna Burza". Amerykańska interwencja wzbudziła wielkie niezadowolenie Karima. I nie dlatego, że w jakikolwiek sposób faworyzował Irak i Saddama Husajna, ale ponieważ uważał, że Egipt został zmuszony do opowiedzenia się po stronie Stanów Zjednoczonych — mocarstwa, które nie rozumiało ani nie darzyło sympatią krajów arabskich.

Dziwne były podobne przekonania u chłopca, który mówił

z najczystszym bostońskim akcentem i wciąż na ścianie trzymał plakat z podobizną Wade'a Boggsa, swego czasu jednego z czołowych zawodników drużyny Red Sox. Do pewnego stopnia Jenna podzielała poglądy syna. Z drugiej strony, miała w życiu okazję poznać politykę państw bliskowschodnich od podszewki, nie była więc tak skłonna do wyznaczania sztywnych, moralnych granic jak Karim.

Niestety, ilekroć wygłaszała mitygujące sądy, jej syn kwitował je potokiem idealistycznej retoryki. Częściowo wynikało to z nieustającego uwielbienia, jakim darzył Nassera Hamida. Pod wpływem ojca Jacqueline Karim pochłaniał wszelkie książki i publikacje na temat Bliskiego Wschodu w ogóle, a Egiptu w szczególności. Zdecydował, że na studiach będzie się specjalizował w historii i polityce krajów bliskowschodnich. Miał nadzieję, że zostanie dyplomatą i w ten sposób nawiąże bliższy kontakt z regionem, który uważał za swoją kolebkę.

— Czyż dyplomaci nie powinni rozważać problemów z punktu widzenia obu stron? — zauważyła pewnego razu Jenna.

— Nie wszyscy dyplomaci muszą być tchórzami — usłyszała w odpowiedzi.

Gniew Karima i jego plany na przyszłość pogłębiały w Jennie poczucie winy. Jej syn budował swoją przyszłość na stworzonej przez nią fikcji. Co prawda jego babka była rzeczywiście Egipcjanką, pocieszała się niekiedy w myślach.

To marna wymówka, podpowiadało sumienie. Oszukałaś tego chłopca. Naopowiadałaś mu bajek, a tymczasem on w rzeczywistości jest prawdziwym księciem.

Teraz jednak już nic nie mogła na to poradzić. Zupełnie nic.

Uniki

W al-Remal pogoda zmieniała się powoli i stopniowo. W Bostonie, w ciągu kilku minut, słoneczne ciepło mogło przejść w lodowatą burzę. Teraz życie z Karimem przypominało życie w bostońskim klimacie.

Na przykład ten dzień, gdy dostarczono samochód. To było sobotnie przedpołudnie i Jenna właśnie przygotowała potężny brunch. Zjedli posiłek we względnej harmonii, dyskutując na temat zalet Harvardu, Yale, Dartmouth i Browna, bo Karim wciąż się zastanawiał, na której z tych uczelni podjąć studia.

Nagle w ciszę ich spokojnej ulicy wdarł się przeciągły dźwięk klaksonu samochodowego. Nie było to jednak nerwowe trąbienie kogoś, komu nagle zajechano drogę czy zastawiono wyjazd z miejsca parkingowego. Ten sygnał był radosny, entuzjastyczny. Jenna podeszła do okna i ujrzała zaparkowaną przy chodniku piękną czerwoną corvettę. Młody mężczyzna w sportowej marynarce właśnie przeglądał spis lokatorów w ich budynku, a wkrótce potem w mieszkaniu rozległ się dzwonek.

— Dostawa dla Jenny Sorrel. — W domofonie odezwał się rześki, pogodny głos. — Jednak żeby odebrać przesyłkę, trzeba się pofatygować na ulicę.

— O co chodzi? — spytał Karim od stołu.

— Jakieś nieporozumienie. Czy mógłbyś zejść ze mną na dół?

Karim rzucił okiem na corvettę i mruknął z podziwem:

— Ale czadowa.

Tymczasem młodzieniec w sportowej marynarce z wielką

swadą poprowadził Jennę do samochodu, po czym wręczył jej kluczyki i akt własności. Za wycieraczkę zatknięta była krótka notka: „Podatek od darowizny już opłacony. Nigdy bym tego bez ciebie nie dokonał. Ucałowania. Trav".

Kiedy Karim dostrzegł liścik, wyraz jego twarzy przeszedł z entuzjastycznego rozbawienia w lodowatą maskę gniewu. Spojrzał nienawistnie na matkę, potem na samochód i inkwizytorskim tonem zapytał:

— Do czego ty się posunęłaś, by na to zarobić?

Po czym wszedł do budynku, nie oglądając się za siebie.

W pierwszym odruchu Jenna chciała zwrócić samochód. Zadzwoni do Travisa, wyjaśni sprawę tak, by nie urazić jego uczuć. W końcu jednak doszła do wniosku, że — do cholery! — to przecież prezent dla niej i zupełnie nie widzi powodu, dla którego miałaby się zgodzić, by syn zepsuł jej tę szczególną chwilę. Jeżeli pozwoli, by rządził jej życiem, w ciągu tygodnia zostanie ubezwłasnowolniona.

— Niech pan wskakuje — zwróciła się do młodego mężczyzny. — Podwiozę pana z powrotem do salonu.

Kiedy wróciła, Karim siedział w swoim pokoju za szczelnie zamkniętymi drzwiami.

To był tylko jeden z wielu przykrych epizodów. Jenna tęskniła do bliskości, która kiedyś łączyła ją z synem. Gdzie zniknął ten promienny, miły chłopczyk, dla którego była alfą i omegą? I jak długo będzie zajmował jego miejsce ten nowy stwór — kłótliwy, krytyczny, nietolerancyjny?

Oczywiście, w warstwie racjonalnej zdawała sobie sprawę, że to typowe zachowanie nastolatka. Jej syn sprawdzał, jak daleko może się posunąć, próbował rozciągać granice, przymierzał się do statusu dorosłego człowieka. Złość i bunt przeciwko rodzicom to ważna faza dorastania, przygotowanie do separacji i zyskania niezależności. Najbardziej naturalny w świecie proces.

Doskonale o tym wiedziała. A jednak jako matka marzyła, by syn okazywał jej więcej miłości.

No cóż, ta zmiana była nieunikniona, ale zapewne tylko przejściowa. Już niedługo, gdy Karim poczuje się pewnie w nowej skórze dorosłego człowieka, znów staną się sobie bliscy, choć w inny, oparty na większym partnerstwie, sposób. Czyż nie?

To było bardzo krzepiące założenie. Skąd jednak mogła wiedzieć, że już całkiem niedługo wszystkie jej nadzieje legną w gruzach?

Kolejna domowa burza — tym razem dlatego, że Jenna nie poszła na spotkanie z Hamidami — *père et fille*. Profesor Hamid wydawał drobne przyjęcie, głównie dla przyjaciół z wydziału, którym zamierzał pokazać slajdy ze swojej ostatniej wyprawy do Luksoru. A Karim wielokrotnie podkreślał, że Jenna byłaby szczególnie mile widzianym gościem.

Ona tymczasem wymówiła się pilną pracą i ostatecznie Karim poszedł sam, ciężko na nią obrażony.

Co jednak miała zrobić?, powtarzała sobie w myślach, wiedziona poczuciem winy. Nie mogła powiedzieć synowi, że przerażała ją perspektywa znalezienia się w jednym pomieszczeniu ze specjalistami od historii i zagadnień kraju jej rzekomego pochodzenia. Nie mogła też oznajmić, że niepożądane awanse profesora Hamida budzą w niej głęboką odrazę. A już z pewnością nie mogła wyznać, że szczerze nie znosi zadufania w sobie Jacqueline, a właściwie prawie wszystkiego, co się wiąże z tą dziewczyną. Prawie — musiała bowiem przyznać, że owa panna nie brała narkotyków i nie wykazywała niezdrowego zainteresowania seksem. Wręcz przeciwnie — Jenna już dawno zauważyła, że Jacqueline miała wręcz dewocyjną awersję do cielesnych uciech. Na dodatek, była aż nadto politycznie poprawna.

Żeby jednak zmniejszyć poczucie winy wzbudzone niewinnym kłamstwem, Jenna zadzwoniła do Toni Ferrante, by się dowiedzieć, co u niej słychać.

— W niedzielę zjadłam razem z chłopcami brunch — zeznała Toni. — Nadal mieszkają z ojcem, powiedzieli jednak, że chcieliby spędzić ze mną cały nadchodzący weekend.

Dobre chłopaki, pomyślała Jenna. Może te lata cierpień w końcu doprowadzą Toni do szczęśliwego końca. Jenna poczuła zarówno profesjonalną, jak i osobistą satysfakcję, bo Toni stała się jej prawdziwie bliska.

Kiedy odłożyła słuchawkę, zabrała się do kolejnego i tym razem bardzo poważnego zadania. Miała opracować podanie o grant dla Sanktuarium. Jenna długo się zastanawiała, jak sformułować pismo i do kogo się zwrócić. Szczególnie, że swoją pracę w tym schronisku traktowała jak misję.

Wciąż nie mogła się nadziwić, że tak dużo amerykańskich kobiet — utalentowanych, wyzwolonych, obiektywnie niezależnych — znosiło akty przemocy domowej. Jenna czuła się sfrustrowana wysoką liczbą żon i partnerek, przez bardzo wiele lat skrywających ten brzydki, ponury sekret, uginających się pod brzemieniem wstydu — przekonanych, że zasłużyły na fizyczne maltretowanie, którego doświadczały. Tym jednak, co szczególnie motywowało Jennę do pracy, był brak zrozumienia problemów tych kobiet w społeczeństwie. Niekiedy nawet — o zgrozo! — profesjonaliści zadawali pytania w rodzaju: Czemu one nie odchodzą od swoich oprawców? Czemu pokornie znoszą fizyczne znęcanie? Czy coś z nimi jest nie w porządku?

Jenna wielokrotnie próbowała wyjaśniać, że nie ma jednoznacznych i prostych odpowiedzi na podobne pytania. U podłoża biernej postawy często leżał strach przed nieznanym. Strach przed wzbudzaniem w oprawcy jeszcze większego gniewu. Niska samoocena. Przekonanie, że nie ma dokąd iść. A bardzo często kombinacja tych wszystkich czynników naraz lub jeszcze całkiem inne, irracjonalne przekonania. W każdym razie był to bardzo skomplikowany problem. Niektóre kobiety trwały w przerażających związkach, znosiły wszelkie formy maltretowania i w końcu przypłacały to życiem. Ale były też takie, które szukały oparcia w instytucjach w rodzaju Sanktuarium. Natomiast jeszcze inne — podobnie jak Jenna — uciekały od piekła fizycznego i psychicznego udręczenia, nie myśląc o tym, dokąd zaprowadzi je desperacka decyzja.

Zadźwięczał dzwonek do drzwi i Jenna była pewna, że to Karim, który nałogowo zapominał kluczy do mieszkania.

A tymczasem w progu stanęła Laila.

— Cześć — powiedziała, jakby zaledwie wczoraj pożegnały się przed hotelem „Plaza".

Jenna wpatrywała się w dziewczynę — a właściwie już młodą kobietę — i czuła, że zalewa ją wielka fala czułości. W końcu jednak zdołała wykrztusić:

— Laila! Ależ niespodzianka! Jak się cieszę, że cię widzę! Co cię do mnie sprowadza?

— Cóż... prawdę mówiąc przyszłam się pożegnać. Nie pożegnać na zawsze, oczywiście. Ale chciałam cię powiadomić, że wkrótce wyjeżdżam.

— Do Francji? — Jenna poczuła, że zamiera jej serce. Nie widziała bratanicy od... Boże, ile to już minęło czasu? Jednak świadomość, że córka Malika mieszka w Nowym Jorku, że jest tak blisko, zawsze dodawała jej otuchy.

— Nie. Nic podobnego. Po prostu przenoszę się na UCLA. Będę studiowała reżyserię i filmoznawstwo. Podobno tam te kierunki są na bardzo wysokim poziomie.

— Też tak słyszałam. Mimo to dziwię się, że opuszczasz Nowy Jork. Przecież tak bardzo kochałaś to miasto. Ale wchodź do środka, Lailo. Nie stój w progu. Porozmawiajmy chwilę spokojnie.

Laila weszła do holu, ale zatrzymała się tuż przy drzwiach.

— Wpadłam tylko na chwilkę. Jestem z przyjaciółmi; podrzucili mnie tutaj, a sami pojechali do delikatesów. Zaraz po mnie wrócą.

— Przyjechałaś do Bostonu, żeby wpaść jedynie na minutę? — Jenna nic z tego nie rozumiała.

— Byłam z wizytą u starych przyjaciół. Jeszcze ze szkoły.

Laila rozejrzała się po mieszkaniu, nie zwracając jednak

uwagi na to, co widzi — najwyraźniej unikała wzroku Jenny. Ciężko przełknęła ślinę.

— Zostałam zgwałcona — powiedziała tak cicho, że Jenna ledwo dosłyszała jej słowa. — Cztery miesiące temu. Nie, nie patrz tak. Już wszystko ze mną w porządku. Naprawdę.

Błagam, nie, prosiła w duchu Jenna odległego, niemal obcego jej już Boga. Tylko nie moja śliczna bratanica.

— Tak mi przykro. — Bardzo starała się zachować spokój. — Jak do tego doszło?

Laila wzruszyła ramionami, ale temu nonszalanckiemu gestowi przeczył skurcz bólu na twarzy.

— To był ktoś, kogo znałam. I nawet lubiłam. — Kolejne wzruszenie ramion. — Nie ma sensu się nad tym rozwodzić. Co się stało, już się nie odstanie.

Jenna miała wielką ochotę mocno przytulić dziewczynę, przynieść jej ukojenie, ale całą swoją postawą Laila jasno dawała do zrozumienia, że woli zachować dystans.

Niedobrze, zdecydowała w myślach Jenna profesjonalistka. Ta zrezygnowana postawa nie rokuje najlepiej.

— Czy otrzymałaś jakieś wsparcie? Odbyłaś terapię?

— Tak... jasne. Kobieta, do której poszłam, nawet mi pomogła... jak sądzę. — Laila pilnie przyglądała się własnym butom. — Wiesz, przez moment nawet się zastanawiałam, czy się nie zwrócić do ciebie, ale doszłam do wniosku, że byłoby to jak... zwrócenie się do własnej matki. To pewnie głupio brzmi, ale...

— Nie, to wcale nie brzmi głupio — zdecydowała Jenna, z trudnością powstrzymując łzy.

— Ale teraz już naprawdę wszystko ze mną w porządku. Choć to jeden z powodów, dla których postanowiłam przenieść się do Los Angeles. Chcę się stąd wynieść.

Jenna doskonale rozumiała potrzebę ucieczki, miała jednak ochotę uświadomić bratanicy, że to nie zawsze jest najlepsze wyjście. Ale ledwo otworzyła usta, w drzwiach pojawił się Karim.

Zerknął na matkę, a zaraz potem na Lailę. W jego oczach wyraźnie kryło się pytanie: „O co tutaj chodzi?" Był jednak zbyt dobrze wychowany, by wyartykułować te słowa. Uśmiechnął się jedynie i czekał, aby matka zrobiła pierwszy krok.

Z braku lepszego pomysłu Jenna ich sobie przedstawiła.

— Laila Badir? — powtórzył Karim. — Jesteś jakoś spokrewniona z Malikiem Badirem?

— To mój ojciec.

— O rany. To znaczy chciałem powiedzieć...

— Tak, wiem — przerwała mu miękko Laila. Widać było, że już wielokrotnie w życiu spotykała się z podobną reakcją.

Ale odczucia Karima były o wiele głębsze, niż mogła przypuszczać Laila. Miał ochotę wykrzyknąć: „Dlaczego do nas przyszłaś?" Wściekał się na matkę, że nie udzieliła żadnych dodatkowych wyjaśnień. Poza tym nękało go przedziwne wrażenie, że zna Lailę Badir. Naprawdę ją zna. I nie wiedział dlaczego.

Gapię się na nią, uświadomił sobie nagle. Gdy jednak tylko to pomyślał, dziewczyna uśmiechnęła się do niego ciepło i wówczas wydało mu się, że są jedynymi ludźmi na ziemi.

— Czy podać ci coś do picia? — spytał szybko i znów poczuł gniew na matkę. Jak mogła nie poczęstować niczym gościa? Gdzie się podziały jej maniery? I czemu wyglądała na tak bardzo zakłopotaną?

— Chętnie napiłabym się trochę wody.

Karim popędził do kuchni, wlał do szklanki perriera i dodał plaster limonki.

— Dziękuję — powiedziała Laila. Wciąż stojąc, pociągnęła grzecznościowo kilka łyków, po czym zwróciła się w stronę Jenny.

— Naprawdę muszę już lecieć. Ale jak mówiłam, to nie jest ostateczne pożegnanie. Będę pisać i telefonować. Ty też przecież podróżujesz po kraju, czyż nie? Na pewno wkrótce przyjedziesz na Zachodnie Wybrzeże, prawda?

— Lailo, dzwoń do mnie, gdybyś potrzebowała... czegokolwiek. Czegokolwiek.

— Jasne. A więc *au'voir*.

Nagle obie padły sobie w ramiona i mocno przywarły do siebie. Karim dostrzegł w oczach matki łzy. Kiedy ona poznała tę dziewczynę? I czemu nigdy o tym nie wspomniała? Dlaczego utrzymywała, że nie zna Malika Badira?

— Odprowadzę cię na dół — rzucił szybko, gdy Laila skierowała się ku drzwiom.

Znowu ten uśmiech. Była od niego starsza, już właściwie całkiem dorosła, ale gdy się tak uśmiechała, sprawiała wrażenie jego rówieśnicy.

Jej znajomych jeszcze nie było, co niezmiernie ucieszyło Karima.

— A więc jedziesz do Kalifornii? — zapytał, żeby jakoś nawiązać rozmowę.

— Tak. Za kilka dni.

— A skąd pochodzisz?

— Z Francji.

— Ale twój tata wywodzi się z al-Remal, prawda? Czy kiedykolwiek tam mieszkałaś?

— Nie. Nigdy nie odwiedzałam Bliskiego Wschodu, choć tata opowiadał mi co nieco o różnych krajach tamtego regionu. Mówię też trochę po arabsku, ale to wszystko.

— Ach, tak. — Z jakiegoś względu, z powodu jej wyglądu, spodziewał się zupełnie innej odpowiedzi.

— Teraz już czuję się rodowitą Amerykanką.

Nadjechał samochód. Jej znajomi? Na szczęście nie. Laila tymczasem nie wykazywała ochoty do dalszej rozmowy.

— Jaki jest twój ojciec? — zapytał Karim, żeby przerwać ciężką ciszę.

— On... Bardzo mi go brakuje. Często wyjeżdża.

— A skąd znasz moją mamę?

Przez chwilę przeraził się, że powiedział coś niestosownego, ale w końcu Laila wzruszyła tylko ramionami.

— Poznałyśmy się u Saksa w Nowym Jorku.

— U Saksa na Piątej Alei? W tym sklepie?

Nie przypominał sobie, żeby matka wybierała się kiedykolwiek na zakupy do Nowego Jorku. Nawet tu, w Bostonie, ciągle narzekała, że nie ma czasu przejść się po sklepach.

Cisza. Karim miał wrażenie, że Laila nagle się od niego oddaliła.

— Kupowałaś tam coś? — zagadnął, by podtrzymać konwersację.

— Słucham? Ach...

Znowu to spojrzenie, które wydawało mu się tak bardzo znajome. Czy ona też miała podobne odczucia?

— Prawdę mówiąc, kradłam.

— Kradłaś? Ty? Córka najbogatszego człowieka na świecie? Ale dlaczego?

— To długa historia. Twoja mama mnie wybawiła.

Pokrótce streściła mu przebieg wydarzeń w sklepie.

To było bardzo niepodobne do jego matki, tak zawsze kategorycznie wymagającej przestrzegania norm. To była bardzo tajemnicza sprawa. Matka coś przed nim ukrywała.

— A więc nie jesteś jedną z jej...

— Z jej pacjentek? Nie.

Przy krawężniku zatrzymał się samochód.

— Moi znajomi — powiedziała Laila. — Dzięki, że ze mną poczekałeś.

— Bardzo chciałbym się z tobą jeszcze spotkać — wyrzucił z siebie Karim.

Wyglądała na zaskoczoną.

— To nie jest najlepszy moment.

— Ja nie w tym sensie...

Rysy jej złagodniały.

— Wiem. Chodzi tylko o to, że wyjeżdżam.

Przez chwilę Karim miał wrażenie, że Laila go dotknie — dotknie jego ramienia, może twarzy. Jednak tego nie zrobiła.

— Przyślę wam obojgu mój kalifornijski adres — obiecała i już jej nie było.

Tymczasem w mieszkaniu na górze Jenna zdołała już nieco dojść do siebie po szokującej nowinie Laili. Teraz zastanawiała się, co Karim pomyślał o jej gościu. Przy odrobinie szczęścia, nic takiego, co by wymagało wymyślnych wyjaśnień.

Kiedy wrócił do domu, zdumiała ją mina syna — było w niej zaskoczenie, a jednocześnie coś jeszcze... Nadzieja?

— Skąd znasz Lailę Badir, mamo?

— Przez krótki czas była moją pacjentką.

— Czy zawsze płaczesz nad swoimi pacjentkami?

— Niekiedy.

Teraz na twarzy Karima malował się wyraz, który znała aż nadto dobrze. Widziała go setki razy u jego ojca.

Nagle poczuła się tak, jakby dzieliły ich setki świetlnych lat — Karim był niczym najodleglejsza planeta.

Przeszył ją lodowatym, nienawistnym spojrzeniem, potrząsnął głową i zniknął za drzwiami swojego pokoju.

Po fatalnie przespanej nocy i porannym krótkim „Cześć", jakim pożegnał ją syn, Jenna próbowała się skoncentrować na problemach pierwszej pacjentki, mającej poważne problemy z bratem. Ledwo jednak minęło kilka minut, a w interkomie odezwał się głos Barbary, nowej sekretarki.

Jenna, podobnie jak większość jej kolegów po fachu, wymagała przestrzegania zasady, że sesję wolno przerwać jedynie w bardzo nagłych przypadkach.

— Słucham?

— Jenno, jest tutaj ktoś z policji. Mówi, że to bardzo ważna sprawa.

W pierwszej chwili Jenna pomyślała, że chodzi o Karima. A zaraz potem, z niewiadomych przyczyn, że o Lailę.

Policjantka była po cywilnemu.

— Detektyw Sue Keller — przedstawiła się i pokazała odznakę policji bostońskiej. — Czy doktor Jenna Sorrel?

— Tak. O co chodzi?

— Czy zna pani państwa Chandler?

— Owszem.

O Boże! Co tym razem?

— Czy któreś z nich było pani pacjentem?

— Nie.

— W takim razie później poproszę panią o złożenie zeznań. Teraz chciałabym jedynie uzyskać kilka informacji natury ogólnej.

— Proszę mi powiedzieć, co się stało.

— Pani Chandler jest w szpitalu Mass General. W bardzo ciężkim stanie.

— Jak ciężkim?

— Czy to pani przyjaciółka?

— Owszem.

— W takim razie proszę tam jechać. Sytuacja jest krytyczna.

Brad

Carolyn miała poważne obrażenia mózgu i innych organów wewnętrznych, i znajdowała się w stanie śpiączki. Cameron trafił do aresztu, oskarżony o usiłowanie zabójstwa. Tyle Jenna dowiedziała się od Sue Keller.

W szpitalnej poczekalni ujrzała Josha. Był w szoku — wyglądał tak, jakby cudem ocalał ze śmiertelnego wypadku.

— Miałem zadzwonić — rzucił chaotycznie. — Ale kiedy podałem policji pani nazwisko, nie wiedziałem, czy powinienem.

— Wszystko w porządku, Josh. Co z twoją mamą? Czy masz już jakieś wiadomości?

— Nie, nic nie wiem, pani Sorrel. Och, Boże. Myślę... myślę, że z nią bardzo źle. — Z trudem opanował łkanie.

— Widziałeś ją?

— Nie po tym, jak ją zabrali na salę operacyjną.

— Jak do tego doszło, Josh?

— Tak jak opowiadałem policji. Bardzo wcześnie rano słyszałem, że się kłócą, awanturują, chyba biją. Zdaje się, że tata... właśnie wrócił do domu. Wydawało mi się, że jest gorzej niż... Powinienem był coś zrobić, ale... Czy pani rozumie?

— Oczywiście. Oczywiście. To nie twoja wina.

— A potem nagle wszystko się uspokoiło. Więc znowu zasnąłem. Wie, pani, takie awantury bywały już wcześniej. Może nie tak straszne, ale...

— Josh, nie zrobiłeś nic złego. Co było potem?

— Nic. To znaczy obudziłem się, wstałem i zacząłem się

szykować do szkoły. Drzwi do sypialni rodziców były otwarte i kiedy zajrzałem, zobaczyłem mamę leżącą na podłodze... — Joshowi załamał się głos. — A tato... tato rozłożył na łóżku wszystkie swoje krawaty i przymierzał je, jeden po drugim. Kiedy mnie zobaczył, powiedział: „Powinieneś się tym zająć, synu". Więc zadzwoniłem na pogotowie.

— Czy masz kogoś bliskiego, Josh? Jakichś krewnych?

— Babcia, mama mojej mamy, jest już w drodze z Connecticut. Myślę, że zostanie u nas w domu, aż do... aż coś się wyjaśni.

— To dobrze. Pamiętaj jednak, że gdybyś chciał pomieszkać z Karimem i ze mną, będziesz bardzo mile widzianym gościem. W razie czego pakuj torbę i przychodź.

— Bardzo dziękuję, pani Sorrel. Może tak zrobię. Ale nie dzisiaj. Dzisiaj chciałbym zostać z mamą.

— Oczywiście. Ja tymczasem spróbuję się dowiedzieć czegoś konkretniejszego.

Ale dowiedziała się jedynie — mimo że przedstawiła się dwuznacznie, jako d o k t o r Sorrel — że Carolyn wciąż jest na stole operacyjnym. Dopiero kilka godzin później jedna z pielęgniarek powiedziała:

— Przewieźliśmy ją na OIOM, pani doktor. Może pani do niej zajrzeć. Pokój 2623.

Carolyn — leżąca w świeżej białej pościeli, na wąskim łóżku — zdawała się bardzo krucha i wątła. Jej opuchnięta twarz była koloru i konsystencji zgniłego owocu, a z różnych części jej ciała sterczały plastikowe rurki.

Tak właśnie wyglądałam w al-Remal, pomyślała Jenna. Ale miałam szczęście, bo Philippe mnie ocalił. Przeżyłam. Daj Boże, daj Boże, żeby Carolyn też miała tyle szczęścia, co ja.

— Doktor Sorrel? — Stanął przed nią zmęczony mężczyzna o ziemistej cerze, w zielonym uniformie chirurga.

— Tak.

— Nazywam się Stan Morgan. Czy pani była lekarzem pierwszego kontaktu tej pacjentki?

— Nie. Jestem przyjaciółką rodziny.

— Ach, tak. No, cóż, pani doktor, nie wiem, ile chciałaby pani wiedzieć.

— Proszę powiedzieć o rokowaniach.

Morgan skrzywił usta.

— Obawiam się, że nie są dobre, choć oczywiście jeszcze za wcześnie, by coś konkretnego powiedzieć. Wciąż możemy ją stracić. A jeśli uda nam się ją uratować, istnieje duże prawdopodobieństwo, że to przypadek DeCeWINW.

Jenna znała na tyle żargon komputerowy, by wiedzieć, że DeCeWINW oznacza „dostajesz, co widzisz, i nic więcej".

— A więc nieodwracalna śpiączka?

Morgan wdał się w szczegółowe opisy obrażeń, wspomniał o krwawieniach wewnętrznych i niedotlenieniu mózgu. Wszystko to sprowadzało się do jednego — jeśli Carolyn przeżyje, pozostanie właściwie warzywem.

To w zasadzie wyrok śmierci, pomyślała Jenna. I za co? Tylko za to, że Carolyn kochała Camerona Chandlera.

Do Josha dołączyła matka Carolyn — swoją urodą i delikatnością przywodząca na myśl figurkę z saskiej porcelany. Jenna uściskała chłopca, w przykrym poczuciu, że go zawiodła, po czym wygłosiła kilka słów pociechy pod adresem jego babki.

— Pani i Carolyn musicie się blisko przyjaźnić — stwierdziła Margaret Porter.

— My... tak rzeczywiście się przyjaźnimy.

Powiedziała to bardziej po to, by pocieszyć panią Porter, niż uspokoić własne sumienie. Sama zbyt dobrze wiedziała, jak bardzo Cameron odizolował Carolyn od każdego, kto chciał się z nią zaprzyjaźnić. Bo wtedy mógł sprawować nad nią nieograniczoną kontrolę.

— Cieszę się — westchnęła pani Porter. — Będzie potrzebowała przyjaciół jeżeli... kiedy...

— Wiem — odrzekła Jenna. — I obiecuję pani, że przyjaciele jej nie opuszczą.

— To było takie dobre dziecko — mruknęła matka Carolyn. — Nigdy nie sprawiała najmniejszego kłopotu.

Proszę nie mówić o niej tak, jakby już umarła, miała ochotę wykrzyknąć Jenna, w zamian jednak tylko skinęła głową.

— Myślę, że pozwolą pani ją teraz zobaczyć. Proszę się przygotować na przykry widok — jest bardzo poturbowana. Chociaż często w takich wypadkach obrażenia wydają się groźniejsze, niż są w rzeczywistości.

Słowa. To były tylko puste słowa.

Zapadła noc. Światła miasta wyglądały jak bliskie, ale przeraźliwie samotne gwiazdy.

Godziny wizyt dobiegły końca. Josh i jego babcia pojechali ostatecznie do domu Chandlerów; w szpitalu niechętnie patrzono na siedzenie przy pacjentach w nocy, a poza tym było oczywiste, że w tej chwili rodzina nie jest w stanie w żaden sposób pomóc Carolyn. Karim tuż po szkole zjawił się w szpitalu, a teraz pojechał razem z Joshem, by zostać przy przyjacielu i dodawać mu otuchy.

Jenna była wyczerpana fizycznie i psychicznie, weszła więc do szpitalnej kafeterii, by wypić kilka łyków upragnionej herbaty. Gorący napój jednak nie pomógł jej ukoić nerwów i zagłuszyć wyrzutów sumienia.

Kiedy już miała wychodzić, spostrzegła mężczyznę siedzącego kilka stolików dalej nad filiżanką kawy. Piękna, patrycjuszowska twarz; krótko obcięte ciemne włosy i bardzo niebieskie oczy. A do tego najsmutniejszy wyraz twarzy, jaki widziała w życiu. Ciekawe, co go spotkało. Czy ktoś z jego bliskich, parę pięter wyżej, walczył teraz o życie? Czy pozostała jeszcze nadzieja? Jego niebieskie oczy były pełne wyrazu — podobnie jak oczy Philippe'a.

Następnego dnia wpadła do szpitala w porze lunchu, a zaraz po wyjściu ostatniego pacjenta przyszła na dłużej. Przyjechał mąż pani Porter i teraz starsi państwo siedzieli razem w rogu sali. Karim zaś dotrzymywał towarzystwa Joshowi i pocieszał zrozpaczonego przyjaciela.

W stanie zdrowia Carolyn nie zaszły żadne zmiany i lekarze coraz bardziej utwierdzali się w przekonaniu, że w tym przypadku prognoza może być tylko jedna: nieodwracalna śpiączka.

Godzinami Jenna siedziała przy tym wypalonym ciele, które kiedyś było jej przyjaciółką. Chłopcy wyszli ze szpitala w porze kolacji, a Porterowie przenieśli się do poczekalni. Jenna została u boku Carolyn, jakby sama jej obecność i troska o przyjaciółkę mogły naprawić zło, przywrócić utraconą przyszłość. Masowała dłonie Carolyn, przemawiała do niej — przekazywała najnowsze wieści, zachęcała do walki. Łudziła się, że może choć trochę pomoże przez to przyjaciółce.

Gdy zakończyła czuwanie przy Carolyn, weszła znów do kafeterii — i po raz kolejny zobaczyła tam przystojnego smutnego mężczyznę. Spodnie khaki, sweter w szpic, biała płócienna koszula. Wyglądał jak zaawansowany wiekiem student i to ujęło Jennę za serce. Pod wpływem impulsu postawiła kubek z herbatą na stoliku obok nieznajomego.

— Mam nadzieję, że nie ma mi pan za złe, ale wygląda pan tak smutno, a ja się tak samo czuję. Pomyślałam, że może nam obojgu pomogłaby rozmowa.

Mężczyzna próbował się uśmiechnąć, ale bez powodzenia.

— Moja żona leży na górze — powiedział ciepłym, lekko schrypniętym głosem. — Ma raka.

— Bardzo mi przykro — odpowiedziała Jenna. — To jednak doskonały szpital, jeden z najlepszych w kraju. Można mieć nadzieję...

Mężczyzna pokręcił głową.

— Nie — odparł ze smutkiem. — Obawiam się, że nie ma już nadziei. Pozostało czekanie i chwila na pożegnania.

Jenna nie potrafiła się zdobyć na kolejne zdawkowe słowa

pociechy. Pociągnęła kilka łyków herbaty, podniosła się i powiedziała cicho:

— Dobranoc.

Następnego wieczoru, jakby się umówili, znowu spotkali się w kafeterii — ona nad kubkiem herbaty, on nad filiżanką kawy. Jenna opowiedziała mu o Carolyn. Potrząsał głową ze smutkiem pomieszanym z gniewem, gdy opisywała pobicie.

— A jak pana żona? — zapytała w końcu.

— Niedobrze. To już nie potrwa długo. — Przez chwilę zdawało się, że przeniósł się myślami do innego świata. — Przepraszam — powiedział w końcu. — Zapominam o dobrym wychowaniu. Nazywam się Brad Pierce.

— Jenna Sorrel. Czy pracuje pan gdzieś w pobliżu?

— Jestem właścicielem zakładów farmaceutycznych znajdujących się przy drodze 128.

Nie powiedział nic więcej, ale Jenna od razu skojarzyła to miejsce: Pierce Pharmaceuticals była jedną z największych wytwórni leków na świecie.

— Cóż za ironia — ciągnął Brad. — Choć, nie. To... okrucieństwo losu. Właśnie pracujemy na rekombinacjami DNA, co dzień lepiej poznajemy ludzki układ odpornościowy. Za pięć lat, może nawet mniej, będziemy mieli lek, który mógłby uratować moją żonę.

Teraz przyszła pora, by Jenna powiedziała kilka słów o sobie. Kiedy wspomniała o Sanktuarium, zobaczyła w niebieskich oczach błysk zainteresowania.

— Proszę się skontaktować w sprawie schroniska z Fundacją Pierce'a — zaproponował Brad. — Finansujemy wiele akcji charytatywnych i instytucji non profit.

— Dziękuję. My w całości polegamy na grantach i dotacjach, i wciąż nie mamy dość środków, by służyć pomocą wszystkim potrzebującym kobietom.

Skinął głową ze zrozumieniem, jakby już wielokrotnie słyszał podobne słowa.

— Fundacja była tak naprawdę pomysłem Pat — wyjaśnił. — Ona o wiele aktywniej zajmowała się filantropią ode mnie. Sanktuarium jest przedsięwzięciem, które poparłaby całym sercem. — Westchnął ciężko. — Muszę wracać na górę. Miło było panią poznać. I proszę pamiętać o mojej ofercie.

— Dziękuję raz jeszcze. Ja również się cieszę z naszego spotkania.

Jego zainteresowanie wydawało się tak szczere, że następnego dnia Jenna wzięła ze sobą do szpitala trochę materiałów informacyjnych na temat Sanktuarium, a także wycinków prasowych poświęconych ich działalności. Jednak ku jej wielkiemu rozczarowaniu nie zastała Brada Pierce'a na jego zwykle zajmowanym miejscu w kafeterii. Dziwne, że tak oczekiwała tego spotkania — jakby się umówili na randkę. Coś musiało się wydarzyć, pomyślała. Uznała jednak, że wypytywanie o niego byłoby niegrzeczne, więc poszła do domu.

Nekrolog Patricii Bowman Pierce zajmował pół strony w „Boston Globe". Wyliczono w nim wszystkie organizacje społeczne, w których się udzielała, i rozliczne nagrody, jakie otrzymała za działalność charytatywną. Towarzysząca nekrologowi fotografia ukazywała atrakcyjną kobietę o otwartym, przyjaznym wejrzeniu i ufnym uśmiechu. Na końcu nekrologu zamieszczono następującą informację: „Pani Pierce pozostawiła męża, Bradforda, rodziców — państwa Bowman, siostrę Karen i brata Davida". A więc nie mieli dzieci, zauważyła Jenna. Jakże trudne chwile musiał teraz przeżywać Brad.

Chociaż Jenna była bardzo zabiegana, znalazła sobie chwilę czasu, by wysłać mu kondolencyjną notkę. „Wiem, że właściwie się nie znamy — napisała — ale dziś jestem myślami z Panem. Proszę przyjąć moje najgłębsze wyrazy współczucia. Rozumiem, czym jest strata kogoś najbliższego i gorąco kochanego. Jeżeli w jakikolwiek sposób mogłabym ulżyć Panu w cierpieniu, proszę nie wahać się ze mną skontaktować. Z poważaniem..."

W następnych dniach często myślała o Bradzie. Gdy przypominała sobie, z jaką czułością i miłością mówił o żonie, zastanawiała się, co musi teraz przeżywać. Była zatem nieco rozczarowana, kiedy w białej welinowej kopercie z nadrukiem „B. Pierce" znalazła jedynie krótkie, konwencjonalne podziękowania, jakie Brad musiał wysłać setkom innych ludzi.

A czego właściwie się spodziewałaś?, strofowała się w duchu. Czemu miałby zapamiętać kilka krótkich pogawędek przeprowadzonych w szpitalnej kafeterii?

Nagle jednak ogarnęło ją przeświadczenie, że między nią a tym człowiekiem, który właśnie stracił żonę, nie zostało wypowiedzianych wiele ważnych słów.

Te dziwne odczucia w końcu zblakły w obliczu zawirowań w jej życiu. Po pierwsze, Karim miał właśnie rozpocząć pierwszy rok studiów na Harvardzie. I chociaż Jenna przekonała go, by jeszcze przez ten rok pozostał w domu, wiedziała, że syn wkrótce rozpocznie własne życie, w zupełnie innym miejscu. I wtedy ona pozostanie całkiem sama.

Poza tym rozwiały się wszelkie nadzieje na poprawę stanu Carolyn. Jej rodzice, gorliwi katolicy, nie mogli się zdobyć na odłączenie córki od aparatury podtrzymującej życie i postanowili w końcu przenieść ją do prywatnego domu opieki w Connecticut.

— Tak dalej nie zdołamy już funkcjonować — oznajmiła Helen Schriber, jedna z nowych terapeutek w Sanktuarium. — Po prostu nie mieścimy się tu fizycznie. W każdej sali mamy dwa razy więcej kobiet i dzieci, niż powinniśmy.

— Wiem, wiem — odparła Jenna. — Usilnie pracuję nad poprawą sytuacji. Mam nadzieję, że wkrótce uda mi się rozwiązać nasz problem.

Przed nią, na biurku, leżała kopia pisma do Fundacji Pierce'a. Opisała w nim, jak Sanktuarium dba o potrzeby kobiet z dziećmi, które nie mają gdzie się podziać. Właśnie obok zwolnił się odpowiedni budynek i schronisko zobowiązało się w ciągu dziewięćdziesięciu dni załatwić wszystkie formalności związane z nabyciem nieruchomości. Czy Fundacja Pierce'a byłaby skłonna wesprzeć finansowo to przedsięwzięcie?

Oczekiwała, że ktoś zadzwoni w odpowiedzi na jej prośbę, ale telefon milczał. W zamian Jenna otrzymała oficjalne pismo od osoby podającej się za sekretarza Fundacji, z prośbą o przedstawienie pełnego, szczegółowego kosztorysu zakupu budynku i jego renowacji.

Jenna wysłała wymagane dokumenty, w rezultacie napłynęły pieniądze i w ten sposób zaczął powstawać Dom im. Patricii Bowman.

Mogłabym do niego zadzwonić, pomyślała Jenna. Podziękować mu osobiście. Ale przecież to jasne, że nie życzył sobie podobnego kontaktu. Szybko więc porzuciła ten zamiar.

Kiedy jednak pięć tygodni później to Brad zadzwonił do niej, natychmiast poznała jego głos — gdy tylko powiedział „dzień dobry". Ten telefon zaskoczył ją i onieśmielił, więc zaczęła coś pleść na temat otrzymanej dotacji.

— Jesteśmy bardzo wdzięczni. Otwarcie Domu im. Patricii Bowman nastąpi już za kilka tygodni. Będzie pan, naturalnie, honorowym gościem...

— Zupełnie nie ma za co dziękować — wszedł jej w słowo Brad. — I oczywiście wybieram się na ceremonię otwarcia. Ale dzwonię w zupełnie innej sprawie. Chciałbym się zapytać, czy nie wybrałaby się pani ze mną na kolację. Powiedzmy w piątek wieczorem — lub jakikolwiek inny, dogodny dla pani dzień.

— To ma być randka? — rzuciła bezmyślnie i gdy tylko wypowiedziała te słowa, żałowała, że nie może ich cofnąć.

Roześmiał się głośno — to był bardzo przyjemny dźwięk.

— Owszem. Myślę, że można to tak nazwać — odparł.

Zachowywała się, jakby nigdy wcześniej nie była na kolacji z żadnym mężczyzną, nigdy wcześniej nie starała się, by wyglądać jak najlepiej, i nie słyszała, że jest piękną kobietą. Wyrzuciła z szafy wszystkie ubrania, uznała, że każda sztuka odzieży, która znajduje się w jej posiadaniu, ma jakąś wadę, po czym na nowo rozpoczęła przegląd. W końcu poszła do najdroższego butiku przy Newbury Street i wydała zatrważającą sumę pieniędzy na strój, jakiego nie kupowała od lat: kremową gabardynową garsonkę, która bardzo atrakcyjnie podkreślała kształty jej ciała. Nigdy nie włożyłaby jej do pracy, ale na pierwsza randkę z Bradem wydawała się idealna.

Spotkali się w „Locke-Ober". Brad gorąco przepraszał, że po nią nie przyjechał, i Jenna musiała kilkakrotnie go zapewniać, iż nie ma mu tego za złe.

— Ale ja mam wyrzuty sumienia. Jestem cholernie staroświeckim facetem — podobnie jak ta restauracja — oznajmił, wskazując dłonią na ciemne boazerie w zarezerwowanym przez niego prywatnym gabinecie. — Zamierzałem zjawić się w twoich progach z bukietem kwiatów, ale zebranie bardzo się przedłużyło, a nie chciałem, żebyś na mnie czekała, więc...

— Naprawdę nie ma o czym mówić — powtórzyła po raz kolejny. — Uznaję twoje dobre intencje za równoznaczne z czynem. Ale tylko tym razem — dorzuciła śmiało, zastanawiając się przy tym, co w nią wstąpiło.

Ubrany w smoking kelner, wyglądający równie nobliwie jak wszystko w tym lokalu, pojawił się u boku Brada.

— Czy mogę podać wino, sir?

Brad skinął głową.

— Pozwoliłem sobie wcześniej złożyć zamówienie — wyjaśnił Jennie — gdybyś jednak wolała...

— Nie — przerwała mu. — Uwielbiam niespodzianki.

Wkrótce kelner sprawnie i dyskretnie zaserwował posiłek: bulion warzywny, zieloną sałatę, kuropatwę z grilla, a do tego doskonałe Côte de Beaune.

— Dziesiątki razy przechodziłam koło tego miejsca — powiedziała Jenna. — Ale nie zdawałam sobie sprawy, że jest takie... uroczo staromodne.

— To była ulubiona restauracja mojego ojca. Tu też przyszedłem na swoją pierwszą poważną randkę.

— Z twoją żoną? — spytała Jenna, zadowolona, że ją też tutaj przyprowadził.

Skinął głową.

— Poznaliśmy się w szkole średniej. I już dalej nie szukałem. Wiedziałem, że jesteśmy sobie przeznaczeni; Pat czuła to samo.

— To dość... staroświeckie.

— Mówiłem ci...

— Tak — roześmiała się. — Że jesteś cholernie staroświeckim facetem.

Przy kawie nadal miło gawędzili. Brad opowiadał o swoim małżeństwie, w kółko przepraszając, że ją zanudza, ona zaś cały czas go zapewniała, że słucha jego wspomnień z prawdziwą przyjemnością. Bo tak rzeczywiście było.

— Nie mieliście dzieci.

— Nie.

— I nie miałeś nic przeciwko temu.

Pomimo tylu lat spędzonych w Ameryce, Jenna zareagowała jak typowa Remalka: zdziwieniem, że tak atrakcyjny mężczyzna jak Brad wciąż kochał kobietę, która nie mogła dać mu dzieci.

— Bardzo żałowałem. Oboje żałowaliśmy. Ale... Pat nie mogła zajść w ciążę. To zmieniło naszą perspektywę. Zaczęliśmy rozmawiać o tych wszystkich potrzebujących i niechcianych dzieciach, których tak wiele na świecie. Wtedy też założyliśmy naszą Fundację. Pat jeździła do Afryki, do Indii — wszędzie, gdzie dzieci głodowały i nie miały odpowiedniej opieki medycznej. Finansowała schroniska dla bezdomnych dzieci. A przez ostatnie dziesięć lat zajmowała się niemowlętami zakażonymi AIDS, tuliła je, nosiła na rękach, chciała sprawić, by poczuły, że ktoś je kocha. W końcu zorganizowała całą armię wolontariuszy, którzy docierali do każdego szpitala w Bostonie.

— To musiała być niezwykła kobieta.

— O, tak — odparł Brad z podejrzanie błyszczącymi oczami.

Jenna sięgnęła przez stół i położyła dłoń na jego dłoni. Jakie to dziwne, pomyślała, że pociąga ją mężczyzna głównie dlatego, że tak bardzo kochał własną żonę. Szybko jednak doszła do wniosku, że w gruncie rzeczy to wcale nie było dziwne: jako psycholog wiedziała doskonale, że przywiązanie Brada do Pat świadczyło o tym, jak wiele miłości ma do zaoferowania drugiej osobie.

Kiedy spostrzegła, że kelner zerka dyskretnie na zegarek, sama też sprawdziła godzinę.

— Zrobiło się szalenie późno — powiedziała z żalem. — Myślę, że ten starszy dżentelmen chciałby, żebyśmy już sobie poszli.

— Mogę cię pocałować? — zapytał pod drzwiami mieszkania Jenny.

— Słucham?

— Pierwsza randka — wymamrotał.

— Na Boga, ty rzeczywiście jesteś staroświecki — odparła Jenna, zupełnie oczarowana. — Ale to dobrze, bo ja chyba też jestem staroświecka.

Musnął ustami jej usta, pogładził ją palcami po policzku. Drobna pieszczota, ale niosąca obietnicę, wzbudzająca odległe wspomnienia czułości i miłości. Jenna bardzo żałowała, że nie może zatrzymać tej chwili.

Wkrótce przekonała się, że łączy ich o wiele więcej niż utrata najbliższych i samotność. Oboje uwielbiali North End i Muzeum Isabelli Gardner; nie znosili diet i większości tego, co nazywano współczesną sztuką. Ale co najważniejsze, odkryli, że doskonale czują się w swoim towarzystwie. Czy siedzieli na meczu Red Sox, czy spacerowali nad brzegiem rzeki Charles, zawsze znajdowali interesujące tematy do rozmowy, a wspólne milczenie było kojące — nie miało nic wspólnego z niezręcznymi momentami ciszy, które należałoby natychmiast czymś wypełnić.

Pewnego sobotniego popołudnia, gdy przejrzeli stos książek kucharskich w księgarni Waterstone'a i zjedli kanapkę w kawiarni pod gołym niebem, Brad powiedział:

— Chciałbym, żebyś poszła jutro ze mną na podwieczorek. Do mojej matki.

— Do twojej matki?

— Czemu nie? Wcześniej czy później musicie się spotkać. Coś mi mówi, że będziesz bardzo istotną osobą w moim życiu. Miejmy więc ten problem z głowy. Poza tym nieźle się ubawimy.

Jennie pochlebiło to zaproszenie i jednocześnie poczuła się wzruszona. Pamiętając jednak dobrze swoją teściową, siejącą postrach Faizę, bardzo wątpiła w to „ubawienie".

Okazało się, że miała rację.

Abigail Whitman Pierce była równie imponująca jak jej nazwisko. Szczupła, trzymająca się niezwykle prosto, o siwych włosach i stalowych oczach, rezydowała w pełnym antyków domu w Beacon Hill — domu, który z powodzeniem mógłby natychmiast zostać przekształcony w muzeum.

— Czy znałaś Patricię, moja droga? — spytała Abigail, gdy podano okrojone ze skórki kanapki z rzeżuchą i herbatę Darjeeling.

— Nie — odparła Jenna. — Wiem jednak, że była wyjątkową kobietą.

— W rzeczy samej. Jedyną w swoim rodzaju. Idealną żoną dla Bradforda. I muszę dodać, że niezastąpioną.

Jenna uśmiechnęła się uprzejmie, choć oczywiście doskonale rozumiała wymowę słów Abigail.

— A skąd ty pochodzisz, moja droga?

— Z Egiptu. Z Kairu. Choć wychowywałam się głównie we Francji.

— Kiedyś z moim nieżyjącym już mężem wybrałam się w podróż po Egipcie. Ile to lat temu? Zaraz, zaraz... mniej więcej trzydzieści. Egzotyczne miejsce, fascynująca historia. A tubylcza ludność taka... malownicza.

Jenna z trudem znosiła protekcjonalny sposób bycia Abigail, ale zdołała zachować spokój.

OK, myślała. Jest typową matką — podobnie jak Faiza. Nikt nie jest dość dobry dla ukochanego syna.

Choć Patricia Bowman zdawała się spełniać większość wymagań.

— Katastrofa — powiedziała do Brada, gdy tylko opuścili jego rodzinny dom. — Prawdziwie kosmiczna katastrofa.

— Nie było tak źle — zapewniał. — Matka potrafi być deprymująca, ale należy ją zwalczać poczuciem humoru. Jak myślisz, czy inaczej zniósłbym te wszystkie subtelne próby zeswatania mnie z kimś, kogo sama uważa za odpowiednią partię?

Jennie jednak nie było do śmiechu. A więc Abigail mogła zaakceptować nową kobietę w życiu Brada. Po prostu uważała, że Jenna Sorrel nie dorasta do jej wymagań.

No, cóż, mówiła sobie w duchu, Abigail cię nie lubi; trudno, obie będziecie musiały z tym żyć. Ty też nie znoisz Jaqueline, ale ponieważ jest ważna dla Karima, jakoś ją tolerujesz.

Próbowała nie myśleć o tym, gdy Abigail pojawiła się na otwarciu Domu Patricii Bowman i przez całe pół godziny opowiadała reporterowi „Globe", jaką chodzącą świętą była Patricia, natomiast ani słowem nie wspomniała o ciężkiej pracy Jenny.

Dlatego gdy Brad napomknął, że tego samego wieczoru matka wydaje drobne przyjęcie, Jenna starała się wymówić. Miała serdecznie dosyć Abigail Pierce na jeden dzień.

— Daj spokój, wykaż hart ducha — nalegał Brad. — Jeśli zewrzemy szyki, wkrótce ją zwalczymy. Zobaczysz.

— Dlaczego jakoś trudno mi w to uwierzyć?

— Czy nie sądzisz, że dla mnie warto skazać się na kilka mało porywających chwil? — spytał żartobliwie.

Uznała, że warto.

Wyraz twarzy Abigail jasno świadczył o tym, że Jenna nie jest mile widzianym gościem. Ale jeśli starsza pani była zaskoczona jej obecnością, to szybko odzyskała właściwy sobie rezon. Wdzięcznym, acz zamaszystym gestem odsunęła Brada od Jenny i skierowała w stronę oszałamiającej rudowłosej kobiety.

— Winky już nie może się ciebie doczekać, Bradfordzie — zaszczebiotała, jakby Jenny w ogóle nie było w pobliżu. — Czas, żebyś przyrządził jej martini. Z pewnością pamiętasz, jakie lubi najbardziej.

Przez chwilę Jenna nie wiedziała, co ma ze sobą począć — szczególnie gdy rudowłosa piękność rzuciła się Bradowi w ramiona i zaczęła go obcałowywać, wydając przy tym głośne okrzyki radości.

OK, Jenno. Zachowaj spokój.

Zmusiła się do uśmiechu, weszła do salonu i zaczęła krążyć wśród zgromadzonych gości. Ujrzała starszego mężczyznę stojącego samotnie w rogu i postanowiła mu się przedstawić.

— Co takiego? — wykrzyknął, wskazując na uszy, by dać do zrozumienia, że z jego słuchem nie jest najlepiej.

— Jenna Sorrel — powtórzyła podniesionym głosem.

— Jaka Jenna?

— Sorrel. S-o-r-r-e-l. Jenna Sorrel!

— Widzę, że już poznałaś Eldona — powiedział z rozbawieniem Brad, który niespodziewanie zmaterializował się u jej boku.

— Niezupełnie — rzuciła zrzędliwie. — Jeszcze nie zdołaliśmy przebrnąć przez moje nazwisko.

— Ach, tak. No cóż. Jenno, poznaj Eldona Bakera. Eldon był senatorem, piętnaście lat temu odszedł na emeryturę. Mam wrażenie, że od tamtej pory przestał włączać aparat słuchowy. — Brad mrugnął łobuzersko w stronę starszego pana. — Zapewne zasiadając w Senacie, nasłuchał się tylu głupot, że wystarczy mu już do końca życia.

Eldon uśmiechnął się promiennie, jakby zrozumiał każde słowo Brada.

Jenna miała ochotę zapytać: „No dobrze, a kim jest ta rudowłosa?", ale nie spytała, nie miała odwagi się na to zdobyć.

— Czy już bawimy się doskonale? — wyszeptał Brad.

— Jeszcze nie.

— OK. Zacznijmy więc od tego, że przedstawię ci kilka innych uroczych osób.

Chwycił ją pod ramię i ruszył przez pokój, dokonując prezentacji, wymieniając grzeczności z ludźmi, których najwyraźniej znał od lat. Jenna starała się uśmiechać, mimo że nigdy wcześniej nie słyszała nazw padających miejscowości i personaliów wspominanych osób. Ten uśmiech stał się wyjątkowo wymuszony, gdy dołączyła do nich rudowłosa kobieta, chwyciła Brada pod ramię i wdała się w serię wspomnień, które uważała za niezwykle zabawne.

Jenna od początku czuła się nie na miejscu, ale dopiero gdy zapowiedziano kolację, zrozumiała, jak bardzo jest niepożądanym gościem. Zgodnie z wizytówkami rozłożonymi na stole — wykonanymi niewątpliwie przez zawodowego kaligrafa — Brad miał siedzieć obok Winky Farrell. Kartka z nazwiskiem Jenny, pospiesznie wypisana ołówkiem, została umieszczona tuż przy bilecie Eldona Bakera, głuchego jak pień staruszka.

Gniew, który w niej wezbrał, był tak wielki, że natychmiast zagłuszył wszelkie dobre intencje. Chwyciła Brada za łokieć i wyciągnęła do foyer.

— Tego już za wiele — wysyczała. — W pełni pojęłam przekaz twojej matki: nigdy nie będę taka jak Patricia. Ani W i n k y! Cóż, prawdę mówiąc, nie zamierzam się zmieniać i zabiegać o akceptację twojej matki. Mogę być tylko sobą, a jeśli to nie wystarcza, musimy przestać się spotykać.

Ten wybuch miał oczyszczającą moc, czuła się po nim dużo lepiej. W al-Remal jej rodzina należała do ścisłej elity; tutaj też

Jenna była powszechnie szanowaną specjalistką. Jak więc matka Brada śmiała traktować ją z taką pogardą!

Ale gdy tylko zatrzasnęła za sobą drzwi własnego mieszkania i rzuciła torebką o ścianę, poczucie słusznego gniewu zaczęło z niej wyparowywać. Wybuchowy temperament Badirów błyskiem się spalał i pozwalał na szybkie otrzeźwienie. Kiedy Jennie wróciła zdolność racjonalnego rozumowania, zaczęła żałować swojego zachowania. Tak, to prawda, matka Brada zachowała się bardzo nieładnie. Ale przecież on sam nie zrobił nic takiego, by musiała wybiegać z domu Abigail, nie przełknąwszy ani kęsa. Jenna niemal wybuchnęła głośnym śmiechem, gdy sobie uświadomiła, jak bardzo jest głodna.

W lodówce, po usilnych poszukiwaniach, znalazła jedynie trochę zwiędłej sałaty, małego pomidora i kawałek sera. Trudno z tego wyczarować apetyczny posiłek.

Jeszcze stała nad lodówką, gdy odezwał się dzwonek domofonu i szorstki głos oznajmił:

— Dostawa pizzy.

Czyżby jakiś dobry dżinn wyczarował dla niej kolację? Nie, to zapewne była pomyłka.

— Nie zamawiałam żadnej pizzy.

— Mam dostarczyć pizzę pod ten adres, szanowna pani.

Uderzyło ją coś w tym głosie. Zeszła na parter i zerknęła przez judasza. Przed drzwiami stał Brad z wielką pizzą w dłoniach.

Szybko wpuściła go do środka.

— Masz szczęście, że jestem głodna — burknęła pod nosem, żeby mu nie pokazać, jak wielką ulgę poczuła na jego widok, jak się ucieszyła, że nie zlekceważył jej uczuć.

Usiedli w kuchni i Jenna pochłonęła każdy kawałek, z wyjątkiem trójkącika z filecikami anchois. Jedząc, słuchała Brada.

— Jenno, my wciąż jeszcze mało się znamy. Czy twoja matka żyje?

— Nie. Zmarła, kiedy byłam nastolatką.

— Ach. Musiało być ci ciężko. — Brad delikatnie dotknął

jej dłoni. — Pozwól jednak, że spytam: Czy gdyby żyła, nie tolerowałabyś drobnych wybryków z jej strony, tylko dlatego, że jest twoją matką?

Jenna musiała przyznać, że tak.

— No, widzisz. Ze mną jest tak samo. Posłuchaj, ta kobieta, z którą tak subtelnie próbowano mnie połączyć w parę dzisiejszego wieczoru...

— Winky — rzuciła kwaśno Jenna.

— Tak. Winky, chroń nas, Boże, przed podobnymi zdrobnieniami! Naprawdę ma na imię Gwendolyn. A więc ja i ona przyjaźnimy się od szóstego roku życia.

— Doprawdy? — Jenna przybrała ton profesjonalnego zainteresowania.

— I to wszystko. Dzisiaj tak się zaśmiewaliśmy, bo... no cóż, bo wyjątkowo dobrze się znamy. Ale (wyjawię ci to, bo wiem, że ona nie miałaby nic przeciwko temu) wszyscy w Bostonie — z wyjątkiem jednej Abigail — wiedzą doskonale, że Winky jest zakochana w kimś, z kim regularnie rozgrywa debla.

— Rozumiem.

— Obawiam się, że nie do końca. Bo widzisz, to nie jest debel mieszany.

W tym momencie oboje wybuchnęli śmiechem.

— A tak przy okazji, pomyślałem, że powinniśmy poznać ze sobą Abigail i Karima. Oboje mają taki sam stosunek do naszego związku.

Jenna zaczęła się śmiać jeszcze głośniej. To była prawda. Jej syn, ogarnięty egiptomanią poważny student Harvardu, okazywał Bradowi jedynie chłodną uprzejmość. Ale Jenna już przestała się przejmować krytycznymi opiniami syna. Nie dlatego, że nie interesowało ją, co myśli Karim. Bo interesowało. Po prostu uznała, że ma prawo do związku z mężczyzną — i poczuła to po raz pierwszy w życiu.

Brad ją pocałował — tym razem nie pytając o pozwolenie.

— Czy to znaczy, że możemy zacząć na poważnie ze sobą chodzić? — zapytał, gdy już oderwał się od jej ust.

— Na poważnie?

— Żadnych kobiet w rodzaju Winky. Żadnych innych osób.

— Tak — odparła, odsuwając od siebie strach i wyrzuty sumienia, ignorując wewnętrzny głos, natarczywie przypominający, że zgodnie z prawem panującym w Stanach może sobie pozwolić jedynie na ograniczony związek, a według praw obowiązujących w al-Remal — na żaden.

„Chodzenie na poważnie" oznaczało, że był obok ktoś, z kim można było o wszystkim porozmawiać, kto rozmasował plecy w chwilach napięcia lub szybko wyczarował omlet, gdy była zbyt zmęczona, żeby choć pomyśleć o jedzeniu.

Jak w ogóle mogłam bez niego żyć?, zapytywała się Jenna niemal za każdym razem, gdy spoglądała w te intensywnie niebieskie oczy.

— Mam letni domek w Marblehead — powiedział Brad pewnego środowego wieczoru, gdy zmagał się z komputerem Jenny, by odzyskać plik, który jakimś cudem wyparował. — Myślę, że ci się spodoba. Może pojechałabyś tam ze mną na weekend?

— Jasne — odparła od razu.

Wiedziała, że z Bradem czeka ją coś więcej niż tylko wylegiwanie się na plaży.

— Letni domek?! — wykrzyknęła Jenna na widok stojącego nad oceanem wielkiego wiktoriańskiego domu o stiukowych sufitach i wykończeniach z ręcznie polerowanego brązu. — Wy, mieszkańcy Nowej Anglii, wyraźnie gustujecie w eufemizmach.

— Wpływ purytańskich przodków. Czujemy się winni, że posiadamy tak wiele, dlatego udajemy, że nic nie posiadamy.

Oprowadził Jennę po wszystkich osiemnastu pokojach, wskazując na portrety przodków. Byli wśród nich grzesznicy i święci, większość jednak plasowała się gdzieś pośrodku.

— Mieliśmy nawet pirata w rodzinie. Ale mój dziadek Benjamin — to on właśnie wybudował ten dom — nie zgodził się na wyeksponowanie portretu złoczyńcy. Powiedział, że Kincaid Pierce już raz zawisł i że to powinno wystarczyć każdemu człowiekowi.

Jenna parsknęła śmiechem.

— Bardzo podoba mi się ten dom — wyznała po chwili. — Ma zdecydowany charakter. Podobnie jak ty.

— Pochlebiasz mi. A tak przy okazji, czy to opinia osobista czy zawodowa?

— I jedna, i druga.

To była prawda. Jenna co do jednego nie miała żadnych wątpliwości: Brad należał do bardzo rzadkiego gatunku — był z gruntu dobrym człowiekiem. Tym bardziej czuła się nieszczęśliwa, że go oszukuje.

Chociaż lodówka i zamrażarka zostały wypełnione po brzegi przez człowieka dozorującego dom, Brad uparł się, że muszą zjeść homary.

— Nie w restauracji, ale własnoręcznie upieczone nad ogniskiem z drewna wyrzuconego przez morze, jak Bóg przykazał.

Wszyscy w tym osobliwym nadmorskim miasteczku zdawali się znać i bardzo lubić Brada — policjant pieszo patrolujący ulice, sprzedawca warzyw, który wybrał dla nich najświeższe kolby kukurydzy, i właściciel hodowli homarów, który długo deliberował, zanim wyłowił dwa wspaniałe okazy.

— Najdorodniejsze z całego stawu — zapewnił Brada, jakby panu Pierce'owi należało się tylko to, co najlepsze.

Tak właśnie wyglądałoby życie z Bradem, pomyślała Jenna. Byłoby swojskie, pełne spokoju i ciepła. Och, przestań, zganiła się natychmiast w duchu. Nie masz przecież prawa do takich marzeń.

— Mam wrażenie, że czujesz się tu jak u siebie — zauważyła. — Jakbyś był bardziej zżyty z tym miejscem niż z Bostonem.

— Kiedy dorastałem, spędzaliśmy tutaj wszystkie wakacje

i większość weekendów. Wydawało mi się, że tu mogą mnie spotkać tylko same dobre rzeczy. — Urwał i ścisnął jej dłoń. — Mam nadzieję, że ty też nabierzesz takiego przekonania.

Żeby wszystko mogło być takie proste, pomyślała ze smutkiem.

— Dlaczego czekałeś tak długo? — zapytała, gdy nad ogniskiem rozpalonym w skalnej niszy piekli homary i kukurydzę. — To znaczy, żeby mnie gdzieś zaprosić.

— Pewnie dlatego, że jestem tradycjonalistą — odparł po chwili zamyślenia. — Należy odbyć żałobę po kimś, kogo się kochało. To uważałem za słuszne.

Jennie spodobała się jego odpowiedź.

— Tam, skąd pochodzę, nigdy nie odbywaliśmy żałoby po zmarłych, w każdym razie otwarcie. To było uznawane za bluźnierstwo. Natomiast teraz uważam, że to piękny zwyczaj. — Zawahała się przez moment. — Ale dlaczego ja, a nie jedna z tych odpowiednich partii, od których aż się roi w Bostonie?

W niebieskich oczach zapalił się wesoły ognik.

— Bo umiesz słuchać. Bo jesteś niezwykle piękna. Bo zatroszczyłaś się o mnie, gdy byliśmy obcymi sobie ludźmi. Ponieważ... — zawiesił głos i uśmiechnął się łobuzersko — ...Pat by cię z miejsca polubiła.

Tej nocy kochali się na wielkim łóżku w świetle świecy palącej się na nocnym stoliku, rzucającej na ściany rozedrgane cienie. Gdy Brad ją pieścił, szeptał słodkie słowa i obiecywał kochać ją do końca życia, oddała mu się bez strachu i zahamowań. Zapewne po raz pierwszy w życiu. Miała wrażenie, że wreszcie zawinęła do bezpiecznej przystani.

— Chcę się z tobą ożenić — powiedział, gdy leżeli wtuleni w siebie. — Wcześniej czy później i tak do tego dojdzie, po co więc marnować czas?

Jenna zaniemówiła z wrażenia, popadając na przemian

w euforię i przerażenie. Euforię, że Brad ją pokochał. Przerażenie przed tym, co będzie mu musiała odpowiedzieć.

— Kiedy straciłem Pat, zdałem sobie sprawę, jak cenne jest życie, jak szybko i niepostrzeżenie możemy je stracić — ciągnął tymczasem Brad.

— Ale... ale my przecież nie zdążyliśmy się poznać — zaprotestowała słabo.

— Mamy na to następne pięćdziesiąt lat. I w tym czasie zamierzam poznać cię na wskroś. Chcę wiedzieć, dokąd się udajesz, gdy tak nagle milkniesz. I czemu boisz się zaufać naszej miłości...

— Ale ja...

— Cii... — wyszeptał, kładąc delikatnie palec na jej ustach. — Nic nie musisz wyjaśniać, dopóki nie będziesz na to gotowa. Wiedz tylko, że chcę być z tobą, Jenno, gdy będziesz pokonywać to coś, co stoi między nami. Nie chcę być jedynie biernym widzem, mężczyzną, który czeka...

Niczym rodzic kojący dziecko po nocnym koszmarze, Brad długo jeszcze przemawiał do niej cierpliwym tonem. Ale tak naprawdę to nie miało żadnego znaczenia. Jego oświadczyny poruszyły jej serce i rozdarły je na milion kawałków.

Bo Jenna przecież musiała mu powiedzieć: „Nie".

Miraże

Mała salka na tyłach głównej hali lotniska w al-Remal była czysta i dość wygodna, co nie zmieniało faktu, że pełniła teraz bardzo określoną funkcję — więziennej celi. Czekając, aż powróci ten niezwykle ważny człowiek o znajomo brzmiącym nazwisku, Laila, podobnie jak większość więźniów na świecie, zastanawiała się, jakim cudem akurat ją spotkało coś takiego.

A wszystko zaczęło się od pewnego telefonu.

David Christiansen był nową siłą napędową w życiu Laili — nową siłą i prawdziwą opoką. Powoli Laila nabierała przekonania, że jest jedynym mężczyzną — poza ojcem, oczywiście — któremu może zaufać i na którym może polegać.

Zanim poznała Davida, przez długi czas lawirowała nad przepaścią. Dochodzenie do siebie po gwałcie — przechodzenie przez fazę gniewu, samooskarżeń, a w końcu emocjonalnego odrętwienia — przypominało podróż przez długi ciemny tunel, i kiedy Laila znalazła się już po drugiej stronie, nie była zdolna traktować czegokolwiek zbyt poważnie.

Żyła tylko i wyłącznie chwilą. Rozliczne imprezy i nowe twarze prowadziły do kolejnych imprez i kolejnych nowych twarzy. W owym czasie tylko raz pozwoliła sobie na słabość. Zadurzyła się w aktorze: młodym, utalentowanym, nieprawdopodobnie przystojnym i tak samo egocentrycznym. Przez pół roku jej świat kręcił się tylko wokół niego. Aż pewnego dnia przypadkiem podsłuchała, jak rozmawiał z jednym ze swoich akolitów. To, co mówił o niej samej, przyprawiło ją o mdłości; natomiast o pieniądzach Malika wyrażał się z najwyższym uznaniem. Laila porzuciła go bez jednego słowa wyjaśnienia.

Od tamtej pory zaczęła oddalać się od pełnego blichtru świata Hollywood, Topangi i Malibu. Nie zniknęła całkowicie — wciąż od czasu do czasu pokazywała się w najmodniejszych klubach, przyjmowała zaproszenia na przyjęcia. Wiedziała już jednak, że nie tego chce od życia.

Pewnego dnia, bez żadnej wyraźnej przyczyny, poszła nad ocean i natrafiła na marinę, w której nigdy wcześniej nie była. Jedna z cumujących tam łodzi w szczególności przyciągnęła jej uwagę: ożaglowanie szkunera, długość mniej więcej sześćdziesiąt pięć stóp, opływowe linie przywodzące na myśl ptaka w locie. Nazywała się „North Star".

Podziwiała pokład z drewna tekowego i wypolerowany takielunek, gdy z luku wyłonił się mężczyzna i zaczął coś przerzucać w skrzyni z narzędziami. Zauważył Lailę, posłał jej radosny uśmiech, po czym wrócił do swojej pracy.

— Piękna łódź — stwierdziła Laila.

— Dzięki. A ty żeglujesz?

— Trochę. Ale nie jestem Kolumbem.

— A kto jest? Wejdź na pokład, jeśli masz ochotę. Nazywam się Dave Christiansen.

— Laila Sorrel. — Tego nazwiska, kobiety, która wybawiła ją z opresji, używała zawsze wtedy, gdy nie chciała, by ktoś obcy się dowiedział, czyją jest córką.

Dave oprowadził ją po „North Star". Łódka była jego własnością — „w zasadzie częściowo jest moja, a częściowo należy do banku". Woził pasażerów na jednodniowe wycieczki lub zabierał w dłuższe rejsy.

— Catalina i przyległe wysepki, niekiedy wyprawa wzdłuż Półwyspu Kalifornijskiego. Dwa razy płynąłem na Hawaje.

Żeglarstwo było jego pasją i życiem.

— Dorastałem w Madison, w stanie Wisconsin. Kiedy miałem czternaście lat, kolega zabrał mnie na jezioro Mendota.

Pływaliśmy maleńką żaglówką, ale od tamtej pory już nie mogłem myśleć o niczym innym.

Laila podziękowała mu za pokazanie jachtu i zamierzała odejść.

— Słuchaj, jutro zabieram grupę turystów na Catalinę — oczywiście, pod warunkiem że zreperuję pompę w zapasowym silniku. Może chciałabyś się z nami wybrać? Będziesz honorowym członkiem załogi. Popłyniesz za darmo, ale i ja ci nic nie zapłacę.

— Jasne — odparła. — Brzmi całkiem nieźle.

— Pamiętaj, że czeka cię trochę pracy. Jutro rano o ósmej?

— A więc do zobaczenia.

Wzięli na pokład dwadzieścia osób i dopłynęli do malowniczego, otoczonego wzgórzami portu Avalon. Laila spała na pokładzie pod wygwieżdżonym niebem. Następnego dnia wyruszyli z powrotem na kontynent, gdzie Laila, David i bosman — bardzo poważny, czarnoskóry młodzieniec o imieniu Roy — uczcili pomyślne zakończenie rejsu kilkoma butelkami zimnego piwa.

Ogorzała od słońca, z obolałymi mięśniami, zmordowana fizycznie — Laila nie pamiętała, kiedy ostatni raz czuła się tak wspaniale.

Od tamtej pory była częstym gościem na „North Star". Aż nadszedł czas, gdy wszyscy uznali, że Laila i David są parą, a jeszcze potem czas, gdy tą parą zostali. Dave nie przypominał mężczyzn, z którymi do tej pory miała do czynienia. Nie był ani błyskotliwy, ani nad wyraz elokwentny, ale miał szczególne poczucie humoru, które nigdy nie mogło się znudzić.

Pewnej nocy powiedział jej, że ją kocha, a ona wyznała mu, kim jest naprawdę.

— Kpisz sobie — żachnął się w pierwszym odruchu. Ale kiedy w końcu przekonała go, że mówi jak najbardziej poważnie, wybuchnął śmiechem. — To w żadnym razie nie zmienia moich uczuć. Ale musi komplikować twoje.

— Co masz na myśli?

— No cóż. Ja ci mówię: „Kocham cię", a ty mi na to: „Ale mój tatuś jest miliarderem". — Ponownie parsknął śmiechem. — Słuchaj, nie jestem kompletnym idiotą, dobrze wiem, co pomyślą ludzie. Kogo to jednak obchodzi? Najważniejsze są twoje własne odczucia.

— Nie sądzę, żebyś leciał na moje pieniądze, jeżeli to masz na myśli.

Wyszczerzył zęby w szerokim uśmiechu.

— Jakże porywająca deklaracja dozgonnej miłości.

— Przepraszam. Rzecz w tym, że tak naprawdę masz rację. Moje uczucia są skomplikowane. Z wielu powodów.

To był fakt. Laila sama nie wiedziała, co w zasadzie czuła do Davida. Lubiła go, podziwiała, potrzebowała. Ale czy kochała? Czy w ogóle była jeszcze zdolna kogoś pokochać? Czy się na to odważy? Uczucie do niego obudziło wiele demonów z przeszłości, które kotłowały się w wirze jej emocji.

— W porządku, Lailo — powiedział z powagą. — Nie spiesz się. Nigdzie się nie wybieram.

Kilka miesięcy później, kiedy tylko we dwoje płynęli do Santa Rosa, na małym kotwicowisku David poprosił, żeby za niego wyszła.

— Nie musisz mi teraz odpowiadać. Chciałem tylko, żebyś wiedziała, co do ciebie czuję.

Dwa dni później wymyśliła jakiś powód, wzywający ją pilnie do Paryża. Chciała pobyć chwilę bez Davida — parę tygodni, może miesiąc — by wszystko przemyśleć. Musiała sobie przypomnieć, jak wygląda życie bez niego.

Od razu jednak odkryła, że życie bez niego już nie istnieje. W Luwrze pejzaż marynistyczny Moneta natychmiast kazał jej myśleć o „North Star". W czasie obiadu z przyjaciółmi, w „Le Carré des Feuillants", nieustannie zastanawiała się, czy umiałaby ugotować amatorską wersję serwowanych dań i uraczyć nimi Davida. Na przyjęciu żałowała, że nie ma go obok i że nie mogą razem się naśmiewać z ekscentrycznych zachowań paryskich filmowców, kreatorów mody czy kochanek ważnych polityków.

Najlepsze chwile w Paryżu przeżywała wtedy, gdy do niej dzwonił. Miała wrażenie, że David jest na drugim końcu miasta i już nazajutrz będą mogli się zobaczyć. Podczas jednej z takich rozmów Dave zapytał, po drobnym namyśle, czy Laila ma w Kalifornii swój akt urodzenia.

— Nie. A dlaczego pytasz?

— Tak jakoś o tym pomyślałem. Skoro już jesteś we Francji, powinnaś go przywieźć ze sobą do Stanów lub postarać się o formalny odpis. Nigdy nie wiadomo, kiedy ci się przyda. Może pewnego dnia będziesz miała ochotę wyjść za mąż?

Pomimo tej ostatniej uwagi sprawa aktu urodzenia nie wydawała się niecierpiąca zwłoki, więc szybko wypadła Laili z głowy. Aż pewnego popołudnia przypomniała sobie słowa Davida i pomyślała, że równie dobrze może się tym zająć właśnie teraz. Akt powinien znajdować się tu, w paryskim mieszkaniu, w sejfie, w którym ojciec trzymał wszystkie osobiste dokumenty. Malik był właśnie w Marsylii, lecz Laila tyle razy widziała, jak otwierał sejf, że zdążyła już dobrze zapamiętać szyfr.

Nie zamierzała szperać w papierach ojca — uznała, że akt będzie łatwo znaleźć. Ale gdy przebiegała wzrokiem dokumenty, niektóre z nich siłą rzeczy przyciągały jej uwagę.

Na widok zdjęć Genevieve do oczu napłynęły jej łzy. O, a tu jest fotografia ojca jeszcze jako chłopca — wyglądał na niezłego urwisa. Ciekawe, kim była ta mała dziewczynka stojąca u jego boku? To zabawne, przypominała nieco wyglądem Jennę Sorrel. Kilka listów, których treść nic Laili nie mówiła. Dziwna notatka od kobiety imieniem Amira, która wyrażała ubolewanie z powodu śmierci Genevieve, a także informowała, że ona, ta Amira, ma się dobrze i zajmuje się pracą, którą kocha. Niejasne wyjaśnienia, czemu nie pisała wcześniej. Zapewnienie, że u Karima też wszystko w porządku. U Karima...? Cóż, to popularne imię w świecie arabskim. Prawdopodobnie był to liścik od jakiejś starej flamy ojca, która miała nadzieję na odnowienie znajomości po śmierci Genevieve.

Jeszcze jedna fotografia, oficjalny portret niewielkiego formatu — taki, żeby zmieścił się w portfelu. Na zdjęciu uderzająco piękna, młoda kobieta w remalskim stroju. Jej rysy były dziwnie znajome. Gdzie też Laila widziała już tę twarz? Nagle przeszył ją lodowaty dreszcz. Na Boga, przecież widywała ją codziennie w lustrze!

Zaniepokojona i zaintrygowana, rozłożyła dokumenty na biurku ojca i zaczęła je pilnie studiować. Nie znalazła swojego aktu urodzenia, natknęła się natomiast na akt ślubu rodziców. Pobrali się, gdy Laila miała cztery — a właściwie prawie pięć lat. Zobaczyła też notes z rejestrem miesięcznych wpłat gotówkowych dla kogoś w al-Remal. Nazwisko nic jej nie mówiło, podobnie jak nazwa miasta — jeżeli to w ogóle było miasto. Pierwszej wpłaty dokonano w miesiącu i roku jej urodzenia.

Laila podniosła wzrok znad biurka. Na przeciwległej ścianie wisiał olejny portret jej babki, Jihan, która pozowała do niego wbrew woli męża i podarowała obraz Malikowi, aby pamiętał o niej we Francji. Laila często wpatrywała się w tę twarz, szukając oznak tragicznego przeznaczenia, tym razem jednak zwróciła także uwagę na ręce i pierścionek — pojedynczy, skrzący się szafir w niezwykłej oprawie. Gdzieś już przecież widziała taki klejnot. Oczywiście! Nosiła go Jenna Sorrel.

Nagle wszystko zaczęło się układać w spójną całość. Choć nadal wydawało się bez sensu. To przecież niemożliwe. W takim wypadku jej tożsamość okazałaby się iluzją. Laila nie była tym, kim sądziła, że jest. Ojciec ją oszukał. Podobnie jak matka — o ile Genevieve w ogóle była jej matką. No i Jenna — czy jakkolwiek brzmiało jej prawdziwe imię.

A jednak to właśnie do Jenny zdecydowała się zatelefonować. W bostońskim mieszkaniu nikt nie odpowiadał. Laila zadzwoniła do gabinetu. Doktor Sorrel wyjechała z miasta. Nie, nie można się z nią skontaktować. Czy jest pacjentką? Nie? Czy to w takim razie nagły wypadek? Jeśli tak, zostanie skierowana do innego terapeuty.

Laila odłożyła słuchawkę. Nie mogła zadzwonić do Malika.

Nie chciała dzwonić do Davida. Pomyślałby, że oszalała. I może miałby rację.

Wśród dokumentów w sejfie znajdował się jej remalski paszport. Jako dziecko obywatela al-Remal otrzymała obywatelstwo automatycznie. Jej ojciec, który był zagorzałym orędownikiem posiadania jak największej liczby obywatelstw, nalegał, by Laila miała i to. Doskonale. Wreszcie się przyda. Podniosła raz jeszcze słuchawkę i zarezerwowała miejsce na najbliższy lot do al-Remal.

Mężczyzna w agencji wynajmu samochodów spojrzał na nią z gniewem pomieszanym z odrazą. Czyżby nie wiedziała, że w al-Remal prawo surowo zakazuje kobietom prowadzenia samochodów?

Wędrowała bez celu po lotnisku. Mężczyźni dziwnie jej się przyglądali. Jeden z nich wykrzyknął po angielsku z silnym, obcym akcentem:

— Kobieto, zasłoń się!

W końcu znalazła taksówkę i podała kierowcy nazwę miasta z notesu ojca.

— To mała wioska na południowych obrzeżach — powiedział. — Mógłbym panią tam zabrać, ale nie w takim stroju. W takim stroju mogę panią zawieźć najwyżej do „Hiltona".

— W takim razie proszę jechać do „Hiltona".

Kiedy dotarli do hotelu, kazała taksówkarzowi poczekać.

— Mogę czekać choćby całą wieczność, jeśli pani sobie życzy i jest gotowa płacić.

Wynajęła pokój i posłała po stosowne ubranie. Pokojówka przyniosła jej dwie ohydne czarne szmaty i zażądała ceny, która musiała dziesięciokrotnie przewyższać ich wartość. Lailę to nie obchodziło.

— Proszę mi pokazać, jak to się nosi — zażądała.

Taksówkarz cierpliwie czekał. Skinął z aprobatą głową na widok jej nowego stroju, ale wydawał się urażony, gdy Laila bez słowa sprzeciwu zaakceptowała sumę, jakiej zażądał za swoje usługi. Zbyt późno dziewczyna przypomniała sobie, jak Malik opowiadał, że Remalczykom największą przyjemność sprawia targowanie się o cenę. Cóż, trudno. Jej się bardzo spieszyło.

Wioska była brzydka, zabudowana małymi lepiankami prażącymi się w słońcu. Laila nauczyła się od ojca trochę mówić po arabsku, ale trzeba było jej najwyższych wysiłków i pomocy taksówkarza, żeby znaleźć dom należący do osoby, której nazwisko zostało zapisane w notesie.

W środku znajdowała się jedna bardzo stara kobieta i druga, która była tylko stara. Po ostrym świetle pustyni pokój zdawał się przerażająco mroczny i Laila odruchowo zdjęła z twarzy zasłonę. Starsza z kobiet wrzasnęła rozdzierająco i zachwiała się, jakby miała zaraz zemdleć. Potem uczyniła znak mający chronić od złego uroku — Laila widziała, jak jej własny ojciec, wiedziony przesądem, robił niekiedy ten sam znak — po czym popędziła do drzwi. Druga kobieta natomiast pilnie przyglądała się Laili, potem podeszła bliżej i znowu wbiła w nią wzrok.

— Czy jesteś tym, kim myślę, że jesteś, panienko? — zapytała po arabsku.

— Proszę, żeby pani mi to powiedziała. Kim jestem?

— Jeśli jesteś tym, kim myślę, że jesteś, to znaczy, że karmiłam cię przez pierwszy rok twojego życia.

Laila rozwarła oczy z przerażenia.

— Jesteś moją matką? — spytała, niemal dławiąc się własnymi słowami.

Kobieta zdawała się zaszokowana tym pytaniem.

— Czy to pani mój ojciec przysyłał pieniądze?

— Nie. Przysyłał je Um Salih, ale ona, z woli Najwyższego, już pięć lat temu przeniosła się do raju. Od tej pory pieniądze dostaje moja druga ciotka — kobieta, którą właśnie widziałaś, panienko.

— Czemu ona się mnie przestraszyła?

— Wzięła cię za twoją matkę powstałą z martwych. — Kobieta potrząsnęła głową. — Niedobrze. Do tej pory już usłyszała o tobie cała wioska.

— Czy Um Salih była moją matką?

— Nie.

— A kto?

— Zadajesz zbyt wiele pytań, panienko.

— Tak. Wiem, że moja obcesowość jest niestosowna. I bardzo za to przepraszam. Ale muszę się dowiedzieć prawdy.

— W takim razie się dowiesz.

Opowiedziała całą historię brutalnie i szybko. Gdy skończyła, Laila była niemal tak samo wstrząśnięta, jak wcześniej ciotka tej kobiety.

— Moja matka została ukamienowana z mojego powodu?

— Z woli prawa i Najwyższego, panienko, a nie z twojego powodu. — Z każdą minutą stara mamka robiła się coraz bardziej nerwowa. Najwyraźniej nie mogła się już doczekać, by ten nieoczekiwany gość wreszcie sobie poszedł. — Panienko, twój ojciec był przez te wszystkie lata bardzo hojny. Czy masz dla mnie jakieś pieniądze?

— Pieniądze?

— Swoim przyjazdem możesz ściągnąć na mnie śmierć. Muszę stąd uciekać. Gdzieś daleko. Czy masz pieniądze?

Laila oddała jej wszystkie riale, jakie miała przy sobie.

— Ty też się strzeż, panienko. To nie jest dla ciebie bezpieczne miejsce. I nie mam na myśli tej biednej wioski, ale całe al-Remal.

Na zewnątrz domu zebrał się już mały tłum. Laila naciągnęła zasłonę na twarz. Taksówkarz torował jej drogę wśród ludzi. W hotelu Laila wypłaciła za pomocą karty kredytowej sporo gotówki i dała kierowcy niebotyczny napiwek.

Z pokoju zadzwoniła do Kalifornii. Bardzo chciała usłyszeć głos Davida, potrzebowała jego spokoju i miłości. Kierownik mariny powiedział jej, że Dave wypłynął w tygodniowy rejs wzdłuż Półwyspu Kalifornijskiego.

Laila zarezerwowała miejsce w samolocie do Paryża, wcześnie położyła się do łóżka, spała niespokojnym, rwanym snem i zjawiła się na lotnisku aż na dwie godziny przed odlotem. Kiedy czekała na wyjazd, podeszło do niej dwóch mężczyzn, niewątpliwie policjantów.

— Laila Badir?

— Tak.

— Proszę z nami.

Wprowadzili ją do małej sali, gdzie spotkała mężczyznę o znajomo brzmiącym nazwisku: książę Ali al-Rashad.

— Pani jest Lailą Badir, córką Malika Badira?

— Tak. O co chodzi?

— O pogwałcenie naszych praw, panno Badir.

Książę — niski, szczupły, dystyngowany mężczyzna w wieku mniej więcej jej ojca — z jakiś powodów zdawał się bardzo zadowolony z siebie.

— Jakie pogwałcenie? Jakich praw?

— Wszystko zostanie wyjaśnione w odpowiednim czasie.

Nie powiedział nic więcej, zabrał jej paszport i wyszedł.

Co też mogła zrobić złego? Czy chodziło o to, że poruszała się w niewłaściwym stroju? Nie, z takiego powodu nie przysyłaliby jakiegoś księcia. Sprawa musiała być dużo poważniejsza i zapewne miała związek z jej wizytą w owej wiosce. Czemu jednak miałoby to komuś przeszkadzać? Nagle uświadomiła sobie, że była córką straconej przestępczyni — o ile ta wieśniaczka mówiła prawdę. Może więc o to właśnie chodziło — została zatrzymana do czasu dokładnego sprawdzenia jej tożsamości.

Wiele rzeczy jednak nadal się nie zgadzało. Laila zapukała do drzwi i w progu natychmiast pojawił się strażnik.

— Muszę iść do toalety.

Podumał przez chwilę, potem odprowadził ją pod drzwi damskiej łazienki, a sam stanął na straży.

Dzięki Bogu, w środku była jeszcze jakaś kobieta. Laila napisała swoje imię i numer do biura Malika na tysiącrialowym banknocie, który wręczyła kobiecie.

— Dostanie pani dużo więcej, jeśli zadzwoni pani pod ten numer i powie osobie, która odbierze telefon, że mam tutaj kłopoty.

Kobieta bez słowa wzięła banknot.

Zamknięta z powrotem w małej salce Laila czekała — jak jej się zdawało — przez całą wieczność. Strażnik przyniósł jej herbatę, ale nic do jedzenia.

W końcu ponownie do środka wkroczył książę Ali. Uśmiechnął się i rzucił na stół jej tysiącrialowy banknot.

— Proszę zachować swoje pieniądze. I proszę się nie martwić o kontakt z ojcem. On już tu leci. Zjawi się osobiście — jakże to w jego stylu.

— Pan zna mojego ojca?

— Jesteśmy... starymi znajomymi.

Wreszcie sobie uświadomiła, gdzie wcześniej słyszała jego nazwisko. Malik wypowiadał je kilka razy z gniewem i pogardą. A więc ten człowiek był wrogiem taty.

— Żądam adwokata — powiedziała. — I wyjaśnienia, czemu jestem tu przetrzymywana.

— Nie ma potrzeby wzywania adwokata. Nie jest pani oskarżona o żadne przestępstwo. A trzymamy tu panią raczej w charakterze... dowodu.

— Dowodu na co?

— Na popełnienie kilku poważnych przestępstw. Takich, jak na przykład porwanie.

— Porwanie kogo?

— Pani, panno Badir. — Ponownie się uśmiechnął. — Widzę, że nieco zdezorientowałem panią tą informacją. A więc proszę pozwolić, że wyjaśnię kilka spraw. Otóż dawno temu w naszym kraju popełniono zbrodnię. Zbrodnię, która wymagała udziału dwóch osób: mężczyzny i kobiety. Kobieta została ujęta i stracona. Natomiast nigdy nie wykryto, kim był uwikłany w zbrodnię mężczyzna. Od lat podejrzewałem, kto może być owym winowajcą, ale moje podejrzenia potwierdziły się dopiero teraz, gdy pani się zjawiła w naszym królestwie i pojechała tam, dokąd pojechała. No i w tej chwili czekamy na przybycie drugiego zbrodniarza.

A więc o to chodziło — ona miała być przynętą. W ten sposób ten człowiek postanowił zwabić tutaj jej ojca.

— Oprócz tego, że mam remalskie obywatelstwo, jestem również obywatelką Francji — powiedziała najwynioślej, jak potrafiła. — Żądam kontaktu z francuską ambasadą.

Książę machnął ręką.

— Wszystko w swoim czasie.

W tym momencie wszedł strażnik.

— Wieża mówi, że już nadlatują, Wasza Wysokość.

— Doskonale. Proszę ze mną, panno Badir. To wydarzenie powinna pani ujrzeć na własne oczy, by dobrze je zapamiętać.

Weszli do sali przylotów z rozległym widokiem na płytę lotniska. Do księcia przyłączyło się kilku doradców. Na pasie startowym czekała grupa ludzi wyglądających na policjantów w cywilu.

— Tam. — Wskazał książę, zwracając się do jednego z mężczyzn.

Laila rozpoznała żywe, fantazyjne oznakowania boeinga 747, należącego do ojca.

— Zawsze ta ostentacja i przepych na pokaz — mruknął książę. — Samolot oczywiście skonfiskujemy.

Potężny odrzutowiec kończył kołować na pasie. Tajniacy otoczyli go półkolem.

Laila w żaden sposób nie mogła temu przeciwdziałać.

Tymczasem na płytę wjechała duża ciężarówka i zatrzymała się tuż za samolotem. Wyskoczyli z niej żołnierze i stanęli naprzeciw policjantów.

— Co się tu dzieje? — spytał Ali.

— Nie mam pojęcia, Wasza Wysokość.

Zza pleców dobiegły ich ciężkie kroki. Nadchodziło kilku mężczyzn w wojskowych mundurach.

— Co to ma znaczyć, generale? — zapytał Ali ostrym tonem.

— Wasza Wysokość, otrzymałem rozkaz, by eskortować tę kobietę do samolotu, który właśnie wylądował.

— Rozkaz! Czyj rozkaz?

— Samego króla, Wasza Wysokość.

— Króla! — Ali zacisnął usta w bezsilnym gniewie; w tej sytuacji nie miał już nic do powiedzenia.

— Tędy proszę, *mademoiselle* — powiedział generał.

Poprowadził ją tunelem do czekającego 747. Steward dokładnie zamknął za nią drzwi, a ponieważ pilot w ogóle nie wyłączał silników, samolot natychmiast potoczył się po pasie. Laila zobaczyła zbliżającego się Malika z twarzą zastygłą w wyrazie ojcowskiej troski. Gdy chwycił ją w ramiona, najpierw się przytuliła, po czym zaraz go odepchnęła.

— Och, papo, nienawidzę cię! Nawet nie wiesz, jak bardzo cię nienawidzę!

Tymczasem Ali połączył się przez tajną linię z pałacem. Jego brat, Ahmad — władca królestwa od czasu śmierci ich ojca — natychmiast podniósł słuchawkę.

— Żądam wyjaśnień, bracie. — Ali kipiał z wściekłości. — Zostałem upokorzony. Całkowicie poniżony. I do tego zbrodniarz uniknął kary.

— Niekiedy zbyt gorliwie próbujesz wypełniać swoje obowiązki, bracie — powiedział Ahmad suchym głosem. — Powinienem być natychmiast powiadomiony o tej sprawie, a nie skazany na informacje z drugiej ręki.

— I co byś wówczas zrobił?

— To samo, co zrobiłem teraz. Pamiętasz francuskie mirage, bracie? Bardzo potrzebowaliśmy tych myśliwców i dostaliśmy je dzięki wydatnej pomocy pewnego biznesmena — mimo że ty byłeś przeciwny temu pośrednictwu, o ile dobrze sobie przypominam. Natomiast za rok lub dwa, z wolą Najwyższego, ten sam człowiek pomoże nam w zakupie amerykańskich F-14. Nie życzę więc sobie, by zaogniać z nim stosunki.

— Ale...

— Przyjdź dziś do mnie na kolację, bracie. Porozmawiamy. Powinniśmy już to zrobić dawno temu. Zbyt wiele czasu minęło od naszej ostatniej prywatnej pogawędki.

Ali usłyszał trzask odkładanej słuchawki, a zaraz potem ryk silników wznoszącego się boeinga 747.

CZĘŚĆ SIÓDMA

Prawda

Uderzenie kół o pas startowy wyrwało Jennę ze snu. Rudowłosy mężczyzna siedział po drugiej stronie przejścia i pilnie jej się przyglądał.

— Czy dobrze pani spała, księżno? Mógłbym coś pani podać? Filiżankę kawy, by pokrzepić się przed dalszą podróżą?

— Nie, dziękuję.

— Może nieco soku pomarańczowego?

— Nie.

Samolot zakończył kołowanie.

— A więc jesteśmy na miejscu. Koniec lotu. Powoli, proszę, nogi są jeszcze trochę ociężałe, prawda? Proszę uważać, nie chciałbym, żeby podała mnie pani do sądu za nieumyślne spowodowanie uszkodzenia ciała.

Jenna zignorowała jego ofertę pomocy i o własnych siłach ruszyła w stronę drzwi. Bo i co innego mogła w tej sytuacji zrobić?

Po wyjściu z samolotu oślepiło ją ostre światło. To, co ujrzała, potwierdziło jej najgorsze obawy: prywatny pas startowy na pustyni. Przy samolocie czekała limuzyna. Rudzielec otworzył przed Jenną drzwi. Zerknęła w stronę kierowcy — bez wątpienia był to Arab. No, oczywiście.

Rudowłosy mężczyzna usiadł z przodu.

— Ruszamy — zarządził.

— Ile on ci za to płaci? — spytała Jenna.

Rudzielec wybuchnął śmiechem.

— Wystarczająco dużo. Do diabła, nigdy nie przypuszczałem, że kiedykolwiek wypowiem podobne słowa.

Czy Karim był bezpieczny? Naturalnie. Nikt nie zamierzał robić krzywdy jej synowi. Pytanie tylko, czego się dowie na ten temat? I czy w ogóle czegokolwiek się dowie?

Pędzili czteropasmową autostradą. Jenna nie rozpoznawała ani tej drogi, ani krajobrazu. Prawdę mówiąc, w całej scenerii coś się nie zgadzało. Sama pustynia wyglądała inaczej — inny był piach, inne rachityczne rośliny. Na horyzoncie zaś pojawiły się domy. Duże domy w stylu amerykańskich farm ranczerskich. Nawet w enklawie zamieszkanej przez zachodnich pracowników kompanii naftowych w al-Remal nie było podobnych domów. Czyżby aż tak wiele się zmieniło od czasu jej ucieczki?

We wstecznym lusterku pochwyciła spojrzenie kierowcy. Cień uśmiechu. Znajomy wyraz oczu... Nie, to niemożliwe. Ale przecież musiał się przez ten czas postarzeć, więc...

— Jabr? Jabr!

— Do usług, Wasza Wysokość.

— Jabr, jakim cudem... — Zwróciła się gwałtownie w stronę rudzielca: — Co to wszystko ma znaczyć? Gdzie my jesteśmy?

— Dokładnie tam, gdzie powinniśmy, księżno. W Palm Springs, w Kalifornii. Po prostu podjeżdżamy od innej strony.

— Jabr, powiedz mi, proszę, co ja tutaj robię? Jestem przerażona.

Rozbawienie w jego oczach natychmiast ustąpiło miejsca trosce.

— Wasza Wysokość tego nie wie? Wieziemy cię, pani, do twojego brata.

— Do Malika? Malik jest tutaj?

— Nic nie powiedziałeś księżnej?! — Jabr ostrym tonem natarł na rudzielca.

— Słuchaj, wykonuję tylko rozkazy. Pracuję dla niego, tak samo jak ty.

Jabr wymamrotał kilka słów po arabsku, których Jenna w żadnym razie nie przetłumaczyłaby na głos. Najwyraźniej obaj mężczyźni nie darzyli się sympatią — ale to w tym momencie zupełnie jej nie obchodziło.

— Malik naprawdę tu jest? — powtórzyła raz jeszcze. Czuła lekki zawrót głowy. Cała ta sytuacja wydawała się mirażem, emanowała surrealistyczną aurą.

— To jego skromna siedziba. Tuż przed nami — powiedział rudowłosy mężczyzna, wskazując głową na olbrzymi modernistyczny dom z drewna i szkła. Przejechali bramę i ruszyli długim podjazdem.

Na powitanie zbiegł ze schodów niski pulchny mężczyzna, bez wątpienia Remalczyk.

— Och, to absolutnie niemożliwe — wykrzyknęła Jenna. — Farid? To naprawdę ty?

Wyskoczyła z samochodu i wpadła w objęcia ulubionego kuzyna, ściskając go ze wszystkich sił.

— Przywieźliście nie tę kobietę, co trzeba — zwrócił się gniewnie Farid do Jabra i rudzielca. — Zdecydowanie za młodą. I o wiele za piękną. Amira co prawda odznaczała się wyjątkową urodą, ale nie aż taką pięknością.

— Ty łgarzu! Mój Boże, co za spotkanie. A gdzie jest mój brat?

— Już tak szybko chcesz mnie opuścić dla tego nudziarza? No, trudno. Tędy, proszę.

Wprowadził ją do wnętrza domu.

— W tamtym salonie, kuzynko. Idź sama, zrób mu niespodziankę. Jeszcze nic nie wie o twoim przyjeździe.

Wejście, które jej wskazał, prowadziło do dużego pokoju wychodzącego na patio i basen.

Malik stał zwrócony do niej plecami, przy suwanych szklanych drzwiach, najwyraźniej zatopiony we własnych myślach. Jenna nie miała wątpliwości, że to jej brat, mimo że włosy miał już lekko przyprószone siwizną.

— Bracie?

Odwrócił się gwałtownie.

— Siostrzyczko!

Podbiegł do niej i mocno przywarli do siebie. Jenna wybuchnęła płaczem. Po chwili płakał i Malik.

— Jeśli kiedykolwiek zwątpię w łaskawość Najwyższego, przypomnij mi tę chwilę — powiedział Malik żarliwie. — Och, Amiro!

Ona tymczasem lekko go odepchnęła.

— Zaraz, zaraz. Chwileczkę. Czemu ściągnąłeś mnie tutaj w taki sposób? Śmiertelnie mnie przeraziłeś! Jeszcze dziesięć minut temu byłam pewna, że wpadłam w ręce Alego.

— Miałem ku temu swoje powody... dziesięć minut temu powiadasz?

— Tak. Póki nie rozpoznałam Jabra, byłam pewna...

— Coś mi się tu nie zgadza. Miałaś być powiadomiona w czasie lotu.

— Nikt mi nic nie powiedział. Zresztą, przespałam większość podróży. Przypuszczam, że dostałam jakiś środek nasenny.

Malik gniewnie ściągnął brwi.

— Ryan miał ci wszystko wyjaśnić. Może powinienem był mu wydać bardziej szczegółowe polecenia. Ci faceci uwielbiają się zachowywać tak, jakby grali w gangsterskim filmie. Z drugiej strony, faktem jest, że nie chciałem, byś od razu dowiedziała się prawdy. Chciałem ci coś udowodnić — dać swoistą nauczkę.

— Chcesz powiedzieć, że celowo mnie sterroryzowałeś? Należy ci się za to policzek. — Powiedziała to niemal serio.

— Powinnaś zrozumieć, że jeśli mnie się udało tak gładko wszystko przeprowadzić, inni też by tego dokonali.

Przez chwilę rozmyślała nad słowami brata.

— A jak właściwie udało ci się mnie znaleźć?

— To nie było proste. Wysłanie listu z Toronto okazało się mistrzowskim posunięciem. W Kanadzie osiedla się bardzo dużo Arabów. Wiele miesięcy, nawet lat, przeczesywaliśmy Kanadę — oczywiście, bez skutku. Aż pewnego dnia Ryan (o ile się jeszcze nie domyśliłaś, Ryan jest prywatnym detektywem) powiedział, że może powinniśmy rozszerzyć poszukiwania na Stany. Powiedziałem mu wówczas: „Kanada była dla ciebie kopalnią srebra. Teraz chcesz dostać kopalnię złota na dodatek". Może dlatego obszedł się z tobą mało delikatnie. Zbijał fortunę na poszukiwaniu ciebie i Karima. No a teraz, gdy już was znalazł... — Malik zaśmiał się ponuro.

— Ale w jaki sposób w końcu trafił na mój ślad?

— Dysponowaliśmy dwoma bardzo ważnymi informacjami. Po pierwsze — co jest oczywiste — że masz syna, choć nigdy nie śmieliśmy marzyć, że nadal nosi to samo imię. Po drugie — wieścią, którą zawarłaś w swoim liście: „Udało mi się osiągnąć sukces w dziedzinie, która zawsze mnie interesowała". Wiedziałem, że musi być to zajęcie wymagające wyższego wykształcenia, bo przecież od dziecka uwielbiałaś książki i naukę. Ryan zaczął więc od sprawdzania studentów college'ów i przeglądania albumów absolwentów. Cała jego agencja nie zajmowała się niczym innym. Za to należy mu się uznanie — nawet w dobie komputerów była to kolosalna praca. Osobiście przejrzałem co najmniej tysiąc zdjęć. Bez skutku. I wówczas, gdy już nawet ja byłem gotów się poddać, Ryan wpadł na pomysł, by sprawdzić, jakie zjazdy i konferencje odbywały się w Toronto mniej więcej w tym czasie, gdy wysłałaś do mnie list. Było ich kilka, ale psychologiczna wydała mi się najbardziej prawdopodobna. I... *voilà*! — Wybuchnął śmiechem. — Kiedy pokazał mi twoje zdjęcia, powiedziałem, że chyba oszalał. On jednak opowiedział mi o operacjach plastycznych. W tym wypadku, jak sądzę, wykazałem się naiwnością. Pojechaliśmy do Bostonu i śledziłem cię z pewnej odległości. Gdy zobaczyłem, jak się poruszasz, nie miałem już najmniejszych wątpliwości — to naprawdę ty! Od tej pory minęły dwa lata.

— Dwa lata! Czemu czekałeś tak długo z tą... tą farsą, za którą jeszcze teraz gotowa bym cię zabić? Czemu wcześniej się ze mną nie skontaktowałeś?

— Niewiele brakowało, a podbiegłbym do ciebie, gdy pierwszy raz ujrzałem cię na ulicy. Ale jakiś wewnętrzny głos kazał mi się powstrzymać. Pomyślałem: „Tak długo się ukrywała, musi mieć ku temu jakieś ważne powody". Nie miałem pojęcia, o co mogło chodzić. Prawdę mówiąc, przypuszczałem, że ma to jakiś związek ze śmiercią Philippe'a. Dlatego postanowiłem czekać.

— A czemu akurat teraz zdecydowałeś się na ten krok?

— Po części dlatego, że już miałem dość czekania. Ale przede wszystkim z powodu poważnej zmiany sytuacji.

— Co chcesz przez to powiedzieć? Czy stało się coś złego?

Malik machnął ręką.

— Porozmawiamy o tym później. Teraz, skoro już tu jesteś, nie ma pośpiechu. Odpocznij. Musisz być wykończona.

— Dzięki twojemu Ryanowi wyspałam się za wszystkie czasy. — Nagle zdała sobie sprawę, że wbija wzrok w pusty rękaw. — Och, Maliku. Twoje ramię. Oglądałam wywiad Sandry Waters. Poczułam... zupełnie nie umiem wyrazić tego słowami. Miałam ochotę natychmiast lecieć do ciebie i otoczyć cię opieką.

W ciemnych oczach Malika pojawił się szelmowski błysk.

— Jakże typowa reakcja. Nie martw się, siostrzyczko, ten wypadek w niczym mnie nie ograniczył. Muszę natomiast stwierdzić, że szacowny doktor Kissinger mylił się, gdy stwierdził, że władza jest najpotężniejszym afrodyzjakiem; jest nim współczucie. To kwestia waszego instynktu macierzyńskiego. Nigdy przedtem nie zdołałem go wzbudzić. Teraz robię to aż za dobrze.

— Głuptas. — Znowu go uściskała. — Najdroższy głuptas.

— Niestety, mam dla ciebie także złą wiadomość — powiedział cicho. — I najlepiej będzie, jeśli przekażę ci ją od razu: nasz ojciec nie żyje.

— Nie! O Boże, nie!

— Niestety. Fatalny wylew, a potem... właściwie powolne umieranie.

Jennę ogarnęło potworne poczucie winy.

— Och, Maliku, zmarł w przekonaniu, że ja i Karim zginęliśmy w Turcji.

— Nie. Po latach w pewnym sensie pogodziłem się z ojcem. Kiedy zbliżał się koniec, powiedziałem mu... tyle, ile mogłem. Nie jestem pewien, czy zrozumiał wszystko, co do niego mówiłem, ale z pewnością dotarło do niego, że jego córka oraz wnuk żyją i mają się dobrze. Ach, Amiro, czemu przed laty nie zwróciłaś się do mnie o pomoc? Czemu zdałaś się na tego Francuza? I co się właściwie stało?

Powiedziała mu tyle, ile odważyła się powiedzieć. Nawet teraz, po tak wielu latach, bała się, że zapoczątkuje wendetę Malika przeciwko Alemu — walkę, którą jej brat mógł jedynie przegrać. Opisała więc tylko morderstwo w Aleksandrii i wyjaśniła okoliczności, które do tego doprowadziły.

— Po tym nie mogłam już z nim żyć. Ale nie mogłam także go opuścić — ścigałby mnie bezlitośnie. I wtedy Philippe wpadł na pewien pomysł.

— Niezwykle błyskotliwy, biorąc pod uwagę, że kosztował go życie.

— Proszę, podaruj sobie ten sarkazm. Najpierw wysłuchaj całej historii.

Opowiedziała mu o pomocy i heroizmie Philippe'a. Kiedy skończyła, Malik siedział przez chwilę w milczeniu, gładząc pusty rękaw marynarki.

— To wszystko zmienia. Wszystko — powiedział w końcu. — W pewnym momencie doszło do tego, że zacząłem nienawidzić Philippe'a. Teraz widzę, że... jakże się myliłem. Jakże mi wstyd. Sam nie wiem, co powiedzieć.

— Nie musisz nic mówić, braciszku. Skąd mogłeś o tym wiedzieć?

— Gdy zaś chodzi o Alego — oczywiście doskonale wiedziałem o jego preferencjach. Takich rzeczy nie da się utrzymać w całkowitej tajemnicy. Jednak o morderstwie w Egipcie nikt nigdy nie wspomniał, choćby szeptem. Cieszę się, że mi to powiedziałeś — w przyszłości ta informacja może się okazać bardzo przydatna. Ale przede wszystkim musimy zająć się teraźniejszością. — Malik przysunął się w jej stronę. — Posłuchaj mnie uważnie, siostrzyczko. Już dłużej nie możesz żyć tak, jak do tej pory. Ali wie, że ty i Karim zostaliście przy życiu. Wie o tym już od pewnego czasu. I od chwili, gdy dostał tę wiadomość, nieustannie cię poszukuje — dyskretnie, ale uparcie. — Malik uśmiechnął się posępnie. — Oczywiście, ja ze swojej strony nie ułatwiałem mu życia. Miałem własnych ludzi w jego obozie — Jabr był jednym z nich, jednak w końcu znalazł się w sferze podejrzeń i musiałem go szybko wyciągnąć z kraju. W każdym razie za pośrednictwem swoich informatorów od czasu do czasu podsuwałem Alemu fałszywe tropy. Ale w końcu uda mu się ciebie wytropić — tak jak i mnie się udało. Pytanie polega na tym, co zrobi, gdy już cię odnajdzie?

— I ty mnie o to pytasz?

— Tak.

— No cóż... właściwie nie wiem. Przez wiele lat sądziłam, że każe mnie zabić, a Karima zabierze ze sobą. Albo mnie też zawlecze do al-Remal i postawi przed sądem za uprowadzenie jego syna — prawdę mówiąc, myślałam, że Ryan właśnie tym się zajmuje. Teraz już jednak niczego nie jestem pewna. Minęło tak dużo czasu.

— Myślisz, że zadowoli się powrotem Karima?

— Ja nie oddam mu syna. Nigdy. Za nic.

— Karim jest już niemal dorosłym mężczyzną, siostrzyczko — powiedział miękkim głosem Malik. — Już niedługo będzie robił to, na co ma ochotę.

— Wówczas będzie mógł jechać. Ale nie wcześniej.

Zdawała sobie sprawę z niedojrzałości własnej reakcji. Jenna-psycholog doskonale wiedziała, że Jenna-matka podświadomie nie godzi się na niezależność syna.

— No, dobrze. W takim razie posłuchaj, co ja o tym wszystkim sądzę. Po pierwsze, razem z Karimem moglibyście zamieszkać u mnie, pod moim dachem. Teraz jestem niezwykle bogatym człowiekiem, siostrzyczko — dziesięciokrotnie bogatszym od Onassisa w jego najlepszych czasach. Wzmocniłbym ochronę, dał ci wszystko, czego zapragniesz. Nigdy nie musiałabyś się martwić o pieniądze.

— Wiem, Maliku. Ale mam przecież własne życie, z którego nie chcę rezygnować. I zapewne podobnie sprawa ma się z Karimem.

— To nas prowadzi do drugiej opcji. Mieszkasz i pracujesz tam, gdzie nadal, ale ja zapewniam ci pełną ochronę. Umieszczam swoich ludzi w budynku, w którym jest twój apartament, i tam, gdzie mieści się twój gabinet. Tak samo w przypadku Karima. Stwarzam coś na wzór prezydenckiego Secret Service.

Jenna popatrzyła na brata w oszołomieniu.

— Nie mogłabym leczyć pacjentów, jeśli przed moimi drzwiami kłębiłaby się prywatna armia.

— W praktyce byłoby to o wiele dyskretniejsze, niemniej... rozumiem cię, oczywiście. Mamy więc jeszcze inne wyjście. Upubliczniamy całą historię — nagłośniamy ją w gazetach i telewizji. To mogłoby być najlepszą ochroną. Nasz przyjaciel, Ali, ma bardzo poważne ambicje polityczne. Kiedy już wszystko wyjdzie na jaw, czy będzie mógł pozwolić sobie na to, by spotkało cię coś złego?

— Słuchaj, przecież mówimy o Alim. Kto wie, co mu strzeli do głowy?

Malik skrzywił usta.

— Oczywiście, niczego nie możemy być pewni. Może powinniśmy zastosować dwie metody naraz: ogłosić prawdę, a potem strzec cię niczym klejnotów koronnych. Jedno jest pewne, Amiro-Jenno — wkrótce będziesz musiała podjąć jakieś decyzje. Obiecaj mi tylko, że już więcej nie znikniesz. Ja co prawda byłem pewien, że żyjesz. Wyraźnie to czułem. Ale i tak przeżywałem katusze, zastanawiając się, gdzie się podziewasz, czy jesteś zdrowa, jak sobie radzisz sama z dzieckiem.

— Możesz się nie przejmować. Po raz drugi już bym się na to nie zdobyła.

Skinął głową, po czym się uśmiechnął

— Zapewne miałabyś ochotę wziąć prysznic, może nawet popływać. W swoim pokoju znajdziesz świeże ubranie. Staram się trzymać ładne stroje dla moich gości. Ty oczywiście będziesz potrzebować wystawniejszej garderoby. Jutro się tym zajmiemy. Zatrudniam na stałe profesjonalnego stylistę i eksperta od zakupów.

— Malik! Na jak długo zamierzasz mnie tu zatrzymać?

— Jeszcze o tym porozmawiamy.

— Słuchaj, braciszku, ja mam pacjentów, swój gabinet.

— Jest sobotni poranek. Przed nami więc cały weekend. Wszystko omówimy w swoim czasie.

Kiedy wyprowadzał ją z pokoju, Jenna zauważyła mebel, który natychmiast cofnął ją do lat dzieciństwa.

— Szachowy stół ojca!

— Owszem.

— Jest mniejszy, niż pamiętałam, ale równie piękny.

Było to prawdziwe dzieło sztuki meblarskiej: intarsjowane drewno układało się w zawiłe geometryczne wzory.

Jenna też natychmiast przypomniała sobie dzień, gdy Malik rozłożył na łopatki Alego wśród porozrzucanych pionków, koni i wież.

— Czy wciąż jeszcze grywasz? — zapytała i leniwym ruchem otworzyła szufladę stolika. Ale zamiast figur szachowych ujrzała masywny, tępонosy rewolwer.

Spojrzała na brata z przerażeniem, on zaś wyciągnął dłoń i delikatnym, ale stanowczym pchnięciem zamknął szufladę.

— Niestety, rozgrywki, które ostatnio prowadzę, bywają niebezpieczne — powiedział z tym swoim rozbrajającym uśmiechem.

Lunch był bardzo kalifornijski w stylu: sałatka z pączków kaktusa, królik z rusztu, a na deser sorbet z kiwi. Po posiłku Jenna, Farid i Malik relaksowali się nad basenem. W każdym razie relaksowała się Jenna; Farid co chwila się podrywał, by odebrać zainstalowany na patio telefon. Niekiedy przekazywał słuchawkę Malikowi, ale przede wszystkim sam prowadził rozmowy i wydawał odpowiednie polecenia. Nie ulegało wątpliwości, że kuzyn jest prawą ręką i głównym doradcą jej brata.

Jenna tymczasem wciąż czuła się jak we śnie. Po tak wielu latach samotności, po pogrzebaniu dawnego życia, jakże dziwnie, a jednocześnie niezwykle swojsko czuła się w towarzystwie tych chłopców z jej dzieciństwa — po śmierci ojca, jej najbliższych krewnych. Żałowała, że nie ma z nią Karima. I gdzieżeż podziewała się Laila?

— Potrzebuję twojej porady w sprawie Laili — odezwał się Malik, jakby czytając w jej myślach.

Jenna zebrała się na odwagę i postanowiła wyznać Malikowi związaną z Lailą tajemnicę.

— Czy wiesz, że swego czasu spotkałam się z nią parę razy?

— Wówczas nie miałem o niczym pojęcia, odkryłem to dużo później. I zawsze z tego powodu dogryzam Ryanowi. Wielki detektyw gonił za tobą po całym kontynencie, a tymczasem moja mała dziewczynka już dawno cię odnalazła.

— Wiem, że nie powinnam była się z nią kontaktować, nie tyle ze względu na moje bezpieczeństwo, ile Laili i twoje. Ale kiedy ją zobaczyłam, nie mogłam się powstrzymać.

— Oczywiście. Oczywiście. — Ciepły uśmiech Malika zdawał się mówić: „Jakże ktoś mógłby od pierwszego wejrzenia nie pokochać mojej Laili?" Ewidentnie córka była nadal dla Malika całym światem. Jego słońcem, księżycem i gwiazdami.

Ale chwilę później uśmiech zniknął.

— Czy wiesz o... wiesz, co ją spotkało?

— Wiem, że została zgwałcona.

Na słowo „gwałt" Malik skrzywił się boleśnie.

— Tak. To się stało niedługo po śmierci Genevieve. Wydawało mi się, że Laila jakoś pogodziła się z tym wypadkiem. Ale potem... ta następna tragedia. Od tego czasu nie jest już sobą.

— Powinnam była jakoś jej pomóc. Ale tak nagle wyjechała z Nowego Jorku i przeniosła się tu, do Kalifornii...

— Ty nie masz się o co obwiniać. To moja wina. I tylko ja ponoszę za wszystko odpowiedzialność. Powinienem był trzymać przy niej ochroniarza dwadzieścia cztery godziny na dobę. Przez jakiś czas zresztą tak robiłem. Ale zaczęła mnie błagać, żebym pozwolił jej wieść normalne życie. A ja... — Malikowi załamał się głos — ...jest mi bardzo trudno odmówić jakiejkolwiek jej prośbie.

Przeniósł wzrok ponad basen, gdzie na horyzoncie rozciągała się pustynia.

— Ten chłopak, na przykład. Myślałem, że jest przyzwoity. Patrzył mi prosto w oczy i zwracał się do mnie per „sir". Pochodził z dobrej rodziny. A potem... — Mówiąc to, Malik cały czas zaciskał dłonie w pięści. — Nie zamierzała mi o tym powiedzieć. Bała się, że ją potępię.

— To typowa reakcja w przypadku gwałtu. Ofiara ma wrażenie, że napad uczynił z niej osobę bezwartościową, więc jest przekonana, że wszyscy inni też tak sądzą.

— Zapewne masz rację.

— A co się stało z tym chłopakiem?

— Ach, z chłopakiem... Oczywiście, miałem ochotę zabić go własnymi rękami. Ale... cóż, nie jesteśmy w al-Remal. Przez chwilę nosiłem się z zamiarem wniesienia oskarżenia, zgodnie z sugestiami terapeutki Laili. Potem jednak przekonałem się, jak w tym kraju funkcjonuje prawo. Przede wszystkim prokurator utrzymywał, że bardzo trudno będzie udowodnić chłopakowi winę. Powiedział, jaką linię obrony przyjmą adwokaci drugiej strony: zaczną obwiniać ofiarę, robić z niej... dziwkę. Na dodatek, prywatnymi kanałami uzyskałem informację, że prawnicy chłopaka dowiedzieli się o pewnych niejasnych momentach w życiorysie Laili i nawet zamierzają przedstawić naszą wzajemną relację jako... bardzo niestosowny związek. Zdecydowałem, że nie mogę na to narażać swojej córki. I wycofałem oskarżenie.

— A więc uszło mu to na sucho?

Malik milczał przez bardzo długą chwilę.

— To niezmiernie ciekawa historia — powiedział w końcu. — Kilka miesięcy później, ten chłopak miał drobną kolizję drogową i wówczas w jego samochodzie policja znalazła narkotyki. Bardzo niewiele, więc skończyło się jedynie na surowym upomnieniu — jak ci mówiłem, wywodził się z dobrej rodziny, nie był nigdy wcześniej notowany. Ale wkrótce po tym incydencie, ktoś złożył na niego doniesienie na policji. Gdy go zatrzymano, miał przy sobie cztery kilogramy kokainy i sporą sumę gotówki niewiadomego pochodzenia. Obecnie odsiaduje wyrok — mniej więcej taki sam, jaki by dostał za to, co zrobił Laili. I jak tu nie wierzyć w sprawiedliwość losu, prawda?

Jenna nie była pewna, czy przypadkiem słuch ją nie myli. I na wszelki wypadek postanowiła nie zadawać żadnych pytań.

— To jednak nie pomogło Laili — ciągnął Malik. — Jej oczy... znikł z nich wszelki blask. Robiłem wszystko, żeby go przywrócić. Doprawdy wszystko. Porzuciłem interesy — na czas nieokreślony zawiesiłem swoje sprawy na kołku — i zabrałem ją w rejs. Laila zawsze kochała statki i morze. Tym razem przez cały czas prawie się nie odzywała. W końcu więc skróciłem wyprawę, bo taka była nieszczęśliwa. Potem zdecydowała się przyjechać tutaj, do Kalifornii. Wybudowałem więc ten dom... — Malik powiódł wokół dłonią — ...żeby być blisko niej, gdyby mnie potrzebowała.

Jennę z profesjonalnego punktu widzenia zaintrygowało, czemu, aby być blisko córki, jej brat musiał od razu wybudować olbrzymią rezydencję.

— Nie załatwiłeś jej fachowej pomocy? — spytała ostrzej, niż zamierzała, ale Malik tego nie zauważył.

— Oczywiście, że tak. Po drodze zatrudniłem trzech różnych psychiatrów. Laila odrzucała jednego po drugim. A potem nagle się zmieniła — stała się jednym z tych typowych, kalifornijskich, szalejących dzieciaków. Każdej nocy jakaś impreza, żadnego celu w życiu, bezwartościowi niby-przyjaciele. Nic nie mogłem na to poradzić. — Malik gwałtownie uniósł dłoń. — Nie, nie. Nic nie mów. Sam dobrze wiem, że nie zawsze moje zachowanie było godne naśladowania. Ale przynajmniej nauczyłem się trafnie oceniać ludzi. Polegać tylko na tych wartościowych. A Laila miała znajomych, których ani trochę nie obchodził jej los.

Jenna skinęła głową.

— Ale w końcu poznała pewnego młodego mężczyznę i wszystko znowu uległo zmianie.

Wyjaśnił Jennie, że Laila wreszcie znalazła kogoś sensownego i po raz pierwszy w życiu się zakochała. Chłopak był właścicielem i kapitanem szkunera, którym zabierał pasażerów w rejsy na Catalinę, do Meksyku, a nawet na Hawaje. I powoli jego miłość sprawiła, że Laila cofnęła się znad przepaści.

Jennę ogarnęło straszne przeczucie.

— Tylko nie mów, że ją rzucił.

— Słucham? Och, nie. W żadnym razie. Po prostu Laila dowiedziała się prawdy.

— Jakiej prawdy?

— O mnie. O tobie. O swojej prawdziwej matce.

Opowiedział Jennie o paryskich odkryciach córki i jej wyprawie do al-Remal.

— Mój Boże — jęknęła Jenna, gdy dotarły do niej wszystkie implikacje tego wydarzenia. Wypadki przybrały najgorszy możliwy obrót. Wiadomość, że matka tak naprawdę nie jest matką, dla każdego byłaby ciężkim przeżyciem. Dla kogoś takiego jak Laila — w rozchwianym stanie emocjonalnym — mogła okazać się katastrofalna.

— Nie mam Alemu za złe, że utrudnia mi prowadzenie interesów — mówił gniewnie Malik, wciąż tkwiący myślami przy scenie na lotnisku. — W tych sprawach mężczyzna ma wolną rękę. Ale sposób, w jaki potraktował moją córkę... za to mi jeszcze słono zapłaci. Przysięgam. — Przez chwilę siedział w milczeniu, starając się zapanować nad emocjami. — Kiedy już ją stamtąd zabrałem, doszło do dramatycznej sceny. Od razu. W samolocie. Wygadywała straszne rzeczy na mnie, na ciebie, nawet na Genevieve. W końcu musiałem wydusić z siebie prawdę, a w każdym razie niemal całą prawdę o jej prawdziwej matce. To jednak także okazało się błędem. Byłem pewien, że wiedziona gniewem, natychmiast pojedzie do narzeczonego. Ona tymczasem i od niego się odcięła — stwierdziła, że jest takim samym kłamcą jak my wszyscy. I nie uciekła do niego — jak się obawiałem — ale zamknęła się w swoim pokoju niczym pustelnica.

— Tutaj?

— Tak. Właśnie tutaj.

— W tym domu?

— Oczywiście. To też zupełna nowość. Zamyka się na klucz, prawie nie wychodzi, śpi w ciągu dnia, siedzi po nocach.

Jennę przeszył lodowaty dreszcz. Ten schemat był jej aż za dobrze znajomy. Tak właśnie zachowywała się Jihan na kilka miesięcy przed śmiercią.

— Miałem nadzieję, że ty zdołasz coś na to poradzić. — W głosie Malika brzmiała bezradność.

Jenna zaczerpnęła głęboki oddech.

— Co jej o mnie powiedziałeś?

— Że jesteś moją siostrą, która zniknęła dawno temu i z przyczyn, których do końca nie pojmuję, kazała wszystkim wierzyć, że zginęła. Co w zasadzie jest prawdą. Oczywiście, w jej oczach to też czyni z ciebie kłamcę.

I słusznie, pomyślała Jenna. Nie był to wymarzony początek relacji pacjent–terapeuta.

— Zrobię, co w mojej mocy, ale rezultaty mogą być bardzo mizerne. Nie licz na żadne cuda.

— Przestałem wierzyć w cuda bardzo dawno temu, jeszcze w al-Remal. Jestem pewien, że doskonale pamiętasz okoliczności.

— Czy mogę się z nią teraz zobaczyć?

— Osobiście nie widzę przeszkód.

Kobieta, która otworzyła drzwi sypialni, w niczym nie przypominała dziewczyny o świeżej twarzyczce, którą Jenna wybawiła z opresji w Saksie. Laila miała zaledwie dwadzieścia parę lat, a wyglądała na dużo starszą, wymęczoną, zamkniętą w sobie — podobnie jak Jihan w ostatnich dniach życia.

— No, no. Kogo tutaj mamy? Czyż to nie moja sekretna przyjaciółka?

Lekki sarkazm w jej głosie dodał Jennie otuchy: tam, gdzie pojawiały się emocje, choćby negatywne, zawsze była nadzieja.

— Tak. To ja. I naprawdę jestem twoją przyjaciółką, a przy okazji i ciotką. Przykro mi, że nie wyznałam ci tego wcześniej. Byłam przekonana, że nie wolno mi tego zrobić. Może pewnego dnia zechcesz wysłuchać dlaczego.

— Nie mam zamiaru niczego wysłuchiwać.

Odruchowa odpowiedź, ale dobór słów znaczący. Gdy tylko Jenna stąd wyjdzie, sporządzi notatki. Już zdecydowała, że zostanie w tym domu jakiś czas, przynajmniej do chwili, aż znajdzie odpowiedniego terapeutę dla bratanicy. Sama nie mogła zająć się Lailą — była za bardzo uwikłana w cały ten układ. Ale niewykluczone, że przyda się Laili jako przyjaciółka. Ktoś, kto chętnie wszystkiego wysłucha i zrozumie.

— Przyjdę znowu jutro, Lailo, mniej więcej o tej samej porze. Może zastanowisz się, o czym chciałabyś ze mną porozmawiać? Odpowiem na wszystkie twoje pytania.

— Nie mam ochoty na żadne rozmowy.

— Po prostu się zastanów. Jak powiedziałam, przyjdę jutro — lub w każdej chwili, gdy tylko sobie zażyczysz.

Jenna musiała też pamiętać o swoich własnych pacjentach. Z myślą o nich w pierwszym rzędzie zadzwoniła do Sanktuarium i powiadomiła Liz Ohlenberg, że nie będzie jej co najmniej przez tydzień. Tę samą wiadomość zostawiła na swojej automatycznej sekretarce w bostońskim mieszkaniu.

Przez większą część następnego dnia Jenna dzwoniła do pacjentów. Niektórym zmieniała terminy sesji, innych czasowo odsyłała do kolegów.

Za każdym razem, gdy wystukiwała kierunkowy 617, myślała o Bradzie. Czy powinna do niego zadzwonić? Ale co miałaby mu powiedzieć? Nie była zdolna udzielić odpowiedzi na najbardziej interesujące go pytanie. A gdyby powiedziała mu prawdę? Cóż, tego akurat nie mogła zrobić.

Owego popołudnia Laila była jeszcze bardziej zamknięta w sobie — odpowiadała jedynie monosylabami.

— W porządku. W takim razie ja zacznę mówić. Na początek opowiem ci o Amirze Badir.

I tak właśnie zrobiła.

W poniedziałek Jenna skontaktowała się z psychiatrą z Los Angeles, gorąco polecanym przez kolegów z Bostonu, i wyjaśniła mu, w czym rzecz. Od razu spodobała jej się dokonana przez niego krótka analiza sytuacji. Oboje zgodzili się, że choć w obecnej chwili istnieje pewne realne zagrożenie dla życia Laili, najlepiej byłoby poczekać, aż dziewczyna sama zdecyduje, że chce podjąć terapię.

Po południu Laila znowu była milcząca, ale wyraźnie czekała, by Jenna podjęła opowieść, i Jenna postanowiła wykorzystać sytuację.

— Czy miałabyś ochotę czegoś się dowiedzieć o kobiecie, która cię urodziła? Była moją najlepszą przyjaciółką. To znaczy najlepszą przyjaciółką Amiry.

I nie czekając na odpowiedź, opowiedziała bratanicy wszystko, przedstawiając również — najdelikatniej, jak to było możliwe — ostatnią noc i ostatni dzień życia jej matki.

Kiedy skończyła, Laila pobiegła do łazienki i zaczęła wymiotować. Wróciła blada i roztrzęsiona.

— Słyszałaś, że tam pojechałam? Do al-Remal? — zapytała po chwili. — Znalazłam kobietę, która była moją mamką, a przynajmniej tak twierdziła. Nieszczęsna. Tak szybko się postarzała — podobnie zresztą jak większość ludzi w owej wiosce. Mój Boże, jakie to okropne miejsce! A wiesz, co sobie pomyślałam na jej widok? Czyżby to była moja matka? Czyżby mój ojciec swego czasu... — Urwała gwałtownie. Po krótkiej chwili położyła się w zmiętej pościeli i zasnęła.

Trzeciego dnia Laila przez długi czas nie chciała otworzyć drzwi. Kiedy to w końcu zrobiła, Jenna przywitała ją serdecznie, ale potem usiadła w milczeniu.

— Dziś nie będzie żadnych historyjek? — spytała w końcu Laila głosem małej rozkapryszonej dziewczynki, właśnie ułożonej do snu.

— Mieliłam językiem przez dwa dni — powiedziała Jenna. — A to bardzo nietypowe w moim zawodzie. Może więc dla odmiany dziś ty mi powiesz, jak się czujesz.

— Jak na prawdziwego szarlatana przystało — rzuciła gorzko Laila. — „Co czujesz w związku z tą sprawą?" — Z wykrzywioną twarzą przedrzeźniała rzeczowy ton większości terapeutów. — Jak się czuję? Jak jedna z tych głupich lalek, które przewracasz, a one zaraz znowu wstają. „Twoja matka zginęła, Lailo, tyle że tak naprawdę ona nie była twoją matką. Ale ta prawdziwa też nie żyje. A tak przy okazji, kobieta, którą przypadkiem spotkałaś, twoja tak zwana przyjaciółka, naprawdę jest twoją ciotką". Niech cię diabli porwą! Niech diabli porwą was wszystkich! — Dziewczyna zaczęła bić pięściami w poduszkę. — Możecie mnie popychać, ile chcecie, tym razem się nie podniosę.

Ty już się podniosłaś, stwierdziła w duchu Jenna. Teraz trzeba cię tylko w tym stanie utrzymać.

W ciągu następnych kilku dni Laila zaczęła stopniowo wychodzić ze swojej skorupy. Pewnego wieczoru zeszła na kolację. Następnego dnia nałożyła makijaż. Parokrotnie wspomniała, że byłaby gotowa porozmawiać z kimś jeszcze o swoich problemach, jeśli Jenna uważała to za wskazane. W pewnej chwili nadszedł nawet moment, że sama przyjęła na siebie rolę terapeutki.

— Czy zamierzasz wyznać synowi prawdę?

Tym razem to Jenna zaczęła szukać uników.

— Nie jestem pewna, czy to odpowiednia pora. Znasz przecież moją historię. Wiesz, kim byłam. Czyją żoną nadal jestem. Myślę, że na wyznania nie nadszedł jeszcze czas.

— Uważasz, że Karim nie zniesie prawdy? Czy że ty nie zniesiesz jego reakcji na tę prawdę?

To było bardzo dobre pytanie. Aż za dobre.

— Sama nie wiem. Może kiedyś...

— Powiedz mu teraz. Najszybciej, jak to możliwe. Jestem pewna, że znajdziesz odpowiedni sposób. Przecież to twój syn. Nie możesz całe życie go oszukiwać.

Jenna już nie rozumowała kategoriami „całego życia"; to był luksus, na który od dawna nie mogła sobie pozwolić.

Kapelusze. Dziesiątki kapeluszy, a co jeden to bardziej krzykliwy i ekscentryczny.

— Musicie coś wybrać — oznajmił Malik Jennie i Laili. — Potem znajdziemy pasujące do nich kreacje. Udajemy się na wyścigi: na otwarcie sezonu w Del-Mar. Kapelusze są *de rigueur*.

Miała to być radosna okazja — świętowanie wyjścia Laili z ukrycia, ale także ważny dzień dla Malika, który przetransportował tutaj kilka swoich najlepszych pełnokrwistych koni, by biegały przez cały sezon na torach Kalifornii.

Polecieli na miejsce helikopterem. Towarzyszył im jeszcze Farid, a także Jabr i jeden z ochroniarzy Malika. Tor wyglądał jak amerykańska wersja Ascot. Kobiety poubierane niczym na paradę wielkanocną, a obok nich mężczyźni w sportowych designerskich strojach. Jenna rozpoznała kilka gwiazd ekranu — głównie starszego pokolenia.

Prywatna loża Malika pozwalała na wytchnienie od tłumów, ale nawet tutaj zjawiło się kilku mężczyzn, by przywitać się z Malikiem. Nie wyglądali na służalczych czy chętnie zginających kark, ale przed Malikiem skłaniali kornie głowy i z wielkim szacunkiem ściskali jego dłoń. Byli to głównie Teksańczycy, którzy też wystawiali na wyścigach swoje konie.

W piątej gonitwie Malik i Jenna, ze względów sentymentalnych, postawili na konia o imieniu „Wygnaniec Pustyni", a kiedy zlekceważony przez większość graczy koń dobiegł do mety pierwszy, zaczęli podskakiwać i obejmować się jak dzieci.

— Teleobiektyw, szefie — mruknął ochroniarz.

Dwadzieścia rzędów niżej Jenna dojrzała reportera kierującego w ich stronę potężny obiektyw.

— Nie przejmuj się — rzucił radośnie Malik do mężczyzny. — To wolny kraj. A przynajmniej tak mi mówiono.

Ale Jenna natychmiast usiadła i osłoniła twarz szerokim rondem kapelusza.

Następnego dnia, przy śniadaniu, szczerząc zęby w uśmiechu, Malik rzucił na stół popularnego brukowca. Zdjęcie na pierwszej stronie ukazywało Jennę z przestrachem spoglądającą w obiektyw, obejmującą ramieniem Malika. Wielki nagłówek głosił: „Tajemnicza kobieta najnowszą flamą miliardera?" Dwadzieścia cztery godziny później tajemnica została rozwiązana: „Feministyczna pani doktor kociakiem krezusa Malika", głosił napis grubą czcionką, umieszczony nad fotografią, na której Jenna chowała twarz za rondem kapelusza.

Poczuła się odarta z prywatności, ale jednocześnie chciało jej się śmiać. Po niezliczonych wymówkach, które miały ją uchronić przed publikacją jej podobizny na okładce książki i przed występami w telewizji, nagle coś takiego! Czy to jednak miało teraz jakiekolwiek znaczenie? Jeśli Malik miał rację, już żadne zdjęcia w gazetach nie będą miały wpływu na to, czy Ali ją odszuka czy nie.

Wieczorem tradycyjnie zadzwoniła do swojego mieszkania, by odsłuchać automatyczną sekretarkę w nadziei, że będzie na nią czekać jakaś informacja od Karima. A tymczasem usłyszała głos Brada. Wiadomość była krótka. „Widzę, że pomyliłem się w ocenie twojej osoby. Żegnaj, Jenno".

Z początku sądziła, że mówi to w związku z terminem, który wyznaczył jej na odpowiedź po propozycji małżeństwa. Dopiero chwilę później zdała sobie sprawę, że dotarła do niego historyjka podawana w brukowcach.

Na Boga! Miała ochotę wsiąść w pierwszy samolot do Bostonu, wyrwać taśmę z sekretarki i wrzucić ją do kominka — a potem to samo uczynić z Bradem. Jak on śmie wyciągać podobne wnioski! Pompatyczny, zakłamany sukinsyn!

Musiało minąć wiele godzin, by wyparował z niej gniew, ale gdy to już się stało, poczuła się jak zlodowaciała. Nie chciała tracić Brada. Tak po prostu. Zadzwoniła pod domowy numer. Służący, po poproszeniu ją o nazwisko, oznajmił, że pan Pierce jest nieosiągalny. Następnego ranka to samo sześć razy powtórzyła jego sekretarka.

Jenna znowu zaczęła płonąć z gniewu. W porządku, jeśli on tego właśnie sobie życzy, ona też zdoła bez niego żyć. Czyż nie?

Miała już ochotę wracać do domu. Laila znajdowała się w fachowych rękach. Jenna już niewiele mogła jej pomóc — jedynie pełnić rolę kochającej ciotki. Poza tym zaczynało ją nużyć rozleniwiające ciepło południowej Kalifornii. Jeszcze parę tygodni, a w Bostonie zapanują przymrozki.

— Do ciebie, kuzynko — oznajmił Farid, podając jej słuchawkę.

To Brad. Na pewno Brad.

— Halo?

— Rety, mamo! Stałaś się sławna!

— Karim! Skąd dzwonisz?

— Z Aten. Piszą o tobie we wszystkich gazetach. Malik Badir jest tu kimś w rodzaju lokalnego bóstwa. Mam wrażenie, że włada co najmniej połową Pireusu.

— Ja się z nim nie umawiam na randki, Karimie. Jestem tylko jego gościem.

Nie zabrzmiało to najlepiej.

— Uhm. O ile pamiętam, twierdziłaś, że go nie znasz.

— To... to bardzo długa historia. Poznaliśmy się dawno temu, ale nie widywaliśmy się od wielu lat — od czasów, gdy byłeś jeszcze niemowlęciem.

Ponownie się nie popisała.

— Czemu mi o tym nie powiedziałaś?

— W owym czasie... wydawało mi się to nieistotne.

— No więc, jaki on jest naprawdę?

— Karim, posłuchaj. Nie wierz w to, co wypisują gazety. Sprawy nie przedstawiają się tak... jak mogłoby się wydawać.

— Uhm. — Tym razem wyczuła w jego głosie ton rozczarowania. — W każdym razie to absolutnie wyjątkowy facet. Bardzo chciałbym go poznać. Słuchaj, mamo, muszę lecieć. Do tego automatu ustawiła się już za mną wielka kolejka.

— Karim, czekaj! Jak się miewasz? Czy wszystko u ciebie OK?

— Jasne. A co miałoby być nie w porządku? — Ach, ten odwieczny optymizm młodości! — Mamo, na mnie naprawdę już czas. Kocham cię.

Cóż za ironia losu. Jej syn wreszcie zaaprobował jakiegoś mężczyznę w jej życiu — a ten akurat jest jej bratem. Sytuacja niczym żywcem wyjęta z francuskiej farsy. Musi opowiedzieć o tym Malikowi.

Malik wybuchnął niepohamowanym śmiechem.

— Wyobrażasz sobie, co by rozpętało się w prasie, gdyby prawda wyszła na jaw? „Miliarder Badir w miłosnym gniazdku ze swoją do niedawna zaginioną siostrą". Zanimby wyczerpali temat, włączyliby jeszcze do tego Elvisa i przedstawili całą sprawę jako przedziwne *ménage à trois*.

Jenna śmiała się razem z bratem. Kiedy jednak położyła się do łóżka, już nie była taka radosna — bardzo tęskniła do Brada.

W balsamicznym klimacie Kalifornii zatracało się poczucie czasu. Czyżby niepostrzeżenie minął kolejny tydzień?

Jenna stała się drażliwa. Powinna jak najszybciej wracać do Bostonu. Tutaj już nie była potrzebna. Laila miała się coraz lepiej; chociaż ciągle jeszcze zdarzało jej się zamykać w sobie i przesypiać wiele godzin, nie opuściła ani jednej sesji terapeutycznej w Los Angeles, dokąd systematycznie woził ją Jabr. Zapytała nawet Jennę, czy nie powinna napisać do swojego chłopaka, Davida, i przeprosić za swoje zachowanie.

— Nie przepraszaj — powiedziała Jenna. — Wszystko wyjaśnij. Opisz, jak się czułaś wówczas i co czujesz teraz. Jeżeli jest właściwym dla ciebie mężczyzną — zrozumie.

Szczęśliwe chwile z Malikiem też powoli dobiegały końca. Coraz pilniej wzywały go interesy. Zaczęły się ważne spotkania, międzynarodowe rozmowy telefoniczne, dyskusje z Faridem do późnych godzin nocnych. No i do tego dochodziły jego konie wyścigowe.

A tymczasem wkrótce Karim wróci do Bostonu, by rozpocząć kolejny rok studiów.

No i Brad. Jenna musi znaleźć jakiś sposób, by mu wszystko wytłumaczyć. Natychmiast przypomniała sobie radę, jakiej niedawno udzieliła Laili.

W końcu, pewnego popołudnia, gdy nad pustynią snuła się lekka mgła, Jenna omówiła swoje plany z bratem i Lailą, po czym zarezerwowała miejsce na lot do Bostonu.

Malik właśnie wybierał się na wyścigi, bo w gonitwie o główną nagrodę miał biec jego ulubiony trzylatek.

— Jedź ze mną — prosił. — Po wyścigach wydamy na twoją cześć małe pożegnalne party.

— Nie, dziękuję, braciszku. Nie chcę się znowu znaleźć na pierwszych stronach gazet. Jedź i baw się dobrze, ja tymczasem poleniuchuję nad basenem. Kto wie, kiedy następnym razem będę miała taką okazję?

— Jesteś pewna?

— Czy mógłbyś już się zbierać?

Wyruszył razem z Faridem, choć jeszcze w drzwiach obaj ją namawiali, żeby dotrzymała im towarzystwa.

Jenna wybrała kostium kąpielowy spośród wielu, które Malik postanowił dla niej kupić. W Bostonie miała ładniejszą kolekcję, ale to nie miało żadnego znaczenia. Zadzwoniła do kuchni i zamówiła zimną lemoniadę oraz drobne przekąski. Na koniec wynalazła w bibliotece lekką romantyczną powieść i tak wyekwipowana rozciągnęła się na leżaku.

Przez chwilę rozkoszowała się luksusem czystej rozrywki, której tak bardzo było jej trzeba. Wkrótce jednak główna bohaterka powieści popadła w dramatyczny konflikt z mężczyzną, który niewątpliwie był miłością jej życia. Oczywiście, wszystko zaczęło się od nieporozumienia i błędnej interpretacji faktów. Cóż za naciągana bzdura, pomyślała z niesmakiem Jenna. Szybko jednak dotarło do niej, że jej perypetie z Bradem są równie nieprawdopodobne.

Może powinna do niego napisać — tak jak doradziła Laili. „Nie przepraszaj. Wszystko wyjaśnij". Może powinna wyznać prawdę przynajmniej o Maliku. Ale przecież ta opowieść tylko sprowokuje dalsze pytania, i jeszcze następne, aż w końcu dojdzie do pytań, na które nie będzie chciała odpowiedzieć. I znowu zacznie kłamać. A była już tak szalenie zmęczona wszystkimi kłamstwami.

Po wyjściu Malika w domu panowała cisza. Laila spała na górze. Większość ochroniarzy pojechała oczywiście z Malikiem. Kilku z nich jednak z pewnością zostało w domu, i choć starali się być zawsze bardzo dyskretni, wkrótce któryś z nich tu zajrzy, by sprawdzić, czy wszystko u niej w porządku.

A oto i jeden z nich. Zmrużyła oczy w ostrym słońcu, ale mężczyzna szedł pod światło, więc z tej odległości nie była w stanie rozpoznać twarzy. Czyżby miał dla niej jakąś wiadomość? A może dzwonił Brad? Lub Karim? Malik musiał wyjątkowo dobrze opłacać swoich ludzi — wystarczy tylko spojrzeć na ten garnitur. Poza tym to chyba ktoś nowy. Jennie wydał się nieznajomy. Był drobniejszy od pozostałych. I starszy — już siwiał na skroniach. Och, nie! To niemożliwe! Błagam, tylko nie to!

— Witaj, Amiro. Czemu zamarłaś jak przerażony królik na widok węża? Powiedz coś na powitanie.

— Czego chcesz, Ali? Powinieneś stąd natychmiast wyjść. Gdy Malik wróci do domu...

— Nie zabawię tutaj aż tak długo, serce ty moje. Moja gołąbko. I nikt inny też nie przerwie nam naszej drobnej pogawędki — już ja się o to postarałem. Czemu jesteś taka przerażona? Nie zamierzam zrobić ci krzywdy. Nie dziś i nie tutaj. Ale dopiero w przyszłości, Amiro, ty suko, pewnego dnia, gdy się tego zupełnie nie będziesz spodziewać. Pamiętaj o tym, chodząc po ulicach. Często sobie to przypominaj. Bo zapewne nie uda ci się ponownie zbiec i umrzeć dla świata.

— Idź stąd. Po prostu idź. Proszę cię.

— Aaa, błagasz. To mi się podoba. Oczywiście, syna zabieram ze sobą.

— Nie waż się go tknąć!

— Nie będę musiał. Czy sądzisz, że zostanie z tobą, dziwko, gdy się dowie, jak cały czas go oszukiwałaś?

— Tak. — Tylko tyle zdołała z siebie wydusić.

— A wiesz, jak udało mi się ciebie znaleźć? Dzięki tym zdjęciom w plugawych gazetach. W rzeczywistości wyglądasz inaczej. Ale na czarno-białej fotografii brązowe włosy są po prostu ciemne, podobnie jak zielone oczy... No i byłaś w towarzystwie tego złodzieja, twojego brata. W jednej chwili wszystko stało się dla mnie jasne.

Nagle z domu dobiegł głos Malika wyjaśniającego komuś głośno:

— Nie, koń niespodziewanie złapał jakąś infekcję. Musiałem go wycofać. Zadzwonili, gdy byłem w drodze.

Chwilę później wyszedł na patio.

— Kto to taki, siostrzyczko...? Nie do wiary! To ty! —

Podszedł stanowczym krokiem do Alego i wierzchem dłoni uderzył go w twarz. — Jak śmiesz przychodzić do mojego domu?! Precz stąd!

Wypadki potoczyły się błyskawicznie. Ali zatoczył się po ciosie, a potem rzucił na Malika niczym dzikie zwierzę — jak wtedy, gdy zgwałcił i pobił Amirę. I nagle Malik, władający przecież tylko jedną ręką, znalazł się na ziemi, a dłonie Alego zacisnęły się na jego gardle.

Jenna wiedziała, że powinna zawołać o pomoc. W jednej chwili ktoś by się zjawił: Farid, Jabr, któryś z ochroniarzy. Ale przed oczami migały jej tylko urywane obrazy, tak jak u tonących ludzi: Aleksandria, szpital w al-Remal, niedawne pogróżki Alego.

Nie krzyknęła. Wpadła do środka, wyjęła z szuflady szachowego stolika czarny ciężki rewolwer, wycelowała w plecy męża i wystrzeliła trzy razy.

Zaraz potem powstało potężne zamieszanie. Malik trzymał w dłoni broń, a wokół kłębiło się wielu ludzi: Farid, ochroniarze, kucharz i dwóch nieznajomych, którzy okazali się eskortą Alego i których trzeba było rozbrajać. No i Laila.

Malik schrypniętym głosem powtarzał:

— Chciał mnie zabić. Musiałem go zastrzelić.

Ktoś zaczął dzwonić na policję, jeden z ochroniarzy próbował bezskutecznie reanimować Alego, Malik zaś odciągnął Jennę na bok.

— Ja się wszystkim zajmę, rozumiesz? Nikomu ani słowa o tym, co się tutaj stało. Pamiętasz, kiedyś obiecałem, że będę ochraniać wszystkich, których kocham. I wszystkich do tej pory zawiodłem, z wyjątkiem ciebie jednej. Teraz ty znalazłaś się w niebezpieczeństwie. Musisz mi dać szansę na wypełnienie obietnicy.

Jenna była zbyt odrętwiała, by cokolwiek odpowiedzieć. Po głowie chodziły jej tylko dwa pytania. Jak ta sprawa wpłynie na Lailę? I jak ona wyjaśni to wszystko Karimowi?

Rozprawa

Aresztowanie. Formalne oskarżenie. Sensacja.

Od początku sprawy nie układały się pomyślnie dla Malika. Na rozprawie wstępnej sędzia nie zgodził się na zwolnienie za kaucją, utrzymując, że nieograniczone zasoby finansowe podejrzanego bez trudu pozwolą mu na opuszczenie kraju. Doniesienia prasowe były tendencyjne i jadowite. Niemal codziennie media triumfalnie nagłaśniały jakiś kompromitujący fakt z przeszłości Malika — oskarżenie o pogwałcenie ustawy antyszpiegowskiej, losy prawdziwej matki Laili. Nawet próbowano doszukać się czegoś podejrzanego w okolicznościach śmierci Genevieve. W każdym programie czy reportażu natrętnie przypominano o wielkiej fortunie Malika; w podtekście sugerowano, że dzięki tym pieniądzom uważa się za człowieka stojącego ponad prawem. Nagonkę dodatkowo podsycały kontrolowane przecieki z Biura Prokuratora Okręgowego, który właśnie ubiegał się o reelekcję.

Natomiast Alego przedstawiano jako remalskiego bohatera narodowego, lojalnego przyjaciela Ameryki, postępowego księcia, który pewnego dnia miał szansę zostać królem. Fotografie Malika, towarzyszące doniesieniom w prasie i telewizji, były niewątpliwie wybierane spośród najgorszych możliwych ujęć; zdjęcia Alego ukazywały przystojnego, czarującego mężczyznę w mundurze pilota wojskowego. Często i chętnie przeprowadzano wywiady z jego pogrążoną w żałobie żoną i zrozpaczonymi dziećmi.

Historię zniknięcia Amiry i jej przypuszczalnej śmierci przedstawiano jako osobistą tragedię Alego. Okazując mu wielkie współczucie, tłumaczono, jak ciężko los doświadczył księcia w czasie jego przedwcześnie zgasłego życia. Fakt, że zaginiona księżna była siostrą zabójcy uznano za zagmatwane relacje rodzinne, typowe dla zacofanego bizantyjskiego Bliskiego Wschodu.

Linia obrony Malika była prosta. Niespodziewanie wrócił do domu i natknął się na swojego wroga i rywala w interesach, Alego. Doszło do ostrej wymiany słów i Ali go zaatakował. Chociaż na wpół uduszony, Malik zdołał się wyrwać. Ali padł na kolana zwrócony plecami do Malika i wykonał taki ruch, jakby zamierzał sięgnąć po broń. Malik wówczas wyjął rewolwer z kieszeni i zaczął strzelać.

Oficjalne ustalenia w wielu punktach bezspornie potwierdzały tę wersję wydarzeń. Przede wszystkim Ali rzeczywiście znajdował się w domu Malika, choć nie był tam zaproszony. Po drugie, obdukcja wykazała, że Malik naprawdę był mocno duszony. Z drugiej strony, przy Alim nie znaleziono żadnej broni. Ale najbardziej obciążające były strzały w plecy, bo one podawały w wątpliwość teorię o samoobronie, nawet w przypadku jednorękiego człowieka.

Prokurator, na konferencji prasowej transmitowanej przez wiele stacji telewizyjnych, dał pokaz swojej wielkoduszności i poczucia sprawiedliwości. Oznajmił, że nie będzie się domagać oskarżenia o morderstwo pierwszego stopnia — zadowoli się drugim.

I taką właśnie kwalifikację czynu zatwierdziła wielka ława przysięgłych, wydając zgodę na sporządzenie formalnego aktu oskarżenia przeciwko Malikowi.

W odróżnieniu od kilku spektakularnych procesów ostatnich lat — na przykład braci Menendez czy O.J. Simpsona — sprawa przeciwko Badirowi z oskarżenia publicznego miała się zacząć i skończyć jak najszybciej. Malik nie kwestionował, że zastrzelił Alego, i przykazał dwójce swoich sławnych i niezmiernie kosztownych prawników, by nie stosowali żadnych taktyk opóźniających postępowanie. Przesłuchania świadków potrwają krótko. Ostatecznie nikt nie widział ani walki, ani strzelaniny.

Faktem jest, że zniknął jeden z ochroniarzy Malika. Wieść niosła, że obecnie przebywał w al-Remal. Do kraju powrócili także dwaj ludzie Alego. Ale ponieważ mieli paszporty dyplomatyczne i tak nie można ich było przesłuchać, byli bowiem chronieni immunitetem.

Natomiast żaden z zatrudnianych przez Malika ludzi nie znajdował się w krytycznej chwili w pobliżu basenu.

Jego córka spała.

Jego gość — doktor Jenna Sorrel przebywała w bibliotece, gdy padły strzały. Niczego więc nie widziała.

Taką wersję wydarzeń podał siostrze Malik tuż przed przybyciem policji.

— Obiecaj mi, że tak właśnie zeznasz, siostrzyczko. Ta sprawa mi w żaden sposób nie zaszkodzi. To tylko drobna niedogodność. A tobie mogłaby zrujnować życie — podobnie jak Karimowi.

Zaproponowane rozwiązanie było jasne i proste, Jenna zaś była tak przerażona i zszokowana, że nie zastanowiła się nad konsekwencjami podobnego posunięcia i przyjęła je bez zastrzeżeń. Natomiast potem, gdy już raz skłamała w zeznaniach, wydawało jej się, że nie ma odwrotu. Detektywi z wydziału zabójstw przesłuchiwali ją wiele godzin, ona jednak się nie ugięła.

Za to teraz ogarnęły ją wątpliwości.

Przecież to ona zabiła Alego. I tym samym wreszcie uwolniła się od strachu, który prześladował ją od tak wielu lat. Tylko czemu z tego powodu Malik miał cierpieć, ryzykować ruinę? Dlaczego miała się poddawać jego obsesyjnej potrzebie ochraniania najbliższych? Jej brat był przekonany, że zostanie uniewinniony, ale co się stanie, gdy przysięgli wydadzą inny werdykt?

Powiedz prawdę. Całą prawdę. Wyrzuć wszystko z siebie. Zakończ tę mistyfikację — nareszcie rozpraw się z przeszłością.

Ale co z Karimem? Jeśli Jenna powie prawdę, jej syn wejdzie w życie z piętnem człowieka, którego matka zabiła jego ojca. A ze względu na charakter sprawy pozostanie ona w ludzkiej pamięci przez dziesięciolecia.

Może więc jednak Malik miał rację.

Jej nerwy były w strzępach. Jenna nigdy wcześniej nie brała środków uspokajających, natomiast w ostatnich dniach częściej zażywała valium, niż zasiadała do posiłku. A mimo to prawie nie sypiała.

Nie mogła wrócić do domu w Palm Springs. Była przekonana, że cały czas widziałaby plamy krwi przy basenie, mimo że usunięto je dawno temu. Na okres postępowania sądowego wynajęła więc pokój w hotelu. Obsługa przywykła do obecności słynnych gości wymagających prywatności, doskonale więc radziła sobie z trzymaniem na dystans dziennikarzy.

Gdy Jenna musiała opuszczać hotel, wszystkim zajmował się Jabr. Jego wyraz twarzy i niezwykle szerokie ramiona zniechęcały do wyczynów nawet najbardziej zdeterminowanych operatorów kamer czy reporterów podtykających wszystkim mikrofony pod nos. Szakale. Jenna gorąco ich znienawidziła. Wystarczyło, że zobaczyła, jak brutalnie atakowali Malika.

Jej praktyka zaczynała podupadać. Jak na ironię, to wierni pacjenci dawali jej teraz wielkie wsparcie. Colleen Dowd zaoferowała, że przyleci do Kalifornii, by pomagać Jennie i podtrzymywać ją na duchu; była to bardzo szczera propozycja i — biorąc pod uwagę, że pochodząca od osoby cierpiącej na agorafobię — wymagająca wielkiej odwagi. Toni Ferrante po prostu przyleciała i szybko przełamała nieufność Jabra. W ciągu dwudziestu czterech godzin nawiązała się między nimi nić porozumienia i utworzyli dziwaczny, ale wysoce skuteczny duet ochroniarzy.

Jenna codziennie odwiedzała Malika — nieustająco pogodnego i pełnego optymizmu — oraz Lailę, której Malik zabronił przychodzić do więzienia i do sądu. Przekazywała też pilne wiadomości do i od Farida oraz robiła, co mogła, by pomóc obrońcom. Podczas *voir dire* bacznie obserwowała kandydatów na przysięgłych — wsłuchiwała się w ich odpowiedzi, studiowała język ich ciała, analizowała sposób mówienia, konotowała każde mrugnięcie powiek czy rumieniec. A potem przekazywała swoje spostrzeżenia prawnikom Malika.

A był to imponujący duet. Ona — Rosalie Silber — drobna, twarda prawniczka z Nowego Yorku, zawsze obnosząca kreacje Donny Karan; on — J.T. Quarles — wysoki, mocno opalony Teksańczyk z grzywą siwych włosów, odznaczający się słabością do kowbojek ze skóry węża. Oboje byli megagwiazdami w swoim zawodzie. Na co dzień zazdrośni o swoje sukcesy, w tej sprawie współpracowali zgodnie jak mistrzowska para deblowa.

Z początku traktowali Jennę przyjaźnie, ale z pewną protekcjonalnością. Mieli własnych ekspertów od profilowania psychologicznego przysięgłych — a do tego wysoce rozwiniętą i sprawdzoną w wielu bojach intuicję. Nadszedł jednak moment, kiedy J.T. spojrzał na Rosalie i powiedział:

— Wiesz co, Rose, zgadzam się z tym, co mówi doktor Sorrel. Może jednak powinniśmy przyjrzeć się uważniej kandydatowi numer pięćdziesiąt cztery.

— Podpisuję się pod tym obiema rękami — odparła Rosalie.

I od tej pory Jenna stała się nieoficjalnym doradcą obrony. Fakt, że mogła w czymś pomóc, cieszył. Ale jednocześnie Jenna nigdy nie czuła się równie podle. Co to ma za znaczenie, że pomagała w przygotowaniach do procesu Malika, jeśli kilka jej słów mogłoby oczyścić go z wszelkich zarzutów? Miała niepokojące wrażenie, że teraz są w niej dwie Jenny: jedna — kochająca siostra i pilnie przykładająca się do pracy profesjonalistka; druga — najgorsza hipokrytka, nieustannie wikłająca się w kłamstwa.

— Jeszcze nie jest za późno — tłumaczyła Malikowi w sali widzeń. — Czemu nie chcesz mi pozwolić... — Przezornie zawiesiła głos.

— To absolutnie wykluczone. Posłuchaj, na pewno wygram tę sprawę i wreszcie będziemy mieli to z głowy.

Nie, pomyślała. Nie będziemy. Te oszustwa będą się ciągnąć w nieskończoność.

— Laila znowu pytała, czy może cię odwiedzić.

— Powiedz, że za nią tęsknię, ale żeby nie przychodziła. Nie chcę, żeby widziała mnie w czymś takim. — Wskazał na pomarańczowy kombinezon, a potem powiódł ręką wokół, obejmując pokój widzeń i cały areszt. — Nie życzę sobie, żeby była w to w jakikolwiek sposób zaangażowana. Nie zapominaj, że jej własne doświadczenia z wymiarem sprawiedliwości były... były bardzo przykre.

Jenna wyszła z aresztu z nieprzyjemnym uczuciem, że przedziera się przez bezkresne morze moralnej ambiwalencji.

Pierwsze dni procesu nie przyniosły nic dobrego. Dowody przedstawione przez patologa — zdjęcia Alego w kałuży krwi — przyprawiały o mdłości. Zbliżenia ran wlotowych. Szok na twarzach przysięgłych.

Następnie zeznawali po kolei policjanci — zaczynając od funkcjonariusza, który odebrał zgłoszenie, a na znanym detektywie z wydziału zabójstw kończąc.

Prokurator okręgowy, Jordan Chiles, osobiście nadzorował śledztwo i występował na sali w roli oskarżyciela. Podjął spore ryzyko — ostatecznie był bardziej politykiem niż prawnikiem procesowym — jednak dzięki reprezentowaniu „narodu" w tak nagłośnionej przez media sprawie, zbijał bezcenny kapitał polityczny w swojej kampanii o reelekcję. Opalony, o zadbanej sylwetce, z powodzeniem mógł uchodzić za kandydata na aktora, stawiającego się z nadzieją w sercu na każdy możliwy casting.

— Z punktu widzenia swojego zawodowego doświadczenia — zwrócił się do detektywa z Los Angeles — jakby pan scharakteryzował tę strzelaninę?

— Widziałem wiele podobnych przypadków w czasie wojny gangów narkotykowych.

Po gradzie sprzeciwów ze strony obrony sędzia pouczył przysięgłych, by nie brali pod uwagę żadnych odniesień do narkotyków, ale pozwolił na dalsze zeznania świadka.

— Uznałbym, że to rodzaj egzekucji.

Nie!, miała ochotę krzyknąć Jenna. Nie masz pojęcia, o czym mówisz, człowieku!

A jednak czy w pewnym sensie nie była to egzekucja? Próbowała sama przed sobą odpowiedzieć uczciwie na to pytanie. Nie potrafiła.

Po przesłuchaniu kilku innych specjalistów, odpytanych jedynie pro forma, oskarżenie zakończyło postępowanie dowodowe. Prokurator, oczywiście, nie zamierzał wykazać, że to Malik pociągnął za spust — obrona nigdy nie negowała tego faktu — ale że dokonał tego w sposób, który wykluczał samoobronę.

Trzy kule w plecy. Niekiedy wydawało się Jennie, że słyszy, jak przysięgli nieustannie liczą wystrzały.

Teraz nadeszła kolej na popis Rosalie Silber i J.T. Quarlesa. Najpierw powołali na miejsce dla świadków kilka osób zatrudnianych na stałe przez Malika: Farida, Jabra, pokojówkę, trenera koni i pilota helikoptera — by jednoznacznie stwierdzić, że owego feralnego dnia Malik nie tylko nie oczekiwał wizyty Alego, ale że w ogóle miało go nie być w domu.

Pytania Chilesa do świadków obrony były jakby żywcem wyjęte z brukowców. Przy każdej nadarzającej się okazji prokurator podkreślał fakt, że Malik jest nieprzyzwoicie bogatym, międzynarodowym aferzystą, który sądzi, że wszystko mu wolno — nawet odbierać ludzkie życie. Kolejne sprzeciwy obrony zostały podtrzymane przez sędziego, ale przysięgli już zdążyli odebrać przesłanie oskarżenia.

Jenna nie znalazła się na liście świadków i zresztą wcale nie miała ochoty zeznawać. Malik przykazał adwokatom, by w żadnym razie jej nie powoływali, natomiast dla strony przeciwnej była zupełnie bezużyteczna: nic nie widziała, a swoim wystąpieniem mogłaby jedynie wzbudzić współczucie dla oskarżonego.

Kluczowym świadkiem obrony był sam Malik. Musiał zeznawać, bo tylko w ten sposób jego wersja zdarzeń mogła się znaleźć w oficjalnym protokole z rozprawy.

Zeznawał doskonale. Pusty rękaw mówił sam za siebie, a gdy Malik opowiedział, jak doszło do amputacji, i wyjaśnił, że właśnie z powodu owych wypadków nosi przy sobie broń, dwóch przysięgłych zaczęło kiwać ze zrozumieniem głowami. Później, w czasie pytań oskarżyciela, Malik ani przez moment nie stracił nad sobą panowania i nie dał się wciągnąć w żadne dyskusje na temat swojej przeszłości: jeśli padały podobne pytania, cierpliwie czekał, aż jego adwokaci zgłoszą sprzeciw.

A jednak coś było nie tak. Jenna wyraźnie to czuła. W interesach czy sytuacjach towarzyskich Malik z łatwością chował się za zasłonę uroku osobistego, dowcipu, udawanego gniewu, a nawet płaczu — jeśli to tylko mogło służyć osiągnięciu pożądanego celu. Ale teraz byli na sali sądowej i jakkolwiek Malik doskonale potrafił zwodzić adwersarzy, nie umiał otwarcie kłamać. Jenna odbierała niepokojące sygnały. Widziała je w jego twarzy, wychwytywała w jego głosie. Czy przysięgli też je dostrzegali?

W czasie prowadzonej tego wieczoru wiwisekcji rozprawy, J.T. i Rosalie mieli nietęgie miny.

— Jutro rano oskarżenie skończy przesłuchiwanie naszego świadka — powiedział J.T. Jennie. — My zadamy kilka pytań nawracających do naszej linii obrony i na tym zakończymy postępowanie dowodowe. Zapewne w tym momencie sędzia odroczy rozprawę do następnego dnia. Potem nadejdzie czas na mowy końcowe, które nie powinny zająć więcej niż jeden dzień, jak sądzisz, Rose?

— Raczej dwa — stwierdziła Rosalie. — Chiles tak łatwo nie zrezygnuje z bezpłatnego czasu antenowego.

— Taa, masz rację. Więc dwa. A potem już wszystko pozostanie w rękach dwunastu zwykłych, uczciwych obywateli.

— A jeśli... — zaczęła Jenna.

— A jeśli co? — zainteresowała się Rosalie.

— A jeśli ja bym wystąpiła w charakterze świadka?

Prawnicy spojrzeli po sobie znacząco.

— I co byś powiedziała? — spytała Rose.

— Zeznawałabym na korzyść Malika.

— Cóż, nie bardzo to sobie wyobrażam — oznajmił po namyśle J.T. — Mówiłem ci już, że nie zamierzamy cię powoływać. Nasi przeciwnicy też nie będą chcieli cię przesłuchać.

— Poza tym nie moglibyśmy tego zrobić, nawet gdybyśmy chcieli — oświadczyła Rose. — Właściwie należysz do zespołu obrońców.

— Ach tak.

Kolejna wymiana znaczących spojrzeń.

— Czy jest coś, o czym powinniśmy wiedzieć, Jenno? — zapytała w końcu Rosalie.

Jenna miała wrażenie, że stanęła na skraju urwistego klifu i nie bardzo wiedziała, gdzie powinna postawić następny krok.

— Nie — odrzekła po chwili. — To pewnie głupi pomysł.

Kiedy już znalazła się z powrotem w hotelu, otworzyła fiolkę z valium, szybko jednak ją zamknęła. Potrzebowała spokoju, ale chciała też zachować jasność myślenia. Już raz ocalała dzięki oszustwu, ale człowiek, którego kochała, przypłacił to życiem. Czy odważy się ponownie podjąć takie ryzyko? Wciąż jeszcze miała czas na zmianę decyzji. Wciąż jeszcze mogła zeznawać przed sądem. Choć nie. Strona przeciwna zamknie jej usta, a nawet jeśli uda jej się coś powiedzieć, to i tak nikt jej nie uwierzy. Ostatecznie wszyscy byli przekonani, że jest kochanką Malika.

Na Boga, Jenno, jakim cudem znalazłeś się w tak idiotycznym położeniu?

Mogłaby natomiast zwołać konferencję prasową. Dziennikarze nie próbowaliby jej kneblować. W żadnym razie. Wszystkie szakale zleciałyby się na wielką ucztę. Ale nie była do tego zdolna — po prostu nie potrafiła się na to zdobyć. Koniec, kropka. Poza tym Malik głęboko wierzył, że zostanie uniewinniony. Podobnie sądzili Rose i J.T., czyż nie?

A ona przede wszystkim musiała myśleć o Karimie.

Dramat polegał na tym, że jakkolwiek Jenna by teraz postąpiła, będzie nie w porządku — a już przecież do tej pory popełniła tak wiele życiowych błędów. Ponownie tęsknie pomyślała o valium. I do tego o drinku. Byle tylko zasnąć.

Rozległo się ciche pukanie do drzwi i w progu stanęła Toni, a tuż za nią Jabr.

— Ktoś się chce z panią zobaczyć — oznajmił. Po wielu dniach ciężkich wysiłków w końcu oduczył się tytułować Jennę „Waszą Wysokością". — Z pewnością nie jest reporterem.

— To człowiek z Bostonu — wtrąciła Toni. — Twierdzi, że się znacie. Oto jego wizytówka.

Zanim Jenna zdążyła zerknąć na bilecik, już ujrzała Brada czekającego w holu.

— Tak, wszystko w porządku. — Usłyszała swój własny głos. — Znam tego pana. Nie ma się czym martwić. Wchodź. Wchodź do środka!

Toni i Jabr zawahali się przez drobną chwilę, po czym odsunęli się, by przepuścić gościa. Brad tymczasem ani przez moment nie spuszczał wzroku z Jenny.

— Musiałem się z tobą zobaczyć — oświadczył, gdy tylko za ochroną zamknęły się drzwi. — Nie mogłem tak zostawić tej sprawy. Chciałem ci powiedzieć, że popełniłem błąd, próbując cię do czegokolwiek zmuszać. Nie obchodzi mnie, co się tu działo, Jenno.

— Och, zamilcz — powiedziała. — Nic nie mów i tylko mnie przytul. Przytul mocno.

Gdy chwycił ją w ramiona, poczuła, że tego właśnie potrzebowała najbardziej na świecie.

— Kocham cię, Jenno. I zawsze będę cię kochał.

— Ja też cię kocham.

Obudziła się po krótkiej drzemce. Która godzina? Musiało być grubo po północy. Przytuliła się mocniej do silnego, ciepłego ciała Brada i powoli powiodła palcem po jego piersi. Poruszył się i musnął ustami jej czoło.

— Co się stało, kochanie? — wyszeptał.

— Muszę ci coś powiedzieć.

— Więc mów.

Opowiedziała mu całą historię swojego życia.

Niekiedy przerywał jej jakimś pytaniem, często wyrażał gniew lub zdumienie.

— Na Boga! — wykrzyknął, gdy wreszcie skończyła. — Przez jakie piekło musiałaś przejść! Jak wiele doświadczyłaś!

Jenna z trudem powstrzymała łzy.

— Ale na tym nie koniec. Muszę teraz coś zrobić.

— Tak.

— Ale nie bardzo wiem co. A jak ty byś się zachował na moim miejscu?

— A cóż to ma za znaczenie?

— Nie odpowiadaj mi tak zdawkowo! Po prostu powiedz.

Lekko, w zamyśleniu, pogładził ją po włosach.

— Kto jeszcze wie o tym wszystkim?

— Nikt. Malik, Laila i Jabr znają tylko część prawdy.

— A Karim?

— Nie ma o niczym pojęcia.

— Nie umiem powiedzieć, co bym zrobił — powiedział po dłuższej chwili Brad. — Tym bardziej więc nie mogę udzielać tobie żadnych rad. Chciałbym wierzyć, że odważyłbym się wyznać prawdę Karimowi, a potem całemu światu.

Wyszedł z łóżka, stanął przy oknie i odchylił zasłonę, by spojrzeć w nocny mrok.

— Trzeba jednak poważnie się zastanowić nad konsekwencjami takiego kroku. Twoje życie oraz życie Karima ulegnie całkowitej zmianie. Przynajmniej w początkowym okresie nie będą to zamiany na lepsze. Wielu przykrości nie da się uniknąć. — Zaciągnął zasłonę. — Nie mogę zadecydować za ciebie, Jenno. Ale cokolwiek postanowisz, będę cię wspierał. Jeżeli zechcesz zachować wszystko w tajemnicy, pomogę ci tę tajemnicę zachować. Jeżeli zechcesz przełamać milczenie, będę trwał u twojego boku.

— Sądzisz, że powinnam powiedzieć całą prawdę, czy tak?

— Tak — odparł po długim milczeniu. — Ze względu na brata, ale przede wszystkim ze względu na samą siebie.

Znowu poczuła, że stoi na skraju stromego klifu. I nagle zrozumiała, że albo teraz zdobędzie się na odwagę, albo nigdy.

— Która jest w tej chwili w Bostonie?

Brad spojrzał na zegarek.

— Tuż po szóstej.

Jenna zlodowaciałymi dłońmi sięgnęła po słuchawkę.

Karim odezwał się zaspanym głosem dopiero po siódmym dzwonku.

— Mama...? Gdzie jesteś?

— Wciąż w Kalifornii.

— Tutaj jest jeszcze środek nocy. Coś się stało?

— Nie. To znaczy tak. Karim, kochanie, czy mógłbyś tu przyjechać? Tylko na dzień lub dwa?

— O rany, mamo, ale po co?

— Ja... bo widzisz... muszę ci coś powiedzieć. To bardzo ważne.

— Więc powiedz teraz.

— Wolałabym to załatwić osobiście, a nie przez telefon.

— Żartujesz sobie, mamo? Chcesz powiedzieć, że nasza linia jest na podsłuchu czy coś w tym rodzaju?

— Nie, nie. Ja tylko...

— Więc po prostu mi powiedz. Przecież od tego właśnie są telefony.

— Niech będzie. Ale lepiej usiądź. To nie będzie łatwa rozmowa ani dla mnie, ani dla ciebie.

— Nie mogę usiąść, mamo. Wciąż leżę w łóżku.

— No dobrze. — Wzięła głęboki oddech. — Karim, kochanie, jestem twoją matką, ale jednocześnie kimś innym, niż sądzisz — kimś innym, niż sądzą ludzie. Nie chciałam, żeby tak się stało, ale musiałam zmienić tożsamość. Natomiast teraz nadszedł czas, bym wyznała prawdę.

I po raz drugi tej nocy Jenna opowiedziała całą historię.

Kiedy do Karima zaczęło docierać znaczenie słów matki, zarzucił ją pytaniami. Jego cierpienie i zagubienie były niemal namacalne — ale przez te odczucia coraz silniej przebijał narastający gniew.

— Chcesz mi powiedzieć, że ten książę, ten dupek, którego zastrzelił Malik — był moim ojcem?

— Tak, ale...

— A co w takim razie z Jacquese'em?

— Wymyśliłam go. Błagam, uwierz, zrobiłam to tylko dla ciebie.

— Uwierzyć ci? Jak mam ci uwierzyć? To jakiś kompletny absurd, nie mający nic wspólnego z rzeczywistością. Czyste szaleństwo.

— To właśnie jest rzeczywistość, Karimie. Ale na tym nie koniec. — Jenna zacisnęła powieki. — Błagam, kochanie, przyjedź tu. Albo ja wrócę do Bostonu, nie będę czekać na zakończenie rozprawy.

— Mamo, cokolwiek to jest, powiedz mi od razu.

— To ja go zabiłam, synku. Nie Malik, ale ja.

W ciągu następnych kilku minut Jenna zrozumiała dobrze, co musiał czuć jej brat w samolocie zabierającym Lailę z al-Remal. Nigdy nie zapomni słów wypowiedzianych przez Karima, jego nienawiści. Wiedziała, że to typowa reakcja obronna, ale to nie zmniejszało jej bólu. I nic, co mówiła, nie trafiało do jej syna.

— Jak mogłaś mi coś takiego zrobić?! Tylko zastanów się przez chwilę! Jak mogłaś?! Jak?!

Rozległ się trzask odkładanej słuchawki.

Karim się rozłączył.

Kiedy wreszcie się rozpłakała, miała wrażenie, że łzy już nigdy nie przestaną płynąć. Brad próbował ją objąć, ale go odepchnęła. Nikt jej nie mógł w tej sytuacji pomóc, nikt nie mógł ukoić. Jednak gdzieś na dnie jej rozpaczy czaiło się inne uczucie, dawno temu zapomniane: strach wymieszany z uniesieniem przypominającym najczystszą radość.

O świcie pustynia rozbłysła wieloma barwami. Jenna zamówiła śniadanie dla dwóch osób, a tymczasem Brad przeniósł swój skromny bagaż z pokoju, który wynajął dwa piętra niżej.

Karim wyłączył telefon. Jenna, z zaczerwienionymi, zapuchniętymi od płaczu oczami, chciała natychmiast lecieć do Bostonu.

— Nie rób tego — poradził Brad. — I tak nic nie zdziałasz. Niech chłopak trochę ochłonie.

Nie dodał, że przede wszystkim Jenna ma coś ważnego do zrobienia tutaj, na miejscu, ale niewątpliwie ta myśl chodziła im obojgu po głowie.

Jenna popijała kawę i skubała rogalik z cynamonem. Po raz pierwszy od kilku tygodni poczuła smak tego, co je.

— Obrońcy Malika twierdzą, że dzisiaj skończą postępowanie dowodowe i że po tym sędzia odroczy rozprawę do jutra. W trakcie tej przerwy w postępowaniu chciałam zwołać konferencję prasową. Ale wciąż mnie to przeraża. — Bezwiednie zadrżała. — Nie chcę, żeby wszyscy... jeden przez drugiego wykrzykiwali swoje pytania.

Brad spojrzał na nią z lekkim rozbawieniem.

— Żartujesz, Jenno? Czy naprawdę nie zdajesz sobie sprawy, jaka to będzie sensacja? Nie tylko tu, w Stanach, ale na całym świecie. Więc jeśli nie chcesz mieć do czynienia z tłumem rozwrzeszczanych reporterów, jeżeli wolałabyś spokojny wywiad dla Dana Rathera czy Diane Sawyer, wystarczy, że podniesiesz słuchawkę i do nich zadzwonisz.

— Zupełnie o tym nie pomyślałam. Jesteś pewien?

— Oczywiście.

— Czy znasz którekolwiek z nich?

— Sawyer i Rathera? Spotkałem ich oboje, ale trudno to nazwać znajomością.

— Nieważne. Mam inny pomysł. Pewnie uznasz, że oszalałam, ale...

Zadzwoniła na informację, a potem z bijącym sercem wystukała podany jej numer.

— Pan Manning jest na zebraniu — oznajmił głos w Bostonie. — Czy mogę mu coś przekazać?

— Proszę powiedzieć, że dzwoni Jenna Sorrel.

Barry Manning odezwał się po kilku sekundach.

— Pani doktor! Jakże miło panią słyszeć. No, no, od czasu naszego ostatniego spotkania staliśmy się małą pracowitą pszczółką, co?

Powiedziała mu, czego od niego chce.

— Godzinę czasu antenowego jeszcze dzisiaj? Nie ma sprawy. — Oderwał się od słuchawki i wrzasnął w czyjąś stronę: — Rezygnujemy dziś z Moynihana. Tak jest, powiedziałem, że go olewamy! — Po czym znowu skoncentrował się na Jennie. — Chwileczkę, czy pani przypadkiem nie jest w tej chwili w Kalifornii?

— Tak. I chcę to zrobić nie tylko dziś, ale i tu, na miejscu.

— Rety, muszę więc zapytać: to coś wystrzałowego, tak? To znaczy nie zamierza pani akurat w tej chwili promować swojej nowej książki?

— Nie. To jest sensacja. W każdym razie tak mi powiedziano.

— A więc załatwione. — Znowu zaczął wykrzykiwać: — Rezerwujcie pierwszy lot do LA. Nie, odpada. W takim razie czarterujcie samolot. Za pół godziny. Ja i cała ekipa. — Kiedy ponownie odezwał się do Jenny, był już mocno podekscytowany. — Niech się pani nie rusza z miejsca, doktorko. Wkrótce tam będę.

— Muszę iść do sądu. Ale będzie mnie łatwo znaleźć.

— Ja już na pewno panią odszukam. I... pani doktor? Wielkie dzięki.

Rozłączyła się i wzięła głęboki oddech. A zaraz potem wybuchnęła śmiechem.

— Co się stało? — spytał Brad.

— Moje mroczne, głęboko skrywane sekrety! — Zaśmiewała się coraz bardziej. — Strzegłam ich pilnie przez całe swoje dorosłe życie, a teraz nagle paplam o wszystkim na prawo i lewo niczym jakaś oszalała papuga! I kto powiedział, że Bóg nie ma poczucia humoru?

Obrona zakończyła postępowanie za pięć dwunasta i sędzia odroczył rozprawę do następnego rana.

Jenna spędziła kilka chwil z Malikiem, zanim odprowadzono go z powrotem do aresztu. Po raz pierwszy nie tryskał typowym dla niego optymizmem, a zdawał się wręcz zrezygnowany.

— Niepokoi mnie to, jak na mnie dziś patrzyli — powiedział, mając na myśli przysięgłych. — Mogę się znaleźć w tarapatach.

— Nie martw się, braciszku. Wszystko dobrze się skończy.

Od razu rozjaśniła się jego twarz.

— Naprawdę tak sądzisz? Z pewnością masz rację. Powoli staję się defetystą.

Trzy godziny później Jenna wystąpiła na żywo w radiu i telewizji, Manning bowiem przywiózł również ze sobą operatora kamery.

Przedstawił ją bez swoich zwyczajowych złośliwości. Prawdopodobnie uznał, że właśnie dostał możliwość zrobienia prawdziwej, ogólnokrajowej kariery.

— Doktor Sorrel poinformowała mnie, że ma coś ważnego do powiedzenia, choć nie wyjawiła, czego dotyczy problem. Najrozsądniej więc będzie, jak od razu oddam jej głos. Panie i panowie, przed wami Jenna Sorrel.

Po godzinnej audycji wraz z Bradem, Toni i Jabrem musieli raczej walczyć, by wydostać się z wynajętego studia. W hotelu policja otoczyła kordonem wejście. Jenna spojrzała pytająco na Brada.

— Wszystko w porządku — zapewnił. — Dzisiaj są tu tylko po to, żeby cię chronić.

Odkupienie

Tej nocy hotel przypominał oblężoną twierdzę. Przed wejściem koczowało kilkudziesięciu reporterów, a w pobliżu kręciły się setki chorobliwie ciekawskich gapiów, którzy zjechali tu z całej południowej Kalifornii. W pewnej chwili, kilka metrów od okien pokoju Jenny, przeleciał z rykiem helikopter, z którego wychylał się kamerzysta. Jego ujęcie, na którym Jabr zasłaniał okna, pokazywano na żywo w CNN.

Jenna, kompletnie wyczerpana, z trudem koncentrowała się na doniesieniach telewizyjnych, w których nieustannie powtarzano jej historię, roztrząsając ją w najdrobniejszych szczegółach. Od czasu do czasu próbowała skontaktować się z Karimem, ale bezskutecznie. Brad dyskretnie przejął nad wszystkim kontrolę. Przede wszystkim zajął się znalezieniem dla Jenny doskonałego adwokata.

— A może Rosalie i J.T.? — zastanawiała się na głos Jenna, bo polubiła ich oboje.

— Oni są obrońcami Malika. Obawiam się, że ze względów etycznych nie mogliby dla nas pracować. Choć jeszcze z nimi porozmawiam. Masz ich prywatne numery telefonów?

— Ta mała dama to chodząca bomba — powiedział J.T. ze śmiechem. — Przeżywamy tu drugie oblężenie Alamo. Proszę jej powiedzieć, że mimo to ją kochamy i bardzo podziwiamy. Nie możemy jej jednak reprezentować. Ale wy przecież jesteście z Bostonu, prawda? Czemu więc nie zwrócicie się do tego bostońskiego ważniaka o nazwisku Sam Adams Boyle? Cholernie dobry adwokat procesowy.

Pół godziny później Sam Adams Boyle został już zwerbowany.

— Właśnie oglądał twój wywiad z Barrym, gdy do niego zadzwoniłem — powiedział Brad. — Na Wschodzie było już za późno, żeby ta wiadomość została nadana w głównych serwisach, ale pokazują urywki w specjalnych biuletynach.

— O Boże.

Tymczasem na ekranie jej telewizora Jordan Chiles utrzymywał, że występ Jenny był przemyślnym oszustwem, mającym na celu uratowanie Malika, ale że on, prokurator okręgowy, i tak nie odstąpi od oskarżenia Badira o morderstwo. Choć Chiles wygłaszał buńczuczne słowa, sprawiał wrażenie człowieka zdesperowanego. Do wyborów pozostał zaledwie tydzień, a tymczasem największa sprawa jego życia gwałtownie rozłaziła mu się w palcach.

Chwilę później Malik zadzwonił z aresztu. Brad zostawił w recepcji bardzo krótką listę osób mogących kontaktować się z Jenną i oczywiście figurowało na niej nazwisko Malika.

— Czemu to zrobiłaś, Amiro? Jeszcze dzień lub dwa i byłoby po wszystkim. Przecież wygrywaliśmy, wyraźnie to czułem.

— Przepraszam, braciszku. Wiem, że wszystko, co robiłeś, robiłeś dla mnie. Ale nie mogłam na to pozwolić. Doszłam też do wniosku, że wreszcie muszę skończyć z tymi wszystkimi kłamstwami.

— Kto odebrał telefon? — Nawet za kratami Malik nie przestawał być starszym, opiekuńczym bratem.

— Brad Pierce. Wkrótce go poznasz.

— Ach, siostrzyczko, widzę, że masz przede mną jakieś sekrety. Przyprowadź go jutro do sądu.

Oczyma wyobraźni Jenna ujrzała szelmowski uśmiech Malika.

Kiedy się rozłączyli, Brad odbył długą telefoniczną rozmowę z kimś z Waszyngtonu.

— To mój przyjaciel — wyjaśnił. — Znamy się od dzieciństwa. Obecnie jest ważną osobistością w departamencie stanu. Niepokoi mnie twój status — twój i Karima — pomyślałem więc, że dobrze byłoby zdusić ten problem w zarodku.

W tym całym szaleńczym zamieszaniu Jenna kompletnie zapomniała, że wjechała do USA z fałszywymi dokumentami.

— Myślisz, że mnie deportują?

— Nie. Jeżeli miałoby dojść do najgorszego, zwrócę się do kilku kongresmenów, którzy od dawna nie mogą się doczekać, by wyświadczyć mi przysługę.

Jenna nie miała ochoty dyskutować dalej na ten temat. Wszystko nagle wydało się odległe i nierealne. Była wyczerpana, więc na chwilę przymknęła powieki.

Zorientowała się, że ktoś nią potrząsa.

— ...spać. — Dobiegł do niej głos Brada.

— A ty?

— Muszę jeszcze zadzwonić w kilka miejsc. Chcę tu sprowadzić grupę ochroniarzy z naszego kalifornijskiego oddziału. Toni i Jabr również potrzebują odpoczynku.

Jenna ucałowała go i poczłapała do łóżka, nie zadając sobie nawet trudu zmycia makijażu.

Schody prowadzące do gmachu sądu były obstawione policją. Kiedy Brad pospiesznie wprowadzał ją do budynku, Jenna ze zdumieniem usłyszała aplauz zgromadzonego tłumu. Zwarte grupy kobiet, stojące na chodniku, wzniosły w górę transparenty. Na jednych napisano: JESTEŚMY Z TOBĄ, JENNO, na innych: JESTEŚMY Z TOBĄ, AMIRO.

Malik siedział obok swoich obrońców. Odwrócił się i uśmiechnął promiennie do Jenny, uważnym spojrzeniem obrzucił Brada, po czym skinął mu głową. Po długim oczekiwaniu, w końcu pojawił się sędzia i natychmiast wezwał obie strony do swojego gabinetu. Kiedy wyszli stamtąd pół godziny później, J.T. szczerzył zęby od ucha do ucha, Rosalie była uszczęśliwiona, natomiast chmurny Chiles posłał Jennie mordercze spojrzenie.

Sędzia wyjaśnił, że normalnie wydarzenia rozgrywające się poza salą sądową nie powinny mieć wpływu na przebieg rozprawy, dowiedział się jednak, że co najmniej dwoje przysięgłych oglądało wywiad Manninga z Jenną, wobec czego nie będą mogli dopełnić wymogu bezstronności. Sędziemu więc nie pozostało nic innego, jak tylko unieważnić proces z powodów proceduralnych. Dał prokuratorowi siedemdziesiąt dwie godziny na decyzję, czy zamierza ponownie wnieść oskarżenie przeciwko panu Badirowi.

Malik co prawda formalnie nie był wolny, wszyscy jednak entuzjastycznie ściskali mu dłoń.

— Chiles w żadnym razie nie ponowi oskarżenia — zawyrokował J.T.

Rose w pełni podzielała jego zdanie.

Brad i Jenna opuścili budynek sądu bocznym wyjściem. Tymczasem w holu, stojąc na prowizorycznym podium, Jordan Chiles odpowiadał na pytania dziennikarzy.

Tym razem nie wrócili do hotelu. Jabr — upewniwszy się, że nikt za nimi nie jedzie — skręcił na zachód w międzystanową 10, a potem na południe, by poprzez labirynt autostrad dostać się na szosę biegnącą wzdłuż wybrzeża. Dom w Laguna Beach należał do jednego z przyjaciół Brada. Jenna zdążyła już zauważyć, że jak na tak spokojnego i ceniącego prywatność człowieka Brad miał zaskakująco dużą liczbę znajomych.

Po gorącej pustyni chłodna wilgoć morskiego powietrza była odświeżająca, a odwieczny szum fal działał lepiej od najlepszego środka uspokajającego. Jenna niemalże mogła sobie wyobrazić, że znów są z Bradem w Marblehead i że żadna z tych strasznych rzeczy w ogóle się nie wydarzyła.

Niemalże, bo przecież w domu byli: Toni, Jabr i ochroniarze ściągnięci przez Brada. A jej brat nadal znajdował się w areszcie.

Niewykluczone, że za parę dni ona sama tam trafi. (Jordan Chiles na konferencji prasowej oznajmił, że wedle jego przekonania to Malik Badir zastrzelił Alego Rashada, ale ponieważ niespodziewanie pojawiła się nowa jakość, jego biuro wnikliwie bada różne aspekty oświadczenia doktor Jenny Sorrel).

Do tego wszystkiego, oczywiście, Jenna zamartwiała się Karimem. Dzwoniła do każdego, kto mógłby jej powiedzieć, gdzie podziewa się syn. Regularnie kontaktowała się z jego najbliższymi przyjaciółmi — Joshem i Jacqueline. Oboje zgodnie twierdzili, że nie mieli żadnego kontaktu z Karimem, i choć Jenna była pewna, że ją oszukują, nic nie mogła na to poradzić.

Błagam, Boże, spraw, żeby ten koszmar jak najszybciej dobiegł końca — żebym jak najszybciej mogła wrócić do Bostonu i odnaleźć swojego syna.

Sam Adams Boyle pojawił się drugiego dnia ich pobytu w Laguna Beach. Był to szorstki siwowłosy mężczyzna rodem z południa, o czerwonych policzkach i kwaśnym wyrazie twarzy kapitana policji bostońskiej, który właśnie usłyszał, że obcięto mu budżet. Akurat przyjechał w momencie, gdy Chiles zaczął karmić prasę nowymi rewelacjami. Stwierdził, że z powodu „nowych, niespodziewanych okoliczności" skazanie Malika Badira — „choć moralnie uzasadnione" — nie miałoby większych szans powodzenia, dlatego prokuratura odstąpi od ponownego przedstawienia aktu oskarżenia. Gdy zaś chodzi o Jennę Sorrel, alias Amirę Badir, alias Amirę Rashad, śledztwo jest w pełnym toku, dlatego nie może na razie komentować jego wyników.

— Co to wszystko znaczy? — spytała Jenna.

— To znaczy, że pani brat jest już wolnym człowiekiem — odparł Boyle. — A w każdym razie będzie, gdy tylko uporają się z papierkową robotą, co zajmie im najwyżej parę godzin.

— A co ze mną?

— Cóż, tu dochodzimy do sedna sprawy. Spotkałem się dziś rano z Chilesem. Zapewniam panią, że nie ucieszył się na mój widok. Przez cały czas zasypywał mnie kłamstwami — tymi samymi bzdurami o toczącym się śledztwie, których przed chwilą wysłuchała pani w telewizji. Ale wszystko w zasadzie sprowadza się do jednego — według mnie postawi panią w stan oskarżenia.

Jenna kurczowo chwyciła Brada za rękę, a Boyle natychmiast zauważył jej gest.

— Proszę się nie obawiać. Chiles ma mniej więcej takie same szanse uzyskania wyroku skazującego, jak ja wygrania maratonu. Musi jednak wykonać jakiś ruch, bo inaczej z miejsca będzie skazany na porażkę w wyborach. Moim zdaniem i tak ich nie wygra, ale niewątpliwie chwyci się tej ostatniej szansy. Poza tym to mściwy skurwysyn — proszę wybaczyć wytworny język.

— Załóżmy więc, że wniesie oskarżenie. Co wtedy? — zapytał Brad.

— Natychmiast sami się zgłosimy do prokuratury, a ja wystąpię o zwolnienie za poręczeniem lub za kaucją. Muszę jednak przyznać, że w tej sprawie nie mam najlepszych przeczuć. — Boyle ściągnął w zamyśleniu brwi. — Nasz przyjaciel, Chiles, będzie żądał oddalenia wniosku, wskazując, że nieograniczone możliwości finansowe brata pani Sorrel oraz fakt, że już wcześniej podróżowała pod fałszywym nazwiskiem, każą podejrzewać, iż może uciec przed wymiarem sprawiedliwości. I sędzia prawdopodobnie zgodzi się z jego opinią.

— Czy to znaczy, że pójdę do więzienia?

— Przynajmniej na jakiś czas. Wiem, że to niesprawiedliwe, i zrobię wszystko, by temu zapobiec, jednak nie możemy wykluczyć podobnej ewentualności.

— Na jak długo? Aż do rozpoczęcia procesu?

— Serdecznie w to wątpię. Jak już powiedziałem, Chiles zapewne przegra wybory. Podjąłem więc dyskretne negocjacje z jego oponentką. Oczywiście, na razie dyskutowaliśmy o sprawie bardzo ogólnikowo. Odniosłem jednak wrażenie, że nowa pani prokurator okaże się o wiele sensowniejsza od Chilesa.

— Na ile sensowniejsza? — Chciał się dowiedzieć Brad.

— Jak już wspomniałem, rozmowa była ogólnikowa. Myślę jednak, że możemy się spodziewać oferty zwolnienia warunkowego w zamian za przyznanie się do — powiedzmy — nieumyślnego zabójstwa.

— A jeśli dojdzie do procesu? — Nie dawał za wygraną Brad. — Jaką wówczas przyjmiemy linię obrony?

— Będę mógł powiedzieć coś więcej na ten temat, gdy odbędę długą rozmowę ze swoją klientką. Jednak na podstawie tego, co do tej pory usłyszałem, powiedziałbym, że mamy do czynienia z klasycznym przypadkiem samoobrony lub obrony życia bliskiej osoby. Do tego dochodzi jeszcze problem maltretowania fizycznego i psychicznego, który w dzisiejszych czasach spotyka się z bardzo żywym odbiorem społecznym. — Boyle spojrzał bacznie na Jennę. — Pani Sorrel, zapewne nie zdaje sobie pani sprawy, że stała się dla wielu ludzi bohaterką narodową. Przede wszystkim dla kobiet, ale i dla wielu mężczyzn. No i jeszcze jedno: zanim skończę, Ali Rashad będzie dla wszystkich istnym wcieleniem zła.

— Wolałabym, żeby do tego nie doszło, panie Boyle. Mam przecież syna, gdziekolwiek teraz przebywa, a Ali był jego ojcem.

— No dobrze. Rozumiem pani stanowisko. W takim razie przedstawimy tylko suche fakty.

Tego wieczoru, o zmierzchu, Jenna i Brad wybrali się na spacer nad ocean. Oboje doskonale mieli w pamięci słowa Boyle'a, wisiało więc nad nimi widmo rychłego rozstania. Mieli sobie tak wiele do powiedzenia, a tymczasem żadne nie mogło znaleźć odpowiednich słów. Już pierwsze gwiazdy pojawiły się na niebie, nim Brad zdecydował się przerwać milczenie.

— Jenno, ten koszmar wkrótce się skończy; szybciej, niż nam się w tej chwili wydaje. Chciałbym, żebyśmy wówczas gdzieś wyjechali. Na miesiąc, może dwa. Na egzotyczne wyspy. Albo do Irlandii. Sama wybierz miejsce.

— Brzmi wspaniale. Ale wszystko wciąż jeszcze przed nami. Poza tym nigdzie nie wyjadę, póki się nie dowiem, co z Karimem.

— Jestem przekonany, że ta sprawa niedługo sama się rozwiąże. Chłopak jest w tej chwili rozbity i pełen gniewu — to naturalne — ale ten stan nie będzie trwać w nieskończoność.

— Problem jest o wiele poważniejszy. Nie znasz Karima. Poza tym wcześniej czy później będę musiała wrócić do pracy. A minęło już tak wiele tygodni. Będę się czuła, jakbym zaczynała wszystko od nowa.

— Bez względu na to, kiedy znów podejmiesz pracę, będziesz miała podobne wrażenie. Więc zanim wrócisz do kieratu, powinnaś porządnie wypocząć. — Spojrzał w kobaltowe, roziskrzone niebo. — Zrobimy z tego nasz miesiąc miodowy. Nikt nie mógłby nam odmówić tej przyjemności.

Jenna całym sercem pragnęła się zgodzić na jego propozycję. Jednak zachowała milczenie i tylko zaczęła kreślić stopą jakieś znaki na piasku.

— To nie jest żadne ultimatum — tłumaczył cierpliwie Brad. — To otwarta propozycja. Kocham cię, Jenno. I to się nigdy nie zmieni.

— Ja też cię kocham. Tyle że... nagle zbyt wiele dzieje się naraz.

Jakże miała mu to wytłumaczyć? Teraz już nie chodziło tylko o Karima, Malika czy Lailę. Nie chodziło o ponowne podjęcie pracy ani decyzję o małżeństwie. Wszystko sprowadzało się do faktu, że Jenna zastrzeliła człowieka. Jeszcze zanim Sam Adams Boyle napomknął o przyznaniu się do winy, żyła w wielkim wzburzeniu. Nie czuła się winna — a przecież wiedziała, że popełniła zbrodnię. Wtedy, przy basenie, mogła krzyczeć lub biec po pomoc. A jednak sięgnęła po broń. Przez większość swojego życia zajmowała się zwalczaniem skutków przemocy. A tymczasem w godzinie próby sama odwołała się do agresji.

— Będzie tak, jak postanowisz — stwierdził Brad, jakby czytał w jej myślach. — Pamiętaj tylko, że Jordan Chiles nie jest człowiekiem chętnym do roztrząsania subtelnych racji moralnych. Nie dawaj mu do ręki dodatkowej broni, bo bezwzględnie skieruje ją przeciwko tobie. Bez wahania zrobi z ciebie morderczynię.

Na dworze zrobiło się już zimno i całkiem ciemno, postanowili więc wracać.

W domu paliły się wszystkie światła, a przed wejściem parkował rolls-royce i limuzyna lincolna. Na tarasie wychodzącym na ocean Malik, Farid, Rosalie i J.T. wznosili właśnie kieliszki z szampanem.

Jenna podbiegła przywitać się z bratem. Padli sobie w ramiona, a Farid zaczął ściskać ich oboje. Prawnicy natomiast prezentowali światu triumfalne uśmiechy wojowników, którzy właśnie wygrali bitwę.

W rogu stała Laila z przystojnym młodym człowiekiem u boku, ogorzałym od słońca i wiatru.

— Mój przyjaciel, David Christiansen — przedstawiła mężczyznę Jennie. — Wpadliśmy tylko na chwilę, żeby ci podziękować?

— Podziękować? A za co?

— Za to, że powiedziałaś prawdę.

Następnego dnia w południe Jordan Chiles ogłosił w obecności reporterów, że wielka ława przysięgłych postawiła w stan oskarżenia Amirę Badir Rashad, alias Jennę Sorrel, zarzucając jej popełnienie morderstwa drugiego stopnia, a sędzia właśnie wydał nakaz aresztowania.

Natychmiast zadzwonił Boyle.

— A więc się zaczęło. Musimy ruszać, bo inaczej Chiles gotów się zjawić z kajdankami i całym kontyngentem reporterów.

Umówił się z nimi na parkingu przy autostradzie międzystanowej. Powiedział Jennie, co powinna niezbędnie mieć przy sobie — było tego tak niewiele! — i zalecał, by nie zabierała nic więcej.

— Proszę włożyć na siebie wiele warstw odzieży — doradził na koniec. — W aresztach jest zawsze albo za gorąco, albo za zimno.

Na parkingu przesiedli się do samochodu Boyle'a i pojechali do gmachu sądu. Przed wejściem roiło się od tłumów, policji i wozów transmisyjnych z wielkimi antenami satelitarnymi na dachach. Wokół wznosił się las transparentów z hasłami popierającymi Jennę. Na jej widok rozległy się wiwaty i entuzjastyczne okrzyki.

— Pozwoliłem sobie zawiadomić parę osób o naszym przybyciu — wyjaśnił Boyle. — Ostatecznie społeczeństwo powinno być zawsze dopuszczone do głosu. No dobrze, a teraz wkroczymy do środka, jakbyśmy byli panami świata.

Epilog

Ostatnim publicznym wyczynem Jordana Chilesa było przekonanie sędziego, aby oddalił wniosek o ustalenie kaucji w sprawie z oskarżenia publicznego przeciwko Amirze Rashad. Dwa dni później Chiles przegrał z kretesem wybory i stanowisko prokuratora okręgowego miała objąć trzydziestotrzyletnia Jennifer Faye Edmondson — która swego czasu pracowała w biurze obrońców z urzędu, a obecnie była wziętym specjalistą od prawa korporacyjnego.

Sam Adams Boyle gromił Chilesa na sali sądowej i w mediach za prowadzenie wendety przeciwko rodzeństwu Badir. W obecności prasy i telewizji złożył apelację w sprawie kaucji. Natomiast z dala od zgiełku, w zaciszu gabinetu, rozpoczął negocjacje z Jennifer Edmondson.

— To zajmie trochę czasu, ale nie ma lepszego rozwiązania — zapewniał Jennę.

— Jak wiele czasu?

— W najgorszym wypadku trzy miesiące — wówczas bowiem Edmondson oficjalnie obejmuje urząd. W najlepszym razie, jeśli uda nam się zneutralizować Chilesa, trzy do czterech tygodni. Wiem, że gdy musisz tu siedzieć, wydaje się to wiecznością, ale nic nie poradzimy.

— A co potem?

— Właśnie pracuję nad szczegółami. Jak mówiliśmy wcześniej, przyznasz się do winy. Najprawdopodobniej nie zostanie zasądzona kara więzienia. A jeśli nawet, gwarantuję, że wyrok będzie bardzo niski.

— To dobrze. Dziękuję, Sam.

— Zupełnie nie ma za co. Po prostu wykonuję swoją pracę. A jak ty się trzymasz, dziecino?

Jenna uśmiechnęła się na tę „dziecinę". Jak tylko lepiej się poznali, Boyle od razu przybrał w stosunku do niej postawę dobrodusznego wujaszka.

— Całkiem nieźle, Sam. Naprawdę.

Najzabawniejsze, że Jenna wcale nie kłamała. W odróżnieniu od większości więźniów nie musiała się uczyć, jak żyć tylko dniem dzisiejszym. Przez lata żyła w ten sposób w skrzydle kobiecym królewskiego pałacu w al-Remal. Fakt, zarówno ona, jak i pozostałe kobiety mogły sobie tam zażyczyć wszelkich najwymyślniejszych luksusów, podczas gdy tutaj największym luksusem był dodatkowy kawałek mielonki na lunch. Ale w sensie psychologicznym podobieństwo obu tych miejsc było uderzające: bo w gruncie rzeczy kobiety mieszkające w pałacu również były swego rodzaju więźniami.

Areszt, a przynajmniej kobiecy blok, nie był zbyt przygnębiający. Choć sypialnia należała do małych, nie panował w niej tłok, w Palm Springs nie notowano bowiem dużej liczby przestępstw. Większość osadzonych tu kobiet to samotne matki pracujące za najniższe stawki lub pobierające zasiłek — podobnie jak podopieczne Jenny w schronisku w Bostonie. Zazwyczaj dopuszczały się drobnych kradzieży w sklepach lub wypisywały fałszywe czeki. Z początku traktowały Jennę jak ważną osobistość, wręcz bohaterkę. Pierwsza przełamała lody pomoc domowa — niejaka Latronia Parrish.

— To ty jesteś tą księżniczką, która zastrzeliła męża?

— Tak.

— A dlaczego go zastrzeliłaś?

— Bo chciał zabić mojego brata.

Latronia pokiwała ze zrozumieniem głową, jakby to była dla niej najnormalniejsza w świecie sprawa.

— A jak to jest być księżniczką?

Wszystkie chciały się dowiedzieć. Więc po zgaszeniu świateł, zasypywana pytaniami, Jenna zaczęła opowiadać historię swojego życia. Zajęło jej to kilka wieczorów i w końcu poczuła się jak ta dziewczyna z *Baśni tysiąca i jednej nocy*. Kobiety płakały, gdy opisywała wydarzenia w al-Masagin, nie posiadały się ze zdumienia, gdy opowiedziała o Aleksandrii, przeklinały, słysząc o pobiciu, po którym znalazła się w szpitalu. Kiedy już poznały jej losy, przestały ją traktować jak postać z pierwszych stron gazet, a zaczęły okazywać jej szacunek należny weteranom.

Choć utrata wolności była przykra, Jenna najgorzej przeżywała separację od syna. Każdego dnia Karim oddalał się od niej coraz bardziej — niemal fizycznie to czuła — i nic na to nie mogła poradzić. Nawet nie wiedziała, gdzie jest teraz jej syn. Gdyby tylko mogła go zobaczyć, porozmawiać z nim choćby przez chwilę! Czy jedno słowo, jeden dotyk nie wystarczyłyby, żeby przypomniał sobie łączącą ich więź, by odmienił swoje serce? Leżąc na twardej pryczy, śniła, że kraty są zrobione z plasteliny — takiej, jaką bawiła się z Karimem, gdy był jeszcze małym chłopcem. We śnie mogła odginać pręty i wracać do przytulnego bostońskiego mieszkania — do przeszłości. Nienawidziła chwili przebudzenia, bo wówczas wracała do niej świadomość, że te chwile szczęścia były jedynie sennym mirażem.

Pewna nadzieja wstąpiła w nią w czasie odwiedzin Toni.

— Myślę, że spodoba ci się to, co za chwilę usłyszysz — zagadnęła Toni tonem luźnej pogawędki. — Ale najpierw powiedz mi, czy sądzisz, że ja i Jabr tworzymy dobry zespół?

— Doskonały.

To była prawda.

— Cieszę się, że tak uważasz, bo widzisz, coś wymyśliliśmy. Jak wiesz, ja już od dłuższego czasu mam zamiar zmienić coś w swoim życiu, zdobyć zawód. A i Jabr chciałby rozpocząć pracę na własny rachunek. No i doszliśmy do wniosku, że założymy agencję detektywistyczną. Co ty na to?

— Trudno mi powiedzieć, nie bardzo się znam na tych kwestiach. Czy rozmawialiście z Malikiem?

— On uważa, że to fantastyczny pomysł. Prawdę mówiąc, chce nam pomóc finansowo, żebyśmy mieli pieniądze na rozruch.

— Toni, to cudowna nowina!

I wówczas właśnie Jennie zaświtała pewna myśl.

— Słuchaj, co ty na to, bym zleciła wam pierwszą pracę?

Toni wyglądała na zaskoczoną.

— Tylko powiedz, o co chodzi. Jesteśmy do twojej dyspozycji.

— Znajdź Karima. Znajdź... i porozmawiaj z nim. Tylko tyle. Dowiedz się, co robi, a przede wszystkim, jak się miewa.

Toni skinęła głową.

— OK. Jestem pewna, że mój nowy partner zgodzi się, bym podjęła to zadanie.

— Weź go ze sobą. Karim jest rozkochany w Bliskim Wschodzie; Jabr będzie dla niego uosobieniem tego świata. Poza tym on znał... ojca Karima.

Toni wyciągnęła notes i ołówek.

— Podaj mi nazwiska jego przyjaciół, a przede wszystkim dziewczyn. O ile możesz, ich adresy i telefony. Powiedz, na jakie zajęcia uczęszczał na studiach i gdzie najchętniej przesiadywał w wolnym czasie.

Jenna powiedziała wszysιko, co wiedziała.

— Jutro ruszamy do Bostonu — oznajmiła Toni, po czym uśmiechnęła się od ucha do ucha. — A tak przy okazji, zrobimy to na koszt firmy.

Malik wprost tryskał optymizmem.

— Wszystko się dobrze ułoży, siostrzyczko, zobaczysz. Z Karimem także. — Malik całym sercem pochwalał misję Toni i Jabra. — Kiedy już odnajdą chłopaka, może go tu ściągnę. Powiedziałaś, że mnie lubi.

Jenna nie była już teraz taka tego pewna.

— W życiu Karima nagle zaszło wiele zmian. Jeśli chcesz,

to go zaproś, ale nie posuwaj się do porwania, jak to zrobiłeś ze mną. Taki sposób postępowania tylko pogorszyłby sprawę.

Uśmiechnął się zmieszany.

— A jak się miewa Laila? — spytała Jenna.

— Doskonale. — Malik przybrał nagle poważny wyraz twarzy. — Bardzo chciałaby się z tobą zobaczyć, ale... trochę ją to przeraża. A ja, prawdę mówiąc, też jej nie zachęcałem. Wiesz, jaki cyrk zrobił się z tej sprawy. Wolałbym, żeby się w to nie mieszała.

— Słusznie. Powiedz jej, że rozumiem i że u mnie wszystko OK.

— Jeśli mam być szczery, namówiłem ją, żeby wyjechała do Francji na miesiąc czy dwa. Póki wszystko się nie uspokoi. Rozmawiałem też na ten temat z Davidem. Zgodził się jechać razem z nią, przynajmniej na jakiś czas. — Malik znowu uśmiechnął się szeroko. — Z niechęcią muszę przyznać, że podoba mi się ten młody człowiek. Uważam, że jest odpowiednim mężczyzną dla Laili. Niestety, nie ma za grosz głowy do interesów. Kapitan mojego jachtu wkrótce odchodzi na emeryturę, zaproponowałem więc tę posadę Davidowi. Do tego zaoferowałem absurdalnie wysoką pensję. I wiesz, co usłyszałem?

— Co?

— Powiedział mi: „Widziałem zdjęcia »Jihan«, sir, i nigdzie nie zauważyłem ani śladu żagli". — Malik wybuchnął śmiechem, po czym dodał: — Ten chłopak kocha swoje zajęcie. Za to go szanuję.

Jenna poczuła się trochę lepiej. Przynajmniej jeden problem rozwiązał się pomyślnie. Pokrzepiająca była też myśl, że między Malikiem i Lailą stosunki znowu układały się jak najlepiej. A przecież jeszcze tak niedawno Laila nienawidziła Malika — podobnie jak teraz nienawidził jej Karim.

Brad jak zwykle przyjechał na weekend. W każdy piątek wieczorem przylatywał z Bostonu, a wracał w niedzielę późnym popołudniem. W charakterystyczny dla siebie, dyskretny sposób zyskał sympatię większości strażników i policjantów, i dzięki temu mógł drobiazgami nieco uprzyjemniać pobyt w tym miejscu Jennie i innym kobietom — to za jego sprawą, na przykład, w dzień urodzin Latronii na stole w tajemniczy sposób zmaterializował się tort czekoladowy.

Oczywiście, kiedy Brad analizował sytuację Karima, przedstawiał o wiele bardziej wyważone sądy od Malika.

— Jak decydowaliśmy się na ten krok, wiedzieliśmy, że czekają cię ciężkie chwile. Karim i bez tego znajdował się w fazie młodzieńczego buntu. Być może, zanim będzie lepiej, sytuacja jeszcze się pogorszy — nie ulega jednak wątpliwości, że w końcu wszystko się ułoży. Ale przede wszystkim do tego potrzeba czasu. Niewykluczone, że b a r d z o d u ż o czasu, i na to musisz się psychicznie przygotować.

Jenna wiedziała, że Brad miał rację, ale to nie przynosiło ulgi. Nawet jego „Kocham cię", wygłoszone na pożegnanie, było niewystarczające — nie tutaj, nie w tym surowym pomieszczeniu, w jaskrawym fluorescencyjnym świetle, pod bacznym okiem strażników. Teraz potrzebowała jego silnych ramion i słów szeptanych wprost do ucha.

A przede wszystkim potrzebowała swojego syna.

Bardzo liczyła na Toni. Toni będzie wiedziała, jak rozmawiać z Karimem. Sama przecież przeżywała równie ciężkie, jak nie cięższe chwile ze swoimi chłopcami. No i był z nią Jabr. Jabr — niemal ucieleśnienie sił natury. We dwójkę na pewno nakłonią Karima, by się tu zjawił.

Jedno spojrzenie na twarz Toni wystarczyło, by sobie uświadomiła, że karmiła się mrzonkami.

— Co się stało?

— Dobra wiadomość jest taka, że go znaleźliśmy. Koczował w mieszkaniu Josha Chandlera, sypiał na kanapie. Czysta prowizorka.

Czyż Josh nie wyprowadził się z mieszkania Chandlerów? Jenna nie miała jednak siły, by się nad tym zastanawiać.

— Widzieliście go? Rozmawialiście z nim?

— Jasne. To jednak nie jest dobra wiadomość. Wpuścił nas do środka, zachowywał się bardzo uprzejmie, ale nie chciał nas wysłuchać. Oznajmił, że już ma własne plany na najbliższą przyszłość i nie zamierza ich zmieniać.

— Jakie plany?

Toni odważnie popatrzyła Jennie prosto w oczy.

— Jenno, on twierdzi, że wyjeżdża do al-Remal. Na stałe. Czeka tylko na ostateczne załatwienie formalności — powstało pewne zamieszanie wokół jego statusu prawnego. Ale tym już się zajęła jego rodzina — krewni ze strony ojca. Powiedział nam, że teraz to już kwestia zaledwie kilku dni.

Kilka dni. Za kilka dni jej syn będzie dla niej stracony już na zawsze.

— Jak się zachowywał? I co mówił?

Miała oczywiście na myśli: „co mówił o mnie?"

— To dziwne — odparła Toni. — W zasadzie rozmawiał tylko z Jabrem. Zadawał mu mnóstwo pytań dotyczących al-Remal i panujących tam zwyczajów. I na temat islamu — widać, że jest niezwykle zainteresowany tą religią. Jabr wówczas bardzo spoważniał i przytoczył kilka wersetów z Koranu mówiących o obowiązku poszanowania własnej matki. Jednak to chyba nie było najlepsze posunięcie.

— Czemu?

— Bo Karim zaciął się w sobie. A właściwie się zaperzył.

— To znaczy?

— Chyba nie miałabyś ochoty tego słuchać.

— Oczywiście, że tak.

— OK. Gdy tylko stamtąd wyszliśmy, zrobiłam kilka notatek. Może nie są to ściśle jego słowa, ale sens brzmiał mniej więcej w ten sposób: „Matka oszukiwała mnie przez całe życie. Celowo ukryła przede mną prawa i przywileje należne mi z racji urodzenia. Nigdy nie poznałem swojego ojca i teraz już nie poznam, bo ona go zastrzeliła. I dlatego nie chcę jej więcej widzieć ani z nią rozmawiać. Moja decyzja jest ostateczna".

Przez całe dzieciństwo Karima, a potem okres dorastania i wchodzenia w wiek męski, Jenna oskarżała się tymi samymi słowami i z przerażeniem myślała, że kiedyś, w przyszłości, może je usłyszeć od swojego syna. I teraz tak właśnie się stało.

— To wszystko? — spytała. — Nic więcej?

Toni pokręciła głową.

— Prawie nas wyprosił. Zrobił to grzecznie, jednak nie ulegało wątpliwości, że nie życzy sobie dłużej naszego towarzystwa. Prosiłam, żeby jeszcze przemyślał swoją decyzję, nie postępował zbyt pochopnie. Nie raczył nawet odpowiedzieć. Przykro mi, Jenno. Spieprzyliśmy sprawę.

— W żadnym razie. Zrobiliście to, o co was prosiłam. I nie wy spieprzyliście sprawę, tylko ja.

— To niesprawiedliwe, Jenno. Znam cię od lat. Znam twoją historię. Postąpiłaś słusznie, najlepiej, jak można było w owej sytuacji postąpić. Nie wolno ci się obwiniać. To po prostu... chwilowa zła passa, nic więcej. Doskonale wiem, jak się czujesz. Ale nie wolno się poddawać. Ty powinnaś wiedzieć to najlepiej. Bo to ty mnie tego nauczyłaś.

Po spotkaniu z Toni nadzieja Jenny zmieniła się w desperację, a troska o Karima w czystą torturę. Wkrótce syn miał zniknąć z jej życia — być może już na zawsze. Jenna gorączkowo szukała rozwiązania tej sytuacji. A gdyby tak odwołała swoje słowa, oznajmiła, że wcale nie jest Amirą Badir? W ciągu tych wszystkich lat kilkakrotnie pojawiły się oszustki podające się za zaginioną księżnę. Gdyby w al-Remal uwierzono, że jest jedną z takich uzurpatorek, czy nadal chcieliby przyjąć Karima? A może powinna poprosić Malika, żeby zapomniał o jej wcześniejszych słowach i jednak wysłał do Bostonu rudowłosego Ryana, tym razem w celu porwania jej syna?

Nonsensowny pomysł. Teraz już było za późno — za późno na jakiekolwiek działania.

I rzeczywiście. Parę dni później, w wieczornych wiadomościach podano, że Karim Rashad — syn zastrzelonego Alego Rashada i jego domniemanej zabójczyni — powrócił do swojego ojczystego kraju, witany tam jako książę krwi, pełnoprawny członek rodziny królewskiej.

To prawie było tak, jakby Karim umarł. Jenna wiedziała, że nigdy w życiu nie będzie mogła pojechać do al-Remal. Inne kobiety, widząc jej udrękę, próbowały ją pocieszyć, ale teraz nic nie mogło ukoić jej bólu.

Nawet perspektywa rychłego uwolnienia nie podniosła jej na duchu.

— Sądzę, że w poniedziałek lub we wtorek sędzia ustanowi wysokość kaucji — oznajmił Boyle z satysfakcją. — Pani Edmondson postanowiła nie wnosić sprzeciwu. Zamierza też ogłosić, że Biuro Prokuratora Okręgowego rezygnuje z oskarżenia o morderstwo drugiego stopnia i zmienia kwalifikację na nieumyślne pozbawienie życia. Jeżeli pójdziesz na ugodę i przyznasz się do winy, zażąda wyroku więzienia w wymiarze, który spędziłaś w areszcie. Zgodzi się na zwolnienie warunkowe i wniesie o dodatkowe zasądzenie kilkuset godzin pracy na cele społeczne — na przykład prowadzenie darmowej terapii dla bezdomnych czy bezrobotnych. Sądzę, że powinnaś bardzo starannie rozważyć tę propozycję. Choć skądinąd jestem przekonany, że nie popełniłaś żadnego przestępstwa i że bez trudu zdołałbym to udowodnić w sądzie. Rozprawa byłaby jednak brutalna i kosztowna. Dlatego to ty musisz podjąć decyzję.

— Przyznam się do winy — postanowiła Jenna. — Zabiłam go. A przecież nie musiałam.

— Zastanów się jeszcze przez dzień czy dwa.

— Nie. Porozmawiaj z nią jeszcze dzisiaj.

Boyle skinął głową i starannie zamknął teczkę

— W takim razie we wtorek, o tej porze, będziesz już wolną kobietą.

Następne dni wydawały się dłuższe od wszystkich poprzednich. Jenna nie mogła się oderwać od myśli o przeszłości. Wszystko do niej wracało, nakładało się na teraźniejszość. Ucieczka z Tebrizu. Śmierć Philippe'a. Lata ukrywania się, kłamstw i strachu. Wszystko po to, by zachować przy sobie syna i by go chronić. A tymczasem i tak go straciła — uciekł do miejsca, z którego wywiozła go z narażeniem własnego życia.

Sobota. Godziny odwiedzin. Strażniczka wywołała nazwisko Jenny. Zapewne Brad. Jenna wcale nie miała ochoty się z nim spotkać. Będzie znowu w kółko mówił o zwolnieniu, snuł plany wspólnego wyjazdu, a Jenna w ogóle nie miała do tego serca.

Okazało się jednak, że to Laila przyszła z wizytą.

— Witaj ciociu. Ja... Bardzo przepraszam, że nie zjawiłam się wcześniej...

— Daj spokój, nie masz za co przepraszać. Mój Boże, jak się cieszę, że cię widzę!

— Dużo ostatnio rozmyślałam... o mojej mamie... o mojej prawdziwej mamie i o tym, co dla niej zrobiłaś. I dla mnie. Gdyby nie ty, nie byłoby mnie tutaj. Dlatego musiałam przyjść. Oczywiście, między tymi sytuacjami nie ma żadnego porównania. Wiesz, co mam na myśli.

— Wiem przede wszystkim, jak trudno było ci tu przyjść. A jednak się przemogłaś. I tylko to się dla mnie liczy. Ale, zaraz, Lailo... czy nie miałaś być teraz we Francji?

— Miałam. Jednak w końcu postanowiłam pojechać gdzie indziej. Spotkałam się z Karimem.

— Naprawdę? — Jennę zalała fala nadziei. — I co się stało? Co mówił?

Laila potrząsnęła głową.

— Niestety, nie mogę ci powiedzieć tego, co chciałabyś usłyszeć. Karim wyjechał. I w żaden sposób nie mogłabyś go powstrzymać. Ale o tym zapewne już wiesz. Sądzę natomiast, że sytuacja nie jest tak beznadziejna, jak mogłoby się wydawać.

Jenna wstrzymała oddech.

— To był pomysł Davida — ciągnęła Laila. — Ilekroć

opowiadałam o tobie i Karimie, wzdychałam zawsze: *quel dommage*. Aż w końcu, pewnego wieczoru, David powiedział: „Słuchaj, ten dzieciak nigdy w życiu nie spotka nikogo, kto lepiej od ciebie pozwoli mu zrozumieć jego problem. Łap za słuchawkę. Dzwoń do niego". I tak właśnie zrobiłam. Wzięłam numer od Jabra.

Laila rozejrzała się po pokoju widzeń z otwartą ciekawością, prawdopodobnie zastanawiając się, jak wygląda świat za drzwiami prowadzącymi do cel.

— Z początku nie chciał ze mną rozmawiać. Potem wszystko, co z siebie wyrzucał, było pełne goryczy. I złości. Nie mogłam się z nim porozumieć. A więc następnego dnia wsiadłam do samolotu i poleciałam do Bostonu. Wzięłam ze sobą Davida. Karim akurat się pakował, bo właśnie nadeszła jego wiza. Konsulat remalski przysłał mu ponadto bilet lotniczy i trochę pieniędzy. W końcu jednak udało mi się z nim porozmawiać. Prawdę mówiąc, przegadaliśmy wiele godzin. — Laila bezradnie wzruszyła ramionami. — Próbowałam mu powiedzieć, czego przez tę sytuację nauczyłam się o sobie samej i o moim ojcu. Że to nie była jego wina — ani twoja. Że oboje robiliście to, co uważaliście za najlepsze. Karim nie chciał słuchać. Ale gdy ja byłam w podobnej sytuacji, też nie przyjmowałam żadnych argumentów. Wydaje mi się jednak, że zasiałam ziarno. I że zapamięta moje słowa. A to już jest jakiś początek.

— Lailo, nigdy nie zdołam ci się odwdzięczyć za to, co zrobiłaś.

— Nie dziękuj mi. Wiele nie osiągnęłam. — Spojrzała na Jennę ze smutkiem, ale po chwili się rozpogodziła.

— Wiesz co, ciociu Jenno? Osobiście sądzę, że wszystko dobrze się skończy. Karim pewnego dnia powróci. Nie znienawidzi al-Remal tak bardzo, jak ja je znienawidziłam — a nawet mnie udało się dostrzec, że w tym kraju jest jakaś szczególna... siła. I piękno. Ale też Karim nigdy nie stanie się Remalczykiem. Przyjdzie czas, że zatęskni za domem — za swoim prawdziwym domem. Będzie wtedy dużo mądrzejszy. Zrozumie, czemu musiałaś tak postąpić. Jestem, tego pewna. Ja to w i e m. Dlatego nie wolno ci tracić nadziei.

— Lailo... — Jenna nie mogła już powstrzymać łez. Nie mogła też wymazać sprzed oczu obrazu Laili, innej Laili, tej strasznej nocy w al-Masagin. Historia zatoczyła pełne koło.

Laila uśmiechnęła się promiennie.

— Nie płacz, ciociu, bo będę musiała cię wysłać do szarlatana od głowy. Posłuchaj, mam też dobre wieści. Zmusiłam Karima, by obiecał, że pozostanie ze mną w kontakcie. Będę do niego dzwonić — tak często, jak tylko się da. Nie będziemy więc miały poczucia, że całkowicie zniknął. — Dziewczyna przytknęła rozłożoną dłoń do szyby, z drugiej strony to samo zrobiła Jenna. — Wszystko będzie dobrze. Przekonasz się. Ale teraz muszę już lecieć.

— Przecież dopiero przyszłaś!

— Ktoś jeszcze czeka, żeby się z tobą zobaczyć. Więc na razie. Następnym razem spotkamy się już w przyjemniejszym miejscu.

Pospieszyła do wyjścia i tylko przez moment zatrzymała się w progu, by posłać uśmiech Bradowi.

Brad usiadł, po czym długo i tęsknie wpatrywał się w Jennę.

— Właśnie rozmawiałem z Boyle'em — powiedział w końcu. — Wszystko załatwione. We wtorek wychodzisz — to jeszcze tylko trzy dni.

— Wspaniale. Dzięki Bogu.

— Ja też rozmawiałem z Lailą. Niezwykła młoda kobieta — choć znając jej rodzinę, wcale mnie to nie zdziwiło. Posłuchaj, doszedłem do wniosku, że na te wszystkie wojaże, o których wspominałem, będziemy mieli jeszcze masę czasu. Teraz pewnie wcale nie masz na nie ochoty. Może więc w zamian pojechalibyśmy na długi weekend do Marblehead?

— Tak — odparła Jenna. — Tak. To cudowny pomysł.